À MALIN, MALIN ET DEMI

DU MÊME AUTEUR

CHEZ LE MÊME ÉDITEUR

Un homme presque parfait, 1995.
Un rôle qui me convient, 1997.
Le Déclin de l'empire Whiting, 2002.
Le Phare de Monhegan, 2004.
Quatre saisons à Mohawk, 2005.
Le Pont des soupirs, 2008.
Les Sortilèges du cap Cod, 2010.
Mohawk, 2011.
Ailleurs, 2013.

Richard Russo

À MALIN, MALIN ET DEMI

Traduit de l'anglais (États-Unis)
par Jean Esch

Quai Voltaire

Titre original : *Everybody's Fool.*

editionslatableronde.fr

Pour Howard Frank Mosher.

TRIANGLE

Le cimetière de Hilldale, à North Bath, était traversé en plein milieu par une route à deux voies goudronnée – ancien chemin pour charrettes à l'époque coloniale – qui séparait nettement les sections de Hill et de Dale. C'était à croire que les premiers et vigoureux habitants de la ville, à qui la mort n'était pourtant pas étrangère, avaient sous-estimé son ampleur et la surface nécessaire pour accueillir tous ceux qui succombaient aux rudes hivers, aux rencontres violentes avec des sauvages et aux maladies diverses. Ou bien était-ce, au contraire, la vie, leur propre fécondité, qu'ils avaient mal évaluée ? Paradoxalement, cela revenait au même. Le terrain situé à la périphérie de la ville était devenu trop petit, puis beaucoup trop petit, puis plein à craquer, et finalement, les morts avaient brisé les digues, se répandant sur la route désormais pavée, jusque dans les prés arides et au nouvel embranchement qui menait à la nationale. Quand et où s'arrêteraient-ils, nul ne le savait.

Bien que frappée par le fléau de la graphiose de l'orme durant les années 1970, et plus récemment par une moisissure qui s'attaquait aux racines des arbres, les affaiblissait, les étouffait et provoquait sans prévenir l'affaissement du sol, la section de Hill, celle d'origine, demeurait ravissante et ses plantations d'âge mûr apportaient ombre et douce brise aux visiteurs. Le terrain délicatement vallonné et ses allées de gravier sinueuses offraient une sensation de naturel et de confort, et donnaient même l'impression que ceux qui reposaient sous ses tertres pittoresques (certains défunts étaient enterrés là depuis avant la guerre d'Indépendance) avaient établi résidence ici par choix plutôt que par nécessité. On aurait pu croire qu'ils somnolaient paisiblement sous les pierres tombales penchées qui évoquaient des bonnets portés de manière canaille. Sachant qu'ils risquaient de se réveiller dans un monde où le labeur était encore plus présent que dans celui qu'ils avaient quitté, pouvait-on leur reprocher d'arrêter la sonnerie du réveil pour se rendormir pendant encore un quart de siècle ?

Par contraste, Dale, plus récent, était aussi plat que le dessus d'une table en Formica et aussi agréable esthétiquement. Ses allées pavées formaient un quadrillage, les tombes les plus contemporaines paraissaient brûlées et à vif, et la pelouse, surtout la partie la plus proche de la route, était un patchwork de jaunes pâlichons et de marrons excrémentiels. Les terres voisines, qui auraient dû accueillir le parc d'attractions de L'Ultime Évasion, étaient marécageuses et nauséabondes. Ces derniers temps, pendant les longues périodes de pluie, les eaux souterraines pestilentielles s'infiltraient sous la route, détrempaient le sol et entraînaient vers le bas de la colline les cercueils de ceux qui avaient été inhumés récemment. Après une bonne tempête, rien ne vous certifiait que la tombe sur laquelle vous veniez vous recueillir renfermait le même cercueil que la semaine précédente. Pour beaucoup de gens, cela défiait la logique. Avec toute cette eau infiltrée, Dale aurait dû être luxuriant et verdoyant, alors qu'en réalité tout ce qui y était planté se ratatinait et mourait, comme par solidarité avec ses habitants permanents, bien qu'instables. C'est un problème de contamination, disait-on. De mémoire d'homme, ces hectares putrides avaient toujours servi de décharge sauvage, c'était d'ailleurs pour cette raison que les promoteurs du parc d'attractions avaient pu les acheter à si bas prix. Récemment, au cours d'une longue sécheresse, des fûts métalliques, percés et ornés de têtes de mort, avaient fait surface. Certains, vieux et rouillés, laissaient échapper Dieu sait quoi ; des nouveaux venus portaient la mention « chrome », ce qui jetait un voile de méfiance sur la ville voisine de Mohawk, autrefois riche en tanneries, mais les accusations étaient pour l'essentiel réfutées catégoriquement et de manière convaincante. Quiconque voulait savoir ce que ces tanneries faisaient autrefois de leurs teintures et de leurs produits chimiques cancérigènes n'avait qu'à visiter la décharge locale, la rivière qui traversait la ville et le service d'oncologie de l'hôpital. Pourtant, ces fûts remplis de bouillie toxique venaient bien de quelque part, non ? Du sud de l'État très probablement. À ce sujet, l'histoire de l'État de New York était sans ambiguïté. La merde – liquide et solide, littéralement et métaphoriquement – remontait, au mépris de toutes les lois de la physique, souvent jusque dans les Catskills et parfois même jusque dans les Adirondacks.

Pas de stèles enjouées et charmantes du côté de Dale. Ici, les pierres tombales étaient posées à même le sol, délibérément, pour éviter qu'elles soient renversées par de jeunes voyous. La légendaire professeure d'anglais de quatrième, Beryl Peoples, qui exprimait parfois sa piètre opinion de la nature humaine dans des lettres acerbes adressées au *North Bath Weekly Journal*, avait prédit ce qui allait arriver. Avec toutes ces pierres tombales à plat et en l'absence d'arbres et de haies pour servir d'obstacles, les visiteurs considéreraient le cimetière comme un parking de supermarché et se rendraient directement sur la tombe qui les intéressait. Cette mise en garde avait été jugée saugrenue et scandaleuse, c'était une insulte faite aux citoyens, disait-on, mais la vieille femme avait été disculpée. En effet, pas une semaine ne s'écoulait sans que quelqu'un appelle la police pour signaler des traces de pneus sur la tombe de leur grand-mère, à l'endroit même où, dans l'esprit de ses descendants, elle tendait vers eux son visage béat. « Ça vous plairait, à vous, qu'on vous roule sur la caboche avec un pick-up ? » demandait la personne furieuse au bout du fil.

Douglas Raymer, le chef de la police, arrivé trop tard à Hilldale pour assister à l'inhumation du juge Barton Flatt, ne savait jamais comment réagir face à ces questions, qui lui semblaient fondamentalement biaisées, à tel point que vous n'étiez même pas sûr qu'elles appelaient une réponse. Les gens l'invitaient-ils à faire une distinction évidente entre rouler en voiture sur la tombe d'un ancêtre – un geste cruel et inconsidéré, assurément – et rouler sur la tête d'une personne vivante, un geste criminel et meurtrier ? À quoi bon imaginer ce qu'il pouvait ressentir dans un cas comme dans l'autre ? C'était comme si les gens lui demandaient de trouver un sens à la fois au monde physique et à ses vauriens, ces derniers étant trop nombreux pour qu'on puisse les compter, trop différents pour qu'on puisse les cataloguer, le premier étant trop profond et mystérieux pour être sondé. Depuis quand cela faisait-il partie du travail de policier ? Les philosophes, les psychiatres et les prêtres n'étaient-ils pas payés pour expliquer les énigmes de l'univers et les comportements humains ? La plupart du temps, Raymer ne savait pas pourquoi lui-même faisait telle ou telle chose, alors les autres…

Quelles que soient ses tâches – et cette journée ne faisait sûrement pas exception à la règle –, elles étaient totalement inintéressantes. En tant qu'agent de police, devenu chef, il pensait consacrer son temps à un véritable travail de police, ou du moins de service public, mais après deux mandats, il savait à quoi s'en tenir. Évidemment, à North Bath, la plupart des crimes n'exigeaient pas de longues enquêtes. Une femme arrivait à l'hôpital après avoir été tabassée de toute évidence, et elle affirmait avoir trébuché sur un des jouets de son enfant. Quand vous alliez voir le mari, la main qu'il vous tendait à contrecœur ressemblait à un fruit monstrueux, violacé et enflé, dont la peau arrachée laissait suinter le jus qui était à l'intérieur. Pourtant, ces enquêtes d'une banalité déprimante étaient fascinantes comparées aux activités journalières de Raymer. Quand il n'assistait pas aux enterrements d'individus qu'il n'avait jamais appréciés, ou ne s'adressait pas à un groupe de « citoyens inquiets », qui semblaient moins s'intéresser aux solutions qu'il pouvait proposer qu'à la quantité d'invectives discourtoises qu'il était capable d'encaisser. Il n'était qu'un vulgaire employé de bureau idéalisé, un simple fonctionnaire qui remplissait des formulaires, adressait des rapports à des élus municipaux, étudiait des budgets. Certains jours, il ne quittait même pas son bureau. Alors, il engraissait. De plus, la paie était vraiment misérable. Bon, d'accord, il gagnait plus qu'un simple agent, mais pas assez pour compenser son exaspération permanente. Cependant, il se disait qu'il pourrait accepter la vacuité de son métier s'il l'exerçait avec brio, mais la vérité, c'était que lui-même ne valait pas mieux. Il ne savait pas ce qu'il aurait fait sans Charice – en parlant d'exaspération – et son harcèlement constant. Car elle avait raison, il était de plus en plus distrait, absent et préoccupé. Depuis Becka…

Non, il ne penserait pas à elle aujourd'hui. Pas question. Il se concentrerait sur l'instant présent.

Et à cet instant il faisait aussi chaud qu'en Ouganda. Le temps qu'il traverse le parking du cimetière et parcourt la centaine de mètres qui le séparaient des deux douzaines de personnes en deuil regroupées autour de la tombe du juge Flatt, il était en nage. Jamais on n'avait connu une chaleur aussi éprouvante au mois de mai. Ici, sur les contreforts des Adirondacks, le week-end du Memorial Day[1] marquait officieusement le début de l'été, mais c'était presque toujours une immense déception pour la population locale dévastée

1. Jour férié en l'honneur des soldats morts pour la patrie, célébré le dernier lundi du mois de mai. *(Toutes les notes sont du traducteur.)*

par l'hiver, et qui semblait croire qu'elle pouvait soumettre l'été à sa volonté. Les gens organisaient des barbecues dans leur jardin, malgré tout, même si les températures avoisinaient les cinq degrés et s'ils devaient sortir leurs anoraks. Et ils jouaient au softball, même si une semaine de pluies glaciales avait transformé le terrain en bouillasse. Et si un pâle rayon de soleil montrait le bout de son nez, ils se rendaient au bassin de retenue pour faire du ski nautique. Mais cette année, les prières les plus ferventes avaient été exaucées, comme souvent, d'après l'expérience de Raymer, avec une furieuse ironie. Il faisait trente-cinq degrés depuis trois jours, et ça semblait parti pour durer.

Raymer aurait été plus que satisfait de demeurer à la périphérie des événements de la journée, mais il commit l'erreur de croiser le regard du maire qui, avant qu'il puisse détourner la tête, lui fit signe de se joindre aux autres dignitaires, et Raymer dut s'exécuter, à contrecœur. La veille, il avait tout tenté pour échapper à cet enterrement, allant jusqu'à proposer de se faire remplacer par Charice, de plus en plus désireuse de fuir le poste de police. Il avait expliqué à Gus qu'il n'éprouvait aucune affection particulière pour Barton Flatt, il le considérait même comme un des nombreux fléaux de son existence. Mais le maire n'avait rien voulu entendre. Le juge avait été un homme important, et Gus attendait de Raymer qu'il assiste à l'enterrement, en uniforme qui plus est, chaleur ou pas chaleur.

Résultat, il était là, sous ce soleil impitoyable et inhabituel en cette saison, en train d'honorer un homme qui l'avait méprisé pendant presque vingt ans. Mais Raymer n'était pas le seul. Le mépris était le mode de fonctionnement par défaut du Juge, qui ne s'était jamais caché de considérer tous les êtres humains comme des créatures vénales (un terme que Raymer avait dû chercher dans le dictionnaire) et velléitaires (idem). Si monsieur Le Juge détestait les criminels, il aimait encore moins les avocats et les policiers qui, selon lui, auraient dû savoir à quoi s'en tenir. La première fois que Raymer avait été convoqué dans son bureau, après avoir fait usage de son arme accidentellement, celui-ci avait posé sur lui son célèbre regard torve pendant une éternité, avant de reporter son attention sur Ollie North, chef de la police à l'époque. « Vous connaissez mon opinion sur les crétins armés, avait-il dit. Si vous en armez un, vous devez les armer tous. Sinon, ce n'est pas équitable. » Au fil des ans, Raymer avait eu de nombreuses occasions de corriger la mauvaise image que cet homme avait de lui, mais n'avait réussi qu'à l'aggraver.

Cela étant, Raymer avait évidemment une autre raison d'essayer de se défiler aujourd'hui. Il n'était pas revenu à Hillside depuis l'enterrement de Becka, et il ignorait de quelle manière il réagirait en la sachant si proche. Il pensait en être sevré, mais comment faire si le choc et la douleur de sa disparition le submergeaient de nouveau et qu'il éclatait en sanglots en repensant à une femme qui s'était fichue de lui dans les grandes largeurs ? Si les personnes légitimement endeuillées le voyaient pleurer comme un veau ? Cette démonstration efféminée n'aurait-elle pas l'air de moquer leur chagrin plus sincère ?

« Vous êtes en retard, lui glissa Gus du coin de la bouche quand Raymer le rejoignit.

— Désolé, répondit Raymer, du coin de la bouche opposé, alors qu'il ne l'était pas et n'avait pas le courage de jouer la comédie par cette chaleur. J'ai reçu un appel au moment où je partais.

— Vous ne pouviez pas laisser quelqu'un d'autre s'en charger ? »

Raymer avait une réponse toute prête : « J'ai pensé que vous voudriez que je m'en occupe personnellement. »

Le maire tressaillit de manière visible.

« Alice ?

— Elle va bien. Je l'ai ramenée chez vous. »

Alice était l'épouse cinglée de Gus et Raymer aurait juré qu'elle avait encore cessé de prendre ses médicaments.

Charice l'avait contacté par radio, en ayant l'air de s'excuser, pour lui expliquer la situation.

« Ah bon ? avait-il dit en sentant son cœur se serrer. Encore le téléphone ?

— Exact », avait confirmé Charice.

Les téléphones portables, une nouveauté qui faisait fureur dans l'État de New York et à Albany depuis plus d'un an maintenant (et qui gagnait du terrain à Schuyler Springs) n'avait toujours pas véritablement pris à Bath. Gus en possédait un et il menaçait d'en fournir un à Raymer afin de rester en contact permanent avec lui. Apparemment, Alice avait observé des gens en train d'utiliser ces appareils et elle avait immédiatement compris l'usage qu'elle pouvait en faire. Jugeant que le téléphone rose qui se trouvait dans sa chambre conviendrait parfaitement, elle avait arraché le cordon du combiné et glissé l'appareil castré dans son sac à main. Depuis, quand elle éprouvait un besoin pressant de converser en public, elle sortait son téléphone et se mettait à discuter en singeant une personne qui parlait dans un authentique portable, ce qui flanquait la frousse aux gens.

« Laissez-moi m'en occuper, avait suggéré Charice. Vous allez être en retard à l'enterrement. »

Raymer rechignait à laisser quelqu'un d'autre s'occuper de la pauvre femme. Les uniformes avaient tendance à l'effrayer, mais elle avait été amie avec Becka et elle le reconnaissait, même si son uniforme paraissait en effet la perturber.

« Non, je serai content de m'en charger », avait répondu Raymer.

En vérité, il éprouvait de l'affection pour cette femme. Si la plupart des cinglés de Bath étaient agressifs, Alice était douce comme un agneau. Mais surtout, elle semblait seule. La mort de Becka avait été un choc pour elle.

« Peut-être qu'avec une autre femme… avait ajouté Charice, non sans un certain bon sens.

— Merci, mais j'ai besoin de quelqu'un qui garde la tête froide au poste. »

C'était sa réplique habituelle. Et sincère. Charice était la personne la plus efficace du poste de police, lui compris.

« Quoi ? Vous pensez que je vais faire peur à la femme du maire ? Parce que je suis noire ?

— Non, Charice. Cette pensée ne m'a même pas effleuré. » Sauf que si, très brièvement, avant que la morale l'envoie valdinguer. « Où est-elle ?

— Dans le parc. J'espère que vous savez que je ne suis pas dupe.

— Charice, cela n'a absolument rien à voir avec…

— Vous ne voulez pas assister à cet enterrement, voilà tout. »

Elle le déstabilisait avec ce nouveau tacle.

« Ce ne sera pas long, avait-il dit, en espérant se tromper.

— Je pourrais envoyer Miller, sinon.

— Miller ? » Elle plaisantait ou quoi ? Miller ? « Il est capable de la tuer.

— Il est juste à côté de moi, chef. »

Raymer avait poussé un soupir, en se massant le front.

« Dites-lui que je suis désolé. Ce n'était pas gentil.

— Je plaisante. Il n'est pas là.

— Dans ce cas, je ne suis pas désolé.

— Mais il aurait pu l'être, c'est ce que je veux dire. Voilà pourquoi vous vous fourrez toujours dans le pétrin.

— Je me fourre toujours dans le pétrin ?

— Heureux, nous le serons que si vous ne l'êtes.

— Je vous ai demandé de ne plus parler de ça, Charice.

— Je disais ça comme ça.

— Oui, je sais, Charice. Vous dites toujours ça "comme ça". Mais je vous demande de ne plus le dire, OK ? »

Il avait trouvé Alice assise sur un banc devant le monument aux morts. Même à l'ombre, il faisait une chaleur écrasante, mais elle ne semblait pas s'en apercevoir. Elle tenait le combiné rose contre son oreille. « Jamais je ne pourrais me montrer aussi cruelle avec une amie », disait-elle à sa correspondante imaginaire.

« Bonjour, madame Moynihan », avait dit Raymer en s'asseyant à côté d'elle.

Alice avait été une hippie à une époque de sa vie, et maintenant qu'elle approchait de la soixantaine, ça la reprenait. Elle avait coincé une fleur de pissenlit dans ses longs cheveux grisonnants et ne portait, à l'évidence, pas de soutien-gorge. Charice avait raison. Une fois de plus. Il aurait dû la laisser régler ça, comme elle l'avait proposé. Et elle avait mis dans le mille : il ne voulait pas assister à cet enterrement.

« Comment allez-vous ? »

Alice l'avait regardé d'un drôle d'air, comme s'il lui posait une colle, puis lui avait souri, ayant manifestement décidé que, malgré son déguisement de policier, elle connaissait cet homme. Après avoir appuyé sur une touche du téléphone pour couper la communication, elle l'avait glissé dans son sac.

« Becka vous passe le bonjour. »

Raymer avait senti un frisson glacé lui parcourir l'échine, alors même qu'une goutte de sueur coulait sur son front. Ce n'était pas la première fois qu'Alice affirmait être en contact avec son épouse morte.

« Vous la saluerez aussi de ma part. »

Alice avait soupiré et détourné le regard, comme gênée. « Tous ces hommes. »

Raymer avait mis un moment à comprendre qu'ils ne parlaient plus de Becka. Elle regardait la liste des noms sur le monument aux morts.

« Des jeunes garçons pour la plupart, avait-il fait remarquer.

— Oui, des jeunes garçons. Mon fils est parmi eux. »

C'était faux. Gus et elle n'avaient pas d'enfants. Alice avait eu un premier mariage, mais d'après ce qu'il en savait, aucun enfant n'était né de cette union non plus.

« La guerre est une chose affreuse, avait-elle ajouté.

— Oui. »

Dans la section des soldats morts au Vietnam, trois noms étaient ceux d'anciens camarades de classe.

« Becka voulait des enfants.

— Non. » Il se souvenait que la seule fois où ils avaient évoqué cette idée, Becka s'y était fermement opposée, alors il avait fait comme s'il n'en voulait pas, lui non plus. « Je ne crois pas.

— Je lui poserai la question la prochaine fois.

— Je peux vous déposer chez vous, Alice ?

— Il faut que je rentre ?

— Gus me l'a demandé. »

C'était un mensonge, mais il le lui *aurait* demandé s'il avait su que sa femme s'était encore débarrassée de sa laisse.

« Gus m'aime », avait-elle dit, comme si elle énonçait une vérité étrange et peu connue.

Ils s'étaient levés et Raymer l'avait accompagnée jusqu'à sa Jetta, et aidée à monter à bord. Ils n'avaient pas échangé un mot jusqu'à ce qu'il pénètre dans l'allée de la vieille demeure victorienne où elle vivait avec Gus, la dernière maison d'Upper Main, en face de l'entrée du Parc du Sans Souci. Avant de descendre de voiture, Alice s'était tournée vers lui.

« J'essaie encore de me souvenir de qui vous êtes. »

« Où ont-ils déniché ce type, nom d'un chien ? » glissa Raymer à l'oreille de Gus.

Le pasteur qui récitait l'éloge funèbre ressemblait un peu à Alice. Il avait des cheveux jusqu'aux épaules et les broderies raffinées, multicolores, de sa tunique diaphane et fluide suggéraient… quoi donc ? Qu'il brodait durant ses loisirs au lieu de regarder le sport à la télé ? Qu'il avait une petite amie ? Il y avait en lui quelque chose de viscéralement repoussant, décréta Raymer, mais il lui fallut une bonne minute pour comprendre ce que c'était. Comme aucun col ni aucun poignet de chemise ne dépassait de la tunique, et qu'on ne voyait pas non plus ses chaussettes, il donnait l'impression d'être nu sous cet habit saint, si bien que Raymer fut assailli par la vision indésirable des parties génitales de cet homme se balançant dans l'obscurité.

« Pendant plus de quatre décennies, entonna le révérend Tunique, le juge Baryon Flatt a été la voix de la justice et de la raison dans notre belle ville. Telle était l'expression qu'il employait pour décrire ce lieu cher à tous nos cœurs. *Notre belle ville.* »

Raymer réprima un grognement. Il aurait parié que monsieur le Juge n'avait jamais prononcé ces paroles. En vérité, il manifestait peu d'affection d'aucune sorte, si ce n'est pour un concept abstrait qu'il appelait « la justice des petites villes », et qu'il affirmait dispenser. En quoi cette justice différait-elle des autres, c'était une question que Raymer n'avait jamais eu le courage de poser, mais il soupçonnait que cela voulait dire « qui risque fort d'être annulée par une instance supérieure ». Fier de sa réputation de non-conformiste, Flatt rendait ses verdicts avec l'air résigné d'un homme qui savait bien que d'autres esprits autorisés verraient les choses différemment le moment venu. *Notre belle ville ?* Raymer ne le pensait pas.

Bon Dieu, quelle chaleur. Il sentait des filets de sueur couler sur sa poitrine, entre ses omoplates, sous ses aisselles, et toute cette moiteur s'accumulait dans son caleçon tire-bouchonné. Au fond de la tombe, profonde d'au moins deux mètres, une parcelle d'ombre l'attirait irrésistiblement. Il ferait bon sous terre, ça sentirait le frais. Comme ce serait agréable de ramper au fond de ce trou et de s'y blottir. Oui, oui, d'accord, se disait-il, un homme pouvait certainement désirer des choses plus agréables, mais sincèrement, aucune ne lui venait à l'esprit. Sa rencontre avec Alice et l'allusion inattendue à Becka avaient eu pour effet de plomber son moral, déjà au plus bas. Depuis le décès de sa femme un an plus tôt (bon, très bien, il penserait à elle finalement), Raymer n'était plus lui-même. Le matin, après une bonne nuit de sommeil pourtant, il se sentait si déprimé et léthargique qu'il devait se motiver pour sortir du lit. Il n'avait plus d'appétit. Sa libido s'était éteinte et au poste Charice devait souvent lui rappeler qu'il fallait manger. Elle mettait ça sur le compte du chagrin, mais Raymer s'interrogeait. Certes, il avait aimé Becka, de tout son cœur, et elle avait connu une mort horrible et indescriptible, mais désormais, il était surtout curieux de savoir avec qui elle s'apprêtait à fiche le camp.

Gus lui donna un coup de coude et demanda, d'une voix à peine audible :

« Où en est votre discours ?

— J'ai presque terminé », répondit Raymer alors qu'il n'avait pas écrit un seul mot.

Le grand événement de la journée de lundi, l'apogée du week-end férié, le changement de nom du collège en l'honneur de Beryl Peoples, voilà encore une obligation à laquelle il avait tenté, sans succès, de se soustraire. Gus avait appris, Dieu sait comment, que Raymer avait été l'élève de Miss Beryl et il l'avait immédiatement enrôlé dans les festivités. Raymer lui avait expliqué qu'il était un élève plus que moyen qui ne rendait guère justice à ses talents d'enseignante. Pourquoi ne pas demander plutôt à quelqu'un qui avait obtenu de bonnes notes ? Parce que les gamins intelligents étaient tous partis vivre ailleurs, lui avait répondu Gus, sans surprise. Raymer devait donc s'y coller. Un peu plus tôt dans la semaine, assis face à un bloc-notes, il avait effectué quelques vagues tentatives, avant de renoncer. Il essaierait de nouveau cet après-midi. Et s'il séchait, il demanderait à Charice d'écrire quelque chose.

« Notre... belle... ville », répéta le révérend Tunique en jouant l'étonnement.

Grâce à la seule rhétorique, il s'était mis dans un état proche de l'extase et il écarta les bras, comme pour étreindre la totalité de Bath, même si, à cet instant, ses seules ouailles, outre la poignée de personnes en deuil, étaient ces tombes qui s'étendaient dans toutes les directions, aussi loin que portait le regard.

« En ce jour où nous mettons en terre ce géant, peut-être devrions-nous prendre le temps de nous demander ce qu'il voulait dire par ces mots. »

Ce géant ? Un mètre soixante-cinq, soixante-dix kilos maximum. Raymer aurait pu réaliser un épaulé-jeté avec ce géant et l'envoyer valdinguer proprement. D'ailleurs, plus d'une fois, il s'était imaginé passant à l'action.

« Voulait-il dire que la nature nous a gâtés ici, à Schuyler County, et que nous n'avons que l'embarras du choix entre tant de beautés ? Entre les montagnes, les lacs, les rivières et les sources ? »

Les sources ? Pourquoi les mentionner ? Elles étaient *toutes taries.*

« Et les forêts, fraîches et touffues, arpentées jadis par des Iroquois rapides et silencieux grâce à leurs mocassins au cuir souple ? »

Des Iroquois ? Raymer était abasourdi. Si ces putains d'Indiens faisaient irruption dans l'éloge funèbre du juge, quelle crédibilité accorder au reste de son discours ?

« Je pense que c'est ce qu'il voulait dire, oui, déclara le révérend Tunique. Mais ne voulait-il pas dire *autre chose* ? »

Raymer était prêt à jurer que le défunt n'avait pas d'autres idées en tête si cela pouvait leur permettre de rentrer chez eux, mais il ne fallait pas rêver.

« Moi, je pense qu'il voulait dire autre chose. »

Était-il possible que cet imbécile représente une véritable Église quelque part ? Il était plutôt du genre à fonder la sienne. Ou bien s'agissait-il d'une sorte de pasteur inter-religions prêté par l'université de Schuyler Springs, où il était chargé d'apaiser les doutes des étudiants, dans l'hypothèse peu probable où ils dessoûleraient assez longtemps pour nourrir des interrogations. Une affiliation universitaire pourrait expliquer à la fois ces inepties verbeuses et l'aplomb avec lequel il les énonçait. Néanmoins, on était obligé de se demander quelles consignes il avait reçues. Personne ne l'avait donc informé que le juge Flatt était le plus grand athée de Bath ? Que c'était pour ça qu'il n'y avait pas eu de cérémonie religieuse ? Ne comprenait-il pas que sa présence aujourd'hui était une concession obligatoire au statut de figure publique du défunt et au désir de la communauté de lui rendre un dernier hommage ? (Certes, Raymer n'éprouvait pas un tel désir, mais il admettait que d'autres puissent l'éprouver.) Loin de se douter qu'on lui avait confié une mission foireuse, le révérend Tunique semblait estimer de son devoir de délivrer un sermon identique à celui qu'il aurait prononcé en chaire pour l'enterrement de son diacre adoré. Ou de s'assurer, tout au moins, que la cérémonie dure autant de temps sous le soleil brûlant qu'elle en aurait duré à l'intérieur d'une église avec la clim à fond.

Qu'aurait fait Miss Beryl de ce crétin ? « Quand vous écrivez, conseillait-elle à Raymer et à ses camarades de classe, imaginez un triangle rhétorique. » En haut de leurs dissertations, elle dessinait toujours deux triangles : le premier représentait le devoir de l'élève et le second, d'une forme différente, était censé améliorer le premier. Comme si l'irruption de la géométrie (encore une matière qui donnait des sueurs froides à Raymer) permettait de clarifier les choses. Les côtés du triangle de la vieille dame se nommaient *Sujet*, *Public* et *Locuteur*, et la plupart des questions qu'elle gribouillait dans les marges de leurs rédactions concernaient les relations entre ces trois éléments. SUR QUOI écrivez-vous ? leur demandait-elle souvent, en traçant un trait ondulé qui remontait jusqu'au *S* du côté « Sujet ». Même quand ils travaillaient sur un thème qu'elle avait elle-même choisi, elle affirmait que le sujet du devoir n'était pas clair. Parfois, elle demandait : *Selon vous, qui est votre PUBLIC ?* (Eh bien, *vous*, avait envie de lui rappeler Raymer, bien qu'elle maintienne, de manière inébranlable, qu'il n'en était rien.) *Que font vos lecteurs à cet instant ? Qu'est-ce qui vous permet de croire que tout cela va les intéresser ?* (Ben, si ça ne les intéressait pas, pourquoi leur avait-elle imposé ce sujet ? Elle croyait que ça l'intéressait, lui ?)

Mais ses questions les plus mystérieuses et les plus déroutantes portaient toujours sur le *locuteur.* Dans le triangle de Raymer, ce côté était toujours si minuscule, et les deux autres si allongés que le résultat géométrique ressemblait à une rampe pour bateaux. Sur chacun de ses devoirs elle écrivait *Qui êtes-vous ?*, comme si son nom et son prénom n'étaient pas clairement écrits en haut de la première page. Quand on interrogeait Miss Beryl à ce propos, sa réponse était tout aussi déconcertante. Il y avait toujours, affirmait-elle, « un auteur implicite » caché derrière l'écriture elle-même. Pas vous, l'auteur du texte, la personne que vous voyiez en regardant dans un miroir, mais le « vous » que vous deveniez quand vous preniez un crayon avec l'intention de communiquer. *Qui est ce Douglas Raymer-là ?* aimait-elle demander par provocation. (*Personne,* voulait-il répondre, parfaitement disposé à ne plus exister si elle le laissait tranquille.)

Comme cela semblait très important pour elle, Raymer avait fait de son mieux pour déchiffrer le triangle de la vieille dame, mais il demeurait aussi énigmatique à ses yeux que la Sainte Trinité. Au moins, celle-ci était présentée comme un mystère profond, fait pour être contemplé, en sachant qu'il échappait à l'entendement humain : un immense réconfort pour Raymer car il échappait au sien assurément. Alors que le triangle rhétorique de Miss Beryl était une chose qu'il *aurait dû* comprendre.

Aujourd'hui, ironie du sort, plus de trente ans plus tard, Raymer saisissait enfin de quoi elle voulait parler : il manquait deux côtés au triangle du révérend Tunique. De toute évidence, il n'avait pas songé un seul instant à son public et à sa souffrance sous cette chaleur impitoyable. Et son sujet n'avait guère d'importance. Le juge Flatt, un homme dont il ne savait rien, n'était pour lui qu'un prétexte rhétorique. Pire, afin de combler le vide qui en résultait, le côté « locuteur » du triangle, celui qui laissait réellement perplexe le jeune Raymer, était la partie que le révérend Tunique maîtrisait à fond. Si on lui avait demandé *Qui êtes-vous ?* il aurait répondu qu'il était *quelqu'un*, et quelqu'un d'exceptionnel par-dessus le marché. Raymer doutait fort que Miss Beryl ait partagé cet avis, mais quelle importance ? Tous les révérends Tunique de ce monde s'en fichaient. D'où venait une assurance aussi époustouflante ? Malgré la haine viscérale qu'il vouait à cet homme, Raymer ne pouvait s'empêcher d'envier sa certitude absolue. À l'abri du moindre doute, ce révérend Tunique estimait manifestement être l'homme de la situation et de n'importe quelle autre situation sans doute, avant même qu'on lui explique la situation. Il avait tout compris, il était impatient de faire partager son savoir et semblait penser qu'il avait de quoi contenter tout le monde.

À l'inverse, Raymer avait toujours été torturé par le doute ; à force de laisser les opinions que les autres avaient de lui prendre le dessus sur la sienne, il n'était jamais sûr d'en avoir une. Enfant, il avait été particulièrement sensible aux insultes, qui non seulement le blessaient profondément, mais le rendaient idiot. Vous le traitiez d'imbécile, il le devenait aussitôt. Vous le traitiez de peureux, il devenait froussard. Plus déprimant encore : l'âge adulte ne l'avait guère changé. La remarque du juge Flatt concernant les armes fournies aux crétins l'avait meurtri précisément parce qu'il avait été jaugé à sa juste valeur. Il fallait voir les choses en face : le bon sens lui avait fait défaut ce jour-là. Il avait laissé Donald Sullivan, un autre fléau de son existence, lui taper sur les nerfs. Celui-ci avait roulé sur les trottoirs d'un quartier résidentiel au volant de son pick-up et Raymer avait parfaitement le droit de l'arrêter. Mais il n'aurait pas dû dégainer son arme, il n'aurait certainement pas dû la pointer sur un civil non armé, même en guise de sommation, et encore moins ôter le cran de sûreté, aggravant ainsi ses deux premières erreurs. Il ne se souvenait pas d'avoir pressé la détente, mais il avait dû le faire sans s'en rendre compte. Un tir de sommation, voilà comment il avait immédiatement justifié son geste mentalement, ses pensées étaient plus rapides que la balle. Mais pas beaucoup plus. Une fraction de seconde plus tard, il avait entendu au loin (miraculeusement, songeait-il encore aujourd'hui) un bruit de verre brisé à presque deux rues de là, provenant d'une petite fenêtre de salle de bains octogonale, derrière laquelle une vieille femme était assise sur ses toilettes. Si elle avait été plus prompte à se soulager ou à se relever après avoir fini, elle aurait reçu la balle derrière la tête.

Cet incident l'avait transformé en pacifiste. Pendant plus d'un mois, jusqu'à ce qu'Ollie North remarque quelque chose d'anormal dans son comportement et demande à voir son arme, que Raymer n'avait pas rechargée. Il n'aurait même pas pensé à la porter si le manuel n'avait pas stipulé formellement qu'un uniforme de policier n'était pas complet sans son arme. Ollie, encore plus mortifié de voir l'arme déchargée de Raymer qu'il l'avait été par l'usage accidentel de celle-ci, lui avait expliqué que s'il existait une chose plus dangereuse qu'un civil armé, c'était un policier désarmé. « Tu as envie de mourir ? » lui avait-il demandé. Malgré son manque d'expérience, Raymer savait que la bonne réponse était « non », mais il avait simplement haussé les épaules, laissant la question en suspens.

Qu'est-ce qui le rendait si vulnérable aux jugements des gens, s'était-il toujours demandé, alors que d'autres échappaient à toute critique. OK, le défunt juge aurait peut-être eu une piètre opinion de ce révérend Tunique. S'il était toujours vivant pour écouter cet éloge funèbre grotesque, il l'aurait certainement envoyé derrière les barreaux pour diffamation. Pourtant aux yeux de Raymer, les deux hommes étaient plus semblables que différents : aucun des deux ne se souciait d'avoir tort et ils n'étaient pas enclins à corriger leurs jugements. (*Corrigez, corrigez, corrigez,* leur recommandait toujours Miss Beryl. Écrire, c'est réfléchir et une bonne réflexion honnête *nécessite de corriger.*)

Mais pas le fait de juger, apparemment. Raymer avait été convoqué dans la salle de tribunal de Flatt à maintes reprises, et à sa connaissance, celui-ci n'avait jamais, absolument jamais modifié son verdict initial. Récemment, Raymer avait témoigné contre un dénommé George Spanos qui vivait à la périphérie de *notre belle ville* avec son épouse, ses enfants et une douzaine de chiens galeux qu'il frappait sauvagement jusqu'à ce qu'ils deviennent sauvages à leur tour. Quand Raymer était allé l'arrêter, il avait été mordu trois fois, deux fois par les chiens et une fois par un enfant (sauvage lui aussi). (La femme, Dieu merci, n'avait plus de dents.) La morsure du gamin s'était infectée, exigeant le recours aux antibiotiques, celles des chiens avaient nécessité une injection antitétanique, et pourtant, quand Raymer s'était avancé en boitillant pour témoigner, Flatt n'avait pas manifesté la moindre compassion, alors que, contrairement à l'incident précédent, Raymer était clairement et incontestablement dans son droit. Sous le regard étudié et théâtral du magistrat, Raymer avait eu le sentiment que l'accusé et lui avaient échangé leurs rôles. C'était lui, le chef de la police, qui devait s'expliquer. Qu'il ait été mordu par les chiens, cela se comprenait, admettait le juge. Mais comment diable avait-il pu se faire mordre par un enfant ? Le juge suppliait Raymer de lui fournir une explication. Durant tout le procès, Spanos était resté assis à côté de son avocat, avec un tel air d'innocence meurtrie que Raymer avait failli y croire. Alors que lui-même – et il n'avait pas besoin d'un miroir pour voir le visage qu'il offrait au monde – affichait sa sempiternelle tête de coupable. De toute évidence, le juge Flatt le considérait comme un idiot, il n'avait donc pas d'autre choix que d'en devenir un. Seules les apparences comptaient, et inévitablement, elles étaient contre lui. La justice ? Comment une telle chose pouvait-elle exister alors que l'innocence avait le visage de la culpabilité et vice versa ?

Plus rageant encore que ces humiliations à répétition dans la salle de tribunal : ce vieux pervers s'était entiché de Becka. Peu de temps après leur mariage, elle s'était retrouvée assise par hasard à côté de Flatt au cours d'un dîner pour fêter un départ en retraite. Le juge ne perdait jamais une occasion de reluquer les jeunes femmes et depuis que son épouse était morte, il ne voyait pas ce qui l'empêchait, tout vieux schnock qu'il était, de flirter à l'occasion avec celles des autres. Ce soir-là, Becka était habillée de manière provocante, d'après les critères en vigueur à North Bath du moins, c'est-à-dire qu'elle portait une robe noire au décolleté plongeant. Durant tout le dîner, Becka et le juge, assis en bout de table, avaient comploté comme deux vieux potes qui échangent un tas de souvenirs communs. À un moment donné, leurs têtes s'étaient touchées et le regard de Becka avait brièvement croisé celui de Raymer, avant qu'elle éclate de rire. Naturellement, il en avait conclu que monsieur le Juge lui racontait, pour la distraire, comment son imbécile de mari avait failli abattre une vieille femme assise sur son trône.

« Quel amour ! » s'était exclamée Becka un peu plus tard en s'attachant sur le siège du SUV. La ceinture, en tirant sur le décolleté de la robe, dévoilait un magnifique sein. Flatt avait-il eu droit à ce spectacle réconfortant pendant la soupe carottes-gingembre ? se demandait Raymer. « Il s'est montré on ne peut plus charmant. Pourquoi tu m'as mise en garde contre lui ?

— Il m'a traité de crétin, je te le rappelle. » Raymer lui avait parlé du tir accidentel dès le début de leur relation, en songeant qu'il valait mieux qu'elle l'apprenne par lui, plutôt que par le téléphone arabe de Bath où, à l'instar de beaucoup d'autres histoires qui le ridiculisaient, celle-ci connaissait encore une belle carrière. « Devant mon supérieur. Devant l'homme que j'avais arrêté.

— En fait… »

Là, sa femme s'était interrompue, assez longtemps pour qu'il se demande ce qui allait suivre. *(C'était il y a mille ans… Je suis sûre qu'il ne le pensait pas… Peux-tu lui en vouloir ?)* Il espérait qu'elle dirait : *En fait, il pense le plus grand bien de toi,* mais évidemment, elle ne l'avait pas dit. Au lieu de ça : « Je sais à quel point tu redoutais cette soirée, mais j'ai passé un très bon moment. »

À l'entendre, Raymer était beaucoup trop complexé. « Tout ne tourne pas autour de ta personne », lui disait-elle, en donnant l'impression qu'il souffrait de narcissisme. Mais elle avait raison. Il avait la sale manie d'intérioriser les choses. Prenons par exemple les deux démissions dramatiques du juge. Était-ce une coïncidence s'il avait remis la première le jour où Raymer avait été élu chef de la police ? Et si la seconde était survenue exactement quatre ans plus tard, quand il avait été réélu ? Oui, affirmait Becka. Non seulement ça *pouvait* être une coïncidence, mais c'en était une, sans l'ombre d'un doute. Au cours des vingt dernières années, le pauvre homme avait dû lutter contre trois cancers, une tumeur au poumon tout d'abord, puis quelques cellules de la prostate particulièrement agressives, et pour finir un nodule petit mais malveillant attaché au tronc cérébral, une malignité qui, pendant un temps, avait semblé affûter son intellect féroce, aiguiser son esprit et sa langue, qui n'avaient pourtant pas besoin de ça, de l'avis de Raymer. De fait, celui-ci venait juste de parvenir à la conclusion que le cancer n'était pas le tueur redoutable que l'on décrivait, quand on avait appris que le vieil homme était tombé dans le coma et que, quelques jours plus tard, il avait fini par mourir.

Raymer avait été surpris d'éprouver des sentiments mitigés. D'un côté, il ne sentirait plus peser sur lui ce regard critique et désapprobateur qui vous faisait serrer les fesses.

Et, sauf dans ses souvenirs, il ne se ferait plus insulter par ce personnage dont l'opinion pesait si lourd. Mais si l'esprit vous survivait, comme le croyaient un grand nombre de gens, cela ne voulait-il pas dire que le juge Flatt le considérerait éternellement comme un crétin ? N'était-ce pas injuste ? Était-il si nul que ça ? Certes, il n'avait jamais obtenu des notes extraordinaires à l'école. Bien qu'il ait été un élève discipliné qui ne causait jamais de problèmes, ses professeurs semblaient toujours soulagés à la fin de l'année scolaire quand il passait dans la classe supérieure avec ses camarades, pour devenir le fardeau de quelqu'un d'autre. Seule Miss Beryl, qui continuait à dessiner ses triangles et à lui demander qui il était dans les marges de ses devoirs, paraissait éprouver un semblant d'affection pour lui, mais là encore, il n'en était pas sûr. La vieille femme ne cessait de lui fourrer des livres dans les bras, et alors qu'un autre garçon aurait vu dans ces cadeaux une marque d'encouragement, lui s'était demandé s'il ne s'agissait pas d'une punition, pour quelque méfait qui lui aurait échappé.

La couverture d'un de ces livres, il s'en souvenait, représentait un groupe de personnes voyageant à bord d'une montgolfière. Pour lui, tout sonnait faux dans cette illustration. Les couleurs du ballon étaient trop vives et les êtres humains qui se balançaient en dessous paraissaient heureux d'être prisonniers de ce petit panier, alors que la logique voulait qu'ils soient morts de peur. Un autre de ces livres parlait apparemment de plusieurs explorateurs qui avaient pénétré dans les entrailles de la Terre par un volcan. Qu'essayait-elle de lui dire, nom d'un chien ? Qu'il devrait envisager de partir quelque part, loin ? Tout en haut ou tout en bas ? Qu'importe, du moment qu'il partait ?

Il la remerciait pour chacun de ces livres, évidemment, mais une fois rentré chez lui, il les cachait sur le dessus de son armoire où sa mère, toute petite, ne risquait pas de les voir (à moins de monter sur une chaise) et de se demander d'où ils venaient. Durant toute l'enfance de son fils, elle avait vécu avec la peur secrète, et fermement ancrée, qu'il devienne un voleur, comme son père à elle, et chaque fois qu'il entrait en possession d'une chose qu'elle ne lui avait pas elle-même donnée, elle exigeait immédiatement d'en connaître la provenance. Si l'explication lui semblait louche ou improbable, ça se passait mal : les mêmes hurlements, les pleurs, les arrachages de cheveux hystériques qui avaient fini par faire fuir son père. Les cheveux qu'on arrache faisaient particulièrement peur à Raymer car ceux de sa mère étaient déjà si fins qu'on voyait la pâleur de son cuir chevelu à travers, et il ne voulait pas être le seul gamin en ville dont la mère était chauve.

« Ils vont venir et ils vont t'emmener, menaçait-elle sans cesse, les yeux gonflés et rougis, exorbités. Voilà ce qu'ils font aux voleurs. »

Puis elle fixait sur lui son regard terrible, pour qu'il absorbe la vérité qu'elle était en train de lui asséner, après quoi elle poussait un long soupir et se perdait dans la contemplation de l'horizon, de ses souvenirs, de l'événement central de son enfance. « Ils ont emmené mon père. Ils ont frappé à la porte de chez nous. J'ai supplié maman de ne pas ouvrir, mais elle l'a fait quand même, alors ils sont entrés et ils l'ont emmené. » Elle revivait longuement cette scène effroyable, puis elle revenait au présent et à son fils pour l'inévitable post-scriptum. « Ce qu'il a pleuré ! Il les suppliait de ne pas l'emmener ! » Le sous-entendu était clair : le jour venu, Raymer chialerait lui aussi et il supplierait les policiers de ne pas le conduire en prison. Bien qu'il n'ait jamais rien volé et n'en ait nullement l'intention, il n'avait pas pu rejeter totalement cette éventualité, que sa mère prévoyait de manière si nette. Son plan, si on pouvait appeler ça ainsi, consistait à s'empêcher de désirer quoi que ce soit au point que le vol devienne une tentation irrésistible.

La plupart des livres que lui avait donnés Miss Beryl étaient vieux et sentaient le moisi, les pages étaient cornées, exactement le genre de livres dont vous vouliez vous débarrasser, mais d'autres étaient en meilleur état, il y en avait même des neufs. Souvent, le nom *Clive Peoples Jr.* figurait sur la page de garde. Quand il avait questionné Miss Beryl à ce sujet, elle lui avait répondu qu'ils avaient appartenu à son fils, devenu adulte et banquier. Quelque chose dans son intonation suggérait que Clive le garçon ou Clive l'adulte l'avait déçu. Avait-il été incapable, lui aussi, de maîtriser le triangle rhétorique ? Raymer éprouvait de la compassion pour Jr. Avec une mère comme Miss Beryl, votre existence n'était plus qu'une marge géante dans laquelle elle vous posait des questions absurdes.

Néanmoins, il avait honte de faire semblant de lire les livres qu'elle lui donnait et il aurait aimé la convaincre d'arrêter. Il aurait bien voulu également qu'elle cesse de l'interroger sur ces livres qu'il prétendait avoir lus. Pourquoi ne ressemblait-elle pas aux autres profs qui, à la rentrée, le regardaient d'un air vide quand il les saluait devant le Woolworths, ayant totalement oublié son existence en quelques mois ? La vieille Peoples n'oubliait jamais rien, craignait-il, et elle n'avait pas l'intention de l'oublier, lui.

À l'instar d'un grand nombre de ses angoisses, celle-ci se révéla fondée. Durant toute sa scolarité, Miss Beryl continua à le torturer. « Que lis-tu en ce moment, Douglas ? » lui demandait-elle chaque fois que leurs chemins se croisaient, et comme il ne pouvait pas citer le moindre titre, elle lui recommandait de passer chez elle. « J'ai plusieurs livres qui pourraient t'intéresser, je pense. » Il promettait toujours, mais évidemment, il ne le faisait jamais. À cette époque, elle était retraitée de l'enseignement, et peut-être souffrait-elle de la solitude, son mari moniteur d'auto-école étant mort dix ans plus tôt dans l'exercice de son devoir, projeté à travers le pare-brise d'une voiture par un conducteur débutant et nerveux. Raymer était triste de la savoir seule, mais il n'y était pour rien et il devinait sa ferme intention de continuer à imprimer éternellement ses questions dans les marges de son esprit.

Après avoir obtenu son diplôme de fin d'études, il s'était inscrit dans un *community college*[1] du sud de l'État, mais sa mère était tombée malade, il n'y avait plus d'argent, et il avait dû rentrer à Bath. Ayant perdu le contact avec Miss Beryl, il s'aperçut qu'il n'avait plus peur d'elle désormais, et peut-être même qu'elle lui manquait un peu. Plus d'une fois il avait songé à lui rendre visite, pour lui demander éventuellement où elle voulait en venir en lui donnant tous ces livres. Peut-être lui avouerait-il également qu'il ne savait toujours pas qui était Douglas Raymer. Mais entre-temps elle avait pris Donald Sullivan comme locataire et il lui semblait impossible qu'une seule personne puisse éprouver de l'affection pour deux hommes aussi différents. Tant pis, s'était-il dit. Que la vieille s'amuse à écrire dans les marges de Sully. On verrait bien ce qu'il en penserait, lui.

C'était à cette époque qu'il avait décroché un boulot de surveillant à l'université de Schuyler Springs, où il avait rencontré un vieux flic du campus qui lui avait suggéré d'entrer à l'école de police, ce qu'il avait fini par faire. Un uniforme, avait-il découvert alors, était ce qu'on pouvait trouver de mieux après une identité, et Miss Beryl elle-même avait semblé authentiquement ravie, bien qu'un peu surprise, quand elle l'avait vu dans cette tenue pour la première fois. « Cet uniforme a fait des merveilles pour te donner confiance en toi, on dirait, avait-elle commenté. Ta mère doit être fière. » À vrai dire, sauf erreur, sa mère était plus soulagée que fière. Le fait qu'il entre dans la police avait apparemment eu raison de sa crainte de voir son fils finir en taule. Raymer n'avait pas le courage de lui dire que l'un n'excluait pas l'autre.

Puis Becka était arrivée. Raymer l'avait arrêtée pour avoir roulé à 80 dans une zone limitée à 50. Elle avait un

1. Université d'accès plus facile.

permis de conduire et des plaques de Pennsylvanie car elle avait emménagé à Bath une semaine plus tôt. Elle était actrice, avait-elle expliqué (elle était assez jolie, en effet) et elle roulait trop vite car elle était en retard pour des répétitions à Schuyler Springs, le metteur en scène de la pièce serait furieux. D'ailleurs, elle risquait de perdre son rôle. Pourrait-il la laisser repartir avec juste un avertissement ? Bon sang, ce sourire.

Il avait envie de céder, mais non. Elle conduisait dangereusement et ce n'était pas bien de passer l'éponge sous prétexte qu'elle était jolie, lui avait souri et s'était débrouillée pour lui toucher le poignet en tendant son permis de conduire. Becka avait paru réellement estomaquée par la décision de Raymer de lui coller un PV. Plus tard, elle avouerait qu'elle avait été arrêtée un certain nombre de fois pour excès de vitesse, sans jamais écoper d'autre chose que d'un avertissement. Cela l'avait incitée à s'interroger sur le genre d'homme qu'il était. Trois mois après, quand elle lui avait dit : « Tu sais quoi ? Tu devrais me demander de t'épouser », il avait cru rêver.

Avec quelle rapidité cette impression avait été ébranlée. Quand ils étaient partis en voyage de noces, il avait remarqué que la valise de Becka était étonnamment lourde, mais il savait qu'en l'interrogeant à ce sujet il partirait d'un mauvais pied conjugal. Quand ils étaient arrivés à destination, il avait hissé la valise sur le grand lit, elle l'avait ouverte et là, plusieurs pièces de théâtre plus trois ou quatre gros romans avaient dégringolé. Il avait blêmi. Certes, il y avait énormément de livres chez elle, les étagères ployaient sous les ouvrages consacrés au métier de comédien, les romans et les pièces. Ça ne le gênait pas qu'elle aime lire. Après tout, c'était une fille, et beaucoup d'entre elles, comme les maigrichonnes à la fac de Schuyler, souffraient de la même maladie. Mais leur lune de miel ne durait qu'une semaine. Pourquoi avait-elle besoin d'*autant* de livres ? Il songea tout d'abord, avec effroi, qu'il y avait eu un malentendu et qu'elle s'attendait à un mariage platonique. Il s'avéra que ce n'était pas le cas, même si, dès qu'ils avaient fini de faire l'amour, Becka poussait un soupir de contentement et prenait un livre dans lequel elle s'absorbait immédiatement. Raymer avait alors le sentiment de n'être qu'un court chapitre, sans doute insignifiant. Elle lisait également au bord de la piscine, et elle avait lu dans l'avion au retour. Elle avait fini son dernier livre au moment où l'appareil se posait sur la piste.

Devant le tapis de livraison des bagages, alors qu'ils regardaient passer ceux des autres voyageurs, il avait décidé de lui demander de but en blanc : « Pourquoi tu lis autant ? »

Tout d'abord, elle n'avait pas semblé comprendre la question, ou peut-être que sa réaction puisait sa source dans une profonde et sincère perplexité. Elle avait répondu, avec un haussement d'épaules. « Comment savoir ? Pour la même raison que tout le monde, j'imagine. Pour chercher l'évasion. Voilà la mienne ! » En disant cela, elle avait pointé le doigt, plongeant dans une confusion passagère Raymer qui pensait qu'elle avait peut-être vu le moyen de s'évader de son mariage, et pas uniquement sa valise sur le tapis roulant. N'empêche, elle lisait pour s'évader. Pourquoi ? Pas un seul instant au cours de cette magnifique semaine pleine de soleil, de plats sophistiqués, d'alcool et de sexe à perdre haleine, il n'avait éprouvé l'envie d'être ailleurs.

« Je suppose que tu connais le triangle rhétorique », avait-il dit, surpris de sentir des larmes dans ses yeux. Car elle le connaissait forcément. Pire : elle le comprenait sans doute, comme la Sainte Trinité et tous les autres concepts abstraits qui l'avaient fait sécher durant son enfance et son adolescence, longues et torturées. Bizarrement, il avait réussi à épouser quelqu'un qui aimait l'école. Il imaginait sa jeune épouse enfant, assise au premier rang, main levée, agitant presque le bras dans l'espoir d'être interrogée, toujours certaine de connaître la réponse. Il imaginait même l'expression de son visage juvénile, mélange de pitié et d'exultation, quand le professeur interrogeait un lambin qui s'efforçait de rester invisible au fond de la classe, un garçon qui ne connaissait presque jamais la réponse, et qui, les rares fois où c'était le cas, n'avait pas le courage de lever la main.

« C'est quoi, le triangle rhétorique ? avait demandé Becka en récupérant sa valise sur le tapis. Hé... tu pleures ou quoi ? »

Oui, il pleurait. « Je t'aime », avait-il dit alors, ce qui était vrai, mais n'expliquait pas la présence de ces larmes. Il avait été frappé de plein fouet par l'évidence : ils étaient profondément et incroyablement différents. Il serait donc bien avisé de profiter d'elle tant qu'il le pouvait, car ça ne durerait pas.

« Où est le tien ? avait demanda Becka en balayant du regard les bagages qui cheminaient tranquillement, peut-être agacée par cette démonstration peu virile en public. Ils ont pris l'avion en même temps, ça serait normal qu'ils descendent ensemble, non ?

— Ma valise est sûrement perdue, avait-il répondu, et soudain c'était devenu une certitude.

— Bon sang, ce que tu peux être pessimiste. »

Elle s'était dressée sur la pointe des pieds pour mieux voir. Bizarre : elle était aussi certaine que sa valise allait apparaître d'une seconde à l'autre que lui était certain qu'elle avait été égarée.

Il avait raison, évidemment. Sa valise était perdue, et lui aussi.

Becka, pensa-t-il et ses yeux s'embuèrent au souvenir de cette trop brève période pendant laquelle ils étaient encore amoureux. Comme aucune des personnes endeuillées ne faisait attention à lui, il risqua un coup d'œil en direction de sa tombe. Il savait grosso modo où elle se trouvait, mais les pierres tombales étant posées à plat dans cette section du cimetière, impossible de la localiser avec précision. Quelqu'un avait déposé un bouquet de grandes roses rouges sur une des tombes, et cela provoqua chez Raymer, qui avait laissé passer le premier anniversaire de son décès, un profond sentiment de culpabilité tardive. Becka était enfant unique, ses parents avaient trouvé la mort dans un accident de voiture quand elle était encore lycéenne, et ses amis comédiens étaient trop égocentriques pour pleurer sa disparition, ou même se souvenir d'elle. Il ne restait donc que Raymer pour remplir cette fonction, à moins de compter Alice Moynihan.

Ou encore l'homme pour lequel Becka s'apprêtait à le quitter.

Quand Gus lui donna un autre coup de coude, en lui jetant un regard interrogateur, Raymer s'aperçut qu'il avait sorti de sa poche de pantalon la télécommande de la porte de garage et qu'il la tripotait sans s'en rendre compte. Peu de temps après le décès de Becka, il avait revendu son SUV au concessionnaire Toyota où ils l'avaient acheté deux ans plus tôt. Il pensait l'avoir vidé soigneusement, mais en le nettoyant pour le revendre, le service clients avait découvert la télécommande en repoussant à fond le siège du conducteur. « Je parie que vous l'avez cherchée partout, lui avait dit le type qui lui avait rapporté la télécommande au poste. Ne me demandez pas comment elle a pu se retrouver coincée sous le siège comme ça. »

Sur le moment, Raymer avait tout naturellement pensé que cette télécommande était celle de leur garage. Il avait mis la maison en vente dès le lendemain de l'enterrement et s'était promis de remettre la télécommande aux nouveaux propriétaires. Il l'avait rangée dans son bureau pour ne pas la perdre et l'avait oubliée aussitôt, jusqu'à il y a une quinzaine de jours. La maison s'était vendue très vite et maintenant, il se souvenait très clairement d'avoir remis aux acheteurs deux télécommandes de garage, en même temps que les clés, lors de la signature. Alors, d'où venait *cette* télécommande ?

« Ça va ? chuchota Gus.

— Oui, ça va, répondit Raymer, tout bas, en rangeant l'appareil dans sa poche, même si, en vérité, il avait la tête qui tournait.

— Alors, arrêtez de tituber. »

Il n'avait pas conscience qu'il titubait. Il arrêta net.

Évidemment, cette étrange énigme n'avait peut-être aucun rapport avec Becka. Le SUV était un modèle d'exposition qui avait déjà plusieurs centaines de kilomètres au compteur quand ils l'avaient acheté, et la télécommande appartenait peut-être à un vendeur. Mais c'était peu probable. Elle n'était pas tombée malencontreusement. On l'avait cachée. Dans les petites villes, un des principaux obstacles à l'adultère était de savoir où laisser sa voiture. Si vous la gariez dans la rue, les gens pouvaient la voir et éventuellement la reconnaître. Vous pouviez la laisser deux rues plus loin, mais les gens en concluraient quand même que vous avez une liaison ; ils se tromperaient juste sur l'identité de la personne. Mieux valait arriver à la nuit tombée, entrer directement dans le garage de votre maîtresse ou de votre amant et refermer la porte avant qu'on ait pu vous identifier, vous ou votre voiture.

« C'est quoi, ça ? avait demandé Charice en entrant dans le bureau à l'improviste, alors que Raymer était en train d'examiner la télécommande comme s'il s'agissait d'un fossile.

— Une télécommande de porte de garage.

— Oui, je vois bien. » L'agacement était l'attitude préférée de Charice, avec lui du moins. « Ce que je voudrais savoir, c'est ce qu'elle a de particulier. »

Il lui avait expliqué où on l'avait retrouvée : dans le SUV de Becka, sous le siège du conducteur.

« Balancez-la tout de suite, avait-elle dit sans la moindre hésitation.

— Pourquoi ? »

Parce qu'il sautait aux yeux que Charice était parvenue à la même conclusion que lui.

« Je vais vous dire pourquoi. Parce que ça ne veut pas forcément dire ce que vous pensez. »

Ce que nous *pensons*, voulait-elle dire.

« Becka avait peut-être prêté sa voiture à quelqu'un, avait-elle ajouté. Et cette personne a perdu sa télécommande.

— Mais si cette personne a emprunté sa voiture, pourquoi cette personne avait-elle sa télécommande de garage sur elle ? Elle aurait dû être dans la voiture de Becka, non ? Vous vous promenez avec votre télécommande dans votre sac, vous ?

— Je n'en ai pas. Je n'ai même pas de garage. Et puis, ce qu'il y a dans mon sac ne vous regarde pas.

— OK. »

Avec Charice, mieux valait ignorer une bonne partie de ses remarques.

« Dans ce cas, avait-il demandé, comment la télécommande s'est-elle retrouvée coincée sous le siège du conducteur ? »

Elle avait haussé les épaules.

« Il peut y avoir une explication toute bête, c'est tout ce que je dis. »

Il avait haussé un sourcil, perplexe.

« Avouez-le, chef, vous n'avez plus les idées claires depuis le décès de Becka. »

Elle parlait de la vente de la maison. De son installation au Morrison Arms. De sa décision de vendre le SUV plutôt que sa Jetta pourrie. Autant de choix motivés par le dépit et la haine de soi.

« Et puis, même si vous avez raison, avait repris Charice, debout devant lui à présent, mains sur les hanches, ce qui n'est pas le cas : qu'est-ce que vous comptez faire, au juste ? Pointer ce machin sur toutes les portes de garage de toutes les maisons de Bath, pour voir celle qui s'ouvre ? »

C'était effectivement, en résumé, le plan qui prenait forme dans le cerveau de Raymer, mais il rechignait à l'avouer devant une personne manifestement décidée à s'en gausser. Était-ce une mauvaise idée pour autant ? Après tout, Bath n'était pas une grande ville et il pourrait la couvrir entièrement quartier par quartier, durant ses heures de loisirs. Ne serait-ce pas un bon travail de police, méthodique, destiné à éliminer les innocents ?

« Vous savez quel est le problème avec les télécommandes de garage, chef ? Elles envoient une sorte de signal radio, sauf que celle-ci, que vous tenez dans la main, n'est pas la seule à envoyer ce signal précis. C'est comme votre clé de voiture. Supposons que vous possédiez… une Volkswagen Jetta.

— J'ai une Volkswagen Jetta.

— Très bien. Et vous avez une clé pour la faire démarrer.

— Charice…

— Voici ce que vous ne savez *pas*, car vous n'êtes pas un criminel. Votre clé ? Celle de *votre* voiture. Elle ouvre probablement une demi-douzaine d'autres Volkswagen, peut-être même une Audi ou deux. Tout ce qui est allemand. Et ça ce n'est qu'à Schuyler County. Je ne parle même pas d'Albany. Ni du reste de l'État de New York. »

Comme souvent, Raymer était désorienté par la logique de Charice.

« Si je comprends bien, vous le savez parce que *vous* êtes une criminelle ?

— Je le sais parce que je connais un tas de criminels. À part moi et Jerome… » C'était son frère. « … il n'y a presque que des escrocs dans notre famille. J'ai un cousin en Géorgie qui a fait de la prison pour vol de voiture. En s'introduisant dans une voiture, il a déclenché l'alarme et s'est fait pincer. Vous savez ce qu'il y a de plus tragique ? Il avait une clé qui pouvait la faire démarrer. Il n'avait même pas besoin de forcer la serrure.

— Votre cousin était un voleur de voitures. Il s'est fait prendre et il a fini en prison. En quoi c'est tragique ?

— Et puis, de quoi vous aurez l'air ? avait ajouté Charice, nullement découragée. Le chef de la police qui s'arrête devant chez les gens pour essayer d'ouvrir leurs garages ? Vous allez passer pour le dernier des idiots. »

À cet égard, elle ne s'était pas trompée. De bonne heure le lendemain matin, Raymer avait débuté son enquête dans le quartier où il avait habité avec Becka, comme une sorte de test. Il était peu probable qu'elle ait eu une liaison avec un voisin, car dans ce cas, elle y serait allée à pied. Mais il était curieux de voir si Charice avait raison et si cet appareil pouvait ouvrir une porte innocente. Il avait parcouru toute la rue dans un sens, puis dans l'autre sans provoquer la moindre ouverture de porte. Il avait même essayé celle du garage de leur ancienne maison, au cas, peu probable, où il aurait oublié l'existence de cette télécommande. En regagnant la Jetta, il avait trouvé un homme qui l'attendait, en peignoir. « À quoi vous jouez ? » avait demandé l'homme en montrant la télécommande, le front plissé par le soupçon.

« Enquête de police, avait répondu Raymer, une piètre explication que les gens acceptaient parfois.

— En quoi le fait d'essayer d'ouvrir ma porte de garage concerne la police ? »

Raymer avait alors répété les paroles de Charice, au sujet de ces appareils, laissant entendre que sa démarche était officielle, et que lui-même s'inquiétait car : « Votre télécommande pourrait ouvrir *ma* porte de garage et vous permettre d'entrer dans *ma* maison.

— Sauf que je n'ai pas pointé ma télécommande sur votre maison. C'est l'inverse.

— Je parlais de manière théorique.

— Pas moi. »

Le lendemain, il avait commis l'erreur de parler de cette rencontre à Charice. « Qu'est-ce que je vous avais dit ? » Elle semblait particulièrement inflexible sur ce sujet, même si, avec elle, on ne savait jamais trop à quoi s'en tenir. Charice se montrait inflexible sur la plupart des sujets. « Balancez cette saloperie. Vous voulez absolument que cette télécommande soit synonyme d'adultère. Et ce n'est pas le cas. Surtout, vous refusez de voir le véritable problème. »

Elle voulait dire : sa santé mentale. De l'avis de Charice, souvent exprimé, Raymer était cliniquement déprimé. « Enfin quoi, regardez où vous vivez », disait-elle, comme si l'immeuble dans lequel il avait emménagé après avoir vendu au rabais la maison où il vivait avec Becka réglait la question une bonne fois pour toutes. Certes, le Morrison Arms était un meublé pourri, situé dans la partie sud, tout aussi pourrie, de la ville. Les gens le surnommaient le Moribond Arms. Et la moitié des appels sérieux que recevait la police impliquait le Morrison, qu'il s'agisse de trafic de drogue, de nuisances sonores, de violence domestique, d'une personne qui n'avait pas pris ses médicaments et hurlait des obscénités dans la cour, à qui voulait l'entendre, ou même de coups de feu. D'ailleurs, autant que pouvait en juger Raymer, on y vendait des armes. Mais de son point de vue, vivre au Morrison Arms lui permettait d'économiser du temps de transport. De plus, ne pouvait-on pas imaginer que sa seule présence suffisait à réduire le nombre et la gravité des incidents ? Hélas, il devait admettre qu'aucune preuve tangible ne venait corroborer cette thèse jusqu'à présent. Ni les habitants ni les visiteurs ne semblaient avoir peur, ni même être dérangés, de le savoir là. Pire, son propre appartement avait été cambriolé deux fois, et les deux crimes étaient restés impunis, alors que son lecteur de cassettes était réapparu chez un prêteur sur gages de Schenectady, à un si bon prix qu'il l'avait racheté.

« Jerome a raison », avait ajouté Charice, toujours au sujet de la déprime de Raymer qui durait depuis un an. Son frère avait presque autant d'avis qu'elle sur ce qui ne tournait pas rond chez lui. « Depuis la mort de Becka, vous vous punissez. Comme si c'était votre faute, comme si c'était *vous* qui l'aviez trompée. C'est ça, votre problème : vous vous punissez.

— Quand j'aurai découvert qui était ce type, avait-il répondu en brandissant la télécommande, ce n'est pas moi qui serai puni.

— Soit. Vous identifiez le coupable – ou plutôt, celui que vous *pensez* être le coupable, car sa porte de garage s'est ouverte – vous le tuez et vous allez en prison. Alors, dites-moi qui est le grand perdant dans cette histoire. »

Elle n'avait pas tort, se disait Raymer, même s'il avait du mal à concevoir comment un type qu'on avait abattu pouvait être jugé vainqueur. De toute façon, ça ne se passerait pas de cette manière. Avant de songer au châtiment, il y aurait une longue enquête, la collecte minutieuse des preuves. La télécommande ne serait qu'un maillon d'une chaîne robuste qui, espérait-il, se terminerait par des aveux. Alors, et alors seulement, il déciderait qui mériterait d'être puni. Il avait essayé d'expliquer ça à Charice, mais évidemment elle ne voulait rien entendre. Depuis trois ans qu'ils travaillaient ensemble, il n'avait jamais remporté une discussion avec cette femme, et il y avait peu de chances que ça soit pour cette fois.

D'un autre côté, elle avait peut-être raison. Vacillant sous la chaleur torride, à moins de cinquante mètres de la tombe de Becka, Raymer sentait sa détermination faiblir. C'était la vérité ; depuis qu'il avait perdu Becka, il partait à la dérive. À un moment donné, il avait perdu non seulement sa femme, mais aussi sa foi dans la justice, dans ce monde comme dans le prochain. Et ce n'était pas réellement une affaire de châtiment. Il voulait juste identifier ce type. Savoir qui Becka lui avait préféré. Et là encore, il devait reconnaître que c'était de la folie, car la liste des hommes que Becka lui préférait devait être longue. Et Charice avait certainement raison au sujet du Morrison Arms, où tout, de la moquette à poil long d'un vert couleur de vomi jusqu'aux murs tachés de rouille, sentait l'huile rance, la moisissure et les tuyauteries bouchées. Pauvre Charice. Elle avait peur qu'il finisse paumé et complètement à la masse, s'il ne faisait pas attention. Apparemment, elle ne voyait pas que c'était déjà le cas.

SOUHAITS

Sur le bas-côté de la route séparant Hill de Dale, Rub Squeers était assis à l'ombre de la pelleteuse avec laquelle il avait creusé la tombe du vieux juge un peu plus tôt dans la matinée. Si cela n'avait tenu qu'à lui, Rub l'aurait laissée sur place, mais son patron, M. Delacroix, affirmait que les personnes endeuillées n'aimaient pas la voir à côté de la tombe fraîchement creusée, encore moins se dire que le trou était l'œuvre d'un engin aussi laid et insensible, et surtout elles n'aimaient pas voir quelqu'un comme Rub Squeers assis dessus, impatient que le défunt soit mis en terre pour pouvoir finir son boulot et rentrer chez lui. Et donc, Rub, qui était réellement impatient ce jour-là, avait parcouru une bonne centaine de mètres avec la pelleteuse et s'était assis à l'ombre.

« Tu sais ce q-q-q-que j'aimerais ? » dit-il à voix haute. Enfant, il était affligé d'un terrible bégaiement. Celui-ci avait disparu après la puberté, puis voilà qu'il était brusquement revenu. Alors, peut-être parce que son bégaiement était moins prononcé quand personne ne pouvait l'entendre, il avait pris l'habitude depuis peu de parler tout seul, ou plutôt de faire comme s'il parlait avec son ami Sully.

Quoi ? Qu'est-ce q-q-q-que tu voudrais encore ? C'était exactement ce qu'aurait répondu Sully s'il avait été là. Rub aurait changé peu de choses chez son meilleur ami – bon, d'accord, son *seul* ami –, mais parfois il aurait aimé que Sully le taquine un peu moins. Surtout au sujet de son bégaiement. Rub savait que Sully taquinait tout le monde, ça ne prêtait pas à conséquence. N'empêche, il en avait assez.

« J'aimerais q-q-q-que ce type la boucle. » Le type à la grande robe blanche jacassait depuis un long moment, plus d'une demi-heure, Rub l'aurait parié. Le vendredi, il faisait une demi-journée, et M. Delacroix lui avait dit qu'il pourrait partir dès qu'il en aurait terminé avec le juge et rapporté la pelleteuse dans le hangar. « Ils rentreraient tous chez eux et on serait tranquilles. » On aurait dit que Sully était là et qu'ils allaient pousser ensemble le monticule de terre sur le cercueil, en deux coups de cuillère à pot, comme au bon vieux temps.

De nouveau, la voix de Sully résonna dans sa tête. *Ne gâche pas ta vie avec des souhaits, Andouille.*

Rub n'en voulait pas à Sully de l'appeler Andouille car il y voyait une marque d'affection. Il appelait la plupart des hommes « andouille », et la plupart des femmes, quel que soit leur âge, « poupée ».

« Tu sais ce que je voudrais vraiment ? » continua Rub en ignorant la remarque de Sully.

Ce n'est pas en souhaitant des choses qu'on les obtient.

« J'aimerais que tu sois pas aussi étourdi », dit Rub, car dernièrement Sully semblait tout oublier, et il n'était pas certain de supporter une nouvelle déception si Sully l'oubliait encore aujourd'hui.

J'oublierai pas. J'ai déjà chargé l'échelle à l'arrière du camion.

Sully avait accepté de l'aider à s'occuper du grand arbre qui poussait près de sa maison, dont une branche venait frotter contre la fenêtre de la chambre de sa femme quand le vent soufflait, ce qui rendait folle Bootsie.

Comment ça, la fenêtre de la chambre de Bootsie ?

Ils étaient mariés depuis moins d'un an quand Rub en avait eu assez du lit conjugal. Afin d'y échapper, il avait expliqué à Bootsie qu'elle ronflait – c'était faux –, ce qui lui avait permis de s'installer dans la petite pièce inoccupée, poussiéreuse et non chauffée, au bout du couloir. Il dormait sur un vieux lit de camp de l'armée, trop étroit et branlant pour accueillir une femme possédant la majestueuse corpulence de Bootsie. Rub avait expliqué tout ça de nombreuses fois déjà, mais Sully aimait l'asticoter. Quoi qu'il en soit, son mari ayant émigré dans la chambre vide, Bootsie l'avait vite remplacé par d'intenses romans sentimentaux, qu'elle lisait à la chaîne, et auxquels le vent l'arrachait cruellement. Pour elle, une branche qui frottait contre le carreau ressemblait au bruit d'un enfant – celui qu'elle avait espéré avoir un jour et n'aurait jamais ? – essayant d'entrer.

Qu'est-ce que viendrait faire un enfant perché dans un arbre à dix mètres du sol devant la fenêtre de sa chambre ? objecta Sully. Rub s'était fait la même réflexion, mais il n'osait pas poser la question. Il ne faudrait sans doute pas plus d'un quart d'heure pour couper la branche, mais ces derniers temps, Rub voyait moins souvent Sully et il espérait le garder tout l'après-midi, à supposer que Sully n'oublie pas.

« Tu sais ce q-q-q-que j'aimerais aussi ? »

Quoi ?

« J'aimerais que tout redevienne comme avant. » C'était utopique, évidemment. Rub savait qu'il était vain de souhaiter ce genre de choses, mais c'était plus fort que lui.

Ça ne marche pas comme ça, Andouille. Le temps ne revient pas en arrière parce que tu en as envie. Sinon, on rajeunirait tous.

Ce qui était vrai, naturellement. Que ça lui plaise ou non, la chance avait souri à Sully. Il n'était plus obligé de travailler, or c'était le travail, ou la nécessité économique, plus que l'amitié, qui les avait rendus inséparables pendant si longtemps. Tous les vœux, tous les désirs, toutes les suppliques de Rub n'y changeraient rien. *Ne sois pas bête. Tu as un chouette boulot. Pourquoi tu voudrais recommencer à travailler pour Carl Roebuck ?*

Il n'en avait pas envie, pas vraiment. Carl leur avait toujours réservé, à Sully et à lui, les tâches les plus dangereuses et répugnantes, dans le froid et sous la pluie. Et il les payait au noir, pour qu'ils ne puissent pas se plaindre. Pourtant, si pénible soit ce travail, Rub en avait aimé chaque instant. Pataugeant dans les eaux usées jusqu'aux genoux, pendant des heures, ne sentant plus ses doigts gelés, il était heureux grâce à Sully qui était là près de lui, pour lui montrer comment les choses devaient se passer, comment endurer les épreuves et même parfois sortir vainqueur. Il puisait du réconfort dans le fait de savoir que tout ce qui lui arrivait arrivait également à Sully. C'était comme s'ils effectuaient un voyage, et que son ami connaissait le meilleur chemin. S'il avait froid et faim, s'il se sentait découragé et perdu, quelle importance ? Sully était là pour lui dire quoi faire, pour écouter ses nombreux doutes, et ses rêves dans lesquels tout serait mille fois mieux, si la vie était différente et les cheeseburgers gratuits.

Tu préférais l'époque où je n'avais pas de bol, c'est ça que tu es en train de dire ? Quand je devais bosser douze heures par jour, avec un genou éclopé gros comme un pamplemousse ? Tu préférais ça ?

L'autre chose que Rub aurait aimé changer chez Sully, c'était le chic qu'il avait pour le faire culpabiliser. Comme si c'était sa faute à lui si Sully était tombé de cette échelle et s'était pété le genou. Comme si c'était à cause *de lui* qu'il n'avait jamais gagné une seule fois aux courses en trente ans.

« Non, ce que je voudrais… »

Il laissa mourir sa pensée. Tardivement et à contrecœur, Rub commençait à comprendre que la vie pouvait vous inciter par la ruse à souhaiter les pires choses, et exaucer votre vœu. Sully en était un parfait exemple. À l'époque où ils travaillaient pour Carl Roebuck, Sully exprimait sans cesse le désir de voir la poisse l'abandonner, et Rub, qui n'avait jamais douté de la sagesse de son ami, avait suivi le mouvement et souhaité la même chose, apportant apparemment le petit coup de pouce nécessaire. Quand Sully avait enfin gagné aux courses, Rub, tardant à saisir le problème, avait pensé : Chouette. Ils ne seraient plus obligés de travailler pour Carl. Et si les choses en étaient restées là, tout aurait été parfait.

Mais les choses ne s'arrêtent jamais, hein ? Elles continuent sur leur lancée. Fais attention à ce que tu souhaites.

« C'est toi qui as commencé, rétorqua Rub en réponse à cette injonction injuste. Moi, j'ai souhaité la même chose que toi, c'est tout. »

Et comment ça s'est terminé ?

Pas très bien, il devait le reconnaître. Fait incroyable, ce premier succès aux courses n'avait été que le début. Le reproche que Sully avait toujours adressé à Carl – avoir le cul bordé de nouilles – voilà qu'on pouvait en dire autant de lui brusquement. Il avait fallu plusieurs autres coups de chance, mais finalement une horrible vérité, inimaginable, était apparue : non seulement Sully n'avait plus besoin de travailler pour Carl Roebuck, il n'avait plus besoin de travailler *du tout.*

Et ce n'était pas la seule chose que Rub n'avait pas vue venir. Que Sully puisse prospérer sans que lui aussi prospère en même temps, voilà une autre possibilité qu'il n'avait jamais envisagée. Et pourquoi l'aurait-il fait ? Tous les vendredis après-midi, pendant plus de dix ans, Sully et lui avaient traqué Carl – il avait le don de disparaître quand il vous devait de l'argent – afin de toucher leur paie. Et Sully lui versait sa part, sur-le-champ. Les semaines fastes, la paie était bonne pour tous les deux, moins bonne le reste du temps. C'était comme s'ils participaient à une course en sac pendant un pique-nique : maladroits et pataudés, mais inséparables ; leurs destins financiers étaient imbriqués. Quand la propriétaire de Sully était morte en lui léguant sa maison, Rub s'attendait presque à recevoir sa part, mais cela ne s'était pas produit. Et plus tard, quand la municipalité avait versé tout cet argent à Sully pour acheter la propriété de son père dans Bowdon Street, Sully ne lui avait pas offert une partie de cette manne, là non plus. Apparemment, ils n'étaient plus amis pour le meilleur et pour le pire.

Hé, Andouille. Qui t'a dégoté ce boulot à Hilldale ?

Rub haussa les épaules, contrit.

« Toi », admit-il à contrecœur.

Exact. Alors, un peu de gratitude.

Rub soupira, ses yeux s'emplirent de larmes. Il savait qu'il devrait se montrer plus reconnaissant. Son travail au cimetière était beaucoup moins dégoûtant et éreintant que celui qu'il accomplissait pour Carl, et c'était un boulot régulier. Mais...

Tu n'aimes pas payer d'impôts, voilà tout.

Venant de Sully (façon de parler), cette critique était particulièrement dure à avaler. Lui-même avait travaillé au noir toute sa vie. Néanmoins, il y avait une part de vérité dans cette accusation. Rub n'appréciait pas les contraintes du travail légal. Étant employé par la municipalité, il devait payer non seulement les impôts fédéraux et ceux de l'État, mais aussi les impôts locaux, plus la Sécurité sociale et Dieu sait quoi encore. Plus grave : le gouvernement qui avait ignoré son existence pendant si longtemps voulait savoir où il était passé durant toutes ces années. Que pouvait-il leur répondre ? C'était déjà affreux de devoir débourser de l'argent qui aurait pu servir à acheter des cheeseburgers, mais en plus, le montant du vol figurait sur son bulletin de paie. Pourquoi ne pas lui laisser l'illusion qu'il rapportait à la maison tout l'argent qu'il avait gagné ? Pourquoi fallait-il qu'ils lui rappellent quelle somme, précisément, ils lui prenaient chaque semaine, sans son autorisation ? Malgré cela, Rub se sentit obligé de s'élever contre l'argument de Sully.

« C'est pas à cause des impôts. »

C'est quoi, alors ?

« Un truc me manque... »

Quoi donc ?

Rub déglutit avec peine.

Quoi, Andouille ?

« T-t-t-toi », parvint à articuler Rub, cette chose même qu'il ne pourrait jamais dire devant Sully.

Comment ça, moi *?*

Incapable de fournir une explication, Rub détourna la tête. Au pied de la colline, l'homme en robe blanche parlait encore. Ça faisait combien de temps maintenant ? Il jeta un coup d'œil à sa montre et sentit son moral sombrer encore un peu plus. Du temps où Sully et lui étaient collègues, il n'avait jamais eu besoin de porter une montre. Sully était toujours là pour lui donner l'heure et lui indiquer quand ils pouvaient arrêter de bosser. Dans son nouveau métier, il finissait tous les jours à dix-sept heures, sauf le vendredi, où il devait attendre qu'on l'autorise à enfermer son matériel dans la cabane. On lui avait confié plusieurs clés dont il ne voulait pas, mais il ne pouvait plus les refiler à Sully.

Tu vois ?

« Quoi ? »

Tu es mieux loti. Maintenant, tu sais quelle heure il est sans avoir besoin de demander.

Sully ne cessait de répéter cet argument : Rub était plus heureux sans lui, d'une certaine façon, comme s'il espérait que Rub allait finir par l'admettre, ce qui n'arriverait jamais.

« J'aimais mieux quand c'était toi qui savais. »

Hé, Andouille. Regarde-moi.

Rub s'en sentait incapable. Comment pourrait-il supporter de regarder l'endroit où son ami n'était plus ? Ou de s'entendre dire qu'il était plus heureux maintenant, par la personne dont l'absence le rendait si triste ?

Très bien. Libre à toi.

Il se souvenait encore de cette effroyable première journée de travail ; il s'était senti affreusement seul, les heures s'écoulaient lentement. Enfin, le soir venu, après avoir verrouillé la cabane ainsi qu'on le lui avait appris…

Avec tes propres clés…

… il avait marché jusqu'à la porte principale du cimetière et attendu que Sully passe le chercher pour aller au Horse, comme toujours. Au bout de trois quarts d'heure, ne voyant toujours pas de Sully, il avait fait du stop pour rentrer en ville et partir à sa recherche. Jocko était en train de fermer le Rexall. « Hé, mec, lui avait lancé celui-ci en voyant Rub traîner sur le trottoir d'un air abattu, on dirait que tu as perdu ton meilleur ami. » C'était une image, évidemment, mais pas pour Rub.

« Tu sais où il est ? » avait-il demandé.

Jocko avait regardé sa montre. « Six heures et demie ? Bah, si je devais deviner, je dirais qu'il est là où il est toujours à cette heure-ci. En fait, je parie que je pourrais même dire sur quel tabouret. »

Rub avait failli répondre à Jocko qu'il se trompait, Sully ne *pouvait pas* être au Horse pour la simple et bonne raison que s'il y était, Rub y serait aussi, et ce n'était pas le cas. Et Sully n'avait pas dit qu'il ne viendrait *pas* le chercher. Rub était parti du principe qu'il viendrait, car sinon, comment pourraient-ils reprendre leurs habitudes ? Et puis soudain, il s'était aperçu qu'il se trompait. Une fois de plus. Il s'était trompé sur tout le reste, et il se trompait là encore. Il avait cru que seules ses journées seraient différentes maintenant que Sully n'était plus obligé de travailler, mais c'était pire que ça. Bien pire. S'il voulait rejoindre Sully au Horse après le boulot, il devrait s'y rendre par ses propres moyens. Et quand il arriverait, Sully serait déjà assis au bar, douché et sentant l'after-shave, comme le week-end. Avant, tout le monde s'en fichait quand ils débarquaient avec l'aspect et l'odeur de deux types qui travaillaient pour gagner leur vie, mais ils ne s'en ficheraient pas si Rub arrivait seul dans cet état.

Planté là sur le trottoir, il prenait conscience de l'ampleur de l'abandon, qui allait bien au-delà des heures, des jours et des semaines, et au-delà de la proximité physique. Du temps où ils travaillaient côte à côte, plus de quarante heures par semaine, ce que Rub aimait le plus, c'était de pouvoir partager ses réflexions les plus profondes, les plus intimes sur la vie, et ce qui pourrait la rendre plus agréable. Pourrait-il supporter cette perte ? Peut-être. Si Sully regrettait lui aussi, ne serait-ce qu'un peu, la fin de cette amitié. Mais si lui ne manquait pas à Sully ? À peine eut-il envisagé cette possibilité, qu'une pensée encore plus sombre lui traversait l'esprit. Et si Sully lui avait dégotté ce boulot au cimetière pour se débarrasser de lui ?

« J'y vais justement, si tu veux que je te dépose », avait proposé Jocko, mais Rub, dégoûté, s'était détourné pour cacher ses larmes. Voilà la terrible vérité qu'il n'avait pas voulu voir : il était seul.

On est tous seuls, Andouille. Sans exception.

« Mais… »

Et puis, tu exagères. C'est pas comme si je t'avais abandonné.

Pas totalement, non. Quand la chance avait commencé à sourire à Sully, cela avait été une des plus grandes craintes de Rub : que Sully s'en aille, dans un coin plus agréable, plus chaud, où il ne pourrait pas le suivre. Mais pour l'instant, il n'avait émis aucun désir en ce sens. Parfois à Hilldale, le vendredi après-midi, le camion de Sully s'arrêtait devant la cabane, au moment où Rub rangeait son matériel, et ils allaient boire une bière au Horse comme au bon vieux temps. Certaines fois, Sully se rendait à l'endroit où Bootsie et lui habitaient, et ils revenaient en ville tous les deux pour prendre un petit déjeuner chez Hattie, avant de s'arrêter à l'OBT. Mais pas assez souvent. Rub avait besoin de savoir quand Sully allait venir, sans quoi il vivait dans l'incertitude toute la journée. Un jour sur deux suffirait.

Ayant fini par remarquer combien Rub était abattu et apathique, Sully avait tenté de lui expliquer qu'il sortait moins maintenant, il ne passait plus son temps à faire la fiesta. Il voulait offrir un meilleur exemple à son petit-fils. Ce n'était pas bon pour le gamin de le voir rentrer ivre tous les soirs, après la fermeture des bars, et de retrouver le nom de son grand-père dans le registre de la police parce qu'il avait encore fait une bêtise quelconque. Rub avait envie de le croire. Pour de vrai. Seulement, à des petites phrases que laissait échapper Sully, on devinait qu'il restait un habitué du Horse. Sceptique, Rub appelait le bar parfois et demandait à lui parler, mais Birdie, la barmaid habituelle, reconnaissait son bégaiement. Elle lui répondait que Sully n'était pas là, qu'elle ne l'avait pas vu depuis plusieurs jours, d'ailleurs. Sauf que Rub l'avait entendue dire la même chose aux épouses des hommes qui étaient assis juste devant elle, alors il l'imaginait sans peine haussant un sourcil interrogateur en direction de Sully, qui secouait la tête, comme tous les autres.

« J'aimerais que tu sois pas toujours aussi pressé », dit Rub, tout bas. Il détestait les silences de Sully. C'était déjà affreux quand il disait des choses fausses ou injustes, mais son silence, c'était pire encore car pour Rub, cela voulait dire que Sully se désintéressait de ce qu'il essayait d'expliquer, ou estimait que ça ne méritait pas de réponse. Ces temps-ci, Sully semblait toujours pressé, impatient de filer ailleurs, comme s'il était poursuivi par une chose que ni l'un ni l'autre ne pouvaient nommer. Serait-ce pareil aujourd'hui ? Rub ferait en sorte que non. Couper la branche incriminée ne prendrait pas plus d'une demi-heure, mais il veillerait à ce que ça dure tout l'après-midi. Bootsie étant à son travail, le fils et le petit-fils de Sully étant absents, ils pourraient sortir deux chaises de jardin, et Rub lui confierait tout ce qu'il avait emmagasiné dans sa tête, chaque pensée débouchant sur la suivante et ainsi de suite, jusqu'à ce qu'il en ait fait le tour. Si, en revanche, il sentait que

Sully était pressé, les mots resteraient coincés dans sa gorge.

C'était ce qu'il y avait eu de pire dans son amitié avec Sully : être obligé de le partager. Chez Hattie, au OBT, au White Horse. Peu importe. L'arithmétique cruelle de leur amitié voulait que Sully soit l'unique ami de Rub, alors que Rub était un des nombreux amis de Sully. Outre son fils et son petit-fils, à qui Rub en voulait énormément, tout en sachant qu'il ne devrait pas, il y avait Carl Roebuck, à qui il en voulait encore plus. Il avait été leur employeur, il ne pouvait donc prétendre à l'affection de Sully, et pourtant, il semblait en bénéficier malgré tout. Et puis il y avait Ruth, chez Hattie. Sully affirmait qu'il n'y avait plus rien entre eux, mais dans ce cas, pourquoi était-elle toujours son amie ? Et la liste ne s'arrêtait pas là. Il y avait Birdie au Horse, Jocko et tous les autres habitués. Sans oublier ses dames d'Upper Main Street, des veuves âgées qui vivaient dans des maisons victoriennes en ruine et comptaient sur Sully pour qu'il les emmène chez le coiffeur et effectue leurs travaux de plomberie, sans jamais le payer. Pourquoi tous ces gens venaient-ils réclamer leur part ?

Comme il semblait s'agir d'un problème mathématique, Rub avait, pendant un certain temps, placé ses espoirs dans la soustraction. Quand la propriétaire de Sully était morte, Rub avait imaginé qu'il serait le premier à hériter de la part de temps et d'amitié que Sully lui accordait. Cela n'avait pourtant pas été le cas. Malgré cela, il s'était autorisé à espérer de nouveau un an plus tard, quand Wirf, l'avocat et le joyeux compagnon de beuverie de Sully, avait passé l'arme à gauche, et puis non. En fait, chaque fois que quelqu'un mourait ou déménageait dans son cercle d'amis, c'était comme si Sully lui-même se trouvait proportionnellement diminué, et le gain pour Rub n'était jamais net. À l'automne, Will partirait à l'université, et Peter affirmait qu'il quitterait la ville lui aussi. À une époque, cette nouvelle aurait mis du baume au cœur de Rub, mais plus maintenant.

Toi, tu aurais dû écouter ta mère.

« Tu ne-ne-ne… »

Je ne-ne-ne ?

« Tu ne l'as même pas connue. »

Mais elle t'a dit ce qui allait arriver. Simplement, tu ne l'as pas crue.

Même après toutes ces années, Rub n'aimait pas penser à sa mère, qui avait toujours fait son possible pour lui. Enfant, il avait parlé très tard ; il approchait des trois ans quand il avait prononcé son premier mot. On l'avait prénommé Robert, comme son père, mais sa mère tenait à l'appeler Rob, car son mari s'appelait Bob. Rub avait du mal avec ce son, comme avec beaucoup d'autres, et très vite il était apparu qu'il souffrait de sérieux problèmes d'élocution. Il lui fallait si longtemps pour produire le son R que ça l'épuisait, la suite ressemblait plus à *ubb* ou *obb*, et sa mère avait finalement laissé tomber. Plus tard, voyant qu'il n'avait pas d'amis à l'école, où son bégaiement faisait de lui l'objet de railleries incessantes, elle lui avait conseillé de rencontrer Jésus, l'ami le plus important dans la vie, affirmait-elle, car elle ne pouvait pas prévoir l'arrivée de Sully. Parfois, elle le conduisait à l'église délabrée qu'elle fréquentait le dimanche, et là ils parlaient de Jésus et du ravissement à la fin des temps, mais un jour, un homme avait apporté des serpents et Rub avait eu tellement peur qu'à partir de ce moment-là sa mère l'avait laissé à la maison avec son père. Dès lors, Jésus devint, pour lui, l'homme du calendrier. Chaque mois, il y en avait un nouveau à contempler – Jésus janvier, Jésus juin, Jésus décembre – tous aussi constants et fiables que les saisons, aussi omniprésents que le temps lui-même. Alors que l'existence de Rub devenait de plus en plus difficile au fil des mois, le Jésus du Calendrier conservait la même expression béate. Jésus demeurait serein en dépit du poids de sa croix, de sa tête couronnée d'épines, de ses paumes transpercées (une tache rouge discrète dans chaque main), et Rub, enfant de nature inquiète, espérait qu'il trouverait en grandissant cette même grâce face à l'adversité, et que sa frustration plus ou moins permanente céderait la place à une résignation tranquille. Évidemment, il n'en serait rien, et vingt ans plus tard, quand il se transpercerait accidentellement la paume gauche avec un pistolet à clous, il découvrirait que si vous n'étiez pas le Fils de Dieu (ou au moins un lointain cousin) la sérénité face à ce genre de douleur n'était pas envisageable.

Sa pauvre mère. La plupart du temps, elle affichait un air las, lointain, qui incitait Rub à se demander si elle voyait l'avenir et s'inquiétait pour lui à cause de ça. Mais c'était peut-être son propre avenir, sa propre solitude qu'elle contemplait. Rub devinait que, même entourée de son mari et de son fils, elle se sentait aussi délaissée que lui, et il se le reprochait. Il culpabilisait tout en sachant qu'un enfant ne pouvait être un véritable compagnon pour une femme adulte. Elle ne sortait de la maison que pour se rendre à l'église, ce qui lui valait d'être religieusement raillée par son père. Tu pourrais tout aussi bien croire aux cloches de Pâques, lui lançait-il, et c'était comme ça que Rub avait compris qu'elles n'existaient pas. Parce qu'il aimait sa mère, et parce qu'il savait que tel était son désir, il avait essayé pendant quelque temps de prier le Jésus du calendrier. Elle lui avait appris comment faire, mais visiblement, il s'y prenait mal car quand il avait fini (de réciter les paroles), il n'était pas submergé par l'amour du sauveur, comme elle le lui avait annoncé, il se sentait au contraire plus vide et plus seul qu'avant. Son père ? Rub savait que c'était un péché, mais tout en l'aimant il détestait cet homme à cause de son rire méchant et son refus d'avoir une parole aimable pour quiconque. Néanmoins, il avait fini par se ranger à son avis concernant Jésus, et à partir de ce moment-là, le Fils de Dieu avait acquis un statut plus ou moins équivalent à celui des cloches avec lesquelles il partageait un jour férié.

Pourquoi alors, s'était bien souvent demandé Rub,

avait-il été si peiné par la mort de son père ? Parce que c'était ce qu'on attendait des garçons quand leurs pères décédaient ? Parce que sa mère, qui avait pourtant toutes les raisons de se réjouir de cette disparition, avait pleuré de manière si déchirante ? Comment pouvait-elle regretter un homme qui la rabaissait aussi naturellement qu'il respirait ? La question valait également pour Rub. Un de ses souvenirs les plus précis se déroulait un dimanche matin ; sa mère était allée à l'église, les laissant seuls à la maison, son père et lui. Il le revoyait assis dans son fauteuil en velours côtelé, dans lequel personne d'autre n'avait le droit de s'asseoir, affichant une expression d'émerveillement sardonique pendant que Rub essayait désespérément d'exprimer une chose importante, qu'il avait oubliée entre-temps. Son bégaiement redoublait en présence de son père, les mots se transformaient en éclats de béton dans sa bouche. S'il insistait ce jour-là, cela lui revenait maintenant, c'était parce qu'il avait réussi à sortir une partie de ce qu'il voulait dire et il avait pris la curiosité ironique de son père pour de l'intérêt. Puis il avait compris que ce n'était pas de la curiosité, mais du dégoût. « Pourquoi tu insistes ? », voilà ce que lui demandait son père.

« Tu n'as pas *honte* ? » avait lancé une voix qu'il ne reconnaissait pas. Ni Rub ni son père n'avaient entendu sa mère rentrer. Elle venait de surgir dans l'encadrement de la porte, et sa fureur était telle que non seulement sa voix avait changé, mais elle ressemblait à une autre femme. Il ne l'avait jamais entendue s'emporter contre son père, et pourtant, voilà qu'elle le foudroyait du regard, tremblante de rage, tenant à la main un couteau de cuisine étincelant. À cet instant, sa mère, qui parvenait souvent à calmer son bégaiement en posant une main fraîche et sèche sur sa tête, semblait parfaitement capable de tuer cet homme dont elle subissait, jour après jour, les insultes, comme si c'était son dû.

« C'est à cause de *toi*, avait-elle ajouté, d'une voix

dépourvue de son habituel tremblement, en pointant le couteau sur son père. À cause de *toi* s'il est comme ça. »

Le père de Rub, la bouche ouverte, comme actionnée par une charnière, semblait moins effrayé par ce spectre armé d'un couteau qu'abasourdi par ses paroles. En tout cas, il était aussi stupéfait que Rub lui-même, qui tentait vainement de comprendre ce que disait sa mère. Il avait bien remarqué que son bégaiement était plus prononcé devant son père, mais comment celui-ci pourrait-il être responsable de ce handicap ? Si sa bouche ne fonctionnait pas correctement, s'il ne parvenait pas à la contrôler, cela ne pouvait venir que de lui. Sa mère ne lui répétait-elle pas que ce n'était la faute de *personne* ? Cette femme qu'elle l'avait emmené voir à l'université – une orthophoniste, on appelait ça – n'avait-elle pas dit la même chose ? Rub s'était demandé si elles n'essayaient pas simplement de lui remonter le moral, et dans ce cas, pas de problème. Il aimait autant qu'on ne l'embête pas avec ça. Mais là, c'était différent. Sa mère avait-elle perdu la tête ? Comment son père pouvait-il être responsable de cette fichue bouche ?

« Tu es un être détestable, *détestable* ! avait-elle poursuivi, sous le regard horrifié de Rub. Ton seul plaisir, c'est de torturer les gens qui t'aiment. »

Son père avait voulu dire quelque chose, mais aucun son n'était sorti de sa bouche, et c'était tant mieux car sa mère n'avait pas fini. Elle pointait le couteau sur Rub maintenant.

« Cet enfant t'admire, toi l'homme détestable que tu es. Il ne sait pas qu'il est impossible de te plaire. Il ne comprend pas que tu prends plaisir à le regarder souffrir. Et tu sais quoi ? Moi non plus. Alors, explique-nous. En quoi est-ce réjouissant de savoir que ce garçon, ton fils, vit dans la terreur à chaque instant, au point de faire pipi au lit la nuit ? »

Rub avait regardé le plancher honteusement. Il ne savait pas que son père était au courant. Sa mère lui avait juré que ce serait leur secret à tous les deux, mais à l'évidence, elle n'avait pas tenu sa promesse. *C'est à cause de toi s'il est comme ça*, avait-elle dit précédemment et le sens de ses paroles lui apparaissait maintenant. Elle ne parlait pas uniquement de son bégaiement, mais de *tout* ce qui clochait chez lui, de l'ensemble des défauts qui le caractérisaient.

Il comprenait également autre chose. La fureur de sa mère, sa volonté de prendre sa défense, mais aussi de rejeter la responsabilité de ses échecs sur son père, étaient une réponse directe à la question de celui-ci : *Pourquoi tu t'obstines ?* Tout d'abord, il avait cru qu'il lui conseillait de faire une pause, de se calmer, de reprendre ses esprits et de recommencer quand il serait plus détendu. Comme sa mère et l'orthophoniste l'encourageaient à le faire. Maintenant, grâce à la fureur de sa mère, il comprenait qu'en réalité son père se demandait pourquoi, compte tenu de son expérience, Rub s'obstinait et continuait de croire qu'il pouvait parvenir à quelque chose.

Alors, une fois encore, pourquoi pleurer la disparition d'un tel homme ?

À toi de me le dire.

Mais Rub en était incapable, pas plus qu'il ne pouvait expliquer pourquoi, après tant d'années, il perdait son temps à nourrir des fantasmes idiots et impossibles. Car Sully avait raison. On ne pouvait pas inverser la marche du temps. Ce qui signifiait que Sully et lui ne seraient plus jamais les meilleurs amis du monde.

« Pas vrai ? »

Sully demeura muet une fois de plus.

Peut-être, songea Rub, y avait-il dans ce monde des choses dont on avait besoin, tout simplement, contre toute logique. Peut-être que ce besoin qu'il avait d'être avec Sully n'était pas très différent de celui qu'éprouvait sa mère vis-à-vis de son père, un homme qui ne cessait de la dénigrer. Car elle avait eu besoin de lui, Rub en était convaincu. Peu après la mort de son père, elle avait arrêté d'aller à l'église et, sans avertissement ni explication, le calendrier Jésus avait disparu du mur de la cuisine, comme si, maintenant qu'ils n'étaient plus que tous les deux, ils n'avaient plus besoin de marquer le passage des jours et des mois. À l'époque où Rub était au collège, elle avait commencé à s'égarer, les gens la ramenaient à la maison, hébétée et désorientée. Plus terrible encore, elle regardait Rub, qu'elle avait défendu en brandissant ce couteau étincelant, comme si elle avait du mal à le reconnaître. Ces temps-ci, il surprenait parfois cette même expression dans les yeux de Sully. Allait-il lui arriver ce qui était arrivé à sa mère ? Sa nouvelle manie d'oublier les choses, l'impossibilité de tenir en place étaient-elles des signes de ce qui l'attendait ? Sully allait-il, à son tour, devenir distrait au point de se perdre ? Dans ce cas, qui le ramènerait chez lui ? Qui lui rappellerait qui étaient ses amis s'il l'oubliait ? Rub en ferait-il partie ?

Hé, Andouille.

« Quoi ? »

Arrête ça.

En effet, il s'était mis à chialer, ce que Sully avait toujours détesté. Il avait commis l'erreur de tourner la tête vers l'enterrement au mauvais moment. L'homme vêtu d'une grande robe avait montré le cercueil brillant d'un large geste et, à cet instant, le soleil s'y était reflété de manière aveuglante. Rub avait su alors, avec certitude, ce qui avait causé sa perplexité un peu plus tôt. Sa mère était encore relativement jeune quand elle avait commencé à perdre la tête. Sully était vieux. Il n'allait pas se perdre. Il allait mourir. Et le plus terrible, c'était que ce jour-là, il incomberait à Rub de creuser la tombe de son meilleur ami.

Tu as entendu ? Arrête.

« C'est plus fort que moi », pleurnicha Rub.

Écoute-moi.

« Quoi ? »

Tu m'écoutes ?

Rub hocha la tête.

Je n'ai pas l'intention d'aller où que ce soit avant longtemps, OK ?

« Promis ? »

Et si je restais près de toi jusqu'à ce que tu te sentes d'attaque ? Ça t'irait ?

Rub hocha la tête de nouveau. Ça lui allait très bien. Car il était sûr d'une chose, comme sa mère autrefois : jamais il ne se sentirait d'attaque.

Jamais.

KARMA

Une banderole était tendue en travers de Main Street à l'occasion du week-end du Memorial Day. LE NOUVEAU NORTH BATH : PARTENARIAT POUR DEMAIN. Une idée géniale de Gus Moynihan, le maire actuel de la ville qui avait été porté au pouvoir l'année précédente par une lame de fond d'optimisme ressuscité, plus de dix ans après le décès du parc d'attractions de L'Ultime Évasion, une catastrophe économique qui avait conduit à un âge d'or de la haine de soi et du pessimisme fiscal, profondément ancré dans deux siècles de comparaison injuste avec Schuyler Springs, sa jumelle plus belle et sa rivale héréditaire. Schuyler possédait depuis longtemps tout ce à quoi Bath aspirait : une économie locale dynamique, une population instruite, des leaders visionnaires, une foule de visiteurs saisonniers et une station de radio affiliée au réseau de service public.

Bon, d'accord, la malchance avait joué un rôle dans tout cela. La source minérale de Bath s'était mystérieusement tarie il y avait plus d'un siècle, alors que celle de Schuyler continuait à jaillir avec enthousiasme du sol de schiste. Schuyler possédait également un célèbre champ de courses, une maison des écrivains encensée, un centre d'art dramatique, une université de lettres et de sciences humaines d'un haut niveau (Bath n'offrait qu'un médiocre *community college*), ainsi qu'une dizaine de restaurants chic qui servaient des ingrédients exotiques et inconnus tel l'ail des bois. Sur le front des restaurants, Bath pouvait juste s'enorgueillir de posséder une taverne délabrée, le White Horse, Hattie's Lunch, une boutique de donuts et un nouvel Applebee[1], près de la sortie de l'autoroute. De l'avis général, tout cela avait débouché sur une débâcle économique et culturelle totale. Pendant un moment, le parc d'attractions avait nourri l'espoir des habitants, mais quand celui-ci avait été laminé, le désespoir collectif avait été si profond que la municipalité avait même cessé de suspendre dans Main Street ces banderoles d'un optimisme joyeux qui étaient devenues sa spécialité douteuse. Sur la dernière, on pouvait lire : À BATH TOUT VA MIEUX. La morosité avait duré jusqu'à ce que Gus Moynihan, un professeur d'université à la retraite qui retapait une des vieilles maisons victoriennes d'Upper Main Street, publie dans le journal local une tribune pour dénoncer le défaitisme morose qui régnait en ville et critiquer la politique non avouée de l'administration républicaine, que l'on pouvait, selon lui, résumer en quelques mots : *Ne pas dépenser un sou pour quoi que ce soit, quoi qu'il arrive.* Pourquoi ne pas suspendre une nouvelle banderole dans la rue, suggérait-il : CREVONS EN SILENCE.

Cet article avait fait mouche et transformé son auteur en candidat à la mairie. Ses opposants eux-mêmes devaient reconnaître que Gus et ses copains, dont la plupart « venaient d'ailleurs », avaient mené une campagne habile. Dont le thème principal pouvait se résumer ainsi : *Soyons Schuyler Springs.* Au lieu de vouloir rivaliser vainement avec sa détestable voisine, pourquoi ne pas tenter de profiter de cette proximité ? La moitié des gens qui se rendaient au champ de courses et au centre d'art dramatique en été n'avaient

1. Chaîne de restauration rapide.

pas d'endroit où dormir et devaient parfois aller jusqu'à Schenectady pour trouver des hôtels. Pourquoi ne pourraient-ils pas loger à Bath ? Certes, le Sans Souci avec ses presque trois cents chambres avait eu des problèmes avec la justice, alimentés par le ressentiment de la population locale quand elle avait appris que les nouveaux propriétaires voulaient faire appel à des entrepreneurs et à une main-d'œuvre venant du sud de l'État. Les somptueux travaux de rénovation du vieil hôtel avaient coûté beaucoup plus que prévu, et duré bien plus longtemps, ce qui leur avait fait perdre une bonne partie de la clientèle estivale la première année, et les gens du coin s'étaient révoltés contre les prix du restaurant chic.

Mais cela ne voulait pas dire que le concept était mauvais ; à en croire l'équipe de Moynihan, du moins. Au lieu d'ériger des barrages contre l'esprit d'entreprise, la municipalité aurait dû proposer des allègements fiscaux et autres mesures incitatives. Idem pour les restaurants. Durant la brève saison d'été, des touristes désespérés et affamés allaient jusqu'à prendre d'assaut le White Horse, alors pourquoi ne pas débaucher un jeune chef, ou deux, de New York ? Découvrir ce qu'était ce fichu ail des bois, et en servir aux gens, puisqu'ils en avaient tellement envie. Ce n'était pas comme si Schuyler Springs s'était accaparé le marché mondial de l'ail des bois et refusait de partager. En l'espace d'une nuit, la nouvelle devise devint « partenariat ». Chaque fois que cela était possible, Bath s'associerait non seulement avec l'infâme Schuyler Springs et les richards du sud de l'État, mais aussi avec des entrepreneurs locaux pour réaliser des projets d'envergure.

Parmi ces « locaux » figurait Carl Roebuck, dont la plupart des gens furent surpris d'apprendre qu'il était *entrepreneur* alors qu'ils l'avaient toujours pris pour un escroc et un connard. Ils avaient bien aimé son père, Kenny, qui avait bâti Tip Top Construction à partir de rien, en travaillant quatorze heures par jour. Comme beaucoup d'hommes de sa génération, il espérait que son fils ne serait pas obligé de trimer aussi dur. Sur ce plan, il n'avait aucune raison de s'inquiéter. À l'université, Carl avait appris à boire, à draguer les filles, à dépenser l'argent de son père et à détester tout ce qui portait le nom Carhartt, surtout l'idée de travail dur et honnête associée à cette marque. De retour chez lui, il se montra très peu enclin à travailler tant qu'il en avait la possibilité.

Quand son père mourut prématurément, il n'eut plus le choix, mais il était paresseux, il bâclait le travail et il avait failli couler l'entreprise quand L'Ultime Évasion avait rendu l'âme. Il n'était pas directement impliqué dans cette funeste aventure, mais il avait eu vent du projet avant d'autres et acheté pour presque rien un terrain adjacent dont il était sûr qu'il servirait de parking ultérieurement. Puis, avec des subventions fédérales, il avait entrepris de bâtir une dizaine de logements sociaux, et attendu que débute la construction du parc de loisirs, avec l'intention de revendre le terrain, valorisé, en réalisant un bénéfice exorbitant. Hélas, au dernier moment, le financement du parc avait capoté, et Carl, qui n'avait eu aucune raison de bâtir ses logements selon les normes puisque personne n'y habiterait jamais, s'était retrouvé avec sur les bras une dizaine de duplex dont les toits tout neufs fuyaient déjà, dont les sous-sols poreux absorbaient l'humidité sulfureuse des marais alentour chaque fois qu'il pleuvait et dont les murs moisis présentaient des fissures dignes d'un tremblement de terre. Il avait fallu presque une décennie pour que Tip Top Construction parvienne à s'extraire de ce bourbier de litiges. Afin de sauver l'entreprise, Carl avait dû vendre sa maison et la moitié du matériel de chantier (la moitié qui fonctionnait encore, se lamentait-il en privé). Perdre la maison ne l'avait pas dérangé car sa femme Toby avait demandé le divorce à l'époque, et il l'aurait perdue de toute façon. Mais quand même. Carl avait connu dix douloureuses années d'infortune dont, comme tout le monde pouvait le constater, il n'avait tiré aucune leçon.

Son projet actuel, voué à l'échec dès le départ, était l'aménagement de l'usine de chaussures de Limerock Street, depuis longtemps désaffectée. Le concept Old Mill Lofts était tellement navrant, de l'avis général, que vous en restiez sans voix. Depuis l'annonce du projet, les gens ne cessaient d'écrire au *North Bath Weekly Journal* pour dénoncer cette parfaite folie, cette dilapidation totale de l'argent des contribuables. Même en supposant que l'on puisse mener à bien les rénovations prévues – chose que personne ne voulait admettre –, que l'on puisse chasser l'armée de rats qui, paraît-il, s'était installée dans les profondeurs du bâtiment, puis réparer le toit qui fuyait depuis quarante ans, qui à Bath aurait les moyens de vivre là ? Le prix des appartements les moins chers, au rez-de-chaussée, était estimé à deux cent cinquante mille dollars, et les appartements les plus grands, au dernier étage, coûteraient trois fois plus cher. C'étaient les prix de Schuyler.

Mais d'après le maire Gus Moynihan, qui avait lui-même versé un acompte pour acheter un de ces appartements, le prix élevé constituait précisément le but de l'opération. Les Old Mill Lofts annonçaient le retour de Bath dans la partie. Cette ville avait beaucoup à offrir. Certes, ce nouveau projet était ambitieux, la nouvelle municipalité ne le niait pas, mais il y avait des précédents. Dans tout le pays, des usines désaffectées, délabrées, étaient transformées en lieux d'habitation ou de commerce. Les lofts, comme l'ail des bois, faisaient fureur. Mieux encore, Schuyler Springs, qui n'avait jamais voulu se salir les mains en se lançant dans l'industrie manufacturière, n'avait aucune vieille usine à réhabiliter, Bath possédait donc un net avantage sur ce plan. (Oui, l'habitude de la comparaison toxique avait la vie dure.)

Pour d'autres, le véritable problème des Old Mill Lofts venait moins du concept que de Carl Roebuck lui-même. Ces logements étaient présentés comme des habitations haut de gamme de style urbain, mais Carl avait le désir, profondément ancré dans sa personnalité et son expérience, de construire au rabais pour empocher la différence. Les pessimistes de la vieille garde faisaient remarquer en ronchonnant que la municipalité, loin de bâtir un partenariat pour l'avenir avec un entrepreneur de talent, servait de couverture à un escroc d'hier bien connu. Certains se demandaient même si Carl ne mijotait pas un des coups fourrés dont il avait le secret en ayant acheté grâce à un tuyau un bien qui ne valait rien en apparence, avec l'espoir de le revendre lorsque sa véritable valeur apparaîtrait au grand jour. Les travaux de rénovation ne servaient peut-être qu'à donner le change. Carl, que l'on disait préoccupé par des problèmes de santé, se rendait rarement sur place quand des décisions importantes devaient être prises, et les rares fois où il était présent, il ne semblait pas se soucier de l'avancée des travaux. Même les personnes qui lui accordaient le bénéfice du doute au sujet de ses motivations craignaient que Tip Top Construction, affaiblie par d'incessants jugements et de lourdes amendes, ne possède pas les fonds nécessaires pour réaliser un projet de cette envergure. Le matériel de chantier que possédait encore Carl finissait de rouiller dans un coin. Il n'employait plus qu'une douzaine d'ouvriers, moins de quarante heures par semaine afin de ne pas payer d'heures supplémentaires. Chaque semaine, des rumeurs affirmaient que cette fois-ci, il ne pourrait pas verser les salaires.

L'autre problème avec « le nouveau Bath », pour le moment du moins, c'était que ça puait. Littéralement. Dans le *Schuyler Springs Democrat* (surnommé le *Débilocrate* à Bath), ils appelaient ça « l'Infâme Puanteur de Bath », une expression piochée dans l'*Albany Times Union*. Depuis deux étés, chaque fois que le thermomètre atteignait les trente degrés, une épaisse odeur putride recouvrait la ville, de tous les côtés, si bien qu'on ne pouvait même pas déterminer d'où elle venait. Bath, faisaient remarquer les visiteurs, en se pinçant le nez et en s'empressant de remonter dans leurs voitures, aurait bien besoin d'en prendre un justement[1]. Certains affirmaient que la puanteur provenait des marécages fétides voisins du cimetière de Hilldale et était portée jusqu'en ville par la brise estivale. Sauf que l'odeur était moins forte là-bas. Un pasteur fondamentaliste local estimait que le problème pouvait avoir une cause morale. Schuyler Springs la voisine accueillait une importante et grandissante communauté homosexuelle, et le pasteur se demandait en chaire si Dieu n'était pas en train d'envoyer un message ; une idée qui peinait à gagner du terrain car elle entraînait une question évidente : Pourquoi Dieu n'exerçait-il pas son châtiment olfactif sur les véritables coupables, au lieu de le faire sur leurs innocents voisins ? Cet été-là, comme si Carl Roebuck n'avait pas suffisamment de problèmes, des gens vivant à proximité de l'ancienne usine affirmaient que la puanteur émanait de celle-ci. Mais comment était-ce possible ? Le bâtiment était condamné depuis des dizaines d'années. Il n'y avait rien qui puisse empester à l'intérieur.

Et puis, pas plus tard qu'hier, encore une mauvaise nouvelle. Après deux journées de pluie battante, l'équipe de Tip Top avait découvert qu'une matière visqueuse, jaune et nauséabonde suintait par une fissure dans le plancher en béton du sous-sol. Fidèle à lui-même, Carl était partisan de combler la fissure et de ne plus y penser, mais un élu local avait insisté pour consulter un ingénieur des travaux publics, qui avait exigé que Carl casse au marteau-piqueur une partie de la dalle de béton pour savoir ce qu'il y avait dessous. Le tracé des égouts de la ville était parallèle à la façade de l'usine, et même si la matière suintante n'avait ni l'aspect ni l'odeur des eaux usées – en réalité, c'était bien pire – l'inspecteur avait émis l'hypothèse que des racines aient percé la canalisation. Une fois à l'intérieur, soumises

1. Bath : bain en anglais.

à un régime constant d'eaux usées, les racines avaient pu se développer comme des tumeurs et provoquer la rupture de la canalisation. Dès lors, tout ce qui passait par les égouts jusqu'alors devait aller ailleurs. Qui sait ? Il y avait peut-être un réservoir de merde épouvantable sous l'usine. Ce n'est qu'après avoir éventré le sol en béton qu'ils sauraient à quoi ils avaient affaire, et en quelle quantité. Et tout ce qui se trouvait là-dessous devrait être nettoyé.

C'est cette contrainte qui avait incité Carl à penser à Rub Squeers, dont les gens disaient qu'il avait perdu l'odorat pour avoir sniffé de la colle à l'adolescence, en conséquence de quoi il pouvait rester plongé dans le purin jusqu'à la taille sans se plaindre. Rub vivait à la périphérie de la ville, avec sa mégère d'épouse, Bootsie, mais à cette heure-ci, il était certainement au cimetière de Hilldale, où il travaillait comme gardien et homme à tout faire. Une personne le saurait : Donald Sullivan, l'ami de Carl et, depuis qu'il avait perdu sa maison, son propriétaire également. Et puisque le fait de casser les couilles à Sully avait pour effet, invariablement, de lui remonter le moral, bien bas en ce moment, Carl décida de lui rendre une petite visite.

Sully était perché sur son tabouret habituel à l'extrémité du comptoir de chez Hattie, depuis six heures et demie, comme presque tous les matins, car il venait prêter main forte à Ruth pour le coup de feu du petit déjeuner, même si aujourd'hui il n'avait pas été très utile : il avait la poitrine dans un étau et du mal à respirer. Le restaurant s'était vidé maintenant. L'agitation reprendrait à midi, mais ce n'était que dans une heure. Sur le comptoir, à côté de la tasse de café vide de Sully traînait le *North Bath Weekly Journal* de cette semaine, plié de telle façon que la photo de son ancienne propriétaire lui souriait d'un air entendu. *Beryl Peoples, la légendaire institutrice,* pouvait-on lire. *Miss*

Beryl pour ses nombreux élèves. Ce « Miss » faisait de la peine à la vieille femme, Sully le savait. Certes, elle était toute petite et ressemblait à un gnome, mais c'était une femme mariée, même si ses élèves avaient peut-être du mal à l'imaginer avec un mari. Sully, lui, l'appelait généralement Mrs Peoples, ce qu'elle semblait apprécier, et en retour elle l'appelait Mr Sullivan, sans qu'il sache quel sentiment cela devait lui inspirer. « Ça ne vous gêne pas, lui avait-elle demandé un jour, de ne pas avoir tiré meilleur profit la vie que Dieu vous a donnée ? — Rarement, avait-il répondu. Juste de temps en temps. » Quelque chose dans son expression, sur cette photo, suggérait qu'aujourd'hui encore, presque dix ans après sa mort, elle attendait une réponse plus honnête. Désolé, mamie, pensa-t-il.

Il ne pouvait s'empêcher de se demander ce qu'elle aurait pensé des festivités de ce week-end. Elle avait toujours vu d'un mauvais œil les manifestations en grande pompe, et il devinait qu'elle serait partagée, au mieux, face à cette décision de donner son nom au collège. N'étant pas dupe, elle verrait dans ce geste une opération politicienne, encore une initiative douteuse du nouveau maire (baptisée « Les héros anonymes ») destinée à instiller de la fierté dans une communauté habituée depuis longtemps à se détester. L'idée, c'était qu'à l'occasion de chaque Memorial Day, une personne ayant apporté une précieuse contribution à la ville soit honorée. Apparemment, Miss Beryl avait été un choix unanime pour cette première célébration, et Sully en déduisait (nul doute que son ancienne propriétaire aurait partagé son avis) que le choix était maigre. Qui récompenseraient-ils l'an prochain ?

Il était tout à fait possible qu'il ne le sache jamais. Le cardiologue des anciens combattants lui avait donné deux ans. Mais plus vraisemblablement un an. Sully avait deviné qu'un truc clochait depuis un moment déjà. Il avait commencé par s'essouffler dans les escaliers, puis dans n'importe quelle pente et, dernièrement, chaque fois qu'il essayait d'accélérer le pas. Pourquoi avait-il attendu si longtemps ? lui demandaient les médecins. Eh bien, parce que… avouons-le, il n'avait pas de réponse satisfaisante. Parce que au début les symptômes apparaissaient puis disparaissaient ? Parce qu'il allait très bien pendant plusieurs semaines d'affilée, ce qui lui permettait de se dire que ce n'était rien ? Certes, mais au fond de lui, quand les symptômes réapparaissaient, il ne s'en étonnait pas. Malgré cela, il ne serait sans doute pas allé consulter si Ruth, l'ayant surpris en train de suffoquer, n'avait pas insisté. Après deux minutes sur le tapis de course, ils avaient interrompu le test d'effort.

« Alors, ça donne quoi ? lui avait demandé Ruth dès son retour.

— Ils pensent que je devrais arrêter de fumer. »

Et c'était la vérité, mais ce n'était pas toute la vérité, rien que la vérité.

« Vraiment ? avait-elle ironisé. Ça alors ! La cigarette, c'est mauvais pour la santé ? Qui aurait pu s'en douter ? »

Elle avait semblé se satisfaire de cette explication, cependant. Elle ne l'avait pas cuisiné comme quand elle le soupçonnait de baratiner. Mais ces derniers temps, il surprenait ses regards narquois, alors peut-être que depuis deux semaines, elle se méfiait.

La vérité, toute la vérité et rien que la vérité ressemblait plutôt à ceci : fibrillation atriale. Arythmie. Rythme cardiaque accéléré. Dû à l'effort physique. Au stress. À rien. Conséquence : insuffisance cardiaque, Solution : opération à cœur ouvert. Quadruple pontage. Pas particulièrement recommandé pour les hommes de son âge, déjà dans un état critique et dont les artères étaient obstruées par des années de tabagisme. Autre possibilité ? La pose d'un défibrillateur interne qui dirait au cœur quand il devait battre et ne pas battre. Opération banale, une heure au maximum. Petite incision. Une heure après, vous pouvez vous lever et marcher. Le lendemain, vous rentrez chez vous.

Guéri ? Non. Vous mourrez certainement d'une crise cardiaque, mais un peu plus tard. L'autre possibilité, compte tenu de votre âge et de votre condition physique, c'est que vous mouriez sur la table d'opération. Si vous ne faites rien ? *Deux ans, mais plus vraisemblablement un an.* « Votre cœur peut lâcher à tout moment, avait reconnu le cardiologue. Vous pouvez mourir dans votre sommeil. »

Sully comprenait que ce scénario était censé l'effrayer pour le pousser à se faire opérer, mais ça n'avait pas marché. « Se réveiller mort ? C'est plutôt pas mal, en fait. »

Le cardiologue n'avait pas dit le contraire. Compte tenu de son âge et de son état, il était fort probable qu'il soit victime d'une crise cardiaque sans mourir. Et qu'il ne puisse plus parler, se nourrir ou chier tout seul jusqu'à la fin de ses jours. Toutefois, cela pouvait se produire également s'il se faisait opérer, avait ajouté le spécialiste.

« Si vous essayez de me dire ce que je dois faire, avait dit Sully, je ne suis pas sûr de comprendre. »

Le cardiologue avait haussé les épaules.

« La plupart des gens choisissent le défibrillateur. Ou leurs enfants plutôt. Ou leurs épouses. Êtes-vous marié, monsieur Sullivan ? »

Non. Juste une ex-femme, Vera. Perdue de vue. Elle-même s'était perdue de vue. La pauvre, son emprise sur sa santé mentale avait toujours été trop relâchée. Deux ans plus tôt, elle avait sombré dans la démence et vivait maintenant dans une maison de retraite. Son deuxième mari, Ralph, y vivait déjà, à la suite d'une dépression nerveuse catastrophique quelques années auparavant ; cela aurait donc pu donner lieu à des retrouvailles si Vera l'avait reconnu, mais elle jurait n'avoir jamais vu cet homme de toute sa vie, et elle n'aurait certainement pas épousé quelqu'un qui avait cette tête-là, disait-elle. À partir de là, le déclin avait été rapide. En l'espace de quelques mois seulement, elle ne reconnaissait plus Peter, son fils, ni Will, son petit-fils. Convaincu qu'elle ne le reconnaîtrait pas lui non plus, Sully lui avait rendu visite, mais dès qu'elle l'avait vu, elle avait plissé les yeux et murmuré des grossièretés, en le regardant fixement. D'après les infirmières, il s'agissait d'une toute nouvelle maladie, il ne devait pas se sentir visé. « Vous lui rappelez sans doute quelqu'un », avait suggéré l'une d'elles, à quoi Sully avait répondu : « Oui, la personne que je lui rappelle, c'est moi. »

Alors, non. Pas d'épouse à satisfaire.

Son fils, alors ? Son petit-fils ? avait demandé le cardiologue. Ne voudraient-ils pas qu'il subisse cette opération ?

« Vous allez leur en parler ?

— Pas vous ? »

Probablement pas. Il n'avait pas encore pris de décision définitive, mais non, il ne leur en parlerait certainement pas. Pas à Will en tout cas. Aucune raison d'accabler ce garçon qui partait à l'université à l'automne. Son fils ? Aucune raison de l'accabler lui non plus. S'il en parlait à quelqu'un, ce serait à Ruth. Il avait failli le faire, d'ailleurs, une demi-douzaine de fois, puis s'était ravisé. En regardant la photo de sa propriétaire dans le journal, il se demandait s'il se serait confié à elle de son vivant.

« J'ai une question », dit une voix familière à côté de lui, le faisant sursauter sur son tabouret.

Vêtu de son habituel polo Ralph Lauren – rose aujourd'hui –, d'un pantalon en coton léger et chaussé de mocassins de toile couleur crème, Carl Roebuck ressemblait, comme toujours, à un vendeur de voitures en retard pour sa partie de golf. Sully était fâché de constater qu'un type comme Carl avait pu le surprendre parce qu'il était absorbé par ses pensées, et il balaya rapidement la salle du regard pour repérer d'autres menaces potentielles. Carl en lui-même n'était pas dangereux, mais chaque fois qu'il entrait quelque part, vous aviez intérêt à vérifier que son apparition n'avait pas fait basculer dans la folie une personne tout à fait rationnelle par ailleurs ; une femme qu'il avait larguée récemment, par exemple, ou le mari de cette femme, quelqu'un à qui il devait de l'argent, ou peut-être quelqu'un qui n'en pouvait plus de son baratin incessant, tout simplement. Sully se sentait particulièrement proche de cette dernière catégorie.

« En général, demanda Carl en regardant Sully avec le plus grand sérieux, est-ce que tu penses souvent au sexe ? »

Ruth se dirigeait vers l'autre bout du comptoir, cafetière à la main.

« Je suis curieuse, moi aussi, de savoir ce qu'il va répondre », avoua-t-elle en déposant une tasse devant Carl.

Sully et elle avaient été amants pendant plus de vingt ans, par intermittence, mais depuis dix ans, ils étaient uniquement amis, un arrangement que Ruth semblait ne pas apprécier, même si l'idée venait d'elle. La faute de Sully, autant qu'il pouvait en juger, avait été de ne pas s'y opposer assez fermement à l'époque et de ne pas avoir exprimé suffisamment de regrets ensuite. Bien qu'il soit peu probable qu'elle l'ébouillante avant qu'il ait répondu à la question, Ruth, armée d'une cafetière, incitait à la prudence et il recula instinctivement jusqu'à ce qu'elle ait fini de remplir la tasse de Carl et repose la cafetière sur le comptoir. Alors seulement, il accorda toute son attention au nouvel arrivant.

« Il n'est pas là, dit-il.

— Qui est pas là ?

— Rub. Celui que tu cherches.

— Qui a dit ça ?

— Très bien. Changeons de sujet. C'est quoi cette substance gluante jaune, dont j'entends parler, là-bas à l'usine ?

— Quelle substance jaune ? » répondit Carl, et une personne qui ne le connaissait pas aurait juré qu'il était parfaitement innocent.

Mais Sully le connaissait.

« Le gisement de magma infâme que vous avez découvert hier. Au-dessus duquel vont vivre tous ces riches connards. »

Carl laissa échapper un long soupir.

« Tu ne devrais pas écouter les rumeurs.

— OK, dit Sully, conciliant. Mais je ne sais pas où est Rub. »

En vérité, Sully s'attendait à le voir débarquer d'une minute à l'autre. Le vendredi, il travaillait à mi-temps à Hilldale, et généralement il se faisait conduire en ville, puis partait à sa recherche dans l'espoir qu'il lui paie un hamburger et l'écoute parler jusqu'au soir, une lourde tâche compte tenu de l'aggravation de son bégaiement.

« Oublie Rub, dit Carl. Je n'ai même pas prononcé son nom. Je t'ai posé une question simple.

— Ruth, dit Sully en montrant la pendule au-dessus du bar, il est onze heures sept. Voyons voir combien de temps il tient avant de me demander où est Rub.

— Une question simple à laquelle tu n'as pas répondu. »

La clochette fixée au-dessus de la porte tinta et Roy Purdy, la personne que Sully aimait le moins à Bath, entra. Contrairement à Carl, Roy Purdy ressemblait exactement à ce qu'il était. Libéré récemment d'un centre de détention dans le sud de l'État, Roy incarnait le stéréotype de l'ancien détenu : maigre, tatouages rudimentaires, teint cireux, barbe de trois jours, agité, stupide. À l'entendre, il avait obtenu une remise de peine pour bonne conduite, et Sully était obligé de se demander quels étaient les critères retenus dans cette prison pour que Roy, qui pas une seule fois dans sa vie ne s'était bien conduit, puisse en bénéficier.

« C'était quoi, la question ? » demanda-t-il.

Gros soupir de Carl.

« Je sais que c'est difficile, mais essaie de te concentrer. Je te demande si tu penses souvent au sexe. Une fois par jour ? Une fois par mois ?

— J'y pense moins souvent qu'au meurtre », avoua Sully en regardant Carl d'un air entendu, avant de reporter son attention sur Roy, qui s'était perché sur un tabouret à l'autre extrémité du comptoir. Même s'il ne regardait pas dans sa direction, Sully était certain que Roy avait pleinement conscience de sa présence. Ruth, qui appréciait Roy encore moins que Sully, prit la cafetière et une tasse propre malgré tout, et se dirigea vers lui.

« Comment va notre petite chérie ? demanda-t-il, tandis qu'elle lui servait un café dont ils savaient l'un et l'autre qu'il ne le paierait pas.

— Tu veux parler de ma fille ?

— Je parle de ma femme.

— Ton ex-femme. Elle ne t'a pas re-épousé, que je sache ?

— Pas encore.

— Non, c'est sûr. Surtout si ce qu'on raconte est vrai.

— Qu'est-ce qu'on raconte ?

— Que tu t'es mis en ménage avec une certaine Cora, au Morrison Arms.

— Je dors sur son canapé, c'est tout. Le temps d'avoir les moyens de me payer un toit. Cette Cora, elle est rien pour moi.

— Tu le lui as dit, Roy ? C'est comme ça qu'elle voit la chose ?

— Les gens pensent ce qu'ils veulent », rétorqua-t-il en reluquant les pâtisseries sur le comptoir de derrière.

Ruth ne lui offrirait pas à manger, mais il trouverait bien le moyen de lui réclamer quelque chose. Au début, elle se montrerait ferme, puis elle finirait par céder. Avec son ex-gendre, Ruth semblait engagée dans une politique d'apaisement vouée à l'échec. Voilà pourquoi, depuis que Roy était réapparu à Bath quinze jours plus tôt, Sully réfléchissait à des moyens d'action alternatifs, davantage inspirés du général Patton que de Neville Chamberlain.

Quand elle revint vers eux, Ruth vit que le regard sombre de Sully s'était posé sur Roy et elle fit claquer ses doigts devant son visage. Surpris, il se pencha en arrière sur son tabouret.

« Tu ne t'imagines pas, j'espère, que ce qui se passe là-bas te concerne, dit-elle.

— Non, et tant mieux. Mais si j'étais concerné, je saurais comment régler le problème.

— Je te demande ça, reprit Carl, qui avait de la suite dans les idées, parce que moi, j'y pense toutes les dix secondes environ. C'est encore pire qu'avant. »

Il voulait dire par là avant qu'une récente opération de la prostate ne le rende, temporairement du moins, impuissant et incontinent, sans que cela, affirmait-il, n'ait réduit son addiction au sexe ni sa capacité à donner du plaisir aux femmes. La réalité de cette addiction était une chose dont Sully devait encore être convaincu, même si Carl et lui en débattaient depuis ce fameux soir, presque dix ans auparavant, où Carl avait débarqué au Horse en brandissant un magazine roulé avec lequel il avait tapé sur la tête de Sully en guise de bonsoir. Après avoir grimpé sur le tabouret voisin, il avait ouvert le magazine sur le comptoir, à la page où figurait l'article qu'il voulait lui faire lire.

« Tu sais ce que je suis ? avait-il demandé avec son air suffisant habituel, mais amplifié.

— Oui, je sais, avait répondu Sully sans regarder le magazine. Je te l'ai même dit plusieurs fois. Mais tu ne m'as pas écouté. »

Carl tapotait le magazine avec son index.

« D'après cet article, je suis accro au sexe. C'est une maladie.

— Ce que tu es, c'est une description anatomique (Tu en as le profil type). »

Wirf, l'ami de Sully, assis sur le tabouret voisin, de l'autre côté, semblait intrigué, en revanche, car il avait pris le magazine et commencé à lire.

« Je vais même te dire autre chose, avait ajouté Carl. D'après les experts, je mérite de la compassion.

— Wirf, avait répondu Sully en pivotant sur son tabouret pour regarder son ami, plongé dans sa lecture. À ton avis, que mérite Carl ? »

Oiseau rare, Wirf était un avocat qui s'intéressait moins

à la loi qu'à la justice et il prenait même au sérieux les plaisanteries relatives à cette dernière ; par conséquent, on pouvait toujours compter sur lui pour obtenir une mise en perspective et un jugement sensé.

« Une bonne chaude-pisse, avait-il répondu après un moment de réflexion. Et peut-être aussi l'admiration, malgré eux, d'hommes comme toi et moi. »

Carl et Wirf avaient ensuite trinqué avec leurs bouteilles de bière, devant Sully, et Sully avait regretté, comme souvent, d'avoir entraîné ce compagnon imprévisible dans une discussion de comptoir.

« Sully est jaloux, voilà tout, car la bêtise n'est pas considérée comme une maladie, avait fait remarquer Carl, alors que Wirf se replongeait dans la lecture de l'article sur l'addiction sexuelle,

— En fait, je crois que si, avait répondu Wirf, sans lever les yeux.

— Mais pas une maladie digne de compassion.

— Non.

— Ni de respect.

— Certainement pas. »

Pauvre Wirf. Aux yeux de Sully, le monde était moins juste (et d'aplomb) depuis sa disparition. Moins drôle aussi. « Quand je ne serai plus là, avait-il dit plusieurs fois à Sully, tu t'apercevras combien c'est difficile de trouver un avocat unijambiste qui soit toujours de bonne humeur. » Et cela s'était avéré.

« Évidemment que tu penses au sexe toutes les dix secondes, avait dit Sully à Carl. Tu passes tes nuits à regarder des films pornos. »

Depuis qu'il avait perdu sa maison, Carl vivait dans l'ancien appartement de Sully, au-dessus de chez Miss Beryl. Quand Sully, qui habitait maintenant dans la caravane derrière la maison, se levait en pleine nuit pour pisser, il voyait des images obscènes se refléter dans la fenêtre de Carl au premier.

« J'aime le porno », avoua Carl, avec l'air résigné de celui qui n'essaie plus depuis longtemps de comprendre son propre comportement, et à plus forte raison de le changer.

Sully n'en doutait pas un seul instant, mais il devinait qu'il y avait autre chose. L'urologue l'avait prévenu : il pouvait s'écouler entre six mois et un an avant qu'il ait de nouveau des érections, et ce n'était même pas certain. Alors, Sully suspectait que c'était avant tout la peur qui poussait Carl à rester éveillé la moitié de la nuit, devant des images pornos, guettant le moindre frémissement dans son caleçon.

« La qualité des productions s'améliore, reprit Carl. Ruth ? Dis-lui que j'ai raison.

— Hé, Ma ! lança Roy Purdy de l'autre bout du comptoir. Si ça doit finir à la poubelle, je veux bien me dévouer pour finir les restes de la veille là-bas. »

Il faisait allusion à la dernière part de tarte aux cerises qui se trouvait encore sous la cloche en plastique. Sully ne put s'empêcher de sourire devant la tactique de Roy. En réclamant une chose, tout en faisant remarquer que cette chose ne valait rien, non seulement vous aviez plus de chances de l'obtenir, mais également, et tout l'intérêt était là, vous n'étiez pas redevable envers la personne qui vous la donnait.

« Balance-la », conseilla Sully, suffisamment fort pour que Ruth et peut-être Roy l'entendent.

L'effet produit fut aussi prévisible qu'immédiat. Ruth fit glisser la part de tarte sur une petite assiette, qu'elle posa bruyamment devant son gendre, en jetant un regard noir à Sully pour qu'il comprenne bien quelles étaient les conséquences s'il ouvrait sa grande gueule.

« Je mangerais bien aussi ce vieux morceau de croûte, dit Roy en pointant un doigt jaune sur un petit bout de pâte brûlé qui avait accroché au plat.

— Ils ne t'ont pas nourri là-bas ? » demanda Ruth en décollant le reste de pâte avec un couteau.

Roy s'attaqua à la tarte, en se servant de sa fourchette comme d'une petite pelle.

« Pas très bien, répondit-il, la bouche pleine. Pour sûr ! »

Carl se pencha vers Sully et lui glissa, tout bas : « Tout à l'heure, quand j'ai expliqué que c'était encore pire qu'avant, je n'ai pas pu m'empêcher de remarquer que Ruth n'a pas demandé "avant quoi ?". Tu ne trouves pas ça bizarre ?

— C'est *toi* que je trouve bizarre, répondit Sully, qui devinait la suite.

— Pourtant, c'était la question qui s'imposait, à moins qu'elle sache déjà de quoi je parlais.

— Hé, Andouille. Regarde-moi. Je n'ai rien dit à personne. C'est toi qui en as parlé. »

Le soir précédant son opération, Carl était entré au Horse et il avait tout raconté à Sully, en lui faisant jurer de garder le secret. Mais après que Sully était rentré chez lui, Carl s'était soûlé, et il en avait parlé à une demi-douzaine de clients, ainsi qu'à Birdie, la barmaid. Résultat, dès le lendemain, avant même que les effets de l'anesthésie se dissipent, tout le monde en ville parlait des problèmes de bite molle de Carl Roebuck.

Non pas que Sully n'ait pas été tenté de vendre la mèche. Après tout, l'incapacité légendaire de Carl à garder sa queue dans son pantalon avait détruit plusieurs mariages, dont le sien. Sully le lui avait fait remarquer ce soir-là au Horse. « La moitié des habitants de Schuyler County y verront un juste châtiment. Tu en es conscient, hein ? Tu as déjà entendu parler du karma ?

— C'est quand il arrive malheur à des gens bien ?

— Non, c'est plutôt "Qui sème le vent récolte la tempête".

— Ah oui ? Eh bien, j'espère être là quand tu récolteras la tempête.

— C'est déjà fait, je te rassure. Tu as le résultat devant toi. »

Même si, en vérité, il n'en était pas sûr à l'époque, et il ne l'était pas plus aujourd'hui, malgré le diagnostic du médecin. S'en était-il tiré à bon compte ? Pendant la guerre, il avait toujours réussi à se trouver au bon endroit, alors que des hommes plus talentueux et de meilleurs soldats se trouvaient au mauvais endroit. Souvent juste à côté de Sully. Pendant un moment, à Omaha Beach, il avait connu une loterie d'un genre nouveau : mortelle, avec un tirage à chaque seconde. Le zèle, le bon sens et le savoir-faire amélioraient vos chances de survie, mais à peine. Jusqu'à Berlin, la veine et rien d'autre avait régné en maître, et Sully en avait été un indéniable bénéficiaire.

Mais ça, c'était la guerre. Quand la fusillade générale avait enfin cessé, quand le monde avait retrouvé une sorte d'équilibre mental, qui lui avait laissé le loisir de réfléchir, Sully avait vu les choses différemment. Certains jours, il avait l'impression de se faire entuber, c'était plus fort que lui. S'il existait un Dieu, sa principale distraction, apparemment, consistait à jouer avec les pauvres petits connards qu'il avait créés sans qu'on lui demande rien. Carl en était une parfaite illustration. Donnez une bite à un homme, faites en sorte qu'elle gouverne sa vie, et puis empoisonnez la petite glande qui fait fonctionner la bite, et regardez comment il réagit. Dieu y voyait peut-être une marque de fair-play, un moyen d'échapper brièvement à la monotonie de l'omnipotence. Car si vous étiez Dieu, il était raisonnable de penser que votre véritable ennemi se nommait l'ennui. Sully se souvenait, enfant, d'avoir étudié des fourmis sur le trottoir devant la maison familiale de Bowdon Street, après avoir mangé une glace à l'eau qui fondait. Des centaines, voire des milliers, de petites bestioles programmées pour exécuter à l'unisson une tâche incompréhensible à ses yeux. Parmi leurs rangs bien ordonnés, il avait choisi une fourmi, une seule, et l'avait empêchée de faire la seule chose qu'elle souhaitait faire apparemment, en l'obligeant à aller à droite ou à gauche avec le bâton de sa glace, de plus en plus loin du flot de ses semblables, émerveillé de voir que son minuscule cerveau n'était pas capable d'enregistrer ce qui se passait. La seule réaction sensée aurait été d'abandonner le combat jusqu'à ce que le géant qui contrariait ses plans se lasse et choisisse une activité différente, torturer une autre pauvre créature probablement, mais à l'évidence, la fourmi n'était pas programmée pour abandonner. Elle voulait ce qu'elle voulait. Alors, peut-être que Dieu n'était qu'un gamin muni d'un bâton, vaguement curieux, mais incapable d'empathie pour tout ce qui était petit et insignifiant. À Carl Roebuck il avait volé une petite glande. De Wirf, il avait d'abord exigé une jambe et puis, constatant qu'il n'était nullement diminué, il lui avait ôté la vie. Pour lui apprendre.

Et maintenant, c'était au tour de Sully. Deux ans, mais plus vraisemblablement un an. Soit. *Ça ne vous gêne pas de ne pas avoir tiré meilleur profit de la vie que Dieu vous a donnée ?* Rarement. De temps en temps.

« Bon, OK, va te faire foutre, disait Carl. Si tu n'as pas envie de parler de sexe, autant que je retourne bosser. Mais pour ça – d'accord, j'avoue – je vais avoir besoin de ton nain malodorant. J'ai un travail fait pour lui.

— Ruth ! s'exclama Sully en montrant la pendule. Onze heures dix. Il lui a fallu trois minutes. » Il s'adressa à Carl ensuite. « Parle-moi un peu de ce travail. »

Il s'en faisait déjà une idée assez précise, mais ça l'intéressait d'entendre les explications de Carl.

« Je lui en parlerai à *lui*.

— Non, à moi d'abord.

— Pourquoi ? Tu es son père ? »

En fait, c'était comme ça que Rub voyait Sully, et c'était peut-être pour cette raison que celui-ci se sentait investi d'une sorte de responsabilité paternelle qu'il n'avait jamais réussi à éprouver envers son propre fils, qui, dans l'ensemble, considérait Sully comme une réalité génétique inexplicable, mais indéniable.

« Et si cette merde que tu veux lui faire nettoyer est toxique ?

— Toxique ? C'est une fuite dans un égout ! C'est répugnant, je te l'accorde, mais pas toxique.

— Si tu ne sais pas ce que c'est, tu ne sais pas non plus ce que ce n'est pas. »

Carl se massa les tempes.

« Je t'aimais mieux avant que tu aies du fric.

— Sans blague ? Tu m'aimais mieux quand j'étais pris à la gorge et que tu me faisais poser du Placo soixante heures par semaine par des températures inférieures à zéro.

— Quarante heures. Tu m'en *facturais* soixante. Ah, c'était le bon temps, soupira Carl, avec une expression lointaine, faussement nostalgique. Je te revois encore entrer au Horse, couvert de boue séchée et de merde de la tête aux pieds, empestant comme la chatte de Mère Teresa. Il ne m'en fallait pas plus pour être heureux. »

Le plus étrange, c'était que Sully regrettait cette époque lui aussi, mais jamais il ne l'aurait avoué devant ce type.

« Bref, reprit Carl en baissant la voix. Cette saloperie n'est pas toxique, OK ?

— Et comment tu le sais ?

— Réfléchis. Qu'est-ce qu'il y a au-dessus de l'usine ?

— Rien, répondit Sully en suivant mentalement le tracé des égouts dans Limerock Street. À part la vieille…

— Exact. La fabrique d'enduit. Tu te souviens pourquoi elle a fermé ? Non, évidemment. Tu ne te souviens même pas de la journée d'hier. Mais si tu avais de la mémoire, tu te souviendrais qu'ils se sont disputés avec la municipalité pour une histoire d'impôts et qu'ils ont déménagé à Mohawk. Gus pense qu'ils ont inondé ces conduites volontairement. Comme un cadeau d'adieu.

— Sauf que c'était il y a combien de temps ? Deux ans ? Trois ?

— C'est ça qui nous a induits en erreur. La théorie, c'est que l'usine doit être jointoyée au niveau des avant-toits. Chaque fois qu'il pleut, l'eau coule à l'intérieur. Ça ne devrait pas avoir d'incidence, mais là ça s'infiltre dans les fondations. »

Sully hocha la tête, il comprenait enfin.

« Et à cause des infiltrations, tout ce qui se trouve en dessous stagne et empeste.

— Dans des conditions idéales, c'est-à-dire une vague de chaleur après une semaine de pluie…

— Double salaire.

— Pardon ?

— Ce que tu as donné à Rub pour faire ton dernier boulot dégueu, ce sera le double cette fois.

— Oh, je vois. Ça, tu t'en souviens. Tout est bon pour extorquer du fric à ton vieux pote Carl. Je ne sais même pas pourquoi je te parle encore.

— Le triple, même, ajouta Sully après réflexion.

— Dans ce cas, j'engagerai quelqu'un d'autre. Tu crois que Rub est le seul demeuré qui a besoin de bosser dans cette ville ? »

Carl venait de marquer un point.

« OK, le double, alors.

— Marché conclu », répondit Carl, avec trop d'empressement.

Sully comprit qu'il n'aurait pas dû céder si vite.

« Tu crois que tu pourras le convaincre ?

— Je ne sais pas. Il te déteste. »

Carl se leva.

« Dis-lui que toi tu m'aimes bien, suggéra-t-il en se dirigeant vers les toilettes. Il est toujours du même avis que toi.

— Sauf que je ne t'aime pas non plus.

— Bien sûr que si, ducon. »

Dès que la porte des toilettes se fut refermée sur Carl, Sully se remit à observer Roy Purdy, occupé à ramasser avec son pouce les dernières miettes de tarte, microscopiques, dans son assiette. Ce qu'il avait confié à Carl un peu plus tôt était vrai : ces temps-ci, il pensait plus au meurtre qu'au sexe. Roy était revenu à Bath le jour même où Sully avait appris le diagnostic et les deux événements s'imbriquaient dans son esprit, l'obligeant à évaluer les diverses options qui s'offraient à lui pour éliminer définitivement cette ordure. Écraser ce petit salopard avec son pick-up était certainement la solution la plus logique, mais il la trouvait trop impersonnelle. Il était fort probable que Roy ne comprenne pas ce qui lui arrivait, or Sully voulait qu'il sache. S'approcher de lui en douce, par-derrière, pour l'estourbir avec une pelle serait sans doute plus gratifiant. Le bruit de l'acier trempé rencontrant le crâne de Roy – la résistance molle d'un melon sous l'os fracturé – lui apporterait une vive satisfaction. Hélas, depuis qu'il avait atteint les soixante-dix ans, il était moins doué qu'avant pour prendre les gens par surprise et, là encore, Roy risquait de mourir sans savoir qui l'avait tué. Peut-être que la meilleure façon de s'assurer qu'il sache qui mettait fin à sa misérable existence serait de verser de la mort-aux-rats dans son café. Certains matins, après le coup de feu du petit déjeuner, Ruth lui demandait de tenir le bar pendant qu'elle filait à la banque ; il pourrait agir à ce moment-là. Ce serait réjouissant de voir les spasmes déformer le visage de Roy, tandis qu'il comprenait, trop tard, qu'il avait été empoisonné, et par qui. La difficulté venait de la quantité de poison qu'il fallait administrer. Pas assez et il risquait de survivre, trop et il risquait de le sentir dès la première gorgée, après quoi c'était Sully qui risquait de mourir. Il n'avait jamais eu réellement peur de la mort, même maintenant qu'elle approchait au galop, mais il tenait à ce que Roy meure avant lui.

« Je suppose que ça t'a plu, dit Ruth en débarrassant l'assiette de Roy.

— C'était pas mauvais pour un truc de la veille, répondit-il en massant sa petite bedaine. C'est offert par la maison, hein ?

— Comme d'habitude, non ? »

À l'évidence, Roy n'avait aucun avis sur le sujet.

« Dis à Janey que je suis désolé et qu'elle me manque. »

Sully vit son regard se poser sur la porte séparant le *diner* de l'appartement mitoyen où son ex-femme vivait avec Tina, leur fille.

« Elle s'en sort ? demanda-t-il. Tout va bien ?

— Elle va très bien, Roy, répondit sèchement Ruth. Et ta fille aussi, si ça t'intéresse. »

Roy ne semblait pas avoir entendu cette dernière remarque.

« Dis-lui que l'injonction, c'était pas nécessaire. J'ai changé.

— Elle sera heureuse de l'apprendre. Garde tes distances malgré tout.

— Comme je l'ai expliqué au juge, c'est pas facile dans une ville de cette taille.

— Oui, c'est pour ça que tu traînes sur le parking de l'Applebee à l'heure de la fermeture, en attendant qu'elle sorte ?

— J'ai fait ça ?

— Quelqu'un t'a vu. »

Roy pivota sur son siège pour regarder Sully, pour la première fois depuis qu'il était entré. Puis il revint face au comptoir.

« Dis-lui que dès que j'aurai trouvé un boulot, je me rachèterai auprès d'elle, pour sûr.

— Peut-être que tu aurais plus de chances de trouver un travail ailleurs, suggéra Ruth. À Albany, peut-être. Ou à New York. Un endroit où il y a plus d'opportunités.

— Oh, ne t'inquiète pas, répondit Roy en se penchant pour prendre une demi-douzaine de cure-dents dans le gobelet près de la caisse. Je trouverai quelque chose ici, en ville, un de ces jours. »

Sully ouvrit le journal, à la page des petites annonces, et chaussa ses lunettes.

« Il y a là un truc qui t'irait comme un gant, Roy, dit-il.

— Sully », dit Ruth, avec dans la voix un soupçon de menace auquel un homme avisé aurait prêté attention.

Sully fit semblant de lire : « On recherche homme battant sa femme. Débutant accepté. Salaire minimum garanti pour commencer, mais possibilités d'avancement. Personnes non motivées s'abstenir. »

« Sully, répéta Ruth.

— Ah, ah, très drôle, dit Roy. Tu as improvisé ou bien tu y as réfléchi toute la matinée, en attendant que j'arrive pour pouvoir la placer ? »

Sully ignora cette remarque, ainsi que Ruth qui le foudroyait du regard.

« Il y a un truc que je ne comprends pas, Roy, dit-il. Carl Roebuck vient de dire qu'il cherchait quelqu'un pour nettoyer cette conduite qui s'est brisée. Pourquoi tu ne t'es pas manifesté ? Tu aurais pu lui expliquer que tu cherchais du travail. »

Roy se leva de son tabouret. Il avait ôté un cure-dents de son emballage en Cellophane rouge et il le mâchonnait d'un air songeur. « Comment ça se fait que tu m'aimes pas, Sully ? Je t'ai jamais rien fait.

— Oh, attends, il y en a une autre, dit Sully, tandis que Roy se dirigeait vers la sortie. Recherche petit délinquant expérimenté. Travail de nuit. Ancien détenu de préférence.

— Tu ne crois pas que les gens peuvent changer, hein ? » lança Roy, la main sur la poignée de la porte.

La clochette tinta par anticipation.

« Si, parfois », concéda Sully en repliant soigneusement le journal pour faire apparaître de nouveau le visage de sa propriétaire. Était-ce son imagination qui lui jouait des tours ou bien son expression avait-elle changé ? N'était-elle pas légèrement plus désapprobatrice ? « Mais la plupart du temps, ils deviennent encore pires qu'avant, c'est ça le problème.

— Peut-être que je te surprendrai un jour. Oh, au fait,

je voulais te demander : ça te plaît de vivre dans ma caravane ? »

Sully répondit par un ricanement, mais il savait où voulait en venir Roy.

« *Ta* caravane ? »

Parce qu'elle lui avait bel et bien appartenu autrefois, ou plutôt à lui et à Janey ; Ruth et son mari la leur avaient offerte quand Janey était enceinte de Roy et qu'ils étaient un couple de jeunes mariés sans logement. Ils l'avaient installée dans le jardin derrière chez Ruth et y avaient vécu jusqu'à ce que Roy se fasse arrêter au Sans Souci avec un camion rempli de téléviseurs et de meubles volés. Il avait été envoyé en prison, et Ruth avait racheté la caravane pour que Janey ait de quoi déménager à Albany et débuter une nouvelle vie, plus heureuse, sans Roy. Quand Sully avait proposé de l'en débarrasser, Ruth avait eu du mal à y croire. « Comment ça tu veux vivre dedans ? s'était-elle étonnée. Tu as une grande et superbe maison dans la plus belle rue de Bath. »

« T'inquiète pas, dit Roy. J'ai pas l'intention de la récupérer. Il paraît que ça prend feu comme un rien, ces trucs-là. J'ai fait des recherches. Un soir, tu t'endors avec une clope allumée et tu pars en fumée. »

Sully capta son regard et le soutint un long moment avant de demander :

« Sans blague ? »

Un muscle tressaillit sur la joue de Roy, et l'espace d'un instant, Sully crut qu'il allait lui foncer dessus. « Sans blague, répéta-t-il, avec un sourire. Tu sais ce que j'ai là-dedans, Sully ? ajouta-t-il en montrant sa tempe droite.

— Oui. Merci de le dire à ma place. »

Roy ne releva pas cette pique et en voyant son expression, Sully se demanda ce que l'on pouvait ressentir quand on traversait l'existence sans jamais comprendre une seule plaisanterie, riant seulement quand il n'y avait rien de drôle.

« Un registre, déclara Roy avec le plus grand sérieux. D'un côté, il y a tous les gens à qui je dois quelque chose. Et de l'autre côté, il y a ceux qu'ont une dette envers moi. Ce matin, ici même, j'ai ajouté une part de tarte aux cerises et un café dans la liste des trucs que je dois. Certaines personnes oublient leurs dettes, pas moi. »

Sully hocha la tête.

« Par curiosité… il y a qui dans la liste de ceux qui ont une dette envers toi ?

— Un jour, il y aura toi, répliqua Roy avec assurance. Quand j'aurai mis les choses au point. Ce jour-là, tu me devras des excuses, et j'ai bien l'intention de réclamer mon dû. Je viendrai chez toi un soir. Je sais où tu gares ma caravane. J'apporterai un pack de bières. On en boira une ou deux ensemble et tu pourras reconnaître que tu m'avais mal jugé. À ta place, je commencerais à m'entraîner car ça va arriver.

— Hélas, je me fais vieux, Roy, alors je ne sais pas si je vais pouvoir attendre bien longtemps ce jour béni.

— Oh, il viendra, crois-moi. Un soir, on frappera à ta porte et ce sera moi. Et je blague toujours pas.

— À moins que je me sois déjà endormi avec une cigarette allumée.

— On y arrive ! s'exclama-t-il en pointant l'index sur Sully comme s'il avait trouvé la bonne réponse à une devinette. Ça aussi, ça pourrait arriver. »

SLINKY

« Je crois, gazouilla le révérend Tunique en prenant maintenant des intonations à la Martin Luther King Jr., que lorsque le juge Barton Flatt disait *notre belle ville*, il voulait nous faire comprendre que cet endroit que nous nommons “chez nous” n'est pas seulement agréable à regarder, mais également beau, dans le sens de “juste”, et que notre communauté est un modèle de rectitude, un exemple de… »

À cet instant, il leva les yeux vers le ciel, comme s'il cherchait un mot qui lui échappait ou un concept abstrait, qu'il trouva apparemment dans la traînée de vapeur laissée par un avion à dix mille pieds d'altitude.

« De vertu », conclut-il.

En levant les yeux lui aussi, Raymer fut pris de vertiges et de nausée, et ses genoux se liquéfièrent dans la chaleur. Comme ce serait agréable d'être à bord d'un avion. Il se voyait débarquant dans un endroit inconnu, habillé pour exercer un tout autre métier, comme par enchantement. Un métier dans lequel il excellerait. Une nouvelle vie inimaginable pour Becka et le juge Flatt, et même pour Miss Beryl. Et pour lui aussi, d'ailleurs.

« Dès lors, poursuivait le révérend Tunique, le regard toujours levé vers les cieux, comment faire du rêve de ce grand homme une réalité ? Comment veiller à ce que *notre belle ville* soit la cité céleste de ses convictions profondes ? »

Qu'est-ce qui l'avait poussé à devenir policier, au départ ? Cette attirance venait-elle de la place accordée aux règles dans l'exercice du maintien de l'ordre ? Enfant, il trouvait les règles réconfortantes. Elles impliquaient que la vie était régie par des principes fondamentaux de fair-play, garantissant que chacun pourrait tenir la batte un jour. Et c'était important car il avait déjà vu, parmi ses pairs, trop d'enfants qui refusaient de jouer à la loyale s'ils n'y étaient pas contraints par des adultes. Les règles qu'il appréciait le plus étaient simples et claires. *Fais ceci. Ne fais pas cela.* Les gens aimaient la clarté, non ? Être policier, alors, ce serait défendre l'ordre, appliquer la volonté du peuple, protéger le bien commun. Exactement. Mais dans la réalité, son métier le lui avait appris, loin de réconforter les gens, les règles les agaçaient. Ils exigeaient que les règlements les plus logiques, les plus évidents, soient justifiés. Ils exigeaient des exceptions pour leur cas personnel qui n'avait rien d'exceptionnel. Sans cesse ils essayaient de le convaincre que les règles qu'ils avaient enfreintes étaient stupides ou arbitraires, et Raymer devait bien reconnaître que certaines l'étaient. Pire encore, les citoyens de toutes espèces soupçonnaient les lois d'avoir été promulguées spécialement afin de leur nuire. Les pauvres concluaient que les cartes étaient biseautées (à leur désavantage). Les riches affirmaient que toute redistribution du jeu provoquerait leur ruine et celle de la civilisation. Becka, quand elle était dans le bon état d'esprit, prétendait que le mariage était une institution conçue pour réduire en esclavage un genre tout entier, et sa rhétorique prenait parfois un tour si personnel que l'on aurait pu croire que Raymer en personne avait été membre du premier comité de planification matrimoniale. À l'école de police, le régime des lois avait eu un sens, dans ses grandes lignes du moins. Hélas, Raymer n'en était plus certain. Alors, pars, se dit-il. Monte dans un avion et va-t'en.

Car après la mort de Becka, quelque chose s'était produit en lui. Sa foi dans cette profession s'était érodée, dès lors, qu'est-ce qui le retenait encore ici ?

De l'autre côté de la tombe ouverte du juge se tenait une fillette d'une douzaine d'années – une nièce ou une petite-fille du défunt ? – qui regardait fixement, sourcils froncés, le ventre de Raymer. Elle ne pouvait pas savoir que la télécommande de garage se trouvait dans sa poche, évidemment, et elle semblait avoir interprété de manière erronée l'activité de sa main dans cette poche. Quand il la sortit, leurs regards se croisèrent et un petit sourire narquois, entendu, s'élargit sur ses traits innocents. Se sentant rougir, Raymer plaqua ses mains sur son entrejambe et regarda au-delà de la fillette, attiré une fois de plus par cette traînée de vapeur. S'il partait dans un endroit nouveau, qui connaîtrait-il ? Qui le connaîtrait ? Comment gagnerait-il sa vie ?

À une centaine de mètres de là, un peu à l'écart de la route non pavée qui séparait Hill de Dale, était stationnée la pelleteuse jaune vif qui avait certainement servi à creuser la tombe du juge, un peu plus tôt dans la matinée. Raymer reconnut Rub Squeers, le pote de Sully, assis dans le petit carré d'ombre à côté. Quelque chose dans sa posture indiquait qu'il pleurait. Vraiment ? Pensait-il, lui aussi, à un être cher enterré dans ce cimetière ? Ou bien aspirait-il, lui aussi, à une autre vie, à un nouveau travail ? Peut-être serait-il intéressé par un échange, songea Raymer. Creuser des tombes, comparé au métier de policier, ce serait à la fois paisible et gratifiant. Les morts ne se souciaient plus des injustices de la vie. Et ils ne se rebellaient pas contre l'autorité. Vous pouviez les disposer en carré, par milliers, sans entendre la moindre protestation. Avec les vivants, c'était une autre paire de manches. Les gens affirmaient raffoler des lignes droites, qui leur offraient, après tout, la distance la plus courte entre deux points, mais Raymer en était venu à croire, au fond de lui, que les êtres humains préféraient vagabonder. Sans doute, se disait-il distraitement, Becka avait-elle succombé à ce besoin parfaitement naturel. Non pas qu'elle ait cessé de l'aimer, simplement elle avait été déçue par la rigidité des règles matrimoniales : aimer, honorer, obéir. Faire ceci. Ne pas faire cela. Peut-être qu'aux yeux de son épouse il symbolisait, en tant que policier, cette ligne droite qu'elle ne supportait plus. Le désir de vagabonder était-il si redoutable ? Le vagabondage n'incluait-il pas la possibilité de retourner à votre point de départ ? Avec le temps, Becka n'aurait-elle pas fini par revenir auprès de lui ? C'était peut-être le temps qui leur avait manqué, pas l'amour. L'idée au moins était agréable.

C'était lui qui avait découvert son corps. Il était rentré tôt, une chose qu'il ne faisait presque jamais, pas dernièrement du moins, pas depuis que leurs rapports s'étaient dégradés, peu à peu tout d'abord, puis de manière brutale. Ce matin-là, ils s'étaient disputés âprement, avant qu'il parte travailler. À quel sujet ? Il n'arrivait pas à s'en souvenir. Pour rien. Pour tout. Ces derniers temps, la moindre remarque bénigne déclenchait des torrents de sarcasmes, de larmes, de colère et de mépris. En l'espace d'une nuit, aurait-on dit, l'éventail des émotions négatives de sa femme s'était agrandi de manière exponentielle. Pour Raymer, cependant, quelque chose sonnait faux dans cette litanie de griefs. Qu'elle ne l'aime plus, c'était une évidence, mais il y avait un truc qui clochait. Il avait presque l'impression qu'elle lui faisait des scènes en s'inspirant de toutes les disputes conjugales qu'elle avait pu lire ou voir dans des pièces de théâtre. Il aurait préféré qu'elle soit plus constante, que le motif de récrimination ou d'amertume du lundi resurgisse le jeudi suivant. En vain. À croire qu'elle voulait l'écraser sous une multitude de reproches allant du plus anodin et précis – il oubliait toujours de rabaisser la lunette des toilettes – au plus vague et général – son manque de respect envers ce qu'elle pouvait ressentir –, chaque affront, grand ou petit, pesant le même poids dans la balance.

Alors, quand en pénétrant dans l'allée il avait vu ces

trois valises posées sur le perron, il avait compris ce qu'elles signifiaient ou étaient censées signifier – elle le quittait –, mais surtout, cette scène lui avait paru théâtrale, presque comique. La porte était entrouverte. Était-elle retournée chercher une chose oubliée à l'intérieur ? Il se souvenait d'avoir traversé la pelouse en songeant qu'ils allaient probablement se retrouver face à face. Elle serait surprise tout d'abord, puis déterminée. Et lui, que ferait-il ? Devait-il la laisser partir ? La retenir par la force, au moins jusqu'à ce qu'il comprenne enfin ce qui la tourmentait ?

Becka se trouvait juste derrière la porte. Elle s'était dépêchée, manifestement. Le tapis du palier du premier étage, maintenant ramassé en tas au milieu de l'escalier, était certainement le coupable. Raymer lui-même avait glissé dessus plusieurs fois. Becka l'avait chargé de trouver quelque chose pour le fixer, mais il oubliait sans cesse, et voilà le résultat. Son front était planté sur la dernière marche, ses cheveux masquaient son visage, ses genoux se trouvaient deux marches plus haut, ses bras tendus derrière, et elle avait les fesses en l'air. On aurait dit qu'elle avait nagé le crawl de haut en bas de l'escalier et était morte d'épuisement avant d'arriver.

Combien de temps était-il resté là, paralysé ? Il n'avait même pas vérifié qu'elle était bien morte, il était resté là, tout simplement, incapable de comprendre ce qu'il voyait. Aujourd'hui encore, treize mois plus tard, il frémissait en repensant à son incroyable incompétence. Il n'arrivait pas à se défaire de l'idée que tout cela semblait mis en scène : la position improbable du corps de Becka, la quasi-absence de sang. Pour lui, ça ressemblait à un diorama dans un musée, dont le but bizarre lui échappait. Après tout, c'était une comédienne et, de ce fait, il assistait à une représentation. Elle ne pourrait pas conserver éternellement cette pose ridicule. S'il se montrait patient, elle finirait par se relever en disant : *C'est ça que tu espères ? Fixe ce putain de tapis !*

Mais non. Ce n'était pas une représentation. Becka était bien morte. Pendant qu'il attendait l'ambulance, il avait trouvé le mot, plié comme une tente, qu'elle avait laissé sur la table de la salle à manger. *Désolée,* avait-elle écrit. *Je ne voulais pas que ça se termine comme ça. Essaie d'être heureux pour nous.* Signé Becka, avec son *B* majuscule habituel.

Elle ne voulait pas que ça se termine comme ça ? Il lui avait fallu un moment pour comprendre qu'elle ne faisait pas allusion à sa chute dans l'escalier, ni à sa mort, c'était impossible, évidemment. Non, elle voulait dire tomber amoureuse. Qu'elle ait cessé de l'aimer, c'était une chose qu'il pourrait, le temps aidant, accepter. N'avait-il pas, pour être honnête, compris dès le départ que la chance qui lui avait permis d'épouser Becka ne durerait pas ? Mais tomber amoureuse d'un autre ? *Essaie d'être heureux pour nous ?* Comment faire sans savoir qui était ce *nous* ?

Au cours des treize derniers mois, les images de cet effroyable après-midi – Becka morte, les ambulanciers et les enquêteurs qui s'efforçaient de la contourner dans l'escalier, son corps raidi que l'on déposait sur une civière et que l'on emmenait, les voisins qui s'étaient rassemblés dehors – avaient commencé à s'effacer, par chance, telles des photographies laissées au soleil. Les paroles de Tom Bridger, en revanche, avaient conservé toute leur force. En plus de quarante ans de carrière, Tom avait acquis un humour mordant de médecin légiste. Arrivé sur place, il avait jeté un regard à Becka – le front collé à la marche du bas, le postérieur en l'air –, et lâché : « Bon sang, cette femme s'est amusée à descendre l'escalier comme un Slinky. » Sa remarque ne se voulait pas cruelle, il ignorait que le mari de la morte se trouvait dans la pièce voisine et pouvait l'entendre. Le plus affreux, c'était la justesse de cette réflexion. Car on avait exactement cette impression : Becka avait descendu l'escalier comme un Slinky, ce jouet en forme de ressort. Raymer avait alors repensé à la vieille Miss Beryl qui, en classe de quatrième, était connue pour affirmer que le mot précis, l'expression soigneusement choisie, l'analogie exacte valaient mille images. À l'époque, ses camarades et lui étaient convaincus qu'elle se trompait, mais Raymer avait changé d'avis. Quand il se remémorait les événements horribles de cet après-midi, l'expression « comme un Slinky » tournait en boucle dans son esprit, et lui soulevait l'estomac, aujourd'hui encore. Ces mots avaient un goût, celui des sucs gastriques au fond de la gorge. Leur signification avait évolué peu à peu, passant de l'horreur à la colère, puis au désespoir, pour finalement devenir… Quoi donc ? Ces derniers temps, quand cette image « comme un Slinky » tournoyait dans sa conscience sans y être invitée, il se surprenait à sourire malgré lui. Pourquoi ? Il ne pensait certainement pas qu'il y ait quoi que ce soit d'amusant dans ce qui s'était passé. Même si Becka avait projeté de partir avec un autre homme, il ne se réjouissait pas qu'elle soit morte. Du moins, il ne le pensait pas. Ce qui était arrivé n'avait rien à voir avec la justice. Alors, d'où lui venait cette honteuse envie de sourire ? D'un recoin obscur de sa personnalité ? *Qui est ce Douglas Raymer ?* se demandait-il, comme l'avait si souvent fait Miss Beryl.

« Mes chers amis, entonna le révérend Tunique qui, sauf erreur, ne comptait aucun ami dans les parages, mort ou vivant, j'estime qu'il ne revient pas à un seul homme, si formidable et avisé soit-il, d'apporter la justice et la vertu dans ce monde. Non, cette responsabilité nous incombe à tous, à chacun d'entre nous… »

Sauf à moi, pensa le chef de la police Douglas Raymer en clignant des yeux pour chasser des gouttes de sueur, à moins que ce ne soient des larmes. Il était plus que fatigué de toutes ces obligations. Mieux valait abdiquer. Rendre les armes. Reconnaître la défaite. Devenir fossoyeur.

Tandis qu'il se perdait dans le souvenir de la fin tragique de Becka, sa main, constata-t-il, avait migré de nouveau, inconsciemment, dans sa poche de pantalon, où elle pressait le boîtier métallique de la télécommande. Quelle était la puissance de ces appareils ? Est-ce qu'une porte de garage – plusieurs si Charice avait raison – était en train de s'ouvrir quelque part dans Bath ? À Schuyler Springs ? À Albany ? Raymer se surprit à sourire de cette idée manifestement absurde, en imaginant l'amant de sa femme, ce connard, en train de regarder sa porte de garage s'ouvrir, se refermer, s'ouvrir de nouveau, en sachant que l'homme qui la commandait était tout près et armé.

Était-ce le compromis qu'il cherchait ? Quitter ce métier pour lequel il n'était pas fait, mais découvrir avant cela à qui appartenait cette télécommande et faire savoir à ce salopard qu'il était démasqué ? Si seulement Raymer parvenait à résoudre ce mystère, il pourrait laisser tomber tout le reste : la responsabilité et la rectitude, les obligations, ces putains d'Iroquois avec leurs mocassins souples et toutes les autres conneries que le révérend Tunique invoquait au petit bonheur la chance. OK, peut-être n'était-il pas possible de se réinventer, mais on pouvait aller de l'avant, non ? Des gens le faisaient tous les jours. Il ne haïssait pas Becka à cause de son infidélité. Elle était simplement, à l'instar de sa carrière, une erreur. Tout le monde, sauf lui, semblait l'avoir compris dès le départ. Quand, au cours d'un dîner de répétition, il avait présenté sa future épouse à Jerome, qui avait accepté à contrecœur de lui servir de témoin après que Raymer lui avait avoué qu'il n'avait pas d'autre ami proche, celui-ci avait immédiatement vu le problème. « La vache, Dougie, tu as visé haut. » Raymer était ravi de l'enthousiasme de son témoin et fier de la beauté de Becka. Et évidemment, c'était bon d'obtenir la confirmation de ce qu'il pressentait : il avait de la chance. Mais dans le sillage de l'enthousiasme de son ami traînait cette hypothèse non formulée : une telle chance ne pouvait pas durer.

« Il existe un mot, poursuivait le révérend, pour désigner ceux d'entre nous qui n'acceptent pas de porter chaque jour ce fardeau qui consiste à rendre le monde meilleur, plus juste. »

La fillette d'une douzaine d'années donnait des coups de coude à sa mère maintenant. *Regarde, maman. Regarde cet homme avec sa main dans sa poche. Qu'est-ce qu'il fait, maman ?*

« Savez-vous quel est ce mot ? Il s'agit du mot... "fumiste". »

Raymer s'aperçut qu'il ne transpirait plus, mais sa chemise trempée, alourdie, était froide, collante. Il avait les jambes en coton.

« Et ces gens-là se défilent non seulement devant les responsabilités et la solidarité humaine, mais aussi devant Dieu. Oui, mes amis, le fumiste se défile devant le divin. »

La mère de la fillette le regardait d'un air dégoûté, mais pour une fois, il prit conscience de sa propre innocence malmenée et il lui adressa un sourire béat. Il continua à appuyer sur la télécommande, inlassablement, en s'offrant le plaisir d'imaginer qu'une porte de garage se levait quelque part et retombait sur le vrai coupable.

« Et qu'en pense Dieu ? » demandait le révérend Tunique.

Bonne question, se dit Raymer.

« Dieu aime-t-il les fumistes ? »

Oui. Il nous aime tous.

« Non ! rétorqua l'homme d'Église avec emphase. Dieu ne les aime pas. »

Qu'Il aille se faire voir dans ce cas, pensa Raymer, étourdi par la chaleur et le blasphème. *Honte à Dieu.*

« Car les fumistes sont des lâches. »

Non, c'est Dieu qui est lâche.

« Un fumiste considère que la difficile tâche de la vie quotidienne incombe à quelqu'un d'autre, que les nuages noirs qui assombrissent le soleil et masquent la lumière de la raison sont du ressort de quelqu'un d'autre. »

Pourquoi quelqu'un serait-il responsable des nuages ?

« Non, mes amis, Barton Flatt n'était pas un fumiste. La

fumisterie n'est pas son héritage. Et maintenant qu'il voyage vers sa récompense finale… »

La poussière ? La décomposition ? Les vers ?

« … nous l'honorons une dernière fois en réaffirmant, en sa présence… »

Son absence, plutôt.

« … notre foi. En Dieu. En l'Amérique. Et en notre *belle ville.* Car c'est ainsi… »

Raymer sursauta, en alerte tout à coup. Sa rêverie se dissipa aussitôt. Avait-il perdu l'équilibre à cause de la chaleur, ou le sol avait-il tremblé sous ses pieds ? C'était plutôt la seconde hypothèse apparemment car toutes les personnes rassemblées autour de la tombe avaient adopté la position classique du surfeur sur sa planche, jambes et bras écartés. Le révérend Tunique lui-même, qui avait semblé jusqu'alors détaché de toute réalité terrestre, s'éloignait d'un pas leste du trou creusé dans le sol, comme si on venait de l'informer que le glas qu'il croyait destiné à quelqu'un d'autre sonnait en réalité pour lui.

De son côté, Raymer crut tout d'abord, avec un sentiment de culpabilité, que si la terre tremblait, c'était à cause de lui. Il avait blasphémé en son for intérieur et Dieu, qui écoutait aux portes, avait exprimé son mécontentement. Désireux de ne pas encourir une nouvelle manifestation de désapprobation, il s'apprêtait à formuler des excuses, muettes mais sincères, quand il entendit quelqu'un s'écrier : « Tremblement de terre ! » En général, il préférait, de loin, les explications naturelles aux explications divines, mais il doutait que la terre ait tremblé assez longtemps – une seconde au maximum – pour justifier l'emploi de ce terme. Cela ressemblait moins à un mouvement tectonique qu'à une violente secousse, comme si la terre avait subi un choc. L'avion qu'il avait observé précédemment était-il tombé du ciel ? Avait-il personnellement provoqué cette chute en jouant avec la télécommande ? Il la sortit de sa poche et l'examina, perplexe. Tout le monde, s'aperçut-il, le regardait.

Et tout aussi rapidement, Douglas Raymer, chef de la police, fut envahi par la colère. Ne s'agissait-il pas précisément du problème qu'il avait essayé de formuler un peu plus tôt, à savoir les inconvénients du travail de policier, en résumé ? *Responsabilité, justice, amour, rectitude, héritage.* Des mots qui avaient à peu près autant de réalité qu'un panache de fumée. Un bavard prétentieux vêtu d'une tunique de soie brodée pouvait gagner sa vie joliment en faisant croire, grâce à une rhétorique ampoulée, qu'il connaissait toutes ces choses. Mais que le sol tremble sous vos pieds, et les gens se tournaient vers les policiers pour obtenir des réponses. Comme si c'était *leur* boulot d'expliquer l'instabilité fondamentale du monde. Comme s'ils savaient comment y remédier.

Gus Moynihan, le maire, l'avait saisi par le coude. « Raymer ? » dit-il, visiblement troublé par cet objet dans sa main, à plus d'un kilomètre du garage le plus proche. « Ce foutu sol vient de vibrer comme un godemiché à deux balles. Vous avez l'intention de rester planté là ? »

Ce n'était pas une mauvaise idée, à vrai dire. S'il s'agissait réellement d'un tremblement de terre, il n'imaginait pas d'endroit plus sûr que ce vaste espace plat et dégagé où il n'y avait rien qui puisse leur tomber dessus dans un rayon de cent mètres. Mais il demeurait, pour le moment, le chef de la police, et une réaction s'imposait. La meilleure chose à faire, c'était d'appeler Charice. Elle avait toujours un tas de réponses ou des suggestions, et quand celles-ci venaient à manquer, elle faisait preuve de compassion, souvent pimentée de sarcasmes. Après avoir décroché la radio fixée à sa ceinture par un crochet métallique, Raymer appuya sur la touche PARLER, en marquant une demi-seconde d'arrêt pour se demander quel genre d'expériences Gus Moynihan avait vécues avec des godemichés bas de gamme, ou même haut de gamme, avant de dire : « Charice ? Vous êtes là ? »

Pas de réponse.

Autour de la tombe, tout le monde parlait en même temps, et Raymer crut entendre quelqu'un prononcer le mot « météorite ». Une météorite avait-elle frappé le poste de police ? Tuant Charice sur le coup, devant son standard téléphonique ?

Le maire tapota la radio avec son index.

« Ça marcherait sans doute mieux si vous l'allumiez. »

Ce n'était pas faux. Raymer l'avait éteinte dès le début de la cérémonie pour ne pas entendre gueuler cette saloperie durant le sermon. Il la ralluma donc et la voix de Charice se fit entendre aussitôt :

« Oui, chef ?

— Je suis là », dit-il, même s'il n'en était pas convaincu. Il ressentait des picotements dans les extrémités, comme si cette chose qui avait fait trembler le sol avait pénétré en lui par ses orteils et tentait maintenant de ressortir par le bout de ses doigts et ses oreilles. Il s'éloigna de la cacophonie des voix pour mieux entendre.

« Vous feriez bien de revenir en ville, disait Charice. Vous n'allez pas en croire vos yeux.

— C'était une météorite ? risqua-t-il, tout en marchant, même si ses jambes lui semblaient aussi lourdes et enracinées que des troncs d'arbre.

— Quoi ?

— Doug ? » lui lança le maire, mais Raymer le fit taire d'un geste.

Ce type ne voyait donc pas qu'il était occupé ?

« C'était une météorite ?

— Doug ! »

Malgré son ton pressant, la voix du maire semblait venir de très loin, alors que Raymer n'avait fait que quelques pas.

« Tout va bien, chef ? » demanda Charice.

À vrai dire, le champ de vision de Raymer semblait se rétrécir de manière inexplicable. Au premier plan, il y avait la radio dans laquelle il parlait et au loin, la tache floue et brillante de la pelleteuse. Tout le reste semblait enveloppé de gaze.

Au pas suivant, le sol se déroba sous ses pieds, et avant même qu'il puisse prendre conscience de cette disparition, le sol réapparut, avec fracas. Curieusement, le bruit, assourdissant, venait de l'intérieur de son crâne. Avait-il fait usage de son arme sans le vouloir, encore une fois, comme ce jour-là avec Sully ? Dans ce cas, où avait fini *cette* balle ? se demandait-il.

Vous connaissez mon opinion au sujet des crétins armés. Le juge Flatt ricanait dans son cercueil tout proche.

Et puis, plus rien.

STRATÉGIES DE REPLI

Quand la clochette au-dessus de la porte cessa de tinter et que Sully croisa le regard noir de Ruth, il souhaita presque que Roy Purdy revienne. À l'époque où Ruth et lui étaient plus que de simples amis, ce même regard signifiait qu'il pouvait tirer un trait sur la gaudriole pendant plusieurs jours. Ces temps-ci, le châtiment était plus incertain, et donc plus menaçant.

« Tu as raison sur un point, lâcha-t-elle.

— Ah bon ? Je ne l'ai pas fait exprès.

— Les gens s'améliorent rarement. » À l'évidence, ce n'était pas Roy qui avait motivé cette observation. « C'est quoi ton problème ? »

Avant qu'il ait pu répondre, la porte des toilettes s'ouvrit et Carl réapparut. Une tache sombre s'élargissait au niveau de la couture intérieure d'une de ses jambes de pantalon. Durant les semaines qui avaient suivi l'opération, il avait porté des couches comme cela était recommandé, mais il trouvait cela humiliant, avait-il confié à Sully, et il avait arrêté dès qu'il avait repris le contrôle de ses fonctions urinaires. Malheureusement, l'incontinence persistait à l'occasion, surtout la nuit et le matin. Lorsqu'il sentait l'envie d'uriner, il se plantait devant la cuvette et attendait que ça vienne, mais ça ne venait pas, jusqu'au moment où il remontait son pantalon, à croire que son urètre rebelle guettait ce signal pour se lâcher. Ce qui venait de se produire vraisemblablement.

« Bon, quand tu verras Rub, reprit-il sans se douter de rien, dis-lui que je vais avoir besoin de lui et de sa pelleteuse.

— Ce n'est pas la sienne, lui rappela Sully. Elle appartient à la municipalité.

— J'ai pensé qu'on pourrait l'emprunter, répondit Carl, et quand il se hissa sur son tabouret, Sully capta une bouffée âcre d'urine.

— Qu'est devenue ta propre pelleteuse ? demanda-t-il.

— Elle est sur mon terrain. Momentanément hors d'usage. »

Un torchon était posé à cheval sur la porte du four. Sully se leva pour passer derrière le comptoir, manœuvre risquée étant donné que Ruth était en colère après lui. Elle l'autorisait, de mauvaise grâce, à occuper cet espace quand le travail l'exigeait et quand elle était de bonne humeur, deux conditions qui n'étaient pas réunies à cet instant.

« Je suis sûr, dit-il, que ton copain le maire accepterait de te la louer.

— Oui, sans doute. Mais j'aimerais mieux qu'il n'y ait pas d'échange d'argent.

— Ayant travaillé pour toi, je ne connais que trop bien cette préférence.

— Alors comme ça, reprit Carl, pendant que Sully essuyait de l'eau imaginaire sur le comptoir, tu ne penses plus au sexe ?

— Pas souvent.

— Tant mieux, dit Carl, qui semblait véritablement soulagé. J'aimerais me dire que quand j'aurai ton âge, tout cela sera terminé.

— Qui te dit que tu atteindras mon âge ? » Baissant la voix, Sully ajouta : « Tiens, tu pourrais en avoir besoin. »

Et il fit glisser le torchon vers Carl.

Celui-ci lui adressa un regard qui voulait dire « Qu'est-ce que tu racontes ? », puis il vit. « Nom de Dieu ! » s'exclama-t-il en sautant de son tabouret comme si l'incident venait de se produire à cet instant même, et non pas deux minutes plus tôt, dans les toilettes. Sully remarqua que Ruth avait compris plus vite que Carl, qui le foudroyait maintenant du regard comme s'il le soupçonnait de lui avoir pissé dessus. De son côté, Sully avait un peu cette impression aussi.

« Avec un torchon, ça ne marchera pas, dit Ruth lorsque Carl commença à frotter vigoureusement son pantalon de toile. Suis-moi. »

Elle lui fit signe de l'accompagner, et il s'exécuta, à contrecœur, rouge comme une tomate.

Quand la porte de l'appartement se fut refermée derrière eux, Sully se retrouva seul dans un des endroits qu'il préférait au monde, et le silence était si profond qu'il entendait le bruit métallique des gouttes qui tombaient dans la cafetière, semblable au tic-tac d'un réveil. Dehors, le seul mouvement visible provenait de la chaleur écrasante qui ondulait contre la vitre. Alors qu'il attendait qu'une voiture passe, que quelqu'un sorte de la quincaillerie, qu'un chien traverse la rue en trottinant, il se sentit affreusement désorienté, comme si tout ce qu'il croyait réel se révélait n'être qu'un décor de cinéma, dans lequel il était l'unique acteur, le reste de la distribution et même l'équipe technique étant déjà repartis. Pour la journée ? Pour le week-end ? Ou bien le tournage était-il terminé et personne n'avait pris la peine de l'en informer ? Quand le tic-tac de la cafetière s'arrêta lui aussi, Sully sentit enfler dans sa poitrine quelque chose qui ressemblait à de la panique. Venait-il d'être victime de cette crise cardiaque annoncée ? La fin de la vie ressemblait-elle à ça, vue de l'intérieur ? Tout s'arrêtait, sauf la conscience qui poursuivait gaiement sa tâche de témoin scrupuleux.

« Hé ! » lança une voix qu'il crut être celle de Ruth, jusqu'à ce qu'il cligne des yeux et constate qu'il s'agissait de

Janey, sa fille. Avec le temps, leurs voix étaient devenues si semblables qu'il avait du mal à les différencier. La porte de l'appartement était restée entrouverte et on entendait le gémissement aigu d'un petit appareil ménager. « Planète Terre à Sully.

— Salut », dit-il, gêné, mais reconnaissant car le son de sa voix avait tout remis en marche. De l'autre côté de la rue, un homme sortait de la quincaillerie d'un pas décidé, et un peu plus loin, une alarme de voiture s'était déclenchée. À l'hôpital des anciens combattants, ils l'avaient mis en garde contre d'éventuelles « perturbations narratives », voire des hallucinations. À cause de l'arythmie, le cerveau reçoit parfois trop de sang, parfois pas assez.

« Tu deviens de plus en plus bizarre de jour en jour, tu en es conscient ? » demanda Janey en se servant une tasse de café. Il remarqua les cernes sous ses yeux croûtés de sommeil qui regardaient Sully avec une indifférence non feinte. « Et en parlant de choses bizarres, comment ça se fait que Carl Roebuck est dans ma salle de bains, en train de se sécher l'entrejambe avec mon sèche-cheveux ?

— Eh bien… »

Sully laissa sa phrase en suspens car Janey était peut-être la seule femme de Bath qui ne connaissait pas les malheurs de Carl.

« Ah, les hommes, dit-elle, faisant de Sully le complice d'il ne savait quelle folie.

— Hé, je préférerais que tu évites de venir ici en peignoir ! » lança Ruth, de retour dans le restaurant.

Comme on pouvait s'y attendre, Janey n'avait que faire des désirs de sa mère.

« Et moi, répliqua-t-elle, j'aimerais mieux que tu ne fasses pas entrer des hommes dans ma salle de bains avant même que je sois réveillée, et que tu ne leur prêtes pas mon sèche-cheveux sans ma permission.

— Essaie de te lever avant midi, alors », suggéra Ruth.

Janey montra la pendule, qui indiquait 11 h 20. « Il n'est

pas midi. Et j'ai fait la fermeture du Bee hier soir, alors lâche-moi, OK ? »

Elles s'affrontèrent du regard pendant un long moment, jusqu'à ce que Ruth finisse par céder. « Désolée pour la salle de bains, mais Carl a eu un accident. » Elle appuya à peine sur ce dernier mot. *Tu te souviens ?* semblait-elle dire. *Ce que je t'ai raconté ?*

« Ah oui ! » Janey haussa les épaules. « Je n'ai rien dit, dans ce cas.

— C'est ce que j'ai pensé. Je suis contente que tu sois de mon avis. »

Janey leva les yeux au ciel pour indiquer qu'elle n'était pas *du tout* de cet avis, mais qu'elle avait la flemme de se battre pour ça. « C'est la voix de mon imbécile d'ex-mari que j'ai entendue tout à l'heure ? » Pour Ruth, c'était une question de pure forme apparemment car elle ne se donna pas la peine de répondre. « Je vois qu'il prend cette injonction très au sérieux. » Elle se tourna vers Sully. « Qu'est-ce qu'elle lui a donné cette fois ?

— Rien, répondit Ruth, mais la culpabilité se lut immédiatement sur son visage. Une tasse de café et une part de tarte de la veille.

— Dis-toi que c'est comme avec un chien, maman. Si tu le nourris, il va revenir.

— Il n'a pas causé d'ennuis pour l'instant, il n'a même pas essayé, fit remarquer Ruth, en jetant un regard à Sully. Contrairement à certains.

— C'est ça le problème avec Roy, dit Janey en déposant sa tasse vide dans une bassine en plastique. Il ne fait pas d'histoires, jusqu'à ce qu'il en fasse. Et à ce moment-là, c'est ma mâchoire qui morfle.

— Il te brise la mâchoire parce que tu la ramènes sans cesse.

— Non, il me brise la mâchoire parce qu'il aime ça.

— Comme toi tu aimes la ramener, rétorqua Ruth, au moment où Janey passait en la bousculant.

— Bon sang, dit Janey en s'arrêtant sur le seuil de l'appartement. Laisse-moi réfléchir une minute. Je me demande de qui je tiens ça. »

Quand elle fut partie, Ruth se retourna vers Sully.

« Je ne veux rien entendre », dit-elle.

Comme il l'avait craint, elle était trop contente de pouvoir reprendre leur dispute là où ils l'avaient laissée.

« Qu'est-ce que tu ne veux pas entendre ?

— Ce que tu penses. »

En vérité, Sully était bien content lui aussi de pouvoir tenir sa langue. Bien qu'il n'y soit pour rien, il sentait que le vent venait de tourner en sa faveur. Quoi de mieux pour le faire revenir dans les bonnes grâces de Ruth qu'une dispute avec sa fille têtue, car il doutait fort qu'elle ait envie, malgré son caractère acharné, de livrer bataille sur deux fronts. Apparemment, il avait vu juste : Ruth se détendit dès qu'il la laissa remporter le combat de regards.

« Merci, dit-elle, comme si elle le pensait sincèrement.

— De rien. Mais j'avais peut-être quelque chose de gentil à dire. Tu ne le sauras jamais. »

L'expression de Ruth indiquait qu'elle était disposée à courir le risque. Elle se servit un café, tira un tabouret pour venir s'asseoir en face de lui et lui caressa la joue avec le revers de la main ; un geste chargé d'une intimité qu'ils n'avaient pas partagée depuis des mois, assez puissant pour dissiper les vestiges de sa désorientation. C'était bien sa vie, telle qu'elle était, et non pas un film.

« C'est quoi, ton problème ? » demanda Ruth. Elle lui avait posé la même question un peu plus tôt, quand elle était en colère, mais son ton n'avait plus rien à voir. Précédemment elle faisait allusion à la manière dont il avait provoqué Roy Purdy. Maintenant… il ne savait pas trop.

« Il est dangereux, Ruth.

— Tu crois que je ne le sais pas ? »

Il n'en était pas certain, quand il y réfléchissait. Vraiment ?

« Je sais que tu crois rendre service, mais non, dit-elle. S'il disjoncte, il t'enverra à l'hôpital. Ou à Hilldale.

— Je pourrais te surprendre, répondit Sully en reprenant la réplique de Roy, aussi pathétique dans sa bouche.

— Il a quarante ans de moins que toi. Et il ne se battra pas à la loyale.

— Je m'en doute. (Sully songea qu'il avait imaginé des stratégies pour éliminer Roy Purdy qui n'étaient pas, elles non plus, des modèles de fair-play.) Mais s'il m'agresse, il retournera en prison et tu seras débarrassée de lui.

— Oui, mais s'il te tue, je serai débarrassée de *toi.* »

Deux ans, mais plus vraisemblablement un an. D'où venait ce désir de provoquer Roy ? Était-ce une stratégie de repli inconsciente, une tentative pour quitter la vie à sa guise, au lieu d'attendre le hoquet final d'un cœur malade ? On entendait parler de gens qui se suicidaient en fonçant sur une route mal éclairée et choisissaient un arbre bien placé ou une voiture roulant en sens inverse. Quel rôle jouait Roy Purdy dans ce scénario ? Suicide par abruti interposé ?

Le problème de cette théorie, c'était qu'elle présupposait que Sully avait envie de mourir, ce qui n'était pas le cas, il le savait. Un peu plus tôt, quand Carl lui avait parlé du travail qu'il voulait confier à Rub, un travail qu'aucune personne sensée ne voudrait faire, Sully avait ressenti un pincement de jalousie qu'il ne parvenait pas à expliquer. Si ce magma infâme qui filtrait à travers le sol de l'ancienne usine provenait de la fabrique d'enduit, l'opération de nettoyage serait plus que répugnante. Nul ne pouvait prendre plaisir à accomplir un tel travail, pas même lui. Et il ne se méprisait pas assez pour croire, consciemment ou pas, qu'il méritait de subir une épreuve aussi épouvantable. Ce qui l'attirait, autant qu'il puisse en juger, c'était la nécessité. Quand il exécutait des tâches avec Rub, si désagréables soient-elles, il fallait que ce soit fait. Et le travail terminé lui procurait une satisfaction, un plaisir même, inversement proportionnelle aux épreuves endurées. Poser des plaques de Placo par un froid si intense que vous ne sentiez plus vos doigts, au point de vous donner des coups de marteau dessus, n'avait rien d'amusant, mais quand vous retourniez enfin au chaud, c'était bon. La longue douche qui suivait, brûlante, était encore meilleure, et quand vous vous hissiez sur un tabouret au Horse une heure plus tard ? Le bonheur absolu. Les efforts de la journée, solidement enfermés dans le passé, rendaient la bière plus fraîche, et dès lors que la bière était fraîche, peu importait qu'elle soit de mauvaise qualité, ou qu'elle constitue votre ordinaire. Que pouvait-il y avoir de plus satisfaisant que de traquer Carl Roebuck le vendredi soir venu, et l'obliger à sortir du fond de sa poche de pantalon les épais rouleaux de billets de vingt et de cinquante dollars, qu'il détachait un par un, jusqu'à ce que vous soyez enfin quittes, jusqu'à ce qu'il vous ait payé ce que vous aviez foutrement *gagné* ? Voilà à quoi ressemblait la vie de Sully il y a peu de temps encore, alors non, il n'en avait pas marre, il en avait juste marre d'être poussé sur la touche par l'âge et l'infirmité, ce qui, voyons les choses en face, arrivait à tout le monde. Son tour était venu, tout simplement.

Et pourtant. Une fois de plus, il dévisagea sa logeuse, et inversement. Sois honnête, semblait-elle lui dire. Allusion, supposait Sully, à la vieille question de savoir s'il regrettait de ne pas avoir fait davantage de choses avec la vie que lui avait donnée Dieu. Ce qui était une autre façon de lui demander s'il aurait voulu qu'elle ne se résume pas seulement à monter des murs dans un froid glacial ou creuser des tranchées sous un soleil de plomb, à s'asseoir sur une succession de tabourets de bar et à se lancer dans des discussions de poivrots pour déterminer si l'addiction au sexe était une réalité ou pas. Était-ce la valeur douteuse d'une telle existence qui l'avait momentanément amené à douter de sa réalité un peu plus tôt ? En quoi le fait de tuer Roy Purdy ou d'inciter Roy à le tuer rendrait-il cette existence moins vaine ?

« D'accord, je lui foutrai la paix, si c'est ce que tu veux, dit-il à Ruth.

— Ce que je veux ? Ce que je voudrais, c'est qu'un truc très lourd tombe du ciel sur sa tête d'abruti. Pourquoi Dieu ne punit-il jamais les Roy Purdy du monde entier ? »

Comme il ne s'agissait certainement pas d'une véritable question, Sully ne donna pas son avis.

« Ne t'en fais pas pour moi, dit-il. Je suis un peu déprimé, c'est tout.

— La déprime aussi a des causes. Peter rentre quand ? »

Oh, elle avait sa théorie. Tant mieux. Cela signifiait qu'elle avait moins de chances de découvrir la vérité.

« Mardi, je crois. Pourquoi ?

— Peut-être qu'il changera d'avis.

— Non, il est bien décidé à partir. Quoi ? demanda-t-il en voyant le regard de Ruth.

— Tu serais fâché si je t'avouais que j'ai toujours eu un peu de mal avec lui ?

— C'est mon fils.

— Dans ce cas, peut-être qu'il devrait se comporter comme un fils.

— Il aurait sans doute voulu que je me comporte plus comme un père quand il était enfant.

— Il n'y a pas prescription pour ce genre de reproches ?

— Je ne sais pas. Il devrait y en avoir ?

— Je ne sais pas non plus. De toute façon, on fait tous des conneries. »

En disant cela, elle eut un mouvement de tête en direction de l'appartement de sa fille.

« C'est sûr, approuva-t-il. En fait, je crois que Peter m'a pardonné, dans l'ensemble. La plupart du temps, on s'entend bien. »

C'était la vérité. Même si Peter semblait stupéfait que deux êtres humains si différents puissent avoir des liens de parenté, leurs relations s'étaient détendues au cours de ces dernières années. Les dix-huit mois pendant lesquels ils avaient travaillé ensemble avant que Sully finisse par prendre sa retraite y avaient contribué. Peut-être que Peter ne comprenait toujours pas ce qui faisait avancer son père, mais au moins il comprenait le rythme de ses journées, sans parler de ses nuits. De son côté, Sully avait été agréablement surpris de découvrir que Peter n'était pas aussi mou qu'il en donnait l'impression et n'avait rien contre le dur labeur, même si celui-ci ne semblait pas le satisfaire pleinement.

En tout cas, il n'avait pas été étonné quand Peter avait repris l'enseignement, et il était logique qu'il passe la majeure partie de son temps libre à Schuyler désormais, avec ses amis universitaires. Mais parfois, il venait au Horse, il adressait un petit clin d'œil complice à Birdie avant de se glisser sur un tabouret à côté de Sully, et il restait là, visiblement content, jusqu'à la fermeture, ce qui faisait plaisir à son père. Les relations de Peter avec son propre fils adolescent étaient parfois tendues, et s'il ne lui demandait jamais de conseils dans ce domaine (Sully se gardait bien d'en donner), il semblait se réjouir que son père soit là pour l'écouter et compatir. Parfois même, Sully avait l'impression que son fils se prenait d'affection pour lui, que Peter ne cherchait pas seulement à pardonner mais aussi à oublier ; une possibilité qui avait germé dans l'esprit de Peter également, mais chaque fois qu'elle se dressait à l'horizon comme leur ultime destination, il battait en retraite, de peur de se brûler. Sully, quant à lui, craignait qu'à certains égards son fils demeure éternellement un profond mystère, aussi insondable que lui-même avait dû l'être pour son propre père, aussi déconcertant que Will semblait l'être pour Peter. Était-ce ainsi que ça fonctionnait ? Ou qu'ils devaient se comporter ?

Ce que Sully avait fini par comprendre, c'était la tristesse de son fils, profondément ancrée dans un sentiment d'échec personnel. Aux yeux de Sully, pour qui Peter avait su faire son chemin, cela n'avait aucun sens. Il enseignait dans une prestigieuse université de sciences humaines à

Schuyler, et trois ans plus tôt, quand le rédacteur en chef avait pris sa retraite, il avait injecté un souffle nouveau dans le magazine des anciens élèves, luxueux mais en faillite. En outre, ses critiques cinématographiques, littéraires et musicales étaient publiées régulièrement dans la presse alternative d'Albany. Arrivé à l'âge mûr, il était encore beau et son charme décontracté agissait comme un aimant sur la plupart des jeunes femmes. Et puis, il avait élevé un fils qui avait obtenu son diplôme d'études secondaires six mois avant ses camarades de lycée et passé le deuxième trimestre à suivre des cours à la fac. À la rentrée, il serait admis en première année à Penn University grâce à une bourse. Il y avait de quoi être fier, se disait Sully.

Peter, évidemment, voyait tout cela sous un prisme différent. Sa carrière jadis prometteuse ne s'était jamais remise de cette titularisation refusée dans l'université d'État qui l'avait engagé au départ. Aujourd'hui, en tant que maître assistant, il n'était qu'un universitaire de seconde zone, incontestablement, et du fait de la nature impitoyable de ce monde, il le resterait toujours. Son salaire était bien inférieur à celui de ses collègues titulaires et il n'avait aucune sécurité de l'emploi. Il écrivait des critiques, pas des livres ni des scénarios. Son mariage avait été un échec et grâce à son ex-femme vindicative, il voyait rarement son fils cadet à problèmes. Et il n'avait pas fallu longtemps à la nouvelle femme qui partageait sa vie pour découvrir, sous le charme décontracté de Peter, un être amer et insatisfait.

Ce que Sully avait le plus de mal à saisir, c'était pourquoi Peter pensait que tout cela allait s'arranger s'il quittait Bath. Certes, le départ de Will pour l'université changeait la donne, et on pouvait comprendre que Peter souhaite vivre à proximité de son fils. En outre, il y avait assurément plus de postes de professeurs dans un environnement urbain, mais s'il s'installait à New York, ce qui semblait être son intention, il y aurait également plus de concurrence, non ? Et le coût de la vie serait trois fois plus élevé, au minimum. Chaque fois que Sully évoquait ces problèmes, Peter, sans surprise, le prenait mal. « Papa, disait-il, une fois que Will sera parti, pourquoi est-ce que je resterais ici ? Pour m'occuper de toi quand tu seras vieux ? » Ce n'était pas du tout ce qu'avait voulu dire Sully. Il aurait voulu faire comprendre à son fils que rien ne l'obligeait à partir précipitamment s'il ne le souhaitait pas, et qu'il se ferait un plaisir de loger dans la caravane si Peter voulait habiter dans le grand appartement du rez-de-chaussée chez Miss Beryl. Ainsi, Will pourrait venir pour les vacances. D'ailleurs Sully était prêt à lui faire don de la maison, sur-le-champ. De toute façon, elle lui reviendrait un jour, peut-être plus tôt qu'il l'imaginait. « Qu'est-ce que je ferais de cette maison, papa ? » La vendre le moment venu, avait suggéré Sully, mais Peter l'avait gratifié de ce sourire entendu qui l'exaspérait car il laissait entendre que Sully essayait de l'arnaquer.

D'un autre côté, pouvait-il réellement reprocher à Peter de se méfier de ses motivations ? Si Carl Roebuck quittait l'appartement du premier étage, que Sully avait occupé du vivant de sa propriétaire, la logique voulait qu'il y retourne, et il comprenait l'inquiétude de Peter. Peut-être Sully n'avait-il nullement l'intention de laisser son fils ou quiconque s'occuper de lui, mais Peter ne pouvait pas le savoir. Sans doute pensait-il déjà au jour où son père se briserait la hanche, ferait une crise cardiaque ou se retrouverait dans un fauteuil roulant. Et là encore, il ne pouvait pas reprocher à Peter de vouloir être loin quand les emmerdes pleuvraient.

N'empêche, si Peter partait vivre à New York, Sully regretterait de ne plus entendre le bruit de ses pas sur la véranda de Miss Beryl et les cliquetis du moteur de sa voiture qui refroidissait dans l'allée ; il regretterait de ne plus le voir débarquer à l'improviste au Horse et s'asseoir à côté de lui sur un tabouret. Et bien sûr, il regretterait de ne plus voir son petit-fils. En réalité, il avait plus de points communs avec Will, et son père le percevait certainement. Le gamin avait peut-être hérité de l'intelligence, du physique avantageux et du charme de son père, mais c'était un triathlète très performant. En première, il était le *linebacker* numéro un de l'équipe de football, et Sully avait souri secrètement quand il avait compris que Will aimait autant que lui rentrer dans les gens. Ses plaquages étaient toujours propres, jamais destinés à faire mal, ce qui ne les empêchait pas de déchausser quelques molaires. Sully appréciait d'autant plus les qualités physiques de son petit-fils qu'il avait peur de son ombre lorsqu'il était arrivé à Bath, dix ans plus tôt.

Peter semblait fier, lui aussi, de la robustesse de son fils, mais non sans une certaine ambiguïté. Et s'il se réjouissait que Will aime son grand-père, il ne paraissait pas très désireux qu'il admire et copie celui-ci. Chaque fois que Will exprimait un enthousiasme juvénile pour la manière dont son grand-père menait sa barque, Peter estimait qu'il était de son devoir de le tempérer, de crainte de voir son fils nouer une idylle avec la ceinture d'outils et le tabouret de bar. De fait, en quittant Bath avant que Will soit en âge de boire, Peter voulait peut-être s'assurer que le tabouret voisin de celui de Sully au Horse ne fasse pas partie de son héritage.

C'était tout cela que critiquait Ruth, supposait Sully. La raison pour laquelle, pour reprendre son expression, elle avait du mal avec son fils.

« Si tu es déprimé, pourquoi tu ne fiches pas le camp quelque temps ? Prends des vacances, suggéra-t-elle. Tu as peut-être besoin de changer de décor.

— Des vacances ? Je suis retraité. »

Elle haussa les épaules.

« Des vacances loin de Bath. Du Horse. D'ici. » Elle fit un large geste. « Loin de moi peut-être. De Peter, au demeurant. Comment est-ce que tu pourrais lui manquer si tu ne pars pas ? »

Comment pourrait-il lui manquer à *elle* s'il ne partait pas, voilà ce qu'elle semblait dire également.

« Pour aller où ? demanda-t-il, curieux de savoir ce qu'elle avait en tête.

— Choisis un endroit au hasard. Aruba. »

Il ricana. « Qu'est-ce que j'irais foutre à Aruba ?

— Qu'est-ce que tu fais ici ?

— À Bath, tu veux dire ?

— Non, ici. À cet instant même. Dans ce restau. »

Sully fut le premier surpris par le besoin qu'il éprouvait de se justifier.

« Je croyais que je donnais un coup de main. » Il l'aidait à ouvrir presque chaque matin, il la remplaçait devant le gril ou il servait, en fonction des besoins. « Mais si je te gêne…

— C'est toi-même que tu gênes, Sully. Comme toujours. Tu sais que j'apprécie ton aide, mais… »

Quand elle lui toucha la joue de nouveau, l'effet ne fut pas aussi agréable, peut-être parce qu'il savait que c'était un geste de pitié.

« OK. Allons-y pour Aruba, dit-il. Tu peux m'accompagner puisque tu trouves que c'est une si bonne idée. Confie les rênes à Janey pendant une semaine ou deux. »

C'était jouable. Janey était peut-être la reine des emmerdeuses, mais elle était aussi bosseuse que sa mère : trois ou quatre jours par semaine chez Hattie, quatre ou cinq soirs au Applebee, et un petit extra de temps en temps au Horse quand une des serveuses de Birdie était malade.

Ruth le regardait avec un grand sourire.

« On invite mon mari aussi ?

— Personnellement, je ne le ferais pas, mais si tu y tiens vraiment… »

Elle se massa les tempes, comme si elle sentait venir une migraine.

« Il se comporte bizarrement ces derniers temps.

— Ah bon ? C'est-à-dire ?

— Il est prévenant. Presque… attentionné. Ça me turlupine. Je lève les yeux et il est là, en train de me regarder, on dirait qu'il vient de remarquer que j'existais. » Elle haussa les épaules avec un petit air coupable, mais ce n'était pas possible, si ? Durant toutes ces années où ils avaient été amants, Ruth n'avait jamais laissé entendre qu'elle avait honte de leurs manigances. Elle n'avait jamais détesté son mari, même dans les premiers temps, quand c'était torride entre Sully et elle, et jamais elle n'avait parlé de le quitter. En outre, de ce qu'il en savait, elle n'avait pas l'impression de le trahir. C'était Sully qui culpabilisait parfois car Zack, même s'il était complètement idiot, n'était pas un mauvais bougre. « J'essaie d'être plus gentille avec lui, avoua-t-elle. J'ai essayé d'en faire autant il y a trente ans et ça n'a pas marché, mais ça pourrait marcher maintenant.

— Donc… dit Sully, et il laissa sa phrase en suspens, le temps que le sens de leurs paroles respectives se précise. C'est à cause de Roy Purdy que je ne dois plus venir ici ou de Zack ?

— Je n'ai pas dit que tu ne devais plus venir.

— Non, tu as dit que je devrais aller à Aruba. »

Ruth ne répondit pas immédiatement.

« Tu sais ce que m'a dit Janey la semaine dernière ? »

Sully appuya ses index sur ses tempes, ferma les yeux et fit mine de se concentrer. « Attends. Ne me dis rien. Que je devrais aller à Aruba ?

— Elle a dit : “Qu'est-ce qu'il fout ici en permanence, si vous ne couchez plus ensemble ?”

— Et tu as répondu ?

— Elle a dit aussi : “Tu ne trouves pas ça super-malsain que la première voix que j'entende tous les matins, ou presque, à travers le mur, soit celle de l'ancien petit copain de ma mère ?”

— Tu n'as pas répondu à ma question.

— Je lui ai dit que ce n'étaient pas ses oignons. » Mais

elle évitait de croiser son regard. « Remarque, je comprends un peu ce qu'elle veut dire.

— Moi aussi, avoua Sully.

— Et puis, il y a Tina. » Sa petite-fille. « Je sais qu'elle a l'air un peu lente, mais elle n'est pas bête. Elle observe. Elle enregistre tout.

— Tu as raison. »

Elle fit pivoter le journal sur le comptoir, si bien que c'était elle que Miss Beryl regardait maintenant.

« Qu'est-ce que tu en penses ? demanda-t-elle. Tu crois que son bon à rien de fils va se montrer ? »

Elle parlait de Clive Jr. Qui avait joué un rôle clé dans le projet du parc d'attractions Ultime Évasion. Qui avait investi ses économies, emprunté, encouragé d'autres personnes à l'imiter et qui avait quitté la ville quand, au tout dernier moment, le promoteur venu d'un autre État avait sifflé la fin de la partie, laissant en plan les investisseurs locaux.

« Non, répondit Sully. Je crois qu'on ne le reverra plus.

— Hein ? fit Ruth, visiblement surprise par le ton qu'il avait employé. Tu as de la peine pour lui maintenant ? Combien de fois il a essayé de convaincre sa mère de te flanquer dehors ? »

Essentiellement parce qu'il fumait. Clive Jr. craignait que Sully sorte en laissant une cigarette allumée et mette le feu à la maison, avec sa mère à l'intérieur. Mais leur conflit ininterrompu avait des causes plus profondes que la négligence – réelle – de Sully. Miss Beryl et son mari, Clive Sr., voyant combien la vie de famille de Sully était pitoyable, l'avaient accueilli chez eux et traité comme un fils. Le jeune Clive, leur véritable fils, avait dû y voir une intrusion, et peut-être même avait-il eu l'impression que ses parents lui préféraient Sully. Devenus adultes, ils n'avaient jamais été très proches. Sully disait toujours « la Banque » en parlant de Clive et prenait un malin plaisir à le ridiculiser chez Hattie ou ailleurs. Savait-il que Sully avait hérité la maison de sa mère ? Y verrait-il la confirmation de ses craintes, à savoir que sa mère le préférait à la chair de sa chair ?

« Peut-être que je deviens trop gentil avec l'âge, avoua-t-il en descendant du tabouret et en empochant ses clés.

— Écoute, dit Ruth. Ne va pas te faire des idées. Ce que j'ai dit tout à l'heure, au sujet de Zack, de Janey et de Tina. C'est… Tu ne viens plus vraiment ici pour moi. » Voyant qu'il allait protester, elle l'arrêta d'un geste. « Je ne dis pas que tu ne tiens plus à moi. Je sais bien que si. Mais tu viens ici parce que tu n'as pas d'autre endroit où aller. Ces derniers temps, tu restes assis là, à regarder le fond de ta tasse, et ça me fend le cœur. Et tu… »

Ruth n'eut pas le temps de finir sa phrase. Une détonation avait retenti quelque part dans la rue, assez forte pour faire trembler les vitres du restaurant. Deux verres à eau tombèrent de l'étagère et se brisèrent. Quelques secondes plus tard, le sol se mit à vibrer, comme sous l'effet d'un choc. Les salières et les poivrières dansaient sur le comptoir.

« Qu'est-ce que… » Ruth agrippa le comptoir pour assurer son équilibre et regarda Sully en quête d'une explication qu'il n'avait pas. Tous les deux demeurèrent pétrifiés jusqu'à ce que Ruth fonce vers la porte. Sully, qui n'avait plus ses réflexes de vingt ans, la suivit, le souffle coupé. Quand il atteignit la porte, son cœur cognait à tout rompre. Dehors, les gens envahissaient la rue en sortant des commerces et des bureaux. Une voiture de police passa dans un rugissement, toutes sirènes hurlantes. Jocko, qui tenait le Rexall moribond juste à côté, rejoignit Ruth et Sully. Celui-ci était plié en deux, les mains sur les genoux.

« Nom de Dieu, dit Jocko, vous croyez que c'est encore un coup des Japs ? »

Un nuage de poussière jaune et brunâtre s'élevait au-dessus des toits dans le bas de la rue, à moins d'un kilomètre. L'horrible puanteur qui affectait la ville depuis quelques jours s'était accentuée et Sully sentait le café du matin remonter dangereusement dans sa gorge.

Ruth le tenait par le coude. « Ça va ?

— Oui, oui », dit-il et il se redressa en essayant d'avoir l'air du type qui pourrait… quoi donc, nom de Dieu ?… Aller à Aruba, au lieu de ressembler à celui qui n'a plus que deux ans, mais plus vraisemblablement un an à vivre. « Un petit vertige, c'est tout. La chaleur après la clim sans doute. »

Et c'était peut-être juste ça, d'ailleurs, car il commença à se sentir mieux dès qu'il eut prononcé ces mots.

Carl Roebuck apparut à son tour sur le trottoir. Son pantalon était sec et il avait retrouvé son humeur joyeuse. Apparemment, à cause du bruit du sèche-cheveux et de la porte de la salle de bains fermée, la secousse violente qui avait attiré l'attention de toute la ville avait échappé à la sienne. Il donna un petit coup de coude à Sully et lui glissa, à peine conscient de l'agitation qui régnait dans la rue : « Devine à quoi j'ai pensé pendant tout le temps où j'étais là-bas, en train de me sécher la bite… Hé, qu'est-ce qui se passe ? »

Sully fut surpris de découvrir qu'il avait sa petite idée. Il montra le nuage marron-jaune qui s'étendait et se déplaçait lentement dans leur direction, telle une tempête de poussière dans un vieux western.

« J'ai une question pour toi, abruti, dit-il. Il y a quoi, là-bas ? »

Mais le visage de Carl s'était déjà vidé de tout son sang. Sully aurait parié qu'il ne pensait plus au sexe tout à coup.

SUPPOSITOIRES

« Vous vous êtes évanoui dans la tombe ? »

La voix de Charice crépitait sous l'effet mélangé des parasites et de l'incrédulité. La compassion viendrait plus tard, Raymer le savait, sans doute quand elle le verrait. Quand elle découvrirait les dégâts. Dégâts qui, vus dans le miroir voilé accroché au mur, face à l'endroit où il était assis, cul nu, vêtu d'une chemise de nuit en papier, étaient sacrément impressionnants. Son nez cassé était enflé de manière hideuse et ses yeux n'étaient plus que deux fentes.

On lui avait annoncé qu'un médecin allait bientôt venir le voir, il y avait presque une demi-heure de cela, et la climatisation de la salle d'examen contrastait brutalement avec la chaleur écrasante de dehors. Une douleur sourde palpitait dans sa tête, mais à part ça, il ne se sentait pas trop mal, en tout cas beaucoup moins qu'il y paraissait ; et les vertiges, l'impression de se trouver ailleurs qu'il avait ressentie à Hilldale, avant de s'évanouir, avaient disparu. Il avait envie de s'habiller et de fiche le camp, mais au lieu de suspendre son uniforme trempé de sueur, il avait commis l'erreur de le poser sur le climatiseur. En le remettant maintenant, il aurait l'impression d'enfiler une barboteuse mouillée et glacée. Il en frissonnait d'avance.

« *Dans* la tombe, répéta Charice, disposée apparemment à accepter la véracité des faits qu'il lui rapportait, mais toujours incapable de saisir ce qui s'était passé. Vous voulez dire… sur le *cercueil* ?

— Non, expliqua-t-il. Monsieur le Juge était encore dehors.

— Que faites-vous aux urgences ?

— C'est mon visage qui a pris quand je suis tombé. Mais peu importe. Racontez-moi encore ce qui s'est passé à l'usine. » Charice n'était pas la seule qui avait du mal à assimiler les événements récents. « Tout le bâtiment a véritablement…

— Donc, vous avez basculé vers l'avant et vous avez roulé dans la tombe ?

— Je me suis évanoui, Charice. OK ? Vous savez, cette sorte de revêtement qu'ils mettent autour des tombes ? Il paraît que je me suis pris les pieds dedans, mais je ne m'en souviens pas. Interrogez Gus. Il a tout vu. »

Et il prendrait un malin plaisir à raconter la scène. D'après le maire, il n'avait pas vacillé, ni rien, il avait plutôt basculé comme un arbre. « Vous étiez là, à côté de moi, et soudain… bang ! Vous êtes tombé dans le trou comme s'il avait été creusé rien que pour vous. Il n'y avait plus personne. Vous savez, des fois, quand vous essayez d'enfermer un chat dans un sac, il y a toujours une patte qui dépasse, hein ? »

Raymer l'avait regardé d'un air hébété. Pourquoi aurait-il essayé d'enfermer un chat dans un sac ? Gus lui avouait-il qu'il avait noyé des chatons ? Pourquoi imaginait-il que d'autres personnes avaient tenté l'expérience ?

« Eh bien, rien à voir, avait ajouté Gus. C'était propre et net. On a juste entendu le bruit quand vous avez atterri au fond et il y a eu un petit nuage de poussière. Je crois que je n'ai jamais vu un truc pareil, et pourtant, j'ai fait la Corée. »

La Corée, où il avait passé les sept derniers mois du conflit, constituait la référence absolue de Gus. C'était une des rares fois où il avait quitté le nord de l'État de New York pendant une longue période, et c'était son séjour dans cette péninsule mal foutue, plus que sa carrière de fonctionnaire de l'enseignement, qui le persuadait qu'il avait les qualités requises pour être le maire de Bath. Serait-ce là-bas qu'il avait étouffé des chats ?

« Charice, dit Raymer en haussant le ton. Je veux savoir ce qui s'est passé à l'usine, d'accord ? Car je ne comprends pas comment cela a pu se produire. Comment est-ce qu'un bâtiment entier peut... s'écrouler ?

— Pas tout le bâtiment, corrigea-t-elle, uniquement la façade nord. Celle qui donne sur Limerock Street.

— Les autres murs sont toujours debout ? Comment est-ce possible ?

— Je vous dis ce que je sais.

— Qui vous l'a dit ?

— Miller est sur place.

— Miller.

— Et Jerome aussi.

— Jerome.

— Vous répétez tout ce que je dis.

— Jerome, votre frère. »

Celui-ci travaillait pour la police de Schuyler Springs et servait d'officier de liaison avec l'université et le bureau du maire. À part ça, Raymer ne savait pas trop ce qu'il faisait, mais sa mission, apparemment, consistait à apparaître souvent à la télé, pour tenter d'expliquer l'inexplicable ou embrouiller ce qui était parfaitement clair.

« C'est son jour de congé, alors il est passé au poste. Il voulait vous raconter une bonne blague. Quand on a reçu l'appel au sujet de l'usine, il a pensé qu'on aurait peut-être besoin d'un coup de main. »

Raymer soupira. « Pourquoi se comporte-t-il de cette façon ? » Depuis quelque temps, Jerome se souciait de plus en plus du bien-être de Raymer, il s'arrêtait fréquemment au poste, sous un prétexte quelconque, et il lui racontait des blagues, l'appelait « mon pote ».

« Il s'inquiète pour vous.

— Pourquoi ?

— Moi aussi je m'inquiète pour vous.

— Pourquoi ?

— Allons, chef », dit Charice comme si la réponse à cette question était tellement évidente qu'elle ne méritait pas d'être formulée.

Son mal de tête empirait. Sans doute à cause de la chute, mais pas forcément. Il avait souvent mal à la tête quand il parlait avec Charice.

« Imaginez un peu, ajouta-t-elle.

— Par pitié, pas ça », supplia-t-il. Charice lui demandait sans cesse d'imaginer ceci ou cela, des choses extrêmement déplaisantes la plupart du temps. Comme essayer d'enfermer un chat dans un sac ou toute autre activité à la coréenne.

« Imaginez que vous êtes dans une très grande pièce, avec dix mille autres types.

— En fait, je suis tout seul, dans une petite pièce.

— Et le type qui commande dit : " Que tous ceux qui se sont déjà évanouis pendant un enterrement lèvent la main... "

— Arrêtez, s'il vous plaît. »

Elle ignora sa supplique, évidemment. Charice était convaincue, allez savoir pourquoi, qu'une imagination fertile représentait le véritable chemin vers la connaissance.

« Qui se sont évanouis et sont tombés dans une tombe.

— Arrêtez. C'est un ordre.

— Vous seriez le seul à lever la main, fit remarquer Charice. C'est tout ce que je dis.

— Charice.

— Prenez cent mille types, si vous voulez. Un million. Vous serez toujours le seul à lever la main, chef.

— En fait, je ne lèverais pas la main, rétorqua Raymer, en entrant à contrecœur dans son petit jeu. Pourquoi est-ce que j'avouerais une chose pareille devant dix mille autres gars ?

— Imaginez que si vous mentez, on vous électrocute.

— J'ai une meilleure idée. Imaginez que vous travaillez sous mes ordres et que vous devez faire ce que je vous demande. Dites à Jerome que je n'ai plus envie d'écouter ses blagues stupides. Et rappelez-lui qu'il n'a aucune compétence à Bath.

— Je le lui dirai, mais vous connaissez Jerome.

— Oui. Et je connais aussi sa sœur. Ils se ressemblent comme deux gouttes d'eau. » Comme des jumeaux, en l'occurrence. « Demandez à Miller de venir me chercher à l'hôpital.

— Il est occupé à l'usine. Où est votre voiture ?

— Au cimetière. Gus n'a pas voulu me laisser conduire.

— Je vais appeler Jerome, dans ce cas. Ça ne l'embêtera pas.

— Non. N'appelez pas Jerome. Je vous jure que s'il vient ici, je l'abats sur-le-champ.

— Comme ça, il ne vous restera plus un seul ami, zéro. Vous n'avez que lui et moi, et je pourrai plus rester votre amie si vous tuez mon frère. Ça serait pas normal.

— Ce ne serait pas, corrigea-t-il.

— Vous voyez ? Vous recommencez. Vous vous moquez de ma façon de parler. Je vais ajouter ça à ma liste. » Charice disait dresser la liste de tous les reproches qu'il lui adressait au travail. Raymer devinait que cette liste comportait plusieurs catégories, qui se chevauchaient : abus de pouvoir, reproches injustifiés passibles de poursuites, propos insultants, racistes et tout simplement erronés. Elle ne lui avait jamais montré cette liste, mais affirmait qu'elle s'allongeait et devenait exhaustive.

« Avez-vous idée à quel point j'ai mal à la tête, Charice ?

— C'est pour ça qu'ils vous ont emmené à l'hôpital. Pour faire des examens. Alors, restez-y. Jerome peut s'occuper de tout.

— Miller, vous voulez dire. Miller peut s'occuper de tout. C'est Miller qui fait partie de notre brigade, pas Jerome.

— Chef, on sait bien, vous et moi, que Miller ne peut pas s'occuper de quoi que ce soit. Peu importe à quelle brigade il appartient.

— Je m'en fous. Envoyez *quelqu'un* me chercher. N'importe qui, sauf votre frère, OK ? Et demandez à cette personne d'apporter le flacon de Tylenol extra-fort que je garde dans mon bureau. Avec un Coca light. Venez vous-même, s'il le faut.

— Oh, je vois. C'est un test, hein ? La semaine dernière, vous m'avez passé un savon parce que j'avais quitté le standard pour aller faire pipi, et maintenant, vous voulez voir si j'ai retenu la leçon.

— Au revoir, Charice. Dans cinq minutes, je serai assis sur le banc devant l'hôpital. À l'entrée principale, pas aux urgences. Quelqu'un a intérêt à être là. »

La tête dans un étau, il descendit de la table d'auscultation et tituba jusqu'à ses vêtements posés sur le climatiseur. Son caleçon était non seulement trempé de sueur, mais aussi très très froid. Il croyait entendre la voix de Charice lui disant : *Ça va vous faire un drôle d'effet d'enfiler ce caleçon. Comme un maillot de bain mouillé, désagréable et froid... contre vos parties intimes.* Il ferma les yeux et l'enfila. Charice avait raison, c'était exactement la sensation décrite.

À peine se fut-il assis sur le banc devant l'entrée principale de l'hôpital que la Mustang rouge vif, décapotable, de Jerome pila net à sa hauteur, dans un crissement de pneus et un balancement de tout le châssis qui se cabra. Jerome lui-même était au volant, évidemment. Personne d'autre n'avait le droit de conduire la 'Stang, pas même Charice, qui n'en avait aucune envie, mais ne supportait pas, par principe, qu'on lui dise ce qu'elle n'avait pas le droit de faire. Et l'explication de son frère – cette voiture avait été rendue célèbre par le film *Goldfinger*, dans lequel elle était conduite par la nana blonde, avant qu'Oddjob la décapite avec son chapeau melon magique – l'horripilait encore plus car ce n'était pas une explication, mais plutôt une description, le genre de chose que l'on dirait pour s'assurer que l'on parle bien de la même voiture. D'ailleurs, Raymer n'était pas certain, lui non plus, de comprendre le raisonnement de Jerome. Sans doute qu'il ne voulait pas risquer d'accidenter sa 'Stang, mais Raymer devinait qu'en réalité, il détestait l'idée que quelqu'un déplace son siège. Il était grand – presque 1 m 85 – et il avait de très longues jambes. Un autre conducteur serait obligé d'avancer le siège pour atteindre les pédales, ce qui obligerait Jerome à le réajuster ensuite. Et qu'est-ce qui se passerait, s'il ne retrouvait pas la position parfaite, les genoux légèrement fléchis et les bras tendus, à distance idéale du volant ? Il y avait un tas d'autres choses pour lesquelles il se montrait pointilleux. Par exemple, il n'aimait pas que les gens viennent chez lui. Il appréciait d'avoir de la compagnie, mais les visiteurs avaient la sale manie de prendre des objets et de les reposer au mauvais endroit. Surtout, il ne supportait pas qu'on utilise ses toilettes. « C'est plus fort que moi, expliquait-il. Je n'aime pas que des gens défèquent au même endroit que moi. » « Obsessionnel compulsif », tel était le terme utilisé par Charice pour décrire son caractère maniaque, ajoutant qu'il était comme ça depuis son plus jeune âge.

Mais dès qu'il s'agissait de la 'Stang, Jerome défiait tous les diagnostics. Raymer aurait parié qu'il ne supportait pas l'idée de transporter un passager, même s'il était prêt à faire une exception pour les jolies filles. Comme il n'entrait pas dans cette catégorie, Raymer se demandait forcément si Charice avait fait pression sur son frère pour que celui-ci aille le chercher à l'hôpital. Il l'espérait, car si Jerome avait spontanément proposé ses services, cela confirmerait ce que Raymer percevait depuis quelque temps : il se comportait de manière de plus en plus étrange.

Jerome baissa la vitre et lança, comme à son habitude, impassible : « Je m'appelle Bond. Jerome Bond. » La blague reposait sur le fait que Charice et lui s'appelaient réellement Bond. « Tu saignes ? interrogea-t-il. Car les sièges sont en cuir véritable. »

Raymer demeura assis sur le banc.

« Tu montes ou pas ?

— Je réfléchis.

— C'est ça, ton problème. » À l'instar de sa sœur, Jerome consacrait beaucoup de temps à l'étude des problèmes de Raymer. « Tu ferais bien d'abandonner cette sale habitude, mon pote. Quand un homme se met à réfléchir si tard dans la vie, sans avoir d'expérience, sans avoir été bien conseillé, on sait pas ce que ça peut entraîner.

— J'ai dit à Charice que je t'abattrais sur-le-champ si tu venais me chercher, alors à quoi tu joues ?

— Oui, je sais, mais regarde : j'ai été le plus rapide. » Sa main gauche, munie d'un gant spécial pour conduire, une mitaine, agrippait le volant. Il leva la main droite, dans laquelle il tenait un revolver. Raymer soupira. C'était pour rire, évidemment, mais il trouvait que Jerome dégainait son arme beaucoup trop souvent. Certes, il ne la pointait jamais sur quiconque, préférant adopter une pose à la James Bond, canon vers le haut ; néanmoins il semblait prendre plaisir à rappeler aux gens qu'il était armé et que, en tant que flic, noir ou pas, il en avait le droit. « Allez, monte avant que le sang coule. »

Raymer se leva, contourna la voiture et ouvrit la portière, soulagé de constater que le revolver de Jerome avait regagné son holster, du moins le supposait-il. Malgré cela, il hésita à monter car il savait que Jerome aimait plus que tout démarrer en trombe à peine Raymer avait-il posé les fesses sur le siège.

« Tu vois ce panneau là-bas ? HÔPITAL. SILENCE. VITESSE MAXIMALE 20 KM/H ?

— Tu t'inquiètes pour rien.

— Ah oui ? répondit Raymer en s'asseyant prudemment. C'est parce que j'ai mes… »

Au moment où il allait dire *raisons*, Jerome accéléra à fond, en faisant hurler les pneus, et Raymer se retrouva projeté violemment dans le siège baquet ; l'arrière de son crâne heurta l'appuie-tête, provoquant à l'intérieur l'explosion d'un million d'aiguilles aveuglantes.

« Tu devrais t'inquiéter uniquement pour les choses que tu peux contrôler, disait Jerome, tandis que la 'Stang sortait du parking en dérapage. Encore une sale manie que tu devrais laisser tomber. Sinon, c'est comme… une maladie… un cancer qui va te dévorer jusqu'au jour où…

— Nom de Dieu, Jerome. Par pitié, ferme-la. »

La radio se mit à aboyer : « Chef ? Votre chauffeur est arrivé ? »

Sauf erreur, il crut entendre un ricanement.

« On va avoir une longue discussion tous les deux, Charice.

— Oh. D'accord. »

Et la radio se tut.

Raymer observa Jerome, puis ferma les yeux. « Dis-moi que tu as apporté le Tylenol.

— Boîte à gants. »

En effet, tel un calice dans un tabernacle, son gros flacon en plastique contenant 500 comprimés de Tylenol était là. Le seul autre objet à l'intérieur de la boîte à gants était, si incroyable que cela puisse paraître, un livret technique. D'origine. Malgré sa terrible envie d'avaler une poignée d'antalgiques, Raymer ne put s'en empêcher : sidéré, il sortit le livret qui était recouvert de plastique transparent comme un ouvrage de bibliothèque.

« Qui de nos jours possède le manuel du conducteur d'une Mustang de 64 ? »

Jerome évita son regard, honteux, tel un type normal dont on découvre la planque de *Penthouse.* « Ce sont des objets de collection, mon pote. Ça vaut plusieurs centaines de dollars. J'ai dû le commander exprès. »

Raymer l'observa. « Tu as commandé le manuel d'utilisation d'une Mustang ? » Jerome haussa les épaules. « Et c'est *moi* qui ai des problèmes ? » Il lança le manuel dans la boîte à gants, pour avoir le plaisir de voir Jerome grimacer. Dès qu'il se serait débarrassé de son passager, nul doute qu'il s'empresserait d'ouvrir la boîte à gants pour remettre le manuel bien droit, amoureusement.

Ils atteignirent l'intersection à l'extrémité de la longue allée de l'hôpital. Le feu était rouge, alors Jerome mit son clignotant à gauche, en direction du centre-ville, puis tourna la tête vers Raymer qui se débattait avec le bouchon de sécurité du flacon de Tylenol.

« C'est un type qui va chez le médecin et qui dit : “Je suis bouché. J'ai pas déféqué depuis une semaine.”

— Déféqué », répéta Raymer, stupéfait de constater une fois de plus que Jerome avait totalement éradiqué la Caroline du Nord de son langage. Charice également, mais contrairement à son frère, elle aimait la langue vernaculaire et elle passait d'un registre à l'autre avec la plus grande aisance. Ce que Raymer trouvait très déstabilisant, comme s'il avait affaire à un dédoublement de la personnalité.

« Chié, expliqua Jerome.

— Oui, je sais. Mais dans une blague, le type dirait plutôt *chier* ou *couler un bronze.*

— Peut-être qu'il est raffiné. Tout le monde n'est pas comme toi. Bref, ça fait une semaine qu'il n'a pas déféqué, alors le médecin lui prescrit des suppositoires. »

La radio fit entendre de nouveau la voix de Charice.

« J'oubliais ! Quand le mur est tombé…

— Oui ? fit Raymer, les pouces glissés sous le couvercle du flacon, le visage empourpré par cet effort vain, le plastique ayant mystérieusement subi une fusion moléculaire.

— Il faut aligner les petites flèches », indiqua Jerome, généreusement.

Le problème, c'était que Raymer ne voyait pas ces foutues flèches, pas sans ses lunettes, et pas question de les chausser maintenant. Au toucher, les flèches lui semblaient plus ou moins alignées, mais peut-être pas. Il essaya de les ajuster d'un iota, mais rien à faire.

Jerome tendit la main.

« Vous voulez que…

— Non.

— Vous êtes toujours là, chef ? voulait savoir Charice.

— Oui, je suis là.

— Il est tombé sur une voiture.

— En stationnement ?

— Euh, non, en mouvement. Apparemment, le mur s'est écroulé au moment où elle passait. Une chance sur combien, hein ? »

Elle allait lui demander de calculer les probabilités ensuite.

« La bonne nouvelle, c'est que le véhicule en question était une épave.

— C'est une blague, Charice ? » Car son frère jumeau et complice était justement assis à côté de lui, en train de raconter une blague, et pour Raymer, dont la tête l'élançait, il n'était pas impossible que les deux blagues soient liées par autre chose que par un désir commun de le torturer. « Vous êtes en train de me dire que la mauvaise nouvelle, c'est que le chauffeur a été tué ? »

Exaspéré, Jerome lui arracha le flacon des mains, aligna les flèches avec dextérité, souleva le couvercle, fit glisser deux comprimés dans sa paume et les tendit à Raymer, qui les avala d'un coup, sans eau.

« Où est le coton ? » demanda Jerome.

Raymer se contenta de le regarder.

« Tu sais bien, le petit coton qu'ils mettent en haut du flacon ?

— Comme toute personne sensée, je l'ai balancé deux secondes après l'avoir ouvert.

— Il n'est pas là sans raison, Doug.

— En effet. Il sert à empêcher de prendre les comprimés trop facilement.

— Non, c'est pour qu'ils ne s'abîment pas.

— Explique-moi comment, Jerome. »

Celui-ci aurait remis le couvercle si Raymer ne s'était pas cramponné au flacon, qu'il agita pour faire sortir un troisième comprimé, aussitôt avalé.

« D'un point de vue financier, c'est une chance que la voiture ait été une épave, c'est tout ce que je dis, expliqua Charice. Ça aurait pu être une Lexus ou une BMW neuves. Le conducteur aurait pu sortir de chez le concessionnaire. Alors que là…

— *Charice.* Quelqu'un a-t-il été blessé ?

— Le conducteur a le bras cassé. Et peut-être d'autres blessures, d'après Miller.

— Miller, répéta Raymer. Autrement dit, on n'en sait rien. Si ça se trouve, le type est mort.

— Non. Il est à l'hôpital. Vous ne l'avez pas vu là-bas ?

— Rendez-moi un service, Charice. Appelez le responsable des services techniques à la mairie, pour qu'il vérifie si le feu tricolore à la sortie de l'hôpital fonctionne correctement. On est coincés là depuis dix minutes. »

Aucune réponse. Elle pouvait parfois sombrer dans le mutisme quand on lui demandait d'accomplir une tâche qui sortait de ses attributions.

« Et donc, deux jours plus tard, le type croise son médecin dans la rue, reprit Jerome, ayant apparemment déduit du silence de sa sœur qu'elle était partie remplir sa mission. Il marche en boitant, il a du mal à se déplacer. Tellement il y a longtemps qu'il n'a pas déféqué. Le médecin n'arrive pas à y croire. Il lui demande : “Qu'est-ce qui ne va pas ? Ces suppositoires n'ont pas été efficaces ?”

— Vous voulez savoir ce qu'il y a de plus bizarre ? » le coupa Charice.

Raymer ferma les yeux et s'appuya contre le repose-tête en essayant de calculer dans combien de temps les antalgiques allaient faire effet.

« Plus bizarre qu'un mur d'usine qui tombe sur un automobiliste, sans raison ?

— Oh, je suis sûre qu'il y a une raison, chef, affirma Charice. Les choses n'arrivent jamais sans raison. Simplement, on ne la connaît pas encore. »

Aucun doute, Jerome et elle étaient bien jumeaux. L'un et l'autre croyaient en un monde où les boules de coton avaient une utilité.

« Il existe une théorie inverse, Charice. Certaines personnes, très intelligentes, croient que *tout* arrive sans aucune raison.

— Oui, d'accord, mais devinez un peu qui conduisait cette voiture.

— Charice…

— Vous allez être content.

— Ça ne peut pas être Jerome, puisqu'il est assis à côté de moi.

— Un peu de sérieux. Essayez de deviner.

— OK. Donald Sullivan.

— Ce n'est pas très gentil », dit Charice, surprise.

Raymer devait admettre qu'elle avait sans doute raison : ce n'était pas très gentil. Mais Barton Flatt était déjà mort et franchement, il ne voyait pas qui d'autre méritait d'être victime d'un accident bizarre.

« Roy Purdy, lâcha Charice, incapable de cacher plus longtemps la bonne nouvelle.

— Et pourquoi je devrais être content ?

— Parce que c'est un connard. »

Bon, d'accord, peut-être éprouvait-il un léger contentement. Il avait croisé Roy au Morrison Arms le lendemain de sa remise en liberté. Ce sale type avait emménagé avec une grosse femme triste prénommée Cora, tombée amoureuse de lui, apparemment, et il débordait de flagornerie et d'obséquiosité. En prison, Roy avait trouvé la foi, c'était du moins ce qu'il affirmait. Auparavant, il avait plutôt utilisé ses séjours derrière les barreaux pour parfaire ses talents de criminels, mais cette fois-ci, son étude de la Bible et ses cours de psychologie lui avaient permis de ressortir dans la peau d'un homme nouveau et meilleur. L'ancien Roy, avait-il appris à Raymer, était mort et enterré. Il espérait seulement que les gens ne lui reprocheraient pas le Roy qu'il avait été. Il craignait surtout que Raymer nourrisse de la rancœur à son égard sous prétexte qu'il le harcelait sans cesse quand ils étaient gamins. Ce n'était pas dirigé contre lui, avait-il expliqué. Il lui fallait quelqu'un sur qui déverser sa colère, rien de plus. Toute cette hargne, il avait appris à l'évacuer lors de son dernier séjour en prison, avec l'aide d'un détenu plus âgé. C'était elle qui lui avait volé sa putain de vie, mais grâce à cette sagesse nouvellement acquise, il avait bien l'intention de la récupérer. Raymer se souvenait d'avoir pensé que la métaphore n'était peut-être pas très bienvenue dans la bouche d'un voleur. Néanmoins, il était possible que ce type se soit racheté une conduite. Ce qui malmenait cette hypothèse, c'était la note de fierté dans sa voix quand il évoquait cette époque du collège où il incarnait un fléau permanent pour les garçons timides tels que Raymer.

« Vous aimeriez mieux qu'un mur tombe sur un vieux bonhomme inoffensif comme Sully que sur un authentique voyou comme Roy Purdy ? dit Charice. C'est dégoûtant. »

En vérité, Raymer n'aurait su dire pourquoi il avait pensé à Sullivan en premier lieu. Il détestait ce type depuis si longtemps que c'était devenu une habitude, sans doute.

« C'est Sully qui nous a volé trois sabots de Denver, souvenez-vous, dit-il pour sa défense.

— On n'en sait rien, répliqua Charice.

— Bien sûr que si. Ce qu'on ne sait pas, c'est comment

il a fait. Ni où il les a cachés. Alors, vous en savez plus sur ce feu rouge ?

— Pas pour l'instant. Il a mis combien de temps à passer au vert, vous disiez ?

— On y est encore.

— Vraiment ? Depuis tout à l'heure ? » Elle paraissait impressionnée.

« Au revoir, Charice. »

Jerome le regardait avec un grand sourire. « Et le type répond : "Vous vous foutez de moi, docteur ? Vu le bien que ça m'a fait, j'aurais pu tout aussi bien me les fourrer dans le cul !" »

Raymer laissa passer une seconde, puis :

« C'est vert !

— Hein ? »

Il montra le feu tricolore, mais le temps que Jerome tourne la tête, il était passé à l'orange, et le temps qu'il embraye, il était de nouveau rouge.

Raymer n'avait toujours pas refermé le flacon d'antalgiques, et il en fit glisser un quatrième dans sa paume.

« Tu crois que c'est une bonne idée ? demanda Jerome. Quatre Tylenol extra-fort, d'un coup ? »

Peut-être pas. Aux urgences, ils avaient refusé de lui donner des antalgiques avant d'être certains qu'il n'avait pas été victime d'une commotion cérébrale. Deux Tylenol extra-fort risquaient de le plonger dans le coma, quatre pouvaient le tuer. Tant mieux, se disait Raymer. Au moins, la mort le guérirait de sa migraine. Il sentait le sang furieux palpiter dans les vaisseaux comprimés qui menaient à son cerveau et les battements de son cœur brisé.

Pourquoi ne pas se rendre à l'évidence ? Il ne l'avait pas oubliée. Becka. D'accord, elle l'avait ridiculisé. Et le jour où elle avait dégringolé l'escalier *comme un Slinky*, elle partait avec un autre homme, peut-être même quelqu'un qu'il connaissait. Que disait-elle dans son mot ? *Essaie d'être heureux pour nous.* Le connaissait-il, ce type ? Non, c'était peu probable. La plupart des hommes tombaient amoureux d'elle sur-le-champ. Le coup de foudre. Comme lui. Quoi qu'il en soit, il fallait voir les choses en face. Charice avait raison. Il était encore déboussolé. Jerome essayait juste de l'aider, de lui changer les idées, et lui, en retour, aurait aimé que ce mur lui tombe dessus, et non sur Roy Purdy.

« Hé, avoue que c'est marrant, dit Jerome, en faisant allusion sans doute à la blague du suppositoire.

— Tordant. J'ai cru que j'allais mourir », répondit Raymer, ce qui était littéralement exact.

Il s'agitait sur son siège pour fourrer le flacon d'antalgiques dans sa poche. À l'intérieur, deux douzaines de comprimés s'agitaient bruyamment et il craignait, s'il ne les cachait pas, de les avaler tous d'un coup, histoire d'en finir une bonne fois pour toutes. Problème : le flacon était trop gros, et même s'il réussissait à le faire entrer dans sa poche, il formerait une bosse comique. Il repensa à la gamine qui le regardait fixement au cimetière pendant qu'il tripotait distraitement le…

« Tourne à droite ! s'exclama-t-il, faisant sursauter Jerome.

— Qu'est-ce…

— Le feu ! Vite ! »

Mais évidemment, c'était trop tard. Le temps qu'ils retournent au cimetière, la tombe du juge Flatt avait été rebouchée et tout était impeccable. La pelleteuse jaune et Rub Squeers avaient disparu l'une et l'autre. Raymer se laissa tomber à genoux dans cette terre humide où gisait maintenant, sous le cercueil de ce vieux connard, la télécommande de garage. Il la tenait dans sa main quand il s'était évanoui. Cela signifiait que sa dernière chance de résoudre l'énigme de l'infidélité de sa femme avait disparu, en même temps que la dernière occasion de se prouver qu'il était un vrai policier et pas juste un raté. Une sorte de hurlement s'échappa alors de sa gorge, déclenchant à l'intérieur de son crâne une douleur indescriptible. Il pressa sa tête entre ses coudes pour l'empêcher d'exploser.

Jerome posa une main apaisante sur son épaule. « On dirait que le Tylenol ne fait pas effet, hein ? »

Non. Pas le moins du monde. Il aurait pu tout aussi bien se les fourrer dans le cul.

L'air stagnant qui planait sur Old Mill Lofts et ses environs avait cette couleur jaunâtre qui annonce habituellement les tornades, et l'odeur était suffocante : une sueur rance de culturiste gonflé aux stéroïdes. Raymer eut du mal à déglutir pour essayer de contrôler son estomac en pleine tourmente. Pendant le trajet, Charice l'avait contacté par radio, encore une fois, pour lui annoncer un nouveau problème. Comme s'il était besoin d'en rajouter, l'équipe des imbéciles heureux de Carl Roebuck, en défonçant le sol de béton au marteau-piqueur, avait atteint une ligne électrique souterraine, faisant disjoncter un transformateur tout proche et privant d'électricité la majeure partie de Bath. Le poste de police et l'hôpital avaient dû se brancher sur le groupe électrogène.

« Retourne à Schuyler », dit Raymer quand Jerome se fut arrêté le long du trottoir, à quelques rues de l'usine qui n'avait plus maintenant que trois côtés. Apparemment, la coupure de courant prenait fin à la limite de Schuyler Springs, à l'endroit même où, historiquement, la malchance s'était arrêtée elle aussi. Si Raymer, dont c'était pourtant la fonction, n'avait aucune envie de s'occuper de cette affaire, quel intérêt pouvait-elle avoir pour une personne extérieure ? « Je me ferai ramener à Hilldale plus tard. » Il avait pris conscience en chemin que sa voiture se trouvait toujours au cimetière. La vision désespérante de la tombe du juge, rebouchée, l'avait empêché de réfléchir.

« Non, je vais rester un peu, répondit Jerome en descendant de la 'Stang. Tu ne m'as pas l'air en forme. »

Raymer, pris de vertiges et les jambes en coton, eut le plus grand mal à s'extirper du profond siège baquet.

Ce qui restait de l'usine ressemblait à une maison de poupée, ouverte sur le devant pour qu'on puisse admirer l'intérieur. L'agent Miller, campé sur ses deux jambes dans une posture autoritaire, s'était habilement posté à l'épicentre de l'activité où, autant que Raymer pouvait en juger, il ne servait à rien. Un camion de chez Tip Top Construction stationnait à côté d'un amas de briques provenant du mur écroulé, et les ouvriers de Carl qui n'étaient pas occupés à priver la ville d'électricité les chargeaient à l'arrière. Non loin de là, la voiture aplatie comme une crêpe – comment Roy Purdy avait-il pu en réchapper ? – était hissée sur un des camions à plateau du vieux Harold Proxmire.

Miller observait tout cela en affichant l'air de celui qui était responsable du bon déroulement de chacune de ces tâches.

« Chef, dit-il, visiblement surpris de voir arriver Raymer, je vous croyais à l'hôpital. » Il considéra Jerome d'un œil méfiant et jeta à son supérieur un regard interrogateur qui semblait dire : qu'est-ce qu'il fait là ? Situé en bas de la hiérarchie policière, Miller vivait dans la crainte d'être remplacé, et Jerome, qui faisait déjà partie de la police, était un rival possible. Noir de surcroît et frère de Charice. Fallait-il y voir une manifestation de népotisme et de discrimination positive ?

« Puis-je vous demander ce que vous faites ? » s'enquit Raymer.

Miller semblait ravi de connaître la réponse à cette question.

« J'assure une présence policière, chef, répondit-il comme s'il citait une phrase dans un manuel. J'ai entendu dire que vous étiez à l'hôpital, alors…

— Si vous obligiez ces gens à reculer ? suggéra Raymer en montrant les curieux qui s'étaient rassemblés au pied d'un des murs restants. Vous croyez que vous pouvez faire ça ?

— Charice m'a dit que vous aviez été blessé à Hilldale et que je devais prendre les rênes. »

Il voulait donner des ordres, pas les recevoir.

« Je suis là maintenant. »

Miller hocha la tête, obligé malgré lui de se rendre à l'évidence.

« S'il vous plaît, Miller, faites reculer ces gens. Sur-le-champ.

— Vous pensez qu'un autre mur pourrait s'écrouler ?

— Celui-ci est bien tombé. »

Pendant que Miller s'éloignait au trot, Raymer et Jerome rejoignirent le maire, venu directement de Hilldale, encore vêtu de sa tenue d'enterrement, et Carl Roebuck qui étudiait une sorte de plan en se grattant la tête.

« Qu'est-ce que cette ligne électrique foutait là ?

— Elle fournissait du courant ? suggéra Gus.

— Plus maintenant, commenta un ouvrier qui appuyait sa bedaine sur un marteau-piqueur.

— Oh, oh, fit Gus en voyant arriver le camion de Niagara Mohawk. On aurait dû attendre. NiMo va nous pourrir la vie.

— *Ma* vie, rectifia Carl.

— Bon sang, regardez qui est là ! s'exclama Gus qui venait d'apercevoir Raymer. Ils ne vous ont pas hospitalisé ?

— J'ai signé mon bon de sortie.

— Pourquoi ?

— Parce que je pensais que vous pourriez avoir besoin de moi ?

— Pourquoi ?

— Je ne sais pas, dit Raymer, vexé de voir qu'on s'adressait à lui sur ce même ton qu'il avait employé à l'instant avec Miller. C'est pour ça que je suis ici.

— Il est vrai que j'ai bien envie d'emprunter votre arme de service pour abattre Carl sur-le-champ, dit Gus. Bonjour, Jerome.

— Monsieur le maire. »

Les deux hommes échangèrent une poignée de main. Surpris, Raymer se demanda comment ils se connaissaient. Gus et lui s'étaient-ils déjà serré la main ?

« Pourquoi est-ce que ce genre d'emmerdes n'arrive jamais à Schuyler ? »

Voilà ce que Gus voulait savoir.

« C'est interdit par décret », répondit Jerome.

Carl fit pivoter le plan pour l'examiner sous un autre angle, avant de le tendre au maire. « Montrez-moi où est la ligne électrique là-dessus.

— Pourquoi voulez-vous que je vous la montre sur le plan alors que je peux vous conduire jusqu'au câble que vos gars ont bousillé à coups de marteau-piqueur ?

— Ce que je ne comprends pas, dit Jerome, pendant que Carl se dirigeait vers les gars de NiMo, c'est comment un bâtiment peut rester debout pendant un siècle, puis s'écrouler dans la rue.

— Bah, soupira Gus, il faut plusieurs facteurs. D'abord, il faut qu'un imbécile sectionne les arbalétriers qui fixent les murs au toit.

— Pourquoi quelqu'un ferait une chose pareille ?

— D'après ce que j'ai compris, ils travaillaient sur les appartements du dernier étage. Ils avaient l'intention de les remettre plus tard.

— N'empêche, dit Jerome, les solives du plancher…

— Ils les ont supprimées il y a une quinzaine de jours, afin de construire la cage d'escalier. »

Jerome hocha la tête avec gravité. Visiblement, il comprenait tout.

Comment des gens normaux pouvaient-ils connaître ce genre de conneries ? se demandait Raymer. Ou bien, pour formuler la question autrement : Comment avait-il fait pour vivre si longtemps en apprenant si peu de choses ? « Tu n'es donc pas curieux ? » s'étonnait Becka chaque fois qu'il lui demandait pourquoi elle lisait ceci ou cela. « Tu n'as pas envie de connaître le monde et savoir comment il fonctionne ? De connaître les gens et ce qui les motive ? » Oui, elle avait sans doute raison. La curiosité n'était pas toujours un vilain défaut. Toutefois, ce qui motivait les gens n'avait rien de mystérieux, si ? La cupidité. La luxure. La colère. La jalousie. Là, vous pouviez presque vous arrêter. L'amour ? Certaines personnes affirmaient qu'il faisait tourner le monde, mais Raymer n'en était pas aussi sûr. La plupart du temps, l'amour n'était qu'un de ces autres sentiments susmentionnés, ou un mélange de ces sentiments, déguisé. Même s'il existait, Raymer doutait de son influence sur quoi que ce soit.

« Carl aurait peut-être pu s'en sortir, disait Gus, si quelqu'un, au sous-sol n'avait pas allumé une cigarette et jeté l'allumette dans une canalisation.

— Une poche de gaz ? suggéra Jerome, qui avait plusieurs longueurs d'avance sur Raymer, qui lui en avait plusieurs de retard.

— Boum ! fit Gus en gonflant les joues. C'est la leçon à retenir. Vous pouvez échapper aux conséquences d'une première bêtise, et peut-être même d'une deuxième, mais à la troisième, la colère divine s'abat sur vous. »

En disant cela, il se tourna vers Raymer comme si celui-ci était l'incarnation physique du principe qu'il venait d'énoncer.

Soudain, l'odeur devint intenable. « Excusez-moi un instant », dit Raymer en s'éloignant. Heureusement, il y avait à proximité un tas de gravats sur lequel il vomit violemment, mains sur les genoux, hésitant à se relever tant que la vague de nausée n'était pas entièrement dissipée. Tout le monde, y compris les gars de NiMo, qui se faisaient un plaisir de passer un savon à Carl Roebuck, s'était arrêté pour le regarder. Vomissait-il à cause de la chaleur et de la puanteur, se demandait Raymer, ou parce qu'il avait été commotionné ? Il aurait aimé le savoir, mais c'était trop compliqué de se faire une idée. La curiosité battue en brèche une fois encore.

Quand il se redressa enfin, il vit que Miller, après avoir

repoussé les spectateurs de l'autre côté de la rue, avait regagné son poste pour continuer à superviser inutilement le chargement des briques.

Raymer s'approcha de lui.

« Miller ?

— J'ai fait ce que vous m'avez demandé, chef, dit-il en montrant les gens qu'il avait éloignés du danger.

— Oui, je vois ça. Mais regardez… »

Si, dans l'ensemble, les spectateurs délogés par Miller se tenaient à l'écart, une demi-douzaine de nouveaux venus avaient pris leur place.

« Vous voulez que je les déloge eux aussi ? »

Raymer acquiesça. « Et cette fois…

— Oui ?

— Restez-y. C'est là-bas qu'on a besoin de vous. Ce qui se passe ici… » Il désigna les hommes qui chargeaient les briques. « Ça ne nous concerne pas.

— On ne peut pas dire qu'il soit très doué, hein ? souligna Jerome quand Raymer revint vers lui.

— Non », admit-il, même si pour une raison inconnue il éprouvait l'envie de défendre cet imbécile. Sans doute parce que Miller semblait avoir beaucoup de mal à comprendre toutes ces choses qui lui échappaient à lui aussi quand il était jeune policier. Lui aussi, sans doute, avait dû exaspérer son supérieur, Ollie North, autant que Miller l'exaspérait aujourd'hui. Le métier de policier, plus qu'aucun autre peut-être, attirait les gens pour de mauvaises raisons. Le désir de se rendre utile dans le cas de Raymer. On vous donnait des ordres et vous les exécutiez au mieux. Jamais il ne lui était venu à l'esprit qu'une partie de ce travail consistait à comprendre, sans qu'on vous le dise, en quoi il consistait. Dès le début, Ollie l'avait encouragé à prendre des initiatives, à analyser le contexte et à agir en conséquence. Certes, il y avait une part de routine abrutissante, mais presque chaque jour, surtout dans les premiers temps, vous étiez confronté à une situation nouvelle, sans avoir forcément le temps de recevoir des instructions. En l'absence de directives, le jeune agent Raymer était assailli par le doute habituel, mais aussi par ce vieux sentiment ambiant d'inanité qui avait été son compagnon plus ou moins permanent depuis son enfance dans une famille tapageuse qu'il avait tenté de ramener à la raison, sans avoir la moindre idée de la façon d'y parvenir. Il ne connaissait rien du passé de Miller, mais il retrouvait en lui cette même volonté de plaire qui marchait souvent main dans la main avec le refus de prendre des risques. À chaque intersection, Miller avait besoin qu'on lui indique la direction, puis la suivante. Ayant reçu ordre de mettre les curieux à l'abri, il l'avait fait. Mais comme Raymer ne lui avait pas dit de rester là-bas pour accomplir sa tâche jusqu'au bout, il avait regagné son poste pour attendre de nouveaux ordres.

« J'espère toujours qu'il finira par apprendre, dit Raymer, sans conviction.

— Si tu faisais appel à Charice, elle te réglerait tout ça en deux temps trois mouvements », dit Jerome.

Il avait raison. Avant l'arrivée de Charice, le poste de police était un cauchemar d'inefficacité, rien ne se trouvait à sa place. Le temps de mettre la main sur la chose que vous cherchiez, vous aviez oublié pourquoi vous en aviez besoin. Charice avait mis de l'ordre dans tout ça et transformé la police de Bath en une machine bien huilée. Ce qui lui valait d'être détestée de tous. Non pas parce que ses collègues préféraient le chaos à l'ordre, mais parce qu'elle avait envahi leur territoire et apporté des modifications sans demander leur autorisation ou même leur avis. En outre, elle pouvait se montrer directe au point de paraître impolie, et à l'évidence, elle ne supportait pas les imbéciles, ce qui n'était peut-être pas la meilleure des qualités quand vous étiez entourée par une douzaine d'entre eux. S'il l'envoyait dans les rues, Raymer craignait qu'elle énerve les gens, ou pire. Les habitants de Bath n'avaient pas l'habitude de se faire réprimander par des Noires à la langue acérée. Si jamais elle était appelée au Morrison Arms ou à la Gert's Tavern, elle aurait de la chance de ne pas se faire tabasser à mort avec sa propre matraque, et si pareil drame se produisait, Raymer serait l'unique responsable.

« J'ai besoin d'une personne de bon sens au poste », répondit-il à Jerome, qui se contenta de hausser les épaules, comme s'il admettait que le chef de la police avait parfaitement le droit de persister dans sa bêtise.

Gus les rejoignit et posa la main sur l'épaule de Raymer.

« Rentrez chez vous avant de vous évanouir encore une fois. Ils vont arranger ça. Vous pourrez mourir en service un autre jour.

— Entendu », répondit Raymer, trop épuisé et démoralisé pour protester. Jerome ne verrait aucun inconvénient à le déposer au Morrison Arms avant de retourner à Schuyler. Il s'écroulerait sur son lit et verrait bien ce qui se passerait. Peut-être qu'il avait juste besoin d'une sieste. Peut-être qu'il ne se réveillerait que le lendemain. Ou mieux encore, jamais. Peut-être que son évanouissement et sa chute dans la tombe du juge étaient un présage : sa propre fin était proche. Dans ce cas, très bien.

« Hé, Jerome ! lança Gus, alors qu'ils faisaient demi-tour. Vous avez repensé à notre petite discussion ?

— Je continue à réfléchir.

— Ne réfléchissez pas trop longtemps.

— Promis. »

De quoi diable s'agissait-il pour qu'ils puissent en parler uniquement à mots couverts en sa présence ? se demandait Raymer. D'une chose qu'il n'était pas censé savoir, à l'évidence.

Ah, bon Dieu, ce mal de tête.

DÉCHARGE

En remontant la pente raide de leur allée de gravier et en balayant du regard le terrain envahi de mauvaises herbes, jonché comme toujours d'enjoliveurs rouillés, de jantes tordues et autres accessoires automobiles orphelins, tous récupérés à la décharge ou dans des jardins de particuliers, Ruth se demanda quelle mouche l'avait piquée quand elle avait annoncé à Sully son désir de se montrer plus charitable avec son mari, une résolution qu'à cet instant précis elle n'avait nullement l'intention de mettre en pratique. En haut de l'allée, il y avait assez de place, théoriquement, pour deux voitures, mais une fois encore, Zack n'avait pas avancé suffisamment son camion, alors Ruth s'arrêta à mi-pente, le pied sur le frein, pour réfléchir sombrement à l'évidence – *il n'y avait pas de place pour elle* – et à sa signification métaphorique inévitable ; ce qui réclamait une réaction élémentaire : reculer et repartir. Un peu plus tôt dans l'après-midi, n'avait-elle pas conseillé à Sully d'aller quelque part, n'importe où, mais loin ? Ce conseil ne valait-il pas pour elle également ? *Pars*, se dit-elle, *tout de suite.* Peu importe l'endroit. Quelqu'un s'en apercevrait-il ?

C'était ça, le problème. Ils s'en apercevraient. Ils auraient faim. Que ce soit chez Hattie ou ici, chez elle, les gens voulaient être nourris et comptaient sur elle. Bien que l'on soit en plein après-midi, Zack avait sans doute déjà faim, il devait se demander ce qu'elle avait prévu pour le dîner. Y avait-il des moments dans la journée où il n'avait pas faim ? D'où lui venait cet appétit permanent ? Son mari n'était d'ailleurs pas le seul dans ce cas. Au restaurant, les gens s'empiffraient. Le goût de ce qu'ils avalaient semblait importer peu, voire pas du tout, du moment qu'il y en avait beaucoup, montagnes de frites ou auges de coleslaw. De la même manière qu'ils accomplissaient les autres tâches indispensables de la journée, ils mangeaient avec concentration, détermination et conviction. Quand ils avaient terminé et que vous leur demandiez si ça leur avait plu, ils paraissaient surpris. Leur assiette était vide, non ? S'il y avait eu un problème, ils se seraient plaints. D'autres répondaient par un sophisme révélateur : « Je suis gavé. » Comme si, en mangeant, ils remplissaient temporairement le vide qui était la condition dominante de leurs vies.

Ironie du sort, Ruth avait peu ou pas du tout d'appétit la plupart du temps. Surtout ces derniers jours, depuis la hausse brutale des températures et l'Infâme Puanteur de Bath. Qui pouvait penser à manger dans ces conditions ? Si elle partait, retrouverait-elle de l'appétit – pour la nourriture, le sexe, la joie – ou l'avait-elle perdu pour toujours ? Ne méritait-elle pas d'en avoir le cœur net ?

Apparemment pas, puisque, au lieu d'enclencher la marche arrière, elle klaxonna jusqu'à ce que son mari apparaisse à la porte de derrière, en caleçon, pieds nus, se frottant les yeux d'un air endormi. Bien fait, songea-t-elle. C'était habituellement l'heure à laquelle il s'endormait devant la télé, même s'il refusait de l'admettre, y compris quand elle le prenait en flagrant délit. Il avait pourtant le droit de se reposer. Un ferrailleur prospère (si ce n'était pas un oxymore) devait se lever tôt, et chaque matin, Zack était prêt avant elle. À cinq heures, il quittait la maison pour aller fouiller dans les déchets que les gens déposaient sur les trottoirs les jours de ramassage. Le mardi et le jeudi à Schuyler, où il trouvait les plus belles pièces, les autres jours dans les communes environnantes qui assuraient encore la collecte des ordures. L'après-midi venu, il était mûr pour la sieste. Ruth, bien que souvent épuisée, ne faisait pas de sieste, et elle ne pouvait s'empêcher d'éprouver du ressentiment face à cette heure volée. Que son mari refuse d'avouer ce vol attisait sa rancœur.

« Oui, oui, j'ai entendu », dit-il en essayant de lisser ses cheveux rebelles. Quel genre d'homme, à presque soixante ans, possédait encore un épi, à l'endroit où tant de leurs congénères arboraient une tonsure ? Se pouvait-il qu'à une époque elle ait été séduite par cette tignasse désobéissante ? « Tu peux arrêter de klaxonner.

— Déplace ton camion.

— J'y vais », répondit-il en descendant les marches jusqu'au gravier.

Où se cachait, à l'intérieur de ce mastodonte, le garçon maigrelet qu'elle avait épousé ? Il pesait alors soixante kilos, tout mouillé. Quand il avait dix-huit ans, sa mère lui achetait encore ses pantalons (Ruth aurait dû s'interroger sur ce que ça signifiait) au rayon enfant. Aujourd'hui, il en pesait presque cent soixante. « Il s'étoffe », avait dit sa mère, elle-même une très grosse femme, quand Zack avait finalement franchi ce cap génétique et commencé à prendre du poids. Il s'était « étoffé » au point de remplir les encadrements de porte, qu'il devait souvent franchir de biais.

« Qu'est-ce que je suis en train de faire, à ton avis ?

— Tu te promènes dehors en caleçon.

— Et alors ? On est que tous les deux.

— Et si Tina arrive ?

— Elle m'a déjà vu. »

Ruth se massa les tempes.

« Déplace ton camion, c'est tout.

— C'est ce que je fais. OK ? »

Elle le regarda s'installer au volant puis, une seconde plus tard, redescendre de son véhicule en faisant mine d'agiter une clochette avec la main droite, un geste qui voulait dire *clés*, devina-t-elle, ou plutôt l'absence de clés en l'occurrence. Étant donné qu'ils vivaient en dehors de la ville, là où personne ne viendrait voler le camion, Zack les laissait généralement sur le contact, mais pas aujourd'hui apparemment. Comme la recherche risquait de prendre du temps, Ruth coupa le moteur, à contrecœur, et descendit de voiture pour suivre son mari à l'intérieur.

Cette maison, dans laquelle ils avaient passé toute leur vie conjugale, avait appartenu aux parents de Zack, ou plus exactement à sa mère, son père étant mort quand il était encore enfant. La vieille bique se prénommait Ruth elle aussi. Ils l'appelaient Maman Ruth pour éviter la confusion, mais Ruth l'avait très vite surnommée « Maman Ruthless[1] ». Dès le début, cette femme avait clairement affiché le peu d'estime qu'elle accordait à sa belle-fille. Le jour des présentations – Zack l'avait amenée dans cette même maison pour rencontrer sa mère –, victime d'un mélange de nausées matinales et de terreur, Ruth avait demandé à utiliser les toilettes. Malgré la porte fermée, elle avait entendu cette question cruelle : « Tu étais obligé de mettre en cloque la fille la plus banale du lycée ? »

Par la suite, Zack avait minimisé cet incident. « Ne fais pas attention à elle. Elle ne pense pas ce qu'elle dit.

— Tu aurais pu me défendre. »

Il l'avait prise par les épaules pour l'attirer contre lui.

« Je t'ai pas dit que tu avais un corps super ? Et puis, elle t'aimera davantage quand le bébé sera né. » Preuve qu'il connaissait bien mal sa mère. Toutefois, il fallait reconnaître une chose : Maman Ruth avait adoré le bébé, même si Janey était le portrait craché de Ruth. Et bien entendu, elle aurait détesté n'importe quelle femme qui aurait été enceinte de Zack. Privée de son mari et incapable d'affronter le monde à l'extérieur de sa maison, elle s'accrochait

1. Sans pitié.

solidement à la seule chose qui lui restait, à savoir son fils unique. À travers lui, et à travers sa dévotion pour lui, elle voulait régner sur son petit univers, voilà pourquoi elle faisait tout ce qui était en son pouvoir pour discréditer sa belle-fille. Cela signifiait, entre autres, ne jamais manquer de lui rappeler à qui appartenait la maison où elle vivait et qu'elle était arrivée ici enceinte, sans savoir tenir un foyer. Ruth n'avait pas appris à cuisiner chez elle et Maman Ruth n'aimait pas voir quelqu'un d'autre dans sa cuisine. « Comment veux-tu qu'elle apprenne si tu ne lui montres pas comment on fait ? » avait demandé Zack après que Ruth l'avait supplié d'intervenir. Finalement, Maman Ruth avait recopié sur des fiches, en rechignant, les recettes de quelques-uns des plats préférés de son fils. Mais le résultat n'était jamais satisfaisant. Il manquait des ingrédients dans la recette, les instructions étaient confuses ou les proportions erronées, si bien que Ruth passait pour une mauvaise élève. « Il aime mieux la cuisine de sa maman, hein, mon chéri ? » roucoulait Maman Ruth après chaque échec, et Zack devait bien l'avouer. Ruth ne commença à s'améliorer qu'après avoir compris que ses efforts culinaires étaient victimes d'un sabotage et avoir comparé ses fiches avec d'autres recettes, dans des livres de cuisine trouvés à la bibliothèque. Dès lors, il ne lui avait pas fallu longtemps pour dépasser sa belle-mère, trop paresseuse et trop habituée à utiliser des conserves ou des surgelés, même quand on trouvait des produits frais. Néanmoins, Ruth s'était bien gardée de la défier ouvertement, et Maman Ruth était restée la patronne dans sa cuisine, jusqu'à ce qu'elle soit victime de cette attaque qui l'avait envoyée en maison de retraite. Pas trop tôt, de l'avis de Ruth, car la cuisine n'était pas leur unique champ de bataille. « Tu sais qu'elle te trompe », avait dit la vieille femme à son fils, après qu'un fouineur l'avait informée de la liaison entre Ruth et Sully. À cette époque, Zack et elle étaient mariés depuis vingt ans.

« Occupe-toi de tes affaires, maman, avait répondu Zack, déjà au courant de ces rumeurs.

— Je t'avais bien dit, dès le début, que c'était une traînée », avait répliqué la vieille femme comme si Ruth avait toujours été infidèle.

Mais ce jour-là Ruth était dans la cuisine, et elle écoutait.

« Tu parles sans savoir, maman. Tu ne fais que répéter des ragots.

— Tu sais aussi bien que moi que c'est vrai. Mais tu ne veux pas l'admettre.

— Ce que je veux, c'est ne plus t'entendre parler de ça. »

Jamais il n'avait été aussi près de prendre la défense de Ruth face à sa mère.

Suite à son AVC, il lui avait rendu visite régulièrement à la maison de retraite, le plus souvent le dimanche en fin d'après-midi, après sa brocante. À une seule exception, mémorable, Ruth avait toujours refusé d'y aller avec lui. Un jour de congé, c'était une chose rare pour elle, et elle n'avait nullement l'intention d'en passer une partie en compagnie d'une vieille femme haineuse dont l'animosité n'avait cessé d'empirer année après année. Depuis son attaque, Zack était le seul qui comprenait ce qu'elle baragouinait, et l'unique fois où Ruth l'avait accompagné, sa belle-mère avait agrippé son fils par le poignet pour attirer son visage tout près du sien. Ce qu'elle lui avait murmuré à l'oreille n'était que du charabia pour Ruth, mais Zack, lui, avait compris à l'évidence car il avait retiré sa main en disant : « Combien de fois je vais devoir te le répéter, maman ? Je ne veux pas entendre parler de ça. »

Ruth avait imaginé que, la vieille femme ayant enfin quitté la maison, les choses changeraient, mais non. Tout d'abord, elle n'était pas vraiment partie, dans l'esprit de Zack du moins. Sa mère lui manquait et il lui avait avoué que certains matins, quand il descendait dans la cuisine, à moitié endormi, il sentait l'odeur des roulés à la cannelle qu'elle confectionnait. Une ou deux fois, il avait même cru la voir, penchée devant le four. Pour lui, ces expériences semblaient agréables. Pour Ruth, s'il était normal qu'un homme aime sa mère, cette dévotion quotidienne envers une vieille bique aussi méchante était à la fois morbide et malsaine. Par ailleurs, elle n'en pouvait plus de partager une maison avec une femme qui, primo, la détestait et, deuxio, n'était même plus là. Afin de bannir totalement Maman Ruth, elle avait suggéré qu'ils refassent la cuisine, démodée et laide, mais Zack, meurtri par cette proposition, lui avait rappelé que la maison appartenait toujours à sa mère. En outre, avait-il souligné, ils n'en avaient pas les moyens. Mais la véritable raison, soupçonnait-elle, c'était qu'il craignait, s'ils refaisaient la cuisine, de ne plus sentir l'odeur des roulés à la cannelle et de ne plus voir Maman Ruth penchée devant son four, comme quand il était enfant. Elle n'osait pas le lui avouer, évidemment, mais il n'était pas le seul à imaginer Maman Ruth dans cette cuisine. Ruth la voyait elle aussi, chaque jour, et c'était pour cette raison qu'elle voulait la détruire.

Aujourd'hui, en entrant dans la cuisine, qui n'avait toujours pas été refaite, elle ne fut pas accueillie par le spectre de sa belle-mère, mais par le fantôme du déjeuner de son mari, les restes de riz-poulet de la veille au soir, transformés maintenant en méthane puant. Comment, se demanda-t-elle, et ce n'était pas la première fois, avait-elle pu épouser un homme dont l'unique impératif génétique consistait à faire éclater, coûte que coûte, son enveloppe corporelle ? Elle lança dans l'évier l'assiette incrustée de nourriture et les couverts sales qu'il laissait toujours traîner dans le coin-repas. Le bruit le fit s'arrêter sur le seuil du salon, affichant une expression où se mêlaient la peur, la culpabilité et la désapprobation. *Oh, par pitié,* pensa-t-elle, *dis quelque chose.* Mais il se contenta de secouer la tête, et il entra dans le salon.

En revenant vers la table avec un torchon humide, Ruth

se cogna la hanche contre l'angle du comptoir, assez fort pour en avoir les larmes aux yeux. Comment cette cuisine pouvait-elle sembler plus exiguë, plus encombrée, qu'à l'époque où Maman Ruth se campait solidement en plein milieu, sans qu'il soit possible de la contourner, avec la petite Janey qui se traînait à quatre pattes entre ses jambes épaisses comme des troncs d'arbre ? Pourquoi, ces derniers temps surtout, n'arrêtait-elle pas de se cogner contre tous les coins et rebords ? Chaque matin, sous la douche, elle découvrait de nouveaux bleus sur ses tibias et ses hanches. Au restaurant, elle ne se cognait jamais, alors que l'espace était aussi réduit, et plus encombré encore.

Le salon, dans lequel Zack était en train d'enfiler son pantalon, était plongé dans l'obscurité, à l'exception du tremblement nerveux du téléviseur (un vieux dessin animé de Popeye, un des nombreux programmes préférés de son mari). Par grosse chaleur, il fermait tout, persuadé que la maison demeurait plus fraîche, si bien que l'odeur de flatulences était encore plus prononcée dans cette pièce. Sentant venir un haut-le-cœur, Ruth passa d'une fenêtre à l'autre pour tirer les rideaux et soulever les fenêtres, autant que le permettaient les châssis gauchis. Elle sentait que son mari l'observait, en se demandant certainement quelle mouche l'avait piquée. Mais il ne disait toujours rien, aussi désireux d'éviter une bagarre qu'elle l'était d'en provoquer une. C'est seulement quand elle eut ouvert la dernière fenêtre grinçante qu'il demanda : « Qu'est-ce que j'ai encore fait ? »

Ruth ouvrit la bouche, prête à le clouer sur place, puis se ravisa brusquement. « Tina est là ? » Leur fille travaillait au bar presque tous les soirs et elle rentrait tard. Par conséquent, leur petite-fille dînait souvent avec eux et restait dormir. Si elle était en haut dans la chambre d'amis, le genre d'affrontement que Ruth avait en tête devrait attendre.

« Hein ? » fit Zack qui essayait visiblement de faire défiler la bande en arrière. Tina était-elle là ? « Je ne crois pas… »

Quand il se dirigea vers la porte pour aller déplacer son camion, Ruth lui lança « Ta braguette ! » car sa chemise dépassait par l'ouverture du pantalon.

Il remonta la fermeture Éclair d'un geste brusque.

« Autre chose ?

— Oui. Explique-moi un truc. Pourquoi est-ce que tu dois enlever ton pantalon pour regarder la télé ? »

Elle avait réellement envie de savoir. Son propre père avait la même habitude, ses frères aussi. Le mariage, songeait-elle, était une sorte de déclencheur. Les mots « Oui, je le veux » donnaient aux hommes le signal qu'ils pouvaient ôter leur pantalon dès qu'ils rentraient chez eux. Il fallait rendre hommage à Sully : s'il ôtait son pantalon, il avait une bonne raison, et quand cette raison n'existait plus, il le remettait. Pourquoi avait-elle été aussi dure avec lui aujourd'hui ? Jusqu'à l'arrivée de Roy, il n'avait presque pas dit un mot. Mais le voir assis là au comptoir, le nez plongé dans sa tasse de café vide, l'avait exaspérée, autant qu'elle l'était par son mari maintenant. N'avait-elle pas été amoureuse de cet homme ? Ne l'était-elle pas encore ? Et si, comme elle le soupçonnait, il était plus malade qu'il le laissait paraître ? Qu'est-ce qui clochait chez elle ? Au restaurant, quelques heures plus tôt seulement, elle avait décidé de mieux traiter son mari, et maintenant, de retour chez elle, avec Zack, elle regrettait d'avoir été si dure avec Sully. Se pouvait-il que sa colère n'ait rien à voir avec l'un et l'autre ? N'étaient-ils que des cibles faciles, qui remplaçaient ce sur quoi elle aurait dû déverser sa fureur ?

Zack évacua la question du pantalon d'un haussement d'épaules, en gratifiant Ruth de son sourire en coin.

« Non, sérieusement, insista-t-elle. Je meurs d'envie de savoir pourquoi les hommes se sentent obligés de regarder la télé en caleçon. » Question vaine, évidemment, comme si un singe essayait d'expliquer le comportement qu'il adopte par pur instinct. Elle aurait pu tout aussi bien lui demander d'expliquer la physique des particules.

Naturellement, Zack haussa les épaules.

« Je suis plus à l'aise, j'imagine.

— Comment ça ?

— Je me sens plus libre.

— Mais tu n'enlèves pas ta chemise. Ni tes chaussettes.

— J'ai aucune raison de les enlever. »

Ruth se massa les tempes de nouveau, plus fortement.

« Va déplacer ton camion. » Le voyant partir vers la cuisine, elle demanda : « Où tu vas ?

— Tu m'as dit de...

— Tu mériterais que je te laisse faire un aller-retour pour rien. »

Elle montra le gros cendrier en bois posé sur la table basse, elle-même récupérée dans une décharge, dans lequel se trouvaient ses clés, bien en évidence.

Après le départ de Zack, Ruth contempla le salon. Sur la table basse et le canapé étaient étalés des éléments d'un petit appareil électroménager – un grille-pain à première vue –, et sur la bergère voisine se trouvaient deux vieux aspirateurs qui n'étaient pas là ce matin, signe que, pour Zack, la journée avait été bonne. À cinquante-huit ans, il avait la même volonté qu'à trente ans de monopoliser le marché des vieux trucs cassés et sans aucune valeur, en les rapportant chez lui pour les démonter et répandre les pièces sur toutes les surfaces planes de la maison. Ruth avait renoncé depuis longtemps à le changer, mais jusqu'à il y a peu encore, elle avait espéré le contenir, comme l'Amérique avait jadis espéré empêcher la propagation du communisme. Sur un plan purement philosophique, son combat lui paraissait digne d'être mené, mais avait-elle réellement cru qu'elle pouvait l'emporter ? Le salon qui s'étendait devant elle ne symbolisait pas seulement sa défaite. Elle avait été dépassée. Écrasée. Mise en déroute. La faute à qui ? À une succession de foutues escarmouches.

Une concession ici, une erreur tactique là, des troupes déployées dans le mauvais secteur, un manque d'imagination trop fréquent, tout cela conduisant à l'épuisement mental, au désespoir et, pour finir, à l'infâme reddition. C'était un assez bon résumé.

Nul doute que sa stratégie présentait des défauts dès le départ. Pourquoi informer l'ennemi de votre objectif ? Pourquoi lui faire part de ce que vous souhaitiez défendre à tout prix, ce à quoi vous teniez le plus ? Ramasse toutes les saloperies que tu veux, avait-elle dit à son mari, mais ne les rapporte pas à la maison. Même les oiseaux savent qu'il ne faut pas chier dans son nid. Cette déclaration avait marqué le début du long conflit indirect. Celui-ci s'était d'abord déroulé dans le garage, assez vaste pour accueillir leurs deux véhicules, du moins le croyait-elle, même si le camion à plateau qu'utilisait Zack pour transporter toutes ses merdes était plus large que le plus gros des pick-up. Quand les étagères avaient commencé à escalader les murs, du sol au plafond, elle avait pensé : Surarmement. (Manque d'imagination numéro un : sous-estimer à la fois l'ambition de l'ennemi et son inlassable ténacité.) À la fin de cette année, la moindre étagère pliait et gémissait sous le poids des saloperies de plus en plus nombreuses. Et puis, au milieu du garage, entre leurs deux véhicules, étaient apparus les tondeuses à gazon – mécaniques et électriques –, les bicyclettes rouillées aux pneus crevés et aux patins de frein pendant au bout de câbles défaits, un assortiment de tarières et de débroussailleuses. Du jour au lendemain, le garage avait été envahi de pièges qui vous obligeaient à la plus grande prudence quand vous gariez votre voiture et en descendiez tellement le terrain était miné : skateboards, balles de base-ball, hula-hoops, et même des blocs de pâte à modeler. À l'extérieur, le long des murs, des fûts métalliques cabossés firent bientôt leur apparition. Dans ceux qui étaient vides, Zack versait de l'huile usagée et de la graisse. Les autres, certains décorés de têtes de mort souriantes, contenaient les solvants industriels et les produits chimiques toxiques dont il avait besoin pour décaper des vélos et d'autres objets.

Plus démoralisante encore que toute cette camelote, il y avait l'inébranlable conviction de son mari que tout cela avait de la valeur, ou en aurait dès qu'il aurait trouvé la poignée, la vis, le couvercle, le joint, le bouchon, le fermoir, le manche ou la roue qui manquaient. La chose dont vous aviez besoin finissait toujours par apparaître : c'était un des principes essentiels de sa foi de ferrailleur. Selon un autre principe, les gens qui jetaient des choses sous prétexte qu'elles ne marchaient plus étaient idiots. Que quelqu'un puisse dépenser de l'argent pour acheter une tondeuse neuve parce que le lanceur à cordon de la vieille avait lâché emplissait Zack d'une incompréhension totale, qu'il essayait toujours de faire partager à son épouse réfractaire. Pour Ruth, le fait que des gens jettent des choses qui pouvaient *peut-être* être réparées signifiait qu'ils étaient occupés, et non pas idiots, et même s'ils étaient idiots, cela ne vous obligeait pas à vous lever à cinq heures du matin pour aller en chercher la preuve en fouillant dans leurs poubelles. S'ils déposaient un vieux canapé sur le trottoir, cela ne voulait pas dire que vous deviez le charger à bord de votre camion pour le rapporter à la maison. (« Je suis sûr que je peux faire disparaître cette odeur de pisse de chat. ») Et cela ne voulait certainement pas dire que vous deviez consacrer votre vie d'adulte à une activité qui, en cas de réussite, signifiait simplement que vous aviez transporté la décharge publique jusque chez vous.

Tout bien considéré, Ruth voyait là un argument irréfutable, mais pour une raison inconnue, au lieu de le faire valoir, elle avait fermé les yeux – erreur tactique majeure – en se rappelant que chaque homme avait besoin d'un hobby, surtout quelqu'un comme Zack qui risquait sinon de passer ses journées devant la télé, en caleçon, à percevoir des allocations chômage ou une pension pour adulte handicapé. Et puis, ce n'était pas comme s'il s'opposait à elle dans tous les domaines. Parfois, il savait écouter la voix de la raison. Quand elle lui avait demandé d'ouvrir son propre compte en banque, il l'avait fait ; et quand elle lui avait interdit de toucher à l'argent de leur compte joint pour financer ses achats au marché aux puces et dans les brocantes, il l'avait accepté. De temps en temps, elle s'assurait qu'il respectait cette règle, et le plus surprenant c'est qu'il s'y tenait. À l'écouter, il n'achetait jamais un objet à cinquante cents s'il n'était pas sûr de le revendre un dollar, ce qui était peut-être vrai, autant qu'elle pouvait en juger. Alors, du moment qu'il lui fichait la paix, quelle importance ? Voilà ce qu'elle se disait. Qu'il remplisse ce foutu garage. Tant qu'il y avait de la place pour leurs véhicules…

Et puis, un jour, en rentrant, elle avait trouvé le camion garé à l'extérieur. Son emplacement dans le garage était occupé par un grand canoë en bois, retourné, avec un trou au fond. Il lui restait tout juste la place de se garer, mais elle avait vite découvert qu'elle ne pouvait plus ouvrir sa portière à cause d'une luge sans corde (à la mi-août !) qui n'était pas là le matin même et qui reposait maintenant le long de l'étagère. Elle s'apprêtait à klaxonner quand Zack était apparu dans son rétroviseur.

« J'avais prévu de tout ranger, avait-il expliqué en redressant la luge pour que Ruth puisse descendre de voiture. Ce bateau ne sera plus là la semaine prochaine.

— Oui, bien sûr. Et à la place, il y aura trois autres trucs. »

Il avait souri, ravi qu'elle comprenne. « Les affaires marchent bien.

— Pardon ? Les quoi ? »

Elle était habituée à ce qu'il considère tout ça comme un *hobby*, et ce mot renfermait la concession qu'elle avait faite.

« C'est un business. Et maman pense que c'est une bonne idée de passer à la vitesse supérieure.

— Je vois.

— Je vais faire fabriquer une enseigne, avait-il ajouté comme s'il abattait sa carte maîtresse.

— Tu ne peux pas en trouver une à la décharge ?

— Ce ne serait pas la mienne. »

C'était ça le problème avec Zack. Il répondait toujours à ses questions comme si c'étaient de véritables questions, même s'il s'agissait en réalité de critiques moqueuses et méprisantes.

Plus tard, ce même jour, elle l'avait de nouveau mis en garde : « Pas un seul écrou rouillé à l'intérieur de ma maison.

— C'est la maison de maman. Nous, on se contente d'y vivre.

— Merci de me le rappeler.

— Elle sera à nous un jour. Je ne dis pas le contraire. Je dis juste…

— J'ai compris.

— Tu pourrais t'intéresser, avait-il ajouté d'un ton plaintif et elle avait senti son cœur de pierre s'attendrir un peu. À ce que je fais, je veux dire.

— Je suis crevée, Zack. J'ai trois boulots.

— Moi aussi, je travaille. Il n'y a pas que toi. »

Non, mais je suis la seule qui gagne de l'argent. Savait-il qu'elle avait cette réplique sur le bout de la langue ? Peut-être. Probablement.

La semaine suivante, une motoneige était apparue dans le garage, sur l'emplacement de sa voiture. « Elle sera partie dans un jour ou deux, lui avait-il assuré.

— Je me gare où en attendant ?

— C'est l'été », avait-il fait remarquer avec un certain bon sens.

Mais quand l'hiver était revenu, sa place de garage était encombrée du sol au plafond. Après qu'un blizzard eut camouflé leurs deux véhicules sous cinquante centimètres de neige, Zack lui avait dit : « Je cherche à acheter un abri de jardin. » Ouais, c'est ça, avait-elle pensé. Comme si les armées d'envahisseurs restituaient les territoires conquis. Le garage était devenu la Pologne. Un pays occupé.

Le théâtre des opérations suivant avait été le jardin lui-même. Ils possédaient plus de cinq cents mètres carrés de terrain, mais à l'exception de la maison, du garage et d'une petite pelouse, la majeure partie était boisée. Au début, quelques objets hétéroclites aux formes étranges – un rameur dont il manquait les dames de nage, une importante collection d'accessoires de cheminée dépareillés – étaient partiellement cachés par les arbres et les buissons, mais très vite, d'autres cochonneries avaient fait leur apparition, tel ce moteur de hors-bord qui s'était matérialisé un jour, dans le rôle de l'ornement de jardin le plus laid au monde. Le moment était-il venu de taper du poing sur la table ? Probablement, mais en vérité, Ruth avait décidé qu'elle s'en fichait. (Alerte ! Lassitude du combattant !) Contrairement à de nombreuses femmes, elle ne s'était jamais vraiment préoccupée des apparences, et là où ils vivaient, il n'y avait pas de voisins pour se plaindre qu'ils gâchaient le paysage et faisaient baisser le prix de l'immobilier. En outre, c'était plus ou moins à cette époque qu'elle avait repris le restaurant à son ancienne propriétaire, une femme à peu près du même âge qu'elle, partie vivre en Floride quand sa mère, la véritable Hattie, était morte. Devenue femme d'affaires, Ruth séparait désormais sa vie familiale du restaurant. Maman Ruthless était toujours dans sa maison de retraite, mais son élocution s'était améliorée, et quand ils la ramenaient chez elle pour les fêtes ou d'autres occasions, elle ne cachait pas qu'elle considérait encore ce trou à rats comme le sien et attendait avec impatience le jour où elle pourrait en reprendre possession. Ses médecins leur avaient discrètement assuré que cela n'arriverait pas car elle aurait désormais besoin de soins permanents. Mais en attendant, la maison était à son nom, alors que Hattie était au nom de Ruth. La vieille pouvait claquer quand bon lui semblait. Retranche-toi et résiste, se disait-elle. Certes, c'était déprimant de voir la propriété envahie de mauvaises herbes – avec toutes ces saloperies partout, plus moyen de passer la tondeuse –, mais l'intérieur de la maison demeurait inviolé, et ça, se rappelait-elle, c'était le plus important. (Grave erreur tactique ! Ne jamais abandonner sa zone démilitarisée !) Le pire, c'était le soir, après le coucher du soleil. Les objets les plus grands, éparpillés dans le jardin, ceux que Zack avait appuyés contre les arbres, faisaient penser à des soldats massés à la frontière. Pouvait-on douter de leur volonté d'envahir ?

Et puis, sans prévenir, l'assaut de la forteresse, tant redouté, s'était transformé en un retrait inattendu et une nette baisse des tensions dans l'ensemble de la zone de conflit. Roy avait été arrêté pour cambriolage et envoyé en prison, permettant ainsi à Janey de partir à Albany en quête d'une nouvelle vie. Cela signifiait que la caravane dans laquelle ils avaient vécu revenait à ses parents. Quinze mètres carrés d'espace de stockage supplémentaires. Ce n'était pas énorme, mais suffisant pour soulager un peu la pression. Le problème c'est que Zack, encouragé par la popularité grandissante de son vide-grenier mensuel, avait décidé d'en organiser un chaque semaine. Pendant un temps, Ruth avait eu l'impression qu'une sorte d'équilibre zen avait été atteint : les merdes entraient et sortaient quasiment au même rythme. Le jardin et les bois environnants étaient moins encombrés. Et elle respirait enfin, après avoir lutté et obtenu une noble victoire. Ils pouvaient commencer à désarmer et à savourer la paix. Hélas, la théorie des dominos n'était rien d'autre qu'une théorie, finalement. Mais sincèrement, s'était-elle demandé plus tard, avait-elle vraiment cru que la guerre était terminée ? Oui, sans doute. Sinon, pourquoi aurait-elle vendu la caravane à Sully ? Il venait d'hériter la maison de sa propriétaire dans Upper Main Street et il n'en avait que faire. Mais Zack parlait d'acheter une remise pour se développer et affirmait que l'argent de la vente de la caravane couvrirait les frais, alors pourquoi pas ? (À la guerre, comme au tribunal, ne posez jamais une question dont vous ne connaissez pas déjà la réponse.)

Le jour où Sully devait venir chercher la caravane et où le nouvel abri de jardin devait être livré, Ruth avait fait une longue journée chez Hattie. Si elle avait été serveuse toute sa vie, elle devait encore apprendre à gérer un restaurant. Même quand elle réussissait à fermer à l'heure – pas facile de virer les buveurs de café de l'après-midi –, elle devait encore passer une heure ou deux à préparer la journée du lendemain et faire la caisse. De plus, il y avait eu un problème dans les toilettes pour dames ce jour-là et elle avait dû attendre que le plombier ait fini de réparer la fuite pour pouvoir fermer et rentrer chez elle. À vrai dire, cette journée avait été tellement merdique qu'elle avait complètement oublié l'existence de l'abri de jardin jusqu'à ce que, en pénétrant dans son allée, elle voie le métal brillant refléter le soleil couchant à travers ce qui restait des arbres. Ça une remise ? Cette saloperie était presque aussi grande que la maison et possédait le charme d'un hangar pour avions. Pire encore, elle savait combien Sully leur avait donné pour la caravane, et cette somme paierait à peine les portes.

En haut de l'allée, le camion de Zack occupait sa place habituelle, et juste à côté, à sa place à elle, il y avait le pick-up de Sully. Les deux hommes, plus Rub Squeers, étaient assis par terre, adossés à la nouvelle remise, en train de boire une bière. On aurait dit les Trois Stooges. Après avoir garé sa voiture et coupé le contact, Ruth avait décidé de rester où elle était pour l'instant. Voir son mari et son amant assis là, tout naturellement, comme deux bons amis, lui donnait le tournis. Tout comme la montagne de souches d'arbres juste à côté. D'ici, elle en comptait quatorze.

« J'ai vendu les souches », avait annoncé Zack quand elle avait daigné descendre de voiture en secouant la tête d'un air incrédule. Comme si ces souches constituaient l'unique source de protestation possible face à la transformation radicale de leur environnement.

« Qui peut acheter des souches ? »

Zack l'avait gratifiée de son inévitable sourire en coin.

« Les gens achètent des choses bizarres.

— Oui, je vois ça, avait-elle rétorqué en contemplant l'énorme structure métallique. C'est drôle. L'obligation de couper nos arbres pour faire de la place à cette horreur n'a jamais été évoquée toutes les fois où on a parlé de ça.

— On a...

— Idem pour les dimensions de la remise.

— Je t'ai dit qu'elle était plus grande que la caravane.

— Le Yankee Stadium aussi. »

Le voyant hausser les épaules, elle avait demandé : « D'où vient l'argent ?

— Comme je te le disais...

— D'où vient l'argent ? »

La menace contenue dans la voix de son épouse suggérait qu'il ferait mieux de répondre.

« Pas de chez Schuyler Savings. » C'était la banque où se trouvait leur compte joint.

Maman Ruthless alors. Même dans sa maison de retraite, elle continuait à tirer les ficelles.

Sully, lui, paraissait de plus en plus mal à l'aise.

« Prends une bière et viens t'asseoir avec nous, avait-il proposé.

— Oui, pourquoi pas ? » Son humeur virait dangereusement de bord. Si fatiguée soit-elle, elle ne ferait qu'une bouchée de chacun de ces trois types au cours d'une bagarre d'ivrognes, mais les trois en même temps... Et puis, qui était le plus fautif dans cette histoire ? Elle s'était laissée déborder par trois crétins, dont l'un était son mari, l'autre son amant et le troisième, sauf erreur, un type qui aimait encore plus son amant qu'elle, mais il ne le savait pas et ne le saurait sans doute jamais. « Si l'un de vous, *gentlemen,* daigne aller m'en chercher une. »

Sully avait donné un coup de coude à Rub.

« Allez, Andouille. Va chercher une bière pour Ruth.

— Pourquoi moi ? »

Ruth se disait qu'il avait tout l'air du type qui a déjà fait un rapide calcul et qui sait que si elle boit une bière, ce sera la sienne.

« Parce que je suis fatigué et j'ai le genou éclopé.

— Pourquoi pas lui ? »

Rub montrait Zack. Après tout, c'était sa femme.

« C'est lui qui a acheté les bières. Ou alors, tu pourrais dire à Ruth d'aller la chercher elle-même. Si tu penses que c'est une bonne idée. »

En regardant Ruth, Rub avait compris que ce n'en était pas une. Alors, il s'était levé pour se rendre dans la maison.

« Il n'y avait pas un modèle plus grand ? » avait demandé Ruth, qui continuait à contempler la remise. Bon sang, quelle horreur.

Zack avait hoché la tête.

« Si. Un seul.

— Mais tu t'es retenu.

— Il n'y avait pas la place.

— Tu es sûr ? Tu aurais pu abattre quelques arbres de plus. »

Il s'était tourné vers Sully. « Qu'est-ce que je te disais ? » À croire que c'étaient eux les deux complices, et non pas Sully et elle. « Je savais bien qu'elle serait en colère à cause des arbres. » Comme s'il était passé maître dans l'art de savoir ce qu'elle pensait et ressentait. Comme si trente ans de mariage étaient synonymes d'intimité. En l'observant, assis là avec son air satisfait, content d'avoir obtenu ce qu'il voulait, elle se réjouissait qu'il ne sache pas ce qu'elle avait sur le cœur car cela aurait effacé immédiatement son sourire idiot.

« Il va lui falloir un moment pour remplir sa remise », lui avait dit Sully cette nuit-là. Ils s'étaient retrouvés dans leur motel habituel à Schuyler, après que Zack s'était couché. Une fois endormi, son mari ne se réveillait que lorsque le réveil sonnait au petit matin, alors ils ne risquaient rien.

« Tu essaies de me remonter le moral. Mais c'est impossible. »

Même si, en vérité, ça allait un petit peu mieux comme chaque fois qu'elle faisait l'amour. Sully avait deviné qu'elle aurait besoin de lui ce soir-là. La plupart du temps, il était aussi abruti que tous les autres hommes, mais parfois, il semblait posséder une sorte de sixième sens. Et il fallait lui reconnaître un second mérite : il avait travaillé dur toute la journée, malgré son genou éclopé, et dans son état de fatigue, la dernière chose dont il avait envie, c'était de se rouler dans le foin. Il aurait pu se défiler, pourtant il ne l'avait pas fait.

« Depuis combien de temps vous prépariez votre coup ? lui avait-elle demandé.

— Notre coup ? »

Car même si l'équipe du fabricant s'était chargée de monter la structure, tout le reste – transporter la caravane chez Sully, couper les arbres, arracher les souches et niveler le sol percé de cratères à temps pour recevoir la livraison – avait exigé une précision militaire.

« Vous avez accompli l'équivalent d'une semaine de travail depuis cinq heures ce matin.

— On n'a pas chômé, avait-il reconnu en massant son genou gros comme un pamplemousse.

— Tout ça dans mon dos.

— Zack m'a demandé de l'aide.

— Ça veut dire quoi ? Vous êtes copains maintenant ?

— Je ne sais pas. Il n'en a pas d'autre à ma connaissance.

— Il y a moi. »

Sully avait haussé un sourcil, sans faire de commentaire toutefois.

« Et Maman Ruthless.

— Je la vois mal arracher des souches. »

Et subitement, elle avait eu les larmes aux yeux.

« Je crois que je pensais que tu n'étais qu'à moi.

— Tu veux que je me défile, la prochaine fois qu'il m'appelle ?

— Non », avait-elle répondu, mais elle eut soudain la sensation que le sol se dérobait sous ses pieds, et une partie d'elle-même hurlait *Oui !*

Le lendemain, Zack était venu au restaurant, au moment de la fermeture, une chose qu'il faisait rarement. Elle ne lui avait jamais dit qu'il n'était pas le bienvenu, mais il savait, d'une manière ou d'une autre, que Hattie était son domaine à elle, comme le garage et maintenant l'abri de jardin étaient le sien.

« Des gens disent qu'ils vous ont vus, toi et lui, cette nuit.

— C'est qui, “ des gens ” ? » Elle n'avait même pas pris la peine de demander qui était ce « lui ». *Les gens* jasaient depuis des années, y compris, sauf erreur, son gendre aujourd'hui incarcéré.

Zack avait cité le nom du motel.

« Et tu les crois ?

— Je n'ai pas dit ça.

— Tant mieux.

— Simplement, j'aime pas entendre ça. Si je l'entends, ça veut dire que maman aussi. »

Oh, toujours elle. « Je ne peux pas tomber plus bas dans son estime.

— À l'école, les gamins causent eux aussi. Tu veux qu'ils racontent des trucs à Janey ?

— De quoi on parle, là ? De la chose dont tu viens de me dire que tu n'y croyais pas ?

— Je dis juste que j'aime pas entendre ça.

— Ouais, j'avais compris. »

Après le départ de Zack, elle s'était repassé cette conversation dans sa tête, encore et encore, jusqu'à ce qu'elle saisisse le message. Elle pouvait coucher avec Sully. Sully pouvait coucher avec elle. Mais ils devaient se montrer plus discrets. Réjouis-toi, se disait-elle, et une partie d'elle-même se réjouissait effectivement. Mais cela voulait dire également qu'aux yeux de son mari elle ne méritait pas qu'on se batte pour elle, et que fallait-il penser de cela ? Et du fait que Zack était en train de forger sa propre relation avec Sully ? Ou du fait que dans la vie de son mari, elle n'était pas la Ruth qui comptait le plus ?

Sully avait raison sur un point. Zack avait mis un bon moment à remplir l'abri de jardin. Des années. Et un jour, en passant devant la fenêtre de la cuisine, Ruth avait été surprise de constater que la vue était partiellement obstruée par une échelle en aluminium appuyée contre le mur. La veille, un coup de vent avait décroché un volet, sans doute Zack était-il en train de le réparer. Mais au cours des semaines suivantes, d'autres objets étaient apparus contre le mur de la maison : une paire de skis, une commode sans tiroirs, un banc en fer forgé. Ruth sentait presque la pression exercée par chaque chose inanimée sur la peau de la maison. Toutes ces saloperies voulaient y entrer. Et puis, un après-midi, en revenant du travail, elle avait découvert un premier aspirateur en pièces sur le sol du salon. Sa réparation avait peut-être nécessité plus de temps que prévu. Zack avait peut-être eu l'intention de tout ranger avant son retour. Mais il existait une explication plus plausible. Sa mère était morte une semaine plus tôt.

Ruth se souvenait de la chute de Saigon ; elle revoyait les derniers Américains qui grimpaient sur le toit de l'ambassade pour attendre les hélicoptères qui les ramèneraient à la maison.

À la maison ? Le problème, c'était que Ruth y était déjà.

Dans la cuisine qui était enfin la sienne, sans l'être véritablement, Ruth entrouvrit la fenêtre au-dessus de l'évier. Dehors, Zack, qui avait déplacé son camion, garait maintenant la voiture de sa femme à côté. Une gentille attention, sauf que pour pouvoir s'installer au volant, il avait dû repousser le siège au maximum et il ne penserait pas à le remettre, car cela voudrait dire qu'il avait fait deux choses bien d'affilée, ce qui n'était jamais arrivé depuis toutes ces années qu'ils étaient mariés.

Elle regardait toujours par la fenêtre, quand Zack revint en se grattant le ventre d'un air songeur. La plupart des hommes, lorsqu'ils cherchent une idée qui se dérobe, grattent l'endroit où ils la soupçonnent de se cacher, mais pas son mari.

« Désolé, dit-il sans grande conviction. J'allais le faire.

— Peu importe », répondit-elle en plaçant le bouchon en caoutchouc sur le trou d'évacuation, avant d'ouvrir le robinet. Elle avait soudain perdu toute envie de se battre. Quand elle se pencha sous l'évier pour prendre le produit vaisselle, il n'y en avait plus.

« Tu as passé une mauvaise journée ?

— Non. C'était une super-journée. Comme toutes mes journées. »

Au mur était fixé un petit tableau noir qu'il avait déniché dans une brocante, un bout de craie attendait dans la gouttière. Elle commença à noter *produit vaisselle*, mais s'aperçut que c'était déjà fait, de sa propre main, alors elle nota *craie* à la place.

« C'est quoi, le problème, alors ? »

Deux réponses se proposèrent d'emblée : *tout* et *rien*. Exactes toutes les deux, vraies ni l'une ni l'autre.

« C'est juste que…

— Oui ?

— Un jour, en rentrant, j'aimerais trouver…

— Quoi donc ? »

Une nouvelle vie. Ce serait chouette de rentrer un après-midi et de trouver une toute nouvelle vie. N'était-ce pas un vœu lamentable ? Complètement minable, elle devait bien l'admettre. Souhaitait-elle réellement que son mari meure ? Non, pas vraiment. Du moins, elle ne le pensait pas. Elle rêvait plutôt d'un univers parallèle, dans lequel il n'aurait jamais existé. Car ne serait-ce pas formidable, après une longue journée au restaurant, de retrouver une maison silencieuse ? De lancer un « hello » vigoureux sans obtenir de réponse ? Le paradis. Au lieu de fouiller dans le frigo pour trouver de quoi faire à manger à son mari, elle pourrait se servir un énorme bol de pop-corn qu'elle mangerait en lisant un livre, sur un canapé sans taches de graisse, qui ne sentirait pas le mâle. Quand elle commencerait à s'endormir, elle poserait son livre, elle regarderait autour d'elle, et au lieu d'éprouver un sentiment de répulsion, elle éprouverait… quoi donc ? De la satisfaction. Du contentement. Elle-même, sa nature, sa vie quotidienne… tout serait en harmonie. Débarrassées de Zack et de son fouillis, ces pièces paraîtraient nues, voire austères. Ruth n'avait pas envie de posséder des choses plus belles, plus chères, elle en voulait *moins*. Moins de tout. Le monde qu'elle se créerait serait dépouillé, bien rangé et propre.

Quand elle avait suggéré à Sully de partir à Aruba, elle n'avait pas pioché par hasard cette île dans le chapeau des Caraïbes. Cet hiver, pendant le dégel, alors que les congères croûtées et crasseuses étaient emportées par des torrents d'eau brune diurétique, elle avait commis l'erreur de s'arrêter devant la vitrine de l'agence de voyages de Schuyler Springs, que ces salopards avaient tapissée d'affiches montrant des lieux de vacances exotiques. Elle était entrée et avait parcouru un épais classeur rempli de photos de beaux hôtels. Celui qu'elle préférait, à Aruba, offrait des suites avec des salles de bains tout en carrelage blanc. Des voilages flottaient devant des baies vitrées ouvertes sur une longue étendue de sable déserte, et la mer était si proche qu'on l'entendait presque. La douche n'avait ni porte ni rideau, juste un pommeau argenté qui descendait du plafond. En face, il y avait une coiffeuse d'un blanc éclatant, parfaite pour une femme voyageant seule.

Car elle voyagerait seule. Elle n'avait aucune envie

d'aller là-bas avec Sully, ni avec son mari, ni avec aucun autre homme, pas même avec Brad Pitt. Laisser un homme entrer dans cette salle de bains immaculée, ce serait une profanation.

« Vous vous disputez ? »

Ni Ruth ni son mari n'avaient entendu leur petite-fille approcher. C'est seulement quand Zack fit un petit bond sur le côté, en laissant échapper un jappement de surprise, que Tina apparut dans l'encadrement de la porte. Ruth trouvait horripilante cette façon qu'elle avait de se déplacer sans bruit dans toute la maison ; elle était la seule de la famille qui pouvait descendre l'escalier sans faire craquer les marches. Faisait-elle la même chose à l'école ? Était-ce pour cette raison que ses professeurs semblaient ne jamais faire attention à elle ? Les classes de rattrapage dans lesquelles on l'envoyait toujours étaient remplies de garçons chahuteurs et hyperactifs, alors sans doute se réjouissaient-ils d'avoir au moins une élève qui n'exigeait et ne semblait rien attendre d'eux.

« Tu viens d'où ? lui demanda Zack, car à l'évidence, elle était en haut depuis le début.

— On a abordé ce sujet en sciences naturelles », répondit Tina.

Encore une caractéristique énervante : Ruth ne savait jamais quand sa petite-fille plaisantait. Elle disait souvent des choses très drôles, mais d'un ton sérieux, et quand Ruth riait, elle semblait parfois étonnée, voire vexée.

« Pendant deux semaines entières.

— J'ai pas dû l'entendre entrer », dit Zack, visiblement honteux d'avoir dit à Ruth, un peu plus tôt, qu'elle n'était pas dans la maison.

Remarque qui fit grimacer Tina. « On a discuté, papy. » Elle vouait une affection particulière à son grand-père, Ruth le savait, et manifestement, elle n'aimait pas le mettre dans l'embarras. « Tu m'as demandé pourquoi je rentrais si tôt. À cause du jour férié, je t'ai dit.

— Oh, oui, fit Zack, piteusement. Le Memorial Day. De quoi d'autre on a parlé ? » Il se grattait le ventre de nouveau, réellement intrigué.

Tina plissa le nez. « Ça sent mauvais ici. » Son œil déficient, celui qui avait été opéré une demi-douzaine de fois, obéissant lorsqu'elle était entrée dans la cuisine, se mit à déambuler comme s'il cherchait seul l'origine de cette puanteur. Quand elle était fatiguée ou énervée, il n'en faisait qu'à sa tête.

« C'est à cause de ta grand-mère, lui dit Zack, et son sourire en coin s'élargit. Elle ne devrait jamais me faire manger du riz.

— Je ne devrais rien te donner du tout.

— Tu m'as demandé aussi comment ça se passait à l'école, dit Tina. Et je t'ai répondu "Bien", comme d'habitude.

— Est-ce qu'on pourrait éviter de parler de ça aujourd'hui ? suggéra Ruth en essuyant ses mains sur un torchon. De ta haine de l'école ?

— Les cours d'été, ce sera encore pire. Je suis vraiment obligée d'y aller ?

— Oui. Pour obtenir ton diplôme. Dans les temps.

— J'aimerais mieux venir travailler avec toi.

— C'est déjà le cas. »

D'une certaine façon. Tina donnait un coup de main en cuisine le samedi matin, pendant le coup de feu. Elle récurait des casseroles, chargeait et déchargeait le lave-vaisselle.

« En salle, je veux dire.

— Pour être serveuse, il faut parler aux gens.

— Pourquoi ?

— Ils viennent pour ça, la plupart. Tu ne peux pas juste déposer leur assiette devant eux et repartir. Surtout si tu te trompes d'assiette. »

Ce qui était arrivé la fois où Ruth l'avait laissée servir une ou deux tables. Tina haussa les épaules.

« Ils ont fait l'échange, et voilà.

— Ils n'auraient pas dû être obligés de le faire. »

Et puis, tu devrais regarder les gens en face, pensa Ruth, aussitôt envahie par un sentiment de honte. Chaque fois qu'elle s'autorisait à envisager l'avenir de sa petite-fille, elle se concentrait toujours sur son infirmité, et c'était totalement injuste. Cela lui rappelait cette histoire que l'on faisait encore lire aux enfants à l'école, celle de ce type qui tue un vieil homme à cause de son « œil de vautour », puis le découpe en morceaux et le cache sous le plancher. Voilà ce que voulaient faire les gens avec les anomalies de la nature : les cacher quelque part. Sous un plancher ou dans une cuisine embuée, là où personne ne pouvait les voir. Et cette gamine, douce et lente d'esprit ? Fallait-il la cacher pour lui éviter de souffrir ? La cacher suffisamment bien et assez longtemps pour que, peut-être, elle ne pose pas la question sans réponse : *Qui voudra m'aimer ?*

« Je pourrais débarrasser les tables.

— Tu veux passer ta vie à nettoyer la vaisselle sale des autres ?

— Tu le fais bien, toi.

— Justement. Tu veux finir comme moi ? »

N'était-elle pas la preuve vivante qu'il était très difficile, même si vous saviez garder la tête froide, d'arriver quelque part quand vous preniez un mauvais départ ?

« Et puis, ajouta Zack, si tu travailles pour grand-mère, qui me donnera un coup de main ? »

Car en effet, Tina l'aidait le week-end, et également l'été pendant les vacances. Depuis plusieurs années déjà. Ensemble, ils faisaient le tour des brocantes et des marchés aux puces de la région. Ils cherchaient principalement de petits appareils électroménagers défectueux faciles à réparer si on savait s'y prendre, mais aussi des objets dont le propriétaire ne connaissait pas la valeur et qu'ils pouvaient revendre bien plus cher au bon acheteur. Malgré ses problèmes scolaires, Tina se souvenait toujours où son grand-père mettait les choses, et elle allait chercher l'objet en question quand quelqu'un se montrait intéressé. Ou bien elle disait : « Tu l'as vendu la semaine dernière, grand-père. À la femme aux cheveux roses. » Et elle ne se trompait jamais.

« Je parlais d'un travail *payé,* précisa-t-elle.

— Hé, est-ce que je ne te paie pas ? protesta Zack. Et le Compte Tina ? »

Chaque semaine, il lui donnait quelques dollars d'argent de poche, mais il versait également une contribution (il restait vague sur le montant) dans ce qui devait être au départ une cagnotte pour l'université, jusqu'à ce qu'il devienne évident qu'il fallait tirer un trait dessus.

« Il y a combien sur ce compte ?

— Ce sera la surprise, répondit-il, comme toujours.

— Allez, dis-le-moi.

— Tu es plus riche que tu l'imagines, c'est tout ce que je peux te dire. »

Ruth se racla la gorge. « Ta maman sait que tu passes la nuit ici ?

— Elle s'en fiche.

— Bien sûr que non. » Tina haussa les épaules. « C'est ta mère. Elle t'aime.

— Elle passe son temps à me crier dessus.

— C'est normal. Quand elle avait ton âge, on se disputait tous les jours.

— Et vous continuez.

— Ça ne veut pas dire qu'on ne s'aime pas.

— Tu es sûre ?

— Oui, j'en suis sûre. »

Non, elle n'en était pas sûre. Pas vraiment. À vrai dire, toutes ces années de conflit avec Janey avaient laissé des traces. Et depuis le retour de Roy, c'était encore pire. Rien ne semblait pouvoir mettre fin à leurs chamailleries et cette sombre perspective l'épuisait. Gregory, son fils, avait été plus malin. Il s'était engagé dans l'armée dès qu'il l'avait pu et n'était jamais revenu. Il appelait à Noël, où qu'il soit, mais ça s'arrêtait là.

« Je vais voir mon père bientôt ? »

Cette question n'étonna pas Ruth. Elle l'attendait, mais elle ne connaissait pas la réponse. « Tu en as envie ? » Tina haussa les épaules, une fois de plus. « Si tu n'en as pas envie, rien ne t'y oblige. »

Nouveau haussement d'épaules.

« Tu sais ce qu'est une injonction ? »

Tina hocha la tête.

« Tu sais pourquoi ta mère en a obtenu une ? »

Tina hocha la tête. Apparemment, hochements de tête et haussements d'épaules étaient synonymes.

« Normalement, je ne dois pas le laisser entrer. »

Ruth et Zack échangèrent un regard.

« Si tu veux le voir, dis-le-moi. Ou dis-le à grand-père. Ton père pourra venir te voir ici. »

Son œil vagabonda. Au bout d'une minute, elle demanda :

« Alors, oui ou non ?

— Quoi donc ?

— Vous vous disputez ? Grand-père et toi ? »

Sans transition, comme toujours. Elle suivait sa propre logique.

« On n'a pas encore décidé », répondit Ruth en adressant à son mari un petit sourire forcé qu'il pouvait considérer comme une offre de paix s'il le souhaitait.

Ce qu'il fit. « Ta grand-mère n'a pas décidé. Moi, je suis un pacifiste, je ne sais pas me battre. »

Cette remarque obligea Ruth à avaler sa salive. Cela faisait dix ans déjà ? Presque. Mais Zack avait raison : il ne savait pas se battre. Un jour, dans les premiers temps, il avait commis l'erreur d'affronter Sully et celui-ci, bien qu'il fasse la moitié de sa taille et de son poids, l'avait expédié au tapis.

« Il fait trop chaud dans ma chambre, dit Tina. Je peux avoir un ventilateur ?

— Et celui de la fenêtre ?

— Il marche pas.

— Il est branché ? » demanda Ruth car Tina avait beau être plus intelligente que le pensaient la plupart des gens, elle passait parfois à côté des choses évidentes.

Quand son œil imprévisible partit à la recherche de la réponse, Zack suggéra : « Allons voir ça. S'il est cassé, j'en ai un autre dans ma remise. »

Après leur départ, Ruth laissa couler ses larmes. Elle s'essuyait les yeux avec un torchon quand le téléphone sonna.

« *Ma ?*

— Tu n'es pas censé appeler ici, Roy.

— Je savais pas qui d'autre appeler, pour sûr.

— Qu'est-ce que tu veux ?

— Je suis à l'hôpital. »

Naturellement, elle pensa aussitôt à Janey. Roy l'avait envoyée à l'hôpital assez souvent. Que s'était-il passé cette fois ? L'avait-il attendue derrière le restaurant ? Elle se garait toujours près de la benne à ordures. S'était-il caché là pour la surprendre ? Avait-il essayé de lui fourguer son baratin comme quoi il n'était plus le même homme, qu'ils étaient faits l'un pour l'autre et que leur fille, à laquelle il ne s'était jamais intéressé, avait besoin d'un père ? Janey ne croyait plus à tous ces beaux discours, et elle avait dû lui dire sa façon de penser. Or, s'il y avait une chose qui mettait Roy en pétard, c'était qu'on lui réponde. Que lui avait-il fait ce coup-ci ? Cassé la mâchoire une fois de plus ? Pire ? Sans doute. Chaque acte de violence surpassait le précédent. L'avait-il plongée dans le coma ? L'avait-il tuée ? Et il l'appelait pour lui annoncer la nouvelle ?

« Si tu lui as fait du mal, Roy, je te jure que…

— Non, c'est moi qui suis blessé. J'ai la clavicule pétée. Et le coude gauche en bouillie. Plus une commotion cérébrale. »

Tant mieux, pensa-t-elle. Quand ils avaient appris qu'il

allait bientôt être libéré de prison, Zack avait déniché à la décharge une vieille batte de base-ball Louisville Slugger légèrement fendue et il l'avait donnée à Janey pour qu'elle se défende, en cas de besoin. Apparemment, elle ne l'avait pas loupé.

« Tu étais prévenu : tu ne dois pas t'approcher d'elle. »

Il y eut un silence, puis : « C'est pas Janey. Un putain d'immeuble m'est tombé dessus, voilà ce qui m'est arrivé.

— C'était toi ? »

Jocko était venu déjeuner au restaurant ce midi et il lui avait raconté ce qui s'était passé à la vieille usine, sans omettre l'histoire de l'automobiliste malchanceux.

« Ma bagnole est complètement foutue. Et j'ai besoin qu'on vienne me chercher.

— Et ta petite copine, Cora ? Appelle-la.

— J'ai essayé. Elle ne doit pas être chez elle. »

Intéressant, nota Ruth. Il ne niait plus que c'était sa petite copine, contrairement à quelques heures plus tôt, au restaurant.

« Ne quitte pas. Je vais trouver le numéro d'un taxi.

— J'ai pas de quoi le payer. »

Tant pis pour toi, s'apprêtait-elle à répondre, quand elle se souvint de ce qu'elle avait dit à Sully ce matin même, comme quoi elle aurait bien aimé qu'un machin tombe du ciel sur la tête de ce salopard. Une prière exaucée ? Pas tout à fait, conclut-elle. Roy était toujours vivant.

« Très bien, répondit-elle en essayant de masquer un ricanement sadique. Donne-moi un quart d'heure.

— Qu'est-ce qu'il y a de drôle ?

— Rien. C'est juste que la poisse te suit partout, on dirait.

— Pour sûr. »

PAS CONTENT

« Arrêtez-vous une minute à la hauteur de ce vieux bonhomme », demanda Raymer lorsque Jerome tourna pour pénétrer sur le parking du Morrison Arms. Assis sur un pliant en aluminium, au bord de la chaussée, M. Hynes agitait un petit drapeau américain quand passait un automobiliste, qui répondait parfois par un coup de klaxon. Malgré la chaleur insupportable, il portait son habituelle chemise en flanelle usée et un pull en laine bouffé aux mites.

« Comment ça va, monsieur Hynes ? demanda Raymer.

— Bien, bien, bien », fut la réponse qu'il obtint et à laquelle il s'attendait. À l'en croire, il allait toujours bien.

« Combien de variétés aujourd'hui ? »

C'était une vieille plaisanterie entre eux.

« Cinquante-sept, répondit fièrement M. Hynes, comme toujours.

— Ça fait beaucoup de variétés.

— Comme vous dites. Et vous, qu'est-ce qui vous est arrivé ?

— Je suis tombé dans une tombe.

— Je vous crois.

— Ah bon ? »

Mais le vieil homme regardait Jerome, derrière Raymer,

au volant de la 'Stang. « C'est un frère qui conduit cette belle voiture rouge ?

— Je vous présente Jerome, dit Raymer en se collant au dossier de son siège pour que le vieil homme voie mieux.

— Ouuuuah ! Ils vont pas venir la saisir, hein ?

— Il faudra me passer sur le corps », affirma Jerome.

Raymer s'attendait à le voir dégainer son pistolet pour montrer jusqu'où il irait pour défendre sa voiture. Heureusement, l'arme resta dans son holster.

« Ouuuuah ! répéta M. Hynes dans un long ululement.

— Il n'y a plus de courant au Morrison Arms ? » demanda Raymer.

Le vieil homme secoua la tête. « Il fait noir comme en pleine nuit là-dedans. Aussi noir que moi. Encore plus même. »

Raymer pouvait renoncer à l'idée de faire une longue sieste. Son appartement, étouffant en temps normal, serait une véritable fournaise sans le petit climatiseur, et malgré son immense fatigue, il doutait de pouvoir dormir par une telle chaleur. Pourtant, de l'autre côté de la rue, le verre de Martini incliné derrière la vitre de chez Gert était éclairé, ce qui voulait dire qu'il y avait de l'électricité ou qu'il possédait un bloc électrogène. La moitié des habitués – composés essentiellement de cas sociaux, d'escrocs à l'assurance santé, d'épaves et de connards en tout genre – s'endormaient avec la tête appuyée sur le comptoir. Raymer serait peut-être autorisé à en faire autant.

« Vous n'avez pas chaud, monsieur Hynes, assis là en plein soleil ? Il fait plus de quarante degrés.

— Oui, mais j'ai deux fois quarante ans. La chaleur et moi, on s'annule mutuellement.

— OK. Mais promettez-moi de vous mettre à l'ombre si vous avez la tête qui tourne. Une telle chaleur, c'est dangereux pour les personnes âgées.

— Vous oubliez que je viens du Sud. La chaleur, je m'en fiche. » De toute évidence, il s'intéressait davantage à la

Mustang et à son conducteur qu'aux conseils de Raymer. « Combien elle t'a coûté, cette jolie voiture rouge ? demanda-t-il.

— Ça ne vous regarde pas, répondit Jerome en redémarrant lentement.

— C'est là que tu te trompes, mon gars. Ça m'intéresse. C'est pour ça que je pose la question. »

L'intérieur de chez Gert était sombre et frais et sentait comme toujours la bière éventée et le désinfectant incapable de rivaliser avec les odeurs d'urine. Et non pas, pour une raison quelconque, l'Infâme Puanteur de Bath. Il y avait là une demi-douzaine de buveurs de l'après-midi, solitaires, quand Raymer et Jerome entrèrent, mais en voyant le chef de la police accompagné d'un grand Noir avec une bosse sous le bras, ils décampèrent, comme une goutte d'huile dans l'eau. Lorsque la porte se fut refermée derrière le dernier fuyard, Gert, un énorme septuagénaire au crâne rasé et au torse velu, s'avança d'un pas nonchalant. Il avait passé la majeure partie de sa jeunesse derrière les barreaux, mais depuis qu'il avait acheté ce bar, une trentaine d'années plus tôt, il avait réussi à éviter les ennuis. Raymer avait entendu dire qu'il fournissait des conseils, en même temps que du tord-boyaux et de la bibine, aux petits délinquants du coin qui lui soumettaient leurs plans débiles afin qu'il en souligne les défauts les plus flagrants.

« Eh bah, dit-il, vous en avez une tête.

— Hmmm.

— Vous me foutez dans la merde, là, dit-il avec un mouvement du menton à peine perceptible en direction de Jerome. Vous en êtes conscient, hein ? »

Si Jerome enregistra l'insulte, il n'en laissa rien paraître.

« Je m'appelle Jerome », dit-il en tendant la main pardessus le comptoir. Gert parut surpris, mais il lui serra la main. « Êtes-vous le propriétaire de ce remarquable établissement ?

— Ce rade est à moi, si c'est ce que vous voulez savoir.

— Vous avez parfaitement saisi le sens de ma question, monsieur. » Il plissa les yeux pour examiner les pompes à bière. « Servez-vous des bières de microbrasseries ? »

Jerome fréquentait habituellement un bar chic de Schuyler dont le nom débile échappait pour l'instant à Raymer. Becka l'y avait traîné une ou deux fois.

« Des bières de quoi ? demanda Gert.

— Très bien, soupira Jerome. Je prendrai une Twelve Horse, s'il vous plaît. »

Raymer commanda la même chose, et lorsque Gert s'éloigna pour aller tirer leurs pressions, il déclara, à son propre étonnement : « J'envisage de démissionner. » Il n'avait pas prévu de dire un truc pareil. Certainement pas à Jerome, qui allait le dénoncer à Charice. Et certainement pas ici, chez Gert, où ce genre d'annonce pouvait se répandre très vite et très loin.

« Tu amalgames deux problèmes : ton métier et ton chagrin.

— Amalgamer, c'est comme tailler une pipe ? »

Jerome dut réfléchir un moment. « Non. Ça, c'est *fellationner*.

— Ah.

— Oublie-la, reprit Jerome. La perte de cette télécommande de garage, c'est ce qui pouvait t'arriver de mieux. »

À Hilldale, Raymer lui avait parlé de cet objet qui se trouvait maintenant au fond de la tombe du juge Flatt, ce qui signifiait qu'il ne saurait jamais avec qui Becka allait s'enfuir quand elle avait dégringolé l'escalier comme un Slinky.

Gert déposa deux verres devant eux et, comprenant que sa participation n'était pas requise, il retourna à l'autre extrémité du bar et disparut derrière un journal hippique.

Raymer but d'un trait un tiers de sa bière, s'attendant à

ce que sa tête explose sous l'effet du froid, mais non. En fait, il sentit la douleur palpitante, intacte malgré quatre comprimés de Tylenol extra-fort, s'éloigner derrière ses yeux pour s'enfoncer dans les profondeurs de son cerveau endommagé, emportant avec elle le plus gros de la fatigue. Peut-être n'avait-il pas besoin de dormir, finalement. Peut-être avait-il juste besoin de se soûler à mort. Ce qui, il le savait par expérience, pouvait se faire avec seulement trois bières. « Oh, *oui*, soupira-t-il en contemplant les milliers de bulles qui apparaissaient par magie au fond du verre et filaient vers la surface. C'est… c'est *merveilleux*.

— C'est de la pisse de cheval, dit Jerome qui avait bu une gorgée lui aussi, en grimaçant. Je parie que les douze chevaux en question ont pissé dans cette bière, et qu'ils souffraient tous d'infection urinaire. »

Au bout du bar, derrière le journal hippique, un grognement se fit entendre.

Raymer ôta ses lunettes pour observer Jerome.

« La vache, ce que tu es snob. »

Jerome grimaça de nouveau en voyant le visage tuméfié de Raymer, les yeux enflés réduits à deux fentes. « Remets tes lunettes, je te prie. Tu sais bien que j'ai l'estomac fragile. »

Raymer obéit.

« OK. Mais ne me dis pas que je dois oublier Becka. Tu n'as jamais été marié. Tu sors toujours avec trois filles en même temps. Si tu en perds une, il t'en reste deux. Et ce sont principalement des étudiantes. Interchangeables. C'est toujours la même fille, il n'y a que la matière qui change. »

Jerome affirmait ne sortir qu'avec des filles inscrites dans les trois *graduate programs* de la fac, mais Raymer avait des doutes. La majeure partie de la population féminine venait de New York et leurs opinions concernant les grands et beaux hommes noirs penchaient nettement à gauche. De son propre aveu, Jerome devait parfois les chasser à coups de bâton, mais il y avait forcément des jours, soupçonnait Raymer, où il n'avait pas de bâton sous la main.

« Oui, mais l'été, c'est la morte-saison. Le campus est quasiment désert.

— Alors que Becka, elle, c'était une femme.

— Je sais, dit Jerome, avec une surprenante gravité.

— Et ne me dis pas non plus, s'il te plaît, que le fait de m'évanouir dans cette tombe, de me défigurer et de perdre cette télécommande était la meilleure chose qui puisse m'arriver car c'est franchement insultant. »

Jerome semblait nerveux soudain. « Tu es sûr que la 'Stang ne risque rien, là-derrière ? »

Nom de Dieu. Malgré la chaleur infernale, il avait soigneusement refermé la capote, et vérifié deux fois que toutes les portières étaient bien verrouillées. Le dingue de bagnoles dans toute sa splendeur.

« Tu as pris deux places de stationnement », lui rappela Raymer, sans être sûr toutefois que ce serait suffisant. Le parking derrière chez Gert était l'endroit qui générait le plus d'appels à la police, après le Morrison Arms. « Il n'y a que les connards qui font ça, soit dit en passant.

— C'est un type qui conduit une Jetta et boit de la Genesee qui dit ça. »

Raymer avala une autre gorgée de bière en fermant les yeux pour sentir le liquide couler dans sa gorge et dans sa poitrine. Ah, la vache, c'était bon. Becka préférait le vin, alors il suivait son exemple la plupart du temps. Mais comment avait-il pu oublier la bière ? Il n'avait besoin de rien d'autre, décida-t-il. Ni de sommeil, ni d'argent, ni d'une femme. Uniquement de la bière et de cet endroit sombre et frais. Il n'avait certainement pas besoin d'entendre Jerome lui expliquer pourquoi il devrait savourer autre chose.

« Si tu t'inquiètes à ce point pour ta voiture, va monter la garde devant. D'ailleurs, pourquoi tu ne rentres pas à

Schuyler pour aller boire tes bières microtrucmuche à l'Adfinitum ?

— Infinity, rectifia Jerome.

— Oui, voilà. » Raymer revoyait l'enseigne maintenant. Pas de nom, uniquement un symbole : un 8 ivre, couché sur le côté. « Vas-y, car moi j'ai l'intention de rester ici et de boire de la pisse de cheval jusqu'à ce que l'électricité revienne de l'autre côté de la rue. Peut-être même plus longtemps.

— Tu vois, c'est exactement ce que je dis. Tout ça, c'est lié. Tu as entendu parler de la théorie du chaos ? Un papillon bat des ailes en Amérique du Sud et ça provoque un ouragan dans le golfe du Mexique.

— Reliez tous les points et remportez un prix.

— Tu es déprimé. C'est ça le problème. Tu vis dans un trou à rats comme le Moribund Arms à cause du chagrin. Pire, tu te punis en buvant de la mauvaise bière dans un rade miteux qui empeste autant que les vestiaires d'une YMCA. »

Un autre grognement s'éleva derrière le journal hippique.

« Tu crois que le problème vient de votre travail, mais ça n'a rien à voir. »

Raymer finit sa bière et reposa bruyamment le verre sur le comptoir pour signaler qu'il en avait besoin d'une autre, mais voyant que Gert ne bougeait pas, il descendit de son tabouret et dit :

« Faut que j'aille faire pipi.

— Uriner, rectifia Jerome. Les femmes font pipi. Les hommes urinent.

— Et défèquent.

— Exact. »

Les toilettes n'étaient qu'à une quinzaine de mètres, mais Raymer eut le plus grand mal à parcourir cette distance, et quand il arriva, il était trop fatigué pour faire pipi debout. Le cabinet n'avait pas de porte, et le siège de la cuvette était plus que répugnant, mais il s'assit malgré tout. Le soulagement fut presque aussi délicieux que l'avait été la première et longue gorgée de bière fraîche. *Les plaisirs simples de la vie.* Il devait y prêter davantage attention. Il s'endormit sur le trône avant même d'avoir fini et se réveilla en sursaut. Combien de temps s'était écoulé ? Avait-il déjà commencé à rêver ? De Becka ? Il se leva, remonta son pantalon, se lava les mains dans le lavabo crasseux et les essuya sur son pantalon, le distributeur de serviettes en papier étant vide, naturellement. Un seul mot pouvait décrire le visage qui le regardait dans le miroir fêlé et taché : repoussant.

Quand il ressortit des toilettes, Jerome n'avait pas bougé d'un pouce, et il en conclut qu'il n'avait pas dû s'assoupir plus d'une minute ou deux.

« Le truc, dit-il à Jerome en reprenant leur conversation interrompue, c'est qu'il n'y a aucune logique dans ton baratin. » Son verre était toujours vide, alors il passa derrière le bar. « D'abord, tu me dis que tout est lié, et ensuite, tu me sors que mon métier n'a rien à voir avec ma dépression. Faudrait savoir. » Avant que Jerome puisse répondre, il lança vers l'extrémité du comptoir : « Je me sers une autre bière, Gert.

— Faites comme chez vous, répondit la voix derrière le journal hippique. Vous avez déjà fait fuir tous mes clients. Videz la caisse pendant que vous y êtes. Et mettez fin à mes souffrances.

— C'est déjà assez pénible de devoir écouter ta sœur me débiter les mêmes conneries toute la journée, ajouta Raymer en s'adressant de nouveau à Jerome…

— Tu es un bon flic, c'est tout ce que je dis. Comme avec ce vieux bonhomme en face. Il reste assis là toute la journée, à agiter son petit drapeau. Parfois, quelqu'un klaxonne en passant. Mais toi, tu t'es arrêté pour lui parler. Ce sera peut-être son seul contact humain de la journée.

— C'est du social », répliqua Raymer. Il savait que Jerome essayait de lui faire un compliment, mais bizarrement, il n'était pas d'humeur à l'accepter. « La police est là pour résoudre des crimes. Les empêcher. Arrêter les criminels.

— Le travail de la police, c'est de faire attention aux autres.

— Où tu veux en venir ? Je n'ai pas envie qu'un vieil homme meure d'insolation, alors je suis un bon flic ?

— Ne démissionne pas, voilà où je veux en venir. Tu le regretteras, voilà où je veux en venir. »

Un ricanement leur parvint de l'extrémité du bar.

« Combien je vous dois, Gert ?

— C'est offert par la maison.

— Pas question.

— Deux dollars, alors. Disons que c'est l'happy hour. »

Raymer sortit deux billets de sa poche.

« Je les pose là, sur la caisse. »

Nouveau ricanement. « Un flic qui paie sa bière ? La fin des temps approche. »

Raymer fit comme s'il n'avait pas entendu. En sortant de derrière le bar, il aperçut, glissée dans le coin du grand miroir fixé au mur, une des cartes qu'il avait fait imprimer pour les dernières élections. Jaunie, cornée et couverte d'empreintes de doigts. Elle était là depuis au moins un an. Il la prit et la lança sur le comptoir, devant Jerome.

« Lis ça et ose dire que je ne suis pas un flic d'opérette.

— *Douglas Raymer, chef de la police,* lut Jerome. *Heureux, nous le serons que si vous l'êtes.* »

Gert descendit de son tabouret et se dirigea vers les toilettes en se gondolant.

« Non. Relis, dit Raymer en remontant sur son siège.

— *Heureux, nous le serons que...* » Là, Jerome marqua un temps d'arrêt. « Oh, fit-il en plissant les yeux. *Heureux, nous le serons que...*

— *Que si vous ne l'êtes* », finit Raymer.

Cette carte était une idée du maire ; elle devait être distribuée aux électeurs à l'approche des élections. Spontanément, Raymer avait voulu quelque chose de simple : *Douglas*

Raymer, chef de la police, avec des caractères en relief, mais Gus avait protesté en lui rappelant qu'il s'agissait d'une campagne politique : il ne suffisait pas d'annoncer qu'on existait. « Dites aux gens qui vous êtes et ce que vous représentez, lui avait-il conseillé. Dans le style "Voici ma vision de la police" ». Raymer croyait deviner ce que voulait dire Gus, mais franchement… Dire aux gens qui il était ? (Tout le monde le connaissait.) Ce qu'il représentait ? (Il représentait quelque chose ?) Sa vision de la police ? (Ça voulait dire quoi ?) Et il fallait fourrer tout ça sur une carte de visite ?

« Trouvez un truc accrocheur », avait insisté Gus, qui percevait ses réticences.

Soit. Un slogan, alors. Il en avait trouvé plusieurs, qu'il avait soumis à Charice car elle écrivait des poèmes quand c'était calme au standard et possédait ce que son frère appelait « un jugement littéraire ». Il avait tout d'abord proposé *Ici pour servir*, que Charice aimait bien, mais après réflexion, elle avait estimé que ça faisait un peu… servile. *Servir et protéger*, ça sonnait bien également, mais tous les deux craignaient que d'autres forces de police, plus importantes, aient déjà déposé cette devise. *En première ligne*, ils étaient d'accord, cumulait tous les défauts : c'était à la fois anxiogène et agressif. « Essayez quelque chose de plus amical », avait suggéré Charice.

Finalement, cela s'était terminé par un pile ou face : *Heureux, nous ne le serons que si vous l'êtes* ou *Nous ne serons pas heureux si vous ne l'êtes pas*. Charice aimait bien les deux. Comme il la pressait de dire laquelle elle préférait, elle avait répondu « Elles disent la même chose. » « Choisissez-en une, peu importe. » Il avait griffonné la devise de son choix sur une feuille et l'avait apportée à l'imprimeur.

Il avait distribué une cinquantaine de cartes avant que quelqu'un lui fasse remarquer qu'il y avait un problème avec la formule qui figurait sous son nom. Raymer avait relu la phrase, sans voir ce qui clochait tout d'abord. Hé, attendez voir… Comment cela avait-il pu se produire ? Il avait appelé immédiatement l'imprimeur, espérant que celui-ci lui fournirait le prétexte à une indignation légitime, mais il devinait déjà que la faute venait de lui. « J'ai sous les yeux le papier que vous nous avez donné, avait dit la fille au bout du fil. Il est écrit : “Heureux, nous le serons que si vous ne l'êtes.” » Il avait réussi à mélanger les deux devises. Ça ne leur avait pas *paru* bizarre ? avait-il demandé. N'avaient-ils pas vu que c'était l'exact contraire de ce qu'il voulait dire ? C'était le même argument qu'il opposait à Miss Beryl en quatrième, auquel elle rétorquait que ce n'était pas à elle de déchiffrer ce qu'il avait voulu dire, mais à lui de *dire* ce qu'il avait à dire. L'employée de l'imprimeur avait exprimé une opinion semblable. Nul doute qu'elle comprenait également la théorie du triangle.

Raymer avait réussi à récupérer la plupart des cartes, mais le mal était fait. Celles qui circulaient encore étaient devenues des objets de collection, ou étaient exposées publiquement dans des commerces, comme des chèques en bois, au White Horse ou chez Hattie par exemple. Selon une rumeur, la gaffe avait même été reproduite dans le *New Yorker*, mais Raymer en doutait. À sa connaissance, ce magazine n'était même pas vendu à Bath, alors qui l'aurait vue ? Quoi qu'il en soit, l'humiliation avait été totale. Pendant des semaines, des gens l'avaient arrêté dans la rue pour lui demander s'il était heureux. Charice l'encourageait à en rire. « Répondez-leur : “Pas tant que vous le serez” », lui conseillait-elle, mais lui demander d'avoir de l'esprit sous la contrainte rhétorique, c'était comme lui demander d'exécuter un triple Lutz sous les projecteurs d'une patinoire olympique. Il préférait confisquer subrepticement les cartes chaque fois qu'il en rencontrait une.

Malheureusement, ces saloperies ne cessaient de réapparaître, dès que Raymer les subtilisait. Combien en avait-il distribué ? Cinquante ou soixante au maximum, mais il en avait récupéré autant, peut-être même plus. Quelqu'un avait-il commandé une réimpression ? C'était tout à fait le genre de chose dont était capable son ennemi juré Donald Sullivan. Hélas, il ne disposait d'aucune preuve, il ne pouvait donc pas l'accuser, de même qu'il ne l'avait jamais accusé publiquement d'avoir volé non pas un, mais trois sabots. Pas étonnant, par conséquent, qu'il ait immédiatement pensé à Sully quand Charice lui avait dit qu'il serait heureux d'apprendre sur qui était tombé le mur de l'usine.

Quand Raymer eut fini de narrer sa triste saga, l'expression crispée de Jerome était celle d'un homme qui lutte désespérément contre la constipation.

« C'est bon, lui dit Raymer. Vas-y. »

Ayant reçu la permission, Jerome explosa d'un rire si violent qu'il faillit tomber de son tabouret. Raymer trouvait inquiétant qu'un homme aussi coincé que Jerome, aussi attaché à la maîtrise de soi, puisse se lâcher de cette façon. « *Heureux, nous le serons que si vous ne l'êtes,* répéta-t-il, les larmes aux yeux. Oh, bon sang.

— C'est ça. Rigole.

— Oh, allons, dit Jerome en s'essuyant les yeux avec sa manche. Avoue que c'est hilarant.

— À mourir de rire. D'ailleurs, je m'étonne que Charice ne t'en ait pas parlé à l'époque. »

L'évocation de sa sœur semblait être exactement ce qu'il fallait à Jerome pour qu'il se ressaisisse.

« Ce que tu ne comprends pas au sujet de Charice, dit-il, c'est qu'elle t'est totalement dévouée, mon vieux. »

La porte des toilettes pour hommes s'ouvrit et Gert en sortit, tête baissée. Mais en remontant sur son tabouret, il commit l'erreur de lever les yeux, et il lui suffit de voir Raymer pour repartir en courant vers les toilettes.

« Jerome, dit Raymer, il ne se passe pas une journée sans que ta sœur ne menace de me coller un procès. Elle tient la liste de toutes mes paroles et de tous mes actes passibles de poursuites. Si je démissionnais, elle danserait de joie devant le poste.

— Tu te méprends totalement, répondit Jerome dont la gravité soudaine contrastait avec son fou rire précédent. Tu la sous-estimes. Tu l'obliges à rester au standard, alors qu'elle devrait patrouiller dans la rue. Elle est plus intelligente que Miller.

— Ce n'est pas très flatteur, souligna Raymer. Ce que je veux dire, c'est qu'elle me prend pour un idiot.

— Tu *es* un idiot, confirma Jerome, surprenant Raymer une fois de plus. Et moi aussi. Comme presque tous les gens que nous connaissons, mon vieux. Regarde autour de toi. Qui ne se comporte pas comme le dernier des idiots la plupart du temps ?

— Oui, mais il y a une différence entre être un idiot et *ressembler* à un idiot. » Un rire étranglé leur parvint des toilettes. « Je sais que tu es un idiot, Jerome. Pas la peine d'essayer de me convaincre. Tu es amoureux d'une putain de bagnole. » Jerome plissa les yeux, comme si Raymer venait de franchir une limite. « Et pourtant, les gens ne se moquent pas de toi.

— Parce que je ne tolère aucun manque de respect. Je m'habille bien. Je m'exprime bien. J'ai une excellente attitude. J'ai un grand appart'. Je conduis une 'Stang. Les gens me regardent et ils décident d'emmerder quelqu'un d'autre. Et évidemment, je suis armé. C'est une chose que les gens respectent, surtout chez un Négro.

— Oui, c'est justement là où je veux en venir », insista Raymer. La deuxième bière faisait son effet et il éprouvait un terrible besoin d'être compris. « Moi aussi je suis armé. Peut-être que je ne sors pas mon arme aussi souvent que certains, mais elle est là, à ma ceinture, et n'importe qui peut la voir. Depuis que je suis flic, je ne l'ai dégainée qu'une seule fois, et l'homme que j'ai menacé m'a presque mis K.-O. J'aurais pu tout aussi bien sortir un coton-tige. Ne viens pas me dire qu'un truc pareil peut arriver à un type fait pour le métier de policier.

— Doug, répondit Jerome, les gens ont *voté* pour toi.

Bon, d'accord, peut-être qu'ils se sont moqués de toi, mais ils ont quand même voté pour toi, mon vieux.

— En pensant sûrement à tous les crimes qu'ils pourraient commettre, dit Raymer piteusement. À toutes les affaires que je n'éluciderais jamais. En se disant que si je découvrais des preuves contre eux, je les perdrais.

— Il n'y a que dans ton imagination – sacrément tordue, je dois l'avouer – que cette télécommande de porte de garage était la preuve de quoi que ce soit. »

Raymer prit une profonde inspiration, comme lorsque vous savez que vous allez dire ou faire une chose que vous ne devriez pas dire ni faire.

« Explique-moi un truc. À ton avis, pourquoi elle m'a épousé ?

— Aucune idée », répondit Jerome.

On aurait dit qu'il avait déjà longuement réfléchi à la question et n'éprouvait pas le besoin d'hésiter.

« Merci.

— Hé, mec, tu cherches une explication rationnelle à un comportement irrationnel. Pourquoi les gens tombent-ils amoureux ? Personne ne le sait. Ça arrive, voilà tout. »

Raymer avait entendu cet argument plus d'une fois, mais était-il juste ? Lui savait parfaitement pourquoi il était tombé amoureux. Becka était belle, sexy et clairement trop bien pour lui. Rétrospectivement, il songeait que cette dernière qualité aurait dû lui servir de mise en garde. Il aurait peut-être été judicieux de lui demander ce qu'elle voyait en lui, qui avait échappé à toutes les autres femmes jusqu'à présent. Mais qui, en présence d'un tel coup de chance, pose des questions sensées ? Quand une fille comme Becka vous voulait, il fallait être idiot pour ne pas la vouloir aussi, non ?

« Mais… tu as été surpris, non ? insista Raymer qui se souvenait de la réaction de Jerome quand il lui avait présenté Becka. Avoue-le. Tu t'es dit : Ouah ! Cette femme va épouser Raymer ? »

Jerome acquiesça. « Exact. Évidemment.

— Merci encore une fois. » Abattu, il se leva pour retourner derrière le bar. « Gert ! Je me sers une autre bière. »

N'obtenant qu'un grognement en guise de réponse, il déposa deux dollars sur le comptoir.

« Oui, d'accord, j'ai été surpris, reprit Jerome quand Raymer regagna sa place, mais tu te fais des idées. Je n'ai pas pensé qu'elle était trop bien pour toi. Pas véritablement.

— Pas *véritablement* ?

— On avait plutôt l'impression que… »

Raymer attendait qu'il coupe en quatre les cheveux qu'il examinait mentalement.

« On avait plutôt l'impression que vous ne vous intéressiez pas aux mêmes choses. Becka aimait faire du sport, écouter du jazz, lire, voyager, boire du bon vin, danser et…

— Stop.

— Quoi ?

— Tu reformules ma question, d'une manière encore plus déprimante.

— Mais elle t'a épousé malgré tout. Ça veut dire que quelque chose lui plaisait en toi. Idem pour ton métier. Les gens ont voté pour toi. Eux aussi ont vu quelque chose qui leur plaisait.

— Tu disais que les deux problèmes n'étaient pas liés. »

Jerome soupira. « J'avais tort. Ils sont liés, d'accord ? Tu es content ? »

Gert grommela derrière son journal : « J'ai voté pour vous. »

Gert votait ?

« Vraiment ? s'étonna Raymer. Pourquoi ?

— Je me souviens plus. Mais je l'ai fait. »

Raymer soupira à son tour, il ne savait plus quoi penser. Il revint en arrière dans la conversation, troublé par une chose qu'avait dite Jerome.

« Becka aimait danser ? »

Jerome grimaça. Si *lui* le savait, Raymer aurait dû le

savoir également, d'où cette question. Vers la fin, Becka lui reprochait essentiellement son indifférence, le chic qu'il avait pour ne pas voir ce qui était « juste sous son nez », comme cette double négation, des choses qui lui apparaîtraient clairement s'il ouvrait les yeux. Y compris, apparemment, le fait qu'elle n'était pas heureuse. Alors, oui, ses lacunes en tant que mari coïncidaient nettement avec ses lacunes en tant que policier. Évidemment que les deux problèmes étaient liés.

« J'aurais dû danser avec elle », dit-il et cette seule idée déclencha en lui une nouvelle vague de désespoir. Car Becka était une excellente danseuse, sensuelle et provocante avec ses mouvements de bassin, toujours un peu plus lents que la musique. Il avait l'impression de la revoir, comme s'il regardait une vidéo.

« Tu sais danser, au moins ? demanda Jerome.

— J'aurais appris. »

Jerome semblait dubitatif. « Arrête de te punir. Dis-toi bien une chose : tu n'es pas riche, c'était donc de l'amour. Ça n'a pas duré, voilà tout.

— Oui, mais pourquoi ? Je n'ai pas changé. Je ne l'ai pas trompée sur la marchandise. Jusqu'au bout, je suis resté le type qu'elle avait épousé.

— C'est peut-être ça. Elle aurait peut-être voulu que tu changes. Que tu mûrisses. Que tu essaies de nouvelles choses. Que tu élargisses ton horizon.

— C'était *elle* mon horizon. Et j'étais censé être le sien.

— C'est beaucoup demander.

— Non. Elle avait trouvé un autre horizon, et maintenant, je ne saurai jamais qui c'était. » Trois bières. À tous les coups. Ça ne ratait jamais. Ivre, larmoyant, pathétique. « Si je savais qui était cet horizon, peut-être que je saurais ce qui clochait chez moi, question horizon. Supposons que je rencontre quelqu'un d'autre. Comment éviter de refaire la même chose et de la perdre elle aussi ?

— C'est peut-être quelque chose que tu n'as pas fait.

— Genre ?

— Je suis mal placé pour répondre.

— La personne qui était bien placée est morte.

— Demande à Charice, alors.

— Comment elle le saurait ? »

Jerome haussa les épaules. « C'est une femme.

— Chef ? dit Charice au même moment, et sa voix semblait si proche dans la radio que, pendant une seconde, Raymer crut qu'elle espionnait leur conversation depuis le début et avait finalement décidé d'y ajouter son grain de sel. Vous êtes au Morrison Arms ? Si oui, fichez le camp tout de suite.

— Non, je suis en face. »

Il y eut un bref silence, perplexe, puis : « En face du Morrison Arms, il n'y a que chez Gert.

— C'est là qu'on est.

— On ?

— Jerome et moi.

— Mon frère est chez Gert ? Avec les voyous, les ordures et les épaves ? Ce Gert-là ?

— Qu'elle la boucle, cette mégère, grommela Gert au bout du bar.

— Pourquoi faudrait-il que je sorte de chez moi ?

— Il y a un cobra en liberté.

— Un cobra ? Vous voulez dire… un serpent ?

— Exact.

— Que fait un cobra dans le nord de l'État de New York ?

— A priori, un de vos voisins vend des reptiles exotiques.

— Qui ça ?

— On ne connaît pas encore le nom de ce monsieur, chef.

— Vendre des serpents venimeux, c'est complètement…

— Illégal, oui. »

En fait, il allait dire *dément.*

« Il semblerait qu'une des cages se soit renversée dans le noir, et le serpent s'est échappé. Il a filé dans le couloir.

— Bien, dit Raymer.

— Il faut que j'aille aux toilettes », déclara Jerome en descendant de son tabouret.

Surpris par ce départ brutal, Raymer le regarda s'éloigner.

« OK, Charice. Voici ce que vous allez faire. Appelez les services vétérinaires…

— C'est déjà fait. Ils sont en chemin.

— Moi aussi.

— Et si je demandais à Miller de me remplacer au standard pour vous rejoindre ?

— Non. J'ai besoin de vous au poste.

— Chef ? Je vous ai déjà parlé du tatouage que j'ai sur les fesses ?

— Non. Je m'en souviendrais.

— C'est un papillon. Tout petit. Si vous ne me laissez pas quitter ce standard, ce sera un ptérodactyle quand j'aurai quarante ans. »

Sur ce, la radio se tut. Non, se dit Raymer en se dirigeant vers la sortie, je ne penserai pas au papillon tatoué sur le cul de Charice. Pas question.

« C'est une marrante, commenta Gert. Je me souviens pourquoi j'ai voté pour vous.

— Et alors ?

— Vous aviez l'air… » Bert cherchait le mot exact. « Normal.

— Normal ?

— Ouais, plus ou moins. C'est plutôt rare chez les flics. D'après mon expérience. »

En sortant du bar, il eut l'impression d'être assommé, par la chaleur, la puanteur et le soleil aveuglant. Il s'arrêta, le temps que ses yeux s'habituent. Il tituba, puis se ressaisit. Sur le trottoir d'en face, une foule s'était massée devant le Morrison Arms, dont un grand nombre de résidents qu'il avait déjà croisés. Ses voisins. Bien qu'il n'aime pas dire du mal des gens, ils n'étaient pas très reluisants dans l'ensemble. Il en connaissait plusieurs depuis l'école primaire, et déjà à l'époque ils ne payaient pas de mine. Quand on y réfléchissait, c'était stupéfiant de constater qu'une grande part de la destinée humaine était tracée dès le cours élémentaire. Un homme portant une minerve, avec le bras en écharpe, attira son attention car lui aussi avait quelque chose de familier. Quand leurs regards se croisèrent, l'homme s'empressa de tourner la tête et Raymer reconnut, dans ce geste furtif, Roy Purdy qui, quelques heures plus tôt seulement, avait été désincarcéré de sa voiture aplatie comme une crêpe. Se pouvait-il qu'il soit déjà sorti de l'hôpital ?

Raymer s'apprêtait à traverser la rue quand il entendit la porte du bar s'ouvrir derrière lui.

« Je crois que je vais rentrer à Schuyler », annonça Jerome.

Il essayait de prendre un ton nonchalant, mais ça sonnait faux. Et bien qu'il ait bu juste une seule bière, il semblait patraque.

« Jerome ? demanda Raymer, frappé par une intuition soudaine. Tu as peur des serpents ?

— Moi ? » Il marqua un temps d'arrêt. « Non.

— Parce que tu as l'air…

— Écoute, dit-il, visiblement agacé de devoir se justifier. Il y a trois choses qu'un serpent ne devrait pas pouvoir faire. Il ne devrait pas nager. Il ne devrait pas grimper aux arbres. Et surtout, il ne devrait pas se dresser comme un vertébré. »

Il paraissait soulagé d'avoir pu se décharger de ce poids.

« Je crois que les cobras peuvent faire une seule de ces trois choses, dit Raymer.

— C'est suffisant, répondit Jerome, qui refusait de le regarder en face. Vas-y, moque-toi. Je m'en fiche.

— Je ne me moque pas. Je suis juste… je ne sais pas… étonné. J'ai toujours cru que tu étais un gars…

— Courageux ? Je te suivrais sous une pluie de balles, mon frère, mais les serpents ? Non merci. Désolé.

— Chef ? gazouilla sa sœur sur la hanche de Raymer.

— Quoi encore, Charice ? Je suis occupé.

— Jerome est toujours avec vous ? »

Celui-ci secoua la tête.

« Non, il est retourné à Schuyler. Pourquoi ?

— Je voulais juste vous prévenir que vous ne pouviez pas compter sur son aide. Ce gamin a une peur bleue des *couleuvres.* »

C'est faux, articula Jerome sans le son, de manière peu convaincante vu la rapidité avec laquelle il reculait.

« C'est noté, Charice. »

À vrai dire, lui-même n'appréciait pas trop les reptiles. Il se réjouissait d'avoir éclusé une bonne quantité de Twelve Horse qui, combinée au plaisir de voir Jerome terrorisé, lui donnèrent le courage de se retourner vers le Morrison Arms et de descendre du trottoir, ce qui provoqua instantanément un rugissement de klaxon accompagné d'un hurlement de pneus : la camionnette des services vétérinaires de Schuyler County pila à quelques centimètres seulement de Raymer, dressé sur la pointe des pieds.

Le chauffeur avait une vingtaine d'années, et quand il sortit la tête par la portière, Raymer trouva qu'il avait quelque chose de vaguement familier.

« C'était moins une, dit le jeune gars. Je m'appelle Justin. On s'est rencontrés l'an dernier. »

Bien que le danger soit passé, Raymer remonta sur le trottoir, le cœur battant à tout rompre.

« J'ai bien entendu ? demanda Justin, sceptique. Un *cobra* ?

— C'est ce que j'ai cru comprendre. »

Le jeune homme hocha la tête, songeur. « Et moi avec ma mangouste. »

Raymer suivit la camionnette qui alla se garer aussi loin que possible de la foule. Justin sauta à terre et sortit de l'arrière une longue perche munie d'un nœud coulant en fer à l'extrémité. Curieusement, la longueur de cet outil décupla l'appréhension, déjà forte, de Raymer. Il regrettait de ne pas avoir eu le temps de boire une autre bière.

« Ces bestioles sont dangereuses ? »

Justin paraissait indifférent. « Rendez-moi un service, dit-il en enfilant un épais pantalon de toile qui ressemblait à des cuissardes de pêche. Allez demander à ces gens où ils ont vu le serpent pour la dernière fois. »

Avant que Raymer puisse s'exécuter, un hurlement comme il n'en avait encore jamais entendu, à part au cinéma, retentit, si aigu qu'on ne pouvait dire s'il avait été poussé par un homme ou par une femme. Mais le plus incompréhensible, c'était qu'il ne provenait pas de l'intérieur du Morrison Arms, mais d'en face, de derrière chez Gert. Il se figea un court instant, tandis que le hurlement se transformait en lamentations saisissantes, puis se surprit à traverser la rue en sens inverse, à toutes jambes, provoquant un nouveau concert de klaxons et de crissements de pneus. Du coin de l'œil, il vit M. Hynes, drapeau à la main, se lever péniblement, en faisant tomber son pliant. Et quelle était cette expression qu'il entraperçut sur le visage tuméfié de Roy Purdy ? Un sourire narquois ? Il n'avait pas le temps de s'attarder sur ce genre de futilités. Car il venait de comprendre d'où venait ce hurlement.

En effet, il découvrit Jerome à genoux sur le parking, le regard fixe, la bouche ouverte, en état de catatonie. Il s'accroupit près de lui.

« Il t'a mordu ? » demanda-t-il.

Car tandis qu'il traversait la rue en courant, une histoire avait pris naissance dans son esprit. Le cobra, effrayé par la foule, avait réussi à traverser lui aussi la route à deux voies, en quête d'un endroit pour se cacher. Jerome avait-il laissé une des vitres de la 'Stang entrouverte, ou bien le serpent s'était-il faufilé sous le châssis et…

« Mordu ? répéta Jerome, le regard toujours perdu dans le vide, avant de se tourner vers Raymer. De quoi tu parles ? »

Raymer mit cette étrange réponse sur le compte du venin.

« Ne t'inquiète pas, dit-il. Il est parti »

Ce qui était exact : on ne voyait aucun serpent dans les parages. De même, il n'y avait aucune trace de morsure sur le visage, le cou ou les mains de Jerome. Oh, mon Dieu, s'était-il introduit dans son pantalon ? Non, impossible. Jerome ne serait pas agenouillé là, calmement, si un cobra rampait dans son pantalon. À moins que le venin n'ait provoqué une sorte de paralysie instantanée.

« Jerome. Regarde-moi. Où t'a-t-il mordu ?

— La 'Stang, dit Jerome en montrant sa voiture.

— Le serpent est à l'intérieur », conclut Raymer, ravi de voir que son histoire se confirmait. Peut-être qu'il n'était pas un si mauvais flic, finalement. Il fallait qu'il se fie davantage à son intuition. Sauf que Jerome le regardait comme s'il avait affaire à un autiste qui introduit un sujet aléatoire dans une conversation normale. Comme si les serpents n'avaient rien à voir dans tout ça.

« Là… », dit Jerome. Son visage était un masque figé de dégoût et, si Raymer ne se trompait pas, de haine pure. Suivant la direction indiquée par le doigt de Jerome, il attendit patiemment que le serpent se montre. Pourquoi diable ne le voyait-il pas ? Le véhicule était garé en biais, comme ils l'avaient laissé, à cheval sur deux emplacements. Sauf que maintenant, remarqua-t-il, la carrosserie d'un rouge éclatant s'agrémentait d'une longue entaille argentée sur toute la longueur.

Il se redressa pour aller voir de plus près, en approchant avec prudence car son esprit demeurait focalisé sur le serpent. Il y avait une balafre identique de l'autre côté, et la capote était en lambeaux. En se penchant pour regarder à l'intérieur, il fut accueilli par une puissante odeur d'urine.

Des échantillons de mousse avaient jailli des sièges en cuir lacérés.

Jerome, toujours agenouillé sur le sol, le foudroyait du regard maintenant. « La 'Stang, murmura-t-il. Pourquoi ? »

Comme si Raymer lui devait une explication.

« Comment savoir… » dit-il, mais quand il posa la main sur l'épaule de Jerome, celui-ci la repoussa avec une violence surprenante et cracha : « Espèce de salopard ! » Était-il possible qu'il le juge responsable ? « J'aurais dû m'en douter. Tu es resté là-dedans trop longtemps.

— Où ça ?

— Dans les toilettes. »

Cet homme était-il fou ?

« Jerome, pourquoi est-ce que j'abîmerais ta voiture ?

— "Pourquoi est-ce que j'abîmerais ta voiture ?" » singea-t-il, comme s'ils connaissaient parfaitement la raison, l'un et l'autre.

Raymer renonça à essayer de comprendre. Jerome n'avait peut-être pas été mordu par le serpent, mais il semblait avoir perdu la tête.

« Écoute, dit-il. Je ne peux pas rester ici, à essayer de te raisonner. Je dois retrouver ce serpent. » (Il était peu probable, songea-t-il à cet instant, qu'il soit amené un jour à prononcer de nouveau ces deux phrases à la suite l'une de l'autre.)

« J'espère qu'il va te planter ses crocs dans le postérieur, dit Jerome.

— Tu veux dire me mordre le cul ?

— Tu m'as très bien compris. »

En revenant vers le Morrison Arms, Raymer rappela Charice.

« Venez voir votre frère.

— Je croyais qu'il était retourné à Schuyler ?

— Quelqu'un a vandalisé la 'Stang, expliqua-t-il. Ne me demandez pas pourquoi, mais il est persuadé que c'est moi.

— Oh. J'arrive tout de suite. »

Pour une raison quelconque, cette affirmation déclencha en Raymer une vague de soulagement inattendue. Ce qui était complètement dingue. Il était ivre, en service, son mal de tête était revenu, de plus belle, et il allait devoir affronter un serpent venimeux. Alors, qu'est-ce que ça changeait que Charice rapplique ? Et pourquoi, à cet instant précis, imaginait-il le papillon tatoué sur ses fesses ? Ne se l'était-il pas expressément interdit quelques instants plus tôt ? Bon, OK, le cerveau était un organe étrange et ingérable. Le sien sans doute plus que d'autres. Mais moins que celui de Jerome, Dieu merci. Quelque chose dans la réaction de Charice, quelques secondes plus tôt, suggérait qu'elle n'était pas totalement surprise par le caractère irrationnel de son frère. Il se promit de l'interroger à ce sujet.

Arrivé sur le trottoir, il s'arrêta et regarda à droite et à gauche, puis, parce que son devoir lui ordonnait, pour le moment du moins, de servir et de protéger, il continua d'avancer.

IMPULSION

Après avoir raccroché le téléphone dans le hall de l'hôpital, Roy Purdy sortit pour attendre sa belle-mère sous la chaleur écrasante, le cou immobilisé par une minerve raide et un bras en écharpe. Il était plutôt de bonne humeur pour quelqu'un qui venait d'échapper à une mort effroyable. Une telle expérience aurait pu intimider certaines personnes, ou les désarçonner, au point de les amener à s'interroger sérieusement sur leur statut de mortel. Un croyant aurait même pu penser que Dieu lui avait adressé personnellement une mise en garde : il avait intérêt à retourner dans le droit chemin, et vite, avant que le véritable couperet ne s'abatte pour de bon.

Mais Roy n'était pas croyant et il ne se laissait pas facilement impressionner. Si une divinité souhaitait communiquer avec lui, elle allait devoir parler plus fort, et plus distinctement. Car s'il y avait une leçon à tirer de l'écroulement de ce mur, ne pouvait-on pas tout aussi légitimement considérer que Dieu, ou la chance, ou le cosmos, bref cette chose qui décidait de tout était bien disposée à son égard ? Peut-être même qu'elle veillait sur lui ? Qu'elle défendait ses intérêts ? Sa grande gueule de belle-mère avait laissé entendre que la malchance le poursuivait, mais elle l'avait toujours tenu en piètre estime. Erreur, chère madame. Plus il y réfléchissait, plus Roy était enclin à partager l'opinion du personnel de l'hôpital, dans son ensemble, admiratif devant une telle chance. Non seulement il était vivant, alors qu'il aurait dû être mort, mais tout indiquait qu'il allait s'en sortir indemne. D'après les médecins des urgences, il serait comme neuf dans très peu de temps. En attendant, il allait dénicher un avocat disposé à travailler sans être sûr d'être payé et intenter un procès à toutes les personnes impliquées dans la rénovation de cette usine, ainsi qu'à la municipalité. Au minimum, il se retrouverait avec une voiture neuve pour remplacer cette épave réduite en pancake. Ajoutez à cela la souffrance et le traumatisme. Qui sait ? Il y avait peut-être un gros paquet de fric à la clé. Mieux encore, il pouvait se dispenser de faire semblant de chercher du travail. Grâce aux indemnités, il allait se la couler douce et mener une vie de pacha.

En outre, si douloureux soit-il, le présent se présentait sous un jour presque aussi agréable que l'avenir. Aux urgences, tout était gratuit. Ces salopards l'avaient repéré d'emblée en le voyant arriver sur sa civière. La femme qui avait enregistré son dossier dans l'ordinateur l'avait regardé d'un œil mauvais. Pas d'assurance. Pas de travail. Résidant au Morrison Arms. Aucun doute : quelqu'un d'autre allait payer l'addition. Roy jubilait. Ils ne lui avaient même pas fait payer les antalgiques. Et c'étaient des bons, du genre de ceux qu'il pourrait revendre au prix fort, pas cette saloperie générique. Alors oui, monsieur, une personne qui avait tendance à toujours voir le bon côté des choses – Roy en faisait partie – avait de quoi se réjouir. Personne ne voulait avoir une clavicule cassée, mais quand ça vous arrivait, pourquoi ne pas en tirer profit ? Certes, à court terme, cela constituait un revers. Au cours des prochaines semaines, il allait souffrir et il serait limité dans ses mouvements, cependant c'était peut-être un mal pour un bien. Il avait envisagé de commencer à rayer des noms sur sa liste, mais franchement, pourquoi se presser ? Garder son calme et prendre le temps de réfléchir, ce ne serait peut-être pas une mauvaise idée.

On pouvait dire ce qu'on voulait sur la prison, ça vous laissait le temps de penser. Au cours de son séjour le plus récent derrière les barreaux, employé à la laverie, il avait fini par reconnaître, avec l'aide d'un vieux taulard blanchi sous le harnais nommé Bullwhip, qu'il avait du mal à maîtriser ses pulsions. Oh, Roy était capable d'élaborer soigneusement des plans intelligents, mais soudain, il voyait se profiler une occasion inattendue et toute sa préparation passait à la trappe. Sans comprendre ce qui lui arrivait, il se retrouvait menotté à l'arrière d'une voiture de police. « La maîtrise des pulsions, lui avait dit Bullwhip avec conviction. Je sais de quoi je parle. Toi et moi, on est faits de la même étoffe. » En temps normal, Roy n'aimait pas que quelqu'un pointe les défauts de son caractère, mais Bullwhip paraissait si affligé et compatissant qu'il avait décidé de passer l'éponge. D'ailleurs, il était obligé de reconnaître qu'il y avait du vrai dans ce diagnostic formulé à contrecœur. Si Roy continuait à s'offrir le luxe de céder à tous ses caprices, il pouvait au mieux espérer régler ses comptes avec une ou deux personnes de sa liste, alors que son objectif était de se venger de tous. Bullwhip avait raison : cela réclamait de la patience.

Il sortit de sa poche de chemise le petit carnet à spirale qui ne le quittait pas et l'ouvrit là où il s'était arrêté : la page sur laquelle il avait noté cinq noms. Chez Hattie, il avait expliqué à ce connard de Sully qu'il tenait deux listes – les gens envers qui il avait une dette et ceux qui avaient une dette envers lui –, mais en vérité, il n'y en avait qu'une seule. Inutile de tenir compte de la première catégorie. Il ne voyait pas qui méritait d'y figurer. Certes, sa belle-mère allait le ramener en ville et, oui, elle lui filait une tasse de café et une pâtisserie pourrie de temps en temps, mais elle lui avait pris bien plus que tout ce qu'elle lui avait donné. Il n'aurait su dire quoi précisément, mais c'était une chose essentielle, une chose dont un homme ne pouvait pas se passer. En le traitant avec mépris, elle l'avait floué, d'une certaine façon. Si vous aviez la chance d'avoir une bonne opinion de vous-même – comme Roy – et si tout le monde passait son temps à saper cette confiance avec des critiques, n'était-ce pas du vol, hein ? Quand il était gamin, son père l'avait mis en garde. Si tu as un truc bien, tu peux être sûr qu'un enfoiré va le reluquer et chercher le moyen de te le faucher. Et s'il se tire avec, quel autre choix as-tu que de le récupérer ? De te venger ? Son père ne valait pas grand-chose, mais il avait raison sur ce point. Si Roy était un voleur – oui, oui, OK, *c'était* un voleur – la faute à qui ? À tous ces enfoirés.

Alors, non, il n'y avait pas deux listes, juste celle de la vengeance. Dans le temps, avant de rencontrer Bullwhip, Roy avait l'impression que tous ceux qu'il croisait y figuraient, ou devraient y figurer, mais maintenant, elle était assez courte pour qu'il puisse la mémoriser. Même s'il préférait l'écrire. Encore une astuce qu'il avait apprise avec le vieux Bullwhip, un dingue des listes. Écris tous les noms, lui avait-il conseillé. Tu verras, la personne devient plus réelle. Les noms écrits sur une feuille, lui avait-il expliqué, étaient un rempart contre la faiblesse, contre le temps lui-même qui, comme le dit le proverbe, guérit toutes les putains de blessures. Le temps menait également au pardon, dont Roy ne voulait pas entendre parler. En prison, où le temps était à peu près la seule chose qu'il vous restait, il avait rempli une bonne demi-douzaine de carnets de quarante-cinq pages chacun, du début à la fin, à raison de cinq à sept noms par page. Les noms des gens qu'il s'était engagé, passionnément, à faire souffrir. C'étaient souvent les mêmes, seul l'ordre variait. Quand il avait été libéré, quinze jours plus tôt – prématurément, grâce à la surpopulation carcérale –, il s'était empressé de voler un nouveau carnet à spirale au Rexall, et depuis il consacrait une bonne partie de ses journées à étudier et à réviser ses listes pour s'assurer que les réflexions menées derrière les barreaux restaient valables, et dans l'ensemble, il avait le plaisir de constater que oui. La dernière liste, datant de ce matin, était la suivante :

SALOPE
MAMAN SALOPE
FLIC NÈGRE
SULLY
VIEILLE

Bon, d'accord, cette nouvelle liste le laissait perplexe. C'était la première apparition de la vieille femme, et il l'avait ajoutée sur un coup de tête. Il avait vu sa photo dans le journal et lu que l'école primaire allait être rebaptisée en son honneur, ce week-end. Pour Roy, cela faisait naître une interrogation d'ordre philosophique : Pouvait-on régler ses comptes avec une personne défunte ? Le même problème s'était déjà posé au sujet de son père. « Tu m'as dit qu'il était mort », avait objecté Bullwhip quand Roy avait abordé la question. On ne pouvait pas régler ses comptes avec une personne décédée, affirmait Bullwhip, pour la bonne raison qu'on ne pouvait plus emmerder les morts. Ça voulait dire ça « être mort », quand on y réfléchissait. Se foutre de tout. Être en paix. Roy comprenait le point de vue du vieux taulard. Après tout, dans la plupart de ses fantasmes de vengeance, il expédiait les gens six pieds sous terre, alors pourquoi s'embêter s'ils y étaient déjà ? D'un autre côté, les défunts pouvaient prospérer. Regardez Elvis. Il gagnait plus d'argent en étant mort qu'il n'en avait gagné de son vivant. Les gens l'aimaient plus qu'avant. Idem avec la vieille. Elle était enterrée à Hilldale depuis presque dix ans, mais les gens se souvenaient encore de ses lettres au rédacteur en chef du journal, qui en avait republié certaines. *Miss Beryl,* concluait l'article, *est toujours, et plus que jamais, avec nous.*

Roy avait d'abord pensé que c'était un ramassis de

conneries, mais plus il y réfléchissait, plus il s'interrogeait. Et si une partie d'une personne demeurait après sa mort, refusant de quitter la scène ? Comme dans ce film que Janey l'avait emmené voir, avec cette salope blanche sexy, la salope noire à grande bouche et la tapette pleine de poils. Et si l'essence de cette femme subsistait, attachée à cette personne ou à ce lieu, essayant encore d'améliorer la grammaire de tout le monde, imposant sa vision débile des choses ? Dans ce cas, n'était-il pas logique de penser qu'elle serait déçue de voir ses espoirs détruits ?

Il se disait également que la présence de la vieille sur sa liste complétait le tableau. Il aimait la symétrie d'une liste à cinq noms, comme il aimait l'idée que la vieille soit liée à trois des quatre autres personnes. Sully avait été son chouchou et le jour où Janey avait fait un truc qui l'avait mis hors de lui, et où il était parti à sa recherche avec son fusil de chasse, la vieille les avait cachées, la morveuse et elle, dans sa grande maison d'Upper Main Street, là même où Sully avait maintenant garé la caravane de Roy. Il avait finalement convaincu quelqu'un de lui dire où elles se terraient, mais il s'était trompé de numéro (première erreur) et, planté sur le trottoir, il avait gueulé : « Sors de là, espèce de salope ! » (deuxième erreur), et comme Janey ne sortait pas, il avait complètement disjoncté et s'était mis à canarder les fenêtres de la mauvaise maison, flanquant une peur bleue à une vieille peau qui n'était pas la bonne (putain de tiercé perdant). « Oh, tu as déconné grave, petit. » Bullwhip avait ricané quand Roy lui avait raconté la scène. « Autant que moi. »

Ce n'était pas faux. Quand son sang bouillonnait, Roy faisait des conneries. Il ne réfléchissait pas, il agissait, en se disant qu'il serait toujours temps de tout arranger plus tard. Son problème – là encore, Bullwhip avait mis le doigt dessus –, c'était que, trop souvent, le *plus tard* arrivait presque tout de suite, comme ce jour-là. Une minute max pour que ces foutus flics réagissent en apprenant qu'un cinglé armé d'un fusil braillait des obscénités, non pas devant le Morrison Arms comme on pouvait s'y attendre, mais dans Upper Main où on ne s'y attendait pas, et une autre minute pour que ces salopards le désarment et le menottent, avant de le pousser sans ménagement à l'arrière de leur bagnole.

Roy savoura cette liste une fois de plus. Janey figurait en première position, évidemment, comme toujours. Avec elle, c'était « loin des yeux, loin du cœur ». Chaque fois qu'il se retrouvait en prison, elle oubliait qu'ils étaient faits l'un pour l'autre et elle faisait une bêtise. La première fois, elle avait vendu leur caravane et était partie s'installer à Albany avec la gamine pour qu'il ne la retrouve pas en sortant. Comme si ça avait une chance de marcher. La fois suivante, elle avait demandé le divorce. Poussée par Maman Salope certainement, mais quand même. Et puis, quelques semaines avant sa libération, elle s'était mise en ménage avec un type à Schuyler, comme si ça pouvait le tenir à l'écart. Bullwhip lui avait conseillé d'y aller mollo, de ne pas céder à son désir naturel de flanquer une bonne raclée à Janey pour lui remettre les idées en place. Car il se retrouverait au trou immédiatement. Prends ton temps, lui avait-il dit. Profite de ta liberté. Trouve un boulot éventuellement. Et quand tout sera rentré dans l'ordre, tu iras la voir, pour lui parler, calmement, tout sourire. Tu lui diras que tu as l'intention de te racheter, que tu as trouvé un boulot et que tu veux la reconquérir. Fais-lui un chouette cadeau ou invite-la au restau.

Il avait fallu environ une heure à Roy pour découvrir où elle habitait à Schuyler. Il ne s'était jamais senti à l'aise dans cette ville, surtout à proximité de la fac. Les étudiantes le regardaient comme si elles avaient devant elles un insecte, et leurs petits amis s'empressaient de les entraîner à l'écart comme s'il était contagieux. Il avait apporté son fusil de chasse, mais il l'avait laissé dans le coffre, heureux de constater qu'il s'imposait une forme de retenue dont Bullwhip serait fier, même s'il n'avait suivi aucun de ses autres conseils. Le connard avec qui Janey s'était mise à la colle possédait un appartement tout près du campus, dans une rue pleine de résidences d'étudiants. Elle avait ouvert la porte avant même que Roy ait eu le temps de sonner. Elle était canon. Plus que jamais. « Je t'ai vu venir, Roy, avait-elle dit. C'est le drame de ta vie, hein ? » Il avait entraperçu le connard dans la cuisine, au moment où il allait raccrocher le téléphone. Il portait une de ces barbes bien taillées que Roy aurait voulu raser au papier de verre. Et dans la seconde qui avait suivi, Janey s'était retrouvée au tapis ; elle le regardait d'un air hébété, mâchoire fracturée. Le connard avait encore le téléphone à la main. Pour vous dire à quel point ça avait été rapide. Cet abruti aurait dû rester dans la cuisine, mais il s'était précipité dans le vestibule où Roy, planté devant Janey, attendait qu'elle se relève pour lui en coller une autre. Et il avait paru étonné quand il avait reçu un direct en pleine poire lui aussi, ce qui avait bien fait rigoler Roy : Comment peut-on être surpris quand la personne qui a mis K.-O. votre copine deux secondes plus tôt vous en colle une aussi ? Les flics étaient arrivés à ce moment-là (c'était à eux que le connard avait téléphoné) pour l'empêcher de continuer. Parmi eux se trouvait le Négro, celui qu'il avait vu circuler au volant de la Mustang rouge en ville. En deux temps trois mouvements, Roy s'était retrouvé menotté à l'arrière du véhicule de patrouille. Mais le pire était à venir. Roy n'avait pas l'habitude d'être malmené par des Noirs, et que l'un d'eux ose se moquer de lui, ça dépassait les bornes. Quand les flics avaient découvert qu'il venait d'être libéré depuis moins de vingt-quatre heures, le Négro avait rigolé en disant qu'il avait sans doute battu un nouveau record chez les *rednecks*. Avec ses collègues, ils avaient passé un bon moment à ses dépens. C'étaient ces moqueries, ajoutées à la voiture rouge flamboyante, qui avaient expédié Bamboula sur la liste, de manière permanente.

Étrange, l'influence des rires sur lui : il voyait rouge tout à coup. La plupart des hommes, si on leur laissait le choix, préféreraient certainement supporter des railleries plutôt que des coups. Pas Roy. Il possédait une incroyable tolérance à la douleur. En taule, il s'était fait tabasser plus d'une fois, et si ce n'était jamais une expérience très agréable, les bleus guérissaient. Les os cassés aussi. En outre, la plupart de ces types qui s'en prenaient à lui ne le connaissaient même pas, c'étaient des questions de principe, ils ne lui en voulaient pas personnellement. La situation tournait au vinaigre, sans que vous sachiez forcément pour quelle raison. Quand on se moquait de vous, c'était différent. Ces blessures refusaient de guérir, elles ne se refermaient jamais véritablement. Vous n'oubliiez jamais ces paroles, ni celui qui les avait prononcées. Aussi loin que remontaient ses souvenirs, la SALOPE avait toujours occupé la première place sur sa liste, et il détestait l'idée de rétrograder Janey, même d'une place, mais nom de Dieu, Sully lui avait foutrement tapé sur le système ce matin, avec ses offres d'emploi débiles, au point de le pousser à faire encore une bêtise qui l'aurait renvoyé en taule. Il s'en était fallu de peu. Que Sully vive maintenant dans sa caravane, c'était une autre façon de se moquer de lui, et ça aussi il avait du mal à l'avaler. Pas question de passer l'éponge. Il fallait qu'il règle ses comptes avec Sully.

La question était de savoir *comment*, et cela nécessiterait une sérieuse réflexion. Avec la plupart des gens, c'était facile. Il suffisait de deviner ce qu'ils souhaitaient. Dès lors, les priver de leur désir le plus cher ne posait aucun problème. Avec d'autres, il s'agissait plutôt de savoir de quoi ils avaient peur. Mais là encore, c'était relativement facile. Si vous les interrogiez, la plupart de ces connards vous avouaient tout : leurs désirs et leurs peurs. Voilà ce qui les rendait vulnérables. Le problème avec Sully, c'était qu'il semblait ne pas désirer grand-chose, et c'était paraît-il un putain de héros de guerre ; cela voulait dire qu'il fallait se lever de bonne heure pour l'impressionner. Une fois, il y avait plusieurs années de cela, il avait tenté de jeter le discrédit sur Sully en allant trouver son attardé mental de beau-père pour lui raconter qu'il s'envoyait en l'air avec Ruth, dans un motel près de chez eux, il lui avait même refilé le numéro de la chambre, mais ce crétin lui avait ordonné de s'occuper de ses affaires. Cette fois, il devrait trouver une autre approche. Il avait entendu dire que Sully avait renoncé à ses manigances maintenant que Ruth était desséchée et bonne à rien, comme toutes les femmes au bout d'un moment. Bien fait pour elles. Elles n'avaient qu'une seule chose à offrir à un homme, et puis venait le jour où elles n'avaient même plus ça.

Janey n'échappait pas à la règle, se dit Roy en regardant le mot SALOPE inscrit en tête de liste. Parfois, il se laissait attendrir, il se demandait s'il devait absolument régler ses comptes avec elle. Pourquoi ne pas se détendre et laisser la nature suivre son cours ? Mais non, c'était un raisonnement débile. Elle avait bien mérité cette première place, non ? En témoignant contre lui au tribunal, alors que la loi ne l'y obligeait même pas. Il avait repensé à cette déposition chaque jour pendant qu'il purgeait sa peine, en se répétant qu'il était là à cause d'elle. Imaginer ce qu'il lui ferait quand il sortirait était la seule chose qui avait rendu la prison supportable.

Hélas, il n'était pas encore guéri d'elle. Ça lui faisait mal de l'admettre, mais c'était la vérité. En taule, il lui vouait une haine sans borne, mais dès qu'il l'avait revue, il avait senti qu'il restait quelque chose entre eux. Bien qu'elle soit aussi peu séduisante que sa mère, il aimait bien la voir moulée dans son uniforme de chez Applebee tendu à craquer. Si elle savait y faire, elle pourrait disparaître de la liste. En la revoyant, il s'était dit qu'il pourrait lui pardonner si elle venait vers lui en disant « Salut, Roy » et en promenant ses ongles longs sur sa mâchoire comme elle le faisait dans le temps. Au lieu de cela, elle lui avait balancé cette injonction en pleine gueule, sans lui laisser le temps de dire bonjour. Alors, non, pas d'attendrissement.

En revanche, il pouvait la faire descendre d'un cran. Pour voir. La nuit portait conseil. Demain, s'il avait changé d'avis, il pourrait la remettre en première position. Ça ne coûtait rien.

Rassuré, Roy sortit le crayon qu'il avait volé aux urgences et raya chaque nom, avant de commencer sur une autre feuille une nouvelle liste plus conforme à ses sentiments du moment.

À la première place, on pouvait lire : SULLY.

« Alors ? » lança une voix rauque, toute proche, et quand il leva les yeux de son carnet, il découvrit sa belle-mère penchée vers lui par-dessus le siège du passager de sa voiture. S'était-il assoupi ? Depuis combien de temps était-elle là ? Comme la plupart des individus sournois, il n'aimait pas être pris de court. Surtout quand cette personne vous regardait comme si vous étiez nu.

« Hé, Ma ! » dit-il en se levant avec raideur, étonné par l'intensité de la douleur. L'effet des antalgiques qu'ils lui avaient donnés commençait à se dissiper. Il avait projeté de vendre les autres chez Gert, mais il envisageait maintenant d'en garder quelques-uns pour son usage personnel. « Je ne vous avais pas vue arriver.

— Si je ne te connaissais pas, répondit Ruth, je pourrais croire que tu étais en pleine réflexion. »

Roy monta à bord, timidement, et grimaça en fermant la portière. « Et voilà, dit-il en la gratifiant de son plus beau sourire compte tenu des circonstances. Vous me rabaissez encore une fois.

— Vraiment ?

— Oui. Pour sûr. Un jour, vous le regretterez.

— Dépêche-toi, alors. Je ne suis plus toute jeune.

— Vous et votre petit copain. » Il savait que Sully et Ruth avaient mis fin à leur liaison, mais il ne pouvait résister au plaisir de lancer cette pique. « Lui aussi passe son temps à me dénigrer. Faut croire que je suis une cible facile.

— Oui, sans doute », dit Ruth en démarrant. Arrêtée au feu rouge, elle le regarda avec une expression qui pouvait passer pour de l'inquiétude. « Tu souffres, Roy ? »

Il haussa les épaules. « Ils m'ont filé des médocs. »

C'était un très long feu. Alors qu'ils attendaient en silence depuis une éternité, il dit : « J'ai l'impression que vous avez une idée en tête. »

Car c'était exactement l'impression qu'elle donnait.

« Ah bon ?

— Allez-y, crachez le morceau.

— OK. » Elle l'observa de nouveau, de manière directe, et Roy ne sut plus où se mettre. « Combien ça coûterait pour te faire partir ?

— Partir où ? »

Il n'avait nullement l'intention d'aller où que ce soit, mais il était curieux de savoir ce qu'elle pouvait lui proposer.

« On n'a pas beaucoup d'argent. La maison a déjà été hypothéquée deux fois pour payer les opérations de l'œil de ta fille. Et le restaurant… » Elle laissa sa phrase en suspens. « Mais je pourrais trouver de quoi te payer un aller simple pour quitter Bath. Et peut-être de quoi t'offrir un nouveau départ. Un premier mois de loyer ou quelque chose comme ça.

— Un nouveau départ où ? demanda-t-il, toujours motivé par la curiosité.

— À toi de choisir.

— Schuyler ?

— C'est à cinq kilomètres, Roy. Et tu as été arrêté une demi-douzaine de fois là-bas. Tu appelles ça un nouveau départ ?

— Albany ?

— Tu as été arrêté là-bas aussi.

— Une seule fois.

— Roy…

— Loin, vous voulez dire ?

— Ce serait préférable.

— Pour qui ?

— Tout le monde.

— Si je m'en vais, je verrai plus ma femme et ma fille. »

Ruth soupira. « Il n'y a que nous deux dans cette voiture. Alors, pas besoin de se raconter des salades. On sait très bien, toi et moi, que tu te fiches de Tina.

— Ah bon ? Qui a dit ça ?

— Tu as pensé, au moins, à lui envoyer une carte d'anniversaire cette année ? Inutile de répondre, je sais que c'est non.

— Comment j'aurais pu lui acheter une carte, alors que j'étais en prison ?

— Non, tu n'étais pas en prison, Roy. Tu vois ? C'est exactement ce que je dis. Tu ne connais même pas la date de son anniversaire. C'était la semaine dernière ! » Comme il ne réagissait pas, elle ajouta : « Et tu n'as pas de femme. Tu as une *ex*-femme. »

Le feu passa enfin au vert et Ruth tourna pour prendre la direction du centre. Roy lui laissa croire qu'il réfléchissait à son offre pendant une minute, puis il dit :

« Jusqu'à ce que la mort nous sépare. C'est les paroles qu'on a prononcées, elle et moi. Vous étiez là.

— Elle est passée à autre chose, Roy. Tu dois en faire autant. Si tu restes ici, à Bath, ça va mal finir.

— Vous prédisez l'avenir ?

— Assez pour savoir qu'elle ne reviendra pas avec toi, Roy. Jamais.

— Peut-être que si.

— Non.

— Attendons, on verra bien.

— Non. Il n'y a rien à attendre. On ne joue pas à la roulette. On n'attend pas qu'elle s'arrête. Tu ne cesses de lui faire du mal. Tout d'abord, tu lui as fendu la lèvre, puis tu lui as collé un coquard. Ensuite, tu lui as cassé une dent et brisé la mâchoire. La dernière fois, tu lui as cogné la tête contre un mur en béton. Pas besoin de boule de cristal pour deviner la suite. Tu vas finir par la tuer.

— Moi ? Tuer Janey ?

— Oh, ce ne sera pas volontaire. Tu n'as jamais l'intention de lui faire du mal. Mais le résultat est le même. À t'entendre, c'est elle la fautive. Elle te provoque. Elle t'envoie sur les roses, elle t'insulte, etc.

— Cette fille a une grande gueule, pour sûr. Peut-être que vous feriez mieux de lui parler à elle. Pour lui conseiller de la boucler.

— C'est à *toi* que je parle, Roy. Si je te laisse rester ici, je vais perdre ma fille et tu vas retourner en prison, pour de bon cette fois. Tu comprends ce que je suis en train de te dire ? Tout le monde sera perdant.

— Si vous me *laissez* rester... ?

— Quoi que tu mijotes, je ne peux pas l'accepter. Et je ne l'accepterai pas. »

Ils étaient arrivés en ville, et quand sa belle-mère pénétra sur le parking du Morrison Arms, Roy entrevit une tache brillante et rouge derrière chez Gert. Le vieux Négro qui passait son temps assis sur son pliant agita son drapeau dans leur direction. Ruth lui répondit par un geste de la main et se gara sur un emplacement libre. Roy était curieux de savoir quelles intentions elle lui prêtait. Janey affirmait qu'elle voyait ses pensées défiler sur son front, mais c'était bidon. Avec Ruth, par contre, c'était différent. Très souvent on aurait dit qu'elle savait ce qu'il pensait, et elle ne gobait jamais son baratin. Ça ne le gênait pas. Il ne s'attendait pas à ce qu'elle y croie. La plupart du temps, il disait des choses uniquement pour voir comment les gens allaient réagir. Il n'espérait pas être pris au sérieux. D'ailleurs, c'était un des paradoxes sur lesquels il avait cessé depuis longtemps de s'interroger : il ne s'attendait pas à ce que les gens les croient, mais leur scepticisme attisait sa fureur. Quand il affirmait qu'il avait changé, pourquoi ne prenaient-ils pas le temps, ne serait-ce qu'une seconde, de se demander si ça ne pouvait pas être vrai ? Bon, d'accord, ce n'était pas vrai, mais ç*'aurait pu* l'être, non ? Pour les gens comme Sully et Ruth, il était toujours le même, mais qu'est-ce qu'ils en savaient ? Qu'est-ce qui les rendait si sûrs d'eux ?

« On parle de quelle somme ? » demanda-t-il car il avait très envie de savoir combien elle imaginait devoir débourser pour l'acheter. Et à quel point elle avait envie de se débarrasser de lui. Ce qui n'arriverait jamais. Sa décision était prise à ce sujet. Ce ricanement méprisant qu'elle avait laissé échapper au téléphone c'était la garantie qu'il ne partirait pas.

« Je pourrais sans doute aller jusqu'à trois mille dollars », dit Ruth.

Roy plaqua sur son visage une expression qu'il espérait impénétrable.

« C'est pas beaucoup pour un nouveau départ, hein ? Avec ça, on ne va pas très loin.

— Ce n'est pas une fortune, reconnut Ruth, mais je ne peux pas t'offrir plus. Et c'est gratuit. J'ai pensé que ça pouvait tenter un type qui déteste le travail honnête autant que toi. Un type qui n'a jamais de quoi se payer un café.

— Cinq mille, ce serait déjà plus intéressant », répondit Roy, mais ce n'était pas vrai. Cinq était juste un chiffre plus élevé que trois, pas plus intéressant. La seule chose intéressante, c'était la façon dont sa belle-mère allait réagir.

« Je n'ai pas cinq mille dollars à te donner.

— Vous pourriez les emprunter. Vous êtes toujours proche de Sully. Il a hérité du pognon de la vieille…

— Je ne demanderai rien à Sully. »

Roy secoua la tête. « J'essaie juste de vous aider à réunir les cinq mille dollars.

— Tu devrais y réfléchir, Roy.

— Aux cinq mille ou aux trois mille ?

— Aux trois mille. C'est tout ce que je peux t'offrir.

— Supposons que j'accepte », dit-il. Il s'amusait de plus

en plus. « Je ne dis pas que j'accepte. Mais supposons. J'empoche les trois mille et je pars quelque part pour prendre un nouveau départ. Supposons que je dépense votre fric, puis je m'aperçois que j'aime pas cette nouvelle vie et je décide de revenir.

— Le marché, c'est que tu ne reviennes pas.

— Ouais, d'accord, mais supposons, OK ? Supposons que je me dise que j'aimais mieux mon ancienne vie pourrie. Qu'est-ce qui m'empêche de revenir ?

— On conclura un marché toi et moi.

— Genre... je donnerai ma parole d'honneur ?

— Appelle ça comme tu veux. Du moment que tu restes où tu es.

— Il y a un truc dans votre marché qui me semble contraire à la nature humaine. C'est là où je veux en venir. Admettons que vous me filez les trois mille dollars. Gratuitement, comme vous dites. Si je respecte pas ma parole et que je reviens, vous m'en refilerez trois mille ? Ou alors cinq mille, cette fois ? Qu'est-ce qui va me... Zut, je trouve pas le mot...

— T'inciter ?

— Oui, voilà. Qu'est-ce qui m'incitera à rester où je suis ? Attention, je dis pas que je reviendrai forcément quand on aura conclu un marché. Mais là encore, c'est une possibilité.

— Disons que je ne me fie pas tellement à ta parole d'honneur, Roy. Si tu étais assez bête pour revenir... »

Avant que Ruth puisse formuler ce qui était certainement une menace quelconque, une des portes du Morrison Arms s'ouvrit à la volée et un gros type chauve, vêtu uniquement d'un caleçon usé et distendu qui ne cachait pas grand-chose, jaillit comme s'il avait le diable en personne à ses trousses. Le gravier du parking était constellé de bris de bouteilles de bière et de whisky. Aucun individu sain d'esprit ne l'aurait traversé pieds nus, mais à l'évidence, ce cinglé n'appartenait pas à cette catégorie. Il passa en courant devant Roy et sa belle-mère, en affichant une sombre détermination qui indiquait qu'il avait comparé les dangers qui se trouvaient devant et derrière lui, et n'était nullement impressionné par le premier. Toutefois, rien n'indiquait qu'il était poursuivi, et Roy s'attendait à le voir s'arrêter une fois arrivé sur le trottoir, mais il continua à décamper jusqu'à ce qu'il disparaisse au coin de la rue, dans Limerock.

Roy fut le premier à se ressaisir.

« Les gens de votre espèce croient qu'ils peuvent prédire l'avenir, mais c'est faux. Sauf si vous osez me dire que vous saviez ce qui allait se passer.

— Non, avoua Ruth, mais si on m'avait annoncé que j'allais voir un homme nu sortir en courant d'un immeuble de Bath, dans l'État de New York, je crois que j'aurais pu prédire de quel bâtiment il s'agissait. »

Roy étant convaincu qu'ils ne tomberaient pas d'accord sur ce sujet, il ouvrit la portière et, avec la plus grande prudence car il avait vraiment mal partout, il descendit de voiture. Au moment où un grand cri jaillissait du Morrison Arms, puis un autre. Cora, la femme avec qui il vivait, en sortit avec une rapidité étonnante pour une personne de sa corpulence. Bientôt suivie par deux autres femmes hurlantes, dont une qui tenait un jeune enfant dans ses bras. Ruth avait déjà démarré, mais elle s'arrêta et baissa sa vitre.

« Qu'est-ce qui se passe ?

— Y a un serpent à l'intérieur ! expliqua Cora. Un gros ! »

Roy était intrigué, même si cette histoire paraissait improbable. Il savait qu'il y avait des crotales dans les bois, mais que ferait l'un d'eux en ville, au Morrison Arms ? Le mieux, se dit-il, c'était d'aller vérifier avec un objet muni d'un long manche – un balai ou un râteau, par exemple –, mais avant cela, il avait autre chose à faire, une chose qu'il s'était promis de ne pas oublier, et qu'il avait oubliée.

« Réfléchis à mon offre, Roy, lui lança sa belle-mère.

— Je vais y réfléchir », mentit-il.

Elle n'avait pas l'air convaincue, mais elle remonta sa vitre et repartit.

Cora marcha vers lui.

« Oh, Roy, tu es dans un état ! J'ai appris que tu avais été blessé… »

Il la fit taire en levant un doigt. « Ferme-la une minute. J'essaie de me souvenir d'un truc.

— Oui, oui, Roy. Je disais juste…

— Ça y est !

— Où tu vas ? demanda-t-elle en le voyant s'éloigner. Chez Gert ? Je peux venir ? J'ai de l'argent… »

Il ne l'écoutait déjà plus. Du trottoir, il avait une vue directe sur le parking, où il avait entraperçu cet éclair rouge quand ils étaient arrivés. En découvrant de quoi il s'agissait, il sourit, puis grimaça car il reconnaissait, avec une certaine appréhension, les prémices d'une pulsion, du genre de celles qu'il n'avait jamais été capable de contrôler. Il repensa alors au vieux Bullwhip qui avait identifié son problème et lui avait conseillé de changer de comportement. Il était mal placé pour parler ! Il avait été libéré quelques mois avant Roy, et six semaines plus tard, il était déjà de retour derrière les barreaux. Quand Roy lui avait demandé ce qui s'était passé, l'autre lui avait répondu : « J'ai vu passer une occasion. »

D'autres personnes affolées sortaient du Morrison Arms, mais Roy ne leur prêtait pas attention. Tout son cerveau clignotait en rouge.

Ne fais pas ça, se dit-il.

Puis il le fit.

BOOGIE

L'homme qui, cet après-midi, avait jailli du Morrison Arms, en caleçon et pieds nus, était Rolfe « Boogie» Waggengneckt (alias Boogie Woogie, son nom de famille étant imprononçable). Il fila au beau milieu de Limerock Street, en passant devant l'usine qui n'avait plus que trois murs. À cette heure-là, la foule s'était dissipée, mais l'équipe de Carl Roebuck et les types de NiMo étaient toujours là, tout comme l'agent Miller qui assurait une présence policière. Tous s'arrêtèrent, bouche bée, pour regarder passer Boogie, comme un bolide. Malgré son âge et bien qu'il soit dans une forme épouvantable, il avait fait de l'athlétisme au lycée, et dans sa posture bien droite, ses bras qui s'agitaient tels des pistons et sa foulée fluide, on pouvait entrapercevoir le sprinteur qu'il avait été. Galvanisé par la terreur, il était allé plus loin et plus vite que quiconque, y compris lui-même, aurait pu l'imaginer. Hélas, la peur, comparée à la jeunesse et à un entraînement physique rigoureux, est un médiocre carburant qui se consume rapidement, même quand il est abondant. Et quand son réservoir fut vide, Boogie s'arrêta, comme un jouet à ressort, pour s'asseoir au milieu de la rue, épuisé et prenant enfin conscience de la douleur spectaculaire qui irradiait de ses pieds déchiquetés.

L'agent Miller rechignait à quitter son poste confortable, mais il devinait qu'un homme pieds nus, vêtu uniquement d'un caleçon, qui courait au milieu de la rue justifiait une enquête aux yeux de Raymer. Par conséquent, il s'approcha de l'homme avec prudence, conformément aux méthodes détaillées dans le manuel de police, un document qu'il avait appris par cœur pour se protéger de la nécessité de réfléchir dans le feu de l'action. Il voyait mentalement le paragraphe en question, qui mettait en garde les officiers en signalant qu'un suspect en fuite pouvait cacher une arme sur lui, ce qui semblait peu probable dans ce cas précis. De même, l'individu en question ne présentait plus de risque de fuite. Les pieds de Boogie saignaient de manière impressionnante, comme si quelqu'un les avait attaqués à la râpe à fromage, et sa poitrine se soulevait et retombait violemment. À l'évidence, il n'irait nulle part, à moins que quelqu'un le porte ; c'est pourquoi, mis en confiance, Miller se concentra sur l'interrogatoire du suspect. Par quoi commencer ? Il pourrait, fort légitimement, évoquer la question de la nudité en public, étant donné que les parties génitales de Boogie apparaissaient nettement entre le haut de sa cuisse et le caleçon distendu. Pourtant, il choisit de s'occuper d'un autre problème qui lui semblait plus urgent.

« Vous ne pouvez pas rester assis au milieu de la route », déclara-t-il.

Boogie, aveuglé par les larmes, prit conscience qu'il avait été rejoint par un officier de police en uniforme, ce qui signifiait que sa situation, déjà très embarrassante, était désormais officiellement humiliante. Manquant de souffle pour s'exprimer, il choisit ses mots avec soin :

« C'est pas mes serpents. »

L'agent Miller n'aurait su dire quelle réponse il attendait, mais celle-ci le prit totalement au dépourvu. Qui avait parlé de serpents ? Cet homme était-il drogué, s'imaginait-il poursuivi par des serpents ? Ses pupilles n'étaient pas dilatées pourtant. Bien qu'il empeste la bière rance, il ne paraissait pas ivre, mais catégorique.

« Je retournerai pas là-bas. Vous pouvez pas m'y obliger. »

En revanche, il voulait bien aller à l'hôpital, alors Miller appela une ambulance par radio, et Charice lui conseilla de la suivre pour pouvoir recueillir la déposition du suspect. Déposition dans laquelle, étonnamment, il était encore question de serpents. D'après Boogie, quand l'occupant de l'appartement 107 avait déménagé pour trois mois à la prison du comté, il avait sous-loué son logement à un homme qui disait s'appeler William Smith. Bien que Boogie ne l'ait jamais rencontré, Smith l'avait engagé par téléphone, chez Gert, la deuxième maison de Boogie. Comment cet homme avait-il entendu parler de lui, mystère. Mais apparemment, il avait appris que l'on pouvait recruter Boogie pour pas cher, à condition que le travail exigé n'en soit pas vraiment un. Smith s'était décrit comme un représentant de commerce et un homme d'affaires qui visait quelques opportunités dans le nord de l'État de New York. Il aurait besoin des services de Boogie pour trois semaines, mais il était possible, si les susdites opportunités se concrétisaient, que le contrat se prolonge jusqu'en juin. Smith avait précisé qu'il serait rarement présent. Il avait l'intention d'utiliser l'appartement 107 pour entreposer du matériel, essentiellement.

Le travail de Boogie, décrit au téléphone, n'aurait pas pu être mieux adapté à son tempérament et à son manque d'ambition. Il devait accuser réception de colis livrés régulièrement par UPS aux heures ouvrables, du lundi au vendredi. Toutefois, il y avait certaines règles à respecter. Boogie n'avait pas le droit d'inviter des amis – pas de problème, il n'en avait pas – ni de recevoir des femmes, ce qui était encore moins un problème. Son épouse l'avait quitté dix ans plus tôt, et depuis, il n'avait pas rencontré une seule femme. En fait, il ne devait ouvrir à personne, sauf aux livreurs de chez UPS. Les colis qu'on lui remettrait contre signature devaient être déposés immédiatement dans le grand réfrigérateur de la cuisine, dont on avait retiré les clayettes, avait expliqué Smith, pour faire de la place. Il y aurait un seul inconvénient, avait-il reconnu, mineur, mais auquel on ne pouvait pas remédier. Comme tous les autres appartements du Morrison Arms, le 107 ne possédait qu'une seule salle de bains, accessible uniquement par la chambre, dont la porte devait demeurer verrouillée en permanence. S'il voulait se soulager, Boogie remonterait chez lui ou sortirait dans le terrain vague derrière. Et l'opération devrait être menée rondement car interdiction de louper le livreur. À part ça, il était libre de regarder la télé et de boire toute la bière qui se trouvait dans le mini-frigo généreusement rempli par Smith.

Sa seule véritable tâche consistait à vérifier que le gros climatiseur installé sur la fenêtre de la chambre fonctionnait sans interruption. (Malgré le ventilateur installé au plafond du salon, il faisait toujours chaud.) Smith lui avait expliqué que la chambre renfermait, entre autres choses, des produits pharmaceutiques sensibles à la chaleur. Deux fois par jour, au moins – le matin et l'après-midi –, Boogie devait sortir pour s'assurer que la climatisation fonctionnait. Si jamais elle s'arrêtait – si une courroie cassait ou qu'il y avait une panne de courant dans l'immeuble –, il devait appeler immédiatement le numéro inscrit sur le bout de papier fixé sur le réfrigérateur par un magnet en forme de grenouille. Il était fort probable que personne ne réponde, mais Boogie devait laisser un message. Si Smith avait besoin de communiquer avec lui il l'appellerait sur le téléphone de l'appartement 107. Quand Boogie avait demandé s'ils se rencontreraient un jour, William Smith avait répondu que c'était possible, mais peu probable. Si les conditions qu'ils venaient d'évoquer lui convenaient, il pouvait commencer dès le lendemain matin.

En raccrochant, Boogie s'attendait presque à apprendre que tout cela était un canular orchestré par un des connards de chez Gert, voire par Gert lui-même. Car boire de la bière et regarder la télé étaient deux choses pour lesquelles il avait toujours payé à la taverne, alors ça semblait trop beau pour être vrai. Mais le soir même, en rentrant au Morrison Arms, il avait trouvé dans sa boîte aux lettres une enveloppe contenant la clé de l'appartement 107, conformément aux instructions fournies par William Smith, et le lendemain matin, une autre enveloppe qui contenait la moitié de son premier salaire hebdomadaire, en liquide.

De nature, Boogie n'était ni curieux, ni réfléchi, ni complexe. Sur le plan politique, il se considérait comme un libertaire. Il désapprouvait la plupart des lois et toute forme d'intrusion gouvernementale. De manière générale, par principe, il n'aimait pas qu'on lui dise ce qu'il devait faire ni ce qui était bon pour lui. Il se targuait du fait que personne ne lui avait jamais dit de se mêler de ses affaires. Mais quiconque était disposé à le payer pour boire de la bière et regarder la télé avait le droit, assurément, de partager son intimité. Bien évidemment, l'idée l'avait effleuré que William Smith n'était peut-être pas le véritable nom de son employeur et que celui-ci n'était peut-être pas totalement honnête au sujet de ses « activités ». De même, sa « marchandise » n'était peut-être pas à cent pour cent légale, mais en quoi est-ce que ça le regardait ? Il n'était pas flic. Une fois cependant, une seule, vers la fin de la première semaine, il éprouva un sentiment qui pouvait s'apparenter à de l'appréhension. Cet après-midi-là, durant un bref silence au cours d'une coupure publicitaire pendant une vieille sitcom qu'il était en train de regarder, il avait cru entendre un bébé agiter son hochet derrière la porte de la chambre. Bien qu'il déteste les enfants, quel que soit leur âge, Boogie n'était pas sûr d'approuver le choix de laisser un enfant seul dans une chambre fermée à clé toute la journée. Mais après avoir bien réfléchi, il en était parvenu à la conclusion sensée et rassurante qu'il avait dû se tromper. Un bébé pleurerait et ferait du raffut chaque fois qu'il voudrait qu'on le change ; il réclamerait son biberon. Non, ce bruit de hochet était le fruit de son imagination. Ou peut-être qu'il venait du couloir.

S'il était d'un tempérament décontracté, Boogie se laissait parfois aller à éprouver du ressentiment. Il enrageait de ne pas pouvoir utiliser les toilettes. Au cours de sa deuxième semaine de travail, la température était devenue étonnamment chaude pour la saison et le salon s'était transformé en étuve, en dépit du ventilateur qui tournait au plafond. Pourquoi la chambre climatisée lui était-elle interdite ? De plus, le fait de verrouiller cette porte constituait une insulte, cela impliquait qu'on ne pouvait pas lui faire confiance. Par ailleurs, même si on l'avait prévenu qu'il ne rencontrerait peut-être jamais William Smith, il trouvait limite malpoli que celui-ci n'ait jamais pris la peine de se présenter. Car à l'évidence il venait dans cet appartement, ne serait-ce que brièvement. Les colis que Boogie déposait dans le réfrigérateur n'y restaient jamais plus de deux ou trois jours avant d'être transportés dans la chambre, supposait-il. Et chaque fois que Boogie craignait d'être à court de bière, une ou deux nouvelles caisses apparaissaient comme par magie.

La plupart du temps, il y avait au moins une livraison par jour. Les paquets, de dimensions variables, étaient souvent plats, et tous portaient la mention PRODUIT PÉRISSABLE. Un jour, Boogie avait accusé réception d'un colis deux fois plus grand que les autres, et quand il l'avait pris des mains du livreur d'UPS, le contenu avait bougé à l'intérieur, comme une bouteille d'eau à moitié vide. Après l'avoir placé dans le réfrigérateur, conformément aux instructions, Boogie était resté planté devant la porte ouverte, à s'interroger : Si ces produits étaient réellement périssables, pourquoi la température du réfrigérateur était-elle de douze degrés ?

Le lendemain après-midi, après avoir déposé un autre paquet dans le frigo, il avait découvert, entre celui-ci et le mur, un long manche – un balai peut-être ? – qui n'avait pas attiré son attention auparavant. En glissant la main dans cet espace étroit, il avait extirpé un outil étrange dont l'utilité lui échappait. À l'extrémité inférieure, il y avait une double poignée orange vif en forme de V, et à l'autre bout une pince caoutchoutée. Quand vous exerciez une pression sur la poignée, la pince se fermait, et dès que vous relâchiez la poignée, la pince se rouvrait. De toute évidence, ce machin servait à attraper un objet hors d'atteinte. Sur une étagère, par exemple ? Un tel outil n'était pas très utile au Morrison Arms. Avec son 1,74 mètre, Boogie touchait presque le plafond en se dressant sur la pointe des pieds. Bah, avait-il pensé, et cette unique syllabe avait quasiment épuisé sa curiosité. Il avait remis le machin derrière le frigo. À quoi bon savoir à quoi il servait ? En outre, si vous-même vous n'entreposiez rien dans le frigo, quelle importance qu'il ne soit pas froid ? La vie était pleine de ces énigmes sans queue ni tête, et un des grands talents de Boogie avait toujours été d'ignorer tout ce qui aurait pu le déboussoler, s'il avait été assez idiot pour y penser.

Mais cette nuit-là, dans son lit, au premier étage, il s'était redressé soudain car son esprit inconscient et désobéissant avait résolu dans son sommeil l'énigme de l'outil mystérieux. La pince ne servait pas à attraper des objets inanimés, mais à attraper des créatures trop animées qu'il valait mieux garder à distance, des créatures qui risquaient de mourir s'il faisait trop froid ou de se réveiller en colère s'il faisait trop chaud. Ce n'était pas un hochet d'enfant qu'il avait entendu, mais un serpent. « William Smith » collectionnait les reptiles. Dans quel but ? Boogie n'en avait pas la moindre idée.

La connaissance n'était pas un but qu'il avait particulièrement poursuivi dans son existence, préférant la joie de l'ignorance. L'idée que seule une porte en contreplaqué le séparait d'une pièce remplie de serpents sapait son flegme d'alcoolique durement acquis. Alors qu'avant il pestait contre cette porte verrouillée, la première chose qu'il faisait maintenant le matin, c'était de vérifier qu'elle était bien fermée à clé. Et alors qu'il ne voyait pas l'intérêt de sortir deux fois par jour pour s'assurer que cette foutue clim fonctionnait toujours, il allait l'inspecter toutes les heures désormais. Malgré tous ses efforts, il ne se sentait plus à l'aise dans l'appartement. Les programmes de télé qui l'avaient toujours passionné l'ennuyaient. Tandis qu'il avait les yeux fixés sur l'écran, il se levait soudain et allait coller son oreille à la porte pour essayer d'entendre des bruissements ou des cliquetis. S'il s'assoupissait, il se réveillait en sursaut, convaincu que quelque chose venait de ramper sur ses pieds, et chaque fois que le livreur d'UPS frappait, il sautait au plafond. Et si dans les premiers temps il vidait au moins une caisse de bière par jour, il ne parvenait plus qu'à boire un pack de six, ce qui voulait dire qu'en fin d'après-midi il approchait de la sobriété, un état qu'il jugeait anormal et ennuyeux. Quand il essayait de manger, les aliments se liquéfiaient instantanément dans son estomac et l'obligeaient à remonter chez lui à toute allure. Quand il se levait des toilettes, les sphincters en feu, il entrapercevait son visage creusé dans le miroir de la salle de bains. Il était devenu une épave. Bon, d'accord, peut-être qu'il l'était déjà avant, mais quand même. Alors, même si la perspective de renoncer à tout ce fric et à la bière gratuite le déprimait, il allait devoir demander à William Smith de trouver quelqu'un d'autre.

Le lendemain, le mercredi, après une nuit d'insomnie, Boogie avait appelé le numéro coincé sous le magnet grenouille. Personne n'avait répondu, mais la voix du répondeur était celle qu'il avait déjà entendue : « Je suis absent. Laissez-moi un message. »

« Monsieur Smith, ici Rolfe Waggengneckt… euh, Boogie. Je suis désolé, mais je peux plus travailler pour vous. Dès demain, va falloir me trouver un remplaçant. »

Il raccrocha et le téléphone sonna sans même lui laisser le temps de regagner le canapé.

« L'usage impose un préavis de quinze jours, dit la voix en guise de bonjour.

— Vous m'avez engagé pour trois semaines seulement, et j'en ai déjà fait deux, répliqua Boogie, avec une certaine logique.

— Il en reste une. »

Ne sachant pas quoi faire d'autre, Boogie avait décidé de cracher le morceau. « Je sais ce qu'il y a dans la chambre.

— Vous parlez des serpents ? » Son employeur ne semblait pas alarmé par cette découverte. « Ou des armes ? »

Des armes ?

« Ou de la drogue ? »

De la drogue ?

« Les serpents, avait dit Boogie. Ils me font peur.

— Ils sont en cage.

— Je les vois dans mes rêves. Je pense plus qu'à ça.

— Désolé, mais ça tombe mal si vous démissionnez maintenant.

— Désolé aussi.

— J'ai besoin de vous jusqu'à vendredi, au moins.

— Désolé.

— Et si je débarquais chez vous un soir avec un invité, ça vous plairait ? avait demandé l'homme tout bas.

— Un invité ?

— Vous n'avez jamais remarqué que la porte de votre appartement ne descendait pas totalement jusqu'au sol ? »

Boogie l'avait remarqué, en effet, et il s'était mis à transpirer à grosses gouttes.

« Comme je vous le disais, j'ai besoin de vous jusqu'à la fin de la semaine.

— OK », avait soupiré Boogie qui ne voulait pas que William Smith lui rende visite avec un « invité », quel qu'il soit.

Le lendemain, le jeudi, le téléphone avait sonné alors qu'il venait d'entrer dans l'appartement 107.

« Tout va bien ? voulait savoir la voix.

— Il fait chaud. »

Dans le salon, le thermomètre indiquait déjà trente-deux degrés et il n'était pas encore neuf heures.

« Branchez le ventilateur au maximum.

— C'est déjà fait. »

Mais son correspondant avait raccroché. William Smith appelait, semblait-il, uniquement pour s'assurer que Boogie avait bien pris son poste.

La journée du lendemain, le vendredi, avait été encore pire. Le salon ressemblait à un sauna. Après deux nuits d'insomnie, il tombait de fatigue, et son esprit était totalement vide, habité seulement par un sentiment de terreur. Il s'était mis en caleçon et avait pris une bière dans le mini-frigo, non pas pour la boire, mais pour la faire rouler sur son front et sa nuque. Quelque chose avait changé dans l'appartement. William Smith était-il venu durant la nuit ? Il ouvrit le réfrigérateur. Non. Le colis livré la veille par UPS était toujours là. Et pourtant, sa présence était palpable. Se pouvait-il qu'il soit dans la chambre avec les serpents, en train de l'espionner ? Ridicule. Il commençait à perdre les pédales.

Visiblement, malgré l'heure matinale, il n'y avait qu'une seule chose à faire : se soûler. Et si l'alcool ne parvenait pas à dissiper sa peur, au moins ces huit dernières heures passeraient-elles plus vite. Il se disait qu'il lui suffisait de faire ce qu'il faisait depuis deux semaines, sans incident. Les reptiles étaient toujours dans leurs cages, ils ne représentaient aucun danger. Le cauchemar serait bientôt terminé. Il avait sifflé une bière, vomi dans l'évier, et en avait bu une autre. Constatant qu'il réussissait à la garder, il en avait ouvert une troisième et allumé la télé sans le son pour regarder une émission de jeux.

En milieu de matinée, des pensées indésirables se

déployaient et ondulaient dans sa tête. Et si Smith téléphonait cet après-midi pour exiger qu'il reste une semaine de plus ? Compte tenu de ce que Boogie savait sur ses diverses « marchandises », Smith pouvait-il se permettre de le laisser démissionner, en priant pour qu'il n'aille pas le dénoncer à la police ? Et s'il était en haut à cet instant même, en train de glisser un serpent sous la porte de son appartement ? Le bon sens ne voulait-il pas que Boogie fasse à William Smith ce qu'il ne voulait pas que William Smith lui fasse ? S'il appelait les flics, ils seraient là en quelques minutes, et son employeur deviendrait un homme recherché. Alors, il avait décroché le téléphone mural. En entendant la tonalité, il avait raccroché. Paralysé par l'indécision, il avait ouvert une autre bière. Quand elle avait été vide, il était retourné vers le téléphone. Cette fois-ci, il avait composé le 911. Mais quand une dame avait répondu au bout du fil, il avait raccroché de nouveau, et bu une autre bière. Pris d'une soudaine urgence gastro-intestinale, il était remonté chez lui en courant et avait atteint ses toilettes une seconde avant que ses intestins explosent. De retour dans l'appartement 107, il s'était dirigé vers le téléphone, bien décidé à aller jusqu'au bout cette fois.

C'est alors que la loi de Murphy, à laquelle même un libertaire comme Boogie ne peut échapper, était entrée en action. Tout ce qui était susceptible d'aller de travers était allé de travers. À peine avait-il composé le 9, que toutes les lumières s'étaient éteintes, la télé aussi, le ventilateur avait cessé de couiner au plafond et le frigo de bourdonner. La pendule sur le mur avait arrêté son tic-tac, et son cœur aussi, ou presque. Les rideaux étant tirés, il faisait quasiment nuit dans la pièce. Dans l'esprit embrouillé de Boogie, il y avait une relation de cause à effet entre le fait d'appeler la police et l'extinction de toutes les lumières. Son patron était-il doué de seconde vue, au point de savoir que son employé allait non seulement le trahir, mais aussi à quel moment ? Ou bien avait-il installé une caméra dans le salon pour le surveiller ? Boogie avait raccroché précipitamment et levé les mains dans la position classique de celui qui se rend, comme si Smith se trouvait dans la pièce et le menaçait avec une arme. Il avait gardé la pose plusieurs minutes, jusqu'à ce qu'il commence à se sentir idiot. En entendant une sirène dehors, il s'était approché de la fenêtre pour regarder entre les rideaux. Le monde extérieur semblait bizarrement normal. Le vieux Noir était assis sur son pliant, comme d'habitude, et il agitait son drapeau chaque fois que passait une voiture. *Ressaisis-toi*, s'était-il ordonné à voix haute, et le son de sa voix l'avait rassuré. La meilleure chose à faire, c'était d'appeler William Smith et de se comporter comme un employé loyal et compétent, et non pas un individu capable de dénoncer un employeur qui, à l'exception d'une vague menace de mort, l'avait traité avec égard.

Une fois de plus, c'était le répondeur qui avait décroché.

« Je suis absent. Laissez un message.

— Monsieur Smith ? C'est Boogie. On n'a plus de courant. »

De derrière la porte lui était parvenu un bruit de grelot, ou peut-être était-ce un effet de sa folie. Faisait-il déjà trop chaud dans la chambre ?

« Qu'est-ce que je dois faire ? avait-il gémi dans le téléphone. Si vous êtes là, décrochez s'il vous plaît. »

Il avait posé le combiné sur le comptoir pour aller coller son oreille à la porte de la chambre. Silence. Ne frappe pas, s'était-il dit, juste avant de frapper. Réponse immédiate : pas un seul grelot, mais plusieurs.

Il avait repris le téléphone. « Ils se réveillent, monsieur Smith. Je les entends. »

Il n'y avait plus seulement des grelots maintenant, mais, à moins que son imagination lui joue des tours, des sifflements également.

« Je vous ai appelé, comme vous me l'aviez demandé,

avait-il dit à l'homme qui n'était pas là. J'ai fait tout ce que vous m'avez demandé. »

Où était donc ce type ? La dernière fois, il avait rappelé immédiatement. Qu'est-ce qui l'empêchait de décrocher et de dire : *Ne vous inquiétez pas, Boogie. Je sais que vous avez fait tout ce qu'il fallait. C'est mon problème à partir de maintenant. Allez chez Gert et buvez une pression à ma santé.*

Quand le répondeur s'était arrêté, il avait raccroché pour revenir à la porte de la chambre. Les sifflements avaient cessé, ce qu'il entendait maintenant, c'étaient les bruits étouffés de créatures qui se réveillent, énervées, de paupières qui se soulèvent, de têtes triangulaires qui se dressent, de corps qui se déroulent. Et d'autres créatures, plus petites, qui cavalaient dans leur cage et s'enfouissaient sous des morceaux de journaux. Des bruits de métal et de grillage qui ploient, se déforment, timidement tout d'abord, puis avec de plus en plus de force.

Planté devant cette porte, en caleçon, Boogie avait alors songé que si la fuite devenait nécessaire, il était mal préparé. Il ferait bien d'enfiler son pantalon au moins. Et ses chaussures. Mais c'était une pensée délirante. Tant qu'une porte verrouillée se dressait entre lui et ces reptiles en colère, il ne craignait rien. Cette porte ne laissait filtrer aucun jour en bas, rien ne pouvait se glisser dessous. Hélas, à peine s'était-il rassuré avec ce raisonnement qu'il avait imaginé, par perversion, une minuscule tête triangulaire qui apparaissait, se raidissait en le voyant, puis continuait à avancer avec une détermination renouvelée.

Ayant récupéré son pantalon sur le dossier de la chaise de la cuisine, il essayait désespérément de l'enfiler, une jambe après l'autre, quand il avait entendu une cage se renverser dans la pièce voisine. Il s'était figé, en équilibre sur une jambe, les yeux fixés sur la porte, qu'il s'attendait à voir s'ouvrir, bien qu'elle soit verrouillée. Mais une effroyable pensée lui avait traversé l'esprit. Était-elle *vraiment* verrouillée ? Il se trouvait dans un tel état ce matin qu'il n'avait pas vérifié. Comment avait-il pu être idiot à ce point ? La question contenait la réponse : parce qu'il était idiot. Depuis toujours. Sa femme le lui avait souvent dit, avant de s'enfuir pour tenter de sauver les meubles. Il ne restait rien d'autre à faire qu'à le prouver, une fois de plus, et donc, au lieu d'enfiler son pantalon, il avait sautillé jusqu'à la porte, une jambe dedans une jambe dehors. Il avait tourné la poignée vers la droite, comme il l'avait souvent fait au cours de ces derniers jours, pour s'assurer que la porte était bien fermée. Ce n'était pas le cas, évidemment, et pourquoi aurait-elle été fermée, avait songé Boogie avec une clairvoyance saisissante, tandis que le poids de son corps faisait basculer la porte vers l'intérieur. Maintenant qu'il savait ce qui se trouvait à l'intérieur, William Smith n'avait plus aucune raison de la fermer à clé. La terreur de son employé suffirait à le maintenir à l'écart.

Empêtré dans son pantalon et assommé par la bière, il était tombé à genoux. La chambre, plongée dans le noir, était éclairée uniquement par la lumière filtrant à travers les rideaux du salon. Cela ne l'avait pas empêché d'en voir plus qu'il l'aurait souhaité. Il distinguait les contours des cages et à l'intérieur, les cordes épaisses et sombres qui se déroulaient. Et bien évidemment, la porte de la cage renversée qui s'était ouverte.

Mais Boogie n'avait pas vu le cobra, jusqu'à ce que celui-ci se dresse devant lui.

LES DEUX RUB

Rub Squeers et sa femme, Bootsie, vivaient dans une ferme délabrée au bord d'une route à deux voies déserte, à l'ouest de la ville, où les loyers étaient moins chers. Quand le vent soufflait dans la bonne direction, comme ce soir, vous sentiez les odeurs de la décharge toute proche. Il faisait presque nuit quand Sully s'engagea dans l'allée et se gara derrière la Subaru bicolore cabossée.

« Ne bouge pas », ordonna-t-il à l'homonyme de Rub, qui haletait sur le siège du passager. Le chien poussa un long soupir, mais se coucha, obéissant, la tête posée sur les pattes avant. Ayant passé presque toute la journée dans le grenier de Miss Beryl, il avait hâte d'être libéré, Sully le sentait, mais il y avait un petit bois derrière chez les Squeers, et si près de la décharge, le chien risquait de rencontrer une moufette. Or, dans une demi-heure, avec un peu de chance, Sully espérait bien poser ses fesses sur son tabouret préféré au Horse, plutôt que de faire prendre un bain de jus de tomate à ce cabot débile pour enlever l'odeur.

L'hiver dernier, Rub avait découvert cette pauvre bête à moitié morte de faim sur le bas-côté givré de la route et l'avait ramenée chez lui, avec l'intention de la garder. Malheureusement, Bootsie, qui pesait dans les cent cinquante kilos, se sentait offensée par tout ce qui était maigre, alors pas question. Clairvoyante, au moins quand il s'agissait de son mari, elle savait bien que c'était à elle qu'il reviendrait de s'occuper de ce pauvre animal et de le nourrir ; elle avait donc informé Rub qu'il y avait de la place pour un seul bâtard galeux dans sa maison, lui laissant le soin de réfléchir à l'arbitraire de cette philosophie, de se coltiner avec ses implications métaphoriques et de faire le calcul. Voilà comment Sully, dont le point fort n'était pas l'attention qu'il portait aux autres, avait accueilli à contrecœur le bâtard en trop. Sa médaille indiquait qu'il s'appelait REGGIE, mais après l'avoir jetée, il l'avait rebaptisé en savourant par avance la confusion qui allait suivre. En présence des deux Rub, il aimait lancer des ordres pour voir qui obéissait. Quand le chien aboyait, Sully disait : « Silence, Andouille » et les deux Rub, l'homme et le chien, le regardaient d'un air interrogateur, sans savoir à qui il s'adressait. Et si le Rub humain commettait l'erreur de répondre, Sully lui lançait : « Ce n'est pas à toi que je parlais. »

Le Rub canin était relativement jeune, mais déjà vieux par l'expérience, une expérience que Sully devinait épouvantable. Par conséquent, la jeunesse, l'énergie et l'optimisme congénital de ce Rub entraient constamment en conflit avec ses souvenirs qui lui imposaient une extrême prudence et, si ça ne suffisait pas, la fuite. Après six mois de chaleureuse négligence de la part de Sully, il sursautait encore violemment en entendant des bruits trop forts, et si son maître haussait la voix par mégarde, il vidait sa vessie sur-le-champ. Néanmoins, le chien semblait l'aimer, et quand il ne pissait pas partout, Sully pouvait lui rendre son affection muette. Jusqu'à il y a peu, il emmenait Rub partout où il allait, y compris chez Hattie, mais le chien avait attrapé récemment une sorte de parasite génital et il se mordillait la bite. Comme on pouvait s'y attendre, la vision de cette quéquette ensanglantée et mastiquée coupait l'appétit aux clients. Impossible de vendre des saucisses en sa présence.

Bien que le soleil soit couché, il faisait trop chaud pour laisser Rub dans le pick-up avec les vitres fermées, alors Sully se pencha pour ouvrir celle du passager.

« Tu restes ici, répéta-t-il. Tu entends ? » Car Rub regardait cette porte de sortie potentielle avec un désir presque humain. « Si tu n'es pas là quand je reviens, je te laisse aux coyotes. » Qui fréquentaient eux aussi la décharge.

Rub soupira de nouveau, avec plus d'insistance encore. Sully imaginait au-dessus de sa tête une bulle qui disait : *Si tu ne veux pas que je saute, pourquoi tu ouvres la vitre ?*

« Et ne pisse pas à l'intérieur. »

En descendant du pick-up, Sully crut percevoir un faible râle, tout près, mais quand il s'arrêta pour tendre l'oreille, il n'entendit plus rien. Un animal écrasé par une voiture avait-il rampé jusqu'aux arbres ou sous la maison pour mourir ? Sully ne bougeait plus, il attendait que ça recommence, mais le seul bruit charrié par le vent chaud était celui de la circulation sur l'autoroute. Alors qu'il gravissait les marches du porche, il entendit un raclement de griffes et en se retournant, il vit le chien dressé sur le siège, les pattes avant posées sur le bord de la vitre ouverte, prêt à bondir.

« Rub ! s'écria Sully. Je te jure que si tu n'es pas là quand je reviens, je prends la pelle qui est derrière et je te tape avec. »

Apparemment, le chien prit cette menace au sérieux car il émit un petit gémissement et disparut à l'intérieur du pick-up. Sans doute était-il en train de pisser sur le siège, songea Sully avec regret. Il n'aurait pas dû hausser la voix.

Le même râle se fit entendre. Plus proche ? Le vent avait-il tourné ? Ce bruit venait-il de sous le porche ? Sully envisagea de redescendre pour jeter un coup d'œil, mais l'idée de se retrouver face à deux yeux brillants qui le scrutaient dans le noir ne le séduisait pas, et quand le bruit s'arrêta de nouveau, il se dit : Et puis, zut.

Il avait espéré, comme toujours lorsqu'il passait chez les

Squeers, trouver Rub seul, mais la présence dans l'allée de la Subaru, dont le moteur faisait encore entendre ses cliquetis, signifiait que Bootsie venait de rentrer du travail, et en effet, ce fut elle qui vint ouvrir la porte, en serrant dans son poing une boule de prospectus. Elle avait encore son uniforme et ses cheveux clairsemés étaient emprisonnés dans le filet qu'elle portait pour servir à la cafétéria de l'hôpital.

« Ah, c'est toi, dit-elle.

— Eh oui, confirma Sully. Désolé de te décevoir. »

Mais elle était déjà repartie, lui laissant le soin d'entrer et de refermer la porte derrière lui.

« J'espère toujours tomber sur Harrison Ford, mais c'est jamais lui.

— La prochaine fois, j'apporterai mon fouet. Où est l'Andouille ?

— Je le croyais avec toi. Tu viens de menacer de lui flanquer un coup de pelle.

— Non, c'était le chien. » Cette réponse parut la satisfaire. « Je n'ai pas vu ton mari. Je l'ai attendu chez Hattie, mais il n'est pas venu.

— Je croyais que vous deviez couper cette foutue branche aujourd'hui », dit Bootsie en jetant les prospectus dans un panier en osier de la taille d'un couffin où ils devaient s'entasser depuis un mois. Chez les Squeers, tout débordait : l'évier de vaisselle sale, la poubelle d'ordures puantes et le canapé du salon des romans sentimentaux que Bootsie empruntait par brassées à la bibliothèque. D'après Rub, elle en lisait au moins un chaque soir.

« Oui, c'est vrai », confessa Sully.

La veille au soir, juste avant de quitter le Horse, ils étaient convenus de se retrouver ici à midi. Sully devait apporter son échelle. Il l'avait même balancée à l'arrière du pick-up en rentrant chez lui. Hélas, ce matin, il avait oublié sa promesse. Il rechignait à le reconnaître, mais ces trous de mémoire devenaient une habitude. Rub l'avait-il attendu tout l'après-midi ? Où était-il maintenant ?

Bootsie, tête penchée, le regardait d'un air dubitatif par-dessus ses lunettes. Il s'était arrêté dans le salon pour prendre appui sur un fauteuil.

« Qu'est-ce qui t'arrive ? demanda-t-elle.

— Quoi donc ?

— Tu respires comme si tu venais de courir un marathon. »

Pas tout à fait, mais presque. Quatre petites marches. Et son cœur cognait dans sa poitrine comme un marteau-piqueur.

« Ça ira mieux dans une minute.

— Tu es tout le temps comme ça maintenant ?

— Non, ça va, ça vient. Demain, je me réveillerai en pleine forme. »

Il l'espérait.

« Tu fumes toujours ?

— Je ne me souviens pas de la dernière fois où j'ai acheté un paquet de clopes.

— Ouais, mais c'est pas ce que je t'ai demandé. Tu crois que tu as en face de toi quelqu'un qui n'a jamais tapé une cigarette ? »

Elle n'était pas tombée dans le panneau, évidemment. En vérité, il avait quasiment arrêté de fumer dans la journée, mais le soir, au Horse, il taxait des cigarettes à Jocko ou à Carl Roebuck.

« Non, dit-il, mais j'ai peut-être en face de moi quelqu'un qui devrait se mêler de ses affaires.

— Ah bon ? fit Bootsie avec son regard noir légendaire.

— J'ai dit *peut-être* », précisa-t-il.

Bootsie continua à le dévisager d'un air mauvais, puis elle décida de passer l'éponge. « Ah, les hommes », dit-elle et Sully se demanda – ce n'était pas la première fois – pourquoi tant de femmes voyaient en lui l'incarnation de la gent masculine dans ce qu'elle avait de plus exaspérant ; une accusation qu'il avait du mal à avaler venant de Bootsie et de Ruth, compte tenu des hommes avec qui elles étaient mariées.

« Faut que j'enlève cet uniforme, déclara Bootsie en montant l'escalier. Ça me gratte de partout. »

Sully ne voulait pas imaginer le résultat. Dans le cas de Bootsie, « partout » représentait un grand territoire. Il s'assit sur l'unique chaise du coin repas qui ne soit pas encombrée d'un tas de bordel, et au bout d'un moment il retrouva une respiration normale. Mais un jour, prochainement sans doute, ce ne serait pas le cas. Il le savait. En revanche, il ne savait pas ce qu'il devait en penser. Il avait encore trois ou quatre bons jours pour un mauvais, mais son cardiologue chez les anciens combattants l'avait prévenu que ce ratio ne durerait pas. De quatre, il passerait à trois, à deux, puis à un. Finalement, ce serait toujours comme aujourd'hui. À supposer que les choses évoluent lentement, ce qui n'était pas certain.

Un grognement de plaisir lui parvint de l'étage supérieur, et avant de pouvoir s'en empêcher, Sully eut la vision de Bootsie ôtant son uniforme et contemplant sur son corps les marques d'irritation de la journée. Pensait-il souvent au sexe ? Trop souvent.

« C'est quoi cette histoire de vieille usine qui s'est écroulée ? brailla-t-elle d'une voix qui traversa le plafond.

— Uniquement le mur qui donne sur la rue, lança Sully en levant la tête.

— Comment ça peut arriver, un truc pareil ? »

Il lui raconta, à travers le plafond, ce qu'il avait appris dans l'après-midi. Carl avait fait abattre les arbalétriers et supprimer les solives des planchers, en pensant tout consolider ensuite, ce qui avait permis à la longue façade de basculer sur la route, juste au moment où Roy Purdy passait devant, comme par hasard. Sully, qui durant toute la matinée avait envisagé avec délectation les différentes manières dont il pourrait tuer Roy, n'arrivait pas à décider s'il devait se sentir coupable ou pas. S'il ne l'avait pas charrié avec ses fausses offres d'emploi, retardant ainsi son départ d'une minute ou deux, Roy serait certainement passé à cet endroit avant l'écroulement du mur. Ses rêvasseries avaient-elles été prises pour une prière et exaucées ? Dieu exauçait les prières maintenant ? Depuis quand ?

Bootsie revint dans la cuisine, vêtue d'une de ces robes hawaïennes aux couleurs vives qu'elle affectionnait, et sous laquelle, de l'avis de Sully, se produisaient des mouvements de balancier trop violents.

« Qu'est-ce que tu paries, demanda-t-elle, qu'ils vont dire que c'est un coup de Carl, pour toucher l'assurance ?

— Ils le disent déjà.

— Et tu penses que c'est vrai ?

— Je l'en crois capable, reconnut-il. Mais j'en doute. »

Pour une bonne raison : chaque fois que Carl avait une idée débile, il la lui soumettait d'abord.

« Tu veux une bière ? proposa Bootsie en ouvrant le frigo.

— Non merci.

— Tant mieux, il n'y en a plus. »

Comme le reste apparemment, à en juger par les étagères vides. Est-ce qu'ils avaient du mal à joindre les deux bouts ? se demanda Sully. Rub avait pourtant un boulot régulier au cimetière maintenant, et Bootsie travaillait à la cafétéria de l'hôpital. Évidemment, ni l'un ni l'autre n'était surpayé. Il ignorait de quelle manière ils dépensaient leur argent, mais Rub semblait toujours fauché.

Quand Bootsie ouvrit le tiroir, sous l'annuaire téléphonique, Sully s'empressa de détourner le regard car il savait que c'était là qu'elle rangeait son kit contre le diabète. La dernière fois, il avait commis l'erreur de regarder l'aiguille s'enfoncer dans son ventre, à travers le tissu de la robe hawaïenne, et il avait failli tourner de l'œil. D'ailleurs, le simple fait de savoir ce qui se passait dans son dos faisait perler des gouttes de transpiration sur son front.

« Tu me diras quand tu as fini. »

Bootsie gloussa. Visiblement, elle se réjouissait de le voir mal à l'aise.

« Pour un dur à cuire, je te trouve vachement sensible.

— Si la Seconde Guerre s'était faite à coups de seringues, j'aurais déserté dès les classes.

— Tu peux te retourner, j'ai terminé. »

Il attendit malgré tout (il ne lui faisait pas confiance), jusqu'à ce qu'il entende le tiroir se refermer. Quand il se retourna enfin, Bootsie observait sa cuisine avec l'air d'une personne écœurée par le spectacle, sans toutefois être motivée pour changer les choses.

« Je suppose que tu ne sais pas réparer un lave-vaisselle ?

— Tu me poses la question à chaque fois. La réponse est toujours la même : Non.

— Peut-être que je pourrais demander à Carl de venir ici pour faire sauter toute la cuisine. Il la réduirait en miettes et on repartirait de zéro. »

Comme Sully ne faisait aucun commentaire, elle le regarda en plissant les yeux. « Ne le dis pas.

— Je n'avais pas l'intention de dire quoi que ce soit.

— Bien sûr que si. Tu allais dire que dans un mois, tout serait dans le même état.

— C'est faux. »

Il aurait plutôt dit une *semaine.*

« Je ne suis pas idiote.

— J'ai dit ça ?

— Non, je crois pas. J'ai dû entendre une petite voix dans ma tête. » Elle marcha jusqu'à la fenêtre et scruta l'obscurité. « Ça t'arrive d'entendre des voix dans ta tête, Sully ? »

Tout le temps, poupée, allait-il répondre quand soudain, Bootsie lança un « Nom de Dieu ! » qui trahissait un tel étonnement qu'il la rejoignit devant la fenêtre. Là, couchée sur le sol, facilement reconnaissable même de nuit, gisait la branche que Rub et lui auraient dû couper cet après-midi. Cette saloperie était-elle tombée toute seule ? Non. On apercevait au pied de l'arbre la tronçonneuse que Rub avait louée la veille. Lassé de l'attendre, Rub avait-il emprunté une échelle ailleurs ? Leur voisin le plus proche vivait à presque un kilomètre, c'était trop loin pour porter une échelle, même en aluminium. Avait-il fait appel à une entreprise d'élagage ? Hautement improbable. Pas après avoir loué la tronçonneuse. En outre, Bootsie lui passerait un sacré savon s'il payait quelqu'un pour accomplir un travail qu'il avait promis de faire lui-même. Peut-être avait-il contacté ses cousins, qui possédaient une entreprise de débarras, ou peut-être qu'en passant par ici sur le chemin de la décharge ils avaient proposé de lui donner un coup de main, mais Sully en doutait. Rub n'était pas en assez bons termes avec ses cousins pour leur réclamer un service, et eux n'étaient pas du genre à offrir leur aide spontanément. Et autant qu'il sache, il était l'unique ami de Rub.

« C'est typique de mon crétin de mari, commenta Bootsie en secouant la tête d'un air incrédule. Il lui faut un mois pour faire ce que je lui demande et couper enfin cette putain de branche, et ensuite, il fiche le camp comme si le boulot était terminé. Combien on parie que cette branche sera encore là dans un mois ? »

Sully avait une réplique sur le bout de la langue : *Comme cette vaisselle sale ? Et cette tour de cartons de pizzas ?* Mais il avait suffisamment de jugeote pour la garder pour lui.

« Non, on l'embarquera demain, promis », déclara-t-il.

Le sac à main de Bootsie était posé sur le comptoir ; elle en sortit un billet de dix dollars qu'elle fourra dans un verre tapissé de jus d'orange séché, sur l'évier.

« Mes dix derniers dollars, dit-elle en brandissant le verre à la manière d'une pièce à conviction pendant un procès. Je parie que cette branche sera encore là demain à cette heure-ci. »

Réflexion qui eut pour effet d'agacer Sully.

« Si tu crois que je n'oserais pas prendre ton fric...

— Tu ne le *gagneras* pas, voilà ce que je crois », répliqua-t-elle, parfaite incarnation de la confiance en soi, et son sourire en coin qui semblait dire « il faut agir au lieu de parler » l'exaspéra, au point qu'il détacha deux billets de cinq de sa pince.

« De l'argent facilement gagné, dit-elle en les glissant dans le verre, qu'elle déposa sur le bord de la fenêtre derrière la pyramide branlante de vaisselle sale dans l'évier. Je sais avec qui je parie. Dommage qu'on puisse pas parier sur autre chose.

— Dans ce cas, je te fiche la paix avant que tu trouves une idée, dit-il en se dirigeant vers la porte. Si l'Andouille se pointe, dis-lui que je suis désolé de l'avoir planté. Je vais faire un saut au Horse. »

À peine avait-il atteint le salon qu'elle lança : « J'ai une question à te poser. »

Quand il se retourna, il vit que les yeux de Bootsie, secs une seconde plus tôt, se remplissaient de larmes… ils commençaient même à déborder.

Nom de Dieu, se dit-il. Pas ça. Voilà qu'il sautait à pieds joints dans l'embuscade tendue par une femme malheureuse. Fallait-il qu'il soit idiot pour que cela lui arrive sans cesse. Ça avait commencé avec sa mère. Mariée à Big Jim Sullivan, la pauvre avait eu sa dose de malheur, Dieu pouvait en témoigner. Sully n'y était pour rien, mais il avait été frappé par sa détresse, découvrant ainsi, dès le plus jeune âge, que la responsabilité d'un cœur de femme brisé retombait toujours sur l'homme le plus proche. Ce qui ne voulait pas dire qu'il allait lui-même se montrer exemplaire dans ce domaine par la suite. Sa mère n'était pas enterrée depuis longtemps quand il avait commencé à décevoir les femmes à son tour. Les unes après les autres, à vrai dire : impossible d'arrêter ce train lancé à toute allure. Parfois, il était l'unique source de désenchantement (comme avec Vera, son ex-femme), parfois il n'était qu'un facteur influent (comme avec Ruth). La meilleure chose à faire quand vous voyiez le piège se refermer, c'était de tracer la route, mais trop souvent, vous ne le faisiez pas. Elles avaient une façon de vous prendre par surprise, ces femmes déçues. Les yeux secs l'instant d'avant, les grandes eaux la seconde suivante. Et cloué sur place, comme Sully à cet instant, vous attendiez patiemment qu'elles vous expliquent votre rôle dans leur chagrin.

« Quoi donc ? demanda-t-il car il fallait qu'il dise quelque chose et, comme toujours, il était curieux de savoir quelle faute il avait commise cette fois.

— Pourquoi je suis jamais conviée ? »

Sully la regarda en fronçant les sourcils.

« Tu es une femme mariée, poupée.

— Je parlais de vous deux. Toi et lui. Vous passez presque toutes vos soirées là-bas, à boire de la bière. Pourquoi vous ne me demandez jamais de venir avec vous ?

— Je ne savais pas que tu en avais envie. »

Réponse pitoyable, mais il restait bloqué sur le *toi et lui*. Depuis quand, au juste, la femme de son meilleur ami était-elle devenue leur responsabilité commune ?

« J'en ai pas envie, dit-elle en séchant ses larmes avec la manche de sa robe. Ce bar est trop déprimant.

— Alors quoi ?

— Une fille a besoin qu'on l'invite de temps en temps, voilà tout. »

Hein ? *Une fille.* Mais pourquoi devrait-il s'étonner que Bootsie se considère comme une fille ? Parce qu'elle n'en était plus une ? Parce qu'elle était trop grosse, trop peu attirante ? Que valait la réalité face à l'image qu'on avait de soi ? Si Sully ne se considérait jamais comme un homme de soixante-dix ans, même un jour comme aujourd'hui où il lui semblait en avoir quatre-vingts, pourquoi une femme mariée, solitaire, qui dévorait des romans sentimentaux toutes les nuits, ne se considérerait pas comme une fille ?

« OK, dit-il. La prochaine fois, si ça te fait plaisir…

— Je viens de te dire que je ne voulais pas y aller. »

Ils se firent face un long moment, jusqu'à ce que Rub se mette à aboyer dehors. *Brave chien !*

Sully toussota. « Je suis désolé…

— File, dit Bootsie en mimant une balayette avec sa main pour le chasser. Oublie ce que j'ai dit, d'accord ? Ça doit être la chaleur.

— Oui, ça cogne. »

Elle alluma la lumière du porche et le suivit jusqu'aux marches. Au grand étonnement de Sully, Rub était toujours dans le pick-up, mais la réapparition de son maître provoqua une succession de bonds frénétiques improbables à l'intérieur de la cabine, comme s'il partageait cet espace exigu avec un furet. Il apparaissait et disparaissait derrière le tableau de bord, et le pick-up tremblotait sous l'effet de cette débauche d'énergie.

« La vache, dit Bootsie en secouant la tête. Regarde-moi ce petit salopard.

— Rub ! s'écria Sully. Arrête ça ! »

Le chien émit un gémissement et se figea.

Sully devinait qu'on attendait autre chose de lui, à l'égard de Bootsie, un geste de tendresse ou de compassion, dont il était incapable, mais avant qu'il puisse formuler une nouvelle banalité, elle déclara :

« Une pizza. Voilà ce qui me fait envie.

— Ils livrent jusqu'ici, en pleine cambrousse ?

— Il faut commander au moins une grande.

— Ah, d'accord. »

Tout était réglé. Une minute plus tôt ils étaient confrontés à un épineux dilemme existentiel, de nature spirituelle sans aucun doute, et brusquement, de manière imprévisible, celui-ci prenait la forme d'une envie pressante, que seule une pizza pouvait satisfaire.

Mais alors que Sully marchait vers son pick-up, la porte à moustiquaire claqua et, deux secondes plus tard, un grand fracas se produisit. Il crut tout d'abord que Bootsie avait trébuché et était tombée, puis il comprit que la pyramide d'assiettes dans l'évier avait fini par s'écrouler. Il entendit Bootsie s'exclamer : « Très bien. Parfait ! J'en ai rien à foutre ! » Il mit un moment à comprendre qu'elle s'adressait au bordel dans la cuisine. À un moment donné, elle serait obligée de faire le tri entre ce qui était cassé et ce qui était seulement répugnant, de balancer dans la poubelle les éclats de verre et de céramique, et de remettre dans l'évier tout ce qui pourrait encore servir. Mais pas ce soir. Voilà ce qu'elle déclarait à la face du monde. Sully envisagea de faire demi-tour et de proposer son aide pour tout nettoyer, puis se ravisa. Quand on vous donne l'autorisation de fuir, il faudrait être fou pour ne pas en profiter.

Lorsqu'il ouvrit la portière du pick-up et que le plafonnier s'alluma, la scène qu'il découvrit n'aurait pas dû le surprendre, et pourtant si. Rub, plaqué contre la portière du passager, le plus loin possible, tremblait de peur, ses canines s'entrechoquaient comme dans un dessin animé. Une petite goutte d'urine brillait au bout de son pénis écarlate, sans doute la dernière goutte de tout son corps. Le siège était trempé, tout comme le tableau de bord, le volant et même le pare-brise. Sully mit en marche les essuie-glaces pour obtenir la confirmation que le mouillé était bien à l'intérieur.

« Rub, dit-il sans hausser le ton au cas où il se tromperait en pensant que le chien était vide. C'est quoi ton problème, bordel ? »

C'est alors qu'il l'entendit de nouveau, tout près, ce foutu gémissement. Il envisagea de retourner dans la maison pour informer Bootsie qu'un animal malade ou blessé, un raton laveur sans doute, avait rampé sous la maison. Rub l'avait peut-être vu ou senti, et c'était ce qui l'avait rendu dingue dans le pick-up. Mais la lumière du porche s'éteignit et les gémissements cessèrent, alors il décida de laisser tomber. Il en parlerait à l'autre Rub qui était sans doute déjà au Horse, à l'attendre. Demain, après s'être occupé de la branche, ils prendraient une lampe pour voir qui avait établi résidence sous le porche. De là où il était, il distinguait à peine la forme de la branche sur le sol. Bizarre, se disait-il, que Rub ne l'ait pas débitée ; il y en avait pour cinq minutes grand maximum. La tronçonneuse était-elle tombée en panne ? C'était pour ça qu'il l'avait laissée traîner dehors, où quelqu'un pouvait la voler ? Habituellement, Rub prenait soin des outils.

D'un autre côté, la vie regorgeait de mystères, dont le plus déroutant était la nature humaine. Cette conversation avec Bootsie, après celle qu'il avait eue un peu plus tôt avec Ruth, lui avait laissé un sentiment de fatigue et d'inutilité. Ruth avait peut-être raison, il devrait se trouver une plage quelque part. Il en avait toujours rêvé, du moins à l'époque où il n'en avait pas les moyens. Alors, pourquoi ne pas partir, maintenant qu'il le pouvait ? Ce soir, il n'était même pas certain d'avoir envie d'aller au Horse, tout en sachant qu'il irait quand même. Il mit le contact, enclencha la marche arrière et recula dans l'allée. Quand les phares balayèrent la branche coupée, il imagina, sans savoir pourquoi, que Rub était coincé dessous, mort. Ce qui expliquerait son absence, et aussi le fait qu'il n'avait pas terminé le travail. Ce scénario morbide s'imbriquait parfaitement avec sa conviction grandissante que depuis que la chance lui souriait, c'étaient ses amis qui en payaient le prix. Sauf que non. Rub n'était pas couché sous la branche, évidemment. Il devait tenir la tronçonneuse quand la branche était tombée, il ne se trouvait donc pas dessous. Sully alluma les phares malgré tout, et continua à reculer, pour être sûr. Quand ils éclairèrent le pied de l'arbre, la corde attachée à la poignée de la tronçonneuse s'imprima dans le cerveau de Sully, mais il avait déjà atteint la route et s'apprêtait à repartir en marche avant lorsque les indices parcellaires, visuels et sonores, s'assemblèrent.

Après avoir remonté l'allée, il coupa le contact et se pencha devant Rub pour prendre la lampe dans la boîte à gants. Craignant que les piles soient mortes, il la testa sur le chien, qui tourna la tête, comme gêné de songer à la conclusion de cette histoire.

« Tu avais déjà compris, toi, hein ? dit Sully, et Rub ne nia pas. OK. Allons le chercher. »

Si précédemment Rub brûlait d'impatience de descendre du pick-up, il paraissait réticent maintenant, mais il obéit au deuxième commandement de son maître et sauta du siège pour trotter jusqu'au pied de l'arbre. Sully le suivit en pointant sa lampe sur le tronc, dans lequel, constata-t-il, on avait cloué plusieurs morceaux de bois en guise d'échelle de fortune.

« Hé, Rub ! » s'exclama-t-il quand le faisceau lumineux dénicha son ami, adossé à l'arbre, assis sur ce qui était sans doute le début de la branche coupée, depuis Dieu sait combien d'heures. Même dans l'obscurité, Sully voyait ses yeux gonflés d'avoir trop pleuré. « Qu'est-ce que tu fous là-haut ?

— Va-va-va… essaya Rub, mais il renonça très vite.

— Va-t'en ? devina Sully.

— Oui, va-t'en. »

Curieusement, Rub parvenait toujours à exprimer ce qui restait coincé dans sa gorge une fois que Sully lui-même avait prononcé ces mots, comme s'il savait les dire en allemand ou en français, mais pas dans sa langue. Si Sully se trompait, le combat de Rub se poursuivait.

« D'accord, dit Sully, mais combien de temps tu penses rester là-haut ?

— Tout-tout-tout…

— Tout le temps ?

— Oui, tout le temps.

— Ce n'est pas une très bonne idée, Rub. »

L'autre Rub aboya. Il approuvait.

« En fait, c'est encore plus débile que de monter là-haut tout seul. »

Bien qu'il soit difficile d'y croire, Sully croyait pouvoir reconstituer le scénario. Fatigué de l'attendre, Rub avait cloué ces morceaux de bois sur le tronc pour grimper dans l'arbre. Il avait noué une extrémité de la corde à sa ceinture, après avoir attaché l'autre bout à la tronçonneuse, pour pouvoir la hisser. Sans doute espérait-il s'asseoir ou se mettre debout sur la branche située sous celle qu'il voulait scier. Vu d'en bas, ça devait sembler possible. Mais une fois dans l'arbre, il avait constaté que ça ne l'était pas. S'il s'asseyait sur cette branche, il ne pouvait pas atteindre celle du dessus, et pour se tenir debout, il lui aurait fallu trois mains : une pour s'appuyer contre le tronc, les deux autres pour manier la tronçonneuse. Il avait compris alors que sa seule option, c'était de s'asseoir sur la branche qu'il allait couper, le dos contre le tronc. (Même Rub n'était pas idiot au point de s'asseoir sur la partie qui allait tomber.) C'était seulement – supposait Sully – après la chute de la branche et après qu'il avait redescendu la tronçonneuse à l'aide de la corde que Rub s'était retrouvé coincé. N'ayant plus de prise, il ne pouvait pas se remettre debout. Et sans la branche, qui gisait maintenant sur le sol, il ne pouvait pas se pencher en avant pour se retourner, face au tronc. Et comme il lui tournait le dos, il ne pouvait pas non plus s'y accrocher pour descendre jusqu'à la branche du dessous et atteindre le dernier « barreau » de son échelle artisanale.

« Ah ouais ? rétorqua Rub. Eh bien, va-va-va…

— Va te faire foutre ?

— Oui, va te faire foutre.

— Hé, je n'y suis pour rien. Tu t'es mis dans le pétrin tout seul.

— Tu de-de-de…

— Je sais. Je devais venir t'aider, mais j'ai oublié. Désolé. »

Conséquence de ces excuses, et Sully aurait pu le prévoir, Rub se remit à pleurer : ce même gémissement humain qu'il n'avait pas identifié comme une marque de tristesse humaine. Ne voulant pas être témoin de cette scène, il éteignit la lampe.

« Ne bouge pas, Rub », dit-il au chien, avant de retourner chercher l'échelle à l'arrière du pick-up.

La voix du Rub humain descendit de l'arbre : « Où tu v-v-v-veux que j'aille ?

— Ce n'est pas à toi que je parlais. »

TIROIR À CHAUSSETTES

« Comment ça, pas de serpent ? » demanda-t-elle.

Raymer, groggy, était assis au milieu du canapé de son bureau, les mains jointes sur son caleçon. Il avait porté des slips toute sa vie, jusqu'à ce qu'il se déshabille devant Becka pour la première fois, provoquant chez celle-ci un étonnement rempli de dégoût. Apparemment, c'était une règle inflexible : elle ne sortait qu'avec des hommes qui portaient des caleçons. Il avait dû se débarrasser de ses marcels aussi. Passer aux caleçons ne l'avait pas trop gêné, même s'il fallait du temps pour s'y habituer car ils tire-bouchonnaient et la braguette bâillait, c'était d'ailleurs pour cette raison qu'il plaquait ses mains à cet endroit. Que signifiait le fait qu'il ne soit pas revenu aux slips maintenant que Becka était partie ? La triste réalité, c'était que durant leur brève vie commune, il avait appris à s'en remettre à Becka dans presque tous les domaines. Elle l'avait fait changer de dentifrice, de bain de bouche, de déodorant. Libre désormais de revenir à ses propres préférences, il s'apercevait qu'elles avaient fini par correspondre à celles de son ex-femme. C'était peut-être ça le mariage, même si dans leur cas, il s'agissait d'une rue à sens unique. Il ne voyait pas une seule habitude de Becka qu'il aurait modifiée, même légèrement. Peut-être parce qu'il y avait peu de choses qu'il aurait aimé changer, alors qu'à l'évidence elle le voyait depuis le début comme une maison à rénover, saine et solide, mais le genre de propriété que vous voudriez posséder seulement après avoir effectué tous les travaux de rénovation nécessaires. Au préalable, il fallait tout casser, et c'était exactement l'impression que Raymer avait ressentie à la fin. Les coûts d'aménagement dépassaient le budget et la personne qui payait les factures commençait sérieusement à se poser des questions.

À en juger par son expression, la femme qui se tenait devant lui en tenue civile assez provocante – jean moulant et débardeur – partageait cet avis. Comme si, en l'observant, elle devinait toutes les améliorations que Becka avait essayé d'apporter et estimait la quantité de travaux qui restait à effectuer, combien il en coûterait pour achever un boulot mal embringué, et se demandait s'il ne valait pas mieux tout casser, encore une fois, pour repartir de zéro. Comment se pouvait-il que deux femmes ayant si peu de points communs en viennent à partager un avis si peu flatteur ?

« Je vous le répète, dit-il à Charice, sa gêne laissant place à l'agacement. Pas… de… serpent. »

Justin et lui avaient inspecté tous les appartements du Morrison Arms, y compris le sien, et les parties communes. Aucun serpent, aucune trace. Il faudrait recommencer demain, quand l'électricité serait revenue, mais sans lui cette fois, Dieu merci. Justin avait fait venir des renforts d'Albany, et malgré cela, il ne se montrait pas très optimiste. Le cobra avait pu se faufiler dans un conduit ou derrière un mur, bien que cela soit peu probable. À cause de la vague de chaleur, toutes les fenêtres qui n'étaient pas munies d'un climatiseur étaient restées grandes ouvertes dans l'espoir de capter un souffle d'air, tout comme les deux portes de derrière, aux extrémités du couloir central. Le serpent avait fichu le camp depuis longtemps, sans doute dans le terrain vague. Il faudrait l'inspecter lui aussi, en plein jour. En attendant, il n'y avait pas grand-chose à faire. Les Frères Squeers et les deux ou trois autres entreprises privées de collecte des déchets de la ville avaient été avertis : ils devaient faire attention en renversant les poubelles dans leur benne. Pour l'instant, tant que les autorités n'avaient pas la certitude que tout danger était écarté, le Morrison Arms demeurait interdit d'accès et les occupants avaient reçu des bons pour passer la nuit dans un des motels au bord de l'autoroute : un authentique surclassement à leurs yeux.

Raymer avait reçu un bon lui aussi, mais dans l'immédiat, il avait opté pour le canapé de son bureau. Ne voulant pas qu'on sache qu'il dormait là, il était entré en douce par la porte de derrière du poste de police. Tombant de fatigue, il avait eu juste assez d'énergie pour ôter son uniforme trempé de sueur avant de s'écrouler sur le canapé, trop épuisé même pour s'assurer que la porte était verrouillée. Charice l'avait donc découvert là, savourant un sommeil si profond, sans rêve, proche du coma, que seule une personne cruelle peut interrompre. Le genre de personne qui, de son propre aveu, avait un papillon tatoué sur le postérieur.

« Qu'est-ce que vous faites ici, d'abord ? demanda-t-il.

— Je travaille ici, comme vous. Mais que voulez-vous dire, au juste ? Il s'est enfui ou bien il n'y a jamais eu de serpent ?

— Réponse numéro un », lui dit-il, mais la question était légitime. Raymer avait d'abord pensé à un phénomène d'hystérie collective. Quelqu'un crie *Serpent !* et les gens en voient partout. Mais cela, c'était avant que Justin et lui pénètrent dans l'appartement 107. Justin n'avait pas tardé à comprendre. Ni casseroles, ni poêles, ni assiettes, ni bols, ni couverts dans la cuisine. Et dans le salon, uniquement un canapé miteux face à un petit téléviseur. Sous la fenêtre, un mini-frigo rempli de bouteilles de bière. Le grand réfrigérateur, dans la cuisine, avait été aménagé. Justin avait noté la température du thermostat et sorti l'unique boîte rectangulaire et plate qui s'y trouvait pour la tendre à

Raymer en demandant : « Serpent ? » Quand la boîte s'était légèrement déformée sous les yeux de Raymer, l'obligeant à reculer d'un pas, involontairement, Justin avait souri et remis la boîte à sa place. « Aucun doute, ce type a monté sa petite affaire. »

Le type étant un certain William Smith, d'après Boogie Waggengneckt, qui ne l'avait jamais rencontré et affirmait avoir appris la veille seulement ce que contenaient les colis livrés par UPS. Personne au Morrison Arms ne semblait avoir vu ce type.

La chambre de l'appartement 107 était dotée d'épais rideaux et il faisait si sombre à l'intérieur que Raymer avait instinctivement abaissé l'interrupteur en entrant, ce qui n'avait rien donné évidemment. Toutefois, la lumière provenant du salon permettait de distinguer les cages empilées sur le lit et le long d'un des murs. Quand Justin avait allumé sa lampe électrique, cela avait provoqué un concert de grelots et de sifflements, mais c'étaient les mouvements sinueux dans l'obscurité qui avaient poussé Raymer à retourner dans la pièce voisine car il sentait les relents aigres de la Twelve Horse lui soulever l'estomac. Quand Justin était ressorti à son tour quelques minutes plus tard, en refermant soigneusement la porte derrière lui, il tenait un seau en plastique bleu comme celui qu'on emporterait à la plage pour un enfant. Il était rempli d'armes à feu.

« Il ne fait pas que dans le serpent », avait-il commenté en tendant les armes à Raymer, qui en avait examiné certaines. Bien entendu, les numéros de série avaient été limés. « Vous allez trouver de la drogue aussi, je peux vous l'assurer. »

Secondés par deux agents de police et par le gérant du meublé, il leur avait fallu trois heures, stressantes, pour achever les recherches du serpent disparu, après quoi Raymer avait ordonné que le Morrison Arms soit évacué et interdit d'accès.

« J'ai bien entendu ? » lui avait demandé Justin quand

ils s'étaient retrouvés sur le parking. Il portait encore ses cuissardes et, adossé à sa camionnette, il fumait une cigarette. « Vous vivez ici ? »

Raymer, profondément gêné, avait grimacé.

« Je n'étais pas au courant. »

De ce que manigançait un de ses voisins, voulait-il dire, mais il était possible que Justin fasse simplement allusion au fait que cet immeuble était un taudis, pas du tout le genre d'endroit où pouvait habiter un chef de la police.

« Pas étonnant. Ces types ne s'attardent pas. Ils s'installent, ils font leurs petites affaires et ils plient bagage. Trois, quatre semaines max.

— Vous avez déjà vu ça ?

— J'en ai entendu parler. Plus dans le sud surtout.

— Pourquoi choisir un immeuble plutôt qu'un coin paumé en pleine cambrousse ?

— Il faudrait leur demander, mais c'est une question de coûts, je suppose. Et puis, les gens de la campagne sont souvent curieux. Observateurs. Alors que les cas sociaux s'occupent de leurs affaires. Ils ont déjà suffisamment de problèmes sans se soucier de ceux des autres. S'il n'y avait pas eu cette coupure d'électricité, vous n'auriez jamais su que ce type était là.

— Pourquoi un frigo ? Et la clim ?

— En dessous de quinze degrés, les serpents hibernent théoriquement. Avec la clim, ils se réveillent tous les deux jours environ, ils boivent et ils se rendorment. Même pas besoin de les nourrir.

— Alors qu'à trente-cinq degrés ?

— Ils sont pleins feux. Affamés. Et furieux. »

Tout cela n'avait aucun sens pour Raymer.

« D'accord, mais à quoi bon ?

— Le marché des reptiles exotiques est en pleine expansion. D'ailleurs, les boas font de bons animaux domestiques. Par contre, il ne faut pas oublier de les nourrir. En Floride, une dame était partie acheter du lait. Elle s'est absentée genre dix minutes. Quand elle est rentrée, elle a découvert ce très gros serpent dans le berceau de son bébé. »

Raymer envisagea de partager cette anecdote avec Charice. Peut-être qu'elle s'en irait et lui ficherait la paix.

« Vous êtes en train de me dire qu'il a fichu le camp ? demanda-t-elle, obsédée par ce cobra. Mais où ? Et s'il mord un enfant ?

— L'enfant meurt.

— C'est horrible.

— On l'a cherché jusqu'à ce qu'il fasse nuit noire, OK ? Qu'est-ce vous attendez de moi ? » Pour lui, c'était une question de pure forme, mais il sentait que Charice ne l'entendait pas ainsi. « S'il vous plaît ? Par pitié ? On ne pourrait pas poursuivre cette conversation une fois que je serai habillé ? » Il montra la chaise sur le dossier de laquelle il avait posé son pantalon. « Si vous refusez de partir, vous pourriez me passer ça au moins ? »

Ce qu'elle fit, à contrecœur, en formant une pince avec son pouce et son index. Pouvait-on lui en vouloir ? La ceinture du pantalon était encore mouillée de transpiration. Il allait devoir apporter tout son uniforme au pressing.

« On devrait faire quelque chose, je ne dis rien d'autre, déclara Charice en mettant un peu d'eau dans son vin. Servir et protéger, hein ?

— J'aimerais bien qu'on adopte cette devise, plutôt que *Heureux, nous le serons que si vous ne l'êtes.*

— Vous recommencez avec vos formules. »

Raymer se leva et lui tourna le dos. Il enfila son pantalon et se sentit aussitôt beaucoup mieux, comme tout homme qui n'a jamais été à l'aise en tenue d'Adam.

« Des volontaires vont faire du porte-à-porte pour dire aux gens de ne pas laisser leurs enfants jouer dehors tant qu'on ne l'aura pas retrouvé.

— Et s'ils ne le retrouvent pas ?

— D'après Justin, il va probablement filer dans les bois,

où il mourra de faim. Ou bien se faire écraser par une voiture en traversant la route.

— Probablement ?

— Ou bien mourir de froid dès que l'hiver arrivera.

— C'est le début de l'été. Et il y a une vague de chaleur. »

En se penchant pour lacer ses chaussures, Raymer fut pris de vertiges et quand il se redressa, la pièce se mit à tanguer. Il dut agripper le coin du bureau pour se retenir.

« Chef ? » Sa voix était lointaine.

« Ça va », dit Raymer. Charice redevint nette quand il cligna des yeux et il retrouva son équilibre. « Un petit étourdissement, c'est tout.

— Vous n'avez rien mangé depuis quand ? »

Bonne question. Il avait sauté le petit déjeuner, et après ce qui s'était passé à Hilldale, il avait perdu l'appétit.

« Hier ?

— Pas étonnant. Bon. Je vous emmène chez moi.

— Hmmm. »

Charice plissa les yeux. « Ça veut dire quoi ce "hmmm" ?

— Le règlement de la police interdit les relations amicales entre collègues.

— Ne vous inquiétez pas, petit malin. J'ai mes propres règles à ce sujet. Je vous parle d'un dîner, pas d'un coup tordu. Mon imbécile de frère devait venir manger à la maison, mais il est dans tous ses états depuis que son bébé adoré a été égratigné. Résultat, j'ai un frigo plein et personne pour m'aider à le vider.

— Vraiment ? » Bien que faible, il avait faim, en effet.

« Poulet frit. Feuilles de chou. Pois à vache. Gruau de maïs. Et pastèque en dessert.

— Il faudra passer au Morrison Arms pour que je me change.

— Attendez voir… Vous m'avez crue, là ?

— Hmmm. » Il se sentit rougir intensément. En ne saisissant pas la plaisanterie, il avait réussi à l'insulter. « Désolé,

Charice. J'ai toujours vécu à Bath. Comme Noirs, je ne connais que vous et Jerome. Et M. Hynes, ajouta-t-il en repensant au vieil homme.

— Et vous imaginez Jerome mangeant une feuille de chou ?

— Je ne sais pas. J'aimerais tant… »

Elle attendit.

Il déglutit, conscient que quoi qu'il dise maintenant, ce serait certainement une erreur, mais il voyait là une nouvelle occasion de confectionner son cocktail préféré : deux doses d'humiliation et une part de regrets amers. Bien mélanger. Et boire cul sec. La journée s'y prêtait. Presque aussi épouvantable que toutes celles dont il se souvenait depuis que Becka avait dévalé l'escalier comme un Slinky. Il sentit ses yeux s'emplir de larmes.

« J'aimerais tant, bafouilla-t-il en s'adressant autant à sa défunte épouse qu'à la femme postée devant lui, ne pas avoir l'air d'un parfait idiot avec les femmes, à chaque instant de ma vie. »

Il s'attendait à ce que Charice lui réponde, comme l'aurait certainement fait Becka, que la solution à ce problème était simple : il devait cesser de se comporter comme un idiot. Au lieu de cela, elle soutint longuement son regard et dit : « Côtelettes d'agneau. Le plat préféré de Jerome. Avec une salade. Vous aimez les côtelettes d'agneau ?

— Oui.

— Vous savez allumer un feu ?

— Si vous parlez d'un barbecue, oui.

— Chef ? Je peux vous dire quelque chose ?

— Vous ai-je déjà empêchée de parler ?

— C'est assez personnel.

— Tout est plus ou moins personnel, Charice.

— Vous devez arrêter d'avoir peur de vous tromper. »

C'était la vérité, évidemment. Il le savait, depuis très longtemps. Quand il était gamin, il s'imaginait que le remède, c'était de ne plus se tromper. Il en découlerait cette confiance en soi à laquelle les autres semblaient accéder sans aucun effort. Pour sa mère, la meilleure solution, c'était de ne plus s'inquiéter. Mais comment faire ? Ni elle ni personne d'autre n'avait jamais pu l'aider à ce niveau-là.

« Se tromper, ce n'est pas un drame, disait Charice. On se trompe tous cent fois par jour.

— Je me trompe cent fois avant le petit déjeuner.

— Moi par exemple, je me suis trompée à votre sujet depuis le début. » Comme Raymer ne disait rien, elle ajouta : « Vous ne me demandez pas pourquoi ?

— Pardon ?

— Vous m'écoutez, au moins ? »

Non, il ne l'écoutait pas. Pas vraiment. Il s'écoutait lui-même. Prisonnier, comme toujours, du labyrinthe des pensées de Douglas Raymer, sans issue. Il fit dérouler la bande en arrière.

« Pourquoi vous êtes-vous trompée à mon sujet, Charice ?

— Je ne sais pas si je dois vous le dire.

— Mais vous allez me le dire quand même. On le sait bien, vous et moi. Vous avez toujours dit ce que vous vouliez que je sache.

— C'est vrai, mais je pourrais vous le dire demain, plutôt qu'aujourd'hui. »

Elle avait la main sur la poignée de la porte et souriait de nouveau, encore plus.

« Dites-le-moi, Charice. Je suis sûr que c'est une chose que je dois savoir. »

Elle baissa les yeux, au niveau de la taille de Raymer.

« Ce caleçon. Y a un truc qui cloche. Jamais j'aurais cru que vous étiez homme à en porter. »

La vieille Civic n'était pas spacieuse, mais au moins le siège du passager avait été reculé au maximum. Avant aujourd'hui, Raymer n'avait guère songé à la vie privée de

Charice, mais le fait que la position par défaut de ce siège ait été réglée, apparemment, par son frère aux grandes jambes, et non par un petit ami quelconque, en disait long. Et en ce vendredi soir, alors que d'autres jeunes femmes sortaient avec un garçon ou allaient boire des margaritas avec des copines, elle avait prévu de cuisiner pour Jerome. Logique, se disait-il. Ça ne devait pas être facile pour une jeune Noire ici. Avec qui pourrait-elle sortir à Bath, la Blanche conservatrice ? Son frère – grand, beau, élégant et s'exprimant bien – ne devait pas manquer de relations à Schuyler Springs, ville universitaire à la population plus progressiste, branchée et urbaine. Charice aurait sans doute été mieux lotie là-bas, mais Raymer n'en était pas convaincu. Des Blancs, à en juger par son expérience du moins, pouvaient être attirés par une jolie Noire, mais il y avait moins de chances de les voir sortir avec elle que de voir un Noir sortir avec une Blanche. Lui-même aurait-il proposé un rencard à Charice s'il n'avait pas déjà été marié quand ils s'étaient connus, s'il n'était pas son supérieur, si elle ne lui cassait pas les couilles en permanence et ne menaçait pas de le traîner en justice pour de prétendues infractions commises dans le cadre professionnel ? OK, ça faisait trop de « si » à déchiffrer sans craindre de se tromper. Il avait été marié, il était son supérieur, elle lui cassait les couilles matin, midi et soir, et la plupart du temps, elle paraissait presque sérieuse quand elle menaçait de lui faire un procès.

D'ailleurs, si ça se trouve, c'étaient des conneries tout ça. Que savait-il réellement d'elle ? Certes, elle vivait à Bath, mais peut-être qu'elle allait faire la fête à Schuyler. Avec un type différent tous les soirs. Peut-être que la moitié des beaux partis de la ville avait vu son papillon tatoué. Qu'est-ce que ça indiquait sur lui, le fait qu'il ne lui attribue aucune vie sociale ? Que ce dîner avec son frère, un vendredi soir, était une chose qu'elle attendait avec impatience, l'apogée de sa semaine ? Inviter son supérieur, un Blanc d'un certain âge, déprimé, à manger les côtelettes d'agneau de Jerome signifiait-il que le découragement s'était installé ? Sans doute. Mais n'était-il pas possible, également, qu'elle ait déjà pitié de lui, alors qu'il était occupé à avoir pitié d'elle ? S'il ne faisait pas attention, il allait le savoir.

« Il y a une lampe dans la boîte à gants », dit-elle quand ils pénétrèrent sur le parking désert du Morrison Arms. À l'exception de l'éclairage d'un lampadaire un peu plus loin dans la rue et des lumières de chez Gert, qui devait disposer d'un groupe électrogène, il faisait nuit noire. En temps normal, le bar aurait été plein à craquer et les clients tapageurs répandus sur le trottoir, mais pas ce soir. Témoignage supplémentaire de l'influence qu'un cobra en fuite pouvait exercer sur l'imaginaire collectif.

En ouvrant la boîte à gants, Raymer ne put s'empêcher de s'amuser du contraste entre le fouillis rassurant de Charice et la maniaquerie de son frère. « Vous saviez que Jerome avait commandé le manuel d'une voiture vieille de trente-cinq ans ? »

Charice soupira. « Pauvre Jerome. » Sa voix était empreinte d'une authentique pitié, mais Raymer ne parvenait pas à évaluer sa portée. Avait-elle pitié de son frère de manière globale, parce qu'il était ce qu'il était, ou uniquement aujourd'hui car il était abattu par l'agression dont avait été victime la prunelle de ses yeux ?

« C'est quoi, son problème ? demanda-t-il.

— Son problème ? » Elle était méfiante, soudain. Protectrice. Il se souvint qu'ils étaient jumeaux.

« Comment peut-il penser que j'ai rayé sa voiture ? Vous sauriez m'expliquer ?

— Je pourrais essayer, mais la seule vraie explication, c'est que Jerome est Jerome. Faites vite », ajouta-t-elle quand il descendit de voiture.

Il n'était pas étonnant qu'elle soit anxieuse. En plein jour, ce parking n'était pas un endroit pour une femme seule. Ce soir, totalement désert, devant l'immeuble entouré de bandes de plastique jaune, avec un serpent mortel qui rampait dans les parages, il y avait de quoi flanquer la frousse à n'importe qui. Se sachant observé par Charice, Raymer s'efforça de singer la nonchalance quand il passa sous la bande jaune pour pénétrer dans le meublé. Dans l'escalier obscur qui menait à son appartement du premier étage, il frissonna malgré la chaleur toujours aussi étouffante. Bien que chaque appartement ait été soigneusement inspecté un peu plus tôt, en vain, cela ne voulait pas dire que le serpent ne se cachait pas quelque part, dans un coin. Il balayait l'escalier avec le faisceau de la lampe et s'arrêtait à chaque marche pour guetter un sifflement. Dans le noir, ses autres sens étaient aiguisés, y compris, malheureusement, l'odorat. Qui pouvait avoir l'idée d'uriner dans une cage d'escalier sans fenêtre pendant une vague de chaleur ?

Après avoir déverrouillé sa porte, il la poussa lentement en pointant la lampe vers le sol, presque surpris de ne voir aucun mouvement. Le Morrison Arms souffrait d'un sérieux problème de cafards, et malgré les pulvérisations répétées et agressives effectuées par Raymer dans tous les coins et recoins de son appartement, les poissons d'argent, les mille-pattes et autres bestioles rampantes et effrayantes continuaient à prospérer et à se multiplier. Quand il se levait la nuit pour faire pipi, la lumière de la salle de bains les faisait détaler dans les canalisations et derrière les carreaux fêlés. Si, en temps normal, ce spectacle suffisait à vous donner la chair de poule, il aurait été le bienvenu à cet instant ; signe que le statu quo, si répugnant soit-il, régnait encore. Est-ce que les reptiles exotiques mangeaient des cafards ? se demanda-t-il. Ce cobra avait-il accompli en quelques heures ce que ses pulvérisations obstinées n'avaient jamais réussi à faire ? Cela lui rappela l'histoire – certainement apocryphe – racontée par Justin, de cette femme qui en rentrant chez elle avait découvert un boa constrictor étonnamment gros couché dans le berceau de son bébé. Raymer allait-il trouver le cobra lové au milieu de son lit, le ventre trop plein de cafards pour se dresser et déployer sa coiffe triangulaire ? Figé sur le seuil de la chambre, il braqua la lampe d'abord sur le lit, puis sur le plancher. Pas de serpent.

Il entra prudemment et s'arrêta devant la commode, dont le tiroir du haut contenait ses sous-vêtements. Incroyable, songea-t-il, la facilité avec laquelle la raison humaine pouvait être piétinée. Car franchement, ce serpent avait fichu le camp depuis longtemps, pas vrai ? En supposant qu'il n'ait pas été écrasé par une voiture, il avait eu le temps d'aller jusqu'à Schuyler Springs, même si les mauvaises nouvelles prenaient rarement cette direction. Un des rares endroits où il ne pouvait *pas* être, c'était un tiroir à chaussettes fermé. Qu'un serpent puisse escalader la commode, ouvrir le tiroir en question sans posséder de pouce opposable (ni même de mains, d'ailleurs), s'y faufiler et ensuite – c'était le plus fort – refermer le tiroir de l'intérieur sans l'aide d'une poignée, c'était tout bonnement impossible dans le monde que Raymer connaissait et dans lequel il évoluait quotidiennement. Alors, pourquoi avait-il l'impression, à cet instant précis, que le reptile avait réussi cette prouesse ? Et pourquoi, avant d'ouvrir le tiroir, éprouva-t-il le besoin de donner quelques petits coups secs dessus avec la lampe et de tendre l'oreille pour guetter un mouvement à l'intérieur ? Parce qu'il savait par expérience que le monde était rationnel, jusqu'au moment où il ne l'était plus, et à partir de là, il pouvait se passer n'importe quoi. Quand, sans crier gare, le monde basculait, il devenait immédiatement méconnaissable. Vous vous baladiez tranquillement dans la vie, certain de savoir comment les choses fonctionnaient, et puis, un après-midi, vous rentriez plus tôt que d'habitude et trouviez votre femme avec le front cloué à la première marche de l'escalier, dans une posture qui défiait la pesanteur. Soudain, vous compreniez que vous aviez tort, sur tout, et vous n'aviez pas d'autre choix que de vous habituer à cette nouvelle et terrible réalité. Ce qui ne peut pas exister *existe*, indéniablement, et *existera* pour toujours. Sauf que, là encore, vous aviez tout faux. Car petit à petit, une fois le choc passé, le monde retrouvait ses vieilles habitudes, satisfait de vous avoir flanqué sur le cul et attendant avec plaisir le retour de votre fatuité pour glisser un serpent venimeux dans votre foutu tiroir à chaussettes, démontrant ainsi, une fois encore, que ce n'est pas vous, pauvre crétin, qui commandez, mais lui, et ça ne changera jamais.

C'est pourquoi, habituellement calme et rationnel, Raymer ouvrit lentement le tiroir qui ne pouvait absolument pas cacher un serpent, à moins que… Comme rien n'en jaillit, il l'ouvrit un peu plus, puis encore un peu plus, penché en arrière afin de rendre l'attaque du serpent plus difficile géométriquement parlant, jusqu'à ce qu'il soit certain du contenu : caleçons, chaussettes et mouchoirs.

Il se déshabilla rapidement et balança son uniforme trempé de sueur dans un coin, avec le pied, de peur de déranger ce qui pouvait se cacher dans le panier de linge sale. Il envisagea de prendre une douche dans le noir, mais se ravisa aussitôt. Il enfila un caleçon propre (et sourit en songeant que Charice avait clairement deviné sa préférence pour les slips, ravi qu'une femme de son âge ait pu se faire cette réflexion, même furtivement), puis des chaussettes propres et une chemisette. Pour éviter d'avoir à revenir plus tard, ce soir ou demain matin, il décida d'emporter quelques affaires. Cela voulait dire se mettre à quatre pattes et braquer la lampe sous le lit, où il rangeait son sac de sport. Après l'avoir récupéré, il le secoua pour évaluer le poids, car si un serpent pouvait entrer dans son tiroir à chaussettes, il n'aurait aucun mal à ouvrir un sac, à s'y introduire et à le refermer. Il fourra dans le sac vide plusieurs sous-vêtements et trois chemises car il transpirait déjà dans celle qu'il venait d'enfiler.

En passant devant la fenêtre, il jeta un coup d'œil sur le parking, désert à l'exception de la Civic de Charice, juste au moment où le plafonnier s'allumait et où elle en descendait. Elle avait trop chaud dans la voiture, ou bien elle s'impatientait. Quelque chose dans sa posture, l'air inquiet avec lequel elle scrutait le bâtiment obscur, suggérait une troisième, mais lointaine, possibilité : elle s'inquiétait pour lui. Se pouvait-il que, comme l'avait affirmé son cinglé de frère cet après-midi, Charice lui soit réellement dévouée ? Il en doutait. De même qu'il refusait de croire que Becka se soit inquiétée pour lui, une seule fois. À l'école de police, on les mettait en garde contre l'impact émotionnel de ce métier sur leur vie conjugale. Réveillées à trois heures du matin par des sirènes, les épouses pouvaient se demander si elles allaient recevoir cette nuit-là le coup de téléphone tant redouté. *Votre mari s'est fait tirer dessus. Il est aux soins intensifs, son état est stationnaire pour le moment, mais vous feriez bien de venir tout de suite.* Évidemment, ce scénario cauchemardesque se déroulait surtout en milieu urbain, et il était peu probable que Raymer soit abattu à Bath. D'un autre côté, jusqu'à aujourd'hui, les risques d'être mordu par un cobra semblaient extrêmement éloignés eux aussi. Le monde était un endroit dangereux, et Becka savait forcément qu'un jour ou l'autre son mari pouvait arrêter la mauvaise voiture ou entrer dans une épicerie au moment où un connard complètement défoncé en sortait avec le contenu de la caisse dans sa poche, un Slurpee dans une main, un .45 dans l'autre. Raymer était prêt à rassurer Becka en affirmant qu'il ne lui arriverait rien. Malheureusement, le sujet n'avait jamais été abordé.

De là où il se tenait, il faisait trop sombre et Charice était trop loin pour qu'il distingue son expression, pourtant c'était flatteur d'imaginer que son visage pouvait exprimer autre chose que son agacement habituel. Quand elle parut tourner la tête vers lui, il lui adressa un signe de la main, mais elle détourna le regard et Raymer n'était pas certain qu'elle l'ait vu derrière la vitre non éclairée.

Il alla chercher son nécessaire de rasage dans la salle de

bains et en retournant dans le salon, il s'arrêta un instant pour réfléchir : aurait-il besoin d'autre chose ce soir au motel ? Bizarrement, alors que l'aspect sordide de l'appartement était moins visible dans le noir, c'est à ce moment-là qu'il prit conscience, avec force, que Charice avait raison au sujet du Morrison Arms. Qu'il habite délibérément dans un tel trou à rats en disait long sur son état d'esprit, voire sur sa personnalité. Tout allait de travers depuis Becka. Chaque jour ou presque, il était rendu à moitié fou par quelque chose qui n'était ni du chagrin ni de la jalousie, peut-être un étrange mélange des deux. Mais à quoi bon savoir ce qui clochait chez lui ? Le moment était venu de se ressaisir, voilà le plus important. La perte de cette télécommande de porte de garage était sans doute ce qui pouvait lui arriver de mieux, en effet. Il s'en apercevait maintenant. Il fallait laisser tomber. Les soupçons, la jalousie, le manque de confiance en soi. Tout.

C'était exactement ce qu'il avait l'intention de faire lorsque, en ouvrant la porte de son appartement, il heurta l'homme qui se trouvait de l'autre côté, éclairé par-derrière, le poing levé pour frapper à la porte. Le son qui jaillit du larynx de Raymer ressemblait à un bêlement, tandis qu'il reculait en titubant, le souffle coupé. C'est seulement quand la lampe électrique tomba et roula sur le sol, pour s'immobiliser entre les pieds de la silhouette menaçante, qu'il s'aperçut qu'il l'avait lâchée.

« Monsieur Hynes, dit-il quand celui-ci se baissa, en faisant craquer ses vieux os, pour ramasser la lampe et la lui rendre. Qu'est-ce que vous fichez ici ?

— J'avais cru entendre du bruit. Vous cherchez encore ce serpent ?

— Non, dit Raymer, la main posée sur son cœur, qui continuait à cogner dans sa poitrine. À l'heure qu'il est, il va bientôt arriver en Inde.

— Je vous ai pris pour un cambrioleur. À fureter dans le noir comme ça…

— Oui, bien sûr. Mais…

— Quoi ?

— Si j'avais été un cambrioleur, c'était quoi votre plan ?

— Je vous aurais bien regardé. Pour pouvoir vous identifier au poste, et vous expédier en taule.

— Mais… » Raymer se tut finalement. Pourquoi le dissuader de faire son devoir de citoyen ? « Vous n'êtes pas censé être ici, monsieur Hynes. C'est pour ça qu'il y a des bandes jaunes tout autour de l'immeuble. Tant qu'on ne les enlève pas, ça veut dire qu'il y a un danger. Surtout pour un homme de votre âge, tout seul dans le noir. Imaginez un peu que vous tombiez et qu'il n'y ait personne pour vous relever et vous entendre appeler au secours ?

— Le noir et moi, on est des vieux amis. Ça remonte à loin. Avant votre naissance, même.

— Ils ne vous ont pas donné un bon ? Pour passer la nuit au Holiday Inn ? Et dîner au Applebee ? Aux frais de la municipalité.

— Comment je ferais pour me trimbaler jusque là-bas ?

— Je peux demander à quelqu'un de vous emmener. Non, mieux, je vais vous y conduire tout de suite. »

Charice ne refuserait pas de faire un petit détour.

Le vieil homme secoua la tête. « Trop tard. J'ai déjà dîné. Les vieux, ça digère mal. Je mange tôt. Et je devrais être couché. »

Raymer soupira.

« Monsieur Hynes ?

— Hmm ?

— Vous aimez n'en faire qu'à votre tête, hein ?

— Ça fait plus de quatre-vingts ans que ça dure.

— Si je vous laisse rester ici, vous allez me dénoncer ensuite ? Si ce serpent se faufile dans votre lit et vous mord, vous allez me trahir en disant aux gens que je vous ai autorisé à rester ?

— Ce serpent doit être arrivé en Inde maintenant, c'est vous qui l'avez dit.

— C'est vrai, je l'ai dit, mais je me trompe souvent. Quand je dis que le serpent est parti, je veux dire "probablement". Il est parti, sauf s'il n'est pas parti. Si je me trompe, c'est vous qui vous ferez mordre, pas moi. Alors, laissez-moi vous emmener au Holiday Inn, OK ? Je me sentirai beaucoup mieux.

— Merci, c'est gentil. Mais je prends le risque. Z'avez qu'à revenir demain matin. Pour voir si je suis toujours vivant. Si je suis mort, vous pourrez dire : "Je vous l'avais dit." »

Raymer comprit que c'était inutile d'insister, alors il ferma la porte de son appartement derrière eux et ils descendirent ensemble. M. Hynes tenait la rampe d'une main et le coude de Raymer de l'autre. Ses doigts étaient comme des serres, sa poigne solide.

« Quelqu'un a fait pipi ici, fit remarquer le vieil homme en reniflant. Un Blanc.

— Vous en êtes sûr ?

— Ouais. Un Blanc, c'est sûr.

— Comment est-ce que…

— Je suis le seul Noir qui vit ici, et j'utilise mes toilettes. »

C'est étrange, pensa Raymer tandis qu'ils continuaient à descendre, comme une présence humaine suffisait à chasser la peur. En compagnie de ce vieil homme frêle, il ne voyait plus aucune raison soudain de redouter un quelconque cobra. Dehors, un klaxon mugit. Arrivé au pied de l'escalier, Raymer demanda : « Vous êtes sûr que ça va aller ?

— Ça ira, oui. Je vais me coucher. Dites, c'est une jeune fille noire qui était avec vous, dehors ? »

Il les avait donc vus arriver. Et il avait vu Charice dans la lumière du plafonnier quand elle était descendue de voiture. Il n'était pas monté parce qu'il croyait que Raymer était un cambrioleur. Il était intrigué, comme il l'avait été plus tôt dans l'après-midi par Jerome.

« Rien ne vous échappe, monsieur Hynes.

— Dommage que je sois pas plus jeune. Je vous ferais de la concurrence.

— Vous vous trompez. Elle travaille pour moi. Et puis, j'ai dix ans de plus qu'elle. Au moins.

— Et alors ?

— Elle pourrait trouver beaucoup mieux, ajouta-t-il en pensant de nouveau à Becka, qui était parvenue elle aussi à cette conclusion, de toute évidence.

— Et alors ? répéta le vieil homme. Toutes les femmes que j'ai connues auraient pu trouver mieux. Avec les hommes, les femmes manquent de jugeote parfois. Un homme a intérêt à garder ça en tête.

— Elle ne me porte pas dans son cœur, monsieur Hynes. Elle tient la liste de toutes mes fautes pour pouvoir me traîner en justice.

— C'est peut-être de l'amour.

— Non, je ne crois pas. »

Le vieil homme haussa les épaules. « Je devrais être couché, répéta-t-il.

— J'enverrai quelqu'un demain matin, pour prendre de vos nouvelles.

— Envoyez la fille. Elle a peut-être un faible pour les vieux. On sait jamais, ricana-t-il, en saluant d'un petit geste de la main. Je vais m'offrir une bonne nuit de sommeil, au cas où. »

Raymer regarda M. Hynes s'éloigner dans le couloir sombre, d'un pas traînant, une main appuyée contre le mur pour se soutenir. Il essaya d'imaginer ses journées, assis dehors, sur un siège de jardin, heure après heure, à agiter un petit drapeau américain devant les passants. Il repensa à ce qu'avait dit Jerome, un peu plus tôt, chez Gert : prendre le temps de discuter avec un vieil homme solitaire, c'était ça le travail d'un policier. Il aurait aimé se dire que Jerome avait raison, mais un vrai policier n'aurait pas permis à M. Hynes de passer la nuit au Morrison Arms. Il l'aurait mis à l'abri sans se soucier de ses désirs.

« J'étais sur le point de venir vous chercher, déclara Charice quand il sortit du hall. Vous en avez mis du temps.

— J'ai pris des affaires », expliqua-t-il en brandissant son sac.

Quand ils remontèrent en voiture, Charice laissa la portière ouverte, si bien que le plafonnier resta allumé, et elle le regarda en haussant un sourcil.

« Vous avez l'intention de passer la nuit chez moi ? Vous croyez que les côtelettes d'agneau, c'est juste le hors-d'œuvre ?

— Mon Dieu, non », dit Raymer en se sentant rougir.

Le sourcil de Charice se dressa encore plus haut. « Ça veut dire quoi "Mon Dieu, non" ? Que vous ne voudriez pas rester, même si je vous le proposais ? C'est ça que ça veut dire ?

— Non, Charice. Je voulais juste... »

Elle affichait un grand sourire maintenant, ce qui signifiait qu'elle l'avait fait marcher encore une fois, comme avec le poulet frit et les feuilles de chou.

« J'aimerais que vous ne soyez pas aussi méchante avec moi.

— Oui, je sais. J'aimerais bien, moi aussi. Faut croire que c'est plus fort que moi.

— Faites un effort, s'il vous plaît.

— En tout cas, dit-elle en mettant le contact et en fermant sa portière, je viendrai avec vous la prochaine fois. Pas question d'attendre sur le parking, à me demander si vous êtes allongé par terre à l'intérieur, après avoir été mordu par un serpent. »

Raymer la regarda, mais le plafonnier étant maintenant éteint, impossible de déchiffrer son expression. Il aurait été heureux de se dire que c'était le début d'une amitié, mais comment être ami avec une femme si vous ne saviez jamais quand elle se moquait de vous ? *Au moins, avec Becka...* songea-t-il, puis il s'arrêta. S'il était allé jusqu'au bout de sa pensée, cela aurait donné : *j'aurais su à quoi m'en tenir.* Mais c'était faux. Il n'avait pas su à quoi s'en tenir avec Becka. Il l'avait cru, c'est tout.

« Il n'y aura peut-être pas de prochaine fois », dit-il, alors qu'une chose ressemblant à une intention prenait forme à l'intérieur de son crâne, à l'endroit occupé précédemment par la migraine. Il venait de prendre conscience qu'elle avait disparu. « J'envisage d'aller vivre ailleurs. »

Et de l'avant aussi, pensait-il. Il envisageait d'aller de l'avant.

SPINMATICS

Pour un soir de semaine, il y avait foule au White Horse, tous les box étaient occupés par des touristes, dont la moitié parlait dans leurs téléphones portables. Là où la plupart se rendaient – Lakes George, Placid, Schroon et Champlain –, ils n'auraient pas de réseau. Ceux qui prenaient l'autoroute jusqu'à Montréal auraient une mauvaise réception pendant trois bonnes heures. Tous ces habitants du sud de l'État qui montaient vers le nord, si tôt dans la saison, cela aurait dû être une bonne nouvelle pour Birdie, dont l'investissement en heures de travail faisait d'elle la copropriétaire de l'établissement, et pourtant, on avait l'impression qu'elle allait réduire sa part en cendres. C'était curieux de voir que toutes les femmes que connaissait Sully – Ruth, Janey, Bootsie et maintenant Birdie – marchaient sur le sentier de la guerre.

« Formidable, lâcha Birdie en voyant entrer Sully et les deux Rub. Ma soirée est complète maintenant. »

Sully se hissa sur le seul tabouret libre, juste à côté de Jocko qui portait encore sa blouse de pharmacien, et déposa bruyamment deux billets de vingt dollars sur le bar pour s'assurer un bon accueil.

« Je me fais des idées, demanda-t-il, ou bien elle est plus

heureuse de nous voir en hiver, quand tous les riches touristes ont fichu le camp ?

— À vrai dire, répondit Jocko, je n'ai jamais eu l'impression d'être le bienvenu, quelle que soit la saison.

— Assieds-toi, Rub, dit Sully, et le chien se coucha en boule sous son tabouret.

— Où ça ? demanda Rub, comprenant au même moment qu'il était tombé dans le panneau encore une fois.

— Qu'est-ce que je te sers, Rub ? » demanda Birdie.

Il soupira. Depuis vingt ans qu'il buvait au Horse, sa commande n'avait jamais varié, pas une seule fois. Alors, ne pouvait-elle pas simplement lui apporter ce qu'il voulait ?

« Une b-b-b...

— Une bière, traduisit Sully.

— Laquelle ?

— B-b-b...

— Budweiser, dit Sully.

— Autre chose ? »

Rub regarda Sully, qui lui payait parfois un burger, parfois non. « Vas-y, lui dit-il. Tu as eu une dure journée. »

Ce qui voulait dire que Sully n'allait plus tarder à se lancer dans l'histoire qu'il avait promis de ne pas raconter en venant ici.

« Un b-b-b...

— Un burger, dit Sully.

— Avec ?

— Du b-b-b...

— Du bacon. »

Les épaules de Jocko tressautaient. « Ah, la vache, vous êtes cruels, dit-il.

— Et du fromage », ajouta Rub car il aimait bien le fromage et c'était un mot facile à prononcer.

Birdie se tourna vers Sully.

« Et toi ?

— Une pression, c'est tout.

— Tu devrais manger quelque chose. Tu as mauvaise mine.

— J'ai pas d'appétit », avoua-t-il, et c'était bizarre car il avait faim un peu plus tôt. La faute à Bootsie et à sa seringue sans doute. À part ça, il se sentait beaucoup mieux, il n'avait plus ce poids sur la poitrine, il respirait plus facilement que durant la journée. « Qu'est-ce qui te met en rogne ? »

Birdie lui adressa un regard qui semblait dire « J'aime mieux pas en parler », avant de se mettre à en parler. « Buddy a appelé une fois de plus pour dire qu'il était bourré une heure avant de prendre son service. Résultat, j'ai dû me démener pour trouver un cuistot. »

Une serveuse sortit de la cuisine au même moment, un plateau argenté posé en équilibre sur son épaule, et avant que la porte battante se referme derrière elle, Sully entrevit Janey qui s'affairait devant le gril.

« Ensuite j'ai cassé un verre dans la glace et je me suis blessée en enlevant les morceaux. »

Elle montra sa main gauche, où se chevauchaient une demi-douzaine de sparadraps, entre le pouce et l'index.

« Je me demandais pourquoi mon pinot grigio était rose, dit Jocko en levant son verre dans la lumière.

— Ouais, dit Sully, mais franchement, quel genre d'homme boit ce truc ?

— Un homme sûr de lui ? Qui n'a pas besoin d'apporter la preuve de sa virilité ? »

Sully leva les yeux au ciel. « Oui, ça doit être ça.

— Et ensuite, reprit Birdie, Bridget a laissé une table de huit filer sans payer. Entrecôtes garnies et cinq bouteilles de vin. »

La serveuse coupable passait justement par là pour regagner la cuisine.

« C'est pas mon problème. J'ai deux fois trop de tables à gérer, et tu le sais. »

Birdie l'ignora.

« Mon personnel estival n'arrive que dans quinze jours,

et la moitié aura probablement trouvé un autre boulot d'ici là, sans prendre la peine de me prévenir. »

Rub, qui détestait rester debout quand tout le monde avait un siège, reluquait un box de quatre places que deux couples s'apprêtaient à quitter. Il avait espéré trouver le Horse désert et avoir Sully pour lui seul. S'il réussissait à le convaincre de s'installer dans ce box, il pourrait lui raconter que Raymer s'était évanoui à cause de la chaleur et avait basculé la tête la première dans la tombe du juge. Cette histoire plairait à Sully, qui s'en emparerait sans doute immédiatement. Demain soir à cette heure-ci, il l'aurait racontée à la moitié de la ville. Mais comme c'était un conteur inspiré, Rub ne se formaliserait pas de ce vol. En vérité, il adorait voir une de ses histoires évoluer entre les mains de Sully, jusqu'à ce que lui-même, la source, ait complètement disparu. Ces temps-ci, sa façon de raconter était minée par son bégaiement, et par sa conviction qu'une histoire devait être vraie. Sully, lui, n'était pas gêné par le handicap de Rub ni sa rigueur. Il embellissait, inventait, remaniait et adaptait sans vergogne, amplifiant à chaque nouvelle version les éléments qui avaient provoqué le plus grand nombre de rires ou la plus grande stupéfaction précédemment, éliminant d'autres éléments qui, contre toute attente, tombaient à plat. Au début, il attribuait parfois le crédit à Rub, mais à mesure qu'il gagnait en confiance, il relatait l'histoire comme s'il en avait été l'unique témoin. Parfois, quand Sully se surpassait, Rub aurait aimé assister aux événements que décrivait son ami, jusqu'à ce qu'il se souvienne qu'il y *avait* assisté.

Ce soir, évidemment, il avait un intérêt personnel à ce que Sully reprenne à son compte l'histoire du chef de la police qui basculait dans la tombe car si Sully ne régalait pas les clients du Horse avec la bêtise de Raymer, il allait raconter l'après-midi humiliant que Rub avait passé dans l'arbre. Son seul espoir consistait à remplacer l'histoire qu'il ne voulait pas entendre par une autre, meilleure.

« Il y a un b-b-b-box là-bas, dit-il en le montrant du doigt.

— Attends un peu, répondit Sully, tout bas. Je pense qu'un tabouret va se libérer dans deux minutes. »

Car le client assis à côté de Jocko n'était autre que Spinmatics Joe, la personne que Sully aimait le moins à Bath, jusqu'à ce que Roy Purdy effectue son retour triomphal. Joe buvait généralement chez Gert, où une bière et un petit verre coûtaient un dollar de moins et qui se trouvait à quelques pas seulement du Morrison Arms, même en titubant. De plus, on pouvait y exprimer librement les opinions les plus stupides sans craindre le ridicule. Le Horse, qui n'était pas non plus un repaire d'intellectuels, tolérait généralement la bêtise, mais certains soirs, vous pouviez franchir une ligne invisible et devenir un objet de mépris et de moqueries, alors que vous espériez, sinon une approbation, du moins un peu de tolérance.

« Oh, nom d'un chien, Birdie, dit Jocko qui avait surpris la remarque de Sully. C'est reparti. »

Elle haussa les épaules. « Je ne peux pas le mettre dehors, Sully. Tant qu'il n'a rien fait.

— Tu pourrais le flanquer à la porte par principe. »

Jocko ricana.

« Si on appliquait ce critère sans discernement, qui resterait-il ?

— Uniquement les gens qui emploient le mot “discernement”, dit Sully, et qui boivent du pinot grigio.

— S'il se conduit mal, je m'offrirai ce plaisir, déclara Birdie.

— Ça ne va pas tarder, affirma Sully.

— Ah, putain, soupira Jocko.

— C'est bien toi, Joe ? » demanda Sully en se penchant en avant pour l'avoir dans sa ligne de mire. Serviable, Jocko recula sur son tabouret.

« Tu sais bien que oui, répondit le type en lui adressant

un signe de tête dans le miroir qui courait derrière le bar. Pas la peine de poser la question.

— Je pensais bien que c'était toi, dit Sully. Mais j'ai oublié mes lunettes et ça fait un bail que je ne t'ai pas vu. Je me disais que tu étais peut-être ton frère.

— J'ai pas de frère.

— Tes parents ont sans doute pensé qu'un seul c'était suffisant. Alors, comment ça se passe au Morrison Arms ces temps-ci ?

— C'est un putain de taudis. Évidemment, j'ai pas une vieille folle qui m'a laissé des millions en claquant, pour que je puisse vivre dans un endroit chouette. »

Sully ignora cette remarque.

« Au moins, dit-il, aucune de ces personnes que tu détestes n'y habite, hein ?

— Ah, merde », dit Jocko, qui savait très bien où menait cette conversation en apparence inoffensive. Il n'était pas présent le soir où Joe avait hérité de son surnom, mais tout le monde en ville connaissait cette histoire. Exaspéré par un truc qu'il venait de voir à la télé, fixée au-dessus du bar, il s'était lancé dans une diatribe contre ces enfoirés de Spinmatics qui envahissaient ce putain de pays. Comment, demandait-il, un Blanc pouvait-il s'en sortir, alors que tous les boulots revenaient à ces enfoirés de Spinmatics. « Ils se sont déjà emparés d'Amsterdam », avait-il rétorqué quand quelqu'un avait demandé ce que c'était que ce charabia de péquenaud. Et puis, quelqu'un d'autre avait fini par deviner qu'il parlait des *Hispaniques* ! Autant que Sully pouvait en juger, Joe n'avait pas remis les pieds au Horse depuis ce soir-là.

« J'oublie toujours, dit Sully. C'est qui ces gens que tu n'aimes pas ?

— Les Nègres ?

— Joe, dit Birdie sur un ton de mise en garde.

— Non, pas eux. Les autres.

— Va te faire foutre, Sully. »

Un grognement monta de sous le tabouret de Sully.

« Joe, répéta Birdie.

— Tu sais bien de qui je veux parler », insista Sully.

Au ton de sa voix, n'importe qui aurait pu croire que les deux hommes étaient dans les meilleurs termes et que Sully essayait seulement de rafraîchir la mémoire de son ami.

« Aide-moi. J'ai le mot sur le bout de la langue. »

Des ricanements se firent entendre d'un bout à l'autre du comptoir et Joe se raidit.

« Tu es vraiment un fils de pute », dit-il en s'adressant au reflet de Sully dans le miroir, et toutes les têtes se tournèrent aussitôt vers Birdie. Voilà une insulte que l'on n'entendait jamais au Horse, et certainement pas quand Birdie tenait le bar. Rub se leva, fit un tour sur lui-même et grogna un peu plus fort, les oreilles dressées.

« Rub, dit Sully d'un ton sec.

— Quoi ? » demanda son ami qui attendait toujours patiemment derrière lui.

Tandis que son chien se recouchait, Sully dit : « Oh, ça me revient ! Les Spinmatics.

— Et un enculé, ajouta Joe en buvant la moitié de sa bière d'un trait.

— Finis ton verre et fiche le camp, dit Birdie.

— C'est dommage que tu les aimes pas, dit Sully. Sinon, tu pourrais en prendre trois ou quatre pour former un groupe et enregistrer des disques. Joey et les Spinmatics. »

Joe possédait apparemment une gamme limitée d'insultes car au lieu de continuer sur ce registre, il choisit une autre voie en levant son verre de bière très haut et en en versant lentement le contenu sur le bar. Comme Jocko le craignait, c'est lui qui fut le plus éclaboussé.

« Tu paieras quand même ton verre, dit Birdie quand Joe eut terminé son numéro.

— Non, c'est pour moi, dit Sully en faisant glisser vers elle un de ses billets de vingt.

— Tu paies tout ? »

Visiblement, elle désapprouvait cette marque de générosité.

« Pourquoi pas ? Joe et moi, on est de vieux amis, pas vrai, Spin ? Pas de rancune entre nous. »

Descendu de son tabouret, Joe demeura immobile, en proie à un dilemme aussi profond que visible. Sully et lui étaient-ils vraiment de vieux amis ? Ce connard était-il réellement en train de s'excuser ?

« Même si, à vrai dire, reprit Sully, je préfère son frère. »

À ces mots, le visage de Joe s'assombrit comme un nuage d'orage et il serra le poing droit. Rub s'était levé de nouveau et des profondeurs de sa cage thoracique monta un grognement rauque qui fit prendre conscience à Joe de sa présence, pour la première fois. Si Rub n'était pas un gros chien, il paraissait très déterminé. Joe l'étant beaucoup moins, il desserra son poing.

« Rub, dit Sully.

— Leq-q-q-quel ? demanda son ami impatient.

— Assieds-toi ! » lui ordonna Sully.

Le chien obéit.

« J'attends que ça », déclara son homonyme.

Quand la porte se fut refermée derrière Joe, Sully se tourna vers Rub et montra le tabouret désormais inoccupé.

« Eh ben, qu'est-ce que tu attends ? »

Rub ne savait pas trop. Il voulait un tabouret, oui, mais celui-ci était à côté de Jocko, qui n'était pas son ami, contrairement à Sully. Il était debout tout seul et maintenant, il serait assis tout seul. Et comme chaque fois qu'il éprouvait un sentiment profond, il n'arrivait pas à l'exprimer, alors il montra la bière répandue sur le comptoir.

« C'est tout mouillé.

— Exact. Mais Birdie va essuyer ça.

— Et si on échangeait ? » proposa Jocko en glissant sur le tabouret voisin.

C'était exactement ce qu'espérait Rub, bien sûr. Et pourtant, face au tabouret, il pouvait uniquement songer, comme il avait l'occasion de le faire chaque jour, à la terrible déception éprouvée lorsque ayant obtenu ce qu'on croyait désirer, on s'apercevait qu'on s'était trompé, et qu'on avait été privé d'une chose qu'on ne pouvait même pas nommer.

« Tout va bien maintenant ? » lui demanda Sully quand il grimpa sur le tabouret.

Rub haussa les épaules. Non, tout n'allait pas bien, mais il aurait eu le plus grand mal à expliquer ce qui n'allait pas. Une partie du problème venait de ce besoin, presque viscéral, d'être avec Sully. C'était ça, ajouté à la certitude que son ami l'avait oublié une fois de plus, qui l'avait poussé à grimper dans l'arbre cet après-midi, en espérant, plus ou moins, avoir un accident avec la tronçonneuse. Si au lieu de couper la branche, il s'était coupé la jambe, Sully se serait senti responsable, non ? Si c'était lui qui avait découvert la jambe sectionnée au pied de l'arbre, il aurait compris que tout était sa faute. Désireux de se racheter, il chasserait Carl Roebuck de la maison de la vieille dame et l'installerait à la place, pour s'assurer que son ami ne manquait de rien. Ils prendraient leurs repas et regarderaient la télé ensemble. Avec le temps, Bootsie regretterait d'avoir été aussi cruelle avec lui, et elle aussi voudrait s'installer dans la maison, mais Sully s'y opposerait. Ils resteraient rien que tous les deux. Leurs journées seraient pleines de longues heures, pendant lesquelles il pourrait raconter à Sully tout ce qu'il voulait, et Sully, contrit, se démènerait pour remettre son ami sur pied. Enfin… sur un pied. Bon, d'accord, Rub n'était pas très chaud à l'idée de perdre une jambe, mais si tel était le prix de l'amitié, quel choix avait-il, sinon de payer ? Wirf, le copain de Sully, s'était très bien débrouillé avec une seule jambe, et s'il avait été heureux comme ça, Rub se disait qu'il le serait aussi.

Malheureusement, aucun accident ne s'était produit. L'opération de l'arbre s'était déroulée sans incident, à moins de compter comme tel le fait qu'il était resté bloqué à dix mètres du sol pendant plusieurs heures, sans aucun espoir de descendre seul. Mais au bout d'un moment, cependant, certains facteurs, aussi durs et inconfortables que le bout de branche sur lequel il était assis, s'insinuèrent dans cet agréable fantasme d'amputation. Par exemple, s'il avait réussi à se tronçonner la jambe, sans doute se serait-il vidé de son sang longtemps avant que Sully découvre le membre au pied de l'arbre. D'ailleurs, la jambe aurait sans doute disparu entre-temps. Un tas d'animaux sauvages rôdaient si près de la décharge, et l'un d'eux aurait certainement emporté cette précieuse découverte dans les bois. Selon toute probabilité, ce que Sully aurait découvert au pied de l'arbre, c'était Rub lui-même car il se serait sans doute évanoui, à cause de la douleur ou de l'hémorragie, et il serait tombé de son perchoir, sur le sol dur, et s'il n'était pas déjà mort, la chute l'aurait achevé. Dans le sillage de ces considérations concrètes apparurent des réalités psychologiques tout aussi cruelles. Quand, par exemple, avait-il vu Sully s'accuser de quoi que ce soit ? Si Rub s'était estropié, Sully aurait sans doute rejeté catégoriquement la faute sur lui en le traitant d'idiot. Et il ne chasserait pas Carl Roebuck de la maison de la vieille dame. Ce ne serait pas Sully qui le soignerait, mais une Bootsie pleine de ressentiment, qui se lasserait sans doute de son devoir au bout de quelques jours et l'étoufferait avec un oreiller pour pouvoir se replonger dans la lecture de ses romans sentimentaux. Et même si, par miracle, il échappait à ce triste sort et se remettait d'aplomb, il serait obligé de courir après Sully dans tout Bath sur une seule jambe.

« Alors ? demanda Sully. Tout va bien maintenant, ou tu as encore besoin de quelque chose pour être heureux ? »

Rub soupira.

« J'aimerais qu'ils se dépêchent de m'apporter mon burger. »

Sully lui donna un petit coup de coude, comme quand il essayait de lui remonter le moral.

« Quoi ? dit Rub, qui ne voulait pas nécessairement qu'on lui remonte le moral, s'il ne le faisait pas lui-même.

— Tu as dit " burger ".

— Et alors ?

— Généralement, tu dis " b-b-burger ". »

Rub sentit qu'il cédait, malgré lui, et quand Sully lui donna un autre coup de coude, il sourit d'un air piteux. Parce que c'était bon, oui, d'avoir un tabouret, et pas n'importe lequel : celui qu'il convoitait. Et il avait dit « burger » sans bégayer. Aucun mot ne lui donnait autant de mal, sans doute parce qu'il adorait les burgers et qu'il aurait été heureux de ne manger que ça jusqu'à la fin de ses jours. Sans savoir pourquoi, il repensa à la question que lui avait posée son père, il y avait si longtemps : Pourquoi tu n'abandonnes pas ? C'était ce qu'il s'était demandé cet après-midi, là-haut dans son arbre. Peut-être qu'il devrait abandonner.

« Tiens, voilà ton burger », dit Sully lorsque la porte de la cuisine s'ouvrit pour laisser passer Janey.

Elle déposa l'assiette de Rub devant lui, avec un couteau et une fourchette dans une serviette en papier.

« Encore toi, dit-elle en regardant Sully.

— Oui, encore moi.

— Tu répands la joie partout où tu vas. »

Ce qui voulait dire qu'elle était au courant de l'épisode avec Spinmatics Joe. Et quand il débarquerait chez Hattie demain matin, Ruth saurait tout elle aussi. En même temps, rien ne l'obligeait à y aller. Ruth ne l'avait-elle pas autorisé, quelques heures plus tôt, à prendre ses distances ?

« Je fais de mon mieux, répondit-il sans grande conviction, et Janey repartait déjà en cuisine.

— Essaie encore », suggéra-t-elle, juste avant que la porte battante se referme derrière elle.

Elle n'avait pas tort. Aujourd'hui, il avait provoqué deux types totalement stupides, et ils avaient failli en venir aux mains. C'étaient deux connards, mais la question demeurait : Pourquoi ? S'il avait réussi à leur faire perdre leur calme, ils n'auraient fait qu'une bouchée de lui. Il n'avait plus l'âge de se battre dans les bars, et même sans cela, que cherchait-il au juste ? Chaque fois, l'envie irrépressible cachait un but, mais maintenant que sa colère retombait, il était incapable d'imaginer lequel.

À côté de lui, Rub soupira. Il n'avait pas touché à son burger.

« Quoi, encore ? demanda Sully.

— Il n'y a pas de b-b-b…

— De bacon ?

— De bacon », répéta Rub, impeccablement.

À côté de Rub, Jocko ricanait.

« C'est bizarre, dit-il. Il a vraiment un problème avec ce mot.

— "Bacon" ? demanda Sully, convaincu que Jocko parlait de Rub.

— Non, Joe. "Hispaniques." Ce pauvre type n'arrive pas à dire ce mot.

— Hispaniques, répéta Rub, distinctement, bien qu'il ait décidé finalement, comme toujours, de faire contre mauvaise fortune bon cœur, et de mordre à pleines dents dans son hamburger. C'est pas si di-di-di…

— Si difficile à dire ? suggéra Sully.

— Si difficile à dire », confirma Rub.

Sully ne put s'empêcher de sourire. Bizarrement, quand Rub était de bonne humeur, la sienne s'améliorait aussi, très souvent, comme si leurs émotions étaient branchées en parallèle.

« Parce qu'il pourrait dire "latinos", poursuivit Jocko. Ça résoudrait le problème.

— Un des problèmes », rectifia Sully.

Rub était de cet avis, apparemment, car il frappa le sol avec sa queue.

BRAISES

Raymer se réveilla en éprouvant une sensation dont il gardait un souvenir vivace et délicieux : Becka promenait ses doigts dans ses cheveux clairsemés, en frôlant son crâne, et cette proximité suffisait à les faire se dresser, comme pour se tendre vers cette caresse. Il sourit, il savourait cette sensation, refusant d'ouvrir les yeux. *J'ai quelque chose à te dire,* murmura-t-elle.

Je sais, répondit-il. *Je deviens chauve.*

Car c'était la réflexion préférée de Becka durant leurs moments d'intimité, quand ils étaient encore amoureux, comme si le trou d'évacuation de la douche n'avait pas déjà confirmé ce diagnostic de manière éloquente. *Comment je pourrai continuer à faire ça quand tu n'auras plus de cheveux ?*

Il en restera plein sur le côté, affirmait-il. *Je les rabattrai sur le dessus.*

Non, pas question.

Je ferai des implants.

Négatif.

Alors, tu devras…

Trouver un autre homme… avec des cheveux. Oui, c'est ce que je ferai.

Voilà comment il imaginait la suite de la conversation

désormais. Aussi fut-il surpris par le ton grave qu'elle employa pour dire : *Non, autre chose.*

Quoi ? demanda-t-il, et comme elle ne répondait pas immédiatement, il ajouta : *Tu peux me le dire.*

Alors, écoute.

Évidemment, ni Becka ni personne d'autre ne s'adressait à lui. Becka avait dévalé l'escalier comme un Slinky et elle était morte. C'était une douce brise qui agitait ses cheveux. Quand enfin il ouvrit les yeux, il découvrit la vérité. Il était seul dans l'obscurité. Pas de Becka. Incapable d'accepter cette vérité, il referma les yeux, pour l'obliger à revenir, car en plus de passer sa main dans ses cheveux, elle lui avait murmuré quelque chose, une chose qu'il n'avait pas très bien comprise, mais qui paraissait importante.

Quelle que soit cette chose qu'elle voulait lui dire, elle s'était envolée, et Becka aussi. En rouvrant les yeux, il découvrit qu'un œil rouge, unique, l'observait. Les cobras avaient-ils des yeux rouges ? se demanda-t-il. Le serpent était-il enroulé au pied de son lit ? Il savait qu'il aurait dû s'inquiéter, mais bizarrement, il n'arrivait pas à provoquer en lui un sentiment d'urgence. Avait-il été mordu ? Était-ce pour cette raison qu'il avait tant de mal à se réveiller ? Le venin mortel courait-il déjà dans ses veines ? La mort approchait-elle ? Était-ce le message que voulait lui faire passer Becka ? Était-ce pour cette raison qu'elle lui avait rendu visite ? Dans ce cas, très bien. Il n'avait qu'une seule envie, en vérité, rester couché là, dans cette brise délicieuse. Quand ses cheveux se soulevèrent de nouveau, il constata que le serpent avait rouvert son œil rouge. De fait, un deuxième œil s'ouvrit soudain pour l'observer, jusqu'à ce que le vent retombe et que les deux yeux se ferment. Mais ils se rouvrirent très vite, d'un rouge plus intense encore, et quand un troisième œil s'ouvrit, Raymer se réveilla pour de bon. Il ne savait pas combien d'yeux possédaient les cobras, mais il aurait parié que ce n'était pas trois.

Et soudain, la réalité fit son retour, tel un déferlement

de données sensorielles et de souvenirs. Dans son rêve, il était chez lui, dans son lit, mais en vérité, il était dehors, sur le balcon de Charice – il faisait trop chaud pour dîner à l'intérieur –, où il s'était endormi quand elle était allée chercher le dessert. Le ventre rempli de délicieuses côtelettes grillées et de vin rouge, il voulait juste fermer les yeux une minute. Bon sang, ces côtelettes d'agneau ! Combien en avait-il ingurgité ? Sept ? Était-ce possible ? Pourquoi ne s'était-il pas arrêté à… Seigneur, même quatre c'était sans doute trop. Mais elles étaient délicieuses, voilà pourquoi. Et accompagnées d'une très bonne bouteille de vin rouge… Non, attendez voir… deux bouteilles. Il avait la tête qui tournait avant même le début du repas.

La vache, quelle journée ! Cet après-midi, chez Gert, il avait redécouvert la bière, et ce soir, le vin rouge. Délicieux. Aussi épais, saignant et charpenté que l'agneau. Becka préférait le vin blanc, alors ils ne buvaient que ça, mais le rouge… Ouah ! Pourquoi avait-il arrêté de boire du vin rouge ? Ce soir, la question était plutôt de savoir : pourquoi ne s'était-il pas arrêté ? Pourquoi avait-il éclusé une bouteille de vin hors de prix qui devait se déguster ? Combien ce repas avait-il coûté ? Les côtelettes premières, plus de dix dollars la livre, facile. Pourquoi n'avait-il pas demandé à Charice de s'arrêter en chemin pour qu'il puisse acheter une bouteille et participer à ce festin ?

Et tout aussi rapidement, l'appréhension se mua en panique absolue. Qu'avait-il fait, au juste ? À partir de quel moment la soirée avait-elle dégénéré ? La stupidité, après coup, résistait à la précision. Qu'il ait réussi à gâcher un merveilleux moment, c'était une évidence. Pourquoi n'avait-il pas vu venir le désastre ? Cet irrésistible sentiment de bien-être qui l'avait envahi alors qu'il était assis là, sur le balcon, par cette douce soirée d'été, en compagnie d'une jeune femme séduisante, aurait dû lui servir d'indice. À quel moment, dans toute son existence, une telle sensation de contentement avait-elle annoncé autre chose qu'une catastrophe ? Le fait qu'à un moment donné de la soirée il ait cessé de trembler de peur devant Charice aurait dû constituer un autre avertissement. Car Charice était une femme qui faisait peur. Si vous n'aviez pas peur d'elle, c'était que vous ne faisiez pas attention.

D'ailleurs, en parlant de… où était-elle ? Que lui était-il arrivé ? Elle avait empilé les assiettes grasses, remplie de petits os en forme de T gothique dans le cas de la sienne (les avait-il réellement pris avec les doigts pour les ronger ?) et les avait emportées dans la cuisine. Avait-il proposé de l'aider, s'était-il levé pour lui ouvrir la porte, au moins ? Il ne s'en souvenait pas, alors sans doute que non. Il était resté assis là, comme un balourd, repu, ivre, échoué, le menton luisant de gras. Le téléphone de la cuisine avait sonné, il s'en souvenait, et Charice avait répondu, en tirant sur le long fil torsadé pour aller dans la pièce voisine. C'était sa voix de plus en plus lointaine *(Non, pas de problème… écoute-moi… je te l'ai déjà dit… une fois de plus, tu te mets dans tous tes états pour rien)* qui l'avait amené à penser qu'il pouvait fermer les yeux une minute, sans que cela prête à conséquence. Quand elle était retournée dans la cuisine, pour raccrocher, il l'avait entendue, assurément. Il s'était endormi en écoutant les gros insectes heurter la porte à moustiquaire, dans la lumière éclatante de la cuisine.

La cuisine plongée maintenant dans une obscurité menaçante.

Au sud, le ciel s'éclaira, illumina brièvement les nuages bas, puis s'assombrit. Un grondement sourd s'ensuivit ; un orage arrivait. Il était encore loin, mais Raymer sentait déjà l'électricité dans l'air. Quand le vent se leva de nouveau, avec plus de force, les braises au fond du barbecue Weber – ce qu'il en restait – rougeoyèrent. Les yeux de serpent étaient revenus. Curieux de savoir quelle heure il était, il regarda son poignet : nu. Il revit sa montre posée sur son bureau au poste. Pourquoi ne l'avait-il pas remise avant de sortir ? Pourquoi l'avait-il enlevée, d'abord ? Pouvait-il deviner l'heure en se fiant à l'état des braises ? Quand il s'était endormi, les briquettes palpitaient encore furieusement. Il ne restait que quelques braises, de la grosseur d'une bille, sur le point d'expirer. Combien de temps fallait-il pour que les blocs de charbon se consument totalement ? Deux heures ? Plus ? La rue était d'un noir d'encre. Parce qu'il était trois heures du matin ? Ou bien la coupure de courant survenue dans le centre s'était-elle propagée ? Bizarrement, il lui semblait capital d'évaluer le laps de temps qui s'était écoulé, comme si cela permettrait d'avoir une idée précise du pétrin dans lequel il se trouvait.

Pourquoi Charice n'était-elle pas ressortie pour le secouer et le renvoyer chez lui ? N'avait-elle pas réussi à le réveiller ? Et s'il venait juste de s'assoupir ? S'il s'était évanoui ? Compte tenu de la journée qu'il avait passée, et du fait qu'il avait jeûné pendant presque vingt-quatre heures, c'était une possibilité. Il ne supportait pas l'alcool, il le savait. À l'époque où il était encore marié, Becka se plaignait toujours qu'il était impossible de le réveiller quand il avait trop bu. Cela voulait dire que Charice devait être excédée, et comment lui en vouloir ? Il avait dévoré ses côtelettes, éclusé son excellent vin rouge et s'était évanoui avant qu'elle apporte le dessert. C'était bien fait pour lui s'il se réveillait dans le noir, seul et désorienté. Demain, au poste, nul doute que Charice ajouterait son comportement grossier et inacceptable de ce soir à sa longue liste de reproches.

Il se leva et essaya d'ouvrir la porte à moustiquaire, qui ne bougea pas d'un pouce. Sans rire ? Il était enfermé dehors ? Le vent se leva de nouveau, glacial cette fois. Il frappa doucement. Pas de réponse. Plus fort.

« Charice ? »

Silence.

Ouah. Était-elle furieuse au point de lui fermer la porte au nez ? Pourquoi ferait-elle ça ? La réponse fut immédiate : Un homme qui se comportait comme il l'avait fait ce soir était capable de faire pire encore. En émergeant de son état de stupeur avinée, il pourrait fort bien s'introduire dans sa chambre en pleine nuit, décidé à profiter d'elle. Ce qui était ridicule. Jamais il ne ferait une chose pareille, mais comment pouvait-elle le savoir ?

« Charice ? répéta-t-il, surpris par la note de désespoir qui s'était introduite dans sa voix. S'il vous plaît... »

Nouveau silence. Jusqu'à présent, il partait du principe qu'elle était allée se coucher, mais soudain, une autre possibilité, plus horrible, lui traversa l'esprit. Peut-être était-elle assise dans le salon, dans le noir, pour savourer le spectacle de sa souffrance. Dans ce cas, il ne servait à rien de l'appeler. Et si elle dormait, voulait-il vraiment la réveiller ? Non. En même temps il n'avait aucune envie de passer la nuit dehors durant un orage. Certes, le balcon était couvert, mais le toit en pente se trouvait au moins à quatre mètres de hauteur. Poussée par le vent, la pluie tomberait à l'horizontale et il serait trempé jusqu'aux os en deux minutes. La foudre localiserait sans doute le barbecue Weber et chercherait un endroit où frapper. Raymer offrirait une cible idéale.

« Charice ? appela-t-il, plus fort, les mains en porte-voix pour essayer de diriger le son vers l'intérieur, afin de ne pas réveiller les voisins. Je suis vraiment désolé, OK ? Je ne vous en veux pas d'être en colère. Mais est-ce que vous pourriez me laisser entrer ? Je veux juste retourner chez moi. »

Étaient-ce des paroles insultantes ? Sans doute. Il s'attendait presque à voir un ruban de lumière jaune s'allumer sous la porte de sa chambre, aussitôt suivi par l'apparition d'une femme furieuse qui enfilait un peignoir. *Qu'est-ce que ça veut dire, au juste ? Vous voulez juste retourner chez vous. Maintenant que vous êtes gavé de côtelettes d'agneau et de cabernet, vous n'avez plus besoin de moi ? C'est* ça *que vous êtes en train de dire ? Je vais l'ajouter à ma liste.*

Bizarre. Dans son imagination, Charice retrouvait sa voix « noire » moqueuse, celle qu'elle utilisait pour communiquer avec lui par radio. Au cours du dîner, la syntaxe et les intonations qui semblaient l'enfermer dans un contexte géographique et social déterminé s'étaient effacées. Elle ressemblait davantage à son frère, le côté précieux en moins. Ou se faisait-il des idées ? À un moment donné, il avait failli poser la question, mais la conversation avait dérivé vers Jerome et la façon dont il avait complètement pété les plombs après l'agression dont avait été victime la 'Stang. Si loyale soit-elle envers son frère, elle avait avoué s'inquiéter pour lui. Il avait toujours été très nerveux, avait-elle dit, et d'un tempérament obsessionnel, comme Raymer avait pu le constater. Apparemment, il éprouvait un sentiment d'attirance-répulsion envers les gens depuis tout petit. Il avait toujours voulu avoir des amis, et plus tard des conquêtes, mais il était rebuté par l'intimité, parfois même par la proximité des autres. S'il prenait soin de cultiver une apparence de farouche indépendance, il était, d'après Charice, extrêmement vulnérable. Raymer avait enregistré tout cela, sans trop savoir ce qu'il devait croire. À plusieurs reprises, Jerome avait laissé entendre que sa sœur était venue s'installer dans le nord de l'État de New York pour être plus près si elle avait besoin de lui, mais ce soir, elle avait suggéré le contraire : Jerome était rassuré de la savoir près d'elle. Il avait suivi une thérapie, avait-elle confié, pendant plus de dix ans. Il prenait des anxiolytiques qui produisaient parfois les effets désirés, mais qui, à d'autres moments, accroissaient son angoisse.

« Oui, oui, bien sûr. » Raymer était tout à fait disposé à accepter ce diagnostic, ainsi que la nature symbiotique de leurs relations de jumeaux, néanmoins, il demeurait intrigué par le comportement dont il avait été le témoin cet après-midi. « Comment a-t-il pu penser que j'étais capable de rayer sa voiture avec une clé ? Et pas seulement ça. De lacérer la capote et les sièges en cuir. De faire pipi à l'intérieur ?

— Ça n'a rien à voir avec vous, avait répondu Charice. Si j'avais été là, c'est moi qu'il aurait soupçonnée. Et croyez-moi, ça m'est déjà arrivé. »

Il avait dû paraître dubitatif car elle avait poursuivi, en pointant sur lui un couteau à steak étincelant : « Vous savez quel est votre problème ? » Une question qu'elle lui posait au moins une fois par jour mais ce qui l'agaçait le plus, c'était que chaque jour elle fournissait une réponse différente. « Vous croyez que vous êtes le seul à avoir merdé.

— Ah bon ? », avait-il dit, en se demandant pourquoi il devrait prendre plaisir à l'entendre souligner un autre de ses défauts. Peut-être parce que ce soir, son ton n'était pas uniquement critique, mais presque affectueux. Pendant un instant, il s'était attendu à ce qu'elle pose son couteau à steak pour lui prendre la main par-dessus la table.

« Tout le monde a merdé un jour ou l'autre, avait-elle ajouté.

— Vous aussi ?

— Bon, d'accord, pas tout le monde », avait-elle concédé, avec un sourire. Et il avait dû sourire lui aussi, car elle avait ajouté : « Je sais que cette année a été dure depuis… mais vous vous en remettrez, vous verrez. Si vous vous en donnez les moyens. »

Maintenant qu'il y réfléchissait, cela avait été le meilleur moment d'une soirée délicieuse de bout en bout. Comment les choses pouvaient-elles se dégrader aussi vite ? Comment pourrait-il se faire pardonner ?

« Charice ? Je tiens à payer les côtelettes d'agneau. D'accord ? Le vin aussi. Il a coûté cher, hein ? Je connais votre salaire. Je veux dire… je connais les salaires en général, pas uniquement le vôtre. Mais j'ai passé une super-soirée. Je veux que vous le sachiez. Je ne vous en veux pas d'être en colère. Je n'aurais pas dû m'endormir. Ou m'évanouir. Je ne sais pas trop. En tout cas, je suis vraiment désolé, alors s'il vous plaît, *par pitié*, ouvrez-moi pour que je puisse rentrer chez moi. »

Dans le silence qui suivit, Raymer sentit qu'il sombrait dans la déprime et le sentimentalisme.

« J'envisage de démissionner, Charice, s'entendit-il

dire. Vous le saviez ? Je sais que vous tenez la liste de toutes mes erreurs, alors je suppose que je ne suis pas obligé de vous expliquer pourquoi. J'aurais aimé être un meilleur policier. Sincèrement. J'aurais aimé être meilleur dans tout. Bref, je veux juste que vous sachiez… »

Il s'interrompit. Que voulait-il qu'elle sache ?

« Bon, soupira-t-il. On se verra demain au poste. »

L'appartement de Charice était situé au premier étage d'une vieille maison, au-dessus d'un autre logement agencé de la même manière, autant que Raymer pouvait en juger. Il se pencha par-dessus la balustrade pour scruter l'obscurité en dessous et tenter d'évaluer la distance qui le séparait du sol. Impossible, sauf quand un éclair illuminait brièvement le ciel, tel un flash. Le problème, c'était que la maison reposait sur un terrain qui descendait en pente assez raide depuis la rue, vers le lit d'une rivière asséchée. La distance la plus courte jusqu'au sol se trouvait donc sur le devant du balcon. Mais cela voulait dire atterrir sur le trottoir ou dans l'allée pavée des voisins. Un gamin pourrait sans doute le faire, peut-être même qu'il trouverait ça excitant, alors que Raymer avait toutes les chances de se casser le fémur. Le sol serait moins dur sur l'arrière, mais il fallait ajouter au moins un mètre de chute, et à cause de la pente, il risquait d'effectuer une mauvaise réception et de dégringoler dans le fossé tout en bas. Mieux valait se laisser glisser, assurément, que sauter.

Le balcon était soutenu, devant et derrière, par deux colonnes à l'aspect robuste. Un homme de sa corpulence pouvait-il s'y laisser glisser ? Peut-être, s'il le devait absolument. Ce qui était le cas. Il renonça à utiliser la colonne de devant car s'il lâchait prise, il atterrirait sur le béton impitoyable, mais en descendant par-derrière, il risquait fort de tomber dans une large haie, où il pouvait très bien se retrouver coincé, voire empalé. Aucun doute : un homme intelligent resterait où il était, il se roulerait en boule et affronterait l'orage. Demain matin, il ferait face à la colère de Charice. Le ciel s'illumina de nouveau, l'orage s'était rapproché. Il enjamba la balustrade.

Le bois vermoulu, même peint, possède l'aspect poreux, mou, d'un mensonge formulé sans conviction, et alors que Raymer attaquait sa descente prudente, son cerveau enregistra ce fait alarmant, avant que la colonne, quand il noua ses jambes autour, commence à se détacher du plancher du balcon qu'elle soutenait. À cet instant, plusieurs choses lui traversèrent l'esprit ; il constata notamment que ces dernières vingt-quatre heures lui avaient offert une formation accélérée dans le domaine des planchers, des plafonds, des toits et des portants, un enseignement qui pourrait bien entraîner sa mort. Comprenant que la colonne à laquelle il s'accrochait n'était plus fixée à quoi que ce soit, il eut immédiatement le réflexe de remonter sur le balcon. Il avait encore une main sur le plancher, mais pour hisser sa lourde carcasse, il aurait besoin de ses deux mains, et encore, il n'était pas certain d'avoir assez de force. Mais avait-il le choix ? Il pouvait difficilement lâcher prise. Quand il tendit sa main libre et parvint à attraper une planche, il éprouva la même sensation de pourriture qu'avec la colonne, et une fraction de seconde plus tard, il se retrouva avec un morceau de plancher vermoulu dans la main, et c'est juste après que son autre main lâcha prise, ce qui voulait dire qu'il était maintenant relié à la maison uniquement par les jambes. Et voilà comment ça va finir, songea-t-il.

Sauf que non. Au lieu de se détacher d'un seul coup du balcon du premier étage, comme on pouvait s'y attendre, la colonne se sépara de la maison centimètre par centimètre, en grinçant, ce qui permit à Raymer de nouer ses bras autour et de s'y accrocher désespérément. Et puis, chose stupéfiante, étant donné que la colonne n'était plus reliée au balcon, elle s'immobilisa. À environ cinq mètres du sol, mais stable pour le moment. Malheureusement, à en juger par les grincements au-dessus de sa tête, on ne pouvait pas en dire autant du balcon. Levant les yeux, il découvrit que la structure commençait à s'affaisser. Après quoi, il ne vit plus rien du tout car un flash que le cerveau de Raymer identifia comme un éclair, tout près, l'aveugla. Il ferma les yeux et attendit en serrant les fesses le crépitement et le coup de tonnerre inévitables. Qui ne vinrent pas. En revanche, il entendit, au-dessus de lui, une sorte de pétarade : les barreaux de la balustrade du balcon se brisaient comme des brindilles, à mesure que toute la structure continuait à s'affaisser, fatalement. N'ayant aucune envie de voir l'ensemble s'écrouler sur lui, Raymer ferma les yeux encore plus fort et attendit le choc. Qui ne vint pas, lui non plus. À croire que tous les effets avaient été brusquement séparés de leurs causes. Quand enfin il rouvrit les yeux, il découvrit que sa position était beaucoup moins périlleuse qu'il l'avait imaginé. Certes, la colonne s'était entièrement détachée du balcon du premier étage, mais elle restait fixée, d'une manière quelconque, à celui du rez-de-chaussée, en formant un curieux V. En desserrant sa prise, Raymer put se laisser glisser, et il n'eut plus qu'à se lâcher ensuite, à quelques dizaines de centimètres du sol.

Son erreur fut de rester là pour s'émerveiller de la figure géométrique formée par la colonne et du fait que le balcon du premier, malgré son inclinaison dangereuse, demeurait suspendu au-dessus du vide. Il entendit le raclement des roues en plastique sur le plancher, mais il ne s'en inquiéta pas, avant que le Weber heurte la balustrade brisée et se renverse. Comme cela arrive souvent dans ce genre de situation, la chance était du côté de Raymer, jusqu'à ce qu'elle l'abandonne. Le couvercle du barbecue, qui aurait pu le tuer, atterrit derrière lui avec un bruit sourd, avant de dévaler la pente. Quant à la pluie de cendres et de braises presque éteintes, elle n'aurait pas eu d'effet dramatique s'il n'avait pas levé les yeux.

Mais évidemment, c'est ce qu'il fit.

Raymer n'avait parcouru que quelques pâtés de maisons quand il entendit le hoquet familier d'une sirène de police. En se retournant, il découvrit une des trois voitures de patrouille de la police de North Bath qui roulait lentement derrière lui, le long du trottoir. Puis le projecteur aveuglant s'alluma, achevant le travail commencé par les cendres. Il devina que Miller se trouvait au volant. Qui d'autre serait assez stupide pour traiter son supérieur comme un vulgaire criminel ?

« C'est vous, chef ? »

Eh oui, c'était bien la voix de Miller.

« Éteignez cette saloperie », répondit Raymer, les mains levées pour protéger ses yeux qui le brûlaient.

Quand l'obscurité bénie revint, il s'approcha du véhicule et la vitre du passager s'abaissa.

« Vous êtes encore en service à cette heure-ci ? demanda-t-il.

— Je fais des heures sup' », expliqua Miller. Son visage exprimait un étonnement qui, bizarrement, frisait la peur. « C'est quoi que vous avez partout sur vous ? »

Raymer ignora cette question.

« Qu'est-ce que vous faites ici ?

— Je vous l'ai dit, je…

— Non, je veux dire *ici*. Dans cette rue… ce quartier. Plutôt qu'ailleurs.

— On a reçu un appel. Un gars déclare avoir vu un homme de type caucasien, assez fort, qui essayait de…

— C'était moi. »

Miller hocha la tête, mais à l'évidence, il était troublé.

« Vraiment, chef ? Pour le moment, vous ressemblez plutôt à…

— À quoi ?

— Eh bien… à un individu de type négroïde.

— Un Noir, vous voulez dire ? »

Miller poussa un long soupir.

« Chef ? Je n'y comprends rien du tout. Qu'est-ce qui se passe, au juste ?

— Retournez au poste, d'accord ? Et oubliez tout ça. »

Quand la vitre remonta, Raymer regagna le trottoir et se remit à marcher. Les cendres lui brûlaient encore les yeux. Arrivé à l'extrémité du pâté de maisons, il s'aperçut que le véhicule de patrouille le suivait toujours, au pas. La vitre s'abaissa de nouveau.

« Chef ?

— Quoi, Miller ?

— C'est une sorte de test ? Si l'appel qu'on a reçu, c'était à votre sujet, est-ce que je ne devrais pas… vous interroger ? »

Une grosse goutte de pluie s'écrasa sur le front de Raymer, puis une autre. Une étrange odeur flottait dans l'air. Puissante. Nauséabonde. Le tonnerre gronda, tout proche.

« Plutôt que de retourner au poste, si vous me conduisiez à Hilldale, plutôt ? suggéra-t-il. J'ai laissé ma voiture là-bas, ce matin, Vous pourrez m'interroger en chemin.

— Pas de problème, chef », répondit Miller visiblement emballé par cette perspective.

À peine Raymer fut-il monté à bord que les cieux s'ouvrirent avec une fureur ahurissante. « Ouah ! » fit Miller, impressionné par les torrents de pluie qui martelaient le toit et ruisselaient par vagues sur le pare-brise. À l'extérieur de la voiture se produisit un sifflement, immédiatement suivi par un coup de tonnerre, si puissant que Miller se cogna la tête contre le plafond en sursautant.

« C'est pas tombé loin », commenta-t-il.

Tous les deux essayèrent de regarder par la vitre arrière, mais à cause de la pluie battante, on ne voyait pas grand-chose. Raymer était d'accord, cependant : l'éclair n'était pas tombé loin.

Miller ôta les mains du volant métallique et ne chercha pas à passer une vitesse. Quand la pluie se calma suffisamment pour qu'ils puissent se parler, il demanda, sur le ton de celui qui fait semblant d'avoir été frappé par une idée soudaine, alors qu'en réalité cette question le tarabustait depuis un moment : « Hé, est-ce que Charice... euh, l'agent Bond, n'habite pas dans le coin ?

— Si vous le dites », répondit Raymer, presque aussi doué que Miller pour feindre l'ignorance.

Miller hocha la tête et replongea dans la contemplation des vagues de pluie sur le pare-brise.

Raymer décida de mettre un peu d'eau dans son vin.

« Bon, écoutez... L'agent Bond m'a invité à dîner, ça vous va ? »

Sauf erreur, ça n'allait pas du tout. Miller demanda :

« C'est pas...

— Contraire au règlement ? Probablement. Mais ça s'arrête là. On a dîné sur son balcon, voilà tout. »

Miller reniflait.

« C'est quoi, cette odeur ? »

Raymer se posait la même question. La puanteur était plus forte dans la voiture que dehors. Différente de l'Infâme Puanteur de Bath, mais juste derrière sur l'échelle du désagrément.

« Chef ?

— Quoi ?

— Vous seriez pas en train de brûler ?

— Pourquoi est-ce que...

— Tournez-vous une seconde. »

Quand Raymer tourna la tête, Miller poussa un grand cri, se saisit d'un magazine roulé qui traînait sur le tableau de bord et s'en servit pour lui taper sur l'arrière du crâne et la nuque, avec force. Comprenant que cette odeur provenait de ses cheveux qui brûlaient, Raymer le laissa faire, mais les coups s'abattaient avec une férocité si surprenante qu'il était obligé de se demander si son subalterne n'était pas mû par d'autres motifs.

« Je suis éteint ? demanda Raymer quand la bastonnade cessa enfin.

— Je crois. »

Miller entrouvrit la portière, juste assez pour allumer le plafonnier, et, avec l'extrémité du magazine, il farfouilla dans les cheveux de Raymer, derrière, là où ils étaient un peu plus longs, épais et bouclés.

« Par contre, c'est peut-être tombé à l'intérieur de la chemise », ajouta-t-il.

Raymer se renversa contre le dossier du siège et éprouva aussitôt une sensation de brûlure entre les omoplates, comme si quelqu'un venait d'y écraser une cigarette.

L'odeur de cheveux brûlés était encore forte à l'intérieur de la voiture.

« Vous n'aviez rien senti ? s'étonna Miller.

— Non. Généralement, quelqu'un qui sait qu'il est en train de brûler réagit. »

Miller hocha la tête, songeur.

« Alors, qu'est-ce que vous avez mangé ?

— Pardon ?

— Au dîner. Avec l'agent Bond.

— Des côtelettes d'agneau.

— Ouah. Quoi d'autre ?

— Des asperges.

— Hmmmm. Vous n'étiez que tous les deux ?

— Oui, que tous les deux.

— Alors, vous êtes…

— Non.

— Vous êtes juste bons…

— Même pas.

— Pourtant, vous sembliez bien vous amuser. Vous rigoliez tous les deux. »

Raymer se réjouissait d'avoir la confirmation que les choses s'étaient bien passées, jusqu'à ce qu'elles se passent mal, toutefois, ce commentaire faisait naître quelques questions évidentes :

« Miller ?

— Oui, chef ?

— Vous avez le béguin pour l'agent Bond ? »

Miller détourna le regard, d'un air coupable. Et dans la faible lumière du plafonnier, Raymer le vit rougir de honte.

« Moi ?

— Si vous nous avez entendus rire sur le balcon, c'est que vous étiez là, ce qui veut dire que vous saviez déjà où elle habite quand vous m'avez posé la question. De plus, il s'est écoulé seulement une minute ou deux entre le moment où je suis descendu du balcon et celui où vous êtes apparu. Ce qui veut dire que vous étiez déjà dans le quartier quand quelqu'un a appelé la police. »

Miller regardait fixement le pare-brise ruisselant.

« Bon sang, je me déteste, dit-il piteusement. Parfois, je passe devant chez elle en voiture. Juste pour m'assurer que tout va bien, vous voyez ?

— Elle le sait ? »

Miller secoua la tête.

« Ne lui dites rien, s'il vous plaît.

— Pourquoi vous ne l'invitez pas, un jour ?

— J'ai peur.

— C'est vrai qu'elle est terrifiante, reconnut Raymer.

— Et puis, je crois que je ne lui plais pas trop.

— Vous n'avez pas envie de le savoir ?

— Seulement si je lui plais. Et puis, il y a… l'autre problème.

— Quel autre problème ?

— Non pas que j'aie des préjugés, c'est juste que…

— Elle est de type négroïde ? »

Miller referma la portière, sans doute pour éteindre le plafonnier, afin que Raymer ne voie pas couler ses larmes, mais peine perdue.

« Quand je vous ai vus tous les deux rigoler et passer un bon moment, je me suis aperçu que je m'en fichais, en fait. J'aurais pu être là-haut, à votre place, en train de manger des côtelettes, si je n'étais pas aussi… »

Il paraissait tellement abattu que Raymer ne put s'empêcher d'éprouver un sentiment de pitié.

« Miller…

— Ça ne vous gêne pas, vous ? Qu'elle ne soit pas… comme nous ?

— Vous voulez dire qu'elle soit une femme ou qu'elle soit noire ?

— Oui, voilà. Les deux. Vous n'avez pas peur que les gens se moquent ?

— Les gens se moquent déjà de moi, j'ai l'habitude. »

Miller acquiesça avec gravité.

« De toute façon, reprit Raymer, il ne s'agit pas du tout de ça entre l'agent Bond et moi, alors il n'y a aucune raison de se moquer. OK ? Tout est clair maintenant ?

— Oui. Sauf que je comprends pas pourquoi vous êtes descendu par le balcon. C'était une sorte de… pari ?

— Oui, exactement. »

Miller semblait gêné par cette explication, alors qu'il l'avait lui-même fournie.

« Et pourquoi est-ce que vous ressemblez à un Négro ? Ça aussi, c'était un pari ?

— Non, c'est un accident. Avec un barbecue. » Il commença à donner de plus amples explications, puis renonça. « Je trouve que vous enquêtez parfaitement sur cet incident. Bon travail.

— Vraiment ?

— Oui, oui. » La pluie se calmait enfin. « On peut aller au cimetière maintenant ? »

Miller enclencha la marche avant, exécuta un demi-tour en plusieurs manœuvres et repartit en sens inverse. Des sirènes de pompier résonnaient au loin. Quand ils passèrent devant chez Charice, Raymer dit : « Arrêtez-vous une seconde. »

Miller obéit.

« Pointez votre projecteur là-haut. »

Miller s'exécuta. Raymer n'en croyait pas ses yeux.

Outre les dégâts impressionnants qu'il avait lui-même causés, le balcon, déjà noirci, était en train de se consumer.

« C'est sûrement là que la foudre est tombée », commenta Miller. Comme son supérieur ne disait rien, il le regarda d'un air inquiet. « Chef ? Ça n'a pas l'air d'aller. »

À vrai dire, il ne se sentait pas très bien. Le souvenir de la présence de Becka sur ce balcon restait vivace. Il sentait encore ses doigts sur son crâne, il l'entendait murmurer qu'elle avait quelque chose à lui dire. S'il ne s'était pas réveillé à ce moment-là ? S'il n'était pas descendu du balcon ? Il serait peut-être un individu de type carbonisé.

Quand ils arrivèrent à Hilldale, la pluie avait cessé, mais des éclairs de chaleur déchiraient le ciel au sud et le tonnerre grondait de nouveau au loin. Un nouvel orage se dirigeait vers eux. En été, il n'était pas rare qu'ils se succèdent ainsi, inlassablement, toute la nuit.

Le parking du cimetière était un lac boueux, au milieu duquel flottait la Jetta de Raymer. Quand Miller se gara juste à côté, il le remercia et lui ordonna de finir son service en allant planquer devant le Morrison Arms, au cas où William Smith reviendrait, même s'il aurait parié sa chemise qu'on ne le verrait plus jamais.

« Chef ? demanda Miller, alors qu'il descendait de la voiture de patrouille. Ça va aller ? »

Raymer était touché par sa sollicitude.

« Ça ira mieux quand j'aurai dormi.

— OK. C'est juste que…

— Quoi donc ?

— Vous avez l'air… »

Pendant que Miller cherchait le bon mot, Raymer passa en revue les différentes possibilités : Démoralisé ? Lessivé ? Abattu ? Ou bien Miller voulait-il faire remarquer, encore une fois, que, ainsi couvert de cendres, il ressemblait à un individu de type négroïde ?

« Triste, dit-il finalement.

— Triste dans quel sens ?

— Triste dans le sens… malheureux.

— Oh.

— C'est le cas ? Vous êtes triste ? »

Raymer ne savait pas quoi répondre. Il y avait chez Miller une gravité un peu stupide qu'il trouvait à la fois attendrissante et exaspérante ; c'était un peu comme tomber sur une vieille photo de soi, affichant un sourire jusqu'aux oreilles, heureux de vivre. L'idée que ce bonheur n'allait pas et ne pouvait pas durer, qu'il trouvait sa source dans la bêtise congénitale, ne vous avait pas encore effleuré, mais ça viendrait.

« Car vous ne devriez pas, ajouta Miller, avec dans la voix une pointe d'assurance qui ne lui ressemblait pas.

— Pourquoi donc ?

— Parce que vous êtes le chef. »

Pour le moment, c'était exact, même si Raymer avait le sentiment que la question qui le taraudait dernièrement – devait-il démissionner ou pas ? – serait bientôt caduque. Quand les gens sauraient qu'un individu qui faisait le trafic de serpents venimeux, d'armes et de drogue (eh oui, Justin avait vu juste : on avait découvert de l'herbe, des métamphétamines et des antalgiques vendus sur ordonnance dans la chambre de l'appartement 107) avait vécu pendant des mois au Morrison Arms, là où résidait également le chef de la police, c'en serait terminé.

« Écoutez, Miller, j'apprécie…

— Vous êtes le chef, répéta Miller, inflexible désormais. Tout le monde est obligé de faire ce que vous demandez. »

Manifestement, donner des ordres était l'objectif que visait désespérément Miller, sans comprendre au préalable comment l'atteindre. Raymer avait-il éprouvé ce désir un jour ? Dire aux gens ce qu'ils devaient faire ?

« En réalité, personne ne fait ce que je demande », répondit-il.

Charice ignorait régulièrement ses ordres si elle les jugeait idiots. Idem pour son frère. Le vieux Hynes lui-même se moquait de ses conseils. Quand un Blanc armé, investi d'un pouvoir, ne parvenait même pas à obliger des Noirs à le prendre au sérieux, ça en disait long, non ?

« *Moi*, si », dit Miller. Et c'était vrai. Tant qu'il n'avait pas appris à réfléchir, Miller n'avait pas d'autre choix que de demeurer un modèle d'obéissance qui prend tout au pied de la lettre.

« Et je vous en suis reconnaissant, dit Raymer, désireux de conclure cette conversation. Sur ce, bonne nuit.

— Chef ? dit Miller, tout aussi désireux de la prolonger.

— Quoi ?

— Je vais être viré ? »

Raymer hésita ; il n'était pas sûr de comprendre ce que lui demandait Miller. Viendrait-il un jour où il devrait le flanquer dehors, ou le processus était-il déjà engagé ?

« Pourquoi cette question ?

— Je le savais, dit Miller en baissant la tête, piteusement. C'est le frère de l'agent Bond, hein ?

— Jerome ?

— Il va venir travailler pour nous ?

— Non. »

Miller semblait sceptique. « Alors, pourquoi est-ce qu'il traîne toujours dans les parages ?

— Je me suis posé la même question, avoua Raymer en repensant à l'échange entre Gus et Jerome cet après-midi, devant l'usine. Jerome était-il en train de réfléchir à une proposition quelconque ? Et le maire le pressait-il de fournir une réponse ? Sur le coup, Raymer, en proie à une migraine implacable, ne s'était pas attardé sur le sujet. Gus mijotait toujours quelque chose. Mais Miller avait peut-être mis le doigt sur un truc. Raymer allait-il être remplacé… par Jerome ? Celui-ci avait-il déduit que Raymer, ayant découvert l'existence du complot contre lui, avait rayé la 'Stang pour se venger ? Dans ce cas, quel était le rôle de

Charice ? L'avait-elle invité à dîner dans l'espoir de découvrir s'il savait quelque chose, et quoi ? Ce coup de téléphone qu'elle avait reçu au moment même où il s'assoupissait sur le balcon... Son ton décontracté laissait deviner qu'elle s'adressait à une copine qui avait des problèmes sentimentaux. (Qu'avait-elle dit déjà : *Une fois de plus, tu te mets dans tous tes états pour rien.*) Et si c'était Jerome qui l'avait appelée, pour savoir ce qu'elle avait appris ? Oui, ça se tenait, sauf que Charice n'avait pas semblé particulièrement curieuse durant le dîner. Elle avait passé plus de temps à essayer d'expliquer le comportement étrange de son frère qu'à interroger Raymer sur le sien.

« Je me demande où elle est allée », dit Miller.

Une réflexion qui, aux yeux de Raymer, semblait surgir de nulle part.

« Qui ça ?

— Charice. L'agent Bond.

— Elle est allée quelque part ?

— Sa voiture n'était plus dans l'allée. »

Raymer s'aperçut que c'était exact. La Civic n'était pas là. Focalisé sur le balcon ravagé, il n'avait pas vraiment enregistré l'absence de la voiture, ni ses implications. Une vague de soulagement le submergea car cela signifiait, entre autres choses, qu'elle n'était pas là quand il l'avait suppliée de le laisser entrer dans la maison. Elle n'avait pas pu l'entendre, non plus, quand il avait proposé, lamentablement, de lui rembourser les côtelettes d'agneau, ni avoué pitoyablement qu'il était un mauvais policier et un chef de la police plus mauvais encore. Sans doute était-elle partie peu de temps après avoir reçu ce coup de téléphone. Peut-être était-elle revenue lui annoncer qu'elle n'en avait pas pour longtemps et, le voyant dormir comme un bienheureux sur le balcon, elle avait éteint la lumière de la cuisine pour qu'il ne soit pas dérangé. Peut-être avait-elle verrouillé la porte-fenêtre pour lui faire comprendre qu'il ne devait pas partir avant son retour. Bon, d'accord, cette partie ne tenait pas debout, mais peut-être lui manquait-il encore une petite pièce du puzzle. Le plus important, c'était que peut-être, *peut-être*, elle n'était pas furieuse après lui. Même si, toujours d'après ce scénario, elle ignorait qu'il avait réussi à détruire le balcon de son propriétaire. Peut-être que celui-ci, songea-t-il gaiement, incriminerait la foudre ?

« Miller, dit Raymer, impressionné que son subalterne ait noté l'absence de la voiture. Vous pouvez encore devenir flic.

— Vraiment ?

— Mais vous devriez arrêter d'espionner l'agent Bond.

— Oui, je sais. Vous pensez sûrement que je suis un pervers.

— Moi, non. Mais elle, oui. »

Miller hocha la tête, avec tristesse.

« Chef ? Vous croyez qu'elle pourrait sortir avec quelqu'un comme moi ? »

Ne voulant pas répondre à cette question, Raymer opta pour la clarification :

« Avec vous ou avec quelqu'un *comme* vous ? »

Car Raymer lui-même, il devait bien l'admettre, était « comme » Miller : perpétuellement perplexe, complexé et habité par la haine de soi. Alors oui, ce serait chouette de pouvoir affirmer que Charice pourrait succomber au charme de quelqu'un *comme* Miller, sinon de Miller lui-même.

Un souffle de vent souleva les cheveux de Raymer comme il l'avait fait sur le balcon, et une fois de plus, il sentit, ou imagina qu'il sentait, la présence de Becka, et son besoin de lui dire quelque chose. Il avait même une petite idée de ce que ça pouvait être.

Miller semblait morose.

« Est-ce que je serais renvoyé ? Si je l'invitais à sortir et si elle disait oui ?

— Le règlement m'interdit de sortir avec elle, mais pas vous. Je suis son supérieur, alors que vous… »

Raymer avait du mal à trouver le langage approprié pour décrire une relation qui n'existait pas, et n'existerait jamais espérons-le, entre Charice et Miller.

« Moi, je suis rien du tout, dit Miller en redémarrant. Je le sais. »

LE PÉNIS DE RUB

Au cours du long deuxième acte de la vie de Sully, celui-ci avait toujours mis un point d'honneur à être présent presque chaque soir pour la dernière commande, et à faire savoir publiquement qu'il désapprouvait ce concept arbitraire et puritain. Mais maintenant que le troisième acte était bien entamé, si sa conviction profonde n'avait pas changé, son comportement si. À soixante-dix ans, condamné par ses médecins, Sully en était venu à suspecter, contraint et forcé, que les excès étaient un sport de jeune homme. Il l'avait pratiqué plus longtemps que les autres cependant, et ce soir, grâce à Ruth qui l'avait autorisé, par pure bonté, à ne pas venir chez Hattie pendant quelque temps, et au fait que sa respiration, contre toute attente, s'était améliorée au fil de la journée, il sentait qu'il retombait, avec plaisir et sans effort, dans cette routine qui lui avait convenu à merveille pendant tant d'années. Et tandis que les orages se déchaînaient, provoquant des baisses de lumière et projetant des rafales de pluie contre les murs, Sully songea (ce n'était pas la première fois) qu'il n'existait, par mauvais temps, de meilleur endroit qu'un tabouret de bar. Par n'importe quel temps, d'ailleurs.

Le Horse resta animé jusqu'aux environs de minuit, quand le dernier orage s'éloigna vers le nord et qu'on commença à entendre dire que le courant était revenu en ville. Les clients sortirent dans la nuit (enfin !) fraîche, abandonnant Birdie, Sully, Jocko et les deux Rub. Quand Janey eut terminé son service, Sully proposa de lui offrir un verre, mais elle le regarda comme s'il était fou. C'était quoi, cette histoire ? Est-ce qu'il espérait sortir avec *elle* maintenant que ça n'intéressait plus sa mère ? Sully était à mille lieues de penser à cela, mais l'instinct de Janey avait sans doute raison. Quelle impression auraient-ils donnée si elle avait accepté son offre et s'était assise sur le tabouret à côté de lui ? De plus, Rub n'en avait pas terminé avec sa litanie de souhaits. Ayant passé l'après-midi dans un arbre, il semblait encore plus en manque d'affection que d'habitude, si cela était possible, alors Sully le laissait se défouler jusqu'à plus soif.

Une demi-heure avant la dernière commande, Carl Roebuck entra avec une jeune femme ivre, de l'âge de Janey à peu près, pendue à son bras. C'était exactement le genre de filles que semblait attirer Carl : idiote, ou faisant semblant de l'être, avec une forte poitrine, très portée sur le sexe.

« Si on se faisait un petit poker ? suggéra-t-il en sortant son portefeuille pour compter les billets qui s'y trouvaient. Quatre-vingt-dix-huit dollars. Mes derniers quatre-vingt-dix-huit dollars !

— Que ceux qui ont de la peine pour Carl lèvent la main, dit Sully.

— Que cela te serve de leçon, dit Carl à sa compagne quand elle fut la seule à lever la main. Ce n'est pas ici qu'il faut venir quand on cherche de la compassion.

— En revanche, dit Birdie en lui tendant son habituelle bouteille de Maker's, si on cherche de l'alcool… »

Comme en réaction à sa proposition de jouer au poker, la jeune femme se hissa sur la pointe des pieds pour murmurer à l'oreille de Carl, beaucoup trop fort : « Je croyais que tu devais me ramener chez moi pour me baiser. »

Birdie ricana.

« Vous n'êtes pas d'ici, je parie, dit-elle.

— Plus tard », répondit Carl, tout bas. Avant de s'adresser à Birdie : « Je te présente Jennifer, qui aimerait bien un *Cuba libre,* si tu peux arrêter de te moquer des tribulations des autres le temps de lui en préparer un. Comme tu l'as déduit, Jennifer que voici est originaire de Lake George et elle n'est pas au fait de certaines choses *extrêmement personnelles.* »

Jennifer rentra la tête dans les épaules. « J'adore sa façon de parler ! dit-elle.

— Oui, moi aussi », dit Birdie en versant du rhum sur des glaçons.

Rub, comme il le faisait toujours avec les petites amies de Carl, se mit à reluquer la poitrine de Jennifer en affichant la même expression que lorsqu'il contemplait un bon cheeseburger avec du bacon. Remarquant qu'elle avait toute son attention, la jeune femme lui tendit la main.

« Salut ! Comment vous vous appelez ? »

Habituellement, Rub n'avait pas trop de problèmes avec les *r*, mais ce soir, si. Gênée par son bégaiement, Jennifer s'empressa de reporter son attention sur l'autre Rub.

« Oh, regardez ! s'exclama-t-elle d'une voix aiguë. Un petit chien ! Il est adorable.

— Vous le voulez ? » proposa Sully.

Jennifer sembla prendre ça pour une plaisanterie. « Comment il s'appelle ?

— Rub », répondit Sully.

Elle se retourna alors, avec perplexité, vers l'homme qu'elle venait de saluer. S'agissait-il d'une sorte de malentendu ? Le chien et lui portaient-ils le même nom ? Si elle demandait le nom de ce grand type avec sa blouse de pharmacien, s'appellerait-il Rub lui aussi ? C'était quoi, cet endroit ?

Excité d'entendre son nom, Rub se leva et agita l'arrière-train. Jennifer recula vivement, affolée par son érection sanguinolente.

« Rub a un problème au pénis ? demanda-t-elle, faisant rougir l'autre Rub jusqu'aux oreilles.

— Il le mâchonne, expliqua Sully.

— Ça ne lui fait pas mal ?

— C'est à moi que vous posez la question ?

— Certains soirs, comme aujourd'hui, la présence d'un avocat unijambiste me manque », dit Jocko alors que tous se rendaient dans la salle du fond en file indienne.

Sully pensait exactement la même chose et, ensemble, ils levèrent leurs verres en direction de la prothèse de Wirf qui, depuis sa mort, trônait à la place d'honneur sur la cheminée. Ils s'installèrent autour de la table de poker, Rub veillant à s'asseoir à côté de Sully comme toujours. Jocko alla chercher les jetons et joua le rôle de banquier, Carl étant trop malhonnête et Sully trop négligent. Le chien fit plusieurs tours sur lui-même, soupira et se coucha en boule au pied de la chaise de son maître, avant de recommencer à mâchonner.

« Ça te dirait de posséder la moitié d'une entreprise de construction ? demanda Carl à Sully.

— Ça dépend de qui possède l'autre moitié.

— Supposons que ce soit ton meilleur ami sur terre. »

Sully donna un coup de coude à Rub, qui s'était remis à reluquer les nichons de Jennifer.

« Hé, Andouille. Tu possèdes une entreprise de construction ? »

Carl ignora cette pique, alors que Rub rayonnait.

« Supposons que ce meilleur ami ne puisse pas verser les salaires la semaine prochaine. Supposons que l'écroulement du mur cet après-midi soit le dernier clou du cercueil. Supposons qu'il soit sur le point d'être traîné en justice par ceux qui ont investi dans l'usine, par la municipalité de Bath et même ce connard d'ancien taulard qui passait par là au même moment. »

Évidemment, Carl affirmait toujours être au bord de la faillite, mais se pouvait-il que ce soit vrai cette fois ? se demanda Sully.

« Supposons plutôt, suggéra-t-il, que tout le monde, sauf toi, ait vu venir ce jour. Supposons que l'ami dont tu veux maintenant faire ton associé t'ait mis en garde depuis au moins dix ans.

— Supposons, répliqua Carl, que cet ami soit un vrai salopard qui choisit précisément ce moment pour dire "Je t'avais prévenu" ?

— Supposons que ce même ami soit au contraire un prince qui refuse d'évoquer tes six mois de loyer de retard. »

Jennifer assistait à cet échange avec une inquiétude grandissante.

« Vous vous disputez ?

— Non, pas vraiment, dit Sully. Par contre, je vais lui piquer ses cent derniers dollars.

— Il le ferait, le salaud, si je le laissais faire, confirma Carl.

— La plus forte carte distribue, annonça Jocko en posant le paquet au centre de la table.

— Ça va être moi », déclara Sully en se penchant pour retourner l'as de pique.

Carl soupira. « Je suis baisé. »

Et Sully, qui avait le sentiment de bénéficier d'un alignement des planètes favorable, le confirma.

UNE SÉPARATION

Raymer fit démarrer la Jetta et, au cas où Miller l'observerait dans son rétroviseur, il enclencha la marche arrière afin d'allumer les feux de recul. Quand la voiture de patrouille atteignit la route et repartit en direction du centre, Raymer revint au point mort et coupa le moteur. En fouillant dans la boîte à gants, il dénicha la lampe électrique qui s'y trouvait toujours, mais naturellement, les piles étaient mortes. Signe, s'il en était, qu'il devait s'arrêter là, mettre fin, par charité, à cette effroyable et foutue journée. Demain viendrait bien assez tôt, avec ses nombreuses occasions de commettre de nouveaux actes de démence. N'avait-il pas déjà réussi à fourrer une bonne centaine de kilos de conneries dans le sac de cinquante kilos de cette journée ? *Rentre chez toi*, se dit-il.

Mais qu'est-ce que ça voulait dire ? Chez lui, jusqu'à ce qu'il prenne de nouvelles dispositions, c'était toujours le Morrison Arms, déclaré zone interdite. S'il ignorait ses propres bandes jaunes et grimpait dans sa chambre pour se coucher dans son lit, son sommeil serait certainement hanté par le fantôme du cobra. Les alternatives n'étaient pas plus attirantes. Il pouvait retourner sur le canapé dans son bureau, mais Charice le découvrirait de bon matin, et après les événements de la soirée, il ne pouvait pas affronter ça. Comme tous les résidents du Arms, il avait reçu un bon pour coucher dans un motel, mais à cette heure-ci, un week-end férié, il serait reçu à coup sûr par un panneau COMPLET.

Alors que Raymer pénétrait à pied dans le cimetière de Dale, un grondement se produisit au sud ; les nuages bas reflétaient les éclairs qui éclataient au loin. L'air était à nouveau chargé d'électricité, ses poils se dressaient sur ses avant-bras, comme sur le balcon de Charice (avant qu'il le détruise). Ne disposant que de sporadiques éclairs pour toute lumière, il s'efforçait de suivre l'allée, ce qui ne l'empêcha pas de s'égarer. Les pierres tombales horizontales dépassaient juste assez du sol pour le faire trébucher et il tomba à deux reprises, assez brutalement la seconde fois. Il se releva couvert de boue, en remerciant l'obscurité. Entre les cendres de charbon de bois du barbecue et la croûte de boue fraîche, il imaginait sans peine à quoi il devait ressembler. Cela lui rappelait ce livre que Miss Beryl lui avait fait lire en quatrième, dans lequel un garçon rencontre dans les marais un prisonnier évadé. La vieille enseignante avait souligné qu'il ne manquerait pas de s'identifier au jeune héros, mais après le premier chapitre, il avait mis le livre de côté et refusé de le reprendre. Quand il avait obtenu une mauvaise note à son devoir, Miss Beryl, intriguée, lui avait demandé si ce livre lui paraissait trop difficile à lire. Il avait menti et répondu oui car la vérité était encore plus embarrassante. Il avait abandonné la lecture parce que la scène dans les marais l'avait terrifié, et même si à la fin du chapitre, le condamné était emmené fers aux pieds, Raymer craignait qu'il revienne. Or, c'était un gros livre, qu'il mettrait des semaines à lire, et il savait que pendant tout ce temps, il se ferait un sang d'encre. Il avait raconté cette anecdote à Becka, le cœur léger, au cours de leur lune de miel. Mais elle avait semblé réellement choquée. « Tu ne comprends donc pas ? avait-elle dit. Tu t'es menti à toi-même. » Elle avait peut-être raison, mais était-ce si terrible ? Les gens ne se mentaient-ils pas en permanence, pour des choses plus importantes qu'un devoir de lecture en quatrième ? « J'avais vu juste ? avait-il demandé car manifestement elle connaissait le roman en question. Le condamné réapparaît ensuite ?

— Évidemment », avait-elle reconnu. Elle avait paru sur le point d'en dire plus, mais s'était ravisée, hélas, car en évoquant le dilemme du pauvre gamin – devait-il dénoncer ou pas cet homme ? – Raymer s'était aperçu qu'il avait envie de connaître la fin de l'histoire. (Miss Beryl avait raison : il s'était identifié à ce garçon solitaire, sans amis.) Le refus de Becka de satisfaire sa curiosité tardive suggérait que, bien des années plus tard, il ne *méritait pas* de savoir. Plus troublant, peut-être avait-elle laissé entrevoir pour la première fois que leur mariage était condamné car le garçon froussard était devenu un homme froussard.

Voilà les pensées qui l'habitaient alors qu'il progressait difficilement à travers le cimetière semblable à un marécage. Ses chaussures étaient fichues, ses chaussettes trempées. Il n'était même pas certain d'avancer dans la bonne direction, jusqu'à ce qu'un éclair ait l'obligeance d'illuminer le ciel et la tombe du juge, coiffée de son monticule de terre fraîche considérablement réduit par le déluge. Était-ce seulement ce matin qu'il s'était tenu là, à cet endroit, pour écouter cet imbécile de pasteur ? Cela semblait remonter à la semaine dernière. La nuit noire s'installa de nouveau, mais il s'était orienté, et il devinait l'endroit où s'était arrêtée la pelleteuse jaune et où, quelques rangées plus loin sur la droite, quelqu'un avait déposé ce bouquet de roses rouges.

Quand il aurait localisé la tombe de Becka, il… Que ferait-il ? Il essaierait de se rendormir, en espérant qu'elle revienne le voir en rêve, pour lui dire enfin ce qu'elle avait à lui dire ? Si elle avait pu faire deux kilomètres pour lui rendre visite sur le balcon de Charice, elle pourrait le contacter ici, à quelques mètres seulement des vestiges de son existence physique. Ce dont elle voulait lui faire part avait semblé urgent, mais de quoi pouvait-il s'agir après tout ce temps ? De l'identité de son amant ? OK, mais pourquoi maintenant ? Ou bien elle avait enfin compris, dans la mort, ce qui lui avait échappé de son vivant : c'était lui, Raymer, et non pas cet autre homme, qu'elle aimait véritablement ? Ou alors le moment était venu pour lui de cesser d'être obsédé par l'identité de son amant et de recommencer à vivre ? Si elle était venue le voir là-bas sur ce balcon, après cette délicieuse soirée passée avec Charice, c'était peut-être pour lui donner sa bénédiction. Possible. Comme l'inverse, malheureusement. Et si elle était venue pour le mettre en garde contre Charice, pour lui dire qu'il allait commettre une terrible erreur ?

Compte tenu de l'avancée rapide de ce nouvel orage, parviendrait-il seulement à dormir ? Malgré son immense fatigue, il se sentait parfaitement réveillé. Et même s'il réussissait à s'assoupir, le premier coup de tonnerre n'allait-il pas contrarier ses plans, une fois de plus ? D'un autre côté, le sommeil n'était peut-être pas l'unique façon de faire apparaître Becka. Si c'était un fantôme, à portée de main, peut-être allait-elle surgir comme ça, tout bonnement ? Dans ce cas, que lui dirait-il ? Sans doute devrait-il commencer par s'excuser de ne pas être venu la voir plus tôt, car un homme meilleur aurait pleuré sa disparition, au lieu de se laisser ronger par le souvenir de la trahison qu'elle allait commettre lorsqu'elle avait *dégringolé l'escalier comme un Slinky*. Car pour qu'elle tombe amoureuse de quelqu'un d'autre, il avait d'abord fallu qu'elle cesse d'être amoureuse de lui, et il avait certainement joué un rôle dans ce processus. Et pendant qu'il s'excusait, le moment serait peut-être bien choisi pour admettre qu'il n'aurait jamais dû l'épouser, au départ, car il avait toujours su qu'il ne méritait pas une femme aussi belle, intelligente, sûre d'elle, talentueuse et pleine de vie. Évidemment qu'elle aurait une aventure. Comment aurait-il pu en être autrement ?

Le problème d'une soumission aussi abjecte qu'une manœuvre d'approche décontractée avec une morte, c'était que Becka allait immédiatement identifier son origine, à savoir la haine de soi, le défaut qu'elle avait toujours détesté le plus chez lui. Si après la mort, une partie de l'ancienne Becka subsistait et que lui, la partie lésée (il fallait voir les choses en face), *la* suppliait de lui accorder son pardon, il imaginait sans peine sa réaction atterrée : *Nom d'un chien, ne me dis pas que tu en es encore là ?* Mais comment l'implorer sinon avec la gentillesse, la compréhension et le pardon ?

Il ne pouvait être sûr que d'une chose : si Becka était un véritable fantôme, cette conversation – quels que soient son contenu et sa forme – devait avoir lieu cette nuit. Demain, son apparition chez Charice ressemblerait à un rêve, et il l'interpréterait comme il convenait, dans le contexte de son propre manque affectif : son inconscient l'avait inventée pour qu'elle puisse l'informer qu'il était normal d'éprouver des sentiments pour une autre femme et d'agir en conséquence. Demain, dans la lumière froide du jour, bien sûr, pourquoi pas ? Mais ce soir, dans l'intimité de l'obscurité, il voulait que Becka soit réelle, et qu'elle soit venue à lui mue par son propre désir, pas le sien. Ici, à Hilldale, il ne voulait pas se contenter des médiocres tours de magie de sa propre invention.

Tout cela en partant du principe, évidemment, qu'il survivrait à la prochaine demi-heure. C'était de la folie, mais il avait considéré cet orage imminent comme une présence amicale qui éclairait le chemin menant à la tombe de Becka, et maintenant qu'il se trouvait au-dessus de lui, littéralement, il n'avait plus rien d'amical. Un éclair crépita, une fraction de seconde avant d'illuminer les environs, et durant ce très court instant, avant que tout redevienne noir, il constata que le sol était constellé de taches d'un rouge terne. Il lui fallut un moment pour identifier ce qu'il venait de voir, pour comprendre que la terre, sous ses pieds, était jonchée de pétales, seuls vestiges du magnifique bouquet de roses qu'il avait remarqué ce matin. Conclusion : il était tout près de la tombe de Becka. Avec un peu de chance, le prochain éclair la lui indiquerait.

À la place, ce fut la pluie qui se manifesta, de manière aussi soudaine que furieuse, comme le déluge qui s'était abattu en ville un peu plus tôt, mais là, il n'y avait pas de voiture de patrouille pour s'abriter, pas de crétin d'agent Miller pour occuper ses pensées. Qu'est-ce qui lui avait pris de venir ici ? se demanda-t-il, sidéré par la fureur de la nature, pour la seconde fois en l'espace d'une heure. Pourquoi n'avait-il pas attendu que l'orage passe en demeurant dans la Jetta, au sec ? En quelques secondes il fut trempé jusqu'aux os. Les restes de cendres de charbon de bois tombaient de ses cheveux, coulaient sous forme de rigoles à l'intérieur de son col, dans son dos, jusqu'à la ceinture de son caleçon. Il songea alors que s'il évoluait réellement dans une histoire de fantômes, c'était *ici* qu'elle s'achèverait : on le retrouverait au matin, froid et mort, au pied de la tombe de Becka. Car dans une histoire de fantômes, Becka ne l'aurait pas fait venir à Hilldale pendant un violent orage pour lui annoncer que tout était pardonné. Non, son fantôme avait l'âme vengeresse. Si elle l'avait fait venir ici… – il déglutit difficilement –, c'était pour le tuer.

Néanmoins, si l'univers omniscient attendait cette symétrie fatale, ne pouvait-il pas s'y opposer en restant là où il était ? Il ignorait qui reposait sous ces pétales de rose, mais il doutait fort que cette personne ait une dent contre lui, et la moindre raison d'exercer une terrible vengeance. Le bouquet de roses détruit suggérait qu'il s'agissait de la tombe d'une femme : une épouse, une sœur ou une fille aimée. Peu importe, du moment que ce n'était pas…

REBECCA WHITT RAYMER.

Tel était le nom gravé sur cette pierre tombale à ses pieds, qu'il avait payée à contrecœur. Voilà ce que lui avait révélé l'éclair, et quand le monde replongea dans les ténèbres, ce nom demeura imprimé devant ses yeux tel un cliché en négatif. Rebecca Whitt Raymer. Le coup de tonnerre qui suivit l'éclair ébranla le sol si violemment que le cône en fil de fer qui servait à maintenir les fleurs bascula vers l'avant, à quarante-cinq degrés, dans le sol détrempé, comme pour lui offrir les tiges nues hérissées d'épines. Le papier de Cellophane verte qui avait enveloppé le bouquet claquait au vent. La petite carte du fleuriste y était toujours attachée, miraculeusement.

Voilà comment Becka envisageait de communiquer avec moi, pensa Raymer en tombant à genoux dans la boue. Il laissa échapper un ricanement obscène. Il n'y aurait pas de rêve, pas de conversation. La carte du fleuriste contenait un nom. Il le lirait et il saurait enfin. Après quoi, l'éclair s'abattrait sur lui. La révélation arriverait en tandem avec la mort. Parfait. Biblique dans son châtiment, quand on y réfléchissait. La fin de sa quête égoïste et téméraire serait aussi sa fin. Logique. Car il s'était comporté comme un idiot, une fois de plus. Ce n'était même pas la connaissance qu'il cherchait. Il y aurait eu de la dignité dans cette démarche. Non, il était prêt à se contenter d'une information, un pis-aller. Il voulait connaître le nom de son rival. Son *identité*. Mais en dehors de cela, il n'avait guère pensé à cet homme. Avant de découvrir que ces jolies roses étaient pour Becka, l'idée ne l'avait pas effleuré que, peut-être, il n'était pas le seul à être hanté par elle, à être encore amoureux d'elle, sans pouvoir, ni vouloir, passer à autre chose. Comment une telle évidence avait-elle pu lui échapper ? Combien de fois s'était-il rendu coupable d'un tel manque d'imagination ?

Celui qui le troublait le plus concernait Becka. Durant le peu de temps où ils avaient été mariés, lui avait-il demandé une seule fois ce qu'elle ressentait ou pensait, si elle était heureuse ? À certains moments, surtout vers la fin, il avait soupçonné que quelque chose n'allait pas, mais quand il l'interrogeait, elle niait, répondant que c'était juste un petit coup de blues, demain matin elle se réveillerait d'humeur plus joyeuse. Et lui était trop content d'être rassuré. Pourquoi creuser davantage ?

Comme toujours avec Raymer, ces doutes et ces accusations spécifiques débouchaient sur d'autres, plus générales. Pouvait-on être un bon flic, un bon mari ou un homme bon quand on n'était pas enclin à imaginer les vies intérieures, et en particulier les souffrances, des autres ? N'était-ce pas une question d'empathie élémentaire ? Était-ce cette empathie que Becka avait recherchée, et trouvée, auprès de l'homme dont le nom figurait sur la carte du fleuriste ? S'était-il donné la peine de la comprendre plus en profondeur ? Ou bien l'empathie n'était-elle que la partie émergée de l'iceberg ? Raymer pourrait sans doute supporter d'apprendre que cet inconnu était plus grand, plus athlétique ou plus beau que lui, mais se pouvait-il que ce salopard possède également l'intelligence, l'esprit, l'élégance et la grâce ? Était-il *tout* ce que lui-même n'était pas ?

Car tout se résumait à ça : l'orgueil. Il *devait* savoir, quitte à en perdre la vie. Voilà pourquoi il lui semblait qu'il n'avait pas d'autre choix que de tendre le bras vers la carte du fleuriste, ce qu'il fit pile au moment où le vent arrachait la feuille de Cellophane verte prisonnière du fil de fer. L'information qu'il recherchait était maintenant à portée de main, littéralement, mais au même instant, un nouvel éclair fendit le ciel en deux et il ressentit une intense brûlure dans la paume droite, comme si la petite carte s'était enflammée. Un hurlement de désespoir montait du fond de sa poitrine, et il comprit qu'il devait libérer l'un des deux : le cri dans sa gorge ou la carte dans son poing. Le cri, alors, et celui-ci vint se mêler au coup de tonnerre comme si l'un et l'autre possédaient la même origine.

Il n'aurait su dire pendant combien de temps il hurla ainsi, mais aussitôt après, il ressentit un profond changement dans tout son être, son psychisme. Une étrange sensation, guère différente d'un vertige, comme si une chose essentielle avait été sectionnée. Il était entré dans ce cimetière dans la peau de Douglas Raymer, l'homme qui pendant longtemps, toute sa vie peut-être, avait suivi le mouvement avec acharnement. Maintenant, il percevait une seconde présence ; la peau et les os qui, jusqu'alors, n'appartenaient qu'à lui, et à lui seul, accueillaient désormais quelqu'un d'autre. Douglas Raymer, connu de tous, était toujours là, le garçon que Miss Beryl bombardait de livres, qui se faisait martyriser par des brutes comme Roy Purdy, et plus tard brocarder par des contrevenants comme Sully, et ridiculiser au tribunal par le juge Flatt. Qui s'était présenté au poste de chef de la police en affirmant qu'il ne serait pas heureux tant que ceux qu'il servait l'étaient. Un imbécile, il fallait voir la vérité en face. Un imbécile et une chiffe molle qui bassinait tout le monde avec son désir d'être un meilleur flic, un meilleur mari, un meilleur homme.

C'était étrange qu'il se sente aussi proche de cette seconde personne avant même les présentations, comme s'il connaissait cet « autre » depuis toujours. Appelons-le… Comment ? *Dougie*, décida Raymer car cette présence lui paraissait plus jeune, une sorte de petit frère. Un teigneux. Ce qui caractérisait ce Dougie ? Il n'en avait rien à foutre de rien. Ni de Becka, ni du sens du devoir, ni de ce que les gens pensaient de lui, et surtout pas Douglas Raymer qui, à son avis, acceptait trop d'humiliations quotidiennes. La nature de Dougie, longtemps brimée, le poussait plutôt à distribuer des coups de pied au cul et à relever les noms. Et à accomplir ce putain de boulot.

C'était Dougie qui saurait quoi faire ensuite. Quand ils auraient regardé la carte. Quand ils sauraient qui était ce sale enfoiré.

RÉINCARNATION

Seul Carl parut déçu quand la partie de poker prit fin une heure et demie plus tard, avec tous les jetons entassés devant Sully. Jennifer, qui s'était vite ennuyée, dormait sur le canapé, et Carl se tenait devant elle en affichant une profonde tristesse.

« Tu as déjà fait une promesse irréfléchie ? demanda-t-il à Sully.

— Oh, une ou deux fois, avoua celui-ci. Je te rappelle que j'ai été marié.

— Désolée, trésor, ronronna Jennifer quand Carl posa la main sur son épaule. Je ne suis plus d'humeur. » Et elle lui tourna le dos en donnant l'impression qu'elle était chez elle, dans son lit.

« Laisse-la dormir, dit Birdie, qui possédait un appartement au-dessus du bar.

— Vraiment ? »

Carl avait tout du condamné à mort à qui on vient d'accorder un sursis.

Birdie haussa les épaules.

« La caisse est verrouillée. »

Dehors, sur le parking, ils saluèrent Jocko, qui répondit d'un coup de klaxon. Carl donna un petit coup de coude à Sully et dit :

« Je peux te parler en privé ? »

Le visage de Rub s'assombrit. Ils allaient le congédier et il détestait ça. Pire, Sully se retrouverait seul avec Carl, qui semblait croire qu'ils étaient amis et osait même l'affirmer parfois, comme ce soir. Quand Sully lui tendit les clés du pick-up, il les prit à contrecœur.

« C'est vrai, ce que je disais tout à l'heure, confia Carl quand ils se retrouvèrent en tête à tête.

— Tu es vraiment fauché.

— Plus que ça.

— Je ne vois pas ce que tu attends de moi, mais je t'aiderai si je peux.

— Non. Je crois qu'on a dépassé ce stade.

— Alors, quoi ?

— Je suis désolé pour les loyers en retard, vraiment.

— T'inquiète pas pour ça.

— Si tu veux, je peux quitter les lieux.

— Qu'est-ce que je viens de dire ?

— OK. » Puis, de but en blanc : « Tu crois à la réincarnation ?

— Tu veux dire quand on meurt et qu'on est obligé de tout recommencer depuis le début ?

— Oui, en quelque sorte.

— Putain, j'espère que non.

— Pourquoi pas ? La deuxième fois, on sera peut-être plus malin.

— Ou encore plus con.

— *Moi*, peut-être, dit Carl. Mais toi, je ne vois pas comment.

— Tu aurais vraiment envie de revivre ?

— La vache, oui, répondit Carl en se balançant sur ses talons. Regarde un peu cette nuit. Regarde ce ciel. »

Sully regarda, et c'était beau, en effet. L'air était pur, vif, le ciel rempli d'étoiles, illuminé par une lune éclatante aux trois quarts pleine. Il repensa à cet après-midi, au *diner*, quand tout avait semblé s'arrêter, et que sa vie avait pris l'aspect d'un décor de film à petit budget. Sur le moment, il s'était demandé si cela voulait dire qu'il en avait eu assez, mais maintenant, il n'en était plus aussi sûr.

« J'espère que tu ne vas pas me sortir que tu regretteras les étoiles quand tu seras mort, plus que tout.

— Je ne sais même pas pourquoi je te parle, dit Carl.

— Moi non plus. On a fini ou tu as autre chose à me dire ? »

Apparemment, il y avait autre chose.

« Comment j'ai pu faire un truc pareil ? demanda-t-il, réellement dubitatif.

— Quoi donc ?

— Promettre des trucs à cette fille.

— Qu'est-ce que j'en sais, moi ? Je ne connais même pas la raison de la moitié des conneries que *je* fais. Et tu voudrais que je te comprenne ? »

Carl sembla réfléchir.

« Tu ne penses plus jamais au sexe, *vraiment* ? demanda-t-il. Franchement, j'ai du mal à y croire. »

En ramenant Rub chez lui, Sully lui rendit l'argent qu'il avait perdu au poker pour que Bootsie ne pique pas une crise.

« Pourquoi tu ne t'es pas couché quand je t'ai donné un coup de genou ?

— J'avais trois d-d-d…

— Trois putains de dames, je sais. Mais j'avais un *full*.

— On n'aurait pas dit, fit remarquer Rub, piteusement.

— C'était ça, l'astuce.

— Des fois, tu me files un c-c-c-coup de genou, je me couche et en fait, tu n'as p-p-p…

— Pas de jeu ?

— … et j'aurais pu rafler la mise.

— Ah bon ? fit Sully en regardant Rub fourrer les billets

dans sa poche de poitrine. Allez, souris. Tu finis toujours par récupérer ton fric. »

Quand ils pénétrèrent dans l'allée, les phares balayèrent la branche sur le sol et Sully dit : « Demain, après le boulot, passe me chercher, qu'on puisse l'embarquer. N'oublie pas, surtout. J'ai parié avec Bootsie et je n'ai pas les moyens de vous entretenir tous les deux. »

Alors que Rub descendait du pick-up, Sully lança : « Hé !

— Quoi ?

— Qu'est-ce qui t'arrive ? Je t'ai trouvé bizarre ce soir. »

Rub se mit à pleurer.

Sully soupira, il aurait dû s'en douter.

« Tu es contrarié parce que j'ai raconté que tu étais resté bloqué dans l'arbre ? »

Rub étouffa un sanglot.

« Tout le monde a rigolé, dit-il.

— C'était drôle. Toi aussi tu as ri.

— Je sais.

— Alors, quoi ?

— Je v-v-v…

— Tu vas en entendre parler pendant longtemps ? Oui, sans doute. »

Rub essuya son nez avec sa manche.

« Je voudrais q-q-q…

— Quoi ? »

Rub soupira. Par quoi commencer ?

« Que je sois plus gentil avec toi ? »

Rub haussa les épaules, mais Sully devina que c'était l'idée générale.

« Moi aussi, je voudrais bien », répondit-il, et bizarrement cela sembla égayer Rub. Il aimait quand ils étaient d'accord et tant pis si Sully aurait pu, au prix d'un petit effort, exaucer leurs vœux communs. « Et il n'y a pas que moi qui pourrais être plus gentil, tu sais. »

Rub le regarda d'un air vide.

« Quand je suis passé tout à l'heure, ta femme pleurait.

— B-B-B-Bootsie ? »

Il paraissait terrifié maintenant.

« Tu as combien de femmes ?

— Pourquoi ?

— Comment tu veux que je sache ? C'est ta femme. »

Car évidemment, c'était une invitation à penser à Vera, sa propre femme, ou ex-femme, là-bas dans sa maison de retraite, qui marmonnait des obscénités chaque fois qu'elle pensait à lui. Ces derniers temps, il l'avait chassée de sa mémoire, mais c'était la troisième fois aujourd'hui qu'il pensait à elle. Qu'est-ce que ça voulait dire ?

« Q-q-qu'est-ce que je dois faire ? »

Sully haussa les épaules.

« Qu'est-ce que j'en sais ? Emmène-la dîner quelque part, par exemple. »

Rub sortit l'argent que Sully venait de lui rendre et le compta d'un air sceptique.

« Nom de Dieu, dit Sully en lui donnant un autre billet de vingt. Rub !

— Quoi ?

— Je ne te parlais pas à toi. »

Rub, qui avait voyagé à l'arrière du pick-up, bondit sur le siège que son homonyme venait de libérer.

« J'aimerais qu'il ait un autre nom, dit Rub.

— Il pense la même chose à ton sujet », répliqua Sully en enclenchant la marche arrière.

HILL REJOINT DALE

Quand Raymer retrouva enfin ses esprits, il était toujours à genoux, devant la tombe de Becka, et l'orage était passé. Il avait la nette impression d'avoir quitté son corps, le laissant se débrouiller seul, mais pendant combien de temps ? Quelques minutes ? Une demi-heure ? Les grondements de tonnerre se faisaient entendre à plusieurs kilomètres au nord et la pluie avait cessé, alors il penchait plutôt pour la seconde hypothèse. En se livrant à un inventaire, il découvrit que sa main droite était douloureusement contractée, comme une serre d'oiseau. Il la secoua avec vigueur pour essayer de rétablir la circulation sanguine, mais elle demeura figée, paralysée. Avait-il été victime d'une attaque ? Il se releva tant bien que mal et sentit d'étranges sensations de picotement dans les extrémités : les orteils, les oreilles et, bizarrement, le bout de la langue. Avait-il été foudroyé ? Ne serait-il pas mort dans ce cas ? Réduit en cendres, même ? Un éclair indirect, alors ? Si la foudre avait frappé un arbre, à Hill par exemple, puis parcouru le sol à la recherche d'un individu assez stupide pour s'agenouiller dans la terre mouillée, à Dale, pour lui envoyer une petite décharge, de quoi griller un ou deux circuits, sans tout faire sauter ?

« Hello ? » dit-il pour tester sa langue qui picotait, et ce mot résonna à l'intérieur de son crâne pareil à un baril vide. Pourquoi s'attendait-il, vaguement, à obtenir une réponse ?

Puis ça lui revint : il avait tendu la main vers la carte du fleuriste au moment où le ciel s'illuminait comme en plein jour, l'éclair semblable à un marteau-pilon, à l'instant où il fermait le poing autour, son hurlement immédiatement englouti par le coup de tonnerre. Et pour finir, l'impression écœurante d'avoir été fendu en deux, la sensation d'une nouvelle présence, malfaisante, qui emplissait chaque cellule de son corps. Il se souvenait de l'avoir baptisée Dougie. « Hello ? » répéta-t-il, plus fort cette fois, tel un homme qui secoue sa chaussure pour entendre le caillou coincé à l'intérieur. « Dougie ? »

Silence.

Dieu merci. Car un seul Douglas Raymer, c'était grandement suffisant pour tout le monde, y compris lui-même. Vraisemblablement, cette seconde entité dont il avait détecté l'impulsion électrique indésirable n'avait pas survécu à l'air plus sec, plus frais qui voyageait dans le sillage d'un orage. Bon débarras.

Et pourtant, il fallait le reconnaître, il avait bien failli perdre la raison. Difficile à croire maintenant, mais alors que l'orage se déchaînait au-dessus de sa tête, il avait réellement cru que sa défunte épouse, ayant pris le contrôle de la nature elle-même, essayait de le tuer en le bombardant d'éclairs, telle une Furie vengeresse, comme si c'était lui qui l'avait trompée et non l'inverse. Dément. Il avait failli se tuer pour une carte de fleuriste, nom d'un chien !

Trempé jusqu'aux os et secoué de frissons incontrôlables, Raymer rebroussa chemin dans la bouillasse, comme un zombi, et il rejoignit le parking au moment où la lune aux trois quarts pleine jaillissait de derrière les nuages, si aveuglante que c'était un miracle qu'elle n'éteigne pas toutes les étoiles dans le ciel. Le dernier de ces orages fulgurants avait enfin eu raison de la vague de chaleur car la température avait baissé d'au moins cinq ou six degrés. Ce matin, debout sous un soleil de plomb, Raymer avait appelé de ses vœux un tel soulagement, et voilà que la réponse à cette prière lui parvenait, comme celle à tant d'autres prières, comme les représailles elles-mêmes. Il déverrouilla la Jetta, se glissa au volant et examina sa main droite sous le plafonnier, fasciné par sa détermination à demeurer fermée, avec une raideur cadavérique. En utilisant le pouce et l'index de son autre main, il parvint à redresser l'auriculaire ankylosé, mais dès qu'il le lâchait pour s'occuper de son voisin, il se refermait, alors il finit par renoncer, soulagé que personne ne soit témoin de cette lutte vaine contre lui-même.

Il était bientôt une heure du matin, et il se disait que le plus raisonnable serait de trouver un endroit pour dormir, mais où ? Chez Charice ? Non, aucune chance. Et même en temps normal, il aurait répugné à aller frapper à la porte de Jerome le maniaque, dont l'appartement de standing à Schuyler ressemblait à la boîte à gants de la 'Stang, en plus grand. La seule personne qui pourrait l'accueillir volontiers à cette heure était le vieux Hynes, mais étant donné qu'il habitait au Morrison Arms lui aussi, cela n'avait aucun sens. De plus, après tout ce qu'il avait vécu, il avait vraiment besoin de rester seul un moment, dans la baignoire d'une chambre d'hôtel, où il pourrait faire tremper sa patte monstrueuse dans l'eau chaude et attendre que les picotements dans les extrémités disparaissent. Demain matin, si sa main ne s'était pas relâchée, il serait obligé de la traîner aux urgences. Et conformément à l'injonction de la Bible, il amputerait cette saloperie si elle continuait à l'offenser.

Incapable de tenir la clé de contact, il l'introduisit maladroitement de la main gauche et parvint à la tourner pour faire démarrer le moteur. Les essuie-glaces se mirent en marche immédiatement, lui flanquant une peur bleue, et dès qu'il les arrêta, la radio se mit à hurler. Il coupa le son et constata que le curseur était réglé sur une station de country, étrangement. Raymer écoutait rarement la radio, et encore moins cette musique de ploucs. Quelqu'un s'était-il introduit dans sa voiture ? Quand il éteignit la radio, il remarqua un bourdonnement dans ses oreilles. Il secoua la tête vigoureusement plus que jamais convaincu d'avoir absorbé une sorte de choc électrique, là-bas sur la tombe de Becka. « Hello ? » répéta-t-il, ce qui eut pour effet d'amplifier le bourdonnement.

Et puis, quelques instants plus tard, le bruit s'arrêta, et une voix rocailleuse dit : *Salut, connard.*

Arrivé à l'entrée principale du cimetière, au lieu de tourner à droite vers l'autoroute, Raymer tourna à gauche sur la route de graviers qui séparait Hill de Dale, à l'extrémité de laquelle se trouvait l'entrée de Spring Street, rarement utilisée. Il déboucherait directement sur la nationale où il espérait, contre toute logique, trouver une chambre libre dans une des chaînes de motels.

Il avait attendu plus d'une demi-heure sur le parking, en priant pour que la voix dans sa tête dise autre chose, mais le bourdonnement était réapparu dans ses oreilles, plus fort. Dormir. Bon sang, voilà ce dont il avait besoin : dormir. S'il ne trouvait pas de chambre, il s'écroulerait sur le grand parking du Lowe. Et demain, il remettrait sa démission. Au cas, peu probable, où quelqu'un protesterait ou voudrait savoir pourquoi, il expliquerait qu'il entendait des voix et qu'il devenait complètement dingue. Peut-être qu'il irait jusqu'à Utica, à l'hôpital psychiatrique, en espérant qu'ils puissent le soigner. Ils n'avaient rien pu faire pour la femme du maire, mais qui sait ?

Sa fatigue était telle qu'en arrivant devant le monticule de terre de trois mètres de haut posé au milieu de la route comme s'il était tombé du ciel, bloquant les deux voies, il s'arrêta et le contempla d'un air sceptique. S'agissait-il, à l'instar de cette voix dans sa tête, du fruit de sa folie ? Au sommet du monticule, un arbre tordu, sans doute mort, penché selon un angle improbable, exhibait ses racines. Au clair de lune, l'ensemble évoquait un tableau absurde, dont les détails qui semblaient sortir d'un rêve avaient pour but de provoquer l'étonnement. L'élément le plus bizarre était cette boîte rectangulaire qui dépassait du monticule de terre, au niveau de la chaussée, et sur laquelle un objet tarabiscoté et argenté, une sorte de poignée, reflétait les phares de la Jetta. Raymer mit une bonne minute à rapprocher cette composition d'un cercueil dont le couvercle, il s'en apercevait maintenant, était de traviole. Plus haut, à flanc de colline, à une cinquantaine de mètres, une grande entaille dans la pente suggérait que c'était là que résidaient autrefois le monticule, l'arbre et le cercueil.

Autrement dit, le spectacle qu'il avait devant les yeux possédait une explication rationnelle. Ses yeux ne lui jouaient pas des tours. Tous les arbres de la section Hill étaient vieux, mourants pour la plupart. Les pluies torrentielles avaient détrempé le sol vallonné, provoquant la séparation de cette partie qui avait slalomé jusqu'à la route. Le monde extérieur était bien tel qu'il était, et il fonctionnait comme il l'avait toujours fait. Demain, quand des citoyens demanderaient à leur chef de la police *Mais qu'est-ce qui s'est passé ?* il aurait une explication toute prête et rassurante. Bien que soulagé de constater qu'il n'était pas totalement déconnecté de la réalité, Raymer se sentit submergé par la tristesse. Il s'aperçut qu'il pleurait même, tout doucement, puis à chaudes larmes ; ses épaules étaient secouées de sanglots. Comme si des choses banales et mécaniques se révélaient avoir été conçues spécifiquement, avec pour objectif une cruauté maximale et une souffrance garantie. Déjà que nos relations avec les vivants étaient toujours minées par la peur, la vénalité, le narcissisme et mille autres choses, c'était encore plus terrible de se dire que nous ne pouvions même pas être fidèles envers les morts. Nous les enterrions en exprimant notre amour, notre admiration et notre dévotion éternels, en promettant de ne jamais les oublier, mais nous les oubliions, ou tentions de le faire. Le vieux juge qu'ils avaient enterré pas plus tard que ce matin s'effaçait déjà dans la mémoire collective. Personne, en dehors de Raymer, ne se souvenait de sa pauvre mère, et quand il mourrait, ce serait comme si elle n'avait jamais existé. Pas étonnant que les défunts protestent. Pas étonnant que leurs cercueils jaillissent de terre, couvercles de travers, comme pour dire : *Vous vous souvenez de moi ? Vous vous souvenez de toutes vos promesses ?* Pauvre Becka. Si elle était en colère après lui, pouvait-il lui en vouloir ? Il ne lui avait fait aucune des promesses habituelles. Il l'avait enterrée parce que c'était son devoir de mari, mais il n'avait pas voulu pardonner ni oublier sa perfidie. Ce soir, il le comprenait maintenant, il avait réussi à tout inverser. C'était sa propre colère envers Becka qui se métastasait en quelque chose de mortel, et non le contraire. Elle ne cherchait pas la vengeance sous terre, c'était lui qui la cherchait au-dessus, et sa rage était alimentée par cette réalité corrosive : quelqu'un d'autre l'avait aimée, mieux et plus sincèrement que lui. Un autre homme lui avait fait des promesses solennelles et, le bouquet de roses en témoignait, il les avait tenues.

Le bourdonnement dans sa tête cessa brusquement.

Oh, écoute-toi. Tu te rends compte que tu es pathétique ?

Hein ? Pardon ?

Comment tu te décrirais ?

Incapable de décider s'il était l'accusé ou l'accusateur, Raymer demeura muet, sans pouvoir se défendre.

Sois honnête pour une fois.

Honnête ?

Oui, je sais, c'est un tout nouveau concept.

Va te faire foutre.

OK, mais réfléchis bien.

Je sais qui je suis.

Grosse hilarité. *Tu n'en as pas la moindre idée. La vieille dame avait raison.* Là, sa voix se modifia. *Qui est ce Douglas*

Raymer ? Qui est ce Douglas Raymer ? Parfaite imitation de Miss Beryl en quatrième. *Ah, bon sang, tu me tues.*

Raymer attendit que le rire cesse.

Bon, OK, parlons de cette nana noire, reprit la voix. *Tu dis que tu te connais ? Alors, explique-moi pourquoi tu la dragues ?*

Raymer sentit qu'il haussait les épaules. Il repensa à Charice, quelle délicieuse soirée il avait passée, quand il avait eu le sentiment qu'elle l'aimait bien. Il ne se souvenait pas de la dernière fois où il avait passé un si bon moment. *Je ne sais pas,* avoua-t-il.

Bien sûr que si.

C'est compliqué.

Non. Essaie d'être honnête.

Je crois que je suis à la recherche d'une amitié...

Tu vois ? C'est exactement le genre de conneries dont je parle. Ce que tu veux, c'est voir le papillon sur son cul.

Tu sais quoi ? Tu n'es pas quelqu'un de bien.

Ah, enfin. On progresse.

Raymer ouvrit la portière de la voiture et vomit les côtelettes d'agneau, les asperges et le vin rouge, en espérant qu'il avait évacué, en même temps que le contenu de son estomac, cette chose qui avait établi résidence dans sa tête. Hélas, non.

Tu te sens mieux ? demanda la voix quand il referma la portière.

Oui.

Après un silence : *Je ne suis pas ton ennemi.*

Tu n'es pas non plus mon ami.

Ça reste à voir.

Fiche-moi la paix. Retourne là d'où tu viens.

Je suis là d'où tu *viens.*

Non, tu es arrivé en chevauchant un éclair. Quand ces picotements disparaîtront, toi aussi.

Non.

Raymer déglutit et sentit dans sa bouche le goût rance de la vérité.

Alors, je te pose la question : Tu n'as pas envie de savoir ?

Quoi donc ?

Ce qui est écrit sur la carte, crétin.

Ma main ne veut plus s'ouvrir, dit Raymer en levant la main pour qu'on puisse bien la voir, comme s'il n'était pas totalement seul.

Essaie encore.

Cette fois, en effet, ses doigts commencèrent à se déplier, lentement, et sa peau fut assaillie par un millier de piqûres d'épingles. Dans son poing se trouvait la carte du fleuriste froissée, qu'il lissa de son mieux sur sa jambe de pantalon, avant de l'approcher de la lumière. LES FLORAISONS DE GILCHRIST, pouvait-on lire, en relief. Et dessous, un Mercure aux pieds ailés tenait un bouquet à la main.

Tourne-la.

Raymer ouvrit la portière et vomit de nouveau, de la bile principalement.

Cesse de tergiverser.

Je peux dire quelque chose ?

Tout ce que tu veux.

J'en ai marre de passer pour un idiot auprès de tout le monde.

Il s'attendait à ce que la voix se moque de lui, mais non. *Je suis ici pour t'aider.*

Raymer contempla la carte, en songeant au choix qu'on lui offrait.

Quand je saurai, est-ce que les choses seront différentes ?

On va le savoir.

Et si c'est encore pire ?

Retourne cette putain de carte.

Raymer obéit. Au dos, un seul mot, tracé d'une écriture que Raymer devinait élégante, avant que l'encre coule. Deux mots. POUR suivi d'un mot plus long, de sept ou huit lettres. La première lettre était clairement un T, la deuxième très probablement un O. Tomas ? Tommy ? Non, l'autre lettre lisible, l'avant-dernière, semblait être un R. Finalement, il comprit. Ce n'était pas un prénom, mais juste un mot : TOUJOURS. POUR TOUJOURS.

Je ne sais pas pour toi, dit Dougie, *mais moi, je trouve ça décevant.*

Sur ce le bourdonnement reprit.

MUET COMME UNE TOMBE

Quand Sully arriva chez lui, une voiture qu'il ne connaissait pas était garée le long du trottoir. Il n'y avait aucune lumière dans la maison de Miss Beryl, du moins on n'en voyait aucune de la rue. Dressé sur le siège du passager, les pattes avant sur le tableau de bord, Rub avait remarqué lui aussi ce véhicule inhabituel et il se mit à aboyer, en se tournant vers son maître. « Oui, j'ai vu, dit Sully. Ferme-la avant que je t'en colle une. » Le chien pencha la tête sur le côté, perplexe. Sully n'avait jamais levé la main sur lui, mais ses menaces, toujours formulées avec conviction, ne pouvaient être totalement ignorées. Le stress provoqué par cette interdiction d'aboyer lui fit lâcher un petit jet d'urine sur la boîte à gants.

« Allons-y », dit Sully en descendant du pick-up, mais Rub l'avait déjà bousculé pour le devancer.

C'était étrange de penser qu'après toutes ces années Sully considérait encore cette maison comme celle de Miss Beryl. Et il avait vécu pendant si longtemps dans l'appartement du haut qu'il lui arrivait d'emprunter l'escalier de derrière, pour trouver porte close. Si Carl, qui vivait là désormais, était chez lui, et s'il l'avait entendu monter, il lui criait : « Tu n'habites plus là, imbécile ! » Et bien que Peter et Will vivent au rez-de-chaussée depuis sept ans, Sully était encore surpris, parfois, de voir l'un ou l'autre sortir de la maison, à la place de l'ancienne propriétaire. Ces derniers temps, la maison le mettait mal à l'aise, ce qui était encore plus étrange. C'était pourtant une belle propriété, une des plus belles de la rue, qui était elle-même une des plus belles de Bath. S'il décidait de la vendre, elle lui rapporterait une petite fortune. Grâce en partie à son petit-fils qui tondait la pelouse et taillait les haies. Depuis qu'ils avaient emménagé, son père et lui avaient repeint la maison deux fois, effectué des réparations et apporté des améliorations en échange d'une baisse du loyer. Sully ne voulait même pas leur faire payer quoi que ce soit, mais Peter avait insisté. Résultat, la maison avait meilleure allure que du vivant de Miss Beryl, quand elle dépendait de Sully pour se refaire une beauté.

À l'époque, s'il avait pu deviner qu'elle avait l'intention de lui léguer cette maison, il aurait tout fait pour l'en dissuader. Il n'avait jamais possédé rien de plus qu'un véhicule à moteur, et cela lui convenait parfaitement. La vieille femme devait se douter qu'il n'avait guère envie de devenir propriétaire à ce stade de sa vie, et que ce legs pourrait représenter un fardeau. Espérait-elle que cela l'obligerait à endosser un nouveau rôle d'adulte responsable, hautement indésirable ? Possible. Plus vraisemblablement, elle avait voulu le remercier pour le soutien moral qu'il lui avait apporté quand son fils, Clive Jr, avait quitté la ville dans le sillage du naufrage du parc d'attractions. Ce départ malvenu, ajouté aux petits AVC qu'elle avait subis, l'avaient rendue fragile, honteuse, indifférente, et de plus en plus réticente à sortir de chez elle. Le bruit des pas de Sully au-dessus d'elle la réconfortait. Elle savait également que le fils et le petit-fils de Sully avaient fait un retour inattendu dans sa vie et que, plus tard, cette maison pourrait leur offrir un toit. Ce qui voulait dire que, le moment venu, elle appartiendrait à Peter. Sans doute se réjouissait-elle de penser que Sully, qui n'aurait rien pu léguer à son fils, pouvait maintenant lui transmettre une chose tangible. Jamais elle n'aurait pu prédire que Peter se désintéresserait d'un tel héritage et que Sully finirait par considérer ce cadeau comme un tournant psychique regrettable.

Même si, pour être franc, la chance de Sully avait commencé à tourner depuis un moment. C'était Peter qui avait joué ce premier tiercé gagnant. Avant le retour de son fils, les choses s'étaient déroulées comme on pouvait s'y attendre. C'est-à-dire mal. Sully traversait une de ces périodes stupides et grisantes qui avaient caractérisé une grande partie de sa vie d'adulte. Celle-ci s'était conclue en apothéose par un direct du droit, décoché en plein dans le mille, sur le nez de l'agent Raymer, qui s'était écroulé comme un sac de pommes de terre en plein milieu de Main Street, ce qui lui avait valu d'être arrêté. Il avait passé presque toute la période des fêtes en prison. Durant son incarcération, le tiercé qu'il faisait chaque jour, depuis des dizaines d'années, était enfin arrivé. S'il avait loupé le coche, cela aurait été conforme au reste de son existence, mais Peter, obéissant aux instructions d'un père ivre, avait continué à miser à l'OTB, et ses gains attendaient Sully à sa sortie. Ils n'étaient pas faramineux, mais suffisants pour le faire remonter sur la corde raide financière qu'il suivait en titubant depuis toujours, lui semblait-il, et qui représentait ce qu'il pouvait espérer de mieux. Mais un mois plus tard, le même tiercé était tombé, avec des gains encore plus importants, et à soixante et un ans, Sully avait fait une chose qui lui ressemblait si peu qu'il avait craint des répercussions cosmiques : il avait ouvert un compte épargne. Après tout, il avait un petit-fils maintenant (trois, en vérité, mais les deux autres vivaient avec leur mère, l'ex-femme de Peter, en Virginie-Occidentale) et un jour, Will aurait besoin de cet argent pour aller à l'université. Sully n'ayant pas versé un sou pour les études de Peter, c'était le moins qu'il puisse faire.

Même après cette seconde rentrée d'argent imprévue,

il avait continué à s'accrocher obstinément à la conviction que cette chance nouvelle ne pouvait pas durer. Ses périodes d'ineptie revenaient toujours avec la régularité des trains européens. Une autre n'allait pas tarder à apparaître à l'horizon, et il se retrouverait dans le pétrin une fois de plus, fauché et mal en point, sans aucune perspective : son état habituel. Mais non. Dans le courant de l'année, sa propriétaire était morte et lui avait légué la maison.

Et ce n'était pas fini. Le dernier coup de chance (Sully l'espérait, du moins) avait été plus déconcertant que tous les autres combinés car la cause ultime en était Big Jim Sullivan. Son père ivrogne, violent et depuis longtemps décédé. Comme un dernier bras d'honneur adressé au vieil homme, Sully avait délibérément laissé la maison de Bowdon Street, théâtre de nombreux souvenirs douloureux, tomber en ruine, jusqu'à ce que la municipalité n'ait d'autre choix que de la condamner et de la raser. Sully avait imaginé que cela réglerait la question. Et il s'était désintéressé du terrain de deux cents mètres carrés, envahi de mauvaises herbes, qui avait accueilli la maison, convaincu que, mal situé, il ne valait rien. Mais parmi les promesses de campagne de Gus Moynihan figurait la construction d'une piste cyclable à travers Bath et tout le parc du Sans Souci, derrière lequel elle rejoindrait celle de Schuyler Springs, l'idée étant de relier leur communauté malchanceuse à sa voisine historiquement mieux lotie. L'itinéraire proposé, le seul qui ait un sens, passait en plein milieu du terrain de Sully, sur lequel la municipalité envisageait d'installer des bancs et une fontaine en marbre. Voyant que Sully rechignait à vendre son terrain, sans en connaître la raison, le maire avait amélioré son offre en promettant à Rub Squeers un emploi à Hilldale. Comme cela ne produisait pas l'effet escompté, il avait proposé d'annuler tous les P.-V. pour stationnement que Sully collectionnait depuis des années et dont le montant cumulé représentait une part non négligeable du budget annuel de la ville.

« Raymer sera furax », avait souligné le maire d'un air suffisant, convaincu que Sully ne pourrait résister au plaisir de faire la nique à son vieil ennemi, dont le premier investissement en tant que chef de la police avait été un sabot avec lequel il s'était empressé d'immobiliser la voiture de Sully. Plus tard, quand Sully et Carl Roebuck avaient trouvé le moyen de déverrouiller et de voler le sabot, Raymer en avait acheté deux autres, aussitôt dérobés. Alors, malgré ses réticences, Sully avait vendu à la municipalité le terrain de son père et versé l'argent sur son compte épargne dont le solde avait enflé à tel point que, en dépit de sa détermination héroïque, il ne pouvait plus espérer le vider au Horse durant le temps qui lui restait à vivre.

À ses yeux, tout cela avait pris l'ampleur d'une plaisanterie intersidérale. Pauvre, il avait toujours soupçonné que les cartes de la vie étaient distribuées en faveur des nantis. Se pouvait-il que, sans le vouloir, il soit devenu l'un d'eux ? Était-il désormais, et pour toujours, à l'abri de l'adversité ? Que devait-il en penser ? D'autres personnes relevaient le défi et apprenaient à vivre avec la chance. Pourquoi pas lui ?

Le problème, c'était qu'à partir du premier tiercé gagnant les malheurs s'étaient abattus sur des personnes de son entourage proche. Tout d'abord, Miss Beryl avait succombé à une ultime attaque, qu'elle redoutait, et moins d'un an plus tard, Wirf était mort d'une insuffisance rénale. Rien de surprenant, là encore. Sully ne se sentait pas responsable de ces drames, mais il aurait volontiers rendu l'argent pour profiter encore de leur compagnie ; et donc une fausse équivalence s'était établie dans son esprit entre ces pertes et ses gains. Depuis, son ex-femme avait perdu la boule, on l'avait enfermée, et Carl Roebuck, éternel symbole d'une chance usurpée, avait perdu sa femme, sa maison et, plus récemment, sa prostate. À l'en croire, Tip Top Construction était au bord du gouffre. Plus il arrivait de malheurs aux personnes qui gravitaient dans son orbite, plus Sully se sentait « karmiquement » responsable. Il n'y avait jamais eu le moindre lien, évidemment, mais cela n'atténuait pas son sentiment de culpabilité. Il ne pouvait s'empêcher de penser qu'il n'était pas fait pour avoir de l'argent, et que lorsque la chance avait tourné en sa faveur, un mécanisme invisible du destin s'était déréglé.

Du moins jusqu'à ce qu'il se rende au centre des anciens combattants pour entendre ce diagnostic : *deux ans, mais plus vraisemblablement un an,* qui avait rétabli l'ordre des choses, de manière brutale.

Alors que Rub et lui suivaient l'allée sombre, le chien émit un grognement sourd qui signifiait probablement que le raton laveur du quartier était revenu. Sully avait projeté de planter un grillage autour de la caravane car il savait que la bestiole aimait particulièrement cet endroit, mais quand il pleuvait, Rub avait un faible pour cet abri lui aussi, alors il avait laissé tomber. « Tu ferais mieux de coucher à l'intérieur ce soir », dit-il, et Rub, comme s'il avait compris, gravit les marches en trottinant, devant lui, sans cesser de grogner.

Sully alluma la lumière de la cuisine et lança ses clés sur le comptoir du coin repas, à côté du chronomètre que Will lui avait rendu avant de partir. Il avait appartenu au mari de Miss Beryl, l'entraîneur de football et d'athlétisme du lycée, pendant très longtemps. Sully l'avait donné au garçon quand son père et lui étaient arrivés à Bath, il y avait plus de dix ans maintenant. Pauvre gamin. Des mois durant, il avait dû écouter les disputes acerbes de ses parents. La récente découverte de la liaison de Peter avec une collègue avait empoisonné leur mariage. Will ne comprenait pas ce qui se passait, assez cependant pour craindre la suite. N'ayant aucune idée de ce qui l'attendait, il avait commencé à avoir peur de tout, y compris de son petit frère. Avec ce chronomètre, lui avait expliqué Sully, il pourrait compter, chaque jour, pendant combien de temps il était courageux. Une minute aujourd'hui, une minute trente demain, et ainsi de suite. Cela le rendrait de plus en plus courageux, et la preuve serait là, dans sa main. Bizarrement, ça avait marché. Pendant des années, Will avait emporté ce chronomètre partout où il allait et dormi avec sur sa table de chevet. Sully avait oublié son existence. « C'est quoi, ça ? » avait-il demandé à son petit-fils, stupéfait, comme souvent, de voir à quel point il était devenu costaud, tout en restant le garçon qu'il avait été.

Will avait haussé les épaules, visiblement gêné.

« Je n'en ai plus besoin, je crois.

— Plus rien ne te fait peur ?

— Si, les filles, avait-il avoué.

— Parce que tu es un gars intelligent. »

Nouveau haussement d'épaules, accompagné d'un grand sourire cette fois.

« J'ai pensé qu'il te serait peut-être utile. »

Sully était ému par ce geste, intrigué également.

« Tu crois que je vais en avoir besoin ? » Après sa visite chez le médecin, son comportement l'avait-il trahi ? Son petit-fils soupçonnait-il qu'il était malade ?

« J'ai pensé qu'il était temps de te le rendre, voilà tout », avait dit Will avec le haussement d'épaules numéro trois.

Quand Sully avait appuyé sur le bouton du chronomètre, la trotteuse s'était animée aussitôt, impatiente d'agir après tant d'années.

« Tu penses que ça pourrait marcher à mon âge ?

— Ça dépend.

— De quoi ?

— Si tu y crois ou pas. »

Aucun doute, ce garçon lui manquerait. Même si ce n'était plus un garçon…

Rub s'était remis à grogner, un bruit sourd venu du fond de la poitrine qui précédait généralement de quelques secondes des coups frappés à la porte, mais personne ne se présenta. Et le chien n'avait pas la truffe collée à la porte comme il le faisait habituellement à l'approche d'un visiteur. Il regardait l'autre extrémité de la caravane, les oreilles plaquées contre le crâne.

« Hé, Andouille, ça va pas ou quoi ? »

Rub lui jeta un regard coupable, comme s'il reconnaissait qu'il y avait peut-être un truc qui clochait chez lui, puis il recommença à grogner, poil hérissé maintenant. Une lampe éclairait le coin salon. Sully ne se souvenait pas de l'avoir laissée allumée. L'étroit couloir menant à la chambre était plongé dans l'obscurité, mais en regardant de plus près, il vit filtrer un mince rai de lumière sous la porte de la salle de bains. Ne possédant aucun objet de valeur susceptible d'intéresser un voleur digne de ce nom, Sully ne fermait jamais la caravane à clé, et n'importe qui pouvait y entrer. Carl ? Possible, mais il l'avait quitté vingt minutes plus tôt. Ruth ? Cela faisait un bail qu'elle ne lui avait pas rendu visite à l'improviste. Peter, revenu de New York prématurément ? Non, sa voiture serait garée dans l'allée. Le propriétaire de ce véhicule inconnu qui stationnait le long du trottoir, alors ? Il était possible, évidemment, qu'il n'y ait personne dans la caravane, qu'il ait oublié d'éteindre les lumières ce matin. Mais Rub ne semblait pas de cet avis, et Sully doutait fort que ce petit connard grogne s'il n'y avait pas quelqu'un dans la salle de bains.

Réflexion qui fit frissonner Sully. Qu'avait donc dit Roy Purdy chez Hattie ? Qu'il passerait un soir pour réclamer les excuses auxquelles il estimait avoir droit ? Non, cela ne tenait pas debout. La voiture de Roy avait été écrasée par le mur de l'usine qui s'était écroulé dans la rue et Roy lui-même avait été blessé.

Une grosse lampe électrique traînait sur le comptoir. Ce n'était pas la plus efficace des armes, mais il faudrait faire avec. Sully traversa le coin salon sur la pointe des pieds et colla son oreille à la porte de la salle de bains. De derrière lui parvint une voix qu'il ne reconnut pas.

« Qu'elle aille se faire foutre. »

Sully se redressa. Qui pouvait bien murmurer des obscénités dans sa salle de bains en pleine nuit ? Cette voix avait quelque chose de bizarre. Elle ne semblait pas véritablement humaine. Quelqu'un lui avait-il apporté un perroquet grossier en guise de cadeau ?

Il tourna la poignée et poussa la porte.

Tout d'abord, il ne reconnut pas l'homme à la forte carrure penché en avant sur le siège des toilettes, le menton sur la poitrine, le pantalon sur les chevilles, profondément endormi.

« Qu'elle aille se faire foutre, répéta-t-il, et il poussa un long soupir, comme accablé par les regrets.

— Qui ça ? demanda Sully, plus fort qu'il l'aurait souhaité, réveillant en sursaut son visiteur qui le regarda d'un air hébété.

— Sully, dit Raymer, d'une voix totalement différente maintenant.

— Tu as de la chance que je ne t'aie pas fendu le crâne avec ça, dit Sully en brandissant la lampe.

— Ouah, fit Raymer. J'étais dans les vapes. C'est plutôt gênant. »

Un peu plus tôt dans la soirée, Rub avait raconté à Sully que Raymer s'était évanoui dans la tombe du juge, mais assis là, sur les toilettes, couvert de boue séchée, les yeux rougis et enflés, les cheveux emmêlés, on avait l'impression qu'il lui était arrivé bien pire. Du style se faire tabasser à coups de gourdin ou traîner derrière une voiture, attaché par les pieds.

« Plutôt ? répéta Sully.

— Bon, d'accord. Très gênant.

— Tu as trouvé ce que tu cherchais ? »

Sully ne voyait qu'une seule explication à la présence de Raymer dans sa caravane : il cherchait les sabots volés.

Mais celui-ci parut surpris par la question.

« Pardon ?

— Qu'est-ce que tu fous dans ma salle de bains à trois heures du matin ? demanda-t-il en pointant sa lampe sur lui pour souligner sa question. Et ne me réponds pas que tu es venu chier. »

Raymer fit basculer son poids d'une fesse sur l'autre et toute la caravane gémit.

« Je suis venu te demander un service.

— À moi ? »

Raymer sembla prendre conscience que Sully risquait d'avoir du mal à accepter cette explication, compte tenu de leur histoire personnelle.

« Je ne savais pas à qui m'adresser, ajouta-t-il. Euh, ça ne t'ennuie pas si je finis d'abord ce que j'ai commencé ? »

C'était une requête raisonnable.

« Généralement, il faut tirer la chasse deux fois », prévint Sully, avant de fermer la porte.

Raymer ressortit trente secondes plus tard, les mains mouillées. Sully, qui s'était réfugié dans la cuisine, lui tendit un essuie-main. Il ne pensait jamais à en mettre un dans la salle de bains : le genre de détail qui donnait des envies de meurtre à Ruth du temps où elle lui rendait encore des visites nocturnes.

« La porte de la caravane n'était pas fermée, dit Raymer en s'essuyant les mains avant de rendre la serviette.

— Jamais.

— On a frappé.

— "On" ?

— Non, je voulais dire "j'ai frappé".

— Je te crois sur parole.

— Et j'avais très très envie de faire pipi.

— La plupart des hommes font ça debout. »

Raymer secoua la tête tristement, image même de l'abattement. Sully remarqua qu'il se grattait la paume de la main droite, distraitement.

« Ça t'est déjà arrivé d'être fatigué au point de… »

Raymer laissa mourir sa phrase.

Sully poussa une chaise vers lui, avec son pied.

« Assieds-toi. »

Raymer s'exécuta et la caravane gémit de nouveau sous son poids.

« On a l'impression d'être sur un bateau », commenta-t-il.

Les deux hommes s'observèrent ; l'atmosphère était alourdie par l'étrangeté d'une rencontre nocturne qu'aucun des deux n'aurait pu prévoir.

« Tu sais que tu parles dans ton sommeil ? » demanda Sully.

Raymer grimaça. « Ah bon ? Là, à l'instant ? Qu'est-ce que j'ai dit ? »

Il semblait plus facile de mentir, alors Sully répondit : « Je n'ai pas bien compris. On aurait dit un perroquet. »

Sully s'attendait à ce que son interlocuteur soit surpris par ce détail, mais bizarrement, non. Raymer laissa retomber sa tête sur sa poitrine, abattu.

« Il se peut que j'aie été frappé par la foudre, ce soir.

— Il se peut ?

— J'en parle parce qu'il est fort possible que je sois détraqué maintenant. » Voyant que Sully haussait un sourcil, il ajouta : « Encore plus détraqué qu'avant. Cinglé, si tu préfères.

— Quelqu'un qui est vraiment cinglé ne se dirait pas ça, je pense. »

Raymer semblait se réjouir de cette remarque, tout en doutant de sa justesse.

« Et maintenant, j'ai une voix dans la tête. »

Nom de Dieu, pensa Sully. Ce type était vraiment à la masse.

« Et qu'est-ce qu'elle dit ?

— Surtout des trucs que je n'ai pas envie d'entendre. Elle m'a suggéré de venir te voir. En disant que tu pourrais m'aider.

— À quoi faire ? »

Raymer inspira à fond.

« Tu sais manier une pelleteuse ?

— C'est pas sorcier.

— Quelle est ton opinion au sujet des exhumations effectuées sans autorisation sous le couvert de l'obscurité ?

— La question ne s'est jamais posée, avoua Sully. Attends un peu, laisse-moi deviner. On parle de la tombe du juge Flatt ? Celle dans laquelle tu t'es évanoui ce matin ? »

Raymer soupira, consterné de constater avec quelle rapidité et quelle ampleur la nouvelle s'était répandue.

« Un truc est tombé de ma poche. »

Sully fronça les sourcils. « Ton portefeuille ? » Parce que franchement…

À en juger par l'expression de son interlocuteur, c'était précisément la question qu'il redoutait. « Euh… Non, autre chose. » Comme Sully ne réagissait pas, il lâcha : « Bon, d'accord. Une télécommande de garage.

— Ça se remplace, tu sais. Tu n'es pas obligé de déterrer des morts.

— Ma femme… »

Raymer n'acheva pas sa phrase.

Sully se souvenait vaguement de cette histoire. Elle avait chuté dans l'escalier et s'était brisé la nuque. Raymer l'avait découverte.

« Avant de mourir… elle fréquentait quelqu'un. » Des larmes mouillaient les yeux de Raymer. « Elle allait partir avec lui.

— Qui ça ?

— Je ne l'ai jamais su. Je pensais qu'il avait quitté la ville, mais apparemment non. Ce week-end, il a déposé une douzaine de roses rouges sur sa tombe. »

Il tendit à Sully la carte froissée. Celui-ci la lut en plissant les yeux.

« *Pour toujours*, c'est ça ? »

Raymer confirma d'un signe de tête.

« OK, mais qui te dit qu'il n'a pas passé la commande

par téléphone et fait déposer le bouquet ? Si ça se trouve, il vit en Californie.

— Non, répondit Raymer, avec trop d'assurance, estima Sully, car comment pouvait-il être aussi sûr de lui ? Ce type est ici. Je le sens. »

Pendant tout ce temps, il n'avait cessé d'enfoncer l'ongle de son pouce gauche dans la paume de sa main droite.

« Qu'est-ce que tu as à la main ? »

Raymer parut surpris. Il regarda la main qu'il grattait comme si elle appartenait à quelqu'un d'autre. « Rien, répondit-il et il s'empressa de la fourrer dans sa poche.

— Bon, OK. Admettons que tu découvres qui est le gars. Et après ?

— Après, rien, sûrement. Je veux juste savoir.

— C'est ce que tu dis maintenant. Mais si tu changes d'avis ?

— Je ne changerai pas d'avis, promit-il. Écoute, je comprendrais que tu ne veuilles pas m'aider. Sans rancune. Je sais que c'est un peu dingue ce que je te demande… »

Un peu ? Euh, oui. Et faire équipe avec un adversaire de toujours, qui venait d'avouer qu'il entendait des voix ? Cela avait-il un sens ? Toutefois, l'idée avait quelque chose de séduisant. Dix minutes plus tôt, il déplorait de ne pas avoir traversé une période d'ineptie depuis longtemps. La proposition de Raymer pouvait-elle en déclencher une nouvelle ? Peut-être qu'il avait juste besoin d'oublier le *deux ans, mais plus vraisemblablement un an* et de se comporter comme il l'avait fait durant toute sa vie d'adulte jusqu'à ce que la chance (à l'instar de l'éclair de Raymer ?) ne bousille ses circuits. Son petit-fils était déjà parti, et à la fin de l'été, son fils aurait fichu le camp lui aussi. Alors, à quoi bon continuer à jouer les citoyens modèles ?

« Tu envisages de faire ça maintenant ? Cette nuit ?

— Ça ne me semble pas une très bonne idée d'attendre demain matin », répondit Raymer.

Sully ne se souvenait pas d'avoir jamais vu un être humain aussi misérable. Et compte tenu de son amitié avec Rub Squeers, ce n'était pas peu dire.

Il regarda sa montre. Trois heures quarante-sept. Il remit ses clés dans sa poche et vérifia l'état des piles de la lampe électrique. En prenant une grande inspiration, il fut étonné de sentir l'air descendre directement dans son ventre. Le poids dans sa poitrine semblait avoir disparu miraculeusement. Peut-être que le *deux ans, mais plus vraisemblablement un an*, c'était de la connerie. Après tout, ces toubibs qui soignaient des anciens combattants, ce n'était pas le dessus du panier. Il avait expliqué à Ruth qu'il était déprimé, rien de plus. Un mensonge, avait-il pensé sur le coup. Et si c'était la vérité ?

« Bon, dit-il en se levant, on n'a pas beaucoup de temps. »

Raymer parut stupéfait.

« Tu acceptes ? »

Sully haussa les épaules.

« Si jamais ça tourne mal, je suis avec le chef de la police.

— Je vais démissionner demain.

— Pourquoi donc ?

— J'ai l'impression que... je ne suis pas fait pour ça. »

Sully le pensait depuis si longtemps qu'il fut surpris de s'entendre objecter.

« Tu touches des pots-de-vin ?

— Non ! s'exclama Raymer, offusqué par cette question.

— Tu regardes ailleurs quand certaines personnes te le demandent ?

— Bien sûr que non.

— Alors, je vote pour toi. »

Nouvel étonnement de Raymer.

« Tu votes, toi ?

— C'était une façon de parler, concéda Sully, même s'il votait à l'occasion des grandes élections. Hé, Andouille, dit-il en s'adressant à Rub, couché tranquillement sous la table. Tu veux rester ici, à te grignoter la bite, ou tu préfères aller déterrer un juge ? »

Le chien se leva d'un bond et trottina jusqu'à la porte en agitant la queue avec enthousiasme. Alors, peut-être que cette idée n'était pas si débile, finalement.

En sortant, Sully vit la lumière bleutée du téléviseur de Carl se refléter dans les fenêtres de son appartement, d'abord un sexe de femme en gros plan, puis un plan plus large d'un type maigrelet exhibant une impressionnante érection. Il ramassa une poignée de petits cailloux qu'il lança contre les vitres.

« Qu'est-ce que tu fais ? demanda Raymer.

— C'est un boulot pour trois types. Je veux bien creuser le trou, mais je ne descendrai pas dedans, à cause de mon genou foutu. »

Et puis, même s'il respirait normalement pour le moment, ça pouvait changer. Mieux valait prévenir que guérir.

Carl apparut à la fenêtre, les yeux plissés pour scruter l'obscurité. Il dut reconnaître la silhouette de Sully en bas car il lança : « Qu'est-ce que tu veux ? Tu m'as déjà piqué mes derniers sous.

— Habille-toi.

— Tu as décidé de me virer finalement ?

— Non, pas ce soir.

— Ce serait bien ton genre.

— Tu es dur d'oreille ou quoi ? Habille-toi. Avec des vieilles fringues.

— C'est qui avec toi ? On dirait Raymer.

— C'est moi, confirma Raymer, qui avait recommencé à se gratter furieusement la paume, sans s'en apercevoir.

— Bon, OK, dit Carl. Mais uniquement parce que je suis curieux. Vous voir tous les deux ensemble, ça défie la raison. Donnez-moi cinq minutes.

— Deux », dit Sully.

Raymer et lui allèrent attendre au bord du trottoir, suivis de Rub qui haletait. Sully abaissa le hayon du pick-up. « Grimpe », ordonna-t-il et Rub, excellent sauteur, s'exécuta.

« Il te comprend ? demanda Raymer, impressionné.

— Oui, on dirait, répondit Sully en relevant le hayon. Mais des fois, il a un peu de mal avec les concepts abstraits.

— Quand j'étais gamin, on avait un chien qui se mâchonnait la bite comme ça.

— Qu'est-ce qu'il est devenu ?

— Il a été écrasé par une voiture.

— Hé, Andouille, dit Sully, et le chien dressa les oreilles. Tu entends ça ? »

Remarquant les traînées sèches sur le pare-brise, Carl ne put s'empêcher de passer son index dessus pour vérifier que, oui, c'était bien à l'intérieur.

« À ta place, j'éviterais, dit Sully.

— Quoi donc ?

— De lécher ton doigt. »

Carl le renifla et jeta à Sully un regard de dégoût absolu, avant de baisser la vitre du passager.

« Qui est le dernier être humain qui a voyagé dans ce véhicule à côté de toi ?

— Rub, je pense. »

L'air du dehors était frais et pur, mais encore chargé d'électricité après les orages.

« Rub est un chien.

— L'autre Rub.

— En montant dans ce véhicule, on assiste au triste décès des valeurs occidentales traditionnelles. La fierté. L'ordre. La responsabilité. L'hygiène rudimentaire.

— *Dixit* l'homme qui se pisse dessus.

— C'est ça la différence entre nous. *Moi*, j'étais gêné ce

matin. *Toi,* en revanche, tu trouves que ce pick-up n'a rien de choquant. »

Ce n'était pas entièrement vrai. De temps en temps, Sully envisageait de le récurer à fond, mais il se ravisait chaque fois. Tout d'abord, un véhicule propre encouragerait les dames d'Upper Main Street à l'exploiter davantage. Ces vieilles veuves comptaient déjà sur lui pour effectuer de menus travaux d'entretien ou pour déneiger leurs allées et leurs trottoirs en hiver. Et quand leurs petits-enfants, qui vivaient à Schuyler pour la plupart ou dans la banlieue d'Albany, ne pouvaient les conduire chez le médecin, au supermarché, chez le coiffeur ou au nouvel Applebee pour déjeuner, elles se tournaient vers Sully. Après tout, le taxi ça coûtait cher, alors qu'elles pouvaient le payer avec des cakes à la banane. Elles commençaient toujours par lui exprimer leur vive reconnaissance, se demandant ce qu'elles pourraient faire sans lui, mais une fois cette gratitude de pure forme enregistrée, elles se plaignaient de l'état du véhicule, des ressorts qui traversaient le siège du passager et donnaient des coups dans leurs fesses décharnées, du plancher jonché de gobelets de café et du pied-de-biche posé sur le tableau de bord – comment avait-il atterri là ? – qui vibrait et glissait vers elles de manière menaçante quand il accélérait.

Dans l'ensemble, Sully acceptait volontiers de se mettre à leur disposition car les après-midi étaient longs. Mais elles n'arrêtaient pas de jacasser pendant tout le trajet et quand il les redéposait chez elles, elles voulaient toujours savoir s'il serait disponible le mardi suivant, comme si un homme tel que lui pouvait établir son emploi du temps à l'avance. Et elles avaient beau être vieilles – très vieilles même – elles réclamaient ce que toutes les femmes avaient toujours exigé de lui : un engagement. Sa détermination à rester libre se trouvait renforcée à chaque nouvelle demande. Et puis, à quoi bon nettoyer le pick-up si Rub continuait à pisser à l'intérieur ?

« J'ai une question à te poser, Carl, dit-il. Quel genre de type possède une entreprise de bâtiment, mais pas de vêtements de travail ? »

En dépit des recommandations de Sully, Carl arborait sa tenue habituelle : polo, pantalon de toile et mocassins italiens sans doute hors de prix.

Celui-ci ignora la question, distrait par le bruit des griffes de Rub qui raclaient le plateau du pick-up.

« Tu ne devrais pas le faire voyager derrière.

— Il adore ça, répondit Sully, sans grande conviction car Carl avait raison, évidemment. Et c'est un chien.

— Oui, mais qu'est-ce qui risque d'arriver si tu piles net ? Tu auras l'air malin s'il est éjecté et s'il meurt.

— Tu as raison. Pour le retour, c'est toi qui voyageras derrière. »

Quand ils s'arrêtèrent à un stop, Carl régla son rétroviseur pour observer la Jetta de Raymer qui les suivait.

« À qui il parle ? »

Effectivement, en jetant un coup d'œil dans son rétroviseur, Sully remarqua que Raymer semblait entretenir une conversation animée avec quelqu'un. « Il doit avoir une radio », supposa-t-il. Puis il repensa à la voix de perroquet à travers la porte de la salle de bains. Alors, peut-être pas.

« Tu trouves qu'il a l'air normal ? demanda Carl. Moi, je le trouve complètement cinglé. Et cette histoire de porte de garage ? Ça ne tient pas debout.

— Il semble sûr de lui.

— Ou simplement à la masse.

— Il a eu une dure journée. »

Carl ricana.

« Non. *Moi*, j'ai eu une dure journée.

— Il s'est évanoui dans une tombe ce matin. Et ce soir, il a reçu la foudre. »

Après réflexion, Carl dit : « OK, je retire ce que j'ai dit. »

Par beau temps, la pelleteuse du cimetière stationnait

sous l'auvent métallique qui jouxtait la cabane à outils. Celle-ci était fermée, mais Sully savait où Rub cachait la clé. Au moment où il l'introduisait dans la serrure, une pensée lui traversa l'esprit. « Attendez-moi ici », ordonna-t-il à ses compagnons, et il s'empressa d'entrer et de refermer la porte derrière lui. Une minute lui suffit à repérer la clé de la pelleteuse suspendue à un crochet par un cordon. Il venait de se souvenir, juste à temps, que les trois sabots disparus étaient cachés là, sous une bâche. Au départ, Sully les avait entreposés sur la casse automobile de Harold Proxmire, dans le coffre d'une Crown Victoria rouillée, mais Harold n'était pas tranquille, alors quand Rub avait dégotté ce boulot à Hilldale, Sully les avait transférés dans cette cabane, et les avait oubliés presque aussitôt. Il souleva un coin de la bâche et, bien évidemment, les sabots étaient là, tout neufs. Demain, se dit-il, quand Rub et lui auraient emporté la branche coupée, il les transférerait dans la remise de Zack, où il était peu probable que quiconque tombe dessus par accident.

L'horizon s'éclaircissait à l'est, ce qui voulait dire qu'ils n'avaient plus beaucoup de temps. Il lança les clés du pick-up à Carl et monta à bord de la pelleteuse. Rub bondit à côté de lui.

« Ne vous éloignez pas trop, dit-il aux deux autres. Je ne sais pas où on va et la vitesse de pointe de cet engin est de cinq kilomètres à l'heure. »

Alors qu'ils progressaient au ralenti à travers le cimetière, Sully se surprit à regretter que Peter ne soit pas là. Le mode de fonctionnement par défaut de son fils était la désapprobation, en ce qui le concernait du moins, mais il lui arrivait de baisser la garde et de s'abandonner à la folie du moment. Un jour, quelques années plus tôt, Sully l'avait réquisitionné pour voler la souffleuse à neige de Roebuck. Chaque fois qu'il neigeait, Sully s'amusait à la faucher, pour se la faire faucher à son tour par Carl. Après chaque nouveau vol, l'un et l'autre augmentaient les mesures de sécurité pour empêcher un nouveau larcin. Finalement, Carl avait enchaîné la souffleuse à un poteau sur le terrain de son entreprise. Celui-ci était entouré d'un haut grillage et surveillé la nuit par un doberman nommé Raspoutine. Sully avait assommé le chien avec une poignée de somnifères glissés dans un hamburger, mais il avait eu besoin de Peter pour escalader la clôture et libérer la souffleuse à l'aide du coupe-boulons, fauché à Carl également. Tout s'était passé à merveille, le doberman dormait dans un coin, pensaient-ils, jusqu'à ce que, juste au moment où Peter sectionnait la chaîne, ils entendent un grognement rauque : Raspoutine était là, à moins d'un mètre de lui, campé sur ses quatre pattes, montrant les crocs de manière horrible. Pendant une longue minute, Peter et lui s'étaient regardés, et puis le chien, comme pétrifié, s'était mis à baver. Une seconde plus tard, les somnifères avaient eu raison de sa méchanceté et il avait basculé dans la neige.

Plus tard, au Horse, le visage illuminé par un sourire joyeux qui ne lui ressemblait guère, Peter ne s'en remettait toujours pas. « C'était meilleur que le sexe », avait-il confié à Sully. En voyant son fils aussi heureux, celui-ci s'était demandé s'il assistait à un tournant. Peter s'était peut-être enfin autorisé à profiter de la vie dans une perspective moins ironique. Mais le lendemain matin, il était redevenu comme avant, coincé, honteux de s'être laissé entraîner dans les frasques de son père. Sully s'en désolait. Car s'il n'avait aucune envie d'avoir un fils à son image, ça lui faisait de la peine de voir que Peter refusait d'admettre une vérité aussi élémentaire : il aimait s'amuser.

En arrivant devant la tombe du juge, Sully tendit le chien à Carl, qui le tint à bout de bras, pénis face à lui. « Enferme-le dans le pick-up », suggéra Sully. Rub possédait une imagination fertile et il ne faisait pas toujours très bien la différence entre ce qui était vivant et ce qui ne l'était pas. En voyant la pelleteuse prendre dans sa gueule de grandes bouchées de terre fraîche, il risquait de passer en mode attaque.

« Bonne idée, répondit Carl en emportant l'animal qui se débattait. Il reste peut-être un endroit où il n'a pas encore pissé. »

Sully observait Raymer, dont le comportement s'était totalement modifié depuis leur arrivée à Hilldale. Après avoir initié cette opération, il affichait l'air du type qui prend enfin conscience de la gravité de la chose. Il contemplait la tombe qu'ils s'apprêtaient à profaner, mais son regard semblait tourné vers l'intérieur.

« Hé ! lui lança Sully en positionnant la pelleteuse.

— Quoi ? » fit Raymer, arraché à ses pensées.

Sully testa les leviers qui actionnaient la benne et demanda : « Tu es sûr de toi ? Parce que ce qu'on s'apprête à faire est…

— Illégal ? suggéra Carl en revenant du pick-up. Déviant ? Pervers ? Débile ? »

Sully l'ignora. « Si on se fait prendre, c'en est fini de ta réputation.

— Et la mienne, alors ? demanda Carl.

— Très drôle », répondit Sully.

Raymer jeta des regards inquiets autour de lui.

« Qui peut nous voir ?

— On le saura seulement quand il sera trop tard. »

Raymer se mit à mastiquer comme s'il ruminait littéralement la question et il déclara, avec détermination : « Et puis zut. » Mais sa voix dérailla et produisit ce même son de perroquet que Sully avait entendu à travers la porte de la salle de bains. Raymer lui-même dut s'en rendre compte car il se racla la gorge, comme si une chose étrangère et sans doute désagréable y était restée bloquée, et qu'il cherchait à la déloger. « Maintenant qu'on a fait tout ce chemin. »

Réflexion qui fit ricaner Carl.

« Quoi ? demanda Sully.

— Rien. Je pensais juste à Napoléon envahissant la Russie. »

Sully et Raymer le regardèrent avec de grands yeux.

« Et aux Croisades, à l'Inquisition et à la guerre du Vietnam, ajouta Carl. Aucun de ces naufrages n'aurait pu avoir lieu si quelqu'un n'avait pas lâché : “Et puis zut. Maintenant qu'on a fait tout ce chemin.” »

Sur cette remarque, Sully poussa le levier et fit plonger la benne dans la terre molle entassée au-dessus de la tombe du juge Barton Flatt qui – s'il avait daigné mourir à temps – aurait fait un parfait candidat pour le premier trophée du Héros Anonyme, lequel allait récompenser dans deux jours la propriétaire de Sully. Mais l'année prochaine, si Sully ne se trompait pas, c'était du tout cuit.

Quelques minutes plus tard, les dents d'acier de la pelleteuse localisèrent le cercueil du juge Barton Flatt en produisant un crissement, comme des ongles sur un tableau noir. Les trois hommes tressaillirent.

« Relax, Votre Honneur ! lança Sully en direction du trou. Ce n'est pas Dieu, ce n'est que moi. »

À partir de cet instant, il manœuvra plus prudemment. Mais une pelleteuse n'était pas vraiment un outil de précision ; en outre, il faisait encore nuit, aussi ne fut-il pas étonné quand, une minute plus tard, il ébranla de nouveau le cercueil.

« Bon sang ! dit Carl. Ne le fais pas éclater. »

Sully, qui redoutait justement que cela se produise, immobilisa la benne.

« Essayons de repérer les côtés », proposa-t-il. Il avait toujours un balai à l'arrière de son pick-up, et Raymer alla le chercher. « Apporte aussi le râteau pendant que tu y es ! lui cria Sully. Et deux pelles. »

Raymer répondit, de sa voix de perroquet, quelque chose que Sully ne comprit pas. Intrigué par ce son, Carl haussa les sourcils et interrogea du regard Sully, qui se contenta de hausser les épaules.

Une fois les contours du cercueil exhumés, Sully put travailler tout autour afin d'agrandir le trou et permettre à un homme de se tenir sur le côté et à un autre de se placer devant. Quand il coupa le contact et que l'engin se fut arrêté dans un ultime soubresaut, le silence retomba sur le cimetière, à l'exception des aboiements de Rub à l'intérieur du pick-up.

« OK, les filles, allez-y, dit Sully en descendant de la pelleteuse pour prendre la lampe des mains de Carl.

— Tu ne viens pas, toi ? ironisa celui-ci en se glissant dans la tombe.

— Oui, ce serait super. Nous trois coincés dans ce trou et personne pour nous aider à ressortir.

— J'espère que tu n'es pas claustrophobe, dit Carl à Raymer quand il se laissa tomber dans le trou à son tour.

— Si, justement. »

Carl prit le temps de l'observer.

« Qu'est-ce qui est arrivé à ta voix ? »

Le chef de la police se racla la gorge. « C'est récent.

— On dirait que tu vas témoigner derrière un paravent. »

En braquant la lampe sur le cercueil, Sully constata que deux profondes entailles parallèles rayaient le couvercle verni, et quand Carl agrippa une des poignées tarabiscotées, celle-ci lui resta dans la main.

« Joli travail », commenta-t-il en tendant la poignée à Sully, qui la balança sur l'amas de terre provenant de la tombe.

Tout d'abord, Carl et Raymer eurent beau tirer dessus, le cercueil refusa de bouger, comme s'il contenait, non pas le corps d'un homme réduit à néant par la maladie et la chimiothérapie, mais des lingots d'or. Soudain, il se décolla avec un bruit de succion, et le contenu se déplaça bruyamment à l'intérieur.

« Vous savez quoi ? dit Carl. Je viens de décider que je veux être incinéré.

— J'essaierai de m'en souvenir, répondit Sully.

— Alors, c'est quoi le plan, patron ? demanda Carl. On le sort du trou ?

— Non. Mettez-le droit, c'est tout.

— À votre avis, de quel côté est la tête ? demanda Carl en grattant la sienne.

— Le bout le plus étroit, ça doit être les pieds, suggéra Sully.

— C'est un rectangle parfait, crétin.

— Dans ce cas, je ne peux pas vous aider. »

Quand les deux hommes parvinrent, avec force grognements et grommellements, à redresser le cercueil en position verticale, Sully tendit la lampe à Carl, qui pointa le faisceau sur la terre, à l'endroit où la bière reposait quelques secondes plus tôt.

« OK, dit Raymer en se laissant tomber à genoux. Elle devrait être là.

— Ce qui n'est pas le cas, souligna Carl. Y a un truc qui m'échappe : comment tu peux être sûr que cette foutue télécommande est là ?

— C'est forcé, répondit Raymer, tandis qu'il tapotait le sol du plat de la main. Elle était dans ma poche quand je me suis évanoui.

— Oui, mais après, tu es allé à l'hôpital, non ? Peut-être qu'elle est tombée de ta poche là-bas.

— Il n'y avait pas de moquette dans la salle de consultation. Je l'aurais entendue tomber.

— Sauf si ça s'est passé dans l'ambulance. »

Sully avait envisagé ce scénario lui aussi, mais Raymer n'écoutait déjà plus. « Allez, allez ! » disait-il avec sa voix de perroquet en tamisant des poignées de terre entre ses doigts. Grâce à la pluie, celle-ci se transformait rapidement en gadoue. « Elle est forcément là. »

Carl lança à Sully un regard qui semblait dire qu'elle n'était pas forcée d'être là, et d'ailleurs elle n'y était pas.

« Raymer, dit Sully, tu ne fais qu'aggraver les choses. Sers-toi du râteau. »

Il le lui tendit.

La possibilité qu'ils aient fait tout ça pour rien sembla enfin se frayer un chemin dans l'esprit de Raymer, qui ratissait la terre humide tel un possédé, mais au bout de quelques minutes, il devint évident, même pour lui, qu'il n'y avait pas de télécommande dans le trou. Carl lui prit le râteau et le rendit à Sully.

« Je ne comprends pas, soupira Raymer. Ça n'a aucun sens.

— Hé, j'ai une idée, dit Carl. On pourrait déterrer les autres. Au cas où elle serait cachée sous un des cercueils. »

Raymer posa sur lui un regard vide, comme s'il s'agissait d'une suggestion sérieuse.

« On a fini ? » demanda Carl, en tendant la main à Sully, qui s'en saisit pour le hisser hors du trou.

Voyant que Raymer ne semblait pas disposé à en faire autant, Sully demanda : « Tu as l'intention de rester là ?

— Je ferais aussi bien, se lamenta-t-il. Non, je ferais même mieux. Tu devrais me recouvrir de terre. Pour mettre fin à mon calvaire.

— Allez, Raymer, ça suffit. »

Celui-ci dit quelque chose que Sully ne comprit pas.

« Tu peux répéter ?

— Je disais : Maintenant, je ne saurai jamais. »

En se tournant vers Carl, Sully fut surpris de lire sur son visage plus de pitié que d'exaspération.

« Va t'asseoir, dit Sully après avoir sorti Raymer du trou avec l'aide de Carl. Tu n'as pas l'air très bien. »

Assis sur le tas de terre, Raymer se prit la tête à deux mains.

Sully et Carl reportèrent leur attention sur le cercueil posé à la verticale.

« On le bascule simplement ? demanda Carl. Ou bien on le retourne ?

— Si on le bascule, il sera à l'envers pour l'éternité.

— Tu crois que c'est important quand tu es mort ?

— Pour moi, ça le serait.

— Tu parles, ironisa Carl. Comme si tu savais faire la différence entre le haut et le bas. »

Ensemble, ils déplacèrent le cercueil vers l'autre extrémité du trou en le faisant pivoter d'un coin sur l'autre, et ils le couchèrent lentement, le plus possible, jusqu'à ce qu'ils soient obligés de le laisser tomber. Le bruit sourd fit tressaillir les trois hommes.

« C'est terrible ce qu'on a fait », dit Raymer, avec sa véritable voix. Il tripotait la poignée argentée du cercueil. « On a profané la tombe d'un homme. Et tout ça pour quoi ? »

Sully comprenait ce qu'il ressentait. Jusqu'à maintenant, il était relativement optimiste, et si la télécommande avait été dans la tombe, cela aurait justifié, plus ou moins, la démence de cette entreprise. Et quand ils auraient raconté cette histoire plusieurs fois au Horse, ce coup de folie aurait paru inspiré. Alors que là…

Seul Carl ne semblait éprouver aucun regret.

« Raymer, dit-il, le juge s'en fiche. Il est mort. Tu sais ce que ça veut dire "mort" ?

— Quoi qu'il en soit, dit Sully en remontant à bord de la pelleteuse pour la remettre à sa place, on n'a pas terminé. À ta place, je ratisserais toute cette terre, conseilla-t-il à Carl en montrant le tas sur lequel était assis Raymer, au cas où la télécommande aurait été ramassée par la benne. »

Raymer secoua la tête.

« Non, elle était forcément sous le cercueil.

— Oui, logiquement », reconnut Sully. Il désigna la poignée que tripotait Raymer. « Fais-moi voir ce truc-là… »

Bien que surpris par cette demande, Raymer rendit la poignée à Sully, qui s'empressa de la balancer dans le trou, où elle rebondit bruyamment sur le cercueil. « Hé, dit-il en montrant le ciel à l'est, un jour nouveau commence. »

Raymer regarda dans la direction indiquée, mais son air absent suggérait qu'il cherchait une chose qui ne s'y trouvait pas.

Sully s'arrêta devant chez Miss Beryl au moment où les premiers rayons de soleil faisaient des clins d'œil à travers les arbres du parc du Sans Souci. Carl, qui avait retiré ses mocassins foutus et ses chaussettes trempées et boueuses, ne semblait pas pressé de descendre du pick-up, alors Sully coupa le moteur et les deux hommes restèrent assis là, semant la plus vive confusion dans l'esprit de Rub qui sautait frénétiquement sur le plateau à l'arrière, tout en lâchant de petits jets d'urine. D'où venait toute cette pisse ? se demandait Sully. Après avoir fait une boule avec ses chaussettes, Carl frotta l'intérieur du pare-brise, dans l'intention d'effacer les traînées d'urine séchée, mais ne parvenant qu'à dessiner une sorte de tornade marron et opaque sur la vitre.

« Regarde ! s'exclama-t-il, visiblement ravi du résultat. Une parfaite tempête de merde.

— Merci.

— De rien, répondit Carl en balançant ses chaussettes par la fenêtre, suivies de ses chaussures. Pourquoi tu ne fous pas le feu à ce tas de ferraille pour t'acheter une caisse correcte ? »

Deux ans, mais plus vraisemblablement un an. Que ferait-il d'un véhicule en meilleur état que lui ?

« Tu sais quoi ? reprit Carl. Avant ce soir, je ne m'étais jamais aperçu que Raymer et toi, vous étiez pareils, en fait, derrière les apparences. Le chef de la police pourrait certainement s'offrir une plus belle voiture que cette Jetta pourrie.

— Peut-être qu'il l'aime bien. Et si ça se trouve, il y a

aussi des choses chez toi qu'il ne comprend pas. Tu as déjà pensé à ça ?

— Je sais juste que ce type est complètement givré. »

Ils s'étaient quittés au cimetière, Raymer promettant de rentrer chez lui pour dormir. Mais Sully n'était pas certain qu'il tienne parole. Carl disait vrai. Raymer possédait un côté délirant et incontrôlable. Il avait vu des types qui affichaient ce même regard et qui après une longue bataille continuaient à fonctionner, à un niveau élevé parfois, mais au plus profond d'eux-mêmes, ils avaient abdiqué. Des hommes perdus, qui n'étaient pas certains de vouloir qu'on les retrouve.

« Et il n'a pas de radio dans sa voiture, ajouta Carl. J'ai vérifié.

— Ah bon ?

— Non. »

Un rayon de soleil transperça les arbres et cet éclat aveuglant obligea Sully à plisser les yeux. Penché en avant pour regarder sur le côté de sa tempête de merde, Carl dit : « C'est incroyable, hein, quand on y pense. Le monde continue à tourner, alors que ça déconne de tous les côtés. »

Pour Sully, le plus incroyable aurait été que le monde s'arrête, mais il comprenait le sentiment de son ami. C'était stupéfiant, en effet, de voir que les choses poursuivaient leur train-train, sans aucune raison ni nécessité évidentes, indifférentes à la vie, à la mort et à tout le reste. Il songea au chronomètre que lui avait rendu Will : l'aiguille des secondes continuait d'avancer, heureuse d'effectuer ce trajet circulaire, toujours dans le même sens. Cela étant, le monde mécanique n'était sans doute pas très différent des êtres vivants qui l'habitaient, et qui, pour la plupart, lui y compris, vaquaient tout naturellement à leurs occupations. Son propre bonheur lui avait toujours semblé ancré dans sa volonté de laisser chaque seconde, chaque minute, chaque heure et chaque jour prédire les suivants, aujourd'hui n'étant pas différent d'hier, à l'exception de quelques détails, insignifiants. En temps normal, il se réveillerait à cette heure-ci, il s'arracherait à son lit, se raserait, se laverait et se rendrait dans le centre pour aider Ruth à ouvrir le restaurant. Une chose aussi fondamentale, ritualisée, pouvait-elle vraiment changer ?

Ruth avait peut-être raison : s'il venait chez Hattie chaque matin, c'était parce qu'il ne savait pas quoi faire d'autre, ni où aller. Naturellement, il aurait aimé lui répondre que ce n'était pas vrai, qu'il éprouvait encore pour elle cette affection d'autrefois. Le fait qu'il n'y ait pas d'autre femme dans sa vie n'était-il pas une preuve ? Et il n'imaginait pas qu'une telle chose puisse se produire, pas à ce stade, si tardivement. Cela voulait forcément dire quelque chose. Puis il repensa à Raymer, les yeux exorbités, à Hilldale, répétant « Elle est forcément là », encore et encore, exprimant un besoin personnel que le monde refusait de reconnaître, tout simplement.

Alors le moment était peut-être venu, en effet, d'essayer autre chose. Ses matinées chez Hattie étaient peut-être, sous le prétexte de vouloir aider, une marque d'égoïsme ? Si le mari de Ruth, pour des raisons connues de lui seul, voulait soudain la récupérer, et si son épouse était disposée à lui témoigner davantage d'affection que par le passé, de quel droit se dressait-il entre eux ? Et si Janey en avait assez de se réveiller chaque matin au son de sa voix, qui lui rappelait sans doute les dégâts causés dans leur famille par sa liaison avec sa mère, pouvait-il lui en vouloir ? Car il ne pouvait le nier, il avait causé des dégâts. Gregory, le fils de Ruth, le frère de Janey, avait quitté la ville aussitôt après le lycée, et il savait certainement ce qui se passait. Alors, s'il allait chez Hattie simplement par habitude, n'était-il pas de son devoir d'y mettre fin ? Après tout, il y avait d'autres endroits en ville où on pouvait manger des œufs au plat et papoter.

Sauf que non. Certes, il y avait tous ces établissements franchisés près des sorties de l'autoroute, mais les comptoirs étaient pleins de gens qui allaient ailleurs, des voyageurs. Ce que Ruth lui avait suggéré de devenir. Quelqu'un qui partait pour Aruba. Pourquoi pas ? voulait-elle savoir. Il en avait les moyens. Comme il avait les moyens de s'acheter un nouveau pick-up. *Parce que*, aurait-il voulu expliquer, à l'image de la trotteuse du chronomètre de Will, son centre était fixe et ses mouvements circonscrits par un mécanisme qu'il ne voyait pas et pouvait encore moins modifier.

Fatigué d'être confiné à l'arrière du pick-up sans raison valable, Rub poussa un aboiement aigu et bondit sur le trottoir, où il effectua un roulé-boulé tel un soldat bien entraîné et se remit sur ses pattes pour foncer vers la caravane. Les deux hommes le regardèrent filer en éprouvant, sauf erreur, un sentiment proche de la jalousie. Pouvait-on être jaloux d'un chien à la quéquette à moitié mâchouillée ? Là encore, pourquoi pas ? Rub était avant tout un optimiste, et plus on vieillissait, plus l'optimisme était une chose difficile à faire naître, et encore plus difficile à entretenir.

« Tu vois encore Toby, des fois ? demanda Carl, de but en blanc.

— Pourquoi je la verrais ? répondit Sully, même s'il avait eu un sacré béguin pour l'ex-femme de Carl, une dizaine d'années plus tôt.

— À toi de me le dire, répliqua Carl, qui n'ignorait rien de cette passion.

— Maintenant que j'y repense, je l'ai vue à l'automne dernier. Au moment des fêtes, je crois.

— Ah oui ?

— Elle est passée. »

Carl se redressa. « Elle est passée, répéta-t-il. Pour te voir.

— Elle se disait que je voulais peut-être vendre. » D'un mouvement de tête, il montra la maison de Miss Beryl. « Elle bosse dans l'immobilier maintenant. »

Carl se détendit de nouveau. « Ouais. Il paraît qu'elle se débrouille bien. Comment elle était ?

— Superbe, répondit Sully, qui se délectait de cette discussion. Elle n'a jamais été aussi sexy. Un vrai canon.

— Va te faire foutre, dit Carl, et il soupira. Je n'arrive pas à croire que je l'ai poussée dans les bras d'une lesbienne aux jambes poilues.

— Elle doit avoir un truc que tu n'as pas.

— Non, c'est moi qui ai un truc qu'elle n'a pas, rectifia Carl. Avant, du moins.

— Ça va s'arranger.

— Je ne sais pas, dit Carl, songeur. À quoi servent les hommes de nos jours ? »

Comme c'était précisément la question que Sully avait soigneusement évité de se poser toute sa vie, il jugea le moment bien choisi pour changer de sujet. Et il décida d'aborder la question qui le taraudait depuis qu'il avait été le témoin des pitoyables lamentations de Raymer à Hilldale. Sans cette télécommande de garage, il ne connaîtrait jamais l'identité de l'amant supposé de sa femme.

« Dis-moi que ce n'était pas toi.

— Moi, quoi ?

— Qui sortais avec la femme de Raymer. »

Car si l'occasion s'était présentée, Carl n'aurait pas hésité. Pour Sully, cela ne faisait aucun doute. Mais le bouquet de roses sur la tombe ? La carte avec le mot *Pour toujours* ? Cela ne correspondait pas du tout à Carl Roebuck (c'était le moins qu'on puisse dire). D'un autre côté, on ne pouvait jamais savoir.

« Putain, non.

— Tu es sûr ? » insista Sully, bien que cela soit inutile car si Carl était un baratineur de première, il ne lui avait jamais menti sur des sujets importants, pour ce qu'il en savait.

« Quoi ? Tu crois que je suis le seul chasseur de chattes dans cette ville ?

— OK. Très bien », dit Sully.

Même si Raymer et lui n'étaient pas « pareils derrière

les apparences », comme l'avait affirmé Carl, il avait de la peine pour ce pauvre type.

Il s'aperçut que Carl avait ajouté quelque chose.

« Hein ? Pardon ?

— Je disais que ce n'était pas moi, par contre je sais qui c'est. »

Carl regardait droit devant lui le pare-brise maculé de pisse de chien, attendant sans doute que Sully pose la question qui s'imposait. Ce qu'il n'avait pas l'intention de faire. Ça ne le regardait pas, se disait-il, mais il se mentait. Il ne posait pas la question car il ne voulait pas connaître la réponse. Il avait peur de la connaître déjà.

COMPLICITÉ

Les lecteurs du *North Bath Weekly Journal* ne comptaient généralement pas sur leur hebdo local pour avoir de véritables nouvelles sur Bath. Parfois, quelques infos, comme l'article de cette semaine consacré au changement de nom de l'école en l'honneur de Beryl Peoples, parvenaient à s'y glisser, mais d'habitude le *Journal* se contentait de relayer les activités paroissiales et d'annoncer les soirées spaghettis, les mariages et les enterrements, les résultats des matchs de la Little League et les noms des lauréats du tableau d'honneur du collège. La véritable mission du *Journal* consistait à décrire les activités les plus excitantes de Schuyler Springs dont le champ de courses permettait d'effectuer des paris exotiques sur des trotteurs et où de nouveaux restaurants proposaient presque chaque semaine des plats originaux et saisissants (orties ! encre de seiche !) et où on servait le vin dans de petits verres à dégustation. À Schuyler, la librairie, soutenue par le département d'anglais de l'université, organisait des rencontres avec des auteurs célèbres, après lesquelles vous pouviez aller danser, juste à côté, au son d'un groupe klezmer punk, ou aller voir un film dans une des douze salles du nouveau multiplex.

Alors, si vous vouliez des nouvelles de Bath, vous deviez vous abonner au *Schuyler Springs Democrat*, un quotidien qui se targuait de faire du journalisme d'investigation pur et dur, du moins en ce qui concernait ses voisins. Par exemple, l'Infâme Puanteur de Bath, jamais évoquée dans le *Journal*, avait fait la une du *Democrat* durant tout l'été dernier, à l'instar des problèmes chroniques de Hilldale. (« Les morts ne restent pas en place à Bath », affirmait un des gros titres, comme s'il s'agissait d'une critique d'un film de zombies.) Cette année, ce qui provoquait l'intérêt du *Democrat*, c'étaient les retards et les dépassements de coûts du projet Old Mill Lofts, qui devenait de plus en plus douteux de jour en jour et auquel le maire Gus Moynihan, en dépit de récents efforts pour prendre ses distances, demeurait inextricablement lié.

Bien évidemment, à toutes ces causes de migraine venait s'ajouter la femme de Gus, qui se trouvait dans une nouvelle spirale descendante. Ce soir-là, au dîner, Alice s'était montrée si agitée qu'il avait appelé le médecin, et celui-ci, accédant à sa requête, avait prescrit un sédatif. Compte tenu de l'état de fatigue d'Alice et de la puissance du médicament, elle ne risquait pas de se lever avant midi.

Sa folie avait toujours subi un phénomène de flux et de reflux : pendant des semaines, des mois même, elle était, ou paraissait, en paix. Elle lisait, peignait ou contemplait simplement par la fenêtre les bois sombres du Sans Souci. Et puis, sans raison apparente, elle replongeait dans un état de vive agitation, incontrôlable, et elle errait de pièce en pièce dans leur grande maison, comme quelqu'un qui cherche un objet perdu. Gus avait appris à déchiffrer les signes : les tressaillements nerveux du sourire jusqu'alors parfaitement placide ; des livres qui la passionnaient cessaient soudain de l'intéresser ; les coups de pinceau précis et minutieux de ses tableaux devenaient plus relâchés, moins appliqués, moins proches de la réalité qu'elle essayait de saisir, comme si le lien entre cerveau et pinceau avait été tranché.

Il savait que la pauvre Alice percevait le changement de

marée elle aussi, le retour de ses angoisses. Des petits bruits familiers, au lieu de l'apaiser, lui flanquaient une peur bleue. Cette chose qui la pourchassait semblait hanter sa vision périphérique et disparaître dès qu'elle se retournait. Gus avait l'impression qu'elle se remémorait, par épisodes, un événement qu'il aurait mieux valu oublier totalement. Quand il voulait savoir si quelque chose la tracassait, elle le regardait généralement d'un air vide, comme s'il parlait allemand. Un jour où il lui avait demandé ce qu'elle cherchait, elle avait répondu : « Moi ? » Il s'interrogeait : Était-elle surprise par la question ou bien voulait-elle dire que c'était *elle-même* qu'elle cherchait. Finalement, quand la maison était devenue trop oppressante, Alice avait quitté le nid familial, et Gus avait commencé à recevoir des appels signalant la présence de son épouse en ville, à plusieurs endroits en même temps, fichant la frousse à tout le monde avec ce foutu téléphone.

La veille, elle avait affirmé avoir vu quelqu'un qui l'avait effrayée, mais quand il lui avait demandé de qui il s'agissait, elle l'avait regardé avec son air absent habituel, comme s'il était censé connaître la réponse. « Kurt ? » avait-il proposé. Car c'était possible. Même si ce type avait foutu le camp depuis presque dix ans, et si Gus ne voyait aucune raison pour qu'il revienne. Alice avait secoué la tête. « Kurt est parti », avait-elle expliqué, au cas où ce départ aurait échappé à Gus. Alors, comment savoir ? Peut-être faisait-elle allusion à Raymer. C'était lui qui l'avait découverte dans le parc, ce matin-là, et l'avait ramenée chez elle. Généralement, elle reconnaissait le mari de son amie Becka et comprenait qu'il ne représentait ni un danger ni une menace, mais les hommes en uniforme lui faisaient souvent peur, et peut-être n'avait-elle pas reconnu Raymer.

Le plus troublant pour Gus, c'était assurément cette inquiétante histoire de téléphone. Cet appareil était devenu l'inséparable compagnon de son épouse, son lien avec une chose aussi indispensable que l'air qu'elle respirait. Parfois, alors qu'ils déjeunaient ou dînaient tranquillement, le téléphone « sonnait », elle se levait alors, traversait la pièce et sortait le téléphone de son sac pour « répondre ». Semblant se souvenir de leur vieille règle qui interdisait les coups de fil pendant les repas, elle disait tout bas : « Je ne peux pas te parler », et elle remettait le combiné dans son sac. À d'autres moments, elle écoutait patiemment ce que lui disait son interlocuteur ou interlocutrice imaginaire, et ses yeux se mouillaient de larmes. « Oh, bon sang, disait-elle finalement, c'est encore pire qu'on le croyait. » Parfois, Gus se demandait s'il n'était pas lui-même le sujet de la conversation. « Il ne sait rien », murmurait-elle, avant d'écouter de nouveau. Puis : « Bien sûr qu'il en a le droit, mais imagine que ça le détruise ? » Parfois, Gus se laissait prendre par ses conversations ; il n'était pas loin de croire qu'il y avait une personne au bout du fil et il mourait d'envie de savoir ce qu'elle disait. Tout cela était si perturbant qu'il envisageait de lui confisquer son téléphone.

Au moins, l'inévitable crise approchait sans doute et les prochains jours lui dévoileraient peut-être la suite des événements. Parfois – qui pouvait dire pourquoi ? – les turbulences intérieures d'Alice se calmaient, et elle retrouvait son chevalet, ses pinceaux, ses bleus, ses verts et ses jaunes tranquilles, mais selon toute vraisemblance, ils allaient suivre une trajectoire descendante bien trop familière qui s'achèverait certainement à l'hôpital psychiatrique d'Utica. C'était l'attente qu'il détestait le plus. C'était comme surveiller un enfant qui a de la fièvre et la regarder monter dangereusement, en priant pour qu'elle se déclare, tout en le redoutant, car vous n'aviez aucun moyen d'influer sur les conséquences.

Voilà pourquoi Gus avait passé une nuit d'insomnie. Il s'était couché tôt en espérant mettre un terme charitable à cette épouvantable journée, mais ses pensées revenaient en boucle. Il avait encore du mal à concevoir que tout un mur de la vieille usine avait pu s'écrouler dans la rue. Et le même jour, un reptile mortel dont l'habitat naturel se trouve en Inde s'échappait du Morrison Arms ? Impossible également de se débarrasser de l'image de cet imbécile de chef de la police s'évanouissant dans la tombe du juge Flatt et soulevant un nuage de poussière. Nul doute que ces trois histoires occuperaient une place de choix dans le journal de Schuyler. Bon sang, ils allaient se régaler ! Chaque fois qu'il avait l'impression de s'endormir, un autre orage se déclenchait et il était de nouveau réveillé comme en plein jour. C'était lui qui avait besoin d'un sédatif. Pourquoi n'en avait-il pas réclamé au médecin ? Quand un coup de tonnerre assourdissant secoua toute la maison, il se leva pour aller voir Alice : elle semblait dormir à poings fermés. Et les coups de téléphone successifs ne la réveillèrent pas davantage.

Ils débutèrent peu de temps après le dernier orage et se poursuivirent toute la nuit, émanant principalement d'habitants qui voulaient savoir quand le courant allait revenir, nom de Dieu. La plus grosse erreur de Gus quand il s'était présenté au poste de maire – qu'est-ce qui lui était passé par la tête ? – avait été de donner son numéro de téléphone privé. Le but, autant qu'il s'en souvienne, était d'apparaître comme un élu au service de ses administrés, franc et accessible. Mais très vite, il avait compris que la plupart des gens qui souhaitaient lui parler, surtout en pleine nuit, étaient ivres ou fous, ou les deux, et donc, une fois élu, il s'était empressé d'acheter un répondeur pour filtrer les appels des mabouls et d'utiliser son téléphone portable (dont le numéro était sur liste rouge) pour communiquer avec les personnes auxquelles il souhaitait parler. Son message enregistré, destiné à toutes les autres, affirmait que chaque appel était important à ses yeux (mensonge) et qu'il rappellerait son correspondant dès que possible (autre mensonge). Il n'en revenait pas de voir pendant combien de temps les gens pouvaient vider leur sac. Cette nuit-là, plusieurs personnes déclarèrent avoir été les témoins de phénomènes surnaturels : des vaches dans un champ qui agitaient leurs queues lumineuses, un mystérieux globe bleu planté sur la baïonnette de la statue du soldat de l'Union devant la bibliothèque, ou encore des croix de pierre enflammées à Hilldale. S'agissait-il de manifestations sataniques ? interrogeait une de ces personnes au téléphone. Plutôt académiques, songeait Gus. Les cours finissaient dans deux semaines et ils étaient entrés dans la pleine saison des canulars. Si des croix de pierre brûlaient, c'était parce qu'un idiot les avait aspergées d'un produit inflammable et avait frotté une allumette. Demain matin, il demanderait à Raymer de se renseigner à l'hôpital pour savoir combien d'adolescents avaient été soignés pour des brûlures.

Mais il se passait d'autres choses moins spectrales. La mère d'un individu surnommé Spinmatics Joe avait appelé pour signaler que son fils s'était rendu au White Horse et n'était pas rentré. Elle laissait entendre qu'une poignée de gauchistes enragés avaient une dent contre son garçon car il osait dire la vérité au sujet des minorités, des homosexuels et de tous ceux qui s'accaparaient tout, à tel point qu'on ne pouvait plus appeler ce pays l'Amérique. Le dernier cinglé avait appelé peu après cinq heures pour signaler que des pilleurs de tombe étaient en train de déterrer le juge Flatt. C'était ridicule, mais, au cas où, Gus avait contacté le poste de police et l'agent Miller avait été envoyé sur place pour enquêter. Il n'avait vu personne sur les lieux du crime, mais à une centaine de mètres de l'entrée de Spring Street, il était tombé sur un spectacle encore plus bizarre et troublant. Un énorme bloc de terre, assez large pour accueillir un arbre adulte et son vaste réseau de racines ratatinées, ainsi qu'une demi-douzaine de cercueils, dont certains très anciens, s'était détaché de son environnement et avait dévalé la colline détrempée par les pluies torrentielles ; il trônait maintenant au milieu de la chaussée, semblable à une île.

Voilà pourquoi quand, en regardant par la fenêtre de sa chambre, le maire vit le ciel s'éclaircir à l'est, il renonça à dormir. Mieux valait se lever et attaquer cette nouvelle journée de front. Plutôt que d'attendre que le *Democrat* arrive en milieu de matinée, il se rendrait à Schuyler pour en acheter un exemplaire tout juste sorti des presses et il encaisserait l'inévitable raclée devant un cappuccino hors de prix, dans ce nouveau Starbucks dont tout le monde parlait. Trois dollars cinquante, ça faisait cher pour un café, mais il avait entendu dire qu'ils avaient de beaux fauteuils en cuir et il pourrait s'y enfoncer pour lire les mauvaises nouvelles concernant sa ville, dans une paix relative, au milieu des habitants branchés de Schuyler qui avaient de l'indulgence pour les petites extravagances. Le temps qu'il rentre à Bath et retrouve ses administrés, les mauvaises nouvelles appartiendraient déjà au passé. Il s'habilla sans bruit et il allait franchir la porte quand il pensa à retourner voir Alice une dernière fois ; c'est alors qu'il s'aperçut qu'elle avait disparu.

Pauvre et brave femme aux idées confuses.

À qui la faute ? Il aurait été agréable d'accuser Kurt, et la plupart du temps, Gus ne s'en privait pas. À d'autres moments, comme maintenant, il évaluait son propre rôle. Il savait que les difficultés d'Alice dataient d'avant lui, et peut-être même d'avant Kurt, qui affirmait que déjà à la fac, c'était une jeune femme incontrôlable, à l'esprit fissuré par l'acide, toutefois Gus doutait qu'Alice ait été véritablement une jeune fille incontrôlable. Peut-être avait-elle testé des drogues (on était dans les années 1970), mais seulement poussée par quelqu'un d'autre, et il soupçonnait Kurt d'avoir été son Svengali. Cet homme s'était révélé être un sacré numéro. Son recrutement – Gus avait lui-même apporté le vote décisif – avait été une erreur tragique. D'autant qu'on l'avait prévenu. Deux de ses collègues du comité de sélection avaient senti que quelque chose clochait, sans pouvoir dire précisément ce qui n'allait pas, et Gus leur avait rappelé que les vagues appréhensions étaient parfois des préjugés déguisés. En tout cas, sur le papier, Kurt présentait bien. Certes, il n'avait pas publié grand-chose, mais il était actif sur le plan professionnel, il assistait à de nombreuses conférences, il écrivait des articles et semblait connaître personnellement les plus grands noms dans le domaine des sciences politiques. Ses lettres de recommandation figuraient parmi les plus impressionnantes que Gus avait pu lire.

Mais un soir, peu de temps après que Kurt avait visité le campus, Gus avait reçu un coup de téléphone chez lui. « Il ne faut *pas* engager le professeur Wright », avait déclaré son correspondant, sans préambule. Gus avait tout d'abord pensé qu'il s'agissait d'un de ses collègues du comité de sélection, mais ça ressemblait à un appel longue distance. Quand il avait demandé « Qui êtes-vous ? », l'homme avait répondu que cela importait peu. Gus devait bien comprendre que Kurt Wright était un être maléfique. Gus se souvenait d'avoir ricané en entendant cette expression. Qui, dans le milieu universitaire, employait ce genre de langage ? Chez eux, des mots comme « maléfique » avaient été remplacés depuis longtemps par d'autres termes, comme « inopportun ». Cet homme au bout du fil n'avait plus toute sa tête. « Votre point de vue ne semble pas partagé par tout le monde, avait répondu Gus. Ses lettres de recommandation…

— J'en ai écrit une.

— Vous…

— Nous voulons nous débarrasser de lui. Comme vous dans un an ou deux. Je parie même que vous écrirez une lettre semblable à la mienne. » Sur ce, l'inconnu avait raccroché. Gus avait composé immédiatement le numéro qui s'affichait sur son téléphone, mais personne n'avait répondu.

Gus, qui n'était qu'à quelques années de la retraite, habitait à l'époque dans une des maisons mitoyennes situées sur le campus et appartenant à l'université. Il était parti voir des amis à San Francisco quand Kurt et Alice étaient arrivés à Schuyler, et à son retour, il les avait trouvés installés dans l'autre moitié de son logement. Il avait fait la connaissance d'Alice en se garant dans l'allée. Ne sachant pas que le courrier n'arrivait généralement qu'en fin d'après-midi, elle était sortie pour inspecter sa boîte aux lettres. Gus était tombé immédiatement sous le charme. Elle était grande et gracieuse. Il avait toujours aimé les femmes qui portaient les cheveux longs, même âgées. Comme sa mère, et cela jusqu'à soixante-dix ans et plus. Il s'était présenté comme un des collègues de son mari au département de sciences politiques et lui avait souhaité la bienvenue dans le quartier, composé principalement d'universitaires. Elle paraissait un peu nerveuse, mais elle l'avait écouté avec attention, et elle possédait le plus beau sourire qu'il ait jamais vu, même s'il semblait toujours un peu décalé, provoqué par des raisons internes, plutôt qu'en réaction à de véritables événements, survenant en temps réel.

Le lendemain matin, son mari était venu inviter Gus à boire un verre de vin dans leur patio en fin d'après-midi. « Merci d'avoir décroché votre téléphone, au fait », avait dit Kurt après une poignée de main. Bien qu'il ait vingt ans de moins, il arborait une barbe si fournie et uniforme qu'elle semblait fausse, un déguisement médiocre qui lui donnait l'air d'avoir cinquante ans. Pendant qu'ils bavardaient, il avait servi deux verres de vin – pourquoi deux seulement ? s'était étonné Gus – et lui avait tendu celui qui était un peu moins rempli.

« Pardon ? avait dit Gus, perplexe. Mon téléphone ?

— Je pense que votre plaidoyer nous a aidés à passer devant tout le monde », avait expliqué Kurt en désignant leur moitié de la maison mitoyenne.

En vérité, Gus s'était interrogé à ce sujet. Ces logements, s'ils n'avaient rien de particulier, étaient très recherchés car situés sur le campus. En outre, ils étaient relativement bon marché à côté des prix pratiqués à Schuyler. Alors, comment ces nouveaux venus avaient-ils réussi à en obtenir un ? Il s'apprêtait à répondre qu'il n'était pas intervenu en leur faveur, mais pour une raison quelconque, il ne l'avait pas fait. À cause de cette mise en garde ? Une part de lâcheté le poussait-elle à s'attirer les bonnes grâces du diable, si cet homme l'incarnait réellement ? La porte du patio s'était ouverte à ce moment-là et Alice – comme elle était belle, se souvenait d'avoir pensé Gus – avait fait son apparition avec un plateau contenant des fruits, du fromage et des crackers. « Vous avez déjà fait la connaissance de ma femme », avait dit Kurt, ce qui, bizarrement, avait paru la troubler. L'avait-elle déjà oublié ? En déposant le plateau, elle avait donné un petit coup de coude dans la bouteille, qui serait tombée si Kurt ne l'avait pas retenue. En revanche, la moitié des crackers s'était répandue sur les lattes du patio. « Je suis désolée, avait-elle dit en s'adressant à son mari plus qu'à Gus qui s'était accroupi pour l'aider à ramasser. Je suis une vraie godiche. Il faudrait m'abattre.

— C'est un peu extrême », avait répondu Gus en s'attendant à provoquer un sourire, mais Alice regardait Kurt d'un air inquiet, pour voir peut-être s'il partageait ce point de vue. Difficile à dire. Elle s'était empressée de disparaître dans la cuisine.

Une fois la bouteille de vin terminée, un bon chardonnay, Kurt était retourné dans la maison. Alice n'était pas réapparue et Gus ne savait pas quoi penser. Dès le départ, il n'y avait eu que deux verres. Était-elle malade ? Pourquoi Kurt n'éprouvait-il pas le besoin d'expliquer son absence ?

« Alors, ça fait combien de temps que vous êtes ici ? » avait demandé Kurt en revenant avec une autre bouteille. Il y avait une pointe d'accusation dans sa voix, et Gus avait répondu avec prudence, pendant que son hôte débouchait la bouteille d'une main experte.

« Presque trente ans, avait-il avoué. Je n'avais pas l'intention de rester aussi longtemps. »

Kurt lui avait servi un verre, le troisième, avant de se servir. Comme les deux fois précédentes, le verre de Gus était un peu moins rempli. Quelqu'un l'avait-il informé qu'il ne tenait pas l'alcool, ou était-ce un pur hasard ? Oui, sans doute, avait-il décidé. Après tout, cette invitation était une marque de générosité, et ce chardonnay n'était pas de la piquette.

« Trente ans *ici* ? » Kurt n'en revenait pas. « À Schuyler Springs ? »

Bon, d'accord, ce n'était pas Ann Arbor ou Madison, mais quand même. Cet homme avait-il déjà évalué les mérites de Schuyler et trouvé qu'ils n'étaient pas à la hauteur ? « Je me sens comme chez moi, je suppose, avait-il répondu, bêtement, avant de décider qu'il ne boirait pas un quatrième verre.

— N'empêche, ça n'a pas dû être facile, hein ? »

Pourquoi souriait-il bizarrement ? « Pardonnez-moi, je ne vous suis pas. »

Kurt avait haussé les épaules. « Je n'aurais jamais pensé qu'il y avait une communauté homo par ici. »

La stupéfaction de Gus avait ralenti sa réaction. « Il n'y en a pas. Mais bon, je ne peux pas vraiment le savoir étant donné que je ne suis pas homo.

— Oh. J'avais cru. » Pas la moindre trace d'excuse.

Pourquoi ? Parce qu'il n'était pas marié ? Parce qu'il revenait de San Francisco ? Gus trouvait cette supposition sans fondement particulièrement humiliante car quand il était arrivé ici, un ou deux de ses collègues étaient parvenus à la même conclusion. D'après quels éléments ? Il n'en avait pas la moindre idée, ni à l'époque ni maintenant. Y avait-il encore à l'université des personnes qui doutaient de ses orientations sexuelles ? Il s'était senti rougir.

L'épouse de Kurt demeurait invisible. « J'espère qu'Alice va bien », avait-il hasardé. Certes, il souhaitait avant tout changer de sujet, mais cette absence prolongée était réellement étrange, non ? Kurt n'avait-il sorti que deux verres de vin car il n'avait pas l'intention que sa femme se joigne à eux ? Peut-être même le lui avait-il interdit ?

« Avec elle, on ne sait jamais », avait-il répondu et cette indifférence perceptible dans sa voix avait fait frissonner Gus. « Comme vous allez le découvrir, cher voisin. »

Gus avait posé son verre de vin. « Madame, monsieur, avait-il pensé, les mots me manquent pour recommander comme il le mérite mon très estimé collègue Kurt Wright. Son passage, hélas trop bref, dans notre université nous a tous transformés. »

Peu de temps après l'arrivée des Wright à Schuyler, le tissu social du département de Gus avait commencé à se déliter. Des amis de longue date se disputaient désormais pour des malentendus dont on pouvait remonter la piste jusqu'à des propos tenus par Kurt. Des rumeurs s'étaient mises à circuler. Celle affirmant que Gus était homo avait connu un regain de popularité. Mais il y avait pire que ces contre-vérités. Ainsi, la meilleure amie de Gus sur le campus avait débarqué un jour dans son bureau, les yeux gonflés d'avoir trop pleuré ; elle voulait savoir pourquoi il avait trahi sa confiance. Dix ans plus tôt, elle lui avait raconté que son mari et elle avaient un enfant attardé mental qu'ils avaient décidé de placer dans un centre spécialisé, un choix qui avait failli les détruire, en même temps que leur mariage. Quand Gus lui avait juré qu'il n'en avait parlé à personne, elle avait refusé de le croire car elle ne l'avait dit qu'à lui. Quand arriva Thanksgiving, tout le monde au sein du département semblait connaître un secret honteux sur quelqu'un d'autre, et les collègues de Gus, autrefois si sociables, se contentaient maintenant de dispenser leurs cours et de rentrer chez eux, ils séchaient les réunions du comité et boycottaient leurs habituels pots du vendredi après-midi dans une taverne située près du campus. « Qu'est-ce qui se passe chez les Sciences-Po ? lui avait demandé une amie du département d'histoire. C'était toujours vous qui mettiez l'ambiance avant. »

Kurt possédait de nombreuses qualités interdisciplinaires et très vite, il était devenu étonnamment populaire dans d'autres départements. Apparemment, il cultivait des dons d'imitateur, qu'il exerçait aux dépens de ses collègues du département des sciences politiques. « Tu ne l'as jamais entendu t'imiter ? s'était étonnée une vieille amie du département d'anglais. Tu devrais lui demander. C'est hilarant. »

Quand il avait voulu savoir pour quelle raison, elle avait paru gênée.

« Il me fait passer pour un homo ?

— Oui, mais…

— Mais quoi ?

— C'est comme ça que tu parles.

— Comme un homo ?

— Tu n'as pas une voix efféminée, mais… Enfin, tu vois, quoi. »

Plus tard, la même semaine, Gus était tombé sur Charlie, le type du secrétariat chargé des logements sur le campus. « Je me posais une question… lui avait-il dit. Comment Kurt Wright a-t-il réussi à obtenir l'autre moitié de la maison que j'occupe ? Il n'y a pas une liste d'attente ? »

Charlie avait paru surpris. « Ton intervention en sa faveur a dû faciliter les choses.

— Moi ?

— Et puis, l'état de santé d'Alice nous a permis de contourner la liste.

— Charlie, je n'ai jamais écrit de lettre de recommandation en faveur de Wright.

— Comme je te l'ai dit à l'époque, ce n'était pas nécessaire. Notre conversation téléphonique m'a suffi.

— Mais on ne s'est jamais parlé au téléphone. »

L'expression de Charlie s'était assombrie. « Ce n'est pas drôle, Gus. J'ai contourné le règlement pour toi. Si vous êtes brouillés, Kurt et toi, tu m'en vois désolé, mais je ne vais pas les flanquer dehors, sa femme et lui. Je suis même surpris que tu me le demandes.

— Je ne te le demande pas. Je m'interroge. Si tu as parlé à quelqu'un qui s'est fait passer pour moi…

— C'était *toi* Gus. Tu crois que je ne suis pas capable de reconnaître ta voix au bout de trente ans ?

— Charlie…

— Et puis, réfléchis. Si tu fais un sale coup à Kurt, ta sœur va en pâtir.

— Ma sœur ?

— Oui, bon, d'accord. Ta demi-sœur. »

Ce week-end-là, posté devant sa fenêtre, Gus avait attendu que Kurt s'en aille, puis il était allé sonner à la porte voisine. Il avait dû sonner plusieurs fois avant qu'Alice vienne ouvrir, vêtue d'une robe légère. Comme toujours, elle semblait ne pas le reconnaître.

« Pardonnez-moi de vous déranger, Alice, lui avait-il dit, mais ça vous ennuie si j'entre une minute ?

— Je suis désolée. » Pourquoi fallait-il toujours qu'elle s'excuse ? « Kurt n'est pas là.

— Je sais. »

Après un moment de gêne, elle avait reculé pour le laisser passer.

À l'intérieur, il faisait sombre, les rideaux étaient tirés et seules deux petites lampes étaient allumées. Gus avait entendu dire qu'Alice aimait peindre, mais comment pouvait-elle peindre sans lumière ? Il chercha autour de lui les signes d'une activité artistique – carnets de croquis, crayons, chevalet –, en vain. « Je ne peux pas rester longtemps », avait-il dit pour la rassurer, en se demandant pourquoi elle paraissait toujours aussi nerveuse. Il commençait à s'apercevoir que cette visite était une mauvaise idée. Il avait cru qu'Alice pourrait l'aider à saisir la personnalité de son mari, à comprendre ce qui se passait au juste, et pourquoi il se donnait la peine de raconter tous ces mensonges scandaleux. Savait-elle, par exemple, qu'il laissait entendre qu'elle et lui étaient parents ? Mais il suffisait de la regarder pour deviner qu'elle ne lui serait d'aucune utilité.

« Tout se passe bien ici ? », avait-il demandé, surpris. Il n'avait pas eu l'intention de se montrer aussi direct.

Après réflexion, elle avait confié : « Kurt trouve que je dors trop. »

Il avait hoché la tête, ne sachant plus quoi dire. Finalement, conscient que sa question pouvait paraître déplacée étant donné qu'il la connaissait à peine, il avait demandé : « Vous êtes heureuse, Alice ?

— Heureuse ?

— Les murs sont fins. » Elle avait plissé les yeux, comme si elle avait pris cette remarque au sens métaphorique. « Quand Kurt hausse la voix, je l'entends. Et quand vous pleurez, je l'entends aussi. »

Alice avait porté sa main à sa bouche. « Je le mets en colère des fois. Sans le faire exprès.

— Ce n'est pas un homme très gentil, hein ? »

Là encore, elle avait paru réfléchir. « Sans doute que je dors trop, en effet. Mais on dirait que… je n'arrive pas à rester éveillée.

— Alice ? Si vous avez besoin d'un ami, je suis juste à côté. »

Elle avait tourné la tête vers le mur qui séparait leurs deux maisons, comme si elle essayait de l'imaginer de l'autre côté, l'oreille collée à la cloison.

« Bon, il faut que j'y aille. J'espère que je ne vous ai pas trop dérangée.

— Non », avait-elle répondu, sans grande conviction,

en le raccompagnant à la porte. En l'ouvrant, elle avait dit : « Gus ? »

Il s'était retourné vers elle, surpris qu'elle l'appelle par son prénom.

« Oui, Alice ?

— Vous l'êtes ? »

Quoi ? Homo ? Son mari lui en avait parlé ?

« Quoi donc, Alice ?

— Heureux ?

— Oh. »

C'était lui qui s'était senti faible d'esprit à cet instant. Était-il heureux ou pas ? Pendant une fraction de seconde, quand elle avait prononcé son prénom, son cœur avait fait un bond dans sa poitrine, à l'idée, totalement invraisemblable, qu'il était amoureux d'elle. Alors, oui, il avait senti monter en lui, brièvement, quelque chose qui aurait pu être du bonheur, avant que la réalité – il ne la connaissait pas, elle était mariée à un autre homme et il s'était toujours comporté comme un idiot avec les femmes – chasse cette émotion.

« Non, Alice, je ne crois pas.

— Je suis navrée », s'était-elle empressée de répondre, comme si le fait qu'il ne soit pas heureux était encore dû à une défaillance de sa part, à laquelle elle essaierait de remédier dès qu'elle aurait résolu son problème de sommeil.

En tant que maire, Gus possédait la clé du portail du parc du Sans Souci. Depuis la fermeture de l'hôtel, la propriété était interdite à la circulation automobile, sauf en de rares occasions. Le long de la piste cyclable qui serpentait paresseusement à travers le domaine se trouvaient des bancs en fer forgé, et Alice aimait venir s'asseoir sur celui dont Gus avait fait don à la municipalité, quelques années plus tôt, et qui portait leurs deux noms. Il avait espéré la trouver là ce matin car la sérénité et la solitude du parc avaient parfois un effet apaisant sur elle. Pourquoi ne pas la laisser s'asseoir sur ce banc, alors que les premiers rayons de soleil perçaient à travers les arbres ? Ici, elle pouvait bavarder autant qu'elle le souhaitait avec son téléphone Princess, sans importuner qui que ce soit. Hélas, elle n'y était pas.

Se sentant abattu soudain, il se gara sur le bas-côté, descendit de voiture et s'assit sur le banc en question, sans couper le moteur et en laissant la portière ouverte pour écouter la radio de la police. Avant de partir de chez lui, il avait appelé le poste pour leur signaler la disparition d'Alice. Il éprouvait le besoin de faire quelque chose, mais quoi ? On était bien, là, sur ce banc. Il ferma les yeux et écouta le vent dans les hautes branches des pins. Il s'endormit aussitôt et se réveilla en sursaut, agité, se demandant si c'était la radio qui l'avait arraché à son sommeil. Avait-il loupé une annonce ? Alice avait-elle été localisée ? À travers une trouée dans les arbres, il apercevait le vieil hôtel, somptueux et triste. Les fenêtres du dernier étage renvoyaient les rayons du soleil. *Le Sans Souci.* Un concept vendu aux gens qui souffraient d'une abondance de problèmes et cherchaient désespérément des remèdes. Des gens qui voulaient croire au pouvoir des eaux miraculeuses. Lourdes dans le nord de l'État de New York. À la réflexion, il aurait bien besoin d'un remède, lui aussi. Avait-il déjà ressenti une telle envie de tout plaquer ?

Une des qualités que Kurt avait perçues en lui, c'était son optimisme béat, à toute épreuve, sa conviction que tout ce qui était cassé pouvait être réparé. Il avait senti que Gus voulait combattre le défaitisme et le pessimisme stérile de cette ville, la libérer des chaînes imaginaires de son malheureux passé. Peu importe que ses sources se soient taries, contrairement à celles de Schuyler. Les autres fléaux qui handicapaient la ville pouvaient être guéris, non ? Hélas, il avait sous-estimé l'effort requis. Il y avait dans la nature de ces gens, avait-il conclu à contrecœur, quelque chose de rigide, d'inaltérable. Ils avaient besoin de croire que la chance gouvernait le monde, qu'elle leur avait tourné le dos, depuis toujours et pour toujours, amen, un credo qui les dédouanait et les dispensait de s'investir pour de bon dans le présent, et à plus forte raison dans l'avenir.

Avaient-ils tort ? Gus n'en était plus certain. Peut-être étaient-ils simplement réalistes. Pas une semaine ne s'écoulait sans qu'il reçoive un coup de téléphone de quelque promoteur du sud de l'État désireux d'avoir des infos sur le Sans Souci. Une mine d'or potentielle, leur expliquait-il, riche de son histoire et de son style. Les gens venaient même d'Albany pour prendre les eaux. « Mais je lis ici que cet établissement se trouve dans cette ville de Bath ? Il n'est donc pas à Schuyler Springs ? — Nous sommes des villes jumelles », répondait Gus, mais il sentait bien que dans leur esprit Bath était la sœur la plus laide, celle que personne n'invitait jamais, qui confectionnait ses propres vêtements, mais que toutes les autres filles adoraient.

Alors, qui sait ? Peut-être que Bath avait la poisse, en effet. À Hilldale, les morts refaisaient surface après des dizaines d'années sous terre : le triomphe du passé sur le présent. Comment demander aux gens de croire en un avenir meilleur, alors que l'arrière-arrière-grand-mère Rose jaillissait de la terre empoisonnée, apparemment pour protester ? En ville, le sol était tellement gorgé de pus que, par temps de pluie, l'atmosphère n'était pas seulement répugnante, mais sans doute toxique également. Sur quoi se baser pour affirmer qu'ils avaient tort de s'avouer vaincus ? Ou les convaincre que tout problème avait une solution, alors que celles que vous leur offriez en toute bonne foi se révélaient si branlantes qu'elles s'écroulaient sur la chaussée ? Comment inciter une communauté à croire en elle, en ses vertus fondamentales, quand il existait en son sein des individus qui hébergeaient dans des appartements, en secret et illégalement, des reptiles venimeux ? Comment empêcher tous les autres de scruter leurs propres cœurs imparfaits et d'y voir grouiller des vipères ?

L'autre chose que Kurt avait comprise, c'était que Gus ne résisterait pas au défi de réparer Alice. Non seulement il voudrait arranger ce qui n'allait pas chez elle, mais il confondrait cette compassion envers un être brisé avec l'amour. Et Gus avait essayé, en effet. Il se reconnaissait ce mérite. Mais comme pour Bath, il n'avait pas imaginé que tant de choses clochaient chez Alice, et aucune de ses tentatives n'avait fonctionné. Ça lui faisait mal de l'admettre, mais il avait eu les yeux plus gros que le ventre, et maintenant il étouffait. Ce péché avait un nom : l'orgueil. Et désormais, il ne restait que ce qui succède à l'orgueil.

Un crissement de freins, quelque part à l'extérieur du parc, le fit grimacer ; il s'attendait à entendre le fracas de la tôle froissée et du verre brisé. Comme rien ne se produisit, il imagina Alice recroquevillée sur la chaussée. *Serait-ce une bénédiction ?* La question était là devant lui, choquante, infâme. Comment pouvait-il songer à une chose pareille ? Quel genre d'homme osait penser cela, même brièvement ?

La radio de la police crépita, puis se tut.

En rentrant chez lui un après-midi, peu de temps après sa visite à Alice, Gus avait trouvé un homme assis dans son patio, le regard perdu en direction des bois, les pieds sur la table. Il lui avait fallu un moment pour reconnaître Kurt sans sa barbe. Il l'avait observé un moment, de derrière le rideau, se demandant si cette visite était liée à celle que lui-même avait faite à côté. C'était fort probable. De même qu'il était fort probable que Kurt ait entendu sa voiture dans l'allée et fasse semblant d'être plongé dans ses pensées.

En entendant coulisser la porte du patio, Kurt avait levé la tête et adressé à Gus son sourire désagréable, sans se lever toutefois, ni ôter les pieds de la table.

« Un verre de vin ? avait proposé Gus.

— Je croyais que tu ne me le proposerais jamais. »

Il faisait ainsi remarquer qu'il s'était écoulé presque un an depuis qu'il avait invité Gus à boire un verre, une invitation qui n'avait jamais été rendue.

Gus alla chercher une bouteille de vin blanc, l'ouvrit et l'apporta dehors avec trois verres. « Alice aimerait se joindre à nous ?

— Il ne vaut mieux pas. »

Gus avait servi deux verres en veillant à ce que l'un soit plus rempli que l'autre, qui était destiné à Kurt. Celui-ci avait dit en riant : « Tu avais remarqué. » Une chemise bulle portant le nom de Gus était posée au centre de la table. « Les gens remarquent des choses généralement, avait-il poursuivi, surtout quand on attire leur attention dessus, c'est rare qu'ils agissent. Et ensuite, ils se demandent pourquoi leurs vies sont pleines de regrets. »

Gus avait grimacé en buvant une gorgée de vin. Était-il bouchonné ou était-ce à cause de ce goût acide qu'il sentait soudain au fond de sa gorge ? Il penchait pour cette dernière hypothèse car Kurt n'avait rien remarqué apparemment.

« Par exemple, continuait celui-ci, tu as remarqué dès le départ qu'un truc clochait chez Alice, mais t'es-tu donné la peine de poser la question ? Ta curiosité t'a-t-elle poussé à demander : *Kurt, mon pote, qu'est-ce qui ne tourne pas rond chez cette nana ? On l'a laissée tomber sur la tête quand elle était petite ou quoi ?*

— Qu'est-ce qui ne tourne pas rond chez Alice, Kurt ?

— Comment veux-tu que je le sache ? » Il avait pris le troisième verre pour l'examiner de près, comme s'il cherchait des traces. « Mais il y a un problème, tu n'es pas d'accord ? »

Cette réponse avait provoqué chez Gus une bouffée de colère, suivie par une bouffée de courage.

« Qu'est-ce qui ne tourne pas rond chez toi, alors ? »

Kurt avait cogné le verre vide contre le bord de la table, sans le briser, mais une fêlure courait maintenant du bord jusqu'au pied.

« Kurt n'est pas un homme très sympathique, n'est-ce pas ? », avait-il dit, et en effet, il imitait formidablement bien la voix de Gus.

Ce dernier avait senti son courage s'envoler aussi vite qu'il était apparu.

« Ne fais pas ça, s'il te plaît », avait-il dit d'un ton plaintif, en parlant de l'imitation, pas du verre.

Kurt s'était penché vers lui, comme pour lui faire une confidence.

« Si tu as besoin d'un ami, je suis juste à côté.

— Arrête ça, j'ai dit. »

Kurt avait rempli son verre.

« Qu'est-ce que tu veux, Kurt ? »

Celui-ci semblait réfléchir. « Ce que je veux ? Tu auras peut-être du mal à le croire, mais la vérité, c'est que je ne le sais jamais très bien. J'essaie de vivre dans l'instant présent. Comme maintenant, par exemple. Ce petit moment qu'on partage. Je trouve ça *très* satisfaisant. Sincèrement, voir ta tête quand tu as entendu ta voix, tes propres paroles qui sortaient de ma bouche… C'était génial. Tu ne savais plus sur quel pied danser.

— Tu es vraiment un être maléfique, hein ?

— Hé, ne dis pas que je ne t'ai pas prévenu. » Voyant la perplexité sur le visage de Gus, Kurt avait poursuivi : « Il ne faut pas engager Kurt Wright… Nous voulons nous débarrasser de lui… »

Gus s'était senti submergé par une vague de nausée. Pendant un moment, il avait craint de s'évanouir. « C'était toi !

— Je pensais que tu méritais d'être informé.

— Comment tu as appris à imiter les voix ?

— De la même manière qu'on arrive à Carnegie Hall, mon pote. L'entraînement, l'entraînement, l'entraînement. J'enregistre les coups de téléphone importants. Il me suffit d'une phrase ou deux. Homme ou femme, peu importe. Les enfants, c'est plus dur.

— Sauf que ma conversation avec Alice n'a pas eu lieu par téléphone. J'étais devant elle, dans la même pièce. Mais pas toi.

— Oui, tu as été sacrément sournois sur ce coup-là, Gus. Attendre que je parte ? Mais je te pardonne. Bref, des fois, quand je m'absente, je laisse tourner un magnétophone. Non pas que je me méfie d'Alice. Jamais elle ne me tromperait. Mais franchement… Quand elle est seule, elle dit des choses impayables.

— Pourquoi est-ce que tu me racontes tout ça ? »

Car une personne saine d'esprit ne le ferait pas, si ?

« Parce que chaque artiste a envie d'être apprécié, avait répondu Kurt en remplissant son verre de nouveau. Mais également parce que je m'ennuie vite. Comme maintenant. Si riche ait été cette expérience – je ne parle pas uniquement de toi, ne te sens pas flatté, je parle de la fac, de ce putain de trou paumé dans le nord de l'État de New York –, ça finit forcément par devenir lassant. La préparation, c'est toujours amusant, mais l'exécution ? Tôt ou tard, la loi des rendements décroissants finit par s'imposer, et la routine prend le dessus. Il y a un moment déjà que vous m'ennuyez, toi et tes semblables.

— Je suis désolé de te causer une telle déception.

— Hé, tu n'y es pour rien. Tu étais largement surclassé. Bref, avait-il dit en poussant la chemise bulle vers Gus. J'ai deux services à te demander, et ensuite je te fiche la paix. »

La chemise contenait une enveloppe timbrée, avec une adresse, et une lettre de recommandation d'une page portant la mention MODÈLE.

« Là encore je t'avais averti, si tu te souviens bien. Tu peux ne pas tenir compte de cette lettre si tu veux. Je la joins uniquement pour fournir des idées. Mais n'hésite pas à utiliser ta propre… quel est le mot que je cherche ? Ta *voix*, voilà. Toutefois, étant donné que ce nouveau poste que l'on va me proposer est de nature administrative, je considérerais cela comme une faveur personnelle si tu soulignais que j'ai le sens des relations humaines.

— Je dois vraiment employer cette expression ?

— Vas-y, lâche-toi. Le temps qu'ils comprennent le double sens, ce sera trop tard. Et inutile de torturer ta conscience. Si je suis engagé, et je vais l'être, ce ne sera pas grâce à ta recommandation. Comme tu le sais, c'est avant tout une formalité, pour se protéger des regrets, contre lesquels, comme on le découvre inévitablement, il n'existe aucune protection. »

Gus avait brandi l'enveloppe en demandant : « Tu n'as pas peur que j'appelle cette Janet Applebaum pour tout lui raconter ? »

Kurt avait repoussé cette menace d'un geste. « Inutile. C'est déjà fait. Crois-moi. Cette brave femme a déjà été avertie, de manière on ne peut plus claire. Malheureusement, je crains qu'elle ait conclu que cette personne qui la mettait en garde était dérangée, exactement comme tu l'as pensé.

— C'est toi qui es dérangé.

— Oh, la vache ! s'était exclamé Kurt en vidant le fond de la bouteille dans son verre, j'ai englouti la part du lion, on dirait. »

Gus avait bu une gorgée. Le vin avait meilleur goût maintenant. La nausée provoquée par la peur était passée, remplacée par un vague sentiment de tristesse. « Qu'est-ce qui ne va pas chez Alice ? Que lui as-tu fait, Kurt ?

— Tu m'accordes trop de pouvoir. J'ai peut-être sapé sa confiance en elle de temps en temps, c'est vrai, mais je ne lui ai jamais dit des choses sur elle qu'elle ne savait pas déjà. Comme la plupart des gens, elle était complice à chaque instant. Néanmoins, je doute que les dégâts soient irréparables. Avec un homme bien, elle serait en pleine forme.

— Hélas, elle est tombée sur toi.

— Pauvre Alice. Je crois qu'elle a beaucoup d'affection pour toi. Évidemment, elle ne sait pas que tu es homo.

— Je ne suis pas homo, Kurt. »

Celui-ci avait répondu par un haussement d'épaules comme si la question ne méritait même pas d'être débattue.

« Tu vas me dire ensuite que tu n'as aucune ambition politique. »

Cette fois, Gus n'avait pas réagi.

Kurt se massait les tempes.

« Ah, bon sang, je *vois* fonctionner les rouages de ton esprit. Tu es en train de penser : Bien vu. Pas vrai ? De même que chaque professeur d'anglais a un roman dans son tiroir, chaque prof de sciences politiques veut prouver que ceux qui enseignent peuvent agir parfois. »

C'était effectivement ce que pensait Gus à cet instant. Mais franchement, comment ce psychopathe pouvait-il avoir connaissance de ses plans à long terme ? Il n'en avait jamais parlé à personne.

« La maison, c'est une bonne idée, avait repris Kurt. Celle dans Upper Main Street, près du Sans Souci. Celle que tu vas voir en permanence. Il y a des travaux, mais comme ils disent dans leur jargon, la structure est solide. Et à Bath, les prix ne peuvent que monter.

— Tu m'as suivi. »

Cette accusation avait fait ricaner Kurt. « Tu penses que je suis *derrière* toi, Gus ? Sincèrement ? Tu devrais avoir compris combien je suis loin *devant* toi, depuis le début. Mais pour en revenir à la maison… c'est une bonne idée. Les étrangers ont du mal à s'imposer en politique au niveau local. Il faut plonger ses racines dans la communauté, il faut s'être investi. Alors, vas-y, fais une offre. Et emploie des gens du coin pour les travaux, même s'ils salopent tout. »

Des conclusions auxquelles Gus était déjà parvenu. Pourquoi cela lui faisait-il du bien d'entendre un homme qu'il détestait viscéralement confirmer le bien-fondé de sa stratégie ?

« Reste l'autre question que tu rumines. Les habitants

d'une ville paumée comme Bath voteront-ils pour un homo ?

— Ça recommence.

— Hé, ce n'est pas moi que tu dois convaincre. Une jolie femme à tes côtés pourrait faire l'affaire, c'est tout ce que je dis. »

Gus avait remis la lettre dans l'enveloppe.

« Tu parlais de *deux* services. »

Kurt s'était redressé sur son siège et avait exécuté un petit solo de batterie sur le bord de la table avec ses pouces. « Ah oui, j'ai failli oublier. Si ce n'est pas trop demander, j'aurais bien voulu que tu veilles sur Alice pendant mon absence. Pour t'assurer que tout va bien. Ça la fait flipper de déménager de nouveau, si vite. Je prends l'avion pour la Californie après-demain. Je dois nous trouver un logement, rencontrer ma nouvelle équipe, la mettre en ordre de marche, m'occuper de déménager et d'un tas d'autres choses. Je devrais être de retour au milieu du mois, et ensuite, comme je te le disais, on vous fiche la paix. »

Kurt s'était levé, son verre était vide, la bouteille aussi, et il avait tendu la main à Gus. Voyant que celui-ci hésitait, il avait paru meurtri. « Allons, personne n'est mort. Ne sois pas mauvais joueur. Je me sentirais mieux si on se quittait bons amis. »

Gus lui avait serré la main, en se haïssant.

« J'ai ta parole ? Tu veilleras sur Alice en mon absence ?

— Promis.

— Tu sais quoi ? Si tu joues finement, tu pourrais finir par obtenir ce que tu veux… Ou plutôt, ce que tu crois vouloir. »

Ainsi, songeait Gus, il s'agissait d'un arrangement entre eux, finalement, dans lequel Alice n'était qu'un jeton en plastique. L'avait-il deviné dès le départ ? Au cours des semaines qui avaient suivi, la nature exacte de leur accord était apparue. Gus avait veillé sur Alice, comme promis. Mais bien qu'elle soit encore plus agitée qu'à l'accoutumée, elle semblait ne pas avoir besoin de lui, si ce n'est pour qu'il lui rapporte une bouteille de lait et une douzaine d'œufs quand il allait à l'épicerie. Il ne se demandait pas pourquoi leur break n'était plus dans l'allée car Kurt avait dû le prendre pour se rendre à l'aéroport et le laisser sur le parking longue durée. Alice ne conduisant pas, elle n'en avait pas besoin. Un matin, il lui avait demandé pourquoi, alors qu'elle essayait de moins dormir, elle vivait dans la pénombre, avec les rideaux soigneusement fermés en pleine journée. « Il aime que ça soit comme ça, avait-elle répondu.

— Mais Kurt est absent, avait-il fait remarquer. Qu'est-ce que vous préférez, vous ? »

Elle avait semblé s'interroger, pour la première fois, sur ses préférences. Les rideaux ouverts et l'appartement inondé de lumière naturelle, Gus avait commencé à remarquer la disparition de certaines choses. Lors de sa précédente et unique visite, il n'avait guère été attentif, mais n'y avait-il pas un ordinateur portable dans le coin cuisine ? Et une radio Bose ?

« Kurt vous a téléphoné ? » avait-il demandé le lendemain.

Et elle avait répondu, comme s'il s'agissait d'une question piège : « Je ne crois pas. » Une phalange de flacons de médicaments, tous délivrés sur ordonnance, s'alignait sur le rebord de la fenêtre de la cuisine : Paxil, Xanax et autres.

« Je ne me sens pas très bien, avait-elle expliqué à Gus qui voulait savoir à quoi ils servaient. Ils m'aident à avoir moins peur. »

Kurt était parti depuis une semaine quand Gus avait demandé s'il pouvait jeter un coup d'œil dans leur chambre. Si elle trouvait cette requête étrange, Alice n'en avait rien laissé paraître. Certains des vêtements de Kurt étaient suspendus dans l'armoire, mais moins nombreux que Gus l'aurait imaginé. Les tiroirs de la commode contenaient des sous-vêtements et quelques chaussettes dépareillées, et des mouchoirs jaunis ; le genre de choses que lui-même avait fourrées au fond de ses propres tiroirs. Mais où étaient les affaires plus récentes ? Peu à peu, il avait compris qu'il contemplait une peau de serpent après la mue, ce qui avait réveillé le souvenir d'un détail de leur ultime conversation, qu'il n'avait pas relevé sur le coup. Kurt avait utilisé deux fois l'expression « fiche la paix ». La seconde fois, il avait dit « on ». La première fois, il avait dit « je » : c'était un lapsus. Kurt ne reviendrait pas.

Progressivement, comme si les rideaux enfin ouverts apportaient toutes sortes d'illumination, Alice avait affiché les signes d'une constatation similaire, même si elle continuait de prétendre que Kurt allait revenir bientôt, et qu'ils pourraient débuter leur nouvelle vie en Californie. Pour Gus, ces affirmations ressemblaient à des ballons d'essai. Allait-il la contredire ? « Et si je nous faisais à dîner ce soir ? » avait-il suggéré un matin avant de partir travailler. Il préparerait le repas chez lui et l'apporterait ensuite ; ils pourraient dîner dans le patio, en laissant la porte-fenêtre ouverte pour qu'Alice entende le téléphone s'il sonnait. « Vous croyez que je peux ? » avait-elle demandé, clairement tentée, quand il lui avait proposé un verre de vin, et il lui avait répondu qu'un seul verre ne pouvait pas lui faire de mal. En outre, Gus lui avait conseillé de consulter un médecin local car elle n'avait peut-être pas besoin de prendre tous ces médicaments. Après le dessert, se levant pour retourner chez lui, il avait aussi proposé, comme si cette pensée venait de lui traverser l'esprit : « Qu'est-ce que vous diriez si je m'occupais de vous à partir de maintenant ? »

Elle l'avait regardé avec une expression qu'il jugeait à mi-chemin entre la compréhension des choses et l'innocence. « Vous êtes un homme très gentil, mais il y a Kurt.

— Je lui en parlerai quand il rentrera. »

Cette nuit-là, couché dans son lit, il avait repensé à son année en Corée, vers la fin du conflit. Il n'avait jamais menti à quiconque sur la nature de ses activités là-bas, mais à moins qu'on l'interroge, il ne précisait jamais qu'il avait passé son temps, non pas au combat, mais dans les bureaux de l'intendance. C'était là qu'il avait appris la vraie valeur des choses, à gérer leur circulation, à se faire des amis et à agir dans l'intérêt commun. De retour au pays, il était prêt à tirer tous les avantages du GI Bill[1], et à l'Université d'Albany, il avait découvert les complexités d'un autre système élaboré et les moyens d'y réussir. Il avait mené une carrière universitaire gratifiante, honnêtement, du moins pas de manière malhonnête. Mais quand le téléphone avait sonné, il repensait très tendrement au garçon avec lequel il avait travaillé à l'intendance.

« Alors, comment va la délicieuse Alice ? avait demandé Kurt.

— On a dîné dans votre patio. Elle continue à penser que tu vas venir la chercher.

— Mais toi, tu sais bien que non.

— Êtes-vous mariés au moins ?

— Mon Dieu, non ! Qu'est-ce qui te fait croire ça ?

— Ton dossier universitaire, pour commencer. Et puis, elle parle de toi en disant “mon mari”.

— Ah oui.

— Tu es en train de me dire qu'on ne te reverra jamais ?

— Je n'ai pas l'intention de refoutre les pieds à Schuyler Springs de mes deux, si c'est ce que tu veux savoir.

— Évidemment.

— Sois tranquille, avait dit Kurt, et pour une raison mal définie, Gus le croyait. En parlant de ça. As-tu idée de la fleur que je te fais ? »

À vrai dire, il en avait une idée assez précise, oui. « Adieu, Kurt », avait-il dit, mais l'autre avait déjà raccroché.

1. Loi destinée à financer les études ou la formation professionnelle des soldats américains après la Seconde Guerre mondiale.

Au cours de la décennie écoulée, Gus avait réussi, dans l'ensemble, à chasser Kurt de son esprit. Toutefois, le lendemain de son élection au poste de maire, il avait trouvé les coordonnées de la doyenne de l'université, Janet Applebaum, à qui il avait envoyé la lettre de recommandation de Kurt. Elle avait quitté l'administration pour redevenir enseignante à temps complet. « Je sais qui vous êtes, avait-elle dit avec une hostilité à peine voilée quand il s'était présenté. Vous n'imaginez pas les souffrances que cet homme a causées ici. » Des carrières ruinées, apparemment. Des mariages détruits. Un suicide. « Il est reparti, alors ? avait demandé Gus. — Oui, avait répondu la femme, depuis un certain temps. Aux dernières nouvelles, il était en Europe et il travaillait pour… l'OTAN ? Les Nations unies ? » Elle ne se souvenait plus.

Pris de nausée, il l'avait remerciée et s'apprêtait à raccrocher, quand elle avait lâché : « Quel genre d'homme ose faire ce que vous avez fait ? Sachant ce que vous saviez, comment avez-vous pu écrire cette lettre ? » Mais il y avait dans sa voix autre chose qu'une indignation vertueuse, et il avait fini par comprendre. « N'avez-vous pas écrit la même ? » Le silence qui avait suivi sa question était une réponse suffisante.

Si une vie avait été perdue, une autre avait été sauvée, avait-il pensé à l'époque. Libérée de la plupart de ses médicaments, une nouvelle Alice avait émergé, dont Gus ne soupçonnait pas l'existence. Sans être véritablement extravertie, elle participait pleinement au monde extérieur désormais, au lieu de se cacher dans l'obscurité. Très vite, les années qu'elle avait passées auprès de Kurt s'étaient dissipées comme un mauvais rêve. Gus avait appris à ne jamais évoquer ce nom dans une conversation car Alice plongeait alors dans le mutisme et les remords, en songeant sans doute à tout ce temps perdu. Durant les mois précédant leur mariage, Alice s'était montrée si pleine d'entrain qu'il s'était autorisé à croire qu'aucun dégât irréversible n'avait été commis. Elle avait juste besoin d'un homme bien.

Aussitôt après une cérémonie civile, ils étaient partis en lune de miel en Italie. Cet hiver-là, il avait fait une offre pour la vieille maison victorienne d'Upper Main Street et dépensé une petite fortune pour la retaper. De retour aux États-Unis, ils s'étaient installés dans cette maison, leurs anciens logements ayant été loués à d'autres universitaires. Alice clamait son amour pour cette maison, mais Gus sentait qu'elle l'intimidait par ses dimensions, et peut-être même qu'elle l'effrayait parfois. Elle n'était pas certaine d'apprécier l'idée de faire chambre à part, mais il lui avait expliqué qu'elle n'avait pas besoin d'être réveillée en pleine nuit par des problèmes d'ordre municipal. Au bout d'un moment, les angoisses d'autrefois étaient réapparues. « Ça m'arrive des fois », avait-elle expliqué quand il lui avait demandé ce qui n'allait pas, d'où venait cette agitation. « Mais il est parti », avait-il souligné. Après tout, Kurt était la cause de tous ses problèmes, non ? Si ce n'était pas lui, qui alors ?

À l'automne, lors de sa dernière année d'enseignement, il avait reçu un appel de la police du campus. Alice faisait du tapage dans son ancienne maison où, apparemment, elle croyait vivre encore. « Tu n'es pas mon mari, hein ? » s'était-elle exclamée quand il était venu la chercher. À en juger par son intonation, elle ne mettait pas en doute le fait qu'ils étaient mariés, mais laissait entendre qu'il n'avait pas été à la hauteur de l'idée qu'elle se faisait d'un mari.

Ce matin, assis sur leur banc dans le parc du Sans Souci, ce qui tracassait le plus Gus, c'était ce qu'il ne saurait jamais. Que lui avait dit Kurt ? S'il jouait finement, il pourrait obtenir ce qu'il voulait, ou croyait vouloir. Eh bien, avait-il su manœuvrer, ou Kurt avait-il manœuvré à sa place ? Quand il avait fait des choix, il avait eu le sentiment que c'étaient les siens, mais maintenant, il n'en était plus aussi sûr. Au crédit de Kurt, il fallait reconnaître qu'il avait tenu parole et n'était jamais revenu à Schuyler, du moins à sa connaissance. Il doutait que ce soit lui qu'Alice ait vu aujourd'hui. Il était possible qu'elle n'ait vu personne. Quand une spirale incontrôlable l'entraînait, ce qu'elle voyait dans sa tête lui paraissait plus réel que le monde capté par ses sens. Alors, en l'absence de preuve du contraire, il continuerait à penser qu'ils ne reverraient plus jamais Kurt Wright. L'autre chose qu'il ne saurait jamais, c'était si Alice avait juste besoin d'un homme au grand cœur. Car lui-même n'était pas un homme au grand cœur. Il en avait la certitude désormais. Il aurait voulu être bon avec Alice et aussi *pour* Alice, mais elle avait fait plus pour lui et sa carrière que lui pour elle. Conscients de sa bonté et de sa fragilité intérieure, les gens étaient attirés par elle, et ils appréciaient de voir qu'il la protégeait. Par un étrange phénomène, cela s'était transformé en votes. Kurt l'avait prévu, évidemment.

Oui, il avait bien manœuvré, conclut-il. Et il avait obtenu ce qu'il croyait vouloir.

Longmeadow, un quartier relativement récent, composé principalement de maisons d'un seul étage, était étrangement familier aux yeux de Gus. Un jeune enseignant de la fac ayant obtenu sa titularisation quelques années plus tôt, pas assez riche pour viser le marché immobilier de Schuyler, avait-il conclu qu'il valait mieux investir ici que de payer un loyer ? Le promoteur avait planté des arbres et des buissons, mais les ventes n'avaient pas décollé, et certaines plantations avaient dépéri, avant de mourir par négligence. Et même si tous les logements semblaient occupés maintenant, pour Gus c'était le genre de quartier qui n'atteindrait jamais ce que les agents immobiliers appelaient la « maturité ». Il passerait directement de neuf à miteux.

Il avait craint qu'Alice soit déjà partie le temps qu'il arrive, mais non, elle était toujours là, à l'endroit où on l'avait repérée, sur un banc de pierre devant le foyer municipal délabré, en pleine conversation téléphonique imaginaire. Elle portait sa jupe longue et ample, comme presque tous les jours, avec un chemisier, ce dont il se réjouit. Quand elle se réveillait dans un état de grande agitation, elle quittait parfois la maison vêtue uniquement de son peignoir et en pantoufles, ou pire, en chemise de nuit. Il pénétra sur le parking, coupa le contact et, comme sa femme paraissait trop accaparée par sa conversation pour remarquer son arrivée, il resta assis dans sa voiture, à l'observer, essayant de déterminer quelle était sa part de responsabilité dans ce qu'il voyait. Finalement, il la rejoignit sur le banc. En le voyant, Alice dit : « Il faudra que je te rappelle. » Et elle fourra le téléphone dans son sac. « Un problème ? lui demanda-t-elle.

— Non. Je suis content de t'avoir retrouvée, c'est tout. »

Elle essuya les joues mouillées de son mari avec sa manche. Ils n'avaient pas partagé un moment aussi intime depuis longtemps. Ils avaient été peu nombreux, il fallait l'avouer. Par sa faute à lui. Mais pas nécessairement. La faute à Dieu ou à la nature peut-être. Comment savoir ?

« Tu es triste ? demanda-t-elle en lui prenant la main.

— Un peu, avoua-t-il.

— Pourquoi ?

— J'aimerais que tu ailles bien.

— Je vais bien.

— Tant mieux.

— Des fois, je suis triste moi aussi », admit-elle.

Elle observait la maison la plus proche et Gus comprit soudain pourquoi cette foutue rue lui semblait si familière. Raymer et sa femme avaient vécu ici, peut-être même dans cette maison. Ah, bon sang, comment s'appelait sa femme ? Becky ? Son cerveau ramollissait. Non, Becka. Elle avait glissé sur un tapis en haut de l'escalier et s'était brisé le cou en tombant, la pauvre. Raymer s'en voulait encore, ça se voyait. C'était peut-être un truc d'hommes, de s'en vouloir.

« Elle m'a dit des choses », reprit Alice, sans quitter la maison des yeux.

C'était curieux ce don qu'elle avait pour lire dans ses pensées parfois.

« Quel genre de choses ?

— Ce qu'elle avait dans le cœur. »

Gus l'observa. Lui reprochait-elle de lui avoir caché ce qu'il y avait dans son cœur à lui ?

« C'est Kurt que tu as vu aujourd'hui ? Cet homme qui t'a fait peur ?

— Kurt est parti. »

Gus s'était remis à pleurer. Il sentait les larmes.

« Pauvre chéri, dit-elle. Tu ne sais plus où tu en es, hein ?

— Ah bon ? »

Ils se levèrent et elle le suivit sagement jusqu'à la voiture, mais alors qu'il l'aidait à boucler sa ceinture, elle continua à regarder fixement l'ancienne maison des Raymer.

« Ça va s'arranger », lui promit-il.

Quand la maison disparut, une fois qu'il eut tourné au coin, Alice se calma, mais au même moment, son téléphone sonna, dans sa tête. Il lui fallut un moment pour retrouver l'appareil dans son sac.

« Allô, fit-elle. Oh, oui, bonjour. »

Une pensée frappa alors Gus, pour la première fois. Dans la fiction de ces conversations, Alice n'appelait jamais personne. Jamais il ne l'entendait dire : *Bonjour, c'est moi. J'espère que je ne te dérange pas. Je me disais que ça faisait longtemps qu'on ne s'était pas parlé.* Non, c'était toujours quelqu'un qui l'appelait. On avait besoin d'elle, elle écoutait sans porter de jugement ni discuter. L'amie sage et digne de confiance. La personne vers qui vous vous tournez dans les moments difficiles. « Tu es trop dure avec toi, dit-elle. Je sais combien c'est dur, mais le plus important c'est de te souvenir que tu n'es pas seule. Je suis là. »

ÉLECTRICITÉ

Le court trajet en voiture jusque chez Hattie était le meilleur moment de la journée de Ruth, douze minutes de tranquillité et d'égoïsme, rien qu'à elle. Même quand elle avait sa petite-fille avec elle, comme aujourd'hui. Après tout, être avec Tina, ça ressemblait beaucoup à la solitude. Comment une enfant aussi calme et silencieuse pouvait-elle descendre d'une longue lignée de femmes à la langue bien pendue, c'était un mystère. Mais le monde regorgeait d'énigmes de ce genre.

Prenez l'électricité, par exemple. La nuit dernière, la remise de Zack avait été frappée par un éclair d'une telle violence qu'il avait brisé une poutre du toit. Le coup de tonnerre qui l'accompagnait, apocalyptique, avait fait se dresser les trois occupants de la maison dans leurs lits respectifs. Une seconde plus tard, Tina, les yeux pleins de sommeil, était apparue sur le seuil de la chambre de Ruth, portrait craché de sa mère au même âge. Ruth n'avait jamais vu un enfant terrifié à ce point pas les orages.

« Ce n'est rien, Miss Vertu, lui avait dit Ruth en utilisant son surnom de quand elle était petite. Tu peux venir. » Tina s'était glissée dans le lit, contre elle, et rendormie aussitôt. Quelques instants plus tard, c'était Zack qui avait fait son apparition dans l'encadrement de la porte. « Viens voir ça », avait-il dit, alors elle l'avait suivi dans sa chambre, dont la fenêtre, à l'arrière de la maison, donnait sur la remise. Au sommet du toit, là où l'éclair avait frappé, une barre en tôle ondulée se dressait maintenant à la manière d'une sentinelle et à l'extrémité une flamme bleue irréelle brûlait, imperturbable malgré les bourrasques. Quand les cieux s'étaient ouverts pour libérer des trombes d'eau, ils avaient cru que la flamme allait s'éteindre, mais elle avait continué à brûler, tel un mirage, alors que les gouttes de pluie rebondissaient sur le toit métallique tout autour, jusqu'à ce que, peu à peu, elle faiblisse, puis disparaisse. À cet instant, Ruth s'était aperçue que Zack et elle se tenaient par la main, une chose qu'ils n'avaient pas faite depuis des années. Ce qu'ils avaient fait ensuite, ils ne l'avaient pas fait depuis plus longtemps encore.

Zack s'était réveillé à cinq heures pétantes, il s'était habillé sans bruit et était descendu pour se préparer une tasse de café instantané, fidèle à sa routine. Ruth, à moitié réveillée et regrettant déjà profondément ce qui s'était passé, avait trouvé cela rassurant car c'était le signe que son mari n'attachait pas trop d'importance à cet épisode. Avec un peu de chance, il comprenait que, à l'instar de cet éclair, cette partie de jambes en l'air constituait une anomalie, statistiquement improbable, qui ne se reproduirait certainement pas de leur vivant. Depuis quand n'était-elle pas rentrée dans la chambre de Zack ? Elle n'y faisait même pas le ménage. Elle acceptait de laver ses draps avec les siens et ceux de Tina, à condition qu'il défasse son lit et les descende au sous-sol. Une fois qu'ils étaient lavés, elle déposait les draps et les taies d'oreiller dans le couloir et il faisait son lit tout seul. Pourquoi l'avait-elle suivi dans cette chambre hier soir ? Qu'est-ce qui avait incité Zack à croire qu'il avait une vague chance de coucher avec elle ? Le fait qu'elle n'ait pas retiré sa main pendant qu'ils regardaient la flamme bleue ? Et d'abord, pourquoi avait-il tenu à lui montrer cette flamme ? Certes, c'était un spectacle étrange, presque miraculeux, mais pourquoi elle ? Habituellement, Tina était son meilleur public. S'était-il rendu dans la chambre de Ruth, parce qu'il n'avait pas trouvé Tina dans la sienne ? Elle ne croyait pas à cette explication. Il n'avait pas essayé de réveiller la fillette. Non, c'était à *elle* qu'il voulait montrer cette flamme. Que ce spectacle ait débouché sur des ébats sexuels, cela semblait aussi surprenant pour lui que pour elle. Ça n'avait pas été formidable, mais ce n'était pas rien non plus, et ce matin, elle aurait donné cher pour que ce ne soit rien.

Quand elle entendit la camionnette descendre la pente raide avec un grincement de boîte de vitesses lorsqu'il passa de la marche arrière à la seconde – ne voyant pas l'intérêt d'utiliser la première – et prendre la direction de la ville, elle resta couchée encore quelques minutes, essayant toujours de comprendre ce qui s'était passé et pourquoi. Était-elle restée chaste trop longtemps ? Ou bien existait-il un lien entre cette flamme bleue sur le toit de la remise et la flamme depuis longtemps endormie, tremblotante, de leur intimité qui n'était plus qu'un vague souvenir ? Un vent délicieux et frais, essence du jour pas encore levé, agitait les rideaux, et sans doute aurait-elle paressé encore un peu au lit si elle n'avait pas entendu le réveil sonner dans sa propre chambre. Elle ne voulait pas que Tina la trouve dans celle de Zack car elle pourrait le dire à sa mère, qui voudrait savoir ce que ça signifiait, d'autant plus curieuse que cela ne la regardait pas.

Tina avait dû se réveiller au cours de la nuit et regagner sa chambre d'un pas traînant car le lit était vide. Un peu plus tard, après avoir pris sa douche, Ruth avait été rejointe dans la cuisine par sa petite-fille encore à moitié endormie, qui affirmait n'avoir aucun souvenir du coup de tonnerre qui l'avait expédiée dans le lit de sa grand-mère, et Ruth se demanda alors si cette succession d'événements – de l'éclair jusqu'au sexe en passant par la flamme bleue – avait réellement eu lieu ou n'était qu'un rêve particulièrement réaliste. Mais dehors, la trace de brûlure noire était visible sur le toit, même dans l'obscurité, et la barre de métal ondulé se dressait toujours à la verticale ; cette partie était donc vraie, au moins.

« On peut passer par Main Street ? demanda Tina lorsqu'elles arrivèrent en ville.

— Pourquoi pas ? » répondit Ruth, bien qu'elle soit déjà en retard et que cela l'oblige à faire un détour de plusieurs rues. En fait, elle n'était pas pressée d'arriver au restaurant. Après avoir expliqué à Sully qu'il serait préférable qu'il ne vienne pas aussi souvent, elle songeait qu'il allait lui manquer s'il suivait son conseil à la lettre. Cette inquiétude était talonnée par une autre : Sully était-il mort dans la nuit ? Cette flamme bleue sur le toit de la remise annonçait-elle son départ ? Une partie de son esprit l'avait-elle compris à l'instant même ? Pas plus tard que la veille, elle s'était dit que ce serait formidable de vivre dans un monde sans hommes. Ce rêve éveillé avait-il déclenché un processus ? Ce qui s'était passé cette nuit entre Zack et elle symbolisait-il une morne résignation : il était le seul homme dans sa vie désormais ?

Quand elles passèrent devant la maison d'Upper Main Street que possédait Sully, mais dans laquelle il refusait de vivre, Tina se pencha en avant pour mieux la voir. À l'automne, la pauvre petite était tombée amoureuse de Will, le petit-fils de Sully. Ruth doutait que Will ait seulement remarqué ce béguin, en tout cas, il ne l'avait pas encouragé, mais d'après Tina, il était gentil avec tout le monde, même avec les filles ringardes, et il n'était pas bêcheur, alors qu'il aurait pu l'être, vu sa popularité. Quand il entrait au restaurant avec son grand-père, il n'oubliait jamais de dire bonjour. Il l'appelait par son prénom et lui demandait comment elle allait. Comme si ça l'intéressait réellement. Alors, elle avait craqué pour de bon. Mais il allait partir à New York afin de suivre des cours d'été, et ensuite il irait à la fac, alors elle ne savait pas quand elle le reverrait, ni même si elle le reverrait un jour. Ruth trouvait particulièrement émouvant que Tina veuille encore passer devant chez lui.

Elles avaient parcouru deux pâtés de maisons quand elle constata que le pick-up de Sully n'était pas garé devant, ce qui voulait dire qu'il était parti tôt. Parfois, incapable de trouver le sommeil, il l'attendait derrière le restaurant quand elle arrivait pour ouvrir. S'il était là ce matin, elle lui adresserait des reproches, mais en vérité, elle serait heureuse de le voir. Bon sang, la vie était un vrai merdier.

« Le sexe, tu sais ce que c'est, hein ? » Ruth fut surprise de s'entendre poser cette question.

Tina tourna la tête pour la regarder d'un air vide.

« Je te parle, dit Ruth. Si tu m'entends, lève la main gauche. »

Tina leva la main droite.

« Très drôle », commenta Ruth sans être certaine qu'il s'agisse d'une plaisanterie. Sa petite-fille avait toujours eu du mal à différencier sa gauche de sa droite. Quand elle était petite, Ruth avait essayé de l'aider en lui prenant les poignets et en tendant ses mains devant elle, paumes ouvertes, pour lui expliquer que le pouce et l'index de sa main gauche formaient la lettre L. Plus tard dans la journée, elle avait testé sa méthode, et Tina, obéissante, avait tendu les mains devant elle, paume vers le bas cette fois, et identifié avec assurance sa main droite comme sa main gauche. Plaisantait-elle déjà à ce moment-là ?

« Je te parle sérieusement, dit Ruth. Les garçons ne pensent qu'au sexe. Même les plus gentils. »

Tina l'observa longuement, en affichant ce même masque inexpressif, puis elle regarda par la vitre comme si de rien n'était.

« Tu sais que tu peux tomber enceinte, hein ? insista Ruth. Tu sais comment ça fonctionne ? »

Tina leva la main droite.

« Qu'est-ce que ça veut dire ? Que tu as entendu ou que tu as une question ? »

Toujours ce petit sourire.

« Tu veux savoir ce que je croyais quand j'avais ton âge ? »

Tina leva la main droite encore une fois.

« Je croyais qu'on pouvait tomber enceinte si un garçon vous touchait la poitrine. » Et c'était vrai. Elle l'avait bien cru, mais elle était beaucoup plus jeune que Tina. « Et il y en a un qui l'a fait. »

Elle s'engagea dans la ruelle entre le restaurant et le drugstore Rexall. La voiture de sa fille était garée derrière la benne à ordures. Aucun signe du pick-up de Sully, il n'était pas non plus dans la rue. Ruth repensa à la flamme bleue.

« Et alors ? demanda Tina.

— Alors quoi ?

— Tu es tombée enceinte ? »

Le sourire ne se cachait plus.

« Ça t'amuse ? De te moquer de ta grand-mère ? »

Tina hocha la tête et son sourire s'élargit.

« Ce garçon, c'était grand-père ? »

Ruth coupa le contact. « Je ne le connaissais même pas à cette époque.

— C'était qui, alors ?

— Un garçon. Son nom ne te dirait rien. Il est mort.

— Quand ?

— À la guerre.

— Laquelle ?

— Celle qu'il faisait.

— Tu es en colère après moi ?

— Non, je suis en colère après la guerre.

— Pourquoi tu l'as laissé faire ?

— La guerre ?

— Non, te toucher.

— Je ne l'ai pas laissé faire. Il l'a fait.

— Tu laissais faire les autres garçons ?

— Pourquoi est-ce qu'on parle de moi ?

— J'essaie de savoir.

— Oui, c'est ça, dit Ruth en rangeant les clés de voiture dans son sac. Parce que c'était agréable, je suppose », ajouta-t-elle. Et cet aveu la fit rougir, sans qu'elle puisse dire laquelle de ces deux versions d'elle-même lui faisait le plus honte : la fille qu'elle était quand elle avait commencé à se laisser peloter par les garçons ou la femme qui, aujourd'hui, tentait de dissuader sa petite-fille d'avoir des rapports sexuels. « J'avais l'impression d'avoir de l'importance. Il n'y avait personne autour de moi pour me dire que je comptais, alors quand les garçons me le disaient, je les croyais. »

Le sourire avait disparu sur le visage de Tina.

« Donc, je ne dois pas croire ce que disent les garçons ?

— Oh, bon sang, Miss Vertu, je n'en sais rien. Ils y croient eux-mêmes quand ils le disent, certains du moins. Ce qui compte, c'est comment tu te sens.

— Et toi, comment tu te sens ?

— Là, maintenant ? »

La fille haussa les épaules.

« Vieille, avoua Ruth. Stupide. Paumée. »

Tina se contenta de la regarder, sans rien dire.

« Je sais ce que tu penses, reprit Ruth. Si je suis stupide et paumée, pourquoi est-ce que je te donne des conseils ?

— Non, ce n'est pas ce que je pense. »

Ruth se pencha vers sa petite-fille pour la serrer dans ses bras, de toutes ses forces. « Je ne veux pas que tu souffres, c'est tout, dit-elle, incapable de retenir ses larmes.

— Maman dit que tu n'aimes pas grand-père.

— Elle dit ça ?

— Elle pense que tu es amoureuse de Sully.

— Elle te l'a dit ?

— Non, elle le *pense.*

— Tu lis dans les pensées ? »

Tina hocha la tête, avec le plus grand sérieux.
« OK. Qu'est-ce que je pense, là ?
— Qu'on est en retard.
— Bravo », dit Ruth car c'était effectivement ce qu'elle se disait.

Quand elle sécha ses larmes avec sa manche de chemise et inspira à fond avant de descendre de voiture, Tina dit : « C'est toi qui souffres, grand-mère, pas moi. »

Elles entrèrent par-derrière et Ruth coinça la lourde porte pour aérer. Les livreurs n'allaient pas tarder à arriver. Dans l'arrière-salle, là où se trouvaient le lave-vaisselle et l'armoire réfrigérée, elle constata que Cleary était venu laver par terre. C'était un poivrot à qui on ne pouvait pas faire confiance, surtout en fin de semaine. Parfois, le samedi matin, elle le trouvait allongé sur le grand égouttoir en inox, mais hier soir, il était venu passer la serpillière et vider les poubelles. « J'aurais besoin d'un petit coup de main, sauf si tu as des devoirs, dit Ruth.
— C'est le week-end.
— Tu as fini ce bouquin que tu devais lire, *Animal House* ?
— *Animal Farm*, rectifia Tina. *Animal House*, c'est un film.
— Tu l'as fini ou pas ? C'est ça que je te demande. »

Sa petite-fille se contenta de la regarder, elle avait déjà répondu à la question.

« Tu pourrais commencer par vider le Hobart », dit Ruth. Le soir, avant de partir, elle faisait toujours tourner le lave-vaisselle. S'il y avait du monde ce matin, il lui faudrait toutes ses tasses.

Dans la salle, elle brancha la cafetière et disposa sur le gril des tranches de bacon et des chapelets de saucisses, en phalanges bien ordonnées. Elle avait pour habitude de les cuire à moitié, et de les remettre sur le gril ensuite, au gré des commandes. Si Sully avait été là, il aurait pris un morceau de pain rassis de la veille pour absorber les projections de graisse. Bien qu'il affirme ne pas s'intéresser à la restauration, Ruth n'avait jamais vu un homme aussi à l'aise dans une cuisine. On aurait dit qu'il percevait instinctivement le rythme, qu'il savait toujours à quel moment elle avait besoin de se faufiler derrière lui dans l'espace étroit entre le gril et le comptoir, alors que son mari, chez eux comme au restaurant, réussissait à se planter systématiquement devant la porte – frigo, four, garde-manger – qu'elle voulait ouvrir. Sa corpulence y était pour quelque chose, évidemment, mais il était tout bonnement incapable d'anticiper l'action suivante, alors que l'opération, totalement prévisible, se déroulait sous ses yeux. Tandis que Sully, même quand il lui tournait le dos, savait où elle était, ce qu'elle faisait, et il effectuait le petit pas en avant ou en arrière qui lui permettait d'aller là où elle voulait. Il possédait le même instinct au lit autrefois, et c'était bien. Si seulement il était aussi perspicace sur le plan des sentiments, pensait-elle souvent. Mais évidemment, les hommes avaient besoin qu'on leur mette les points sur les i, plusieurs fois. Et encore…

Quand Tina, les mains mouillées par le lave-vaisselle, la rejoignit dans la salle avec un double plateau chargé de verres à eau et de tasses à café, il lui échappa momentanément et elle le cogna contre le comptoir, avec fracas.

« Doucement ! » pesta Ruth.

Elle avait passé une commande de vaisselle à son fournisseur à Albany, mais tant qu'elle n'avait pas été livrée, elle manquait de verres et ne pouvait pas se permettre d'en casser.

« Désolée, dit Tina, vexée.

— Tu vas l'être pour de bon si tu réveilles ta mère. »

Ruth savait que Janey avait travaillé au Horse la veille et elle aurait parié que sa fille était allée boire ensuite, en sachant que Tina dormait chez ses grands-parents. En regardant sa petite-fille qui rangeait les tasses et les verres sur les étagères, Ruth se demanda si, dans quelques années, elle aurait un enfant elle aussi, qu'elle ferait garder par grand-mère Janey. Une perspective si déprimante qu'elle reporta son attention sur le gril qui crépitait pour retourner le bacon et les saucisses avec sa longue spatule. Du coin de l'œil, elle vit Tina regagner l'arrière-salle avec ses plateaux vides, et s'arrêter net.

« Grand-mère ?

— Quoi ? »

Comme Tina ne répondait pas, Ruth tourna la tête et constata que la porte menant à l'appartement de sa fille était ouverte. Dans l'encadrement se tenait Roy Purdy, pieds et torse nus, son jean tombant sur les hanches, si bas qu'il laissait apparaître quelques poils de pubis frisés au-dessus de la ceinture. Sur sa poitrine pâle, un tatouage représentant une épée disparaissait, de manière risible, sous sa minerve. Son visage était encore enflé et grotesque, et ses yeux gonflés. Depuis combien de temps les observait-il ?

« Drôle d'accueil, dit-il en s'adressant visiblement à sa fille, même si son regard restait fixé sur Ruth. Tu n'embrasses pas ton pauvre vieux père ? »

Ruth vint se placer devant sa petite-fille. Elle tenait encore la longue spatule et était tentée de se servir de cet instrument mortel pour élargir le sourire sarcastique de Roy d'une oreille à l'autre.

« Qu'est-ce que tu fous ici, Roy ?

— Disons que j'ai été invité, Ma. »

Ruth bondit. « Écarte-toi de mon chemin », dit-elle en le bousculant pour pénétrer dans l'appartement. Malgré l'obscurité, elle découvrit Janey étendue sur le lit, nue. *Morte*, pensa-t-elle immédiatement, et l'espace d'un instant, elle redevint sa fillette qui commençait à marcher sur ses jambes grassouillettes, bras écartés et s'écriant *Debout ! Debout !* Il a fini par la tuer, songea-t-elle. Mais elle sentit l'odeur du sexe qui flottait dans la pièce et constata que non seulement sa fille respirait, mais elle ronflait faiblement. Une bouteille de Southern Comfort, cet alcool répugnant dont raffolait Roy, était posée sur la table de chevet. Après avoir allumé la lumière crue du plafonnier, Ruth décocha un coup de pied dans le matelas.

« Hein ? » fit Janey en se redressant d'un bond. Elle regarda sa mère en plissant les yeux. « Fais chier.

— Qu'est-ce qu'il fait là ? » demanda Ruth en pointant sa spatule brillante sur Roy qui était allé se servir un verre d'eau dans la salle de restaurant, avant de la suivre dans l'appartement.

Janey le regarda, poussa un grognement et se retourna vers sa mère.

« Ne commence pas, dit-elle en se glissant sous le drap, qu'elle remonta sur sa poitrine. Je te préviens, OK ? Ne commence pas.

— Trop tard. C'est fait. »

Roy ouvrit avec son pouce, d'un geste expert, le flacon d'antalgiques, fit glisser un comprimé dans sa paume et l'avala en vidant le verre d'eau d'un trait. Sa pomme d'Adam accomplit son devoir.

« Il avait besoin d'un endroit pour dormir, OK ?

— Personne n'a le droit d'entrer au Morrison Arms tant qu'ils ont pas retrouvé ce foutu serpent, précisa Roy en cherchant désespérément du regard un endroit pour poser son verre.

— Je ne te parle pas, Roy, lui lança Ruth. Je parle à mon idiote de fille.

— Oui, c'est ça, dit Janey. Je suis une idiote. Toi, tu es intelligente et moi je suis une idiote.

— Tu vois une autre explication ? Tu réclames une injonction contre ce type, et ensuite tu l'invites dans ta chambre ?

— Oui, Ma. Exactement, répondit Janey, remontée maintenant. Et tu sais quoi ? Il m'a baisée aussi.

— Parfaitement, confirma Roy. Comme au bon vieux temps, hein, baby ? »

Ruth se tourna vers lui. « Quel bon vieux temps, Roy ? Celui où tu la frappais au visage ? Où tu lui cognais la tête contre le mur pour lui fendre le crâne ? C'est ça le bon vieux temps dont tu parles ? »

Ignorant ces remarques, il regardait Janey.

« Vas-y, dis-lui. »

Assise dans le lit, elle se massait les tempes ; le drap avait glissé, laissant voir ses seins de nouveau.

« Quoi donc, Roy ?

— Tu sais bien. Qu'on va se remettre ensemble, toi et moi. Et redevenir une famille, comme avant, mais en mieux. »

Janey le regarda avec un étonnement non feint. « Ne te fais pas plus con que tu l'es, Roy. Il est évident qu'on ne va pas se remettre ensemble.

— C'est pas ce que tu disais hier soir, ma petite. Tu as déjà oublié ?

— C'était une bonne baise, Roy. J'ai rien dit d'autre. J'étais excitée, OK ?

— Pour sûr. On remet ça quand tu veux. »

Janey le regarda pendant un long moment, incrédule, puis elle s'adressa à sa mère. « Bon, d'accord, j'ai été idiote de le laisser entrer, mais tu sais bien à quel point j'ai peur des éclairs.

— Des éclairs, répéta Ruth. Ce type te tabasse et toi…

— Tout ça, c'est du passé, l'interrompit Roy en glissant sa main dans son jean pour se gratter, avant d'inspecter ses ongles.

— Tu as vu comment il a serré le poing à l'instant, quand tu l'as contredit ? dit Ruth à Janey. Tu as vu ? Tu penses qu'il va arrêter de te cogner uniquement parce qu'il le dit ? La dernière fois, tu as passé trois jours à l'hôpital. Et tu as peur des éclairs ?

— On ne choisit pas ce qui vous fait peur », répliqua Janey, mais à l'évidence, les paroles de Ruth avaient fait mouche, en partie du moins. Soit elle avait vu Roy serrer le poing, elle aussi, soit elle faisait confiance à sa mère. « Et il ne m'a pas frappée. Tu le vois bien, non ?

— Ça ne veut pas dire qu'il ne le fera pas.

— Tout ça, c'est du passé, répéta Roy qui avait trouvé un nouveau mantra, même s'il continuait à serrer le poing avec la main qui ne tenait pas le verre. Pour sûr.

— Ça ne se reproduira pas, dit Janey, faisant allusion apparemment au sexe et non pas aux violences conjugales. Il a bien compris.

— C'est là que tu te trompes, petite. J'ai pas compris ça.

— Alors, tu es *vraiment* un pauvre con, Roy.

— Hein ? De quoi tu m'as traité ?

— Fiche le camp d'ici, Roy, intervint Ruth, avant qu'on appelle les flics.

— Qui va les appeler ? Vous ? Ou elle ? »

Ruth songea alors à sa petite-fille, à côté, dans la salle de restaurant, qui entendait tout certainement, et sans doute tremblait-elle dans un coin, comme quand elle était petite et que ces deux mêmes personnes se criaient dessus, avant que les coups pleuvent.

« Va-t'en, Roy. Avant que ça dégénère.

— Ce sera la faute à qui ? C'est à cause de vous si Janey a une grande gueule. »

En la voyant avancer vers lui, Roy ne fit aucun mouvement pour la laisser passer.

« Écarte-toi, Roy », ordonna-t-elle.

Et dans la seconde qui suivit, elle se retrouva à terre, stupéfaite, avec un goût salé dans la bouche. Janey hurla.

« Et voilà », dit Roy, satisfait, comme s'il venait de remporter un débat.

Malgré ses efforts, Ruth ne parvenait pas à rassembler les différents éléments de la situation en un tout cohérent. Roy la toisait, sa main droite était rouge de sang. Il l'avait frappée avec le verre vide, comprit-elle. Un gros éclat, ensanglanté, était planté dans sa cuisse.

« Alors, à qui la faute, hein, Ma ? demandait Roy d'une voix lointaine. Dites-le-moi.

— Maman ! hurlait Janey, de plus loin encore. Arrête, Roy ! »

Ruth avait réussi à se mettre à genoux quand Roy la frappa de nouveau, avec son poing nu cette fois. L'arrière de sa tête cogna contre le mur, provoquant une douleur légère, mais une explosion sonore terrifiante.

Avant qu'elle puisse reprendre ses esprits, Roy s'était jeté au sol pour la chevaucher. Quand il arma son poing, elle ferma les yeux et pensa : Très bien, c'était elle qu'il frappait et pas Janey. Et s'il la tabassait à mort, tant mieux. Il irait en prison pour de bon, et Janey et Tina seraient enfin débarrassées de lui. Peut-être parce que le grondement dans sa tête évoquait le bruit des vagues, elle repensa à cette salle de bains d'une blancheur éclatante dans la brochure sur Aruba, immaculée et parfaite. Peut-être que le paradis ressemblait à ça. Un endroit propre, inondé d'un soleil pur qui se déversait par une verrière invisible, avec la mer purificatrice si proche que l'on entendait chaque vague se briser sur le sable.

Constatant que le prochain coup de Roy ne venait pas et qu'elle ne sentait plus son poids sur elle, elle fut envahie de terreur. S'en était-il pris à Janey, ou même à Tina ? Mais non. Quand elle ouvrit les yeux, il était toujours là, assis en face d'elle, adossé au pied du lit, aussi hébété et désorienté qu'elle. Une fleur de sang écarlate ornait son oreille. Et à l'endroit où il se trouvait une minute plus tôt, Sully était apparu comme par magie, avec une poêle à frire dans la main. Ruth se mit à pleurer, de soulagement. Non pas parce que Roy ne pouvait plus la frapper, ou parce que Janey avait été délivrée elle aussi, mais parce que Sully était vivant. Elle ignorait ce que représentait cette flamme bleue sur le toit de la remise, mais ce n'était pas l'âme de Sully. La veille, elle avait été vache avec lui, elle lui avait demandé de venir moins souvent au restaurant, de se trouver un autre endroit, mais il était venu quand même. Et ce n'était plus le fantôme qui hantait son comptoir ces derniers temps, un vieux bonhomme qui contemplait sa tasse de café vide d'un air morose, en respirant avec peine, bruyamment. Un homme à l'article de la mort, comprenait-elle maintenant. Non, l'homme qui se tenait devant elle était le Sully d'autrefois, intrépide, énergique, bien décidé, en cet instant critique, à tuer Roy Purdy, et tant pis pour les conséquences.

Mais il repensa à elle, leurs regards se croisèrent et il lâcha la poêle ; il se désintéressait de Roy désormais. Ruth dut perdre connaissance quelques secondes car quand elle revint à elle, Sully était agenouillé près d'elle. Lorsqu'elle voulut prononcer son nom, il la fit taire et prit son visage entre ses mains, pour immobiliser sa tête, et elle n'avait d'autre choix que de regarder cet homme avec qui elle avait noué une relation, il y avait si longtemps, car elle se sentait seule, plus seule qu'elle l'avait cru possible pour un être humain. Elle savait que c'était mal, et qu'en agissant ainsi ils ouvraient peut-être la porte à de futurs drames. Avaient-ils atteint cet instant critique ? Elle aurait voulu demander à Sully s'il pensait que ce scénario était la suite logique de ce qu'ils avaient fait il y a si longtemps car dans ce cas, Roy avait raison : c'était bien elle la fautive. Mais sa bouche refusait de fonctionner, et chaque fois qu'elle essayait de parler, Sully la faisait taire. C'était terminé, disait-il, elle n'avait plus rien à craindre, Janey et Tina non plus, il n'y avait plus de raison de s'inquiéter, elle allait s'en remettre et quand elle sortirait de l'hôpital, elle serait comme neuve. Ruth se réjouissait d'entendre ces paroles, car à vrai dire, elle avait plutôt l'impression que tout allait mal et que rien ne pourrait jamais être réparé. Mais qu'est-ce qu'elle en savait, hein ? Avait-elle su quelque chose un jour ? Même gamine, quand ce premier garçon lui avait touché les seins et qu'elle l'avait laissé faire, parce que c'était bon et qu'elle se sentait bien, ce qui ne lui arrivait presque jamais. Il lui avait fallu des années et des années pour comprendre que la plupart des autres gens ne se sentaient pas bien eux non plus, et que la tâche de ce monde, c'était de vous donner l'impression que vous l'aviez déçu, que vous ne seriez jamais à la hauteur, véritablement. Mais Sully lui disait que tout irait bien, et quelque part elle entendait une sirène qui se rapprochait, alors elle ferma les yeux, elle cessa d'essayer de parler, et elle s'autorisa à croire toutes les paroles que prononçait Sully.

SECRETS

M. Hynes était déjà assis sur le trottoir, sur son pliant, et il agitait son drapeau américain au passage des voitures, quand Raymer, fraîchement douché, sortit du Morrison Arms. En passant sous sa propre bande jaune, il songea que lui, le chef de la police, et M. Hynes, un vieux Noir au patriotisme improbable, étaient les deux seuls résidents à avoir enfreint la loi. Évidemment, les autres locataires, un assortiment de ratés, de voleurs à la petite semaine et de cas sociaux, préféraient profiter des installations relativement luxueuses du Holiday Inn, aux frais de la municipalité, mais quand même.

En voyant Raymer approcher, M. Hynes commença à se lever, mais Raymer lui fit signe de rester assis.

« Alors, combien de variétés aujourd'hui, monsieur Hynes ? »

Celui-ci afficha un grand sourire, il appréciait cette plaisanterie récurrente. « Cinquante-sept. Comme toujours.

— Ça en fait des variétés, jour après jour. Comment vous y arrivez ?

— Le travail. Il suffit de continuer quand tous les autres démissionnent. »

Démissionner, songea Raymer. Première chose à l'ordre du jour : rédiger sa lettre et donner son préavis de deux semaines. Sans la télécommande de garage, ses chances de découvrir l'identité du petit ami de Becka étaient désormais officiellement réduites à néant. Et si ce connard de Dougie n'était pas content, tant pis. Après le fiasco de Hilldale, il refusait d'écouter ce type qui avait prouvé qu'on ne pouvait pas se fier à lui. Mais comme aussi il y avait peu de chances pour que celui-ci existe, cela revenait à dire qu'on ne pouvait pas se fier à Raymer, et ça ce n'était pas nouveau.

« Alors, ça s'est bien passé avec cette jolie nana noire qu'était avec vous hier soir ? voulait savoir le vieil homme.

— Elle travaille pour moi, monsieur Hynes. Il ne s'est *rien* passé.

— Envoyez-la-moi, dans ce cas. Si vous n'en voulez pas, je la prends. Je pourrais en faire ma cinquante-huitième variété, si vous voyez ce que je veux dire.

— Je lui dirai que vous êtes libre.

— J'aime bien son physique. Elle n'a pas que la peau sur les os, comme certaines. J'ai cru que c'était avec elle que vous discutiez tout à l'heure. »

Raymer ne voyait pas du tout à quoi il faisait allusion. « Quand ça ?

— Y a environ une heure, quand vous êtes arrivé. Je vous ai entendu baragouiner, alors je suis allé à la fenêtre, en me disant que vous étiez peut-être avec elle, mais en fait, vous vous disputiez avec vous-même.

— Je crois que vous exagérez, monsieur Hynes. Peut-être que je marmonnais, mais c'est tout.

— Faut vous trouver une vraie personne pour discuter, voilà ce que je dis. Comment ça se fait que vous étiez tout sale comme ça ?

— Pillage de tombe.

— Ah. Ne me dites rien. Je veux pas savoir. J'ai des secrets moi aussi. Tout le monde a des secrets.

— Bref, dit Raymer, je suis content de voir que ce serpent ne vous a pas attaqué.

— Pas encore, ricana M. Hynes. Je suis trop rapide pour

lui. Le temps qu'il se dresse, j'avais fichu le camp. Vous vous souvenez de Satchel[1] ? Je suis aussi rapide que lui.

— Faites-moi plaisir, dit Raymer en posant la main sur l'épaule osseuse du vieil homme, ne restez pas trop longtemps en plein soleil. C'est agréable pour l'instant mais il va encore faire chaud aujourd'hui, paraît-il. »

M. Hynes promit, et à peine Raymer se fut-il glissé au volant de sa Jetta que la radio cracha la voix de Charice : « Chef ? »

Il consulta sa montre. Elle ne prenait son service que dans une heure. Cela n'augurait rien de bon. « Je suis navré, Charice. Mais je n'ai pas envie de parler d'hier soir, OK ? Pouvez-vous respecter ce désir ? Toutes mes excuses si je vous ai vexée...

— Vous avez vu le journal ?

— Lequel ?

— Le *Débilocrate.*

— Non, pourquoi ?

— Vous faites la une. »

Alors comme ça, quelqu'un les avait vus à Hilldale. De pire en pire.

« Charice... On l'a remis à sa place, exactement.

— Hein ? De qui vous parlez ?

— De *quoi* vous parlez ?

— De la photo où on vous voit descendre de ma terrasse. En première page de ce foutu journal. Le type qui habite en dessous de chez moi, il est photographe. Et il travaille pour le *Débilocrate.* Il a dû courir à l'imprimerie avec sa photo pour la faire publier dans l'édition du matin.

— Oh », fit Raymer en se souvenant de ce violent éclat de lumière qui l'avait aveuglé un instant pendant qu'il descendait le long de la colonne. Il avait cru que c'était un éclair lointain qui se reflétait sur les nuages bas. « Merde.

— Comme vous dites. Je vais perdre mon travail.

1. Satchel Paige, célèbre joueur de base-ball des années 1950.

— Bien sûr que non. J'arrive tout de suite. Je suis là dans cinq minutes.

— Le maire veut vous voir.

— Super.

— Vous avez intérêt à inventer une bonne histoire.

— Je lui dirai que j'ai été foudroyé.

— Ça ne tient pas debout.

— C'est la vérité. J'ai vraiment reçu la foudre. » Bon, d'accord, pas sur son balcon, mais ça aurait pu arriver s'il n'était pas descendu. « Et depuis, il y a un truc qui va pas. »

Dans la paume de sa main, celle qui avait serré la carte du fleuriste, était incrustée l'image parfaite de l'agrafe qui servait à l'accrocher à la Cellophane verte. Il avait essayé de la faire disparaître sous la douche en frottant, mais n'avait réussi qu'à se brûler la peau. Maintenant, ça le démangeait, sous la peau, comme s'il y avait vraiment une agrafe.

« Un *autre* truc qui va pas, rectifia-t-il.

— Du genre ?

— Je me sens... tout drôle.

— Drôle dans le sens bizarre ou amusant ?

— J'ai un bourdonnement dans les oreilles, en permanence. Et j'ai des pensées étranges.

— Du style ? »

Du style, peut-être que je suis amoureux de vous ? Il ne pouvait pas dire cela, évidemment. Il essaya de trouver un autre exemple bizarre, mais pas au point qu'elle en conclue qu'il avait complètement perdu la boule.

Avant qu'une idée lui vienne, Charice demanda : « Il y a quelqu'un avec vous ? Vous aviez une drôle de voix à l'instant. Sans même parler de ce que vous venez de dire. »

Hein ? Il avait parlé à voix haute ? Il venait de dire à Charice qu'il était amoureux d'elle ? Quelques minutes plus tôt, M. Hynes l'avait accusé de jacasser tout seul. Se pouvait-il que ce soit vrai ?

« Euh... c'est *ça* l'autre truc, avoua-t-il. Ces pensées

bizarres dans ma tête ? Apparemment, je les exprime tout haut parfois.

— Je vais ajouter ça sur ma liste, dit Charice. Toutes ces histoires louches. D'ailleurs, je suis en train de le noter, avant d'oublier. *Le chef dit… qu'il est amoureux de moi.*

— Vous avez oublié le « peut-être ».

— Vous écrivez à votre façon, moi…

— Vous recommencez, Charice.

— Quoi donc ?

— Vous utilisez votre voix de Noire.

— Ça aussi, je vais le noter.

— Hier soir, vous…

— Vous aussi, vous étiez différent hier soir », rétorqua-t-elle, sans plus aucune trace de dialecte.

Et soudain, il revivait cette soirée qui avait si bien commencé et s'était achevée de manière catastrophique. Il s'était promis de la chasser de son esprit, mais voilà qu'il y repensait, submergé par l'humiliation.

« Je peux vous demander… ce qui s'est passé ?

— Je croyais que vous ne vouliez pas en parler.

— Charice.

— L'appel que j'ai reçu, c'était Jerome. Il voulait que je le conduise à l'hôpital. Il croyait qu'il faisait une crise cardiaque.

— Il va bien ?

— Ils l'ont gardé en observation toute la nuit. Ils pensent que c'est une crise d'angoisse. Ça lui est déjà arrivé. »

Une voiture passa et adressa un coup de klaxon à M. Hynes. Au moment où le vieux Noir tournait la tête, un homme sortait par la porte de derrière de chez Gert avec un sac-poubelle dans chaque main. Une voiture stationnait près de la benne à ordures, à l'endroit où la Mustang avait été vandalisée la veille. De là où il se trouvait, Raymer ne distinguait qu'une partie de l'aile et du feu arrière. Mais de son poste d'observation, M. Hynes devait avoir une vue d'ensemble de la voiture, et Raymer songea, une fois de plus, qu'il avait peut-être aperçu celui qui avait saccagé la 'Stang.

« Charice ? dit-il en revenant au sujet qui les préoccupait. Je croyais que vous étiez en colère après moi à cause des côtelettes d'agneau.

— Pardon ?

— J'ai mangé toutes les côtelettes. Comme un goinfre.

— Évidemment que vous avez mangé mes côtelettes. Je vous ai invité à dîner. Jerome les aurait toutes mangées. J'aurais eu de la chance s'il m'en avait laissé une.

— J'ai ingurgité votre vin très cher et je me suis endormi.

— Ça prouve que vous n'y connaissez rien, si vous pensez que cette piquette m'a coûté cher.

— Alors, vous n'êtes pas vraiment en colère contre moi ?

— Bien sûr que non.

— Dans ce cas, pourquoi m'avez-vous enfermé sur le balcon ?

— Enfermé ?

— La porte était verrouillée.

— Non. Elle coince par temps humide. Il faut la soulever pendant qu'on tire ou qu'on pousse. »

Il se souvenait, en effet, que lorsqu'elle l'avait conduit sur la terrasse, Charice avait donné un coup de pied dans le bas de la porte, en tournant la poignée.

« Je vous ai laissé un mot, dit-elle.

— Ah bon ?

— Je l'ai mis sur la table, devant vous. Pour vous dire que je ne savais pas si ce serait long ou pas, mais que vous pouviez attendre si vous vouliez.

— Il a dû s'envoler. » Tout était calme quand il s'était endormi, mais le vent soufflait à son réveil. « Et il faisait tout noir dans la cuisine.

— À cause des insectes. Il y en avait une centaine sur la vitre.

— Bon sang, quel idiot je suis. Allez-y, notez ça aussi, si vous voulez.

— C'est fait. »

Il savait que c'était faux. Notait-elle vraiment toutes ces choses ? Ou bien cette histoire de liste n'était-elle qu'une plaisanterie récurrente, comme celle qu'il partageait avec M. Hynes à propos des produits Heinz ?

« Vous croyez aux fantômes, Charice ?

— Hein ? Je suis noire, alors je suis forcément superstitieuse ?

— Charice.

— Non.

— Non, quoi ?

— Non, je ne crois pas aux fantômes.

— Parce que Becka m'a rendu visite la nuit dernière. Deux fois.

— Votre femme morte vous a rendu visite ?

— Sur votre terrasse, tout d'abord. Elle m'est apparue dans un rêve.

— Vous avez rêvé de Becka et ça fait d'elle un fantôme ?

— Plus tard, au cimetière, elle a essayé de me tuer. »

Il s'était demandé quel effet produirait cette affirmation prononcée à voix haute. Maintenant, il savait. Il devait passer pour un cinglé.

« Comment ça "plus tard au cimetière" ? Qu'est-ce que vous fabriquiez là-bas ?

— Je suis allé m'excuser.

— Auprès d'une morte ? En pleine nuit ?

— À vous entendre, c'est un truc de fou.

— Et c'est là que vous avez été frappé par la foudre. Admettons. Quel rapport avec Becka ? »

Raymer soupira. « J'ai vraiment perdu la boule, hein ? »

Une protestation rapide aurait été la bienvenue, mais rien ne vint. Finalement, Charice dit : « Vous avez eu une dure journée.

— Celle-ci ne sera pas mieux. Devrais-je aller voir Jerome à l'hôpital ?

— Non, répondit-elle du tac au tac. Surtout pas.

— Il croit encore que c'est moi qui ai saccagé sa voiture ?

— Sans doute. Quand il est comme ça… »

Dans le silence qui suivit, il perçut l'inquiétude de Charice.

Et il ne pouvait pas le lui reprocher. Il n'avait jamais vu quelqu'un disjoncter comme Jerome. Il se souvenait encore de son soulagement quand il s'était éloigné de lui pour regagner le Morrison Arms, même s'il risquait de se retrouver nez à nez avec un cobra. Il se repassa les images de ce bref trajet, se revit descendre du trottoir, entendit le crissement des freins de la fourgonnette des services vétérinaires qui pilait à quelques centimètres de son genou gauche, et il revit les gens qui grouillaient sur le parking. Roy Purdy se trouvait parmi eux. Si on le remarquait, ce n'était pas seulement à cause de sa minerve, ni du mal qu'il se donnait pour se fondre dans la foule. C'était parce que, alors que tout le monde faisait face au Morrison Arms, lui regardait en direction de chez Gert, et en voyant Raymer, il avait filé.

Soudain, le bourdonnement dans sa tête disparut. *Tu le tiens,* dit Dougie.

« Qui donc ? » demanda Charice.

Raymer ignora sa question.

« Y a-t-il une chose que vous me cachez, Charice ? »

Elle hésita avant de répondre.

« Du genre ?

— Le maire a-t-il demandé à Jerome de se présenter contre moi pour le poste de chef de la police ? Parce que…

— Non, ce n'est pas ça.

— C'est quoi, alors ?

— En fait, je ne suis pas censée le savoir. Personne ne doit le savoir.

— Mais vous le savez.

— Il n'y a aucun secret entre Jerome et moi. Hélas.

— Et entre vous et moi, Charice ? Est-ce qu'il y a des secrets ?

— Bon, d'accord, mais ce n'est pas moi qui vous l'ai dit, d'accord ? Les huiles de Schuyler et de Bath envisagent de renforcer les services publics. Police. Pompiers. Collecte des ordures.

— Bath n'a pas de service de collecte des ordures.

— Ça va venir. Le but, c'est de supprimer les doublons. Une seule administration. Une seule chaîne de commandement.

— Ça veut dire virer des gens.

— Réduire les coûts.

— Virer des gens.

— Moins de pesanteur et plus d'efficacité.

— En virant des gens. Quel est le rôle de Jerome dans tout ça ?

— Il doit organiser la transition. C'était le sujet de sa thèse de maîtrise. »

Raymer, qui n'était pas du genre à tirer immédiatement des conclusions cyniques, ne s'en priva pas cette fois.

« Le bouc émissaire idéal, si ça échoue. Pas étonnant qu'il fasse des crises d'angoisse. Quand les gens découvriront qui est derrière cette recherche d'efficacité, quelqu'un va…

— L'abattre. » Charice acheva la phrase à sa place. « Exact. Cette possibilité l'a effleuré lui aussi. En fait, il envisage de retourner en Caroline du Nord.

— Et vous l'accompagneriez ? demanda-t-il, en réprimant l'envie de la supplier de rester.

— Pour sortir enfin de derrière mon bureau, vous voulez dire ? Et aller quelque part où je pourrais effectuer un vrai travail d'agent de police ? »

Raymer avait la tête qui tournait à force.

« Restera-t-il au moins un chef de la police à Bath ?

— C'est encore flou.

— Et Gus soutient ce projet ?

— C'est son idée, il me semble. Vous vous souvenez de son slogan de campagne ? *Devenons Schuyler Springs !*

— L'enculé ! » aboya Raymer, surpris par la violence de sa réaction.

Le long silence qui suivit cet emportement l'incita à se demander si Gus n'était pas présent, près du bureau de Charice. Avait-il écouté toute leur conversation ? Charice et lui avaient peut-être conclu une sorte de pacte pour l'espionner.

« Chef ? demanda-t-elle.

— Oui ? fit-il en se raclant la gorge.

— C'était vous ? Vous avez bien dit : “L'enculé !” ?

— Je ne sais pas », avoua-t-il.

« Encore vous ? dit le vieil homme en voyant réapparaître Raymer. Je vous croyais parti.

— Vous connaissez Roy Purdy, monsieur Hynes ? Il a emménagé au Morrison Arms il y a une quinzaine de jours.

— À quoi il ressemble ?

— Maigre. Avec des tatouages. Et il porte une minerve autour du cou.

— Celui qui vit avec la gentille Cora ?

— Est-ce que vous l'auriez vu chez Gert hier ?

— Tous les gens d'ici traînent chez Gert. Je fais pas attention à eux.

— Derrière, je veux dire. Sur le parking. Vous avez une vue directe d'ici.

— Et alors ?

— Vous vous souvenez du grand Noir avec qui j'étais hier ?

— Le gars à la voiture rouge éclatante ? Quelqu'un lui a bousillé sa belle carrosserie, à ce qu'il paraît.

— Vous avez vu celui qui a fait ça, monsieur Hynes ?

— Mes yeux voient plus très bien de loin.

— Et de plus près ? Vous étiez assis exactement là où

vous êtes maintenant. Est-ce que par hasard vous l'auriez vu sortir de cette ruelle ?

— Est-ce qu'il aura des ennuis si je réponds oui ? »

Raymer envisagea de mentir, puis se ravisa.

« C'est possible.

— Tant mieux. Car je pense que c'est lui qui pisse dans l'escalier. »

Raymer partageait cet avis.

« Je n'ai plus que deux suspects, ajouta M. Hynes. Lui et vous. »

Un fou. Voilà de quoi il avait l'air sur la photo au grain épais en une du journal. Prise de la fenêtre de la cuisine de l'appartement du dessous, elle immortalisait Raymer au moment où la colonne se détachait de la terrasse et où il affichait son étonnement face à ce coup du sort. À en juger par la photo, on aurait pu croire aisément qu'il grimpait au poteau, au lieu de se laisser glisser jusqu'au sol : un cambrioleur pris en flagrant délit. Son visage tuméfié, enflé, ressemblait à une prédiction visuelle des dommages causés par une chute qui n'avait pas encore eu lieu. La légende demandait : *Un problème, chef ?*

En regardant cet homme d'un certain âge qui agrippait désespérément une colonne de soutènement, il repensait à cette question avec laquelle Miss Beryl le harcelait à longueur de dissertations, il y a si longtemps : *Qui est ce Douglas Raymer ?* Oui, qui ? Plus de trente ans après, il ne connaissait toujours pas la réponse. Pire encore, il ne disposait que de vingt-quatre heures pour en trouver une. Pour le moment, les trois côtés du cher triangle rhétorique de la vieille dame demeuraient vierges. Il ne savait pas quoi dire sur cette ancienne enseignante et il ne parvenait pas à se représenter distinctement son auditoire. Combien, parmi ces gens, se souviendraient encore d'elle ? Et ceux-là penseraient-ils à elle avec affection ? Si oui, lui reprocheraient-ils les nombreux échecs personnels et professionnels du chef de la police ? Car après tout, si Miss Beryl était vraiment une si bonne enseignante, comment avait-elle pu produire un homme qui avait fait campagne avec ce slogan : *Heureux, nous le serons que si vous ne l'êtes* ?

Après avoir jeté le journal dans la corbeille, Raymer leva la tête et découvrit le cobra, dressé et coiffe déployée, sur le dessus d'un meuble de classement tout proche. Il le regarda fixement, comme hypnotisé, et appuya sur le bouton de l'interphone.

« Charice ? »

Elle répondit immédiatement.

« Chef ? Je ne vous ai pas vu entrer.

— Je suis passé par-derrière. Vous pouvez venir une minute ? »

Quand la porte s'ouvrit deux secondes plus tard, il montra le cobra.

« Comment est-il arrivé ici ?

— Euh… fit-elle en s'en approchant.

— Faites un effort.

— On dirait un vrai.

— C'est aussi ce que je me suis dit. J'en ai encore le cœur qui bat. »

Elle descendit la statuette pour l'examiner. « C'est de la céramique ?

— Si vous le dites. Ce bureau était fermé à clé quand je suis parti hier.

— Attendez un peu, dit Charice en plissant les yeux. Vous êtes en train de dire que c'est *moi* qui l'ai placé là ?

— Je me demande qui d'autre possède la clé.

— Chef, vous travaillez avec des flics. Ils savent ouvrir des portes sans clé.

— Pas moi, souligna-t-il, que ce soit bien clair.

— Je ne parle pas de vous, répondit Charice, et Raymer fut obligé de se demander s'il s'agissait d'un compliment ou d'une insulte. Il y a aussi un tas de criminels qui entrent et qui sortent. Ça pourrait être l'un d'eux.

— Je pensais plutôt à Jerome. Peut-être qu'il trouve ça amusant.

— Jerome a un alibi. Il a passé la nuit à l'hôpital. Sous sédatifs. Et comme je vous l'ai déjà dit, il a une peur panique des serpents. Même en céramique.

— Il avait peut-être un complice.

— C'est moi le suspect, alors ?

— J'aimerais bien pouvoir vous innocenter.

— Moi aussi j'ai un alibi. Hier soir, j'étais avec le chef de la police en personne.

— Pas toute la nuit.

— Je ne vous le fais pas dire.

— Et ce matin, vous êtes arrivée ici avant moi.

— Chef ?

— Oui, Charice ?

— Je ne sais pas d'où vient ce putain de serpent.

— Vous voulez bien rédiger l'hommage à Beryl Peoples à ma place ? Pour le baptême de l'école ? En échange, je serais disposé à admettre que vous n'y êtes pour rien dans cette histoire.

— Pas question. Je ne l'ai même pas connue. »

Ils échangèrent un regard qui, pour Raymer, ressemblait à un puits sans fond rempli de déception réciproque, jusqu'à ce qu'elle demande :

« Qui avez-vous remis à sa place, exactement comme il était ?

— Pardon ?

— Quand je vous ai annoncé que vous faisiez la une du journal, vous avez dit que vous l'aviez remis à sa place, comme il était.

— J'ai dit ça ?

— Quelqu'un nous a appelés ce matin. Le maire aussi. Pour déclarer que le juge Flatt avait été exhumé.

— Hein ?

— Ça veut dire déterré.

— Je sais ce que ça veut dire, Charice.

— Et vous avez avoué que vous étiez là-bas, à Hilldale, quand vous avez reçu la foudre.

— Charice ?

— Oui.

— Vous feriez un bon flic.

— C'est ce que j'ai toujours dit.

— Quoi d'autre à signaler ? »

Elle quitta le bureau et revint avec le registre.

« Vous voulez tout ?

— Le plus important.

— La nuit a été agitée. L'épouse du maire a encore disparu. Mais on l'a retrouvée.

— Où, cette fois ?

— À Longmeadow Estate.

— Sans rire ?

— Pourquoi ?

— C'est là qu'on vivait, Becka et moi. »

Il se souvenait qu'en sortant de chez eux le matin il voyait Alice Moynihan traîner de l'autre côté de la rue, impatiente qu'il parte travailler pour qu'elle puisse boire un café avec Becka. Bien des fois, il lui avait dit qu'elle n'était pas obligée d'attendre dehors, elle n'avait qu'à sonner, mais dès le lendemain, elle était là, au même endroit, à attendre pour pouvoir accéder à sa meilleure amie. Sa seule amie peut-être. Becka refusait d'admettre l'idée communément admise qu'Alice était de plus en plus déconnectée de la réalité, préférant croire qu'elle était juste un peu bizarre et hypersensible, comme une voyante, à des choses que les autres ne remarquaient même pas. Se pouvait-il que Becka lui ait rendu visite à elle aussi, la nuit dernière ? Sinon, pourquoi serait-elle retournée à Longmeadow Estate après tout ce temps ?

« Qu'est-ce qu'elle fabriquait là-bas ?

— Elle parlait dans son téléphone.

— Bénie soit-elle. Bon, autre chose ?

— Mme Gaghan a encore appelé. Elle dit que son fils est allé boire au White Horse hier soir et il n'est pas rentré.

— On parle de Spinmatics Joe ?

— Lui-même.

— Que lui avez-vous dit ?

— Pas ce que j'aurais voulu. Sinon, il y a eu une agression au Hattie, il y a une heure. Devinez qui. »

Dougie devina immédiatement, et Raymer aussi, une seconde plus tard.

« Roy Purdy.

— Sauf que cette fois, ce n'est pas son ex-femme qu'il a tabassée. C'est la mère.

— Ruth, c'est ça ?

— Il l'a salement amochée.

— Il a été arrêté ? »

Charice secoua la tête. « Il a réussi à filer en profitant de la confusion quand l'ambulance est arrivée. Mais apparemment, il a été blessé dans la bagarre lui aussi.

— Par un agent ?

— Non. Votre vieil ami Sully a débarqué au bon moment. Il l'a assommé avec une poêle à frire.

— Tant mieux », dit Raymer surpris d'éprouver, pour la première fois de sa vie sans doute, une sincère affection envers son ennemi de toujours. Quelque chose le tracassait cependant, un détail qui clochait, lié à leur aventure nocturne à Hilldale. Mais ça n'avait pas d'importance dans l'immédiat. « Je suis quasiment sûr que c'est Purdy qui a rayé la voiture de Jerome, au fait. Je l'ai aperçu dans les parages. Quand on l'arrêtera, demandez aux agents d'examiner ses clés pour voir s'il n'y a pas de peinture rouge dans les rainures.

— Il n'a pas pu aller bien loin. Il n'a plus de voiture depuis hier.

— Oui, mais il est très proche d'une habitante du Arms. Vérifiez qu'elle ne lui a pas prêté la sienne. Si c'est le cas, lancez un avis de recherche. Où on en est avec les services vétérinaires ?

— Justin vient d'appeler. Il doit inspecter les lieux encore une fois ce matin, avec quatre ou cinq collègues. Mais ils pensent que le serpent a fichu le camp depuis longtemps.

— Ils ont embarqué les autres reptiles ? Et les rongeurs ?

— Oui. Bonne chance pour louer cet appart maintenant.

— Aucun signe de notre William Smith ?

— D'après Miller, une fourgonnette blanche est passée devant le Arms après minuit, au ralenti. Le chauffeur a dû voir les bandes jaunes parce qu'il a décampé.

— Miller ne l'a pas pris en chasse ?

— Il a dit que vous lui avez ordonné de planquer devant le bâtiment. C'est le mot qu'il a employé : planquer.

— Vous saviez qu'il avait le béguin pour vous ? demanda Raymer, regrettant aussitôt d'avoir trahi la confiance de ce crétin. Il essaie de rassembler son courage pour vous inviter.

— Miller. »

Charice semblait mortifiée.

« Allez-y mollo avec lui, suggéra-t-il, secrètement ravi de cette réaction. Bref, dès qu'ils seront certains qu'il n'y a pas de serpent au Morrison Arms, vous pourrez autoriser les gens à revenir. Le maire est dans son bureau ?

— Non, chez lui.

— On a du papier à en-tête ? »

Elle le regarda comme s'il avait perdu la boule. « Évidemment.

— Apportez-moi une feuille. Et une enveloppe ! » ajouta-t-il, alors qu'elle était déjà sortie du bureau.

Charice revint avec l'enveloppe et deux grandes feuilles. Manifestement, elle n'imaginait pas que sa lettre pouvait être aussi courte. « On est quel jour aujourd'hui ? » demanda-t-il. Il la remercia pour la réponse et ajouta que c'était tout pour le moment. Il écrivit la date dans le coin supérieur droit et commença à gauche par *Cher Gus*. Ce qui ne convenait pas, évidemment. Il froissa la feuille et la jeta dans la corbeille. Une fois de plus, Charice avait vu juste. Sans doute avait-elle songé à lui apporter trois feuilles au départ. Il écrivit la date de nouveau, puis, *Monsieur le maire*. Et, en dessous, le texte : *Je démissionne*. Et pour finir : *Cordialement, Douglas Raymer*. Il plia la feuille en trois, réfléchit, la déplia, et ajouta *Chef de la police* sous son nom, en souriant car il pensait à Miss Beryl. Il venait de produire sans doute le plus petit triangle rhétorique au monde, mais il se réjouissait de constater que les trois côtés étaient représentés : un sujet clair, un auditoire précis et l'identité du locuteur était établie non pas une seule fois, mais deux. Il n'y avait plus qu'à transmettre le message.

En se levant, il constata que Charice, au lieu de quitter le bureau, était venue se placer derrière lui pour lire par-dessus son épaule. Sauf erreur, elle avait les larmes aux yeux.

Au lieu de se rendre directement au domicile des Moynihan, dans Upper Main Street, Raymer monta dans son véhicule de fonction et, obéissant à une impulsion, il se rendit au White Horse. À l'exception de la vieille voiture appartenant à la femme qui tenait le bar et vivait dans un appartement juste au-dessus, le parking était vide. Il se gara à côté de la benne à ordures puante et examina les lieux, sans trop savoir ce qu'il cherchait. Des traces d'une altercation, peut-être. Spinmatics Joe était un individu sectaire, un imbécile et une grande gueule, et peut-être qu'en quittant le bar il avait insulté quelqu'un qui l'avait tabassé et traîné dans les hautes herbes. Mais rien ne l'indiquait. Il n'était pas non plus dans la benne à ordures, a priori, l'examen mené par Raymer pouvant être qualifié de superficiel, à cause de l'odeur qui lui soulevait l'estomac.

Bah, se dit-il en remontant dans son véhicule, c'était une idée comme une autre. Une idée de Dougie ? De lui ? Difficile à dire. Il resta assis là pendant une minute, à gratter sa paume qui continuait à le démanger furieusement. Ça faisait du bien de triturer l'agrafe, mais dès qu'il arrêtait, la démangeaison redoublait. Il décida de rentrer en ville, mais à peine eut-il parcouru cinq cents mètres, qu'il aperçut des traces de dérapage, sombres et brutales, qui menaient vers le bas-côté en gravier. Il se gara et revint sur ses pas jusqu'à ce qu'il découvre un épais éclat de verre, terne, qu'il leva dans la lumière pour l'examiner. Un morceau de réflecteur, pensa-t-il. Il se servit du côté pointu pour s'attaquer à l'agrafe : l'extase, suivie de démangeaisons plus furieuses encore. Dans les hautes herbes, non loin, il découvrit plusieurs autres morceaux de réflecteurs dont un semblait incrusté de rouille. Il le renifla, puis regagna le SUV pour prendre un sachet servant à collecter des indices, dans lequel il déposa le morceau en question. Un stylo Bic traînait sur le tableau de bord. Il ôta le capuchon et se servit de la longue dent en plastique pour martyriser sa paume. De là où il se tenait, il voyait une chose qu'il n'avait pas remarquée jusqu'alors : une partie des hautes herbes avait été aplatie et une piste s'enfonçait dans les bois.

Il contemplait ce décor quand une voiture au pot d'échappement défectueux s'arrêta derrière la sienne, et l'agent Miller en descendit.

« Chef ? lança-t-il, comme s'il pouvait y avoir un doute sur l'identité de Raymer. Qu'est-ce que vous faites ?

— J'allais vous poser la même question.

— Je rentre chez moi. J'ai fini ma double journée, précisa-t-il au cas où son supérieur voudrait remettre en question son droit de quitter son service.

— Ça vous dit une petite promenade dans les bois ?

— Euh, chef… » Miller montrait la main de Raymer. « Vous saignez. »

C'était exact. Un stigmate florissait à l'endroit où il s'était entaillé la peau avec le capuchon du Bic.

« Merde », dit-il en essuyant sa paume sur son pantalon. Examinant la plaie de plus près, il fut surpris de constater combien elle était profonde et enflammée, pendant que Miller ricanait méchamment.

« Qu'est-ce qui vous fait rire ? lança Raymer d'un ton cassant, furieux que l'on puisse trouver ça drôle.

— Pardon ? » dit Miller et Raymer comprit, en voyant la marque d'étonnement sur son visage de demeuré, qu'il n'avait pas ri. Le bruit venait d'ailleurs. Pas la peine de se demander d'où.

« Tout va bien, chef ? »

Raymer ignora la question. « Je crois qu'il va nous falloir une ambulance.

— Ça m'a pas l'air si grave, dit Miller, fasciné par le spectacle de la paume ensanglantée, ou par le fait que quelqu'un puisse, sans le vouloir, se mutiler à ce point.

— Pas pour moi. »

Miller regarda autour de lui, dubitatif. « Pour qui, alors ?

— Pour ce qu'on va découvrir dans les bois.

— Je ne comprends rien à ce que vous racontez, chef.

— Vous voyez ces herbes aplaties ? Ne marchez pas dessus. D'ailleurs, dès que vous aurez appelé l'ambulance, avancez dans mes traces. »

Il n'eut pas besoin d'aller loin. Joe Gaghan gisait sur un lit d'aiguilles de pin, miraculeusement vivant, mais respirant juste assez pour souffler une petite bulle écarlate par la narine qui n'était pas entièrement obstruée. Raymer s'agenouilla à côté de lui et palpa son pouls, presque inexistant. Miller le rejoignit peu de temps après en se frayant un chemin au milieu des buissons. Il s'arrêta net.

« Oh, mon Dieu ! s'exclama-t-il. C'est un corps. »

Raymer se promit d'emmener Miller partout où il allait

désormais. Pour ce qui était d'inspirer confiance aux autres, il n'avait pas d'égal.

« Vous avez appelé l'ambulance ?

— Elle arrive. »

En effet, il l'entendait au loin.

« Parfait. Ce type est encore vivant, je ne sais pas par quel miracle. »

Miller avança d'un pas prudent et découvrit l'angle grotesque, improbable, que formait la jambe gauche de Gaghan au niveau du genou.

« J'arrive pas à croire qu'il ait pu venir jusqu'ici avec cette jambe, commenta-t-il.

— Impossible, confirma Raymer. Il a été traîné par celui qui l'a percuté.

— Vous voulez dire…

— Oui. On l'a abandonné ici pour qu'il meure.

— Qui peut faire une chose aussi horrible ? ».

Oui, aucun doute, songea Raymer, dont la paume l'élançait, provoquant une douleur aussi intense que l'avaient été les démangeaisons. Il fallait l'emmener partout.

L'ARBRE QU'ON NE PEUT PAS PRÉVOIR

Avançant dans la rue en titubant comme un ivrogne, la tête qui bourdonnait encore à cause de la poêle à frire, Roy n'espérait pas que la chance lui sourie, avec cette putain de poisse qui lui collait à la peau, mais à peine avait-il parcouru deux pâtés de maisons qu'il entendit un coup de klaxon – n'ayant plus qu'une seule oreille qui fonctionnait, celui-ci lui paraissait lointain – et voilà que cette putain de Cora, au volant de sa caisse pourrie, lui faisait signe de monter. Dans une minute ou deux, il y aurait des flics partout, à la recherche d'un type maigre, tatoué, avec des cheveux longs et une minerve ; un signalement qui correspondait à Roy, et à lui seul.

Cora avait hérité de cette bagnole – une antique Ford Pinto – à la mort de sa grand-mère, ce qui avait rendu sa mère folle de rage car elle espérait bien récupérer ce tas de ferraille. Jaune d'un côté, violet de l'autre, impossible de deviner la couleur d'origine, et ce qui avait été récupéré à la casse sur des épaves encore plus pourries. Coiffée de sa casquette des Mets comme toujours, Cora se pencha pour ouvrir la porte du passager en lançant :

« Hé, Roy ! Tu as déjà commencé à faire la fête ? » C'est seulement quand il se laissa tomber sur le siège qu'elle découvrit son oreille à moitié arrachée et tout un côté de son visage rougi et enflé. Elle eut un hoquet de surprise. « Roy, tu es blessé !

— Nom de Dieu, Cora, tu ne m'apprends rien, répondit-il en orientant le rétroviseur afin d'évaluer les dégâts. Sale enfoiré de Sully. Putain d'enfoiré d'enculé de Sully. Ce fils de pute a failli m'arracher l'oreille.

— Qui ? Qui t'a fait ça, Roy ?

— On s'en fout, démarre. »

Il savait par expérience avec quelle rapidité les choses dégénéraient dans le sillage de ses légendaires coups de colère. C'était un miracle, à vrai dire, qu'il ne soit pas déjà menotté et attaché à l'arrière d'une voiture de police. Toutefois, avec l'aide de cette connasse, ça n'allait pas tarder.

« Tu veux que je t'emmène à l'hôpital ?

— Putain, non. »

Les flics allaient faire le tour de tous les hôpitaux, ici et à Schuyler.

« Il faut que quelqu'un recouse cette oreille, Roy. Elle pend à moitié. »

Il réorienta le rétroviseur vers elle.

« J'avais remarqué, Cora. »

À vrai dire, cette vision lui avait soulevé le cœur. Pire, son équilibre en avait pris un coup, même assis. Et sa propre voix lui semblait aussi métallique et lointaine que celle de cette idiote, ce qui l'incitait à se demander si son oreille était définitivement foutue. Comment un vieux débris boiteux avait-il réussi à le prendre par surprise, d'abord ? La réponse était dans la question. Il avait le sang en ébullition, ça lui montait au cerveau. Chaque fois qu'il cognait sa belle-mère – cette salope qui, la veille, avait essayé de le soudoyer pour qu'il quitte la ville – c'était comme une vague qui s'écrase sur une plage. Alors, évidemment qu'il n'avait pas entendu Sully s'approcher dans son dos. Il n'aurait pas entendu une armée de Sully à cheval.

« Où tu veux aller, alors ? » demanda Cora.

Bonne question. Une partie de lui-même avait envie de répondre « chez Gert ». S'installer dans un des box sombres contre le mur du fond. Boire une bière après l'autre, jusqu'à ce que ces putains de flics pensent à venir le chercher là. Cora paierait l'ardoise, ou Gert lui-même. Qu'est-ce qu'il en avait à foutre ? Là où il allait, il n'aurait pas d'ardoise, on ne lui ferait pas crédit. Hélas, les flics pigeraient rapidement. Et il y avait un autre problème : Gert n'était pas bégueule, mais en voyant son oreille, il risquait de le foutre à la porte en lui demandant de revenir quand il serait présentable, ce qui, dans ce trou à rats, voulait dire quand il ne pisserait plus le sang. De plus, se planquer dans un bar et attendre que ces enfoirés de flics débarquent pour l'embarquer, ça ne lui correspondait pas. Il devrait au moins essayer de filer, non ? Il allait plonger pour de bon cette fois, aucun doute. Il allait rester un long moment derrière les barreaux, il avait donc l'obligation morale de profiter au maximum de ses dernières heures de liberté. Ce qu'il lui fallait, c'était une sorte de plan, mais Sully, ce salopard, lui avait fracassé le cerveau.

« Emmène-moi au CVS, près de l'autoroute, dit-il.

— Le Rexall, c'est plus près », souligna Cora.

Saleté de bonne femme. Il orienta de nouveau le rétroviseur vers lui, d'un geste brusque, pour voir si ses blessures étaient aussi graves qu'elles semblaient l'être trente secondes plus tôt… eh bien, oui.

« Tu vas faire ce qu'on te demande, bordel ?

— Pourquoi tu es si méchant avec moi, Roy ? J'essaie juste de t'aider. Je ferai tout ce que tu veux. Mais traite-moi mieux que ça, OK ? »

Il leva les bras, en signe de reddition.

« OK, Cora, OK. Regarde comme je suis gentil avec toi. Tu vois ? Alors, on peut y aller maintenant, oui ou merde ? »

Il s'attendait à ce qu'elle fasse le tour du pâté de maisons, mais au lieu de ça, comme une connasse qu'elle était, elle fit un putain de demi-tour en plein Main Street, en trois manœuvres, pour repartir dans la direction d'où ils venaient, et passer devant chez Hattie, l'endroit même qu'il cherchait à fuir. Un petit groupe de curieux s'était rassemblé à l'extérieur pour voir les ambulanciers emmener sa belle-mère sur un brancard. Un connard en uniforme essayait d'expliquer à Janey qu'elle ne pouvait pas voyager avec sa mère à l'arrière, mais cette salope le repoussa pour monter malgré tout. Puis il aperçut Sully, qui dépassait d'une tête tous les autres connards, et en le voyant, il eut un semblant d'idée, mais elle s'envola aussitôt, presque avant même d'être apparue. Tant pis. Roy savait que lorsqu'une idée lui avait traversé l'esprit, elle ne tardait jamais à réapparaître ; et dans l'immédiat, il avait des préoccupations plus importantes, comme cette voiture de flics qui fonçait vers eux. Il s'enfonça dans son siège au moment où elle s'arrêtait net le long du trottoir, dans un crissement de freins.

Cora, si incroyable que cela puisse paraître, avait ralenti et mis son clignotant à gauche. « Le Rexall est juste là », expliqua-t-elle. Comme s'il avait oublié où était le Rexall, nom de Dieu, ou comme s'il ne lui avait pas *dit* d'aller au CVS, putain de merde.

« Non, non, bordel de…

— Arrête de me crier dessus, Roy, protesta-t-elle, mais elle ôta son clignotant et revint dans la file de droite. Je dis juste que ces boutiques vendent toutes les mêmes saloperies, et celle-ci, elle est juste là.

— Tu n'as pas remarqué cette putain d'ambulance devant chez Hattie, Cora ? Et la bagnole de flics ? demanda-t-il en se redressant pour jeter un coup d'œil par la vitre arrière. Tu m'as pas vu m'enfoncer dans mon siège ? À quoi ça te fait penser, nom de Dieu ? »

Les larmes firent leur apparition, instantanément.

« Tu as fait quelque chose de mal, Roy ? Ils vont te renvoyer en prison ?

— Pas si tu fermes ta gueule et si tu conduis.

— Je vais avoir des ennuis parce que je t'ai aidé ?

— Putain, non, Cora.

— Ils m'ont pris mon petit garçon en disant que j'étais inapte, et j'essaie de le récupérer, alors…

— Écoute-moi, nom de Dieu. Tu n'auras pas d'ennuis. Si les poulets t'interrogent, dis-leur juste que tu m'as servi de chauffeur. Dis-leur que tu es une pauvre conne qui savait pas ce qui se passait. T'en fais pas, ils te croiront. »

Cora se mit à pleurer en silence et tous les deux restèrent muets jusqu'à ce qu'elle pénètre sur le parking du CVS, où Roy se recroquevilla sur son siège de nouveau.

Quand elle coupa le contact et sécha ses larmes avec sa manche, il dit :

« File-moi ça une minute.

— Pour quoi faire ? demanda-t-elle en lui tendant sa casquette des Mets.

— On s'en branle. Peut-être que je suis super-fan de base-ball, OK ? »

Il l'essaya et grimaça de douleur quand elle frotta contre son oreille arrachée.

« Tu mets du sang partout », grogna-t-elle.

Il ajusta la languette en plastique. « Putain, Cora. À quoi ça te sert d'avoir une si grosse tête ? Y a rien dedans. »

Elle gloussa, pensant que c'était une plaisanterie.

« C'est toi qu'as une tête de la taille d'une cacahouète. Pleine de conneries. »

Ce n'était vraiment pas le jour pour jouer la provoc, songea Roy, alors même que sa main jaillissait et que le revers venait heurter la tempe de Cora, dont la tête rebondit contre la vitre.

« Oh, Roy, ça fait mal ! gémit-elle en pleurant de plus belle. Je disais ça pour rigoler. Tu comprends pas la plaisanterie ? »

Il envisagea de la frapper de nouveau, mais se souvint

qu'il avait besoin d'elle. « Regarde-moi bien, Cora, et dis-moi si je suis d'humeur à plaisanter avec toi.

— Tu m'as embrouillée, Roy. Je sais plus ce que tu veux que je fasse.

— Si tu la fermes une minute, je vais t'expliquer. Tu en es capable ? »

Obéissant aux instructions, elle ne répondit pas.

« Alors, tu en es capable ou pas ?

— Oui, Roy. C'est ce que je fais, non ?

— Très bien. Tout d'abord, faut que tu me trouves des Steri-strips pour mon oreille. Tu vois de quoi je parle ? Ce sera au rayon pharmacie, avec les sparadraps et toutes ces merdes. Tu piges ? »

Cora se contenta de le regarder. Sans rien dire.

« Tu as pigé, bordel ? Dis-moi oui avant que je t'en colle une autre.

— Tu m'as demandé de la fermer, Roy. C'est ce que je fais.

— Tu veux vraiment que je t'en colle une autre ?

— Je veux que tu sois gentil avec moi. Sinon, tu peux retourner en ville à pied. »

Ou alors, songea Roy, *je pourrais te tordre le cou et voir si ton gros cul tient dans le coffre, rouler jusqu'à Albany et laisser cette caisse pourrie à la gare routière pour que les gens te découvrent quand tu commenceras à puer.* Ce qui était déjà le cas d'ailleurs, à cause d'un parfum bon marché. L'évocation de la gare routière lui rappela que, pas plus tard que la veille, sa salope de belle-mère lui avait proposé trois mille dollars pour disparaître, une offre qui ne l'avait pas impressionné sur le moment, preuve qu'il n'avait pas bien réfléchi. Car qu'est-ce qui l'empêchait de prendre ce fric, d'aller quelque part, à Atlantic City, par exemple, et de revenir quand il serait fauché ? Heureusement, il commençait à cogiter, assez en tout cas pour comprendre qu'il avait besoin de Cora, encore un peu.

« Et un jus d'orange aussi, OK ? ajouta-t-il en agitant le

tube en plastique qui contenait ses comprimés contre la douleur. Un truc pour faire passer ces petites merveilles.

— Je peux en avoir un ou deux ? »

Jamais de la vie. « Bien sûr, dit-il. Je partage toujours, pas vrai ? »

Quand Cora referma la main sur la poignée de la portière, il lui agrippa le poignet. Son expression ne lui revenait pas subitement.

« Ne fais pas ce que tu as en tête, dit-il.

— Quoi donc ?

— Tu te dis que tu vas entrer là-dedans et demander à quelqu'un d'appeler la police. »

Car à sa place, c'est ce qu'il se dirait.

« Pas du tout, Roy.

— Tu parles. Me mens pas. Je le devine rien qu'à te regarder. »

Elle se remit à pleurer. « C'était juste une idée comme ça, en passant. Je te le jure. »

Il prenait un risque en la laissant descendre de voiture, mais ce n'était pas comme s'il avait le choix.

« Tu as une minute, dit-il. M'oblige pas à venir te chercher.

— Donne-moi du fric.

— Paie avec le tien. Je te rembourserai.

— Tu m'as pas remboursée de mardi dernier.

— De quoi tu parles ?

— Chez Gert.

— Tu as dit que tu m'invitais.

— Non, j'ai dit…

— Tu vas chercher ce que je t'ai demandé, oui ou merde ? Je te rembourserai pour ça et pour Gert.

— Tu promets ?

— Prends un pack de bière aussi. On ira au réservoir.

— Sérieux ?

— Et des Pringles. »

Elle soupira, vaincue. « OK. »

Il s'endormit, ou s'évanouit à cause de la douleur, avant même qu'elle entre dans le drugstore. Puis elle revint. Il devina qu'elle s'était absentée plus d'une minute, mais pas beaucoup plus. Et elle n'avait pas l'air effrayée comme si elle l'avait dénoncé. Elle tenait deux sacs en plastique, pleins de trucs, qu'elle déposa sur le siège entre eux.

« File-moi le jus d'orange. »

Elle lui tendit la grosse bouteille en plastique, glacée, comme il aimait. Il était tellement déshydraté qu'il en but la moitié d'un trait, avant de repenser aux antalgiques. Il fit glisser les comprimés restants dans sa paume et en compta huit. Il en remit quatre dans le tube, avala les autres avec la fin du jus d'orange et balança la bouteille vide sur le siège arrière.

« Quoi ? » fit-il.

Cora, assise au volant, le regardait fixement.

« Tu as dit que je pourrais en avoir un.

— Oui. Le jour où *ta* putain d'oreille ne tiendra plus que par un fil.

— J'aime bien l'effet que ça me fait. Comme tu disais.

— Tu sais aller au lac ? »

Elle hocha la tête.

« Alors, vas-y, avant que la bière réchauffe. »

Elle ne bougea pas.

« Y en avait pour presque vingt dollars, dit-elle.

— Ça me ferait mal. »

Elle lui montra le ticket de caisse. Dix-sept dollars et quelques.

« Bon, d'accord. Et alors ?

— L'autre jour, chez Gert, ça faisait presque trente dollars.

— C'était toi qui invitais.

— Rembourse-moi les courses, au moins.

— Quand on sera arrivés au lac.

— *Maintenant*, Roy.

— La bière réchauffe, petite. Et tu sais que j'aime pas la bière tiède. »

Elle mit le contact.

« Ce que t'aimes pas, c'est dépenser ton fric. »

Il ne pouvait pas dire le contraire. Il avait fauché deux billets de vingt dans le sac de Janey pendant qu'elle dormait, il pouvait donc en filer un à Cora, mais c'était ça le problème avec l'argent : vous ne saviez jamais de combien vous aviez besoin. D'après son expérience, plus vous étiez dans la merde, plus ça vous coûtait cher pour en sortir, et actuellement, il y trempait jusqu'au cou. Une chose était sûre : il ne pourrait plus se faire offrir un café chez Hattie. Il avait fini par tuer la poule aux œufs d'or. Enfin, il ne l'avait pas vraiment tuée, mais c'était tout comme. Plus de gâteau de la veille pour ce cher vieux Roy. Mais ça en valait la peine. Quel plaisir de faire fermer sa gueule à cette vieille salope, d'effacer cet air de supériorité sur sa tronche. Il sentait encore le picotement délicieux dans ses jointures. Plus tard, il sortirait sa liste et il tirerait un trait sur son nom, avec satisfaction.

Cora le regardait d'un œil triste.

« Janey ne te reprendra jamais, Roy », déclara-t-elle comme s'ils étaient en train de parler de ça. Comme si elle ne venait pas de sortir ce sujet de son gros cul.

« Qu'est-ce que je t'ai dit à ce propos ? »

La semaine dernière, chez Gert, Roy lui avait bien précisé qu'il ne voulait pas entendre le nom de Janey sortir de sa bouche. En fait, c'était quand Cora avait parlé de Janey qu'il avait décidé de lui faire payer les bières.

« Je dis ça comme ça.

— Qu'est-ce que tu en sais, d'abord ? »

Cora enclencha la marche arrière et regarda dans le rétroviseur.

« Tu devrais te montrer plus gentil avec moi. Je t'aime plus qu'elle.

— Ah oui ? Si elle m'aime pas, pourquoi elle a baisé avec moi ? »

Cora pila net et se tourna vers lui, ses yeux n'étaient plus que deux fentes. « Quand ça ?

— Hier soir.

— Tu mens.

— Je vais piquer un roupillon. » Les antalgiques faisaient effet et lui procuraient cette sensation de flottement. « Réveille-moi quand on sera arrivés au lac. »

Il ferma les yeux et les garda fermés le temps de compter jusqu'à vingt. Quand il les rouvrit, la voiture était en mouvement et s'apprêtait à quitter le parking du CVS. Cora pleurait, et il s'en réjouissait. Il s'était demandé si elle le croyait au sujet de la nuit passée avec Janey. Lui-même avait du mal à y croire, mais visiblement, Cora y croyait maintenant, ce qui voulait dire qu'elle redoublerait d'efforts pour le satisfaire. Il ne pensait pas avoir besoin d'elle encore très longtemps, mais on ne savait jamais.

En s'assoupissant, il repensa à Janey, à cette chouette partie de jambes en l'air. On aurait dit qu'elle sortait de taule elle aussi et qu'elle était en manque autant que lui. Ils s'étaient toujours bien entendus au pieu, et elle l'avait reconnu. Bon, d'accord, elle n'avait pas voulu qu'ils se remettent ensemble, mais elle avait dit ça seulement parce que Maman Salope était venue la faire chier ce matin. En tout cas, elle avait été à lui comme dans le temps, ne serait-ce que pendant quelques heures. Et même si c'était parce qu'elle était excitée, de son propre aveu.

Il se réveilla quand les roues du tas de ferraille de Cora quittèrent la chaussée goudronnée. En se redressant, il constata qu'ils venaient de pénétrer sur le parking non carrossable du terrain de camping. Il n'était que neuf heures du matin, mais il y avait déjà une demi-douzaine de voitures. À midi, il serait plein, et la plage envahie de mômes avec des brassards qui braillaient : « Maman ! Maman, regarde-moi ! » Ou pire : « Maman, regarde la voiture de ce monsieur ! » Fait chier. La rive était parsemée de chalets, inoccupés pour la plupart en cette saison, aussi loin que portait le regard.

« Prends ce chemin, ordonna-t-il en le montrant du doigt.

— On peut pas aller là, objecta Cora. Tu vois pas le panneau ? C'est marqué PROPRIÉTÉ PRIVÉE. »

Il le voyait très bien, et il n'en avait rien à foutre.

« C'est ce qu'on veut : être tranquilles. Un endroit où on peut boire notre bière sans être emmerdés. » Il n'avait dormi qu'un quart d'heure, le temps du trajet, mais il se sentait mieux, la douleur lancinante dans son oreille et sa pommette était atténuée. En outre, il s'était réveillé avec une ébauche de plan, et cela le remplissait toujours d'un certain optimisme, même si ses plans se concrétisaient rarement. Peu importe. Il aimait bien y penser, les préparer, admirer leur déroulement parfait, jusqu'à ce qu'un événement imprévu foute tout en l'air.

Cora ne pleurait plus, remarqua-t-il.

« C'est chouette par ici », avoua-t-elle en roulant lentement sur le chemin creusé d'ornières. Comme l'avait prévu Roy, seul un chalet sur six ou sept semblait occupé : une voiture était garée au milieu des arbres, un canot à moteur se balançait à l'extrémité d'un quai, des maillots de bain séchaient sur un fil. Les vitres baissées laissaient entrer la fraîcheur qui régnait sous les grands sapins et le parfum puissant de leurs aiguilles. Ils ne croisèrent que deux véhicules venant en sens inverse. Cora se rangea sur le côté, le plus possible, et salua les conducteurs d'un coup de klaxon, avec un grand sourire, au moment où ils se frôlaient.

« Évite d'attirer l'attention », grogna Roy, mais quand il y réfléchissait, quelle importance ? Ils roulaient dans une voiture à moitié violette et à moitié jaune. Ils ne risquaient pas de passer inaperçus.

« Ici, ça te va ? demanda Cora quand ils atteignirent un endroit où toutes les cabanes paraissaient inoccupées. On pourrait s'asseoir sur ce quai là-bas.

— Continue à rouler.

— Pourquoi ?

— Parce que je te le dis. »

Ils continuèrent donc, et quand Roy se tourna vers Cora, ne voilà-t-il pas qu'elle pleurait de nouveau !

« Tu t'es déjà demandé pourquoi certaines personnes avaient toutes les chances ? » gémit-elle.

Pour Roy, c'était comme se demander pourquoi le ciel était bleu. C'était comme ça.

« Pourquoi est-ce que Janey est comme elle est et moi comme je suis ?

— Évite de bouffer tout ce qui te passe à portée de main, suggéra Roy.

— C'est pas vrai. Et j'ai essayé de faire des régimes. Ça marche pas. Je parie que Janey fait même pas de régime, elle.

— Je te le répéterai pas : je veux pas que tu prononces son nom.

— C'est justement ça que je veux dire. Elle, elle fait ce qu'elle veut, on lui dit rien, et moi, je peux même pas prononcer son nom. Alors que c'est moi qui suis gentille avec toi.

— Elle a été gentille avec moi la nuit dernière, pour sûr.

— Une nuit, une seule. » Roy haussa les épaules. « C'est pas juste, voilà ce que je dis.

— Quoi donc ? »

Elle renifla et sécha ses larmes. « Tout, expliqua-t-elle. La vie. »

Roy aurait aimé être d'accord avec elle, étant parvenu lui aussi à cette même conclusion, un certain nombre de fois, mais vous ne pouviez pas être d'accord avec une nana aussi débile sans être débile vous aussi.

« Toi, par exemple, reprit-elle. Tu viens de sortir de prison et maintenant, ils vont t'y renvoyer. Pourtant, y a d'autres personnes qui font des choses pas bien. Les politiciens et tout ça. Mais eux, ils vont jamais en prison.

— Certains.

— Oui, mais c'est surtout nous, Roy. Les gens comme toi et moi. C'est toujours nous qu'on accuse. Tu sais bien que c'est vrai. Une bonne femme riche, jamais ils lui prendront son gamin. Moi, ils me regardent et ils disent que je suis inapte. Toi, ils te regardent et tu vas en taule. Ça te rend pas dingue ? »

Ce qui me rend dingue, c'est les connasses, pensa Roy. *Toi, en particulier.*

Elle ajouta : « Ce serait chouette si on avait un petit chalet comme ça, non ? » Il ne savait pas si elle avait embrayé sur autre chose ou si elle était toujours sur le même sujet. « On vivrait là et personne viendrait nous embêter.

— Y a même pas d'isolation dans ces baraques. Tu te gèlerais le cul, oui.

— Je parie que certaines sont bien calfeutrées.

— Je te dis que non. Essaie d'écouter quand on te dit un truc, bordel.

— Comment tu le sais ? Tu es déjà entré ? »

En fait, oui. Il avait cambriolé presque une douzaine de chalets au bord de cette route, et il aurait pu s'en faire plus sans un coup de malchance. Il avait garé son pick-up dans une allée pavée, près d'une de ces habitations, à la nuit tombée, et il y avait trouvé une bouteille contenant cinq ou six doigts d'un excellent whisky. Pas assez pour qu'il la rapporte chez lui, mais trop bon pour qu'il le laisse. On était à la mi-décembre, et sans chauffage, il faisait un froid de canard à l'intérieur, mais il y avait un gros fauteuil rembourré avec une sorte de petit tabouret, et Roy portait un caleçon long et un anorak, alors il s'était allongé, les pieds en l'air, et il avait fini le whisky, en buvant à petites gorgées, au goulot, sentant l'alcool ambré se répandre dans sa poitrine, jusque dans ses extrémités. Il s'était promis de ne pas s'endormir, alors même qu'il s'assoupissait. Il avait dû somnoler une demi-heure au maximum, pendant laquelle une sorte de neige fondue s'était mise à tomber, et quand il avait voulu repartir, l'allée était verglacée. Il n'avait pas remarqué qu'elle descendait en pente douce vers le lac. Le pick-up était équipé de roues arrière motrices et quand il avait mis la marche arrière, les roues avaient patiné. Il était coincé, à moins d'appeler une remorqueuse, ce qu'il ne pouvait pas faire. Un autre soir, il serait sans doute retourné dans le chalet pour y passer la nuit, et tenter sa chance le lendemain matin, mais ils annonçaient des grosses chutes de neige, il n'avait donc pas d'autre choix que rejoindre à pince la route principale, sous une pluie glaciale. Et grand bien lui avait pris, car cette nuit-là, il était tombé plus de cinquante centimètres de neige, ce qui voulait dire que sa camionnette pleine d'objets volés allait rester où elle était pendant un certain temps.

Il avait été malade pendant une bonne semaine, mais dès qu'il s'était senti un peu mieux, il était allé chez Gert pour évoquer son problème, en le présentant comme une situation hypothétique. Gert ne l'avait jamais beaucoup apprécié, mais il était doué pour résoudre les problèmes. Après l'avoir écouté attentivement, il avait dit, au grand étonnement de Roy : « Déclare le vol de ton véhicule. Dans ce coin-là en hiver, il n'y a que des skieurs de randonnée. Comment ils pourraient savoir que c'est pas le propriétaire du chalet qui a laissé son pick-up dans son allée. Dès que ça commence à dégeler, tu retournes là-bas à pied pour voir si le moteur démarre. Si quelqu'un l'a signalé aux flics, avant que tu le récupères, tu diras que c'est sûrement celui qui l'a volé qui a cambriolé la baraque. Les flics sauront que c'est toi, mais ils pourront pas le prouver. »

Roy l'avait remercié pour ce conseil qui semblait à la fois plein de bon sens et précis. Il avait neigé pendant tout ce foutu hiver, sans véritable période de dégel, mais en avril, Roy s'était fait conduire au réservoir et il avait fini le chemin à pied. Comme prévu, le pick-up était toujours au même endroit, sauf que, putain de malchance, une saloperie d'arbre était tombée dessus. Quand il racontait cette histoire, Gert massait son crâne chauve en disant : « C'est ça le problème avec le crime : il y a toujours un arbre qu'on ne peut pas prévoir. » Roy comprenait son point de vue, néanmoins, il trouvait que Gert dénigrait trop facilement le crime, en lui reprochant une chose dont il n'était pas vraiment responsable. Cet arbre qu'on ne pouvait pas prévoir, il tombait sur les innocents aussi souvent que sur les coupables. Lui-même en était la parfaite illustration. S'il portait une minerve actuellement, ce n'était pas parce qu'il avait commis un acte illégal, mais parce qu'il se trouvait au mauvais endroit au mauvais moment. Or, les emmerdes vous tombaient dessus, littéralement. Les arbres. Les murs. Les putains de météorites. Pourquoi toujours rejeter la faute sur le crime ? N'empêche, on ne pouvait pas nier que Gert avait eu raison pour le reste. Voyant à qui appartenait le pick-up, les flics avaient compris que c'était Roy qui avait fauché tous ces objets, mais ils ne pouvaient pas le prouver, et le fait qu'il ait déclaré le vol de son véhicule les prenait à contre-pied. En outre, les propriétaires de ces chalets étaient principalement des gens d'ailleurs, alors pourquoi s'emmerder ?

« Je parie que certains ont des poêles à bois, disait Cora, bien décidée à se convaincre qu'ils survivraient à un avenir dans le nord de l'État de New York, dans un chalet sans isolation, au bord d'un lac gelé, à des kilomètres du voisin le plus proche. Quand il fait froid, tu ajoutes une bûche, tu t'assois devant le feu, et tu fais des jeux, bien au chaud.

— Ils te retrouveraient au printemps, affirma Roy. Ou du moins ce que les ratons laveurs n'auront pas bouffé quand tu seras morte gelée. »

Cora poussa un profond soupir, visiblement déconcertée par son refus de partager avec elle cet agréable fantasme. « Tu n'aimes pas rêver, Roy ? Tu n'as pas envie d'être bien ? Je sais parfaitement que je joue à faire semblant, et alors ? Tu n'aimes pas imaginer comme ça doit être chouette d'avoir des choses, genre un chalet ou une voiture neuve pour aller où tu veux ?

— Putain, Cora, tu veux savoir ce que j'imagine ? Je me dis que je serais super-heureux si tu fermais un peu ta grande gueule ! »

Ils avaient atteint l'autre côté du lac. Il tendit le doigt devant eux. « Gare-toi là. »

Miracle suprême, elle fit ce qu'il lui demandait en s'arrêtant près d'un chalet qui semblait inoccupé. Il y en avait d'autres à proximité, mais on les distinguait à peine à travers les arbres, et il n'y avait pas un seul véhicule en vue. Un plongeon huard invisible poussa des cris au-dessus de l'eau et la brise murmurait dans les cimes des sapins. Cora regardait autour d'elle, perplexe. « Je comprends pas pourquoi on est venus jusqu'ici. »

Bon Dieu, quelle conne.

« C'est quoi, cette merde ? » demanda-t-il en brandissant le paquet de trombones qui se trouvait au fond du deuxième sac de chez CVS.

Ils étaient assis au bord du quai en bois branlant, les pieds dans l'eau. La crique qu'ils avaient choisie était étroite et isolée. Les quelques chalets que l'on apercevait sur la rive opposée du réservoir avaient les dimensions des petites maisons vertes sur un plateau de Monopoly. Un canot à moteur apparut au milieu du lac et disparut aussi vite. Roy avait déjà éclusé une bière, il en ouvrit une autre. Cora était encore en train de siroter sa première. Ils avaient immergé les neuf autres cannettes dans l'eau fraîche.

Cora grimaça. « C'est les trucs que tu voulais, non ? »

Oui, oui, c'était ce qu'il y avait de marqué sur ce putain d'emballage, mais n'importe quel imbécile pouvait voir que ce n'était pas ça dont Roy avait besoin pour son oreille.

« C'est des trombones, connasse.

— Ils avaient plus que ça, se défendit Cora. J'ai expliqué au type ce que tu voulais et il m'a montré où c'était, mais y en avait plus.

— Alors, tu as acheté ces putains de trombones ? »

Cora haussa les épaules.

« Je me suis dit qu'en utilisant un des plus petits, en mettant un morceau de tissu ou de serviette en papier… »

Il la regarda. « Je devrais te balancer dans ce putain de lac, voilà ce que tu mérites.

— J'ai fait de mon mieux, Roy. Ils avaient plus les autres, OK ? Ils en avaient sûrement au Rexall, mais tu as pas voulu que j'y aille.

— J'imagine qu'ils avaient plus de Pringles non plus ? dit-il en brandissant le gros paquet de Cheetos qu'elle avait acheté.

— J'aime bien les Cheetos. Et puis, c'était mon argent, c'est moi qui ai choisi.

— Je te rembourserai pas ces merdes.

— Soit. Mange pas les Cheetos, dans ce cas. Tu peux crever la dalle. Tu peux rester assis là, à te lamenter sur ton compte. » Voyant qu'il se levait, elle demanda : « Où tu vas ?

— Qu'est-ce que ça peut te foutre ? »

Cette idée d'envelopper son oreille dans quelque chose de doux avant de la fixer avec un trombone était complètement débile, mais il n'en avait pas de meilleure.

« Tu vas entrer par effraction, Roy ?

— Peut-être que c'est pas fermé à clé. »

Ça l'était, évidemment, mais le bois de la porte était pourri et quelques coups de pied bien placés l'arrachèrent à ses gonds.

« Tu vas nous faire avoir des ennuis, Roy, lui lança Cora du quai.

— J'ai déjà des ennuis. »

Le seul miroir de toute cette foutue baraque, trouble

qui plus est, se trouvait dans la salle de bains obscure. Apparemment, les propriétaires n'avaient pas l'intention de venir avant la fin de l'été car l'électricité était coupée. Il n'y avait qu'une minuscule fenêtre dans la pièce, en hauteur, et même en tirant le rideau, on voyait que dalle.

Il sortit du paquet le plus petit des trombones, appuya sur les ailettes métalliques pour les ouvrir au maximum, puis il les écarta encore un peu plus avec ses pouces, et le testa sur son oreille intacte. Ça pinçait encore trop. Le trombone suivant par ordre de taille était plus prometteur, mais il était aussi plus costaud, et Roy ne réussit pas à l'écarter à la main. En coinçant l'ouverture contre le bord du lavabo et en appuyant de tout son poids, il sentit le métal céder. Mais l'ouverture était trop grande maintenant, et il tomba quand il le testa sur son oreille. *Sale conne.* Une serviette de toilette usée était suspendue à une barre. Il la déchira en deux, puis encore en deux. S'il parvenait à envelopper son oreille d'abord, puis à la fixer avec le trombone… Après plusieurs essais éprouvants, il parvint à bander son oreille sans tomber dans les pommes. Mais dès qu'il approcha le trombone du pansement improvisé, il se déroula. *Putain de bonne femme.* Il ne voyait plus qu'une seule solution. Il lui fallut un certain temps pour s'y résoudre cependant.

« À dix », dit-il à voix haute en pinçant le bout pendouillant de son oreille entre son pouce et son index. Mais arrivé à cinq, il se dit : Pourquoi dix, plutôt qu'un autre nombre ?

Et il tira d'un coup sec.

Cora était toujours sur le quai, mais debout, visiblement morte de trouille, quand il ressortit de la cabane en appliquant contre ce qui restait de son oreille une boule de papier-toilette déjà imbibé de sang.

« Je t'ai entendu hurler, Roy. Ça va ?

— Est-ce que ça a l'air d'aller ? »

Il lui montra le morceau d'oreille qu'il avait arraché. Pendant qu'elle poussait un cri d'effroi et s'empressait de reculer d'un pas, il balança le morceau de chair, le plus loin possible, dans le lac, où il tomba sans bruit et flotta une seconde avant de couler.

« Où est ma bière ? »

Cora s'était remise à renifler.

« Je te l'ai gardée au frais, dit-elle en montrant la cannette coincée entre deux rochers, à la verticale.

— Va me la chercher.

— Bien, Roy », dit-elle, mais le temps qu'elle déplace son gros cul, une petite vague, sans doute provoquée par un canot à moteur, vint mourir contre le rivage et la cannette bascula. La bière se déversa en moussant.

« Apporte-la-moi.

— Elle s'est renversée, Roy.

— Apporte-la, je te dis. »

Quand elle s'exécuta, il prit la cannette et la balança dans le lac elle aussi. Elle retomba non loin de son oreille, puis se balança à la surface.

« Va m'en chercher une autre. »

Cora obéit. « Je suis désolée si je fais toujours tout de travers, Roy. » Sa lèvre inférieure tremblait.

Il ouvrit la bière fraîche, en but la moitié et s'assit à l'extrémité du quai, les yeux fixés sur la cannette qui flottait encore.

« Reste pas plantée là comme une débile, lança-t-il. Viens poser ton cul. »

Elle s'assit à côté de lui, méfiante.

« Tu es pas obligé de me rembourser, dit-elle.

— Je sais.

— Je suis vraiment désolée pour ton oreille.

— Moi aussi.

— Tu es pas en colère après moi ?

— Bien sûr que je suis en colère après toi », répondit-il,

mais ce n'était pas vrai, du moins sa colère avait faibli. Bizarrement sa fureur avait fichu le camp en même temps que tout ce sang. Et Cora ne la ramenait plus.

« J'essaie, dit-elle. Je fais tout ce que je peux. »

Il haussa les épaules. Cette histoire d'oreille lui apparaissait plus clairement maintenant. « Tout ça, c'est pas de ta faute », admit-il. Voilà ce qu'aurait dit le vieux Bullwhip s'il avait été là. C'était lui-même le fautif s'il avait laissé un vieil estropié comme Sully le prendre par surprise. Cora était peut-être conne comme une valise, mais ce n'était pas elle qui l'avait frappé avec une poêle à frire, et elle n'y était pour rien s'ils n'avaient plus de Steri-strips dans ce putain de drugstore. De toute façon, ça n'aurait pas marché. Il aurait fallu qu'il fasse recoudre cette putain d'oreille, mais ça ne faisait pas partie des options et Cora n'y était pour rien, là non plus. Bon, d'accord, les Cheetos, c'était de sa faute. Elle aurait dû acheter des Pringles comme il le lui avait demandé, mais là encore, elle n'avait pas tort : c'était son fric.

Ils restèrent assis en silence pendant un moment, jusqu'à ce que Cora demande : « C'est chouette à l'intérieur ?

— Dans le chalet ? »

Il avait fini sa bière. S'il voulait tenir toute la journée, il allait devoir lever le pied. Question bière et antalgiques. Ce qu'il allait faire ensuite lui apparaissait peu à peu.

« Pas mal. Va jeter un coup d'œil. Si un truc te plaît, prends-le.

— Je préfère rester assise ici avec toi, au calme », répondit-elle en posant sa main sur celle de Roy.

Il n'aimait pas qu'un laideron le touche, et en temps normal, il ne l'aurait pas laissée faire, mais pour une raison quelconque, il ne dit rien.

« J'imagine toutes les belles choses qu'ils ont. J'aime mieux imaginer les choses comme elles sont dans ma tête, tu comprends ? »

Il n'avait aucune idée de ce qu'elle racontait, même si cela lui rappelait son père, qui affirmait que désirer des choses, c'était du temps perdu. Non pas parce que vous étiez déçu de ne pas avoir ce que vous vouliez, mais parce que vous étiez déçu une fois que vous l'aviez. Roy se souvenait encore du jour où son père avait fait en sorte qu'il comprenne bien le message. Ils rentraient de quelque part, s'étaient arrêtés dans un *diner* et installés au comptoir. Sur les menus qu'on leur avait donnés, il y avait des photos des plats : club-sandwiches dinde-bacon majestueux, sandwiches aux boulettes de viande énormes, de la dinde farcie avec de la purée de pommes de terre nappée de jus de viande et des steak-sandwiches sur des toasts triangulaires. À douze ans, Roy était toujours affamé.

« Je peux… ? commença-t-il, mais son père avait vu ce qu'il regardait.

— Non. Choisis dans le menu enfant. »

Parce que c'était moins cher, il le savait. Un hot-dog bouilli. Un sandwich au fromage fondu, tout fin, qui arriverait brûlé. Des spaghettis au gruyère râpé.

En règle générale, Roy ne discutait pas car cela lui valait une taloche, ou pire. Mais en public, il s'autorisait parfois une petite protestation, et quand la serveuse était venue prendre leur commande, il avait dit, suffisamment fort pour qu'elle l'entende : « Je crois que je suis trop vieux pour le menu enfant.

— Tu as quel âge ? avait-elle demandé, en lui adressant un clin d'œil pour lui indiquer qu'elle était de son côté, mais son père l'avait remarqué.

— Dix ans », avait répondu celui-ci, prenant Roy de vitesse.

Car c'était marqué sur le menu : enfant de moins de dix ans.

« Il fait plus vieux », avait dit la serveuse.

Roy avait vu son père se raidir et adresser un long regard noir à la serveuse. Mais au bout du comptoir il y avait plusieurs gars en chemise cravate, le genre d'hommes que son père prenait soin d'éviter, comme s'il devinait que c'étaient des juges et qu'un jour il devrait se présenter devant eux dans une salle de tribunal ; et Roy savait qu'il avait remarqué leur présence. Il ne ferait donc pas d'esclandre ici.

« Alors, tu dis à cette jeune femme ce que tu veux, ou bien tu la laisses deviner ?

— Qu'est-ce que je peux commander ? »

La serveuse était plus âgée que son père, mais apparemment, elle aimait qu'on la qualifie de « jeune femme », et elle avait décidé de se montrer d'humeur taquine. « Oui, papa. Qu'est-ce qu'il peut commander ? »

Son père avait semblé prendre une décision subite. « Tout ce qu'il veut, avait-il répondu, suffisamment fort pour que les hommes au bout du comptoir l'entendent.

— C'est vrai ? » Roy n'en revenait pas. Jamais on ne lui avait accordé une telle liberté.

« Mais n'aie pas les yeux plus gros que le ventre. »

Le steak-sandwich, tel que représenté sur le menu, était épais, rouge au milieu et accompagné d'une montagne de frites fines à l'aspect croustillant. « Même ça ? avait-il demandé en montrant ce plat, le plus cher du menu.

— Pourquoi pas ? » Mais Roy avait remarqué que le sourire de son père sonnait faux, comme s'il dissimulait des émotions très différentes. « Par contre, tu devras tout manger, jusqu'à la dernière bouchée.

— Il semble taillé pour relever le défi », avait lancé un des types en cravate, avec un sourire jovial.

Roy partageait l'assurance de cet homme. Comme si, effectivement, il était capable, à son âge, d'engloutir un steak pour adulte.

Mais quand on lui avait apporté son assiette, celle-ci était bien loin de ressembler à la photo. La viande était uniformément grise et dure, et les grosses frites ondulées étaient farineuses et froides. Roy avait regretté immédiatement de ne pas avoir commandé un cheeseburger comme son père, mais il s'était bien gardé de l'avouer. Il attendait que son père remarque la différence avec la photo et proteste, mais il ne disait rien. Ayant terminé son hamburger, il avait repoussé son assiette et faisait mine de lire un article dans un journal qu'un client avait laissé sur le comptoir. Mais Roy voyait que son père l'observait du coin de l'œil.

« Jusqu'à la dernière bouchée, avait-il répété à mi-voix quand Roy avait semblé caler.

— Il y a du gras.

— Le gras aussi. » Son sourire forcé avait disparu et la menace contenue dans sa voix était perceptible. Peut-être était-ce ce qui avait incité la serveuse à revenir vers eux. À en juger par son expression, elle avait déjà eu affaire à des hommes tels que son père, et elle n'avait pas aimé ça.

« Hé, bravo ! s'était-elle exclamée en enlevant l'assiette de Roy – qui voudrait manger ces morceaux de gras, hein ? –, sans laisser à son père le temps de protester. Tu as envie d'une glace au caramel fondu maintenant ?

— Bien sûr, avait répondu son père, avant que Roy puisse répondre qu'il avait le ventre plein. Surtout, n'oubliez pas la cerise sur le dessus. »

Sur ce, il s'était levé pour se rendre aux toilettes, tranquillement.

La glace était énorme. Roy avait réussi à en avaler quelques cuillerées, plus la cerise, mais derrière tout ce sucre, il sentait encore le goût rance de la viande, et très vite, il avait compris qu'il ne pouvait plus rien avaler. Son estomac était plein. Quand son père découvrirait ce gâchis en revenant s'asseoir, il en prendrait pour son grade. Peut-être pas ici, au restaurant, mais plus tard, dans la voiture ou à la maison, avec la ceinture. Pourquoi ne revenait-il pas ? se demandait Roy. Il s'était renversé sur son tabouret pour le voir sortir des toilettes, mais en vain.

Leur serveuse parlait tout bas avec sa collègue de la salle, et Roy avait cru l'entendre dire « par-derrière ». On avait fait appel au gros bonhomme avec son tablier sale qui s'occupait du gril, la serveuse lui avait dit quelque chose et il était entré dans les toilettes pour hommes. Il en était ressorti une minute plus tard en secouant la tête. Alors, la serveuse était venue vers Roy, qui regardait fixement la glace au caramel dont il ne pouvait plus avaler une seule bouchée, en craignant de laisser échapper les larmes brûlantes qu'il sentait monter en lui.

« J'aurais dû m'en douter », lâcha-t-elle, et comme il ne disait rien, se contentant de déglutir avec peine, en essayant de garder ce qu'il avait dans l'estomac, elle lui montra l'addition, dont le montant était encerclé, en bas. « Qu'est-ce que je fais avec ça, moi ? » Son père lui aurait répondu qu'elle pouvait se la fourrer quelque part, mais il n'avait que douze ans et il faudrait attendre encore plusieurs années avant qu'il ait le courage de formuler une telle suggestion. « Ils vont retenir cette somme sur ma paye. »

Au comptoir, tout le monde les regardait.

« Allons, Dora, avait dit un des hommes cravatés, ce gamin n'y est pour rien. » Et apparemment, elle avait écouté la voix de la raison car elle avait paru se laisser fléchir, un peu.

« Tu habites par ici ? » Il avait répondu que oui. « Tu peux rentrer seul chez toi ? » Comme il avait hoché la tête, elle avait dit : « Alors, fiche le camp. »

Sur le parking, à l'emplacement où ils s'étaient garés en arrivant, vide maintenant, il avait tout vomi, y compris la cerise presque intacte, et s'était senti mieux immédiatement. La bonne nouvelle, c'était que le *diner* se trouvait au bord de la Route 9, ce qui voulait dire qu'il pouvait parcourir à pied ou en stop les sept kilomètres qui le séparaient de chez lui. Il avait décidé de marcher car ce serait plus long, et son père jugerait peut-être que c'était un châtiment suffisant. En suivant la route fréquentée, il avait envisagé d'exprimer sa colère envers son père qui lui avait joué ce sale tour, mais il avait décrété que cela ne mènerait nulle part. En outre, il en voulait surtout à la serveuse ; il ne lui pardonnait pas son « j'aurais dû m'en douter », comme si le simple fait de les voir arriver, son père et lui, devait servir de mise en garde. Sans oublier le regard qu'elle lui avait jeté quand l'homme au bout du comptoir avait pris sa défense, comme si elle voyait s'étaler devant elle toute l'étendue de sa vie misérable. Il avait serré les poings de rage.

Mais la leçon avait été utile. Son père avait raison : désirer des choses qui n'en valaient pas la peine ou souhaiter que les choses soient différentes était réellement une perte de temps. Des femmes comme Cora – et toutes les autres sans doute – ne pourraient jamais comprendre ça, alors que l'évidence sautait aux yeux. Cora s'était inventé un Roy qu'elle préférait au véritable Roy. Nul doute que ce connard imaginaire était gentil avec elle. Il lui disait qu'elle était belle, alors qu'elle voyait bien que c'était faux. Il lui disait qu'elle était une bonne mère, alors qu'elle abandonnait certainement ce putain de gamin dans son parc, en train de chialer, la couche pleine de merde. Le Roy de ses rêves ne lui refilait pas l'addition. Il partageait même ses médicaments. Alors que le vrai Roy ? Celui qui était assis là, à côté d'elle, sur le quai ? Ce Roy-là voyait les choses telles qu'elles étaient. Il savait que le steak sur la photo n'existait pas, pas plus que le Roy Idéal. Comme il savait que, plus tard dans l'après-midi, quand il n'y aurait plus de bière, seul l'un des deux remonterait dans la vieille caisse pourrie de Cora.

Bien qu'il n'ait eu que douze ans à l'époque, il s'était félicité de ne pas rejeter la faute sur son père. Il avait parcouru moins d'un kilomètre à pied quand il avait entendu un coup de klaxon dans son dos, et son père s'était arrêté sur le bas-côté pour lui faire signe de monter.

« Alors, lui avait-il demandé, tu as appris quelque chose là-bas ? »

Roy avait hoché la tête.

« Très bien », avait dit son père, et en redémarrant, il semblait satisfait de la manière dont s'étaient déroulées les choses. Roy voyait qu'il n'était plus en colère, ce qui voulait dire : pas de coups de ceinture quand ils rentreraient.

« Elle était fâchée, la serveuse.

— Peut-être que la prochaine fois elle s'occupera de ses affaires, avait répondu son père. Elle y réfléchira à deux fois avant d'ouvrir sa grande gueule. »

Ils étaient restés muets ensuite, jusqu'à ce que Roy dise : « Tout le monde me regardait. » En vérité, il sentait encore les regards posés sur lui quand il était descendu de son tabouret et s'était dirigé vers la sortie.

« Je m'en doute. Mais tu es là, sain et sauf. »

Son père avait raison. Il avait survécu.

« Passe-moi les Cheetos », demanda-t-il à Cora.

En vérité, il aimait bien les Cheetos, même s'ils lui faisaient les doigts orange.

Le sachet, quand elle le lui tendit, était à moitié vide. Elle s'y était attaquée pendant qu'il était dans le chalet, en train d'arracher sa putain d'oreille. Il faillit lâcher une remarque à ce sujet, rien que pour voir s'il pouvait la faire pleurer de nouveau, mais finalement il renonça, une fois de plus, Au lieu de cela, il goba une poignée de Cheetos.

« C'est pas si mauvais que ça », reconnut-il.

Cora lui sourit, avec ses lèvres orange.

GERT RÉFLÉCHIT À LA QUESTION

Sully se tenait devant la fenêtre quand Janey entra, les yeux gonflés, presque fermés, d'avoir trop pleuré. À cette heure matinale, la salle d'attente des urgences était déserte, à l'exception de Sully et de Tina, la petite-fille de Ruth, qui, autant qu'il pouvait en juger, n'était pas vraiment là. Il n'avait jamais eu beaucoup de succès avec elle. Elle ne réagissait pas aux taquineries, et avec les filles de cet âge, il ne disposait pas d'autre stratégie rhétorique. Lorsqu'il essayait d'engager la conversation, elle posait sur lui un regard vague, comme quand vous regardez la télé en ayant la tête ailleurs. Mais là, c'était différent, évidemment. Tina fixait un point invisible à mi-distance, sans bouger. À vrai dire, elle était d'une telle immobilité que Sully l'observait à la dérobée pour s'assurer qu'elle respirait encore.

Janey croisa brièvement le regard de Sully, avant d'aller s'accroupir devant sa fille. « Hé, cervelle de piaf, dit-elle, ayant décidé apparemment de jouer la carte de la bonne humeur. Ça va ? » Comme la gamine ne cillait même pas, Janey devint sérieuse. « Tina, ma chérie, je sais que tu n'en as pas envie, mais il faut que tu reviennes, d'accord ? Je sais que c'était pas beau ce qui s'est passé là-bas, et je sais que tu te sens plus en sécurité là où tu es, mais tu ne peux pas y rester car c'est pas un vrai endroit. Tu te souviens, on en a déjà parlé ? Et le médecin a dit que plus tu y restais longtemps, plus c'était difficile de revenir ensuite. Tu n'as plus aucune raison d'avoir peur. Il n'y a que toi et moi ici. Et Sully. Tu l'as toujours bien aimé. »

Première nouvelle, songea Sully.

« Ce n'est pas ta faute ce qui s'est passé, ma chérie. Tu le sais hein ? J'ai fait une grosse bêtise. Et ça a mis ton papa en colère. Mais il est parti, et personne ne fera plus de mal à personne. Tu comprends ? Dès que tu seras revenue, on pourra arranger tout ça, toi et moi. Avec grand-mère. Et grand-père sera là lui aussi, dès qu'on saura où il a foutu le camp. C'est ton ami, hein ? »

Tina cligna des yeux, lentement, à l'évocation de son grand-père, et Sully eut l'impression qu'elle revenait sur terre, mais très vite, son regard redevint vide. Sully ne pouvait pas le lui reprocher. Il suffisait d'observer sa mère pour comprendre que sa joie était forcée, son optimisme relevait de la méthode Coué. Les choses n'allaient pas s'arranger avant longtemps, peut-être même jamais.

Janey renonça. « OK, trésor. Tu peux rester là-bas encore un peu, mais dès que j'aurai parlé avec Sully, je veux que tu reviennes, d'accord ? Et on recommencera tout à zéro, comme d'habitude. Ça s'arrange toujours, tu te souviens ? Qu'est-ce qui se passe quand on est tout en bas ? On remonte, pas vrai ? Il n'y a qu'une seule direction, vers le haut, et c'est là qu'on va aller, dès que tu seras revenue. »

Quand Janey se releva, ses genoux craquèrent, et Sully songea que cette femme qui marchait vers lui n'était plus très jeune. Se pouvait-il que cette heure qui venait de s'écouler l'ait entraînée dans l'âge mûr ?

« Merci, lui dit-elle en le rejoignant devant la fenêtre d'où il contemplait le parking en contrebas. Je suppose que c'est toi qui l'as amenée ici. »

Sully hocha la tête. Quand les flics étaient enfin arrivés au restaurant, il les avait conduits à l'appartement pour constater que Roy Purdy était revenu à lui pendant qu'ils étaient tous devant avec les secours et qu'il avait fichu le camp. Les habitués faisaient les cent pas à la porte, le temps que Sully en termine avec la police, mais ils avaient semblé comprendre le message quand il avait secoué la tête et montré la pancarte FERMÉ. Il avait senti alors qu'il n'était pas seul et il avait découvert Tina couchée en position fœtale sur la banquette du fond. « Les gens t'oublient toujours, hein ? » avait-il dit en se glissant dans le box en face d'elle. Comme elle ne répondait pas, il avait ajouté : « J'ai encore deux ou trois trucs à régler ici et ensuite on ira à l'hôpital, d'accord ? »

Elle avait juste hoché la tête, rien de plus.

Première chose à faire : éteindre le gril et balancer le bacon et les saucisses réduits à l'état de cendres. Dehors, il avait déniché un carton, qu'il avait déchiré, puis ayant trouvé près de la caisse un marqueur et du ruban adhésif, il avait confectionné une autre pancarte FERMÉ à l'intention des livreurs qui arriveraient par-derrière. Sous l'écriteau de la porte de devant, il en avait scotché un second qui précisait JUSQU'À NOUVEL ORDRE. Tina était maintenant assise dans le box. « Tu vois autre chose que j'aurais pu oublier ? » lui avait-il demandé, mais elle semblait ne pas l'entendre. « On va sortir par là », avait-il dit alors en pointant le doigt. La porte de devant était verrouillée ; celle de derrière se refermerait automatiquement derrière eux.

Dans le pick-up, Tina avait paru intriguée par la tornade brune qu'avait tracée Carl à l'intérieur du pare-brise. Sur le trajet de l'hôpital, elle n'avait pas cessé de la regarder, et le temps qu'ils arrivent, elle s'était retirée dans cet endroit lointain où elle se trouvait maintenant. Incapable de l'arracher à sa torpeur, il avait dû héler une infirmière pour qu'elle l'aide à la conduire aux urgences. « Qu'est-ce qui lui arrive ? » avait demandé l'infirmière, et il avait indiqué qu'elle avait vu sa grand-mère se faire agresser. Pas satisfaite par cette explication manifestement, elle l'avait regardé d'un air méfiant, mais il ne savait pas quoi dire d'autre. Quand elle était petite, Tina avait passé des tests d'autisme, et Ruth avait expliqué à Sully que dans les moments de stress, surtout quand ses parents se battaient, elle entrait parfois dans un état de fugue, mais il avait l'impression qu'elle avait surmonté ce stade. Erreur, encore une fois.

« Elle va s'en remettre ? » demanda-t-il tout bas à Janey, en montrant Tina d'un mouvement du menton. Il admirait la façon dont Janey lui avait parlé, c'était un aspect de la fille de Ruth qu'il ne connaissait pas.

« Oui, au bout d'un moment. C'est son système de défense. Quand ça devient trop dur, elle part ailleurs. J'aimerais pouvoir en faire autant.

— Une des infirmières m'a dit qu'elles envoyaient un médecin pour l'examiner.

— Bon sang, dit Janey en se retournant vers sa fille. Elle a tout vu, hein ?

— Elle était sur le seuil de la chambre quand je suis arrivé, alors, oui, sûrement. Tu ne t'en souviens pas ?

— Tout est flou. Je me souviens d'avoir hurlé pour qu'il arrête. Son poing n'arrêtait pas de frapper Ma, encore et encore. Puis tu es intervenu. Cette expression sur son visage… C'était comme si tout se passait sous l'eau.

— Tu as de la chance », dit Sully, dont les souvenirs étaient bien trop précis, comme si une vidéo en couleurs défilait dans sa tête : le visage ravagé, ensanglanté, de Ruth, presque méconnaissable ; ses yeux avaient croisé les siens une fraction de seconde avant de se révulser. « Que disent les médecins ?

— Ils n'utilisent pas le mot "coma", mais elle est toujours inconsciente, alors…

— On ne fait pas plus solide qu'elle. Elle va se battre.

— Je sais, mais… nom de Dieu, Sully, il lui a cassé la moitié des dents. Il lui a fracturé le nez, les deux pommettes… »

Quand il la prit dans ses bras, elle se laissa faire et il la tint contre elle jusqu'à ce qu'elle ait versé sa dernière larme. Il jeta un coup d'œil en direction de la porte, s'attendant presque à voir surgir Zack. Leur étreinte était totalement innocente, mais il ne pouvait s'empêcher de se demander si elle apparaîtrait ainsi aux yeux de son père. Il repensa à la remarque de Carl, comme quoi le monde continuait à tourner, même si ça déconnait de tous les côtés. *Même si on bousillait tout*, voilà ce qu'il voulait dire car, admettons-le, les choses ne merdaient pas d'elles-mêmes. Il se sentait oppressé, sans pouvoir déterminer d'où venait ce poids qui l'écrasait : la tristesse, la peur ou la colère.

« Je n'arrête pas de repenser à ce que je lui ai dit hier, confia Janey en se détachant enfin de lui. Comme quoi c'était toujours ma mâchoire qui était brisée à la fin. C'était à son tour maintenant, ou un truc dans ce genre. Et c'est ce qui s'est passé.

— Oui, mais tu n'y es pour rien. Ce n'est pas toi qui l'as mise K.-O.

— Non… » Son regard se durcit. « Mais j'ai baisé avec l'homme qui l'a frappée. Et ensuite, je me suis contentée de regarder. J'ai crié à Roy d'arrêter, mais je n'ai rien *fait*. Je l'ai laissée se faire tabasser.

— C'est ce qu'elle voulait. À ton avis, pourquoi s'est-elle interposée entre vous ?

— Je vais retrouver ce salopard et le tuer. Ma parole.

— Non, tu vas t'occuper de ta fille. Laisse-moi me charger de Roy.

— Tu ne sais même pas où il est.

— Je le retrouverai, dit Sully, et il regarda Tina en espérant qu'elle était encore ailleurs. Ton père n'est toujours pas au courant de ce qui s'est passé ?

— J'ai laissé un message sur le répondeur à la maison, au cas où il ne serait pas rentré de sa tournée. Il est sûrement dans le hangar.

— Je vais y faire un saut.

— Vraiment ?

— Oui. Et pas plus tard que maintenant. »

Il allait quitter la salle d'attente quand Janey lui lança : « Quand tu auras retrouvé Roy…

— Oui ? »

Elle le rejoignit pour lui murmurer à l'oreille : « Fais-lui mal. Promets-moi de lui faire mal. »

Zack dut entendre le pick-up de Sully pénétrer dans l'allée car le temps qu'il se mette au point mort, le mari de Ruth se tenait sur le seuil de sa remise, et il s'essuyait les mains sur un torchon. Il portait un jean taché de graisse et une chemise à carreaux élimée ; son ventre pendait par-dessus sa ceinture et son épi se dressait fièrement. Si le mot « idiot » n'existait pas déjà, pensait souvent Sully, il faudrait l'inventer pour décrire Zack. Celui-ci, voyant que le visiteur ne descendait pas de son véhicule, s'approcha d'un air inquiet.

« Ça va ? »

Sully leva la main et Zack attendit patiemment qu'il reprenne son souffle. « Oui », répondit-il enfin, mais ce simple mot suffit à vider tout l'air contenu dans ses poumons. Ce poids dans la poitrine qu'il avait ressenti à l'hôpital avait redoublé d'intensité. La pression s'exerçait par vagues, qui l'empêchaient d'inspirer. La dernière l'avait submergé au moment où il s'engageait dans l'allée, une vraie lame de fond, mais elle était presque passée maintenant. « Laisse-moi me reposer une minute.

— Toute la journée, si tu veux », répondit avec sa bienveillance habituelle cet homme à qui Sully avait fait du tort pendant si longtemps.

Ces deux dernières semaines, Sully avait gardé ses distances, de crainte que Zack ait besoin d'un coup de main pour accomplir une tâche qu'il ne pouvait pas faire seul, style sortir un canapé-lit de la remise pour le hisser à bord de la camionnette, un travail qui serait au-delà des forces de Sully dans son état actuel.

« J'ai rien d'autre à faire, ajouta Zack.

— Si, justement, corrigea Sully, essoufflé de nouveau. Ruth… » parvint-il à articuler.

Zack fronça les sourcils. « Elle va bien ? »

Sully leva la main encore une fois, le temps que la dernière vague reflue sur la plage.

« Elle est aux urgences. »

En entendant cela, Zack parut plus perplexe qu'autre chose, comme s'il soupçonnait Sully de lui jouer un tour.

« Tu es sûr ?

— Elle est dans un sale état. Roy l'a tabassée.

— Ruth, répéta Zack en se grattant le menton. Pas Janey.

— Janey est là-bas, avec elle. Et Tina.

— Elles vont bien ?

— Janey, oui.

— Tina est dans une de ses transes ? »

Sully hocha la tête.

« Généralement, j'arrive à l'arracher à tout ça, déclara Zack, sans vantardise, fier simplement de posséder ce talent.

— Alors, elles auraient sûrement besoin de toi », insista Sully.

Bon sang, qu'est-ce qu'il attendait pour réagir ?

« Tu dis que Roy l'a salement amochée ?

— Oui, salement.

— Elle va mourir, Sully ? Parce que…

— Je ne sais pas. Mais prépare-toi. Tu ne vas pas la reconnaître. Elle est toute… » Il ne trouvait pas les mots pour décrire l'état de Ruth et il ne savait pas comment Zack pouvait se préparer.

Il observait la remise maintenant. En le voyant traiter les informations en temps réel, Sully eut un aperçu des frustrations de Ruth face à son mari ; elle qui possédait une vivacité d'esprit prodigieuse était constamment obligée d'attendre qu'il percute. N'importe qui d'autre serait déjà en route pour l'hôpital, en train de griller des stops et de klaxonner les conducteurs devant lui pour qu'ils le laissent passer. Si le monde était peuplé de gens comme Zack, il n'y aurait pas besoin de stops, ni de limitations de vitesse, ni de lois d'aucune sorte.

« Elle et moi… dit-il, puis il s'interrompit, les yeux remplis de larmes. Tu vois ce truc, là-haut ? »

Accaparé par sa tâche, Sully n'avait pas remarqué la barre de métal, d'au moins deux mètres de long, qui se dressait au sommet de la remise, à la verticale, telle une girouette, sans les bras horizontaux. Au pied de celle-ci, là où l'éclair avait frappé, il y avait une énorme trace de brûlure, ce qui voulait dire qu'ils avaient eu de la chance. Sully avait entendu parler de dépendances, mal ancrées dans le sol, qui avaient explosé à cause de la foudre. Certes, il s'agissait généralement de granges remplies de foin, mais quand même.

« Hier soir, ce qu'on a vu elle et moi là-haut… disait Zack d'une voix encore chargée d'étonnement. Tu n'y croirais pas. Une énorme boule de lumière, floue, du genre de ces ampoules en verre dépoli mais super-aveuglante. Elle était posée là, sur la pointe, en équilibre, comme si elle allait tomber. On se serait crus dans un rêve sans queue ni tête, mais c'était bien réel. Quelque chose est venu nous rendre visite. Pour essayer de nous dire un truc. »

Sully n'avait pas besoin de suivre la ligne de mire entre le toit de la remise et la fenêtre de la chambre de Zack. Si Ruth et lui avaient vu ce globe lumineux, c'était qu'ils regardaient par la même fenêtre. Or la chambre de Ruth se trouvait de l'autre côté de la maison. Il repensa à ce qu'elle lui avait dit la veille : Zack se comportait bizarrement ces derniers temps, comme s'il était attentif à elle, véritablement, pour la première fois depuis des années. Le miracle qu'il essayait de décrire, non sans mal, était-il l'apparition de ce globe lumineux surnaturel au sommet de la remise ou le fait que Ruth et lui l'avaient regardé ensemble, en pleine nuit, dans une chambre où, avait-elle laissé entendre à Sully, elle ne mettait jamais les pieds ?

« Tu penses qu'il voulait nous avertir de ce qui allait se passer ? Que Roy allait…

— Je pense que tu devrais aller à l'hôpital. »

Zack déglutit. « Et si j'arrive trop tard ?

— Je ne crois pas.

— OK », dit-il finalement en tapotant ses poches de pantalon à la recherche de ses clés.

En le regardant marcher vers la maison, Sully eut l'idée de demander : « Roy ne serait pas venu ici ce matin, par hasard ? »

Zack s'arrêta, pour réfléchir. « Non. Je l'ai pas vu depuis…

— Peu importe, dit Sully, et il démarra.

— J'ai entendu dire qu'il s'était mis à la colle avec une certaine Cora. Au Morrison.

— J'ai entendu la même chose. »

Aussi incroyable que cela puisse paraître, Zack tergiversait de nouveau. « Tu pourrais faire un truc comme ça, toi ? Ce qu'il a fait à Ruth ?

— Non, bien sûr que non.

— Moi non plus. » Mais Zack semblait avoir autre chose en tête, alors Sully attendit, au point mort. « J'ai toujours su, pour toi et elle.

— Je m'en doutais, répondit Sully en sentant s'abattre sur lui une nouvelle vague écrasante.

— Tu veux bien que je te montre un truc ?

— Oui, mais… »

De la poche arrière de son jean, Zack sortit un relevé de compte qu'il tendit à Sully. Il affichait une expression de fierté comme un homme qui montre des photos de ses petits-enfants. « Le chiffre, là », dit-il en désignant un montant qui dépassait nettement les trois cent mille dollars.

« Ruth est au courant ? »

Il secoua la tête et sa fierté se transforma en honte.

« Ça fait beaucoup d'argent. Il vient d'où ? » demanda Sully.

Même si ça ne le regardait pas.

« Quand tu achètes un truc cinquante cents, tu le revends un dollar.

— Oui, je comprends le principe. Mais il faudrait répéter l'opération plus d'un demi-million de fois.

— Faut croire que je l'ai fait.

— Pourquoi ne pas le lui dire ? »

Zack secoua la tête. « Je voulais toujours que la somme soit plus élevée. Ruth n'a jamais cru que ce business valait le coup. Pour elle, c'était même pas un business, d'ailleurs. Elle pensait que je ne travaillais pas vraiment, du moins pas comme elle, pendant toutes ces années où elle était serveuse, et après chez Hattie. Alors, je voulais lui prouver que je travaillais moi aussi. Et plus le chiffre était gros, plus je pourrais lui prouver…

— Je vois.

— Mais en fait, c'était pas la vraie raison, reprit Zack. Si je lui ai rien dit, c'est que j'ai promis à Ma.

— Je ne comprends pas.

— Ruth avait raison. Je le sais maintenant. Ma essayait toujours de semer la zizanie entre nous.

— Qu'est-ce que tu lui as promis ?

— Que je ne parlerais pas de cet argent à Ruth tant qu'elle ne m'aurait pas parlé de vous deux. Mais j'ai attendu trop longtemps. Si elle meurt maintenant, je pourrai jamais lui dire.

— Alors, vas-y, dit Sully. Fonce. »

Zack inspira à fond. « OK. »

Quand il repartit vers la maison, Sully lui lança : « Tu sais que c'est terminé, hein ?

— Ah oui ? »

Sully hocha la tête. « Ça ne te gêne pas qu'on reste de vieux amis, hein, elle et moi ?

— Non, dit Zack. Pas de problème. Mais j'aimerais mieux que ça recommence pas.

— T'inquiète, promit Sully. C'est fini depuis longtemps. Et je regrette que ça soit arrivé. »

Voilà une chose qui n'avait pas changé, songea Sully, alors que Zack disparaissait à l'intérieur de la maison. Le mauvais côté de sa liaison avec Ruth avait toujours été les mensonges, formulés ou sous-entendus. Et c'était toujours vrai. Car Sully ne regrettait pas d'avoir aimé Ruth. De l'aimer encore. Pas même un peu.

Les bandes jaunes étaient toujours tendues devant les trois entrées du Morrison Arms quand Sully pénétra sur le parking et se gara à côté de deux fourgonnettes des services vétérinaires. Il se pencha pour prendre le démonte-pneu sous le siège et, rassuré par son poids, il le posa à la place du passager pour l'avoir à portée de main. Deux douzaines de personnes, des habitants du Arms à en juger par leur allure, s'étaient rassemblées sur le parking, en attendant sans doute l'autorisation de regagner leurs pénates. Comme on pouvait le supposer, Roy Purdy ne figurait pas parmi eux. Aucun signe non plus de la voiture mi-jaune mi-violette de sa copine. Sully avait aperçu plusieurs fois cette épave en ville, et il se souvenait de sa conductrice, une femme atteinte d'obésité morbide, d'environ trente-cinq ans, qui portait généralement une casquette des Mets pour cacher sa calvitie. Curieusement, Sully était presque certain de les avoir vus l'un et l'autre ce matin, mais où ? Sur le parking de l'hôpital ? Possible, mais ça ne collait pas. Les avait-il croisés en allant chez Ruth et Zack ? Non, c'était plus tôt. Devant chez Hattie, alors, au moment où ils mettaient Ruth dans l'ambulance ? Comment avait-il pu remarquer ce véhicule au milieu de toute cette agitation ? Pourtant, c'était l'hypothèse qui lui semblait le plus crédible.

Le vieux Hynes était à sa place, comme toujours. En voyant approcher Sully, il lança : « Monsieur Donald E. Sullivan », sa salutation habituelle. Sully ignorait où il avait pêché l'initiale de son second prénom, mais ce n'était pas la bonne. « Vous n'avez pas l'air en forme.

— Je ne suis pas en forme, confirma Sully.

— Comment ça se fait ? Un jeune gars comme vous.

— Disons qu'il faut assumer les conséquences de ses erreurs. Vous, par contre, ça a l'air d'aller.

— Parce que ça va, dit le vieil homme. Les erreurs, j'essaie de les éviter, autant que je peux.

— Ils cherchent encore le serpent, à ce que je vois.

— Oui, ils cherchent encore, ricana M. Hynes. Comme si ça suffisait pas de s'inquiéter à cause des gens. Maintenant, on a des reptiles.

— En parlant de ça, demanda Sully, vous savez où est Roy Purdy ?

— La police est venue tout à l'heure, ils le cherchaient. Il s'est encore fourré dans le pétrin, à ce qu'il paraît.

— Il a intérêt à ce qu'ils le retrouvent avant moi.

— Collez-lui-en une de ma part, si vous y pensez. Il aime bien prononcer ce mot que j'apprécie pas.

— Je crois savoir de quoi vous parlez.

— Il l'a appris sur les genoux de son père, je parie, comme presque tous les pauvres p'tits Blancs.

— C'est aussi là que je l'ai appris », dit Sully.

Le vieil homme le regarda en hochant la tête. « Monsieur James E. Sullivan. Big Jim qu'on l'appelait. Je me souviens de lui.

— Pas avec tendresse, je suppose.

— Il y a pire.

— Citez-moi cinq noms.

— Vous savez ce que vous devriez faire, Monsieur Donald E. Sullivan ?

— Dites-le-moi.

— Laissez la police retrouver ce gars. Laissez-les lui flanquer une bonne raclée à votre place. En fait, on dirait que c'est vous qui en avez reçu une.

— Je serai doublement prudent, promit Sully.

— Oui, bonne idée. Peut-être que vous pourrez vous en tirer. »

« Nom de Dieu, dit Gert en levant les yeux de son journal quand Sully se hissa sur un tabouret à l'extrémité du bar. Qu'est-ce qui s'est passé ? Le Horse a brûlé ?

— Pas que je sache, répondit Sully en clignant des yeux, encore aveuglé par l'obscurité soudaine. Pourquoi ?

— C'est quand la dernière fois que tu as franchi cette porte ?

— Ça fait un bail », reconnut Sully.

Autant qu'il pouvait en juger, Gert et lui étaient seuls dans l'établissement, mais quelqu'un faisait du bruit en cuisine.

« Pour quelle raison ? » demanda Gert.

Il avait posé son journal, mais ne semblait pas décidé à se lever de son tabouret.

« Tu crois que ça pourrait être à cause du service ?

— Le service ? répéta Gert comme s'il s'agissait d'un concept inconnu. Monsieur veut du service.

— Tu n'as rien contre les brûlures d'estomac, je suppose ?

— Ha ! s'exclama Gert en quittant enfin son tabouret. Est-ce que j'ai quelque chose contre les brûlures d'estomac ? » Il se pencha par-dessus le comptoir et saisit au passage un tube de comprimés de Maalox, assez large pour contenir une tête humaine, qu'il déposa bruyamment devant Sully. Suivirent une bouteille de Pepto-Bismal, et enfin une boîte de mille cinq cents Ibuprofène générique.

Il remplit un grand verre d'eau à la pompe. « Vas-y, lâche-toi. C'est la maison qui régale. »

Sully mastiqua deux Maalox, grimaça, et avala trois Ibuprofène avec le verre d'eau.

« Non ? demanda Gert en brandissant le Pepto.

— Ma mère buvait cette saloperie comme du jus de fruit. »

Gert rangea les médicaments à leur place.

« Où sont tous les autres ? » demanda Sully.

Certes, il n'était que dix heures du matin, mais les clients alcooliques de Gert n'étaient pas très à cheval sur les horaires, et les affaires marchaient bien le matin, habituellement.

« Ce putain de serpent a semé la panique. C'était mort hier soir aussi.

— Tous tes clients étaient au Horse, dit Sully. Joe et les autres.

— Spinmatics Joe, ricana Gert. Sa mère appelle toutes les heures pour me demander si je l'ai vu. Apparemment, il n'est pas rentré hier soir.

— Il a quitté le Horse sur les coups de vingt-deux heures. Il a dû aller ailleurs.

— Où ça ?

— Bonne question. Là-bas et ici, ce sont les deux seuls endroits où on accepte encore de le servir, et depuis hier soir, il n'y a plus qu'ici.

— Birdie l'a flanqué dehors ?

— Il me semble, à moins qu'elle ait changé d'avis.

— C'est pas arrivé depuis quand, d'après toi ? »

Quelques années plus tôt, Birdie et Gert formaient un couple, jusqu'à ce qu'elle le flanque à la porte. Le fait qu'elle refuse de le reprendre constituait aux yeux de Gert la preuve de son intransigeance, un grave défaut de caractère.

« Et Roy Purdy ? demanda Sully. Il est venu ici ce matin ? »

Gert croisa son regard, puis secoua la tête. « Désolé pour Ruth.

— Tu es au courant ?

— Tout le monde en parle. J'aimerais pouvoir dire que je suis surpris.

— Et cette femme avec qui il vit ? Tu l'as vue ?

— Cora ? Elle est venue hier soir, elle le cherchait. Mais ce matin, je l'ai pas vue. » Il observait attentivement Sully. « Tu devrais manger quelque chose, à part du Maalox. »

Il n'avait pas faim, mais Gert avait sans doute raison.

« Je pourrais demander à Dewey de te faire des œufs brouillés. »

Sully ouvrit de grands yeux. « Dewey ? »

Gert répondit par un haussement d'épaules qui semblait dire « à toi de voir » et confirmait le bien-fondé des appréhensions de Sully. Dewey avait le même âge que lui et généralement, il tremblait tellement avant midi qu'il avait du mal à tenir une spatule. Avant que Ruth reprenne chez Hattie, c'était lui qui préparait les petits déjeuners, mais elle avait dû s'en séparer car les clients installés au comptoir se plaignaient de son odeur, même quand il faisait griller des oignons. Ici, chez Gert, il n'avait pas le droit de sortir de la cuisine et on lui criait les commandes à travers le passe-plat, qui s'ouvrait seulement quand il déposait une assiette sur le rebord.

« Dewey ! brailla Gert.

— Quoi ?

— Fais-moi deux œufs brouillés pour Sully ! Mais lave-toi les mains avant. Tu sais combien il est délicat.

— Qu'il aille se faire foutre, dans ce cas.

— Avec du bacon ! ajouta Gert.

— Y a pas de bacon !

— Du jambon ?

— Y a pas de jambon ! Y a de la linguiça. »

Gert se tourna vers Sully d'un air interrogateur.

« Pourquoi pas ?

— Bah, tu viens d'avaler deux Maalox pour l'estomac », fit remarquer Gert.

À ce moment-là, la porte du bar s'ouvrit à la volée et un trait de lumière éclatante transperça l'obscurité de l'intérieur. Un homme que Sully reconnut vaguement longea le comptoir avec l'assurance d'un aveugle qui connaît l'agencement des lieux par cœur. Il s'assit sur le tabouret voisin de celui de Gert, scruta l'autre extrémité du comptoir, en attendant que ses yeux s'habituent au manque de lumière, et lança, d'un ton incrédule : « Sully ? Tu t'es perdu ou le Horse a brûlé ? »

Gert se dirigea vers la rangée de pompes à bière et tira une grande PBR sans éprouver le besoin de demander au nouveau venu ce qu'il voulait boire. « Quoi de neuf, Freddy ?

— Ils laissent les gens retourner au Morrison Arms, répondit le dénommé Freddy, avant de vider la moitié de son verre de bière d'un trait en faisant claquer ses lèvres pour exprimer sa satisfaction.

— Ils ont retrouvé le serpent ?

— À l'instant. Tu vas adorer. Quatre types des services vétérinaires, avec leurs grandes bottes qui leur montent jusqu'à la raie du cul ont inspecté tous les apparts. Ça leur a pris deux plombes. Rien. Pas de serpent. Finalement, ils ressortent en disant que tout est OK, y a plus de danger, on peut rentrer. Un de ces connards tient la porte ouverte, et devine ce qui sort du Arms au même moment, en se faufilant entre ses jambes ?

— Encore une agence gouvernementale dont on peut être fiers, ricana Gert.

— Faut quand même tirer un coup de chapeau au gars, ajouta Freddy, après avoir fini sa bière. Il a posé son pied sur le serpent. Bottes ou pas, faut avoir des couilles. »

Gert lui tira une autre bière et revint sur Sully, qui dit, tout bas : « Imagine que tu sois Roy Purdy.

— Pourquoi j'imaginerais un truc pareil ? »

Sully ignora cette question. « Tu viens de violer l'injonction obtenue par ton épouse, sans parler des conditions de ta liberté conditionnelle, et pour être sûr de bien t'enfoncer dans la merde, tu as tabassé ta belle-mère à mort, ou presque. Tu es stupide, mais pas demeuré. Tu sais que tu vas te retrouver derrière les barreaux, ce qui veut dire que le temps presse. Tu t'enfuis ou tu te planques ? »

Quand il s'agissait de se mettre dans la peau de quelqu'un, Gert n'avait pas d'égal, et tout le monde le savait. Il avait toujours été friand de ce genre d'énigmes. Il appuya un coude sur le comptoir pour se mettre à l'aise.

« Ma voiture a été écrabouillée hier, dit-il, ce qui me pose un problème pour fuir. »

Sully confirma d'un hochement de tête. « Supposons que tu utilises la voiture de ta copine. »

Gert renâcla. « Impossible de foutre le camp avec une bagnole à moitié jaune et à moitié violette, rafistolée avec du ruban adhésif. Impossible.

— Alors ? »

Les yeux de Gert se voilèrent et se mirent à loucher légèrement lorsqu'il s'immergea plus profondément dans son rôle d'abruti violent. « J'ai la trouille et comme ils m'ont filé des antalgiques à l'hosto, je n'ai plus les idées très claires. Alors, je m'en remets à ce que je sais faire.

— Tu sais faire quelque chose ?

— Entrer chez les gens par effraction. Je n'ai pas beaucoup de qualités, mais je sais casser une vitre avec le coude sans me faire trop mal. Avec le temps, je suis devenu un expert pour glisser la main à travers le carreau et ouvrir les portes au toucher.

— Oui, mais on est en plein jour. Quelqu'un peut te voir.

— Je te l'accorde. Je choisis un endroit isolé, alors. Une maison sans voisins.

— Tu n'as pas peur que les propriétaires débarquent à l'improviste ?

— C'est eux qui devraient avoir peur. Parce que moi, à ce stade, je n'ai plus grand-chose à perdre. »

Freddy, se sentant abandonné sans doute, lança, de l'autre extrémité du bar : « Hé, Gert ! Tu savais qu'ils ont retrouvé Joe ? »

Gert remonta à la surface en clignant des yeux. Sully voyait bien que, pour lui, la réalité n'était pas aussi fascinante que cette aventure à laquelle on venait de l'arracher. « Où ça ?

— Il était allongé dans les bois. Quelqu'un a écrasé ce pauvre type et a traîné son corps à l'écart pour le laisser crever. »

Gert secoua la tête. « J'aurais pu lui dire que c'était une erreur de s'éloigner du centre.

— Ils pensent qu'il ne survivra pas, ajouta Freddy. Qui peut faire un truc pareil ?

— Un Spinmatic, probablement », suggéra Sully.

Freddy émit un petit rire approbateur. « Il n'a jamais réussi à dire "Hispanique".

— À moins que… reprit Gert, tout bas, en reprenant son rôle.

— Oui ? fit Sully.

— Il se peut que, sous l'effet du stress, je repense à ma première entreprise criminelle qui, aujourd'hui encore, en tenant compte de l'inflation, reste un de mes plus gros coups. Le vieux Sans Souci. Et je me dis : Pourquoi pas ? C'est au milieu des bois, vide, sans personne pour entendre le bruit du verre brisé quand je donnerai un coup de coude dans le carreau. » Gert souriait et hochait la tête. « Oui, plus j'y pense, plus ça me plaît. Avec un peu de chance, je peux m'offrir deux jours de tranquillité. Peut-être même une semaine. Et une fois que la tension sera retombée… qui sait ? Peut-être que je pourrai filer, ni vu ni connu. D'accord, c'est peu probable, mais on a vu des choses plus étranges.

— Tu ne crains pas le gardien ?

— Non, pas vraiment. J'ai entendu dire que la sécurité était assurée par une société privée de Schuyler qui effectue une ronde deux fois par jour. Sans doute qu'ils rentrent même pas à l'intérieur, et même si ? Ils vont inspecter plus de deux cents chambres, au cas où un crétin dans mon genre se planquerait dans l'une d'elles ? »

Gert observait Sully avec sérieux, il était revenu sur terre. Il haussa les épaules. « Je peux pas faire mieux. Avec des tarés, c'est toujours difficile de prévoir.

— Merci, dit Sully, en toute sincérité. Si tu as raison, je te devrai une fière chandelle. »

Le passe-plat de la cuisine s'ouvrit et l'assiette du petit déjeuner de Sully cogna contre le rebord. Gert alla la chercher et la déposa devant lui, avec des couverts enveloppés dans une serviette en papier. « Si j'ai raison, dit-il, c'est là-bas qu'on retrouvera ton corps. »

Face à son assiette, Sully s'aperçut qu'il avait presque faim, et il plongea sa fourchette dans les œufs brouillés. Il avait quasiment fini quand le téléphone fixé derrière le bar sonna. Gert décrocha, en fermant les yeux, comme s'il avait mal à la tête. « Non, je ne l'ai pas vu… Je sais… D'accord… Bien sûr, madame Gaghan. Comptez sur moi. »

Sully repoussa son assiette, la linguiça brûlait soudain comme un fer chauffé au rouge dans sa poitrine. Ou peut-être était-ce l'idée que s'il n'avait pas provoqué Spinmatics Joe au Horse la veille, celui-ci serait resté assis sur son tabouret et aurait évité le chauffard, et sa pauvre mère aurait encore un fils.

« Tiens, dit Gert en lui tendant une serviette car il avait remarqué qu'il transpirait. Sacrément épicée, cette linguiça. »

ÉPITAPHE

La vieille camionnette blanc cassé avait attiré l'attention de Karen lorsqu'elle était arrivée pour faire l'ouverture. Le Kreuner's Country Market – une station-service/épicerie/lave-auto – ayant été braqué deux fois au cours des dix-huit derniers mois, elle guettait les véhicules suspects, mais surtout le soir, vers l'heure de la fermeture, quand la caisse était pleine. Peut-être n'aurait-elle pas remarqué cette camionnette si elle n'avait pas été stationnée de travers, derrière les postes de lavage, là où personne ne s'arrêtait jamais. Comme à son habitude, elle s'était garée à côté de la benne à ordures afin de laisser les places de devant aux clients. Après être entrée par-derrière, elle avait allumé une seule rampe de néons, juste assez pour voir clair sans annoncer à tout le monde que c'était ouvert. Il lui fallait environ un quart d'heure pour préparer la caisse, rebrancher les pompes à essence et alimenter les cafetières en libre-service. Généralement, le café n'avait pas fini de passer quand les premiers clients commençaient à faire la queue dehors, désireux d'en boire une tasse avant de faire le court trajet jusqu'à Schuyler ou de prendre l'autoroute pour aller à Albany. Immanquablement, l'un d'eux collait son nez à la vitre, la voyait s'activer à l'intérieur, frappait à la porte et indiquait sa montre. Alors, même si ce n'était pas tout à fait l'heure, Karen allumait l'enseigne rotative et les plafonniers, elle allait ouvrir la porte et une nouvelle journée commençait.

Le conducteur de la camionnette, déclara-t-elle, était un individu débraillé à l'air endormi, comme s'il avait du mal à se réveiller après avoir passé la nuit dans son véhicule. Il avait prétendu être arrivé quelques minutes avant elle, mais malheureusement il s'était assoupi en attendant qu'elle ouvre. Karen en doutait, mais elle ne voyait pas pourquoi quelqu'un mentirait pour une chose aussi anecdotique. De même, elle n'aurait su expliquer pourquoi elle éprouvait une telle méfiance envers une personne au comportement aussi amical et inoffensif. À l'exception de ses paupières tombantes, confia-t-elle à Raymer, il n'y avait rien de particulier dans son apparence ni sa façon de parler, mais elle pensait qu'il venait peut-être du Sud. Il portait un jean, un T-shirt blanc jauni au col distendu, et une casquette de base-ball ornée d'un logo circulaire qu'elle ne connaissait pas. Il avait commandé un café, un jus d'orange, un *crumb cake* et un paquet de cigarettes, puis il avait dit un truc du genre *: Hé, vous savez quoi ? Pendant que j'y suis, je vais en profiter pour laver ma camionnette.* Là encore, Karen avait eu la nette impression qu'il essayait de la mener en bateau, mais dans quel but ? C'était comme s'il voulait gagner du temps, en attendant que les autres clients s'en aillent, pour se retrouver seul avec elle dans la boutique. Pourtant, elle n'avait pas peur, précisa-t-elle. Elle gardait une bombe de gaz lacrymogène sous la caisse. D'ailleurs, elle se faisait des idées car lorsqu'ils s'étaient retrouvés seuls à un moment donné, il n'avait rien tenté. Il avait payé, il avait lavé sa camionnette et il était parti.

Raymer lui demanda s'il avait payé avec une carte de crédit, et Karen répondit qu'il avait payé en liquide, ce qui était peut-être un peu bizarre. Désormais, les gens payaient par carte dès que le montant dépassait dix dollars. Mais le plus étrange, maintenant qu'elle y repensait, c'était la façon dont il avait pénétré dans le poste de lavage. Elle ne se souvenait pas d'avoir vu un autre client procéder de cette manière. Un peu comme s'il…

« Je vois », dit Raymer. *C'était un peu comme s'il ne voulait pas que quelqu'un voie l'avant de la camionnette.* « Quel poste de lavage a-t-il utilisé ?

— Le plus éloigné », dit Karen, et Raymer l'aurait parié.

Il découvrit, coincé dans le trou d'évacuation du poste de lavage un épais éclat de verre marron qui correspondait parfaitement à ceux qui se trouvaient dans le sachet destiné à collecter les indices, et il y en avait d'autres, plus gros encore, au fond de la poubelle.

« Le maire insiste pour vous voir, annonça Charice par radio quand il regagna le SUV.

— Plus tard. Dites-lui que je suis occupé.

— Je lui ai dit. Il affirme que c'est important.

— Qu'il aille se faire foutre », aboya Dougie.

La radio grésilla, sans faire de commentaire.

« Pardon », dit Raymer. Ce qui le dérangeait le plus dans ces interventions intempestives, c'était qu'elles commençaient à ressembler à des manifestations physiques naturelles : un hoquet ou une toux sèche exaspérante dont on n'arrive pas à se débarrasser. « Désolé. C'est le manque de sommeil. Où est-il ?

— À Hilldale. Il a fait une remarque comme quoi les morts avaient recommencé à bouger. Vous y comprenez quelque chose ? »

Raymer n'avait entendu que le début. Quand Charice avait prononcé le mot « Hilldale », cela lui avait rappelé un détail qui le tracassait depuis qu'il avait quitté le cimetière. Mais quoi ? Était-ce lié à la télécommande de garage ? Il essaya de se concentrer pour ramener au premier plan de son cerveau ce qui se cachait tout au fond, mais le signal était trop faible, et cela ne servit qu'à amplifier le bourdonnement dans ses oreilles.

« Chef ? Vous êtes là ?

— Désolé, je réfléchissais.

— Alors, vous y allez ? À Hilldale ?

— Plus tard.

— Chef ?

— Quoi ?

— Vous me faites peur. »

On frappa à la vitre et Raymer sursauta. Oh, ce n'était que Karen, l'employée. « Excusez-moi, dit-elle, mais autre chose m'est revenu. Quand la camionnette est repartie… Elle faisait un drôle de bruit de frottement.

— Vous l'avez entendu de l'intérieur, avec la porte fermée ?

— Un client sortait à ce moment-là, alors la porte était ouverte. C'était comme un cri strident. Genre…

— Du métal sur un pneu ?

— Oui, exactement. »

Harold Proxmire, unique propriétaire du Harold's Automotive World depuis la mort de son épouse, était occupé à redresser l'aile avant d'une camionnette.

« J'avais un pressentiment », dit-il quand Raymer s'avança en montrant son insigne. Les deux hommes contemplèrent le véhicule que Harold avait acheté quelques heures plus tôt. « Volé ?

— Aucune idée, avoua Raymer, mais il y a de fortes chances qu'il soit impliqué dans un délit de fuite commis dans County Road la nuit dernière.

— Qui a été renversé ?

— Un certain Gaghan. »

Harold secoua la tête.

« Je pense pas le connaître. Mort ?

— Bizarrement, non. Du moins, pas encore.

— J'ai tiqué quand j'ai vu qu'il manquait un réflecteur, dit Harold en montrant le côté de la camionnette. Le gars m'a raconté que son gamin l'avait envoyée dans le fossé, mais elle est immatriculée en Géorgie, ça fait une trotte. Par contre, je n'ai pas vu de traces de sang.

— Il est passé par la station de lavage avant de venir ici.

— Il avait quelque chose de louche.

— Comment ça ?

— C'est un truc qui m'a frappé dès qu'il est descendu de sa bagnole. On aurait dit qu'il n'avait pas encore pris de décision. Ce matin, y a que moi et Andy ici, mais il était derrière en train de fumer un... de fumer, quoi. Alors, j'étais seul avec ce type, et il n'arrêtait pas de regarder autour de lui comme si... je sais pas, peut-être qu'il voulait être sûr qu'on était que tous les deux. Et quand Andy est apparu, j'ai vu un changement dans ses yeux. On aurait dit qu'il venait de décider de me vendre la camionnette, finalement.

— Au lieu de ?

— Comment savoir ? répondit Harold en haussant les épaules, un peu honteux, Raymer le sentait. En temps normal, j'ai pas ce genre de pensées. C'est sûrement la...

— La quoi ?

— J'ai un peu honte de l'avouer.

— Je ne suis pas ici pour vous, monsieur Proxmire, si ça peut vous rassurer.

— J'avoue que oui. En fait, j'ai un truc qui grossit dans la tête. Un kyste. Fibreux, disent-ils, c'est pas un cancer. Mais ils peuvent pas opérer. Bref, ça me file des migraines.

— Et fumer de l'herbe vous soulage ?

— Oui. Un peu. Je sais que le gamin devrait pas fumer, mais c'est pas facile de le lui interdire, alors que j'en fais autant. Sans lui, je ne saurais même pas où en trouver.

— Je suppose que ce véhicule a des papiers ?

— Évidemment. Je fais les choses dans les règles, généralement.

— Généralement ?

— Hé, on parle de bagnoles. »

Le bureau de Harold était le salon d'un mobile home.

Il tendit à Raymer les papiers de la camionnette, qu'il n'avait pas encore eu le temps de classer. Raymer ne savait pas à quoi ressemblait un certificat délivré par l'État de Géorgie, mais le papier sur lequel était imprimé ce document lui semblait étonnamment fin. Le propriétaire se nommait Mark Ringwald.

« Combien vous l'avez achetée ?

— Mille trois cents. Je lui ai dit que sa camionnette était foutue, même avant le dernier accident. Plus de trois cent mille bornes au compteur. Je voulais surtout récupérer les pièces. Je pensais qu'il allait marchander, mais non. Ce qui l'intéressait, c'était que je paie en liquide. J'aurais dû me méfier à ce moment-là.

— Vous gardez une telle somme ici ? »

Harold montra un coffre-fort antique dans le coin.

« Obligé. Dans ce métier.

— Comment il est reparti ? En taxi ?

— Andy l'a déposé avec la remorqueuse.

— À Bath ?

— Schuyler. À la gare. Il devait être à Albany en début d'après-midi.

— C'était il y a combien de temps ?

— Environ deux heures.

— Cet Andy, il est toujours là ? »

Ils ressortirent et Harold beugla pour appeler le garçon, qui émergea entre deux rangées d'épaves. Raymer sentit l'odeur de la marijuana à dix mètres.

« Salut », dit Andy en regardant Raymer d'un air inquiet.

Harold soupira. « Andy, tu t'adresses à M. Raymer, le chef de la police de Bath. »

Le garçon se redressa. « Oh. Salut, *monsieur*.

— Il veut t'interroger au sujet de l'homme qui nous a vendu la camionnette. »

Cette fois, ce fut le gamin qui soupira. « J'ai juste acheté quelques grammes. Pour ma conso personnelle, juré. »

Ses yeux glissèrent brièvement vers Harold, avant de revenir sur Raymer. Ce gamin lui plaisait. C'était peut-être un camé, mais il aurait pu balancer son patron et il ne l'avait pas fait.

« Andy ?

— Ouais ?

— À l'avenir, évite de répondre à une question avant qu'on te la pose.

— Ouais, OK. Pigé. » Soudain, il recula vivement en montrant la main de Raymer. « La vache ! s'exclama-t-il. Vous êtes… genre, un saint ? »

Raymer constata que sa paume saignait. Apparemment, il l'avait grattée de nouveau et les ongles de sa main gauche étaient couleur rouille.

« Loin de là, répondit-il. Bon, M. Proxmire dit que tu as conduit le propriétaire de la camionnette à la gare. »

Le gamin hocha la tête, sans quitter des yeux la main de Raymer, même quand celui-ci cacha sa paume.

« Bill ? Ouais.

— Il t'a dit qu'il s'appelait Bill ?

— Ouais. »

Raymer mit sa main dans son dos, et le gamin, après avoir cligné des yeux, put enfin croiser son regard.

« De quoi vous avez parlé ?

— Je lui ai dit que le car c'était vachement moins cher, mais il m'a répondu qu'il aimait le train.

— Quoi d'autre ? »

Andy se tourna vers Harold encore une fois. « Il m'a proposé un boulot, si je venais avec lui.

— Pour faire quoi ?

— Un boulot régulier, c'est tout ce qu'il a dit. Mais je lui ai répondu que j'avais pas vraiment le droit de quitter le comté. Et il m'a demandé : “ Tu vas passer toute ta vie à faire ce que les gens te disent ? ” Moi, je lui ai dit : “ Non, non, mais j'ai *vraiment* pas le droit de quitter le comté. — Ouais, tu me l'as déjà dit ”, il a fait. Et moi, je lui ai demandé : “Y a quoi dans cette boîte ?” Parce qu’il avait posé son sac à dos par terre, mais il tenait cette boîte sur ses genoux comme si elle était super-importante et qu’il voulait que je lui demande ce que c’était, alors je l’ai fait, et il m’a répondu que si je venais travailler pour lui, peut-être qu’il me le dirait. “Je plaisante pas, je lui ai dit, si je quitte le comté, je vais avoir des méga-problèmes.” Il m’a sorti : “C’est la troisième fois que tu me le dis. — On est arrivés, je lui ai dit. La gare est là.”

— Il t’a dit qu’il allait à Albany ?

— Oui. Et ailleurs ensuite. Chicago ou Denver, un truc comme ça.

— Il te l’a dit spontanément ou tu lui as posé la question ?

— Il m’a dit de venir le voir quand j’aurais le droit de quitter le comté, genre je pouvais débarquer à Chicago ou Denver, comme ça, et lui, il serait là. Vous allez m’arrêter ?

— Pas aujourd’hui.

— Merci, mec, dit Andy visiblement soulagé, mais pas longtemps car Raymer avait laissé réapparaître sa main. Ma parole, vous pourriez être un saint, sans rire. Vous avez la marque, mec. C’est clair.

— Tu crois ?

— C’est ce que dirait ma mère. Elle est super-croyante.

— Dans ce cas, j’ai un message pour toi.

— De qui ? De Dieu ou un truc comme ça ?

— Un truc comme ça, dit Raymer en montrant son stigmate. Laisse tomber l’herbe.

— OK, promis. Je voulais arrêter, de toute façon. »

De retour dans le SUV, Dougie demanda : *Tu as pigé ou il faut que je te fasse un putain de dessin ?*

J’ai pigé, répondit Raymer.

La gare de Schuyler Springs se composait d’une baraque en brique et d’un quai en béton. La petite salle d’attente était vide. Un couple était assis sur le banc dehors, la femme dormait, la tête posée sur l'épaule de l'homme. Chaque jour, quatre trains effectuaient la liaison entre Albany et Montréal, deux vers le nord, deux vers le sud. Le premier des trains en direction d'Albany était parti il y a une heure, le prochain passerait en fin d'après-midi.

Raymer montra son insigne à l'employé du guichet.

« Vous étiez très ressemblant dans le journal, ce matin », dit celui-ci.

Sentant que Dougie allait décocher une repartie grossière, Raymer ferma la bouche et déglutit, une technique qui sembla être efficace.

« Merci. Je cherche un homme qui a peut-être acheté un billet pour Albany ce matin. Taille et corpulence moyennes. Vêtu d'un T-shirt blanc, jauni et distendu. Avec des paupières tombantes qui lui donnent un air endormi. Il avait certainement un sac à dos, et une boîte ou une glacière en polystyrène.

— Désolé, ça me dit rien. Mais on peut acheter son billet à la machine, dit l'employé en montrant celle qui se trouvait juste à côté de la porte.

— Elle accepte le liquide ? »

L'homme secoua la tête.

« Uniquement les cartes.

— Il est possible d'obtenir une liste ? Avec les noms qui sont sur les cartes de crédit ?

— Pour ça, faudrait appeler le fabricant, qu'ils viennent ouvrir la machine. »

Raymer s'en approcha. On aurait dit qu'un connard avait rayé le numéro de téléphone de la société pour graver à la place une suggestion d'ordre général.

Réfléchis, dit Dougie.

C'est ce que je fais, répondit Raymer.

Oh, j'attends, dans ce cas.

Le gamin a dit que le type aimait le train.

Et tu le crois ?

Pourquoi venir ici, si ce n'est pas pour prendre le train ? Je me demande ce qu'il y a dans les environs.

Raymer arriva à la gare routière au moment où le car à destination de Montréal quittait son emplacement. L'homme qu'il poursuivait avait annoncé à Harold et à Andy qu'il se rendait à Albany, mais…

Dans quelle direction roulait-il quand il avait écrasé Gaghan ?

Le nord, répondit, Raymer.

Exact. Alors, fonce.

Raymer franchit brutalement la porte à double battant de la gare routière, en montrant son insigne à une employée en uniforme qui, ne l'ayant pas vu et supposant qu'elle avait affaire à un retardataire qui essayait de sauter dans son car, leva les deux mains et se dressa sur son chemin. Il l'entendit grogner au moment de l'impact, mais continua d'avancer, car il n'avait pas le temps de s'excuser.

Le chauffeur ne s'attendait certainement pas à voir surgir quelqu'un devant lui, aussi mit-il un certain temps à freiner et le véhicule pila net à quelques centimètres seulement des genoux de Raymer.

« Mettez-vous au point mort », ordonna celui-ci quand les portes s'ouvrirent dans un soupir. Il gravit les trois marches, insigne en avant. Le car était étonnamment plein, seuls quelques sièges restaient inoccupés. « N'ouvrez pas les portes, sauf si je vous le demande. »

À son grand étonnement, l'homme fit exactement ce qu'il lui demandait, sans protester, en regardant Raymer comme on regarderait un type qu'il ne faut pas faire chier. Quelqu'un avait-il déjà réagi de cette façon devant lui : du respect teinté de peur ? Ce n'était pas le genre de réaction que quiconque devrait savourer, songea-t-il, après l'avoir déjà savourée.

Tu le vois ? demanda Dougie.

Évidemment.

Tout au fond, près de la vitre. Il y avait plusieurs sièges libres à côté de lui, ce qui fit sourire Raymer. Où qu'il aille, les gens évitaient cet homme, instinctivement.

Tu es sûr ?

Je viens de te le dire.

« À qui parle-t-il ? » demanda une femme à son voisin.

La clim fonctionnait à fond et Raymer remarqua que l'homme portait maintenant une chemise à manches longues, qui laissait voir son T-shirt défraîchi. L'employée du lave-auto n'avait pas reconnu le logo circulaire sur sa casquette, et Raymer non plus, tout d'abord, mais en l'observant plus attentivement, il identifia un serpent stylisé qui se mordait la queue. Sous la visière, les yeux correspondaient à la description : la paupière tombante, l'air endormi, exprimant l'ennui. L'homme regardait dehors – en feignant la nonchalance ? – mais Raymer devinait, à son port de tête, qu'il était totalement concentré sur son approche. Il attendit que Raymer atteigne la dernière rangée pour se tourner vers lui, avec lenteur, et un petit sourire obscène.

Ne fais pas ça, lui conseilla Dougie, mais Raymer s'assit à côté de l'homme malgré tout. « William Smith, je présume ? » s'entendit-il demander, au moment même où il comprenait qu'il avait vu juste. Car il avait face à lui pas uniquement le chauffard coupable d'un délit de fuite, mais aussi le trafiquant de reptiles. Miller l'avait entraperçu la veille au soir quand il surveillait le Morrison Arms ; la camionnette avait filé dès que le conducteur avait vu les bandes jaunes de la police. Un meilleur policier l'aurait pris en chasse et obligé ce salopard à s'arrêter, et sans doute aurait-il évité que Gaghan se fasse faucher quelques minutes plus tard. Mais Miller n'aurait pas été de taille à lutter contre ce type assis à côté de Raymer, et c'était son corps qu'on aurait traîné dans les bois, à la place de celui de Spinmatics Joe. La jeune femme du lave-auto et le vieil Harold Proxmire avaient vaguement senti la chance qu'ils avaient d'être encore en vie après leur rencontre avec cet individu.

Même ivre, Boogie Waggengneckt avait compris, à travers un brouillard éthylique, que cette pièce remplie de serpents qu'il gardait comme des enfants servait à masquer une chose beaucoup plus dangereuse. À côté de laquelle Raymer était maintenant assis.

Bien que sachant tout cela, il se garda bien de dégainer son arme. S'il ouvrait le feu par mégarde dans un car bondé, qui sait combien d'innocents risquaient de mourir ?

William Smith affichait un large sourire. Il s'était retourné en collant le dos à la vitre. La boîte posée sur ses genoux était percée de plusieurs trous, sur le dessus et les côtés, dont Raymer devinait la fonction.

« Bonjour, voisin, dit l'homme.

— Je vais vous demander de me suivre. Calmement, pour ne pas effrayer les passagers. Vous avez compris ? »

Le sourire de Smith s'envola. « Ce n'est pas à moi qu'il faut demander ça, répondit-il en soulevant les fermoirs métalliques sur les côtés de la boîte.

— Il doit avoir de la valeur celui-ci, dit Raymer, pour que vous l'emportiez avec vous.

— Oh, oui, confirma Smith en soulevant le couvercle. Ce petit gars est venu d'Afrique exprès pour faire votre connaissance. »

C'était, songea Raymer, une des plus belles choses qu'il eût jamais vues. D'un noir lisse et brillant, orné de dessins rouge vif et jaunes, un superbe anneau sans début ni fin, du moins jusqu'à ce qu'il ouvre ses yeux, qui semblaient aussi endormis que ceux de son propriétaire. Puis le serpent dressa la tête pour mieux voir Raymer, qui aurait bien aimé bouger, mais s'aperçut qu'il en était incapable. Comme si la loi qui gouvernait les causes et les effets avait été temporairement suspendue. Il n'avait pas été mordu et pourtant le venin circulait dans ses veines et le paralysait. Heureusement, Dougie, lui, n'était pas victime du même engourdissement. Raymer fut le premier surpris de s'entendre dire, de sa drôle de voix de perroquet : « Vous tenez une boîte vide, imbécile. »

Manifestement, ce n'était pas la réaction qu'attendait William Smith. Son étonnement fut tel qu'il faillit écarquiller les yeux. Le serpent avait-il réussi à s'échapper ? Comment était-ce possible ? Il se pencha en avant pour regarder par-dessus le couvercle.

Raymer ignorait qu'un serpent pouvait ouvrir la gueule aussi grand. Toute l'arcade sourcilière gauche de Smith disparut derrière la tête triangulaire du reptile. Pendant plusieurs secondes, sembla-t-il, il demeura suspendu dans cette position, tel un ruban aux couleurs vives attaché au visage de sa victime, avant de tomber sur ses genoux. Quelque part à bord du car, une femme poussa un cri perçant. Puis Dougie utilisa la main de Raymer pour se saisir du serpent, le flanquer dans la boîte et refermer le couvercle. Smith se massait l'arcade qui enflait déjà de manière impressionnante.

« Merde alors, dit-il. J'aurais dû m'en douter. »

Belle épitaphe, songea Raymer. À moins que ce soit Dougie, difficile à dire. Sur le moment, la distinction semblait insignifiante.

Vingt minutes plus tard, de retour dans le SUV, les yeux fermés, renversé contre l'appuie-tête, Raymer sentait le monde familier reprendre ses droits peu à peu. À bord du car, il avait cru que son cœur allait jaillir de sa poitrine tel un alien de cinéma, mais sa respiration revenait à la normale. Grâce à la climatisation, poussée à fond et dirigée sur lui, la sueur commençait à sécher sur son front et dans son cou. Il aurait bien aimé fermer la portière pour laisser l'air conditionné faire son effet, mais cela voulait dire prendre la boîte du serpent avec lui dans la voiture. Pour le moment, elle était posée sur le trottoir, où il pouvait la surveiller. Maintenant que le reptile ne représentait plus une menace, la peur qu'il lui inspirait s'était ravivée, et chaque fois que la boîte bougeait, il vérifiait que les fermoirs métalliques étaient bien enclenchés, au cas où le démon furieux aurait réussi à les faire sauter.

À l'intérieur de la gare routière, le calme semblait être revenu. Plusieurs passagers avaient été légèrement blessés dans la panique pour sortir du car, mais elles avaient été prises en charge par les secours. Les esprits s'étaient échauffés pendant un instant. Les personnes assises devant, ignorant ce qui s'était passé à l'arrière, pestaient contre ce retard. Les autres, traumatisées, avaient refusé de réembarquer tant que le car n'avait pas été entièrement fouillé pour s'assurer qu'il n'y avait pas d'autre serpent. Raymer avait trouvé cet épisode démoralisant, une parfaite illustration de l'égoïsme humain, et quand deux policiers de Schuyler étaient arrivés, il s'était fait un plaisir de leur confier les rênes.

Deux ambulances avaient été appelées. On avait chargé William Smith dans la première, qui était déjà repartie. Sans sirène. C'était inutile. Raymer était resté près de lui pendant qu'il se convulsait, et il n'était descendu du car que lorsque les spasmes s'étaient arrêtés, subitement. Il avait senti son estomac se soulever. La seconde ambulance était pour la femme qu'il avait percutée sur le quai. Il se souvenait seulement de l'avoir bousculée, mais des témoins affirmaient qu'il l'avait soulevée de terre, avant-bras en avant, à la manière d'un joueur de football américain. Il avait entraperçu son visage enflé et hébété au moment où les ambulanciers faisaient glisser la civière à l'intérieur du véhicule. À peine était-il reparti, sirènes hurlantes, que la fourgonnette des services vétérinaires, conduite par Justin, s'était garée à sa place. Voyant la boîte posée sur le trottoir, il s'était dirigé vers le SUV de Raymer. « C'est le serpent ? avait-il demandé en s'accroupissant devant.

— Il est à vous. »

Justin vérifia les fermoirs et transporta la boîte jusqu'à

sa camionnette, où il enfila des gants en caoutchouc et prit une longue pince avant de soulever le couvercle. Quand le serpent forma une boule multicolore autour des tiges métalliques, Raymer dut détourner le regard.

« Bon, dit Justin en revenant. Je vais inspecter le car pour être sûr qu'il n'y a pas d'autre serpent.

— Il n'y en a pas.

— Je sais, mais c'est la procédure. Et ça rassurera les passagers. Attendez-moi, OK ? »

Raymer promit de l'attendre. Il dut s'assoupir ensuite car il fut réveillé en sursaut par le grésillement de la voix de Charice à la radio.

« Chef ? » Elle paraissait affolée. « Vous êtes là ? »

Ne réponds pas, conseilla Dougie. Il était resté muet depuis qu'ils étaient descendus du car et Raymer avait osé espérer qu'il avait fichu le camp. Tu parles ! *Laisse-la mijoter.*

« La radio de la police de Schuyler annonce qu'il y a eu des incidents à la gare routière ? C'est vous ? »

Raymer tendit la main vers le micro. *Si tu fais ça, c'est* moi *qui te mords*, menaça Dougie.

Oh, arrête un peu, dit Raymer, la main plaquée sur le micro. Avec quelle bouche ?

Bon, d'accord. Je ne peux pas te mordre littéralement.

« Il paraît que le chef de la police de Bath est sur les lieux, disait Charice. Il y a eu une victime ? Je vous en supplie, dites-moi que ce n'est pas vous. »

Il faut vraiment que je réponde.

Erreur. Ce n'est pas parce qu'elle veut te parler que tu veux lui parler aussi.

Mais j'ai envie de lui parler.

Non, soyons honnêtes. Tu veux voir le tatouage sur son cul. Pour une fois dans ta vie, mène bien ta barque.

Raymer vit revenir Justin.

« C'est vrai ? demanda celui-ci en reprenant sa position accroupie devant la voiture. Ce que m'a raconté un passager ? Vous avez attrapé le serpent à mains nues pour le remettre dans sa boîte ? »

Dougie ricana. *Ouais. C'est bien* lui *qui l'a attrapé.*

Raymer l'ignora, préférant converser avec un véritable être humain.

« Ce n'était pas très malin, je le reconnais.

— Vous savez quoi ? dit Justin. Vous avez maîtrisé un serpent corail. Un des reptiles les plus mortels au monde.

— Comment se fait-il qu'il ne m'a pas mordu quand l'homme a ouvert la boîte ? »

Justin haussa les épaules. « Simple hypothèse : la boîte était sur les genoux du type ? À côté de la clim ? L'air froid a sans doute fait baisser sa température corporelle. Il lui a fallu quelques secondes pour reprendre ses esprits. Autrement…

— Oui, dit Raymer et il sentit son estomac se soulever de nouveau.

— Vous vous fichez de ce que je pense, je suppose, mais vous avez fait un sacré boulot dans ce car. »

Dougie ricana.

« Que va devenir le serpent ?

— Bah, les corail sont très recherchés. Nul doute qu'un herpétologiste va le réclamer.

— Chef ? »

Charice était de retour. Justin se releva.

« Je vous laisse travailler. »

Raymer acquiesça et décrocha le micro. Aucune objection de la part de Dougie cette fois. « Charice ?

— Dieu soit loué. » Elle paraissait sincèrement soulagée, peut-être même un peu plus que ça, et Raymer sourit. « Vous allez bien ?

— Ça dépend de ce que vous entendez par là.

— Sain et sauf.

— Oui. En revanche, le mystérieux William Smith ne fait plus partie du monde des vivants.

— Le type aux serpents ? Vous l'avez retrouvé ?

— C'était notre chauffard de la nuit dernière. »

D'une voix plus calme, presque recueillie, elle demanda : « Vous avez été obligé de l'abattre ?

— Non. Il transportait un serpent dans le car, et il l'a mordu.

— Qui a dit qu'il n'y avait pas de justice ? »

Comme Raymer ne répondait pas, elle dit : « Chef ? Vous n'allez pas transformer une bonne nouvelle en une mauvaise ?

— Un homme est mort.

— Oui. Un homme malfaisant.

— Et j'ai blessé une femme. Elle s'est mise sur mon chemin et je l'ai renversée. Ils viennent de l'emmener en ambulance.

— C'était involontaire.

— N'empêche. Je suis une menace. Et je perds le peu de raison qu'il me reste. J'ai une voix dans ma tête qui me dit ce que je dois faire.

— Ne l'écoutez pas.

— Impossible. » Il commençait à comprendre qu'il était condamné à supporter Dougie, que ça lui plaise ou non. À moins d'être foudroyé une seconde fois – et tout le monde savait que les probabilités étaient infimes – il ne voyait pas comment il pourrait chasser son alter ego. « Et puis, cette voix est plus intelligente que moi. C'est elle qui m'a dit d'aller à la gare routière. Sans son aide, je n'aurais jamais retrouvé Gaghan dans les bois.

— Chef ? Cette voix… Si elle est dans votre tête, c'est *vous.* Et vous ne pouvez pas être plus intelligent que vous-même.

— Elle me dit de me méfier de vous, Charice. »

Cela sembla lui couper la chique. « De moi ?

— Est-ce que je peux vous faire confiance, Charice ? Vous n'êtes pas de mèche avec Gus, hein ? Parce que…

— Je travaille pour vous, pas pour ce foutu maire. Pour vous !

— Dites à Jerome que s'il veut ma place, il peut la prendre.

— Il n'en veut pas.

— Charice ?

— Oui, chef ?

— Je suis désolé si j'ai été un obstacle. Dans votre carrière. Vous êtes mon meilleur agent. C'est juste que… je ne veux pas qu'il vous arrive quelque chose.

— Je sais. Vous avez déjà dit que vous étiez amoureux de moi.

— Vous oubliez toujours le *peut-être.* » Levant la tête, il fit : « Oh oh.

— Qu'est-ce que ça veut dire “Oh oh” ?

— La camionnette de Channel 6 vient d'arriver.

— Tant mieux. Allez saluer. Vous avez arrêté un criminel. Vous avez éradiqué une menace. Vous avez résolu deux affaires.

— Je vais débiter des bêtises. Du style : Heureux, nous ne le serons que si vous l'êtes.

— Vous l'avez bien dit, cette fois.

— Vous voyez ? fit-il remarquer en mettant le contact. Même quand j'ai raison, j'ai tort.

— S'il vous plaît, dites-moi que vous allez faire un saut à Hilldale, hein ? Le maire appelle tous les quarts d'heure… »

Dès qu'elle eut prononcé le mot « Hilldale », la voix de Charice se perdit au milieu du bourdonnement dans ses oreilles. Ce dont il n'avait pas réussi à se souvenir un peu plus tôt, car le signal était trop faible, revint le harceler. Cette fois, la connexion était meilleure.

« Charice ? Envoyez Miller. Au cimetière. Qu'il demande au gardien de lui ouvrir la cabane.

— Pour quoi faire ?

— C'est là que se trouvent les sabots qu'on nous a volés.

— Comment vous le savez ?

— Appelez ça un pressentiment. »

Il y eut un silence, puis : « Chef ?

— Oui ?
— Vous ne pouvez pas démissionner.
— Pourquoi ?
— Vous devenez bon. »

À mi-chemin de Bath, bloqué à un feu rouge, il sentit le bourdonnement dans ses oreilles qui s'amplifiait et il comprit ce que ça signifiait. Ça n'a pas loupé : *Alors, tu es content ?*

Non, répondit Raymer.

Tu as un sourire jusqu'aux oreilles.

Comment tu peux le savoir ?

Je le sens. Je sens que tu souris.

OK, peut-être que je suis un peu content. Tu es satisfait ?

Tu pourrais me remercier.

Pourquoi ?

Je t'ai laissé flirter avec ta Fille au Papillon, sans t'interrompre. Et puis, après un silence : *Elle te manipule.*

Là encore, comment tu peux le savoir ?

Tu ne comprends pas, hein ? Tout ce que tu *sais, je le sais. Ça marche comme ça.*

J'ai confiance en elle, insista Raymer.

Tu vas le payer.

Un klaxon rugit et dans son rétroviseur, Raymer constata qu'une voiture s'était arrêtée derrière lui. Distrait par sa conversation avec Dougie, il avait manifestement laissé passer le feu vert. Il adressa un signe de la main à l'automobiliste pour s'excuser.

Puis il décida d'utiliser une autre approche. *Si je te posais une question, est-ce que tu répondrais en toute franchise ?*

Dis toujours.

L'amant de Becka, tu sais qui c'est ?

Bien sûr. Et toi aussi.

Le fils de Sully, c'est ça ? Toutes les fois où elle disait qu'elle était avec ses amis du théâtre dans ce bar à vin... L'Adfinitum ?

Infinity.

En fait, elle allait le retrouver.

Raymer avait vu plusieurs fois Peter Sullivan en ville. Séduisant. Bien habillé, dans le style universitaire en tweed. Visiblement cultivé. Il occupait un poste quelconque à la fac, lequel il ne savait pas trop. Tout à fait le genre d'homme susceptible d'attirer Becka. Ils pourraient parler bouquins, théâtre, art et musique. Le genre de type qu'elle aurait dû épouser, dès le départ, et qui lui aurait fait comprendre qu'elle avait commis une erreur en choisissant Douglas Raymer.

L'automobiliste derrière lui s'était remis à klaxonner, mais Raymer l'ignora.

Bref, voilà ce que j'ai compris, Dougie. Et après ? Je m'en fiche.

Tu parles.

Je croyais que c'était important, mais si cette histoire avec Charice…

Un seul délire à la fois, s'il te plaît.

Becka est morte. Tout est terminé. Le fait que je ne retrouve pas cette télécommande de garage, c'était un signe. Charice a raison. Il est temps de passer à autre chose.

Nouveaux coups de klaxon, plus forts. Le type insistait vraiment. Raymer avait l'impression que sa tête allait exploser.

Dougie émit un petit rire sarcastique. *Non mais écoute-toi !*

Ah oui ? En tout cas, c'est en t'écoutant toi, que j'ai failli mourir.

Tu crois que tu peux de débarrasser de moi aussi facilement ?

Peut-être pas. Je n'en sais rien. Peut-être que je suis obligé de te supporter. Mais ça ne veut pas dire que tu peux me donner des ordres. C'est moi, le chef, pas toi.

Derrière lui, le klaxon n'était plus qu'un long rugissement ininterrompu. Raymer ferma les yeux, mais cela ne fit qu'amplifier le son, comme si le klaxon se trouvait dans sa propre voiture. Le feu était vert de nouveau, hélas, il repassa au rouge avant qu'il ait le temps de démarrer. Dans son rétroviseur, l'automobiliste frôlait l'apoplexie, et il continuait de klaxonner pour inciter Raymer à franchir le carrefour. Il baissa sa vitre, glissa la tête au-dehors et s'écria : « Hé, connard ! C'est quoi, ton problème ? »

Le changement qui s'opéra sur son visage quand Raymer descendit du SUV et marcha vers lui était réjouissant : la fureur se transforma en inquiétude, puis en pure terreur. Sa vitre remonta en bourdonnant et les portières se verrouillèrent. Plaquant son insigne sur le pare-brise avec sa main gauche, Raymer lui fit signe, avec la main droite, de baisser sa vitre. L'homme regarda l'insigne, puis le visage de Raymer, puis de nouveau l'insigne et finalement l'horrible stigmate dans sa paume, comme s'il essayait de concilier des témoignages contradictoires. Le fait qu'il s'agisse manifestement d'un policier était assez rassurant pour qu'il ouvre sa vitre et lui adresse un grand sourire, un peu penaud, qui disparut sous l'impact du poing de Raymer. La tête de l'homme fut projetée vers la droite, un jet de salive aspergea la vitre du passager, et il s'affala sur son siège, retenu par sa ceinture de sécurité. Quand il vit ses yeux révulsés, Raymer éprouva un vif sentiment de bien-être. Voilà, songea-t-il, ce que Sully avait ressenti, il y a si longtemps, quand il lui avait décoché un direct. Pourquoi, se demanda-t-il, s'était-il interdit pendant tout ce temps le plaisir de la violence physique ? Dommage, vraiment, qu'il n'y ait qu'un seul connard agressif dans la voiture, car il aurait bien aimé en mettre K.-O. quelques autres. Les parasites dans ses oreilles étaient presque aussi assourdissants que le klaxon quelques instants plus tôt, mais en regagnant sa voiture, il se surprit à fredonner gaiement une chanson qui datait d'une vingtaine d'années, mais dont il n'avait pas oublié les paroles : *J'aimerais mieux être un marteau qu'un clou.*

Le feu était repassé au vert, alors il démarra et traversa prudemment le carrefour. La voiture derrière lui ne bougea pas ; elle rétrécit dans le rétroviseur et lorsque Raymer tourna dans Bath Road, elle disparut pour de bon. Quand il eut parcouru un peu moins d'un kilomètre, le bourdonnement dans sa tête faiblit ; il se gara sur le bas-côté et régla le rétroviseur afin d'examiner le visage qui avait tant effrayé ce connard. S'il avait montré ce visage à Becka, serait-elle restée amoureuse de lui ? Était-ce ce que voulait cette femme ? Ce qu'il voulait *lui-même* ?

Après avoir remis le rétroviseur dans sa position initiale, il regarda fixement sa paume. L'agrafe fantôme était toujours visible au centre, mais la zone rouge, enflée tout autour, probablement infectée, avait doublé de volume et ressemblait maintenant à une blessure par balle. Il la gratta, violemment.

Plus fort encore. Quelle jouissance.

Dis-moi, demanda Dougie. *C'est qui le chef ici ?*

CHEZ SOI

L'hôtel étant fermé, la route qui traversait le parc du Sans Souci avait été condamnée, mais une étroite voie de service, non pavée et creusée d'ornières, longeait le mur de pierre à l'intérieur de la propriété. Un panneau PROPRIÉTÉ PRIVÉE ACCÈS INTERDIT était cloué sur un arbre à l'entrée. Quand Sully l'ignora, Rub pencha la tête sur le côté et le regarda d'un air dubitatif. « Je l'ai vu », lui dit Sully. Parfois, il soupçonnait ce petit salopard de savoir lire.

En guise de réponse, le chien éternua violemment.

« Je ne veux rien entendre. Reste assis et tiens-toi bien. Sinon, je te ramène à la caravane et je t'enferme. »

Rub éternua de nouveau, encore plus violemment, peut-être pour indiquer qu'il jugeait cette menace sans importance, ce qui était le cas.

Le chemin serpentait au milieu des grands pins pendant presque un kilomètre avant de déboucher sur un petit parking désert derrière l'hôtel. Déçu de ne pas y trouver la voiture bicolore qu'il cherchait, Sully s'y gara malgré tout.

« Vingt minutes, dit-il à Rub, en songeant que si le chien savait lire, peut-être qu'il savait également lire l'heure. Si tu n'es pas revenu quand je m'en vais, je te laisse ici. Pigé ? »

Rub semblait avoir compris car il se mit à exécuter des bonds de joie, et son crâne heurta le toit de la cabine, avec fracas, ce qui dut lui faire affreusement mal, mais pas assez manifestement pour l'empêcher de continuer à sauter, avec des résultats identiques.

« Arrête, tu vas te tuer, dit Sully en se penchant pour ouvrir la portière du passager. Vingt minutes ! » répéta-t-il, alors que Rub disparaissait au coin de l'hôtel, libre de gambader dans tout le parc.

Seul maintenant, Sully coupa le moteur et se laissa submerger par le passé. C'était étrange, quand on y réfléchissait. Ce parc n'était qu'à une centaine de mètres de la maison de Miss Beryl, mais cela faisait des années qu'il n'y avait pas mis les pieds. Gamin, à une époque du moins, c'était son endroit préféré.

Quand une précédente version de l'hôtel avait fermé, son père avait été engagé par la municipalité pour en être le gardien et en assurer l'entretien. Son travail consistait à vérifier que les intempéries n'entraient pas à l'intérieur de l'hôtel par une fenêtre brisée, que les canalisations percées ou d'autres problèmes étaient rapidement réparés et maîtrisés. Les meubles et les équipements les plus précieux avaient été entreposés ailleurs ou vendus lors de la fermeture de l'hôtel, néanmoins il restait encore un tas de choses dignes d'être volées, et Big Jim avait pour tâche d'offrir une présence visible afin de décourager les cambrioleurs, mais aussi les fêtards qui envahissaient les bois et abandonnaient derrière eux leurs bouteilles de whisky vides. Il avait également pour mission, c'était du moins ce qu'il racontait à Sully et à Patrick, son fils aîné, de chasser les gamins du coin qui, si on les laissait faire, escaladaient la grille en fer forgé et saccageaient les belles pelouses avec leurs parties de football. Flanquer une frousse bleue à ces petits salopards sans foi ni loi était ce qu'il préférait dans ce métier.

En revanche, Sully et son frère pouvaient profiter librement de la propriété. Cela voulait dire, essentiellement, explorer les bois en faisant semblant, comme tous les garçons, de s'y perdre, même si, en réalité, c'était impossible.

Les nombreux chemins du parc qui serpentaient entre les arbres revenaient tous à l'hôtel à un moment donné, et vous ne pouviez pas parcourir plus d'un kilomètre dans un sens ou dans l'autre sans tomber sur un mur de pierre ou une clôture qui vous conduisait soit à l'entrée du côté Schuyler, soit à l'entrée du côté Bath à l'autre extrémité. Par mauvais temps, si leur père était dans de bonnes dispositions, il les autorisait à entrer dans l'hôtel et les laissait plus ou moins libres d'explorer les lieux, du moment qu'ils ne cassaient rien. Dans le grand salon, où les meubles restants avaient été entreposés dans un coin, sous des draps, leur jeu favori consistait à prendre leur élan et à glisser sur le parquet verni, en chaussettes, jusqu'au jour où Patrick s'était ouvert le pied sur un clou, des orteils au talon, ce qui lui avait valu une trentaine de points de suture. Dans la bibliothèque, il y avait une énorme table de billard avec des poches en cuir qui les narguait jusqu'au jour où ils réussirent à forcer la serrure d'un placard voisin qui renfermait plusieurs queues, un triangle, un chevalet et des boules dont il manquait uniquement la 8. Le sol étant incliné, le plateau de la table avait fini par pencher lui aussi, un handicap que Sully et son frère avaient fini par domestiquer et même apprécier. En dosant habilement son coup, on pouvait même faire en sorte que sa boule contourne une autre boule placée inopportunément sur son trajet, et faire confiance à la pesanteur pour l'entraîner vers la poche du coin. Ayant appris à jouer au billard sur cette table, Sully croyait que cette inclinaison faisait partie du jeu et, des années plus tard, quand il s'y était remis, il avait dû tout réapprendre. Mais jouer sur une surface horizontale, sans le suspens de la pesanteur, l'amusait moins.

Une propriété aussi vaste et merveilleuse aurait constitué un rêve pour n'importe quel enfant, mais pour Sully et son frère, c'était également un moyen d'échapper à leur sinistre foyer de Bowdon Street où leur pauvre mère vivait quasiment prisonnière, trop honteuse pour sortir car souvent elle affichait un œil au beurre noir ou une lèvre fendue et enflée. À l'inverse, Big Jim, qui l'avait mise dans cet état, était accueilli comme un homme sympathique dans tous les bars du coin où, maître officieux du Sans Souci, il tenait salon et dispensait ses largesses pas très secrètes. Compte tenu de ses responsabilités nombreuses et variées, il s'estimait mal rétribué, ce qui justifiait, à ses yeux, ses activités annexes lucratives. Malgré le manque de confort de la plupart des chambres – l'eau et l'électricité ayant été coupées – il réussissait quand même à les louer à l'heure, pour un prix raisonnable, ce qui lui permettait de doubler, et même plus, son salaire de gardien. On racontait qu'à l'occasion lui aussi emmenait des femmes là-bas.

Les gens le mettaient en garde, évidemment : ce n'était qu'une question de temps avant qu'on découvre ses magouilles et qu'il se fasse virer. Mais Big Jim refusait de les écouter. Après tout, les hommes à qui il rendait des comptes vivaient à Albany et à New York. Ayant vécu à Bath toute sa vie, il avait une vision déformée des distances. La première de ces deux villes, située à trente-cinq minutes de voiture depuis l'achèvement de la Northway, lui semblait inaccessible, et la seconde aurait pu tout aussi bien se trouver sur la face cachée de la Lune. Comment des types vivant aussi loin pouvaient-ils savoir ce qu'il manigançait ? Ils étaient bien trop occupés à gérer la guerre entre les diverses factions de la famille qui détenaient la majorité des parts de la propriété et n'étaient pas d'accord sur ce qu'il convenait d'en faire. Encore mieux : quand ces types venaient visiter le Sans Souci en compagnie d'un acheteur potentiel, ils annonçaient leur arrivée plusieurs jours à l'avance, afin que Big Jim veille à ce que tout soit nickel.

Mais le père de Sully ignorait qu'ils finissaient toujours par apprendre ce qui se passait à l'hôtel. Ce qui le protégeait, ce n'était pas qu'ils ignorent la réalité, mais le fait qu'ils n'étaient pas les propriétaires. Il avait monté une petite affaire parallèle ? Quelle importance ? Il jouait les caïds en ville, c'était une grande gueule et un fanfaron qui se donnait des airs et se comportait comme si le Sans Souci lui appartenait ? Ça ne les regardait pas. C'étaient des avocats, ou ils travaillaient pour des avocats, et par conséquent, leur principale préoccupation concernait la responsabilité. Certes, ils comptaient sur Big Jim pour chasser les intrus, mais surtout pour éviter les risques de procès si quelqu'un se blessait. Savaient-ils que c'était un alcoolique ? Bien sûr. S'en souciaient-ils ? Pas plus que ça. Les gardiens des grandes propriétés sombraient souvent dans l'alcoolisme.

En revanche, savoir qu'il fumait les inquiétait, d'autant qu'au cours de son entretien d'embauche il avait prétendu le contraire. Un siècle plus tôt, le premier Sans Souci avait été détruit par un incendie, et si les propriétaires actuels ne s'entendaient sur rien, ils étaient au moins d'accord sur une chose : leur hôtel ne devait pas être détruit avant qu'ils décident de le faire eux-mêmes, pour toucher l'argent de l'assurance. En découvrant des brûlures de cigarette sur les meubles, les représentants des propriétaires lui avaient rappelé à plusieurs reprises que fumer était un motif de licenciement, et, chaque fois, Big Jim promettait d'arrêter, affirmant qu'il en avait l'intention d'ailleurs, c'était exactement la motivation dont il avait besoin. Et effectivement, il avait essayé d'arrêter, plusieurs fois, pendant une semaine ou deux. Mais quand ils revenaient, il avait rechuté. On apercevait le paquet de Camel dans sa poche à travers le tissu fin de sa chemise, un cendrier plein qu'il avait oublié de cacher traînait dans la bibliothèque et il y avait de nouvelles traces de brûlures sur le bar en chêne où il aimait recevoir des femmes avant de les entraîner dans une chambre. Alors ils lui passaient un savon, une fois de plus, en affirmant que c'était le dernier avertissement : la prochaine fois, ils le remplaceraient par quelqu'un d'autre. Il y avait un tas de types à Schuyler County qui cherchaient du boulot.

Pourquoi lui accordaient-ils autant de dernières chances ? Se mettre à plat ventre devant des hommes en costume était un des rares talents que possédait Big Jim. Et ces hommes étaient impatients de retourner à Albany et à New York, évidemment, alors il n'était jamais obligé de ramper très longtemps. Ils avaient beau menacer de venir plus souvent pour le surveiller, il savait qu'ils détestaient ces visites au Sans Souci et ne se déplaçaient qu'en cas d'absolue nécessité. Certes, cet avilissement lui laissait un mauvais goût dans la bouche, et Sully et son frère savaient qu'ils devaient garder leurs distances quand leur père s'était fait passer un savon, mais l'humiliation ne durait qu'une ou deux semaines, après quoi il retrouvait son sentiment de bien-être et sa superbe, en même temps que son arrogance pleine de vantardise. « Où est-ce qu'ils vont dénicher quelqu'un qui fume pas ? demandait-il de manière rhétorique. Vu ce qu'ils paient ? »

À l'instar de beaucoup d'individus qui n'acceptent pas l'autorité des autres, Big Jim n'aimait pas que la sienne soit mise en cause. Sully et Patrick s'en seraient bien gardés. On ne pouvait pas en dire autant, cependant, des garçons du coin qui ignoraient les panneaux ENTRÉE INTERDITE plantés à intervalles réguliers le long de la grille, et qui offraient, comble de l'ironie, un appui supplémentaire pour l'escalader. Bien que ces gamins soient le dernier de ses soucis, Big Jim avait réussi à se convaincre du contraire, et il expliquait à tous ceux qui voulaient bien l'écouter que s'il laissait ces petits salopards envahir les lieux, jouer au foot et saccager les pelouses impeccables, il perdrait son travail. À croire qu'il ne comprenait pas que le sport qu'ils appréciaient surtout, plus que le foot, c'était de taquiner Big Jim Sullivan. Vifs et agiles, alors qu'il était lent et lourd et – en fonction de l'heure de la journée – ivre, ils le provoquaient inlassablement pour l'inciter à leur courir après. Dès qu'il s'élançait, ils s'éparpillaient comme des cafards, dans toutes les directions, l'obligeant à choisir lequel de ces petits enfoirés il allait pourchasser, bien que cela n'ait aucune importance. Il n'y avait pas de bête malade dans ce troupeau, et Big Jim n'était pas le lion qu'il imaginait. Plus que tout, les gamins aimaient le laisser approcher en faisant semblant de tomber ou de se tordre la cheville, pour bondir telles des gazelles à la dernière seconde, escalader la grille et se laisser retomber de l'autre côté, hors de portée, et adresser un magistral bras d'honneur à Big Jim. Leur poursuivant demeurait une énigme. Avec quelle facilité leurs singeries le faisaient entrer dans une rage folle ! C'était quoi, son problème ? se demandaient-ils. Comment pouvait-il tomber dans le panneau tous les jours, incapable manifestement de retenir la leçon, si récente et marquante soit-elle ? Ils aimaient, comme des garçons de treize ans, son animosité maladroite, en y décelant peut-être un aperçu du monde plus vaste des adultes dans lequel ils s'apprêtaient à entrer, où les lois étaient faites et appliquées par des imbéciles de toutes les tendances. Dans cette optique, se moquer de Big Jim Sullivan n'était-il pas un impératif moral ? Avec la grille en fer forgé qui les séparait, cela devait en donner l'impression.

Mais comment un aussi beau plaisir aurait-il pu ne pas mal tourner ? N'était-il pas absolument inévitable qu'un des garçons finisse par glisser en escaladant la grille ? Et donc, un jour, c'était arrivé. Une des piques de la grille s'était enfoncée dans la gorge d'un garçon et était ressortie par sa bouche, grande ouverte sous l'effet de la stupeur. Deux de ses camarades avaient affirmé qu'il ne s'agissait pas vraiment d'un accident, qu'il n'aurait jamais glissé si ce grand bonhomme costaud n'avait pas secoué la grille de toutes ses forces. Big Jim avait nié, faisant remarquer que la grille était trop lourde, trop épaisse, pour bouger. Quoi qu'il en soit, le garçon était suspendu là, tel un poisson accroché à un hameçon, agitant furieusement les bras, puis ils étaient retombés le long de son corps, inutiles et inertes. On avait appelé les pompiers et le garçon, en état de choc, avait finalement été décroché, après plusieurs tentatives manquées et atroces. Si incroyable que cela puisse paraître, il avait survécu.

Mais cet incident avait été la goutte d'eau qui fait déborder le vase, et il avait coûté sa place à Big Jim, confirmant ainsi sa prédiction relative à la cause de son renvoi. À l'entendre, il avait été renvoyé pour avoir fait son travail. Où était la justice dans tout ça ? Comme si dans tous les autres domaines, il avait été un employé modèle. Au cours des semaines et des mois qui avaient suivi, il avait été incapable de comprendre pourquoi ce drame avait provoqué un tel déluge de condamnations morales au sein de la communauté. On aurait pu croire qu'il avait commis une faute, en voyant la férocité avec laquelle les gens se retournaient contre lui. Maintenant qu'il ne pouvait plus leur offrir une chambre au Sans Souci, ses anciens amis, tous aussi ingrats les uns que les autres, le regardaient comme un monstre. De toute évidence, ils jalousaient son statut depuis le début et maintenant, ils se délectaient de son infortune. De quoi faire naître de sérieux doutes sur la race humaine dans son ensemble.

La perte de son emploi au Sans Souci avait déclenché l'ultime et longue plongée de Big Jim dans l'alcool. Ivrogne en société jusqu'alors, il était devenu un buveur solitaire, taiseux, morose, aigri, qui s'apitoyait sur son sort. Son épouse subissait de plein fouet ses sautes d'humeur, comme toujours, mais Sully recevait lui aussi sa part de violences verbales et physiques. « Ne réponds pas, le suppliait sa mère, les rares fois où il voulait prendre sa défense. Ça le fait enrager encore plus. » Sully ne partageait pas cet avis. Le repli et la faiblesse pouvaient, tout autant que l'affrontement, provoquer et amplifier la fureur de son père. Patrick en était l'illustration parfaite. Pour des raisons qui échappaient à Sully, son frère prenait souvent le parti de leur père, mais il ne s'en sortait pas mieux pour autant. Évidemment, il avait deux ans de plus, ce qui voulait dire qu'il pourrait échapper à la maison de Bowdon Street plus vite.

À l'époque, Sully avait jugé que son frère était un lâche d'abandonner leur mère, mais son tour venu, il en avait fait autant.

En un sens, il était même parti plus tôt. Au collège, il s'était essayé au football, et Clive Peoples, mari de Miss Beryl et entraîneur de North Bath, impressionné par son intrépidité, l'avait pris sous son aile. Avec sa femme, qui avait été son professeur d'anglais en quatrième, ils lui avaient ouvert leur maison, et en terminale, il passait plus de temps dans leur domicile d'Upper Main que dans Bowdon Street. Il faisait de son mieux pour apporter sa contribution et les remercier de leurs innombrables marques de gentillesse ; il déneigeait leur trottoir et leur allée en hiver, il tondait leur pelouse en été et il ramassait à l'automne la montagne de feuilles mortes tombées des vénérables ormes qui bordaient leur rue. Des tâches qui, autrement, auraient incombé à leur fils Clive Jr., un garçon mou, de quatre ans son cadet, qui semblait plutôt content de lui laisser le rôle de grand frère. Pour lui, c'était autant de travail en moins. Sully ne savait pas seulement manier les outils, il n'avait pas peur de s'attaquer à des tâches sans trop savoir comment il allait les mener à bien, et le vieux Clive se réjouissait de le voir devenir aussi habile. Miss Beryl, quant à elle, avait percé à jour ses motivations. Toute activité qui le dispensait de retourner dans Bowdon Street était la bienvenue. Il s'était engagé dans l'armée juste après avoir obtenu son diplôme de fin d'études, sans en informer ses parents, avant le jour de son incorporation. Sa mère aurait peut-être pu avoir des soupçons, mais elle n'avait rien vu venir.

« Tu t'en vas ? » avait-elle répété, stupéfaite par cette annonce, alors qu'il se tenait devant elle dans la cuisine, son sac de voyage sur l'épaule. Son expression était celle qu'elle affichait juste avant de recevoir une des torgnoles de son mari.

« Tu restes ? » avait-il rétorqué, cruellement.

Elle avait jeté un regard inquiet en direction du salon où était assis son mari, rideaux tirés, comme toujours, devant la télévision, allumée mais sans le son. Sully n'aurait su dire depuis combien de temps son père et lui ne s'étaient pas parlé, mais il aurait parié que le vieux, malgré sa fausse indifférence typique, écoutait.

« Pourquoi je partirais ? »

Évidemment, la question qu'elle posait, en réalité, était : *Où irais-je ? De quoi vivrais-je ? Qui paierait ?* N'ayant aucune réponse à ces questions, il lui avait dit ce qu'elle savait déjà : « Il te traite comme un chien. Pire encore. »

De nouveau, elle avait lancé un regard apeuré vers le salon. « Il a un sale caractère, c'est tout.

— Non. Il est méchant, stupide et lâche. Et ça, c'était avant qu'il commence à boire. » Il pensait : *Sors de là, mon vieux. Sors de là et défends-toi si ce que je dis ne te plaît pas.* Prêt à poser son sac pour se battre, là dans la cuisine, si nécessaire.

« Au fond de lui-même, avait dit sa mère, il nous aime.

— Non, c'est faux. »

Elle avait baissé la voix pour dire, d'un ton larmoyant : « Si je pars, il n'aura plus personne.

— Il ne mérite pas d'avoir quelqu'un. »

Elle lui avait pris la main. « Tu n'as pas besoin d'être dur, sous prétexte que le monde l'est. »

Ah bon ? Pourtant, il était parvenu à la conclusion exactement inverse. L'Amérique entrerait bientôt en guerre, et il y participerait. Dur, il faudrait l'être, il le savait. Voilà pourquoi ce matin-là, il avait embrassé sa mère, mais était parti sans même un regard en direction du salon, déjà habité par cette dureté que sa mère avait tant espéré ne jamais voir en lui.

Pas suffisante, malheureusement, pour lui permettre de quitter la ville en s'abstenant de dire au revoir à Miss Beryl. Même s'il l'avait envisagé. Contrairement à son mari, elle n'avait pas réagi avec enthousiasme en apprenant qu'il s'était engagé. Quand il lui avait demandé pour quelle raison, si elle estimait que cette guerre imminente était une bêtise, elle lui avait répondu qu'elles l'étaient toutes, plus ou moins, mais ce n'était pas le problème, pas véritablement. Et même si elle craignait qu'il se fasse tuer, ce n'était pas ça non plus. Ce qui lui faisait peur, avait-elle expliqué, c'était la violence qu'il allait s'infliger. Il ne risquait pas seulement sa vie, il risquait son être, cet être dont Thoreau estimait qu'il méritait d'être soutenu et protégé, cet être dont Emerson avait défendu la primauté. (Ils lisaient *La Désobéissance civile* et *La Confiance en soi* dans sa classe de quatrième.) On demandait toujours aux jeunes, affirmait-elle, de mettre en danger la personne qu'ils étaient réellement, au plus profond d'eux-mêmes, avant même qu'ils aient eu l'occasion de faire connaissance. Selon elle, il n'était pas juste d'exiger d'eux qu'ils risquent une chose qu'ils possédaient sans le savoir, et dont ils ne pouvaient connaître la valeur. « De plus, avait-elle ajouté, je crains que tu ne te sois engagé pour de mauvaises raisons.

— Pourquoi je me suis engagé, d'après vous ? avait-il demandé, curieux de savoir si elle le comprenait vraiment.

— Parce que tu es jeune, je suppose, avait-elle soupiré, et que tu ne savais pas quoi faire d'autre. »

Il n'aimait pas qu'on lui rappelle qu'il était jeune, et il aimait encore moins que cette femme voûtée et minuscule, qui avait été si bonne avec lui, soit aussi perspicace, surtout en ce qui le concernait. Bizarrement, elle réussissait toujours à déjouer ses manœuvres, ne lui laissant d'autre choix que de se réfugier dans une posture de bravade puérile et forcée.

« Je pense simplement, avait-il répondu, que quelqu'un devrait donner une bonne leçon à cet Adolf. »

Elle l'avait gratifié de ce sourire bienveillant, et complice, qui indiquait qu'elle le comprenait parfaitement, comme toujours.

Tout cela, c'était une semaine avant son départ. Le

jour J, quand il était arrivé chez les Peoples, le coach lisait le journal sur la véranda. Après avoir posé son sac, Sully avait gravi les marches et ils s'étaient serré la main.

« Alors ça y est, tu pars, avait dit le coach en prolongeant leur poignée de main.

— Oui, monsieur.

— Pour aller donner une bonne leçon à Adolf. »

Sully avait souri. Miss Beryl avait répété à son mari ce qu'il lui avait dit, non sans une certaine tendresse, il le sentait.

« Elle est à l'intérieur, Sully. » Le regard de Clive Sr. indiquait qu'il savait combien cet au revoir serait difficile – impossible –, et que les femmes en général, celle-ci en particulier, n'exigeaient pas uniquement tout ce que vous aviez, mais aussi, et surtout, ce que vous n'aviez pas et n'auriez jamais. En échange, elles vous offraient ce que vous ne vouliez pas ou dont vous n'aviez que faire, ou pire encore, ce qui était bon pour vous. C'était exactement ce qu'avait fait Miss Beryl quand, en levant la tête, elle l'avait découvert sur le seuil de la cuisine. « Te laisseras-tu tenter par une tasse de thé ? » avait-elle proposé, comme si on savait depuis longtemps que c'était la meilleure façon d'appâter un jeune homme.

« Je déteste le thé, lui avait-il dit pour la millième fois, mais ne voulant pas la vexer en ce jour particulier, il s'était laissé fléchir. Bon, OK, mais juste pour cette fois. »

Cela avait paru la réjouir, tout comme le fait qu'il s'assoie à la table de la cuisine. « Avec de la crème et du sucre ?

— Est-ce que ça ressemblera plus à de la bière ?

— Donald, avait-elle dit en posant la tasse fumante devant lui. Ça me fait beaucoup de peine de te voir partir.

— Je sais. Vous me l'avez déjà dit.

— Désolée. Je n'avais pas le droit d'essayer de te faire changer d'avis. J'avais oublié à quel point tu es entêté. »

Inutile de protester, alors il s'était abstenu. Il avait bu

une gorgée de thé, grimacé et repoussé sa tasse. « Oh, la vache. »

Miss Beryl avait pris un air grave.

« Je veux que tu me dises dans quelles circonstances tu es parti de chez toi. »

Il avait balayé la cuisine du regard.

« Chez moi, c'est plus ici que là-bas.

— Oh, ta pauvre mère.

— Jamais je ne lui dirais.

— Je sais, Donald, mais si tu le penses, elle le sent. Tu ne le savais pas ?

— Comment je pourrais ne pas ressentir ce que je ressens ?

— Tu n'as pas tort. »

Il avait souri.

« Vraiment ?

— Oui. Comme souvent. Mais ça ne signifie pas que je doive être d'accord. Oserai-je te demander comment tu as dit au revoir à ton père ?

— Lui dans une pièce, moi dans une autre. »

Le regard de Miss Beryl trahissait sa perplexité.

« Est-ce que tu comprends l'idée de pardon ?

— Je connais le concept.

— Sais-tu comment ça marche ?

— Quelqu'un se comporte comme un connard et on lui dit que ce n'est pas grave ?

— C'est une interprétation volontairement erronée.

— Vous voulez dire fausse ?

— Je veux dire à moitié fausse.

— Au moins, j'ai à moitié raison. Pourquoi vous souriez comme ça ?

— Parce que ta présence va me manquer.

— Vous aussi, vous allez me manquer. Et le coach aussi.

— Moi un peu plus. »

Il avait regardé par-dessus son épaule pour vérifier que le vieil homme était toujours sous la véranda et non pas derrière lui, à attendre sa réponse. « Oui, sans doute », avait-il admis, surpris de constater que c'était vrai, et un peu honteux car il avait l'impression de trahir quelqu'un qui l'avait traité comme un fils, bien plus que son propre père.

« On ne pardonne pas aux gens parce qu'ils le méritent, avait ajouté Miss Beryl. On leur pardonne parce qu'*on* le mérite.

— C'est une notion qui m'échappe, je crois.

— Tu sais quoi ? À moi aussi. Mais c'est la vérité.

— Peut-être que je serai plus d'humeur à pardonner quand je reviendrai.

— Tu sais, n'est-ce pas, que parfois on revient trop tard ? »

Oui, il le savait, mais c'était une perception de jeune homme, pleine d'assurance, incomplète. « Vous souriez encore. »

Elle avait montré sa tasse. « Tu as bu ton thé. »

En effet. Il ne s'en était pas aperçu, il se souvenait uniquement de ce premier mauvais goût, mais la tasse était vide maintenant, et il sentait un éclat chaud dans la poitrine.

« Un jour, tu te connaîtras toi-même, avait-elle prédit. Tu connaîtras ton être.

— Vous croyez ?

— Oui, avait-elle répondu en débarrassant leurs tasses. J'en suis sûre. »

Elle l'abandonnait, avait-il compris avec effroi, à la guerre imminente. Était-ce l'affection de cette vieille femme qui faisait naître la peur en lui pour la première fois ? Qui lui donnait envie de rester ici, dans la douce chaleur de cette cuisine ? Impossible, évidemment, et ils le savaient l'un et l'autre. Les dés étaient jetés, il les avait lancés lui-même.

La nouvelle de la mort de son père lui était parvenue pendant qu'il était en Angleterre, au cours des ultimes préparations du débarquement. La mort de sa mère, il ne l'avait apprise qu'à Paris. De retour au pays, après ce qui lui sembla cent ans d'absence, il s'était rendu sur leurs tombes voisines. Une seule fois. Car, planté là à Hilldale, il n'avait rien ressenti, ce qui voulait sans doute dire que Miss Beryl avait raison : on arrivait parfois trop tard. La Normandie, le bocage, la forêt de Hürtgen, les camps et, enfin, Berlin… tout cela se résumait à un seul constat : trop tard. S'était-il révélé dans la guerre, comme on disait que cela arrivait souvent aux jeunes hommes ? Peut-être. Il avait fait connaissance avec lui-même au combat, il avait prouvé sa valeur face à la peur. Mais avait-il également perdu une chose qu'il possédait sans le savoir ? Son être, pour lequel Miss Beryl s'inquiétait tant, avait-il souffert ? Il se souvenait de l'expression de la vieille femme quand elle l'avait revu, un mélange de soulagement et d'affection ancienne, accompagnés de cette constatation : le garçon qui était parti à la guerre était et n'était pas celui qui en revenait.

Il perdait sûrement son temps et Sully, qui doutait soudain d'être à la hauteur de la tâche qu'il s'était lui-même fixée, envisagea de renoncer. Si Roy Purdy se cachait ici, au Sans Souci, la voiture jaune et violette serait certainement sur le parking. Mais la dénommée Cora l'avait peut-être déposé, avant de repartir, alors il prit le démonte-pneu à l'arrière du pick-up, au cas où. La porte réservée aux livraisons était verrouillée et il n'y avait aucun signe d'effraction. Il fit méthodiquement le tour du bâtiment en examinant tous les points d'entrée, à la recherche d'une vitre brisée. Cela lui prit presque une demi-heure, et quand il revint sur le parking, épuisé, une autre voiture était là, une vieille Lincoln Town Car. Elle appartenait à un homme corpulent et mou, âgé d'une soixantaine d'années. Il portait des lunettes de soleil à verres réfléchissants et une barbe brune soigneusement taillée, sans doute pour masquer son menton fuyant. Dégarni sur le dessus du crâne, il avait laissé pousser ses cheveux sur les côtés et dans la nuque afin de pouvoir faire une queue-de-cheval. Penché en avant, il caressait les oreilles de Rub qui projetait de petits jets d'urine euphoriques.

L'homme se redressa en voyant Sully approcher avec son démonte-pneu et parut soulagé quand celui-ci le lança à l'arrière de son véhicule.

« Adorable, ce corniaud. C'est dommage pour…

— Sa bite ?

— Oui. Qu'est-ce qui s'est passé ?

— Il la mâchouille.

— Y a pas moyen de l'en empêcher ?

— Je n'ai pas essayé, dit Sully en ouvrant la portière du pick-up. C'est sa bite.

— Oui, mais…

— En route, Andouille. »

Sully s'écarta pour que Rub puisse sauter sur le siège.

« J'envisage d'acheter cet endroit », dit l'homme en ôtant ses lunettes.

Sully faillit répondre « Grand bien vous fasse », mais il se retint.

« Pas pour moi », s'empressa de préciser l'homme, comme si Sully avait critiqué son choix. Sans ses lunettes, il avait quelque chose de vaguement familier. « Je représente un promoteur.

— Bien », dit Sully et il monta à bord de son pick-up, manière de signifier qu'il se fichait complètement de savoir ce que ce type faisait ici.

« Appartements en multipropriété, précisa celui-ci, qui faisait la sourde oreille. Ça vous dit quelque chose ?

— Non, pas vraiment. » Sully mit le contact. La mine déçue du type le rendait encore plus familier. « On se connaît ? »

Était-ce un sourire sur son visage ? Sa barbe remua, alors peut-être que oui. Ou était-ce une grimace ?

« Vous m'avez peut-être croisé en ville. Je suis ici depuis deux ou trois jours, j'interroge les gens. Je me familiarise avec l'environnement, si je puis dire. Vous vivez dans le coin ? »

Sully hocha la tête.

« Vous vous y plaisez ? »

Il enclencha la marche arrière, pressé de filer.

« Je ne me suis jamais posé la question. C'est chez moi, voilà tout.

— Chez moi, répéta l'homme, comme si Sully venait de prononcer des paroles profondes. Oui. »

Sully recula, exécuta un demi-tour et regagna la voie de service. Là, il entrevit l'homme dans son rétroviseur. Il recula de nouveau, jusqu'au parking. L'homme marcha vers lui en flânant et dit : « Salut, Sully. »

Il tendit la main par la vitre baissée.

« Salut, Clive. »

DOUGIE MANQUE À SA PAROLE

Bien que réduite de moitié, la portion de Hill qui trônait au milieu de la chaussée paraissait à peine moins bizarre sous le soleil éclatant de l'après-midi qu'au clair de lune la nuit précédente. Les cercueils partiellement exhumés avaient été arrachés à la terre et chargés à bord d'un camion à plateau, sans doute pour être enterrés ailleurs. Raymer reconnut Rub Squeers, le vieil ami de Sully, parmi les hommes qui s'activaient avec des pioches et des pelles sur les vestiges de la colline vagabonde, à la recherche d'autres cercueils probablement. Assistaient à ces manœuvres le maire Gus Moynihan, Roger Graham l'administrateur de la ville, et Arnie Delacroix, responsable des travaux publics et du fonctionnement quotidien de Hilldale.

Gus parlait au téléphone, mais il fut le premier à voir arriver Raymer. Il s'empressa de couper la communication et de glisser son portable dans le petit étui prétentieux fixé à sa ceinture.

« Le voici ! s'exclama-t-il. L'homme du jour. »

Ne sachant si cette remarque était sarcastique ou non, Raymer dit simplement : « Tenez » et il tendit à Gus l'enveloppe contenant sa lettre de démission. Les deux autres hommes le regardaient avec de grands yeux, bouche bée, alors il demanda :

« Quoi ?

— Vous avez l'air… commença Roger, puis il s'interrompit, incapable de trouver le bon mot.

— D'un fou ? suggéra Arnie.

— Oui, voilà », confirma Roger.

Dougie, devina Raymer, en dévisageant ces hommes. Comme s'il lui avait donné l'autorisation d'afficher et de faire sentir sa présence.

« C'est du *sang* sur votre front ? demanda Arnie. Et dans vos *cheveux* ?

— Sans parler de votre chemise », ajouta Roger en montrant les taches couleur rouille sur la manche de Raymer.

Gus examinait l'enveloppe d'un air dégoûté car elle portait, elle aussi, des traces de sang.

« Désolé, dit Raymer et il montra à contrecœur la paume de sa main droite.

— Ouah ! »

Les trois hommes eurent un mouvement de recul.

« C'est quoi, ça ? demanda Roger. Une blessure par balle ? »

Raymer ne pouvait pas lui en vouloir de le penser. Il y avait de quoi se méprendre. Sa main était encore plus enflée que la dernière fois qu'il l'avait regardée, la peau plus enflammée. Ses doigts ressemblaient à des saucisses trop cuites et la plaie suppurait.

« C'est une sorte de brûlure, expliqua-t-il. Ça démange.

— C'est infecté surtout, dit Gus, horrifié. Foncez aux urgences pour vous faire examiner. C'est un ordre.

— Vous ne lisez pas ma lettre ? demanda Raymer, fier de son triangle rhétorique parfait, bien que très bref.

— Inutile, répondit Gus en pliant l'enveloppe pour la glisser dans sa poche de veste. Charice m'a déjà mis au courant. Vous ne pouvez pas démissionner. Bon, d'accord, je l'avoue : quand j'ai vu cette photo dans le journal, ce matin, j'étais prêt à vous étriper avec un couteau à beurre. Mais depuis, vous avez arrêté seul un dangereux criminel. Et vous avez évité qu'un tas de passagers se fassent mordre par un serpent dans ce car. »

Raymer, ravi que Gus présente ces événements sous un jour positif, savait bien que la réalité était différente. William Smith, ou quel que soit son vrai nom, était, au pire, un petit escroc qui avait causé sa propre perte. De même, Raymer n'avait sauvé personne d'une morsure de serpent. S'il n'avait pas tenté d'arrêter Smith, le reptile serait resté bien sagement dans sa boîte.

« En outre, il semblerait que l'homme que vous avez découvert dans les bois va s'en sortir. Joe Machin-chose. Un excellent travail d'enquête. Vous lui avez sauvé la vie.

— Je démissionne quand même. »

Si Gus entendit cette affirmation, il n'en laissa rien paraître, et avant que Raymer puisse l'en empêcher, il lui toucha le front.

« Nom de Dieu, Doug, vous êtes brûlant. Foncez à l'hôpital et faites-vous mettre sous antibiotiques pour votre main. Et avalez quelques Ibuprofène. Ensuite, rentrez chez vous pour vous rendre présentable. Vous ne pouvez pas passer à la télé en ressemblant à Jeffrey Dahmer[1].

— À la télé ?

— Aux infos du soir.

— Pas question. Vous avez ma lettre de démission dans votre poche.

— Absolument pas. Vous ne l'avez jamais rédigée.

— Je ne peux pas passer à la télé. J'aurais l'air d'un idiot.

— Je serai avec vous.

— Dans ce cas, on aura l'air de deux idiots.

— Ce sera un jeu d'enfant. Ils vous demanderont ce qui s'est passé et vous le leur raconterez.

— Quoi donc ?

1. Tueur en série surnommé « Le cannibale du Milwaukee ».

— La vérité.

— Et s'ils m'interrogent au sujet de la photo dans le *Débilocrate* ?

— Aucun risque. Je viens de discuter avec un des producteurs. Tout ce qui les intéresse, c'est la gare routière. Ils veulent faire de vous un héros.

— Et s'ils me demandent pourquoi j'ai déterré le juge ?

— Je vous dis qu'ils ne parleront pas de tout ça.

— Attendez, intervint Arnie. Quelqu'un a déterré le *juge Flatt* ?

— Bien sûr que non, dit Gus. Doug est un juste un peu fatigué et confus. Regardez-le. Cet homme hallucine.

— Justement, a-t-on envie qu'il passe à la télé ? demanda Roger, avec un certain bon sens.

— Ce qu'il lui faut, c'est des antibiotiques pour faire baisser la fièvre. Et une bonne sieste. Il dormira dans la voiture. Ça va aller. En fait, vous devriez montrer votre main aux journalistes. En leur expliquant que c'est une morsure de serpent. Ils le goberont. »

À cet instant, Raymer entendit quelqu'un crier son nom et il vit Miller se précipiter vers lui, survolté.

« Devinez quoi, chef ?

— Vous avez retrouvé les sabots ?

— Dans la cabane. Exactement à l'endroit que vous disiez. Comment vous le saviez, chef ?

— Vous pouvez arrêter de m'appeler chef. Je viens de démissionner. »

Cette nouvelle sembla terroriser Miller, comme si elle signifiait qu'il allait hériter de ce poste désormais. Ce qui ne manquerait pas d'arriver, le moment venu. Après tout, c'était bien arrivé à Raymer.

« Vous ne pouvez pas démissionner, chef.

— Je viens de lui dire la même chose, intervint Gus, et Miller hocha vivement la tête, heureux de voir son jugement confirmé par une personne faisant autorité.

— C'est ce qu'on verra », dit Raymer.

Roger grimaçait comme les spectateurs d'un film d'horreur dont le scénario fait appel à une tronçonneuse.

« Quoi ? lança Raymer.

— *Arrêtez de gratter votre main !* »

Tu devrais y réfléchir, dit Dougie.

Hein ?

L'interview à la télé.

Pas question.

Tu me laisseras parler.

Oui, c'est ça.

N'empêche, c'était tentant. Non pas qu'il se considère comme un héros, mais ça lui remontait le moral de se dire que Gus était prêt à le présenter comme tel, en direct à la télé. Et puis, ils ne mentiraient pas vraiment. Si Joe Gaghan survivait à ses blessures, il aurait bel et bien sauvé une vie. Celle d'un véritable connard, de l'avis général, mais quand même. Au moins, sa mère serait heureuse. Il était vrai aussi qu'il avait effectué un excellent travail d'enquête en localisant William Smith. Bon, d'accord, contrairement à ce que laissait entendre Gus, il n'avait pas agi entièrement seul. C'était Dougie qui l'avait mené, quasiment par le bout du nez, des déductions aux preuves et des hypothèses aux solutions, en posant les bonnes questions. Et quand il avait été paralysé par la vision du serpent, c'était Dougie qui avait attrapé la bestiole pour la remettre dans sa boîte. Certes, mais il avait utilisé la main de Raymer et ce n'était pas rien.

On forme une équipe, dit Dougie, qui écoutait aux portes comme d'habitude. *Voilà comment tu devrais voir les choses. Un partenariat.*

Sauf que tu n'existes pas, répliqua Raymer. *Tu n'es qu'une décharge électrique, et dès que j'en aurai fini ici, je vais aller chez Gert et boire de la bière toute la journée et toute la soirée. Et chaque fois que j'irai aux chiottes, je t'évacuerai sur les désodorisants dans l'urinoir. Voilà comment* tu *devrais voir les choses.*

Où on va ? interrogea Dougie.

Tu le sais bien.

Ouais, mais pourquoi ?

Va te faire foutre, aboya Raymer surpris que sa voix ressemble plus à celle de Dougie qu'à la sienne. *Fiche-nous la paix.*

La tombe de Becka offrait un autre visage. La plupart des pétales de rose qui tapissaient le sol la nuit dernière avaient été emportés par le vent, et les rares pétales restants étaient brunis et ratatinés par le soleil, comme les tiges nues hérissées d'épines. Un peu plus loin dans la rangée, Raymer aperçut sous une haie la feuille de Cellophane qui avait emballé les roses déposées par le petit ami de Becka. *Pour toujours,* avait écrit Peter Sullivan. Car pourquoi ne pas le nommer ? Raymer avait fait une promesse identique à cette même femme, devant Dieu, des parents et des amis ; Becka et lui avaient juré *Oui, je le veux,* pour finalement découvrir, une poignée d'années plus tard, que non. Avec sa mort, *Pour toujours* s'était transformé en *Plus jamais,* pour tous les trois.

Le ciel était d'un bleu intense, sans nuage, ce que Raymer trouvait rassurant. Au cas, peu probable, où le fantôme de Becka existât réellement, si elle avait toujours l'intention de le faire griller, elle en baverait pour fabriquer un éclair à partir de conditions atmosphériques aussi inoffensives. Toutefois, mieux valait ne pas la provoquer, alors il dit : « C'est moi, Becka. Me revoilà. Qu'est-ce que tu dis de ça ? Deux visites en vingt-quatre heures et pas une seule pendant… » Il s'interrompit et choisit une autre approche. « J'ai fait un examen de conscience et je voulais que tu saches… » Cette pensée mourut à son tour.

Que voulait-il lui dire au juste ? Qu'il lui pardonnait ? (Il n'en était pas certain.) Qu'il comprenait ? (Vraiment ?) Était-il sûr au moins qu'elle avait succombé au charme du fils de Sully parce qu'il était intelligent, séduisant, cultivé et pouvait parler de toutes les choses dont elle mourait d'envie de discuter ? Peut-être que ce n'était pas du tout ça. Peut-être que c'était uniquement sexuel. De même, rien ne prouvait qu'il s'agissait bien de Peter Sullivan. Mieux valait s'en tenir à ce qu'il savait.

« Je voulais te dire que j'ai risqué ma vie aujourd'hui. J'ai arrêté un criminel. Et j'ai sauvé la vie de quelqu'un, paraît-il. Oh, et j'ai découvert où Sully avait caché les sabots volés. Je t'avais bien dit que c'était lui. Bref, tu aurais été fière de moi pour une fois. »

Silence. Il s'attendait à une remarque sarcastique de la part de Dougie, mais rien ne vint.

« Je crois que je ne t'ai jamais rendue fière de moi quand tu étais vivante. Je m'en veux. Et peut-être que tu n'aurais pas été fière non plus aujourd'hui. Car au fond, je dois l'avouer, je suis toujours le même, le type que tu as épousé. Je continue à tout faire de travers. Je voulais juste te dire que, pour moi, ça a été une super-journée. La première depuis que tu es morte. Ce que j'essaie de te dire, c'est que je ne veux plus te reprocher d'avoir trouvé quelqu'un… de mieux. Alors, il est temps que toi et moi, on conclue un marché. »

Il lui laissa le temps de… quoi donc ? De lui envoyer un signe ?

« Je crois que j'ai enfin compris ce que tu veux, et pourquoi tu es aussi en colère après moi. Je pense que tu veux de l'intimité. C'est ça, Becka ? Tu ne veux pas que je sache ce qu'il y a dans ton cœur ? Tu veux garder ton secret. »

Il s'interrompit de nouveau, pour lui donner le temps de réfléchir.

« Bref, voici ce que je te propose. Si ça t'intéresse. Tu conserves ton secret et moi, je décide de la suite. Ça te convient ? Je crois savoir qui est ce type. Mais je ne l'embêterai pas, je te le promets. Je ne lui demanderai pas comment c'est arrivé. Si c'était toi ou lui. Car tu as raison, ça ne me regarde pas. Alors… qu'est-ce que tu en dis ? »

À cet instant, une très légère brise souleva les cheveux

de Raymer, comme sur le balcon de Charice. Il sentit qu'il souriait.

« Chef Raymer ? »

La voix était si proche qu'il crut que Dougie se livrait à une imitation bizarre, mais en se retournant, il découvrit Rub Squeers. Il tenait quelque chose dans la main et Raymer mit un moment à comprendre de quoi il s'agissait.

« J'ai t-t-t-trouvé ça hier… dit Rub en transpirant sous l'effort. Au fond de la t-t-t…

— Au fond de la tombe ?

— Au fond de la tombe », confirma Rub, soulagé de s'être fait comprendre.

Raymer lui prit la télécommande.

Dès que Rub fut reparti, il tourna le dos à la tombe de Becka en faisant tournoyer l'appareil dans sa main. Une fois de plus, la brise souleva ses cheveux.

Mais quand il se retourna, ce fut Dougie qui s'exprima, d'une voix qui ressemblait à celle de Raymer. *Je retire ce que j'ai dit, ma jolie.*

Après tout, ce n'était pas comme si Becka et lui avaient scellé leur accord d'une poignée de main.

COMÉDIE

Ayant dormi presque toute la journée, Carl Roebuck se réveilla en sursaut à quatorze heures trente, la main dans son caleçon. Hélas, ce comportement dément commençait à devenir une habitude. Incapable de trouver le sommeil, jusqu'à ce qu'il soit presque l'heure de se lever, il arrivait au travail tel un somnambule, en clignant des yeux, incapable de se concentrer. Un triple expresso n'aurait pas suffi à le maintenir éveillé, et de toute façon, il n'existait pas à Bath un seul endroit qui en vendait. Quand ses ouvriers partaient déjeuner à midi, Carl rentrait chez lui pour faire une sieste dans le canapé, mais une fois allongé, il sombrait dans un sommeil si profond que même la sonnerie, réglée au maximum, de son tout nouveau téléphone portable placé à deux mètres de lui sur la table basse, ne parvenait pas à le réveiller. Les ouvriers terminaient à dix-sept heures trente, et il réussissait généralement à revenir à temps sur le chantier pour juger des avancées de la journée, évaluer de nouveaux risques et classer par ordre de priorité, avec l'aide de son contremaître, les objectifs du lendemain, dont la plupart, à l'instar de ceux d'aujourd'hui, ne seraient pas atteints.

Ce matin-là, après le fiasco de Hilldale, Carl s'était promis que cette journée serait différente. Ayant pris une douche pour se décrotter, il enfila un caleçon propre et alluma les infos du matin, bien décidé à remuer son cul juste après. C'était samedi, un jour de repos en temps normal, mais compte tenu des événements de la veille à l'usine – qui était maintenant officiellement un vrai nid d'emmerdes – il y avait un tas de choses à faire, toutes urgentes. La première consistait à localiser Rub Squeers et le convaincre de déblayer cette saloperie jaune qui s'échappait du sous-sol, afin que dès mardi les maçons puissent commencer à remonter le mur écroulé, et que son équipe poursuive les travaux de rénovation. Inciter Rub à travailler un week-end férié ne serait pas facile, sauf si Sully était dans le coup. Rub, pour avoir le privilège de passer une journée entière avec son meilleur ami au monde, n'accepterait pas seulement de patauger dans la merde liquide, il la mangerait. Sully, en revanche, serait plus dur à convaincre ; et puis, il y avait la question de savoir s'il en était capable. Depuis quelque temps, Carl se demandait s'il n'avait pas un grave problème de santé, qu'il gardait pour lui. Le moindre effort l'essoufflait. Ce matin, quand il s'était retrouvé à bord de la pelleteuse, tout s'était bien passé, mais il en avait bavé pour y monter et en redescendre. Et ils n'avaient travaillé qu'une heure. Sully pouvait-il travailler huit ou dix heures, deux jours de suite, si nécessaire ? Voire trois ? Quelle quantité d'infâme saloperie visqueuse y avait-il là-dessous ? Ils ne seraient fixés qu'une fois le boulot terminé. Une seule certitude : ce serait payé double, intégralement, et un salaire majoré de cent pour cent avait pour conséquence d'augmenter le nombre de ses journées de travail. Où trouverait-il l'argent pour les payer ?

Carl avait l'intention, s'il ne s'était pas endormi et n'avait pas perdu toute cette foutue journée, de retrouver Sully chez Hattie pour le petit déjeuner et de lui offrir l'occasion de réitérer sa proposition de prêt. Bien qu'il répugne à accepter l'aide d'un type qui répétait depuis des années que ce n'était qu'une question de temps avant qu'il réussisse à faire couler l'entreprise héritée de son père, l'idée de payer Sully avec son propre argent le séduisait. Mais pouvait-on considérer que cet argent appartenait à Sully ? Cette semaine, Carl avait perdu plus de cinq cents dollars en jouant au poker contre lui, au Horse, ce qui voulait dire que l'argent que lui prêterait Sully pour qu'il puisse les payer se trouvait dans sa propre poche, il y avait peu de temps encore. Cela revenait-il à payer *deux fois* ? C'était très compliqué, et essayer de résoudre ce casse-tête lui avait filé la migraine. Voilà pourquoi il avait fermé les yeux, et maintenant, sept heures plus tard, il avait encore mal au crâne.

Un film de Cary Grant passait à la télé, celui avec Audrey Hepburn. Son mari, décédé depuis peu, lui a laissé un sac de compagnie aérienne, dont tout le monde pense qu'il contient quelque chose – une clé ? une combinaison ? un code ? – d'une valeur d'un million de dollars. Sauf que le contenu du sac semble n'avoir aucune valeur. Carl avait vu ce film plusieurs fois, et il se souvenait qu'il s'agissait d'un timbre sur une enveloppe, auquel personne ne pensait. Ils en étaient à ce moment-là dans le film : le contenu du sac était étalé sur le lit dans une chambre d'hôtel à Paris, Audrey et Carey passaient en revue les peignes, les brosses à dents et autres conneries sans intérêt. « Le timbre, connards ! » leur lança Carl, même si, la première fois qu'il avait vu le film, lui non plus n'avait pas songé à la valeur du timbre. Carl se disait qu'il aurait été moins débile que Cary Grant si Audrey lui avait fait du rentre-dedans, dans cette chambre d'hôtel. Déjà, il aurait pensé à balancer toutes ces merdes par terre pour baiser avec elle pendant des heures, bien qu'elle soit trop maigre. Ils pourraient toujours reprendre leurs recherches plus tard, et tant pis s'ils ne pigeaient pas le coup du timbre. Au moins, ils se seraient envoyés en l'air, c'était déjà ça.

Voilà qui résumait bien la réalité. Les gens n'étaient

pas capables d'évaluer les situations avec objectivité. Bon, d'accord, Audrey et Carey étaient dans de sales draps. Outre qu'ils ignoraient la valeur du timbre, ils avaient un fonctionnaire de l'ambassade américaine et trois truands charismatiques, bien que meurtriers, sur le dos, et en parlant de dos, celui d'Audrey était exquis. N'empêche, du point de vue de Carl, ils pouvaient se tenir compagnie mutuellement, et si vous deviez avoir des ennuis quelque part, autant que ça soit à Paris. Sa propre situation, les truands exceptés, était bien plus grave car il n'avait ni timbre, ni fille, ni même une queue en état de marche, au cas où une fille surgirait par magie. Et il était seul à North Bath, alors il avait du mal à compatir au sort de ces gens-là.

Au moins lui ne *s'imaginait*-il pas qu'il détenait le timbre. Mais se pouvait-il qu'à l'instar des personnages du film il possède une chose dont il ignorait la valeur ? Quoi donc ? Ça ne valait pas forcément un million. Cinquante mille dollars suffiraient à satisfaire ses besoins immédiats. Bon, d'accord, en définitive il aurait certainement besoin d'un million, mais cinquante mille lui permettraient de tenir jusqu'à la fin de la semaine suivante, lorsqu'il devrait rembourser une nouvelle mensualité de son prêt et verser les salaires de ses employés. Cinquante mille misérables dollars, était-ce trop demander ? Il chercha autour de lui, dans l'appartement, ce qui pouvait valoir cette somme, mais Toby, son ex-femme, avait emporté tous les objets de valeur. À défaut de *quoi*, *qui* alors ? Gus Moynihan, après l'avoir renfloué à deux reprises, lui avait clairement fait comprendre qu'il n'avait pas l'intention de recommencer. Sully, depuis que la chance lui avait souri, était assis sur un joli paquet de fric. Mais sans doute pas autant que ce dont il avait besoin. Qui d'autre parmi ses connaissances possédait une telle somme ? Et serait disposé à s'en séparer ? Qui estimerait que ce serait une bonne idée de la donner à Carl Roebuck ?

Elle décrocha dès la première sonnerie : « Schuyler Properties. Toby à l'appareil.

— Salut, baby, c'est moi.

— Non. C'est hors de question.

— Quoi donc ?

— Ce que tu viens me réclamer. De l'argent, j'imagine.

— Ça pourrait être sexuel.

— Ça remarche ? »

Un soir, après l'opération, il s'était soûlé et l'avait appelée, en espérant trouver un peu de compassion, ou du moins une absence de dérision.

« Pas encore, avoua-t-il. Mais bientôt.

— Tu espères ?

— L'espoir, je n'ai plus que ça. Tu as emporté tout le reste.

— J'avais un bien meilleur avocat que toi.

— Le mien était gratuit. »

Mieux que ça, même. Honteux d'avoir perdu au tribunal, Wirf avait prêté de l'argent à Carl, et il était mort avant que celui-ci puisse le rembourser.

« Tu continues à voir Sully ? demanda-t-elle.

— Chaque jour ou presque. Pas plus tard que la nuit dernière, on est allés piller une tombe. » Il pensait que cet aveu éveillerait la curiosité de Toby, mais ils avaient été mariés trop longtemps. Elle connaissait toutes ses ruses et tombait rarement dans le panneau. « Il m'a parlé de toi, l'autre jour.

— Rappelle-lui que je veux vendre sa maison. D'ailleurs, si tu réussis à le convaincre de la mettre sur le marché, je pourrais envisager de te prêter un peu d'argent. Tu voulais combien ?

— Cinquante.

— Dollars ?

— Mille.

— Tu as toujours été un sacré comique.

— Ah oui ? Toi, tu as toujours été une sacrée garce. Je

n'arrête pas d'entendre dire que tu es devenue un agent immobilier redoutable. » En fait, chaque fois qu'elle vendait une nouvelle propriété d'un million de dollars à Schuyler, quelqu'un se sentait obligé de lui fournir des détails. « Si tu vends la maison de Sully, je me retrouverai à la rue. Pourquoi est-ce que je t'aiderais à me transformer en sans-abri ?

— Je ne sais pas, Carlos. Aucune idée. »

Il ne put s'empêcher de sourire.

« Hé, dit-il.

— Quoi ?

— Ça fait des années que tu ne m'as pas appelé comme ça. »

C'était le petit nom qu'elle lui donnait au début de leur mariage, quand elle se laissait encore séduire par ses supercheries, presque chaque fois. Quand il pouvait encore l'attirer au lit en la faisant rire. Quand elle l'aimait. Avant qu'il ne lui donne un tas de raisons de ne plus l'aimer.

« Oui, peut-être…

— J'ai une idée un peu folle.

— Venant de toi, c'est obligé.

— On devrait se faire une petite sortie, toi et moi.

— C'est au-delà de la folie.

— Sylvia ne serait pas contente ? »

Sylvia Plath était le surnom qu'il avait donné à la petite amie poétesse de son ex-femme. Pas tout à fait approprié, évidemment, étant donné que Plath s'était suicidée et n'était pas lesbienne, a priori. Mais il ne possédait pas une très grosse quantité d'informations sur les femmes poètes, et Plath collait mieux qu'Emily Dickinson, qui n'était pas lesbienne non plus, a priori.

« On s'est séparées, en fait.

— Sans rire ? Pourquoi ?

— Pour la même raison que toi et moi.

— Elle t'a trompée ?

— Oui.

— C'est une idiote, dit-il, à peine surpris de constater qu'il le pensait sincèrement.

— Juste elle ? Pas toi ?

— Non, moi aussi.

— Tu as vraiment besoin de cinquante *mille* ? »

Brusquement et contre toute attente, il se sentit honteux.

« Non. En fait, tout baigne. J'appelais juste pour savoir comment tu vas.

— Oh.

— Alors, comment ça va ? Après Sylvia ?

— Tu veux dire : Est-ce que je suis prête à revenir vers toi en courant ? »

C'était en effet plus ou moins ce qu'il voulait dire. Très exactement, même.

« Ce serait si terrible que ça ?

— Ah oui.

— Sûrement, admit-il. Alors, à qui le tour ?

— Personne peut-être.

— OK, mais admettons. Ce serait un homme ou une femme ?

— Mmm. L'un ou l'autre. »

À la télé, un des méchants charismatiques, coiffé d'un Stetson incongru, déambule dans les allées bondées du marché aux timbres de Paris. Lui non plus ne sait rien. Mais soudain, il s'arrête. Des images rapides se succèdent, des gros plans de timbres, accompagnés d'une musique saccadée. Gros plan sur l'acteur au moment où il se retourne vers la caméra. Eurêka ! Cary Grant observe la scène de loin, il n'a toujours pas compris. Pauvre con, se dit Carl. Espèce de connard. Trop débile pour mériter de vivre, franchement. Il ne mérite pas Audrey. Ni aucune autre femme, d'ailleurs. Il n'est plus de la première jeunesse, il drague en utilisant un charme emprunté au jeune type qu'il a été. Peut-être même qu'il en a conscience, et c'est pour ça qu'il ne l'a pas ramenée à l'hôtel quand l'occasion s'est présentée.

« Et après, qu'est-ce qui va se passer ? » lui demanda Toby, semant la confusion dans son esprit. Elle aussi regardait le film ?

« Après quoi ?

— Quand tu auras perdu la société. »

Ah oui, évidemment, elle l'avait percé à jour. Elle ne s'était pas laissé berner.

« On n'y est pas encore.

— Admettons que ça arrive.

— Pourquoi ?

— Parce que je suis curieuse de savoir si tu en es capable. »

Que ferait-il après avoir perdu Tip Top Construction, l'entreprise que son père avait fondée et aimée ? Et que lui-même avait détestée, sans jamais parvenir à s'en débarrasser.

Maintenant, Cary se tient à l'endroit exact où se trouvait le type au Stetson un peu plus tôt, et voilà qu'il est frappé par la même révélation ! Lui aussi se retourne vers la caméra, le visage éclairé par une illumination.

« Qu'est-ce que je devrais faire, d'après toi ? demanda Carl.

— Ce que tu as toujours voulu faire, répondit Toby.

— C'est-à-dire ?

— Pauvre Carlos », dit-elle, comme si elle s'adressait à un enfant, et elle se volatilisa, fin de la communication.

Il avait eu une riche idée. Désormais, la vérité était simple et évidente : il était foutu, sur tous les plans.

Il entendit un bruit de pas sur les graviers dehors et il s'approcha de la fenêtre, s'attendant à voir Sully remonter l'allée en clopinant. Si c'était lui, pouvait-il faire autrement que de solliciter son aide ? Mais comment aborder la question ? *Tu sais, le truc dont on parlait ce matin, ta proposition ? De me prêter de l'argent ? Eh bien, en fait…*

Sauf que ce n'était pas Sully. L'homme lui tournait le dos, Carl mit donc un certain temps à reconnaître que cette tête blonde dégarnie était celle de Raymer. Il sortit un truc de sa poche et le pointa sur la porte du garage. La télécommande qu'ils cherchaient à Hilldale ? Comment diable avait-il réussi à la retrouver ? La porte ne réagissant pas, il s'approcha un peu plus et essaya de nouveau. Carl songea à lui crier que cette porte ne risquait pas de s'ouvrir, ni avec cette télécommande ni avec aucune autre, pour la simple et bonne raison qu'aucun système d'ouverture automatique n'avait jamais été installé. Au lieu de cela, il resta à sa fenêtre, fasciné, pendant que Raymer découvrait la vérité par lui-même en soulevant la porte par la poignée pour jeter un coup d'œil à l'intérieur et promener sa main sur le cadre, là où aurait dû se trouver le rail métallique. Découragé, il referma la porte. Il soupira de manière visible, coinça la télécommande entre ses dents et, le regard dans le vide, il gratta furieusement la paume enflée et ensanglantée de sa main gauche avec les ongles de sa main droite. Pour une raison qui échappait totalement à Carl, ce geste sembla lui apporter une sorte de soulagement. Mais peut-être pas, finalement, car quand il ôta la télécommande de sa bouche, il rejeta la tête en arrière et hurla tel un animal pris dans un piège. Puis, de toutes ses forces, il lança ce foutu appareil en direction de la rue.

Même s'il s'agissait d'une violation des émotions intimes de cet homme, Carl ne put s'en empêcher : dès que Raymer repartit dans l'allée tel un zombie, il fonça de l'autre côté de l'appartement pour continuer à l'observer des fenêtres qui donnaient sur la rue. Il vit alors Raymer monter dans le SUV de la police garé le long du trottoir, et quand le moteur rugit, Carl s'attendit à ce que la voiture démarre, mais Raymer redescendit de voiture, traversa la rue, récupéra la télécommande sur la pelouse de Mrs St. Peter et la glissa dans sa poche de pantalon.

Après le départ de Raymer, Carl continua à scruter la rue. Il croyait comprendre ce qu'il venait de voir. Raymer soupçonnait le fils de Sully d'avoir été l'amant de sa femme, et il découvrait soudain qu'il s'était trompé. Carl, qui connaissait l'identité du coupable, aurait pu mettre fin aux souffrances de ce pauvre gars, mais est-ce que ça le regardait ? Non. Toutefois, cela l'incitait à se demander si quelqu'un de son entourage observait chacune de ses erreurs, en demeurant invisible et en s'abstenant d'intervenir. Ne serait-ce pas un sale coup, si la vie fonctionnait ainsi ? Si chacun de nous savait des choses que d'autres personnes avaient impérativement besoin de savoir, sans que nous sachions comment nous entraider ?

Le temps que Carl retourne dans le salon, Audrey s'était engouffrée dans un théâtre en essayant d'échapper à Walter Matthau et elle avait réussi à se retrouver coincée sur scène, dans le trou du souffleur. De son côté, Cary Grant, débile jusqu'au bout, était entré dans le bâtiment par une autre porte et se retrouvait maintenant sous la scène, en train d'examiner toutes les trappes. Tandis que Matthau, revolver à la main, arpentait la scène, en criant à Audrey qu'il savait où elle se cachait, que la partie était terminée, et qu'elle ferait mieux de se montrer, Cary le suivait en se fiant au bruit de ses pas. Au mur se trouvait une rangée de leviers servant à actionner ces trappes. Mais lequel abaisser ?

Cette fois encore, Toby répondit dès la première sonnerie.

« J'ai compris ce que je voulais, lui dit-il.

— Quoi donc, Carlos ?

— Ressembler davantage à mon père. »

Celui-ci était resté marié avec sa mère pendant des années, jusqu'à ce qu'elle meure ; il ne s'était pas remarié et jamais, à la connaissance de Carl, il n'avait regardé une autre femme. Il s'attendait à ce que Toby éclate de rire, mais au lieu de cela, elle répondit :

« Ton vœu est exaucé. »

Matthau, l'air toujours aussi louche, se tenait devant le trou du souffleur. On ne voyait que les grands yeux terrifiés d'Audrey, peut-être les plus beaux yeux que Carl ait jamais vus. Il se réjouissait qu'elle ne soit pas condamnée à mourir, car Cary se trouvait juste en dessous et, si crétin soit-il, il finissait par deviner quel levier il devait abaisser. Carl avait beau savoir tout cela, le suspens était insoutenable.

En baissant les yeux sur son caleçon, il fut stupéfait de voir une bosse tendre le tissu.

BIEN JOUÉ

La menace du serpent étant éliminée, la taverne de Gert fut prise d'assaut. Tous les box étaient occupés, les clients s'alignaient devant le bar sur trois rangées et deux barmen se démenaient de l'autre côté. Raymer était arrivé au bon moment. Le couple qui occupait le box le plus sombre, le plus convoité également, le long du mur du fond, loin du raffut, s'insultait à pleine voix. « C'est pas moi qui suis cinglé ! cria l'homme. C'est toi qui es complètement cinglée ! » Quelqu'un, au bar, lança : « Vous êtes aussi cinglés l'un que l'autre ! », ne laissant pas d'autre choix au couple que de former une alliance temporaire, pour hurler en chœur : « Va te faire foutre ! » Mais une seconde plus tard, ils s'étripaient de nouveau, et la remarque de l'homme, que Raymer n'entendit pas, dut déclencher la fureur de la femme, car elle bondit par-dessus la table, renversant leur pichet de bière, pour lui décocher un direct en plein visage, avec une telle force que la tête de l'homme rebondit contre la paroi du box. « Arrêtez ! s'écria Raymer quand la femme arma son poing pour frapper de nouveau. Je ne plaisante pas. Stop !

— Donnez-moi une putain de bonne raison », lança-t-elle, le visage déformé par un masque de folie.

Alors, Raymer lui montra son insigne, en songeant qu'il

aurait dû le remettre à Gus en même temps que sa lettre de démission. Il avait conservé son revolver également, ainsi que sa radio, mais il l'avait laissée dans la voiture car il ne voulait pas que Charice interrompe sa beuverie.

« Elle m'a agressé », gémit l'homme. Un mince filet de sang coulait d'une de ses narines. « Vous serez mon témoin.

— Parce que c'est un sale connard, expliqua la femme comme si le fait d'évoquer le caractère haïssable d'un compagnon constituait une stratégie de défense éprouvée dans le cas d'une agression physique.

— Payez votre note en sortant, leur dit Raymer et il s'écarta pour les laisser sortir du box, penauds.

— Tu vois ce que tu as réussi à faire ? » lança l'homme à sa compagne quand il vit Raymer se glisser à leur place.

Gert vint essuyer la table avec un torchon malodorant.

« La vache », dit-il en découvrant sa main semblable à un fruit éclaté.

Dehors, sur le parking, Raymer s'était rendu compte que la télécommande de garage, bien qu'inefficace sur la porte de Sully, était l'outil idéal pour gratter les bords enflammés de la blessure qui couvrait maintenant l'ensemble de sa main. De fines toiles d'araignée rouges s'étendaient maintenant jusqu'au poignet. Il cacha sa main sous la table.

« C'était quoi cette bière que j'ai bue, quand je suis venu ici l'autre jour ?

— Hier après-midi, vous voulez dire ?

— C'était hier, ça ? » dit Raymer. Il aurait juré qu'il s'était passé une semaine entière depuis.

« De la Twelve Horse.

— Oui, voilà. » Il se souvenait de l'opinion défavorable émise par Jerome. « Je vais en prendre une. Non, amenez-m'en deux. Je vais vider la première d'un trait. »

Gert reparti, Raymer prit appui sur une fesse pour examiner la flaque de bière dans laquelle il s'était assis. En espérant que ça ne soit pas autre chose.

« C'est la tournée du patron », déclara Gert en revenant et en faisant glisser deux bouteilles de Twelve Horse et un verre devant Raymer. « Il paraît que vous avez sauvé la vie de deux de mes clients.

— Merci », dit Raymer en lui renvoyant le verre, avant de vider la moitié de la première bouteille d'une seule gorgée. C'était tout aussi délicieux que la veille. Depuis qu'il avait remis sa démission, il se demandait à quoi il allait bien s'occuper. Soudain, le chemin lui paraissait évident. Il allait devenir alcoolique. Il s'installerait dans des bars sombres et puants comme celui-ci, en plein après-midi, et il boirait de la bière fraîche.

« Je préfère vous prévenir, confia-t-il à Gert. Étant donné qu'à partir d'aujourd'hui je suis officiellement au chômage, il se peut que je ne puisse pas payer l'addition. »

Gert fit un large geste qui englobait tout son établissement.

« Bienvenue au club. »

Trois gorgées plus tard Raymer avait fini sa première bière et pris possession du box, avec un sentiment de satisfaction, certain que pas un seul ivrogne tapageur ne voudrait profiter de sa compagnie. Utilisant sa main gauche valide, il fit rouler la bouteille glacée sur son front et le plaisir exquis que lui procura ce geste prouva qu'il avait bien de la fièvre. Cela étant dit, il s'était déjà senti plus mal, même récemment. Il semblait avoir dépassé le stade de l'épuisement pour accéder au stade suivant. Le cri primal qu'il avait libéré chez Sully avait dû expulser quelque chose. Dougie ? Ce serait chouette. Car ce type, avait-il décrété, était un connard. Il avait réussi à mettre en évidence ce qu'il y avait de pire et de meilleur chez son hôte, faisant de Raymer un meilleur flic et un être humain plus détestable. Certes, il n'aurait jamais retrouvé William Smith sans l'aide de Dougie, et cela avait eu des conséquences positives, mais c'était également Dougie qui l'avait encouragé à déterrer le juge Flatt sans raison valable, et c'était également sous son influence qu'il avait mis K.-O. un automobiliste innocent (mais exécrable). En outre, Dougie n'était pas aussi intelligent qu'il semblait le croire. Sans le moindre commencement de preuve, il l'avait incité à croire que le petit ami de Becka était Peter Sullivan, ce qu'il avait accepté trop volontiers. Et, pire que tout peut-être, alors que Raymer avait fait preuve d'une certaine maturité en proposant à Becka un arrangement qui bénéficiait à l'un comme à l'autre, cette grande gueule de Dougie était revenue sur leur accord. Alors, s'il avait réussi à éjecter ce type en poussant ce cri primal – Dougie ne s'était pas manifesté depuis et le bourdonnement dans ses oreilles avait cessé – tant mieux.

Hélas, son jugement semblait avoir été expulsé en même temps. Soyons clairs : au lieu d'être là, à écluser de la bière, il aurait dû être à l'hôpital en train de se faire amputer de la main. Charice aurait-elle une piètre opinion de lui et le trouverait-elle moins séduisant avec une seule main ? Se sentir à ce point déconnecté de son bien-être avait quelque chose d'inquiétant, mais ce sentiment était largement compensé par le fait que, pour la première fois de sa vie, il n'en avait rien à foutre de quoi que ce soit. Était-ce à ça que ressemblait la liberté ? Dans ce cas, faites entrer ! La seule chose qui lui manquait, décréta-t-il, c'était que quelqu'un lui dise qu'il était parfaitement heureux.

Sur le mur entre les deux toilettes, il y avait un téléphone auquel pendait, au bout d'une chaîne, un annuaire étonnamment fin de Schuyler County. La moitié des pages avaient été arrachées, mais la chance était de son côté : le numéro qu'il cherchait avait été épargné.

« Jerome », dit-il quand celui-ci répondit enfin, d'une voix qui paraissait endormie. Comment engager la conversation avec quelqu'un qui subissait certainement les effets persistants d'un puissant somnifère ? « Je sais qui a rayé ta voiture.

— Moi aussi », répondit Jerome mollement.

Raymer marqua un temps d'arrêt, intrigué par ce manque d'intérêt, puis il reprit : « C'est un connard nommé Roy Purdy.

— Non, répondit Jerome, sans agressivité, mais avec assurance. Ce n'est pas lui.

— On a un témoin. »

Ce n'était pas tout à fait exact. M. Hynes avait seulement vu Roy Purdy sortir de la ruelle.

Le silence au bout du fil dura si longtemps que Raymer se demanda s'il avait loupé le déclic indiquant que son correspondant avait raccroché. Finalement, Jerome dit : « C'est toi qui as rayé la 'Stang. »

Raymer laissa échapper un soupir de lassitude.

« Pourquoi est-ce que je ferais ça, Jerome ? On est amis, non ? Alors, pourquoi ?

— Il faut que je te laisse.

— Non, ne raccroche pas, dit Raymer, surpris par la colère contenue dans sa voix. Attends une minute, OK ? J'ai une chose à te dire. Une chose que je dois confesser.

— Tu me hais. Tu as rayé la 'Stang.

— Nom de Dieu ! Tu vas m'écouter, oui ?

— Je sais ce que tu vas dire.

— Non, tu ne sais pas. Je crois… Je crois que j'ai des sentiments pour ta sœur.

— Tu essaies de m'embrouiller la tête.

— Absolument pas. Comment est-ce que tu peux penser ça ? Après tout, est-ce vraiment si bizarre ? Tu as dit toi-même qu'elle m'était dévouée. J'aurais dû prendre conscience plus tôt de ce que j'éprouve pour elle, mais… je ne sais pas… j'ai eu un mal fou à oublier Becka. Un mal fou à… lui pardonner, je pense. Car elle aurait pu venir m'en parler, non ? M'expliquer ce qui se passait. Pourquoi elle ne m'aimait plus. Me dire qui était cet autre homme. Elle aurait pu faire tout ça, non ?

— Faut que je te laisse », répéta Jerome.

Raymer fut visité par une intuition soudaine.

« Jerome ? Tu es ivre ?

— Peut-être un peu.

— Charice m'a parlé d'hier soir…

— Elle t'a dit que j'ai perdu les pédales ? C'est la vérité. J'ai disjoncté, mon pote. Devine pourquoi.

— Je sais, Jerome. Parce que j'ai rayé ta voiture, sauf que ce n'est pas moi, OK ? C'est ce que j'essaie de t'expliquer, si tu voulais bien m'écouter. C'est ce salopard de Roy Purdy. Un connard de raciste. Il nous a sans doute vus entrer chez Gert et…

— Il faut que je te laisse.

— Et si je passais te voir ? J'apporterai quelques bouteilles de bière micromachintruc que tu aimes bien. Et on pourra discuter de tout ça.

— Non. Hors de question.

— Et si je promets de ne pas utiliser tes toilettes ? » ajouta Raymer en repensant à ce que lui avait dit Charice à ce sujet.

Il y eut une sorte de gémissement étouffé au bout du fil. Jerome était-il en train de pleurer ?

« On peut aussi aller quelque part, suggéra Raymer. Dans ce bar à vin de Schuyler, l'Adfinitum.

—'Finity, corrigea Jerome entre deux sanglots.

— Oui, voilà. Ça te dit ? Je peux y être dans vingt minutes. Jerome ? »

Le silence était tel sur la ligne que Raymer se demanda s'il n'avait pas imaginé toute cette conversation. Car franchement, il était brûlant. En raccrochant, il constata qu'en l'espace de quelques minutes le bar avait pris un aspect fantasmagorique, des formes grotesques et massives se déplaçaient dans la pénombre presque liquide, les rires étaient trop forts et désynchronisés par rapport aux bouches d'où ils s'échappaient. Était-il ivre ? Avec une seule bière ? Bon, d'accord, deux bières, constata-t-il en se glissant dans le box mouillé car la bouteille de Twelve Horse dans sa main était presque vide. L'avait-il bue durant sa brève conversation avec Jerome ? Il se mit soudain à avoir peur, d'une chose qu'il ne pouvait pas nommer. Une sorte de glissement, tout allait trop vite, et puis trop lentement tout à coup ; des plaques tectoniques se déplaçaient le long d'une ligne de fracture et lui donnaient le vertige. Après avoir coincé quelques billets sous les bouteilles de bière vides – il faisait trop sombre et il était trop déboussolé pour compter –, il s'extirpa du box et se leva, obligé de prendre appui des deux côtés pour ne pas tomber car il avait la tête qui tournait.

Dougie, constata-t-il avec une certaine satisfaction, était une mauviette. Il ne tenait pas l'alcool.

En se garant devant la maison de Jerome vingt minutes plus tard, Raymer craignait, maintenant qu'il était sur place, d'avoir commis une erreur. Quand, un peu plus tôt, il avait annoncé à Charice qu'il envisageait de passer chez son frère pour lui remonter le moral, elle lui avait répondu, sans la moindre hésitation, que c'était une mauvaise idée. Et si elle avait raison ? Si Jerome n'avait pas envie qu'on lui remonte le moral ? S'il était le moins bien placé pour cela ? Si Jerome était déterminé à croire qu'il avait rayé la 'Stang, comment le convaincre du contraire ?

Il venait de décider de retourner à Bath – sa main l'élançait à chaque inspiration et la fièvre continuait à faire rage – lorsque, contre toute attente, la porte du garage de Jerome se leva. Un minivan vert stationnait à l'intérieur et Raymer attendit qu'il sorte dans la rue en marche arrière. Comme rien ne se passait, il descendit de voiture et remonta l'allée en se demandant à qui appartenait ce minivan, avant de songer que, bien évidemment, subitement privé de voiture, Jerome l'avait sans doute loué. Mais un minivan ? Jerome ? N'était-ce pas l'équivalent d'une bière Twelve Horse ?

À l'intérieur du garage, il faisait sombre et les vitres du

véhicule étaient teintées, si bien que Raymer ne vit pas immédiatement que Jerome était affalé sur le volant. *Mort*, pensa-t-il aussitôt. *Jerome est mort.* Avait-il succombé à une crise cardiaque au moment de sortir du garage ? Était-ce possible ? Comment pouvait-il être vivant, puis mort dans la seconde qui suit ? Mais quand on y réfléchissait, il en allait ainsi de tous les êtres humains. Vous êtes vivant, jusqu'au moment où vous ne l'êtes plus.

« Jerome ? dit-il, penché vers la vitre du conducteur. Tout va bien ? »

Aucune réaction. Jerome avait le front appuyé contre le volant. Vivant ? Raymer ne pouvait pas être affirmatif, mais sa poitrine semblait se soulever et retomber tout doucement.

« Jerome ? » répéta-t-il, plus fort cette fois.

Comme Jerome ne réagissait pas, il frappa à la vitre, d'un petit coup sec, et Jerome se redressa d'un bond, les yeux écarquillés par la panique, les bras tendus devant lui, les mains parfaitement positionnées à dix heures dix sur le volant, tout le corps raidi dans l'attente du choc. Il laissa échapper un long cri strident, débridé, spontané, expression d'une terreur abjecte. Raymer mit quelques secondes à comprendre : réveillé en sursaut sur le siège du conducteur, Jerome en avait conclu qu'il s'était endormi au volant du véhicule en mouvement, et qu'il allait percuter le mur qui se dressait juste devant lui. Voyant que cela ne se produisait pas, il cessa immédiatement de crier, mais pas longtemps car quand il découvrit Raymer qui l'observait de l'autre côté de la vitre, il poussa un nouveau hurlement, encore plus terrifiant que le premier.

Raymer attendit patiemment qu'il cesse de hurler, puis il ouvrit la portière. Une bouteille de scotch single-malt, dont il ne restait plus qu'un fond, tomba et se brisa sur le sol en béton. Son ami sembla ne pas s'en apercevoir.

« C'est quoi, ce bordel ? » demanda Raymer.

Jerome s'éloigna de lui le plus possible – c'est-à-dire

très peu, étant donné qu'il avait mis sa ceinture – comme s'il faisait face à une personne affligée d'une haleine épouvantable.

« Quoi ? murmura-t-il.

— Tout va bien. Tu es dans ton garage. Tu n'as rien à craindre. OK ? »

Jerome se redressa, mais il paraissait hésiter à quitter Raymer des yeux, comme s'il le soupçonnait de mentir. Mais, enfin, il commença à prendre conscience de son environnement. En effet, ça ressemblait à son garage. Et son véhicule était à l'arrêt. Il relâcha l'étau de ses mains autour du volant, puis les laissa retomber.

« Ouah, fit-il en battant des paupières. J'ai dû… »

M'évanouir, songea Raymer, mais il n'y avait aucune raison d'achever la phrase. « Tu m'as flanqué la frousse. J'ai eu peur que… »

Il n'alla pas au bout de sa pensée car, sans qu'il sache pourquoi, la porte du garage s'abaissait. En se retournant, Raymer s'attendait à voir quelqu'un posté sur le seuil de la porte de communication menant à la cuisine, en train d'appuyer sur le bouton, mais il n'y avait personne. Une fois de plus, ses genoux flageolèrent, il fut pris de vertiges comme chez Gert. En revenant sur Jerome, il découvrit que celui-ci pleurait et que ses épaules tremblaient.

« Comment as-tu pu faire ça ? voulait-il savoir.

— Je n'ai rien fait », répondit Raymer, exaspéré.

Combien de fois allait-il devoir lui répéter que c'était Roy Purdy ? Et puis, franchement. La 'Stang n'était qu'une putain de bagnole comme les autres. C'étaient les vies humaines, pas les automobiles, qui étaient parfois irréparables. Il voulait exhorter Jerome à se ressaisir, nom de Dieu, mais maintenant que ses yeux s'étaient habitués à l'obscurité du garage, quelque chose attira son attention. Les sièges arrière du minivan étaient abaissés et l'habitacle bourré de cartons, de valises, de matériel hi-fi et de monticules de vêtements.

« Tu vas quelque part, Jerome ? »

Celui-ci réprima un sanglot et hocha la tête d'un air chargé de ressentiment.

« Où ça ?

— Loin. »

La porte du garage s'ébranla de nouveau, pour remonter cette fois, pesamment.

« Où ?

— Loin de toi », répondit Jerome.

Son regard ne quittait pas la main ensanglantée de Raymer, comme si la blessure était si répugnante, semblable à un goitre éclaté, qu'il ne pouvait plus supporter de se trouver à proximité. Gêné, Raymer la cacha dans son dos.

« Sincèrement, reprit Jerome, obnubilé par cette putain de 'Stang, on a du mal à croire que quelqu'un puisse être assez cruel pour... »

De dehors leur parvint le bruit d'un véhicule qui remontait la rue calme, résidentielle, à trop vive allure. Raymer tourna la tête, juste à temps pour voir la voiture de Charice piler le long du trottoir. Elle avait tenté de le contacter à plusieurs reprises par radio pendant qu'il se rendait chez Jerome, en le suppliant de lui indiquer où il se trouvait, mais il l'avait ignorée. Et maintenant, voilà qu'elle jaillissait de son véhicule et fonçait vers eux comme s'il y avait le feu à la maison. Peu importe. Il se fichait de savoir pourquoi elle était ici. Il était follement heureux de la voir. À vrai dire, son cœur fit un bond dans sa poitrine, ce qui ne pouvait signifier qu'une seule chose : même sans le vouloir, il avait tiré un trait sur Becka, la seule autre femme qui lui avait fait battre le cœur de cette façon. Y avait-il la moindre chance pour que, un jour, son apparition puisse provoquer chez Charice, ou chez une autre femme, une joie aussi intense ?

Mais brusquement, elle se figea au milieu de l'allée. Elle regarda d'abord Jerome, puis Raymer, et revint sur son frère.

« Non, supplia-t-elle. Seigneur, par pitié, pas ça. »

Quoi donc ? songea-t-il, mais en baissant les yeux, il vit ce qui devait l'affoler à ce point. Sans s'en apercevoir, il avait sorti de sa poche la télécommande pour creuser la plaie infectée avec l'extrémité plate. L'appareil était tout visqueux de sang et la douleur proche de l'insoutenable. Manifestement, Jerome voulait qu'il arrête, lui aussi, car il avait dégainé son arme et il la pointait sur lui.

« Assez, dit-il, les yeux écarquillés, remplis d'une terrible détermination. Je n'en peux plus.

— Ne fais pas ça, Jerome », disait Charice.

Elle s'était rapprochée, mais se tenait toujours à l'extérieur du garage.

Jerome était agité de tremblements, l'arme qu'il tenait dans sa main aussi. Raymer comprenait que la situation était grave – braquer une arme chargée sur un être humain, ce n'était pas rien – et pourtant, il devait réprimer une forte envie de ricaner en repensant à la posture préférée de Jerome, imitée de l'affiche de *Goldfinger*, sur laquelle l'agent 007, son pistolet à canon long pointé vers le ciel, la main gauche tenant son coude droit, personnifiait l'assurance et la décontraction face au danger.

« Je te l'avais dit ! criait Jerome à sa sœur. Je t'avais bien dit qu'il savait ! Il sait depuis le début ! »

Qu'est-ce que je sais ? se demanda Raymer, mais la porte du garage s'abaissait de nouveau, en réponse, oui, à la télécommande rouge de sang qu'il tenait dans sa main, comme elle le faisait depuis son arrivée. Abasourdi, il regarda la porte automatique se refermer, il se retourna vers Jerome en affichant un air contrit, comme si c'était lui qui allait devoir s'expliquer sérieusement. Soudain, la lumière s'éteignit, laissant Raymer et l'amant de Becka seuls dans une obscurité insondable.

« Nous étions tellement amoureux l'un de l'autre, dit Jerome. Tu n'as pas idée. »

Félicitations, dit Dougie. *Bien joué.*

UNE CHOSE SANS NOM

Roy attendit l'obscurité complète avant de retourner en ville, en empruntant uniquement les petites routes. À l'heure qu'il était, tous les flics de Schuyler County devaient rechercher le tas de ferraille de Cora. Son plan initial consistait à l'abandonner au fond d'une impasse, près de chez Sully, puis il s'était souvenu de la voie de service qui traversait le parc du Sans Souci et s'achevait sur une petite aire d'entretien derrière l'hôtel. La voiture pourrait rester planquée là pendant environ une semaine, songeait Roy. Même si, en vérité, il n'en avait rien à foutre. Après ce soir, il n'en aurait plus besoin.

La silhouette massive du vieil hôtel se détachait dans l'obscurité quand Roy arriva et il resta assis là plusieurs minutes, à écouter le moteur qui refroidissait face à ce putain de bâtiment. C'était plus fort que lui. Cet endroit le rendait dingue, depuis toujours. Presque trois cents chambres. Avant que les sources de Bath se tarissent, l'hôtel était toujours rempli de riches connards venus de partout pour « prendre les eaux ». Franchement, comment était-ce possible ? Certes, c'était avant la télé, quand personne n'avait rien à faire de la journée, n'empêche, Roy n'arrivait pas à comprendre. Si encore c'était de la bière qui sortait du sol, peut-être, mais de l'eau ? « N'oublie pas une chose, lui avait expliqué Bullwhip, quand Roy lui avait parlé de cette connerie. Les gens sont cinglés, c'est bien connu. Ils veulent ce que tous les autres veulent, même si ça ne tient pas debout. Prends les tulipes par exemple… »

Avec Bullwhip, c'était toujours comme ça. Vous parliez d'un truc et soudain, avant même que vous vous en aperceviez, le sujet, ça devenait les tulipes. Ce type connaissait un tas de trucs sans intérêt. La plupart du temps, impossible de dire s'il se foutait de votre gueule ou s'il parlait sérieusement. D'après lui, il y avait en Europe un endroit où tout le monde était dingue des tulipes. Comme si on pouvait faire quoi que ce soit avec une putain de tulipe. Du jour au lendemain, ils en voulaient tous, et ça faisait monter les prix. Les gens échangeaient de l'or et de l'argent contre des tulipes. « Non, pas possible », avait dit Roy, mais Bullwhip était catégorique. « Renseigne-toi », avait-il répondu, comme si Roy pouvait aller à la bibliothèque de la prison pour dénicher un bouquin sur les tulipes.

En tout cas, ça faisait réfléchir. Si vous pouviez inciter tous ces Européens à vouloir des tulipes – des gens qui n'étaient même pas foutus de se mettre d'accord pour parler la même langue –, alors peut-être que vous pouviez leur vendre de l'eau, en effet. Il suffisait d'inventer une histoire à la mords-moi-le-nœud, comme quoi c'était une eau spéciale qui pouvait soigner ce qui vous faisait souffrir. Les gens voulaient croire n'importe quoi. Prenez Dieu. Pour Roy, il ne faisait aucun doute que c'était du baratin. Si vous étiez Dieu, et si vous aviez envie qu'on croie en vous, vous aviez tout intérêt à montrer votre trombine de temps en temps. Et à instiller la terreur dans l'esprit des gens. Pour les faire rentrer dans le rang. Sinon, n'importe quelle personne pas trop débile parvenait à la même conclusion. Roy se surprit à se demander si Bullwhip croyait en Dieu. S'il était toujours derrière les barreaux, il pourrait bientôt lui poser la question.

En contemplant cet endroit, il éprouvait, outre de

l'incrédulité, un sentiment proche de la nostalgie. Pendant une période hélas trop brève, le Sans Souci avait été sa principale source de revenus, une chouette combine. Ce type qu'il connaissait, Garth, avait été engagé comme veilleur de nuit au cours d'une des rénovations de l'hôtel. « Tu peux pas imaginer toute la marchandise qu'ils livrent chaque jour », avait-il dit à Roy, un après-midi où ils étaient ivres tous les deux. Meubles flambant neufs, jolis miroirs, téléviseurs et chaînes hi-fi arrivaient si vite qu'on n'avait pas le temps de les inventorier, et ils restaient entreposés là, dans leurs cartons d'origine. « C'est pas prudent, avait fait remarquer Roy. Quelqu'un pourrait tout faucher, sans qu'ils s'en aperçoivent. » Garth était une poule mouillée et il avait refusé de participer au vol, mais en échange d'une part des bénéfices, il pouvait éventuellement oublier de verrouiller l'entrée de service. Que Roy fasse preuve d'intelligence, c'était tout ce qu'il demandait. Ne pas voler trop de choses, et pas toujours les mêmes. Un téléviseur ou deux, mais pas six. Deux magnétoscopes. Quelques tableaux peut-être, si Roy voyait un truc qui lui plaisait. Si quelqu'un avait l'impression que des objets disparaissaient, Garth le saurait et ils lèveraient le pied pendant un moment.

Et c'était ainsi qu'ils avaient opéré au début. Roy prenait uniquement ce qui rentrait aisément dans sa camionnette. Mais au bout d'un mois ou deux, comme aucune alarme ne se déclenchait, il avait estimé qu'ils devaient revoir leur stratégie. Après tout, de quel droit Garth se permettait-il de décider ? Ce n'était pas lui qui prenait tous les risques. Chaque fois que Roy entrait par cette porte de derrière, quelqu'un pouvait voir sa camionnette garée là où elle n'avait rien à faire. Alors, pourquoi ne pas projeter un dernier grand coup ? Il avait envisagé de proposer son changement de tactique à Garth, puis s'était ravisé. Mieux valait imposer son choix.

« Ça se finit toujours comme ça », avait ricané Bullwhip quand Roy lui avait raconté sa triste histoire. « Comme ça », ça voulait dire que quelqu'un s'était aperçu que la marchandise qui entrait par la porte de devant ressortait par la porte de derrière. Ça voulait dire que les flics l'attendaient le soir où il avait débarqué avec une remorque de location. Et qu'ils n'avaient rien dit à Garth, puisqu'il était leur suspect numéro un. « C'est la nature humaine, avait conclu Bullwhip. Les gens sont cupides. Ils ne savent pas quand s'arrêter. Ni comment s'arrêter. C'est stupide. » En temps normal, Roy n'aimait pas qu'on le qualifie de stupide, mais Bullwhip semblait toujours s'inclure dans le lot quand il philosophait sur les faiblesses de l'être humain. De plus, Roy ne lui avait pas dit toute la vérité. La cupidité avait joué un rôle, en effet, mais le véritable problème, c'était l'urine. La plupart des centaines de chambres de l'hôtel étaient fermées à clé, mais de temps à autre, Roy tombait sur une porte ouverte. Les suites possédaient des lits extra-larges avec des montagnes d'oreillers blancs empilés sur des édredons immaculés, et chaque fois, Roy était incapable de résister. Il savait que c'était débile, mais il ne pouvait pas s'en empêcher. Il ouvrait sa braguette et lançait un jet au milieu du matelas, jusqu'à ce qu'une flaque jaune se forme, après quoi il se sentait soulagé et en paix. Pourquoi était-ce si satisfaisant de laisser sa marque ? Toute cette histoire avec Sully tournait autour de ça. Régler ses comptes. Laisser sa marque. Faire en sorte que les gens sachent que vous étiez passé par là. Que vous étiez aussi vivant qu'eux.

Avant d'abandonner le véhicule de Cora, Roy se regarda dans le rétroviseur une dernière fois. Difficile de se faire une idée dans la faible lumière du plafonnier, mais la moitié tuméfiée de son visage semblait moins enflée, la marque de la poêle à frire s'était atténuée. Ce qui restait de son oreille avait cessé de saigner un peu plus tôt dans l'après-midi et le bout de cartilage survivant formait maintenant une croûte impressionnante qui semblait annoncer l'apparition d'une nouvelle oreille. Alors qu'il ne pouvait pas passer inaperçu en plein jour, il risquait moins d'attirer l'attention dans l'obscurité. La maison de Sully n'était qu'à quelques rues de l'entrée du parc, et s'il croisait quelqu'un qui se promenait dans les parages, il pourrait baisser la casquette de Cora devant son visage, ou même changer de trottoir.

Ce qui l'inquiétait surtout, plus que d'être reconnu et arrêté, c'était qu'il ne lui restait plus que trois comprimés contre la douleur. Il les compta de nouveau pour être sûr. Pas de quoi tenir jusqu'au bout de cette putain de nuit. Il résista à l'envie de les avaler tous d'un coup, sachant que ce serait une erreur. Avec sa malchance habituelle, il s'endormirait là-bas et en rentrant, Sully le trouverait chez lui et il lui filerait un autre coup de poêle à frire pour lui arracher la deuxième oreille. Alors, non. C'était le moment critique et il devait faire preuve de discipline. Mais il avait quand même besoin d'un comprimé, tout de suite, pour s'empêcher de hurler à la lune comme un chien.

Il l'avala sans eau, en pensant à Cora. Il s'était juré de ne pas penser à elle, pourtant. La vache, elle n'était pas partie en douceur. Le propriétaire de ce chalet aurait besoin d'un nouveau quai, pour sûr. Son erreur – il s'en apercevait seulement maintenant, trop tard comme toujours – avait été de tenter d'expliquer son plan à cette conne, car il n'avait pas le choix. S'il n'avait pas été dans les vapes, il l'aurait frappée, tout simplement. Car quand on y réfléchissait, pourquoi essayer de raisonner avec une femme ? Peu importe qu'elle soit intelligente comme sa belle-mère ou débile comme Cora. Aucune n'était capable de voir les choses du point de vue d'un homme. En gros, elles voulaient n'en faire qu'à leur tête. N'empêche, il regrettait d'avoir frappé si fort. Il n'en avait pas l'intention, ou du moins, il ne se souvenait pas d'en avoir eu l'intention. Mais ça le rendait fou de constater qu'elle était stupide à ce point, qu'elle n'avait même pas deviné pourquoi il inspectait le rivage à la recherche de la pierre parfaite, ni trop lourde ni trop légère. « Il t'en faut une plate », lui répétait-elle, convaincue qu'il avait envie de faire des ricochets sur l'eau. Et quand il avait trouvé celle qui lui convenait et lui avait expliqué à quoi elle allait servir, car il voulait asséner un seul coup bien net, au lieu de la tabasser jusqu'à ce qu'elle perde connaissance comme sa belle-mère, elle l'avait regardé d'un air ahuri, à croire qu'il parlait une langue étrangère. « Je comprends pas, gémissait-elle. Pourquoi tu es obligé de me frapper ?

— Parce que je ne peux pas te faire confiance.

— Pourquoi ?

— Je ne peux pas, c'est tout. Dès que j'aurai foutu le camp, tu vas suivre cette route et demander au premier connard qui passe d'utiliser son téléphone pour appeler les flics. Et le temps que je retourne en ville, ils seront là pour me cueillir.

— Jamais je ferais ça, Roy. Je te le jure. »

Mais il savait bien que, aussitôt après son départ, elle se souviendrait de tout ce qu'elle avait fait pour l'aider, et de la manière dont il l'avait récompensée en l'obligeant à lui remettre les clés de son tas de ferraille et en l'abandonnant ici, seule, sans nourriture, à la tombée de la nuit.

« Je ferai tout ce que tu veux, Roy, je te le jure, avait-elle supplié. Je pourrais passer la nuit dans le chalet. Tu as dit toi-même que c'était chouette à l'intérieur. Et demain matin…

— Non, tu ne le feras pas. Tu crois que tu le feras, mais je serai parti depuis cinq minutes que tu crieras à l'aide, que tu raconteras à tout le monde que je t'ai plantée là, et est-ce que tu pourrais utiliser leur téléphone. Ne dis pas le contraire, je le sais, je suis pas débile.

— Je te promets que non, Roy.

— Ne promets pas.

— Je te le promets, Roy. » Elle pleurnichait, exactement comme il l'avait prévu, et sa lèvre inférieure tremblotait.

« Non. On va faire ça à ma façon, avait-il dit en avançant vers elle.

— Non, Roy ! Est-ce que j'ai pas été gentille avec toi toute la journée ? Je t'ai dit que j'étais désolée pour les trombones. Ils avaient pas ce que tu voulais, je te le jure.

— Ça n'a rien à voir avec ça.

— Je sais que j'aurais dû acheter des Pringles, comme tu me l'avais demandé. » Elle chialait pour de bon maintenant. « La prochaine fois…

— Y aura pas de prochaine fois. Mets-toi bien ça dans le crâne. Après ce soir, je vais retourner derrière les barreaux. » Même si la mère de Janey ne succombait pas à tous les coups qu'il lui avait donnés, il allait rester à l'ombre un bon moment. Peut-être pour toujours si elle cassait sa pipe. « C'est la dernière fois que tu me vois.

— Je pourrai te rendre visite. Je viendrai te voir, parole. »

Tu parles d'un cadeau. « Ne bouge plus maintenant », lui avait-il dit, mais quand il avait pris son élan, elle avait poussé un cri et levé les bras pour se protéger. « Tu compliques les choses, Cora. Fais ce que je te demande.

— Me frappe pas, Roy. Je t'en supplie, me frappe pas. »

Ses coudes enrobés de graisse cachaient son visage.

« Tu sentiras rien, lui avait-il promis. Ce sera comme si tu t'endormais. Et quand tu te réveilleras, tu auras l'impression d'avoir la gueule de bois. Je te laisserai un de mes cachets. Ça te remettra d'aplomb. » Il n'en était pas question, évidemment. Il n'en avait déjà pas assez pour lui. « Comme je te le disais : demain matin, tu pourras faire du stop pour retourner en ville et raconter à tout le monde ce que j'ai fait. Que je suis un sale type. Ça n'aura plus d'importance.

— Non, Roy. Je t'en supplie. J'ai peur. Et si tu me frappes trop fort ? Si je me réveille pas ? »

Ce serait une bonne nouvelle, avait-il pensé, sans le dire. Car franchement ? S'endormir et ne pas se réveiller ? En finir avec tout ça ? Ce ne serait pas une mauvaise idée, si ? Personnellement, ça ne le gênerait pas trop, maintenant qu'il y pensait. Sa nuit avec Janey – bon Dieu, comme ça lui semblait loin – était ce que la vie avait de mieux à lui offrir, et il pouvait tirer un trait dessus, définitivement. Certes, il éprouverait une certaine satisfaction en rayant le nom de Sullivan de la liste. Il attendait ce moment avec impatience. Mais après ? Les minutes, les heures, les jours, les mois et les années qui se succéderaient éternellement, sans rien pour les combler hormis les histoires de tulipes à la con de Bullwhip. À moins qu'il soit mort depuis, auquel cas, il se retrouverait avec un autre connard incapable de fermer sa gueule, obligé de jacter sans cesse parce que les mots, si débiles et inutiles soient-ils, étaient préférables au silence et aux pensées qui le remplissaient. Évidemment, il était possible qu'il lui reste moins de temps qu'il le croyait. La vie est pleine de surprises, disait Gert. L'arbre qui tombe sans prévenir, la poêle que vous n'avez pas vue venir. Et ainsi de suite. Inutile de perdre son temps avec des conneries que vous ne pouvez pas contrôler. Cela incluait la plupart des emmerdes de ce monde, pour sûr. Établir le meilleur plan possible et voir comment il se déroulait. Roy, comme n'importe qui, ne pouvait rien faire de plus, mais comment espérer que Cora comprenne ça ?

« Ne bouge plus maintenant. Finissons-en. »

Mais cette putain de bonne femme refusait de baisser les bras.

« Bon, d'accord, on va le faire à ta façon, alors.

— C'est vrai ? avait-elle demandé, méfiante.

— Oui », avait-il répondu en lançant la pierre dans le lac.

Ce n'est qu'en entendant le plouf qu'elle avait baissé les bras. Bon sang, ce qu'elle pouvait être conne.

Ce qu'il n'arrivait pas à se sortir de la tête, c'était cette expression de gratitude débile sur son visage. Qui sait ? C'était peut-être de l'amour. Ou une chose sans nom. En tout cas, c'était ce qu'il détestait le plus et qui lui permettait de faire ce qui s'imposait. Car évidemment, il avait ramassé non pas une pierre, mais deux, et la seconde, plus lourde, parfaitement ronde, était toujours dans son poing.

Il s'en voulait, malgré tout, de l'avoir frappée si fort ; il revoyait la façon dont elle était tombée, sur le cul, réduisant le quai en petit bois, son gros cul dans l'eau, les bras coincés à la verticale. Aucune chance qu'elle parvienne à se relever, quand elle reviendrait à elle. Elle ne pourrait que gueuler jusqu'à ce que quelqu'un l'entende. Et pendant tout ce temps, elle penserait que c'était à cause des trombones et des Pringles. Il lui avait dit que non, mais c'était ça le problème avec les femmes. Mieux valait économiser sa salive. Il repensa à cette serveuse au *diner* où son père et lui s'étaient arrêtés ce jour-là, celle qui l'avait regardé comme si elle voyait toute sa vie pitoyable. Il se demandait ce qu'elle était devenue. Rien de bien, espérait-il.

MOUVEMENT

Après avoir laissé Clive Jr. au Sans Souci, Sully déposa Rub à la caravane avec de la nourriture et de l'eau, et passa le restant de l'après-midi à sillonner les endroits où un homme comme Roy Purdy était susceptible de montrer le bout de son nez, mais personne ne l'avait vu. Quelqu'un déclara avoir aperçu la voiture de la dénommée Cora au réservoir, alors il s'y rendit, arpenta le parking de terre dans tous les sens, en vain. Il fit deux autres arrêts chez Gert, qui jura n'avoir vu ni Roy ni Cora. Au cours de l'après-midi, l'idée avait effleuré Sully que cette quête était peut-être futile, le genre de chose que fait un homme pour se convaincre que tout, y compris se tromper, vaut mieux que de ne rien faire. Rester en mouvement était plus facile que de veiller à l'hôpital et de se relayer dans la chambre de Ruth, avec sa fille, sa petite-fille et son mari, et contempler son visage ravagé, à attendre qu'elle ouvre ses yeux gonflés, en craignant que cela n'arrive jamais.

Enfin, en début de soirée, épuisé et bredouille, Sully conclut à contrecœur qu'il ne pouvait rien faire de plus. Si Roy et cette femme se cachaient dans les environs, ils referaient surface tôt ou tard. S'ils s'étaient enfuis, leur voiture finirait par réapparaître. Quand il passa devant la maison de retraite pour la troisième fois de la journée, il songea qu'il devrait peut-être choisir la difficulté. Pour voir si cela donnait des résultats différents de la solution de facilité, plus familière.

« Vous êtes de la famille ? demanda l'employée de l'accueil quand Sully lui donna le nom de la personne qu'il souhaitait voir.

— Pas exactement. Mais on a été mariés. »

La femme examinait l'écran de son ordinateur en plissant les yeux.

« Je vois que son mari est décédé. »

Elle l'observa par-dessus ses lunettes : prétendait-il être mort ?

« Il s'agit de son second mari, Ralph, expliqua-t-il. Moi, je suis Donald Sullivan.

— Sullivan… J'ai un Peter Sullivan sur la liste des visiteurs. Et un William.

— C'est notre fils. Et notre petit-fils.

— Mais pas de Donald.

— C'est normal.

— Mais vous voulez la voir. »

Pas vraiment, en fait, mais il ne la contredit pas.

La femme reporta son attention sur son écran.

« Êtes-vous conscient que votre ex-femme ne réagit pas ? »

Toujours pas ?

« Je veux dire par là qu'elle ne vous reconnaîtra pas. »

Promis ?

« Et même si elle vous reconnaissait, qu'elle n'est plus capable de parler. Vous ne pourrez pas communiquer. »

On n'a jamais pu. « Je comprends. »

La femme l'observa de nouveau. « Tout ça me met un peu mal à l'aise. »

On est deux.

Avant de l'autoriser à voir son ex-femme, l'infirmière du service des pensionnaires atteints de démence prépara

Sully à ce qui l'attendait. La personne qu'il venait voir n'était plus vraiment là, lui dit-elle. Aujourd'hui, elle était dans un bon jour, mais cela voulait juste dire qu'il ne risquait pas d'être témoin de l'agitation et même de la colère qui, souvent, caractérisaient le stade avancé de sa maladie. Peut-être retrouverait-il brièvement dans un de ces curieux gestes physiques la femme avec qui il avait été marié, mais tout le reste ne serait qu'un effet de son imagination. Elle ne pouvait plus ingurgiter d'aliments solides, elle ne savait même plus ce qu'était la nourriture, et elle pouvait tout aussi bien mâchonner un bracelet de montre qu'une carotte. Il ne devait pas lui donner à manger ni à boire car elle ne déglutissait plus naturellement et risquait de s'étouffer.

La jeune bénévole qui conduisit Sully jusqu'à la chambre de Vera n'avait pas plus de dix-sept ans. « Je vous attends dans le couloir », dit-elle.

Quand la porte se referma derrière lui et quand il découvrit cette momie à la bouche ouverte qui avait été Vera, il faillit craquer. On avait assis son ex-femme dans un fauteuil roulant près de la fenêtre pour qu'elle puisse regarder la cour centrale où plusieurs tables de pique-nique formaient un cercle autour d'une fontaine en béton, asséchée. Était-ce toujours le cas ? se demanda Sully. L'eau représentait-elle un danger dans un endroit tel que celui-ci ? « Hello, ma vieille », dit-il et sa voix lui parut étrange, irréelle, comme quelqu'un qui parle dans une pièce sans meuble. Quand il tira le fauteuil, les yeux de Vera se tournèrent dans sa direction, avant de se perdre aussitôt dans le vague. Sous la fine robe de chambre, Sully devinait qu'il ne restait que la peau et les os. Lorsqu'il se souvint que cette même femme avait couché avec lui à l'époque où ils étaient jeunes l'un et l'autre, il s'empressa de chasser cette pensée ; il avait honte d'avoir pu songer à ça, même brièvement, il se sentait sale. Le plus affolant, c'étaient ses cheveux, toujours permanentés et impeccables dans le temps. Pas une mèche ne dépassait. Maintenant, ils paraissaient plus naturels, comme de vrais cheveux, enfin, et pourtant, ce n'était plus du tout Vera.

« Je suis venu voir si tu étais toujours furieuse contre moi », dit-il.

C'était ce qu'il redoutait, évidemment : que le ressentiment de Vera, alimenté par toutes ces années, persiste, alors que tous les autres aspects de sa personnalité avaient disparu, mais il s'apercevait maintenant que son angoisse s'était trompée de cible. Si Vera avait été furieuse après lui, au moins elle aurait été Vera.

« Tu dois en avoir marre de tout ça », dit-il en balayant du regard la chambre austère, impersonnelle, où vivait cette femme toujours si fière de son foyer. Pourtant, il ne faisait pas tant allusion à son environnement qu'à son existence elle-même. « Moi, j'en aurais marre. »

L'expression de Vera demeura identique.

Soudain, une porte s'ouvrit à l'extrémité de la cour et une fillette jaillit, bientôt suivie par une jeune femme qui devait être sa mère. Les yeux de Vera enregistrèrent ce mouvement, sans trahir la moindre réaction. Quelques instants plus tard, une vieille femme, modèle génétique des deux autres générations, apparut dans l'encadrement de la porte. Sully devina qu'il y avait à l'intérieur, quelque part, l'arrière-grand-mère à qui toutes trois venaient rendre visite.

Ne sachant pas quoi faire de ses mains, il les fourra dans ses poches et sentit le chronomètre de Will, qu'il sortit pour l'examiner. « Tu le reconnais ? demanda-t-il en le tendant devant Vera. Tu te souviens de ce repas de Thanksgiving ? »

Peter, venu avec sa famille encore intacte, avait invité Sully, mais négligé d'en avertir Vera, n'osant même pas espérer le voir débarquer. Dans la maison, tout le monde se disputait : Peter et son épouse, Vera et Ralph, Will et Wacker, son petit frère. Sully était arrivé juste au moment où ça commençait à dégénérer. Will avait filé par la fenêtre de la salle de bains pour se réfugier à l'arrière du pick-up. Après s'être empressé de battre en retraite, lui aussi, Sully l'avait découvert caché sous une bâche afin d'échapper à ses parents qui se faisaient la guerre et à son petit frère, cause de sa terreur. C'était ce soir-là que Sully avait eu l'idée de lui offrir ce chronomètre pour qu'il puisse compter ses moments de courage dans la journée.

Dehors, dans la cour de la maison de retraite, la mère dut faire deux fois le tour de la fontaine pour rattraper la fillette surexcitée et la ramener vers la grand-mère, qui enlaça la gamine gigoteuse, et toutes les trois retournèrent à l'intérieur, laissant Sully seul avec une femme qui n'était pas là. Quand le poing se serra dans sa poitrine, il ferma les yeux pour lutter contre la douleur, jusqu'à ce qu'elle s'atténue.

« Je vais t'annoncer un truc qui va peut-être te faire plaisir », dit Sully en rangeant le chronomètre dans sa poche. Sans trop savoir pourquoi, il avait décidé de parler à Vera comme si elle était réellement là. « Figure-toi que j'ai un problème au cœur. Ne ris pas. J'ai vraiment un cœur. Je le sais parce qu'il déconne. »

Si elle avait été présente pour de bon, nul doute qu'elle aurait fait remarquer que son cœur n'avait jamais bien fonctionné, une critique que Sully pouvait accepter comme une évidence.

« Il me reste encore un peu de temps. Un an ou deux, me disent-ils, mais c'est du pipeau. Ça peut m'arriver d'un jour à l'autre, je le sens. Ils veulent me coller un truc dans la poitrine. Un défibrillateur. Ils affirment que ça pourrait me permettre de tenir un peu plus longtemps, à condition que je ne claque pas sur le billard. La question à laquelle ils ne peuvent pas répondre, c'est : Pour quoi faire ? Je ne peux plus travailler. Je suis devenu un boulet. Alors, à quoi bon ? »

Quand il regarda Vera de nouveau, il fut saisi par la très nette impression dont lui avait parlé l'infirmière, qu'une lumière s'était allumée en elle. Mais une seconde plus tard, elle était éteinte de nouveau, et il ne restait que l'enveloppe physique.

« Tu sèches, toi aussi, hein ? » Dans la cour, les ombres s'allongeaient. « Ne t'inquiète pas, je trouverai la réponse. En attendant, si on restait assis là, une minute, rien que toi et moi. Je crois que ça ne nous est jamais arrivé, hein ? De nous asseoir quelque part, tranquillement ? »

Il fut réveillé par un léger contact sur son poignet, et pendant une fraction de seconde, il crut que c'était Vera, mais évidemment, c'était la jeune bénévole qui venait lui annoncer que les heures de visite étaient terminées. Comme un bar qui ferme, pensa-t-il. Vous n'êtes pas obligé de rentrer chez vous, mais vous ne pouvez pas rester là.

En ce samedi soir, c'était de nouveau l'affluence au Horse, mais le tabouret voisin de celui de Carl Roebuck était libre et Sully put s'y hisser.

« Toi, tu es de bonne humeur, dit-il quand son ami pivota pour lui faire face.

— Je parie que tu peux deviner pourquoi, si tu réfléchis bien. »

Sully s'apprêtait à répondre qu'il ne voyait absolument pas pour quelle raison un type qui nageait dans la merde jusqu'au cou pouvait être d'aussi bonne humeur, puis il comprit.

« Félicitations. Tu ne vas pas me montrer, j'espère.

— Là, pour le moment, elle n'est pas raide, avoua Carl. Tu ne devineras jamais à qui je dois ça.

— Donne-moi un indice. Homme ou femme ?

— Audrey Hepburn. Tout habillée.

— Je t'avais dit que le porno, c'était pas la solution.

— Audrey Hepburn, répéta Carl, qui n'en revenait toujours pas. Hé, tu crois qu'elle a tourné dans des pornos ? » Sully se contenta de le regarder. « Bon, OK. Katharine, alors. L'une ou l'autre. Choisis la Hepburn que tu veux. » Comme Sully restait muet, il devint sérieux. « Je suis désolé ; je viens d'apprendre, au sujet de Ruth. »

C'était ce qu'il y avait eu de plus dur dans la journée de Sully, à vrai dire. Partout, les gens lui disaient combien ils étaient désolés, comme si Ruth et lui étaient mariés, ce qui ne faisait que renforcer son sentiment de s'être immiscé dans la famille de Ruth. Dès lors, pouvait-il reprocher à Ruth de penser que le moment était venu pour lui de passer son chemin ?

Birdie déposa une bière devant lui, en précisant que c'était offert par la maison. « Ils ont retrouvé ce salopard ?

— Aux dernières nouvelles, toujours pas. »

Il y avait une cabine téléphonique dans le hall de la maison de retraite et il avait passé deux coups de fil, une demi-heure plus tôt. Le premier au poste de police, pour apprendre que Roy Purdy était toujours en cavale, et l'autre à l'hôpital, où une infirmière du service des soins intensifs l'avait informé que l'état de Ruth demeurait inchangé. Oui, son mari, sa fille et sa petite-fille étaient là. Sully avait envisagé de les rejoindre, mais avait choisi finalement de leur faire cadeau de son absence.

« D'après ce que j'ai entendu dire, reprit Birdie, il l'aurait tuée si tu n'étais pas intervenu. » À l'évidence, elle essayait de lui remonter le moral, alors il ne protesta pas. Pas plus qu'il ne souligna l'évidence : il avait sauvé la vie de Ruth seulement si elle survivait.

Une des serveuses vint lui apporter un mot, soigneusement plié, rédigé d'une écriture étonnamment élégante, qui disait : *J'ai gagné mon pari*. Sully se pencha en arrière sur son siège pour scruter la partie restaurant, et il découvrit Bootsie Squeers toute pomponnée, qui lui faisait des signes de la main, en affichant un grand sourire. La branche, évidemment. Il l'avait oubliée, comme il s'en doutait. Il ne reconnut pas immédiatement l'homme assis en face d'elle. Rub possédait-il un veston ? Une chemise avec un col ? Des chaussures qui ne soient pas des bottes de chantier ? « Leur addition, c'est pour moi », dit-il à Birdie.

Carl avait suivi la direction de son regard. Quand ils firent face au comptoir de nouveau, il commenta : « Voilà ce qu'on appelle avoir un physique ingrat.

— Allons, sois sympa, dit Sully.

— J'étais sympa en disant ça.

— Tu n'as jamais pensé que dans ta prochaine vie, tu pourrais être une femme laide ?

— Ou un insecte ? suggéra Birdie qui passait par là.

— Hé, ça me rappelle un des bouquins qu'ils ont essayé de me faire lire à la fac ! lui lança Carl. Un type se réveille un jour, convaincu d'être un cafard.

— Devine qui j'ai croisé cet après-midi, dit Sully, dès que Birdie fut hors de portée de voix. Clive Jr.

— Sans déconner. Ici, à Bath ?

— Il prétend être revenu pour le baptême de l'école.

— D'où ?

— Quelque part dans l'Ouest.

— Comment tu l'as trouvé ? »

Brisé. Malheureux. Hanté. Même si, au départ, Clive Jr. avait tenté de faire croire le contraire. Oh, oui, bien sûr, ça avait été dur, avait-il avoué, mais il avait fini par retomber sur ses pieds. Il était marié, pour son plus grand bonheur, avec une femme prénommée Gale, et il regrettait que sa mère ne l'ait pas connue. Il avait fait des petits boulots pendant quelque temps, mais il était retourné dans la banque, en commençant par une petite agence, jusqu'à ce qu'on remarque son travail. Maintenant, il travaillait au siège régional, en tant que responsable des projets spéciaux. L'Ouest était en plein essor, avait-il confié à Sully. Les gens qui vivaient dans des trous paumés comme Bath ne pouvaient pas imaginer à quoi ressemblait le reste du pays. Il comprenait maintenant pourquoi L'Ultime Évasion avait échoué. Les investisseurs pouvaient trouver des endroits beaucoup plus attirants. Il avait expliqué tout ça à Sully avec l'air de quelqu'un qui sait qu'on ne va pas le croire, et quand Sully avait dit : « Tant mieux. Je suis content pour toi », Clive Jr. avait réagi comme si Sully ironisait, ce qui n'était pas le cas. Du moins, il n'en avait pas l'impression.

« Alors, un AVC, à ce qu'il paraît ? » avait finalement demandé Clive Jr., en renonçant au baratin.

Sully avait confirmé d'un hochement de tête.

« Plusieurs petits pour commencer. Puis…

— Dieu a sifflé la fin de la partie. »

Sully n'avait pu s'empêcher de sourire car c'était une des expressions préférées de Miss Beryl.

« Elle n'a pas souffert, alors ?

— Pas que je sache. Mais elle n'était pas du genre à se plaindre.

— Tu t'es occupé d'elle ?

— Je jetais un œil sur elle, si c'est ce que tu veux dire. »

Tous les matins, il glissait la tête par l'entrebâillement de la porte pour voir si elle avait besoin de quelque chose. Ou bien, elle frappait parfois au plafond avec un manche à balai et il descendait. Parfois, il se laissait convaincre de boire une tasse de thé avec elle dans la cuisine, en affirmant, comme toujours, qu'il détestait cette boisson dont elle raffolait. Certains jours, elle était incohérente et il devinait qu'elle avait fait une nouvelle mini-attaque, mais elle savait à quoi s'attendre. En revanche, elle ne comprenait pas pourquoi Dieu prenait son temps.

« J'imagine qu'elle ne parlait pas souvent de moi ? avait demandé Clive.

— Non. Elle ne prononçait jamais ton nom. » C'était la vérité.

« Elle savait être très dure, dit Clive, morose maintenant. Mais tu étais son préféré, tu ne pouvais pas savoir.

— J'avais de l'affection pour elle aussi.

— C'est ça que je n'ai jamais compris. Je veux dire, je comprends que je l'ai déçue. Je n'étais pas son genre. Je ne l'ai jamais été. Mais toi, qu'est-ce que tu avais de spécial ? »

Voilà donc pourquoi son fils était revenu à Bath, après dix ans passés ailleurs, avait compris Sully. Pour poser cette seule et unique question. Ce n'était pas de l'affection ni de la fierté à l'égard d'une mère dont on honorait la mémoire qui avait motivé ce retour, mais la colère, tout simplement. Et, bien entendu, la souffrance.

« Je suis au courant pour la maison. J'aurais pu contester le testament. D'ailleurs, je pourrais encore le faire.

— Inutile, avait répondu Sully. Si tu veux la maison, elle est à toi. »

Clive avait semblé réfléchir, mais pas longtemps.

« Non. Qu'est-ce que je ferais de cette ruine ?

— À toi de voir. »

Clive avait changé totalement d'humeur. « En fait, je vais peut-être reprendre un avion plus tôt que prévu. J'avais oublié à quel point je déteste cet endroit.

— Je suis sûr que Gale sera heureuse de te revoir », avait dit Sully.

L'expression de perplexité n'était demeurée qu'un instant sur le visage de Clive, mais Sully l'avait vue et compris qu'il n'y avait pas d'épouse. Quelle part de mensonges contenait tout le reste ? Impossible à dire.

Quand les Squeers eurent fini leur repas, ils s'arrêtèrent au bar.

« Hé, visez-moi ça ! » dit Sully en pivotant sur son tabouret.

Bootsie était maquillée, et ses cheveux habituellement raides et ternes avaient été lavés et bouclés. Carl avait raison, ce n'était pas une jolie femme, même pomponnée pour un rendez-vous, mais il y avait quelque chose de valeureux dans l'effort qu'elle avait produit afin de paraître à son avantage pour une soirée… au Horse, avec son mari.

« Tu n'étais pas obligé, Sully », lui dit-elle.

Elle avait raison, maintenant qu'il y réfléchissait. La

veille, il avait déjà donné de l'argent à Rub pour qu'il sorte sa femme, autrement dit il avait payé deux fois ce repas.

« Hé, dugland, lança Carl, ça te dirait de bosser demain et lundi ?

— Demain, c'est di-di-di…

— Dimanche ? suggéra Sully.

— Dimanche, confirma Rub. Alors, ap-ap-ap…

— Après-demain ?

— C'est payé double », précisa Carl.

Rub se tourna vers Sully.

« Dis-lui de te montrer l'argent, conseilla celui-ci.

— Montre-moi le p-p-p…

— Le pognon », dit Sully, en adressant un grand sourire à Carl.

Ce dernier avala difficilement sa salive.

« J'aurai peut-être besoin de te l'emprunter, dit-il, et Sully calcula combien allait lui coûter cette discussion.

— On trouvera une solution, dit-il.

— C'est vrai ? dit Carl, surpris. C'est un boulot pour deux personnes.

— Je sais. » Sully se tourna alors vers Rub, qui affichait un sourire jusqu'aux oreilles. « Je passe te chercher ? On pourra embarquer cette branche avant de passer sur le chantier.

— À q-q-q-q…

— Six heures et demie. Tiens-toi prêt.

— Je suis toujours prêt, protesta Rub. C'est toi qui es toujours…

— Je sais. Mais demain, je serai à l'heure.

— Ça veut dire que… »

Sully devinait ce que Rub allait lui demander – est-ce qu'ils allaient retravailler ensemble ? –, alors il le coupa : « Je ne sais pas ce que ça veut dire. Tiens-toi prêt, c'est tout. On verra bien où ça nous mène. » Il se retourna vers Carl. « Juste une chose. Je peux t'accorder uniquement dimanche et lundi. »

Carl hocha la tête, il attendait la suite.

« Mardi, je dois aller chez les anciens combattants pour… » Il se tapota la poitrine. « … une intervention. » Il n'avait pas eu l'intention de dire ça. Il n'avait pas encore décidé de subir cette opération, avant cet instant. Curieusement, c'était le fait d'en parler à Vera précédemment qui l'avait poussé à prononcer ces paroles.

Carl continuait à hocher la tête. « Tout le monde se demandait quand tu cracherais le morceau.

— Je n'en avais pas l'intention, admit Sully. Je ne voulais même pas me faire opérer, puis je me suis dit : Et merde. »

Carl souriait maintenant.

« C'est bien que tu aies réfléchi sérieusement. Tu crois vraiment que tu pourras travailler demain ?

— On verra bien. Depuis quelque temps, j'ai une journée de merde pour deux bonnes. Aujourd'hui, j'en ai bavé, alors ça devrait aller mieux demain. Et même si je suis mal foutu, je pourrai conduire la pelleteuse. »

Pourquoi ne pas essayer, de toute façon. Au cours de cette journée, quelque chose en lui avait basculé. La promesse qu'il venait de faire à Carl – de trouver une solution – était vague et difficile à tenir, mais d'après son expérience, un homme digne de ce nom devait respecter ce genre d'accord. D'autant que celui-ci était beaucoup plus réaliste que le serment fait à Janey un peu plus tôt – de retrouver Roy et de lui faire mal –, un engagement qu'il ne pourrait pas honorer de toute évidence. Alors, dès demain, Rub et lui descendraient dans cette infâme merde toxique qui suintait du sol en béton de l'usine de Carl. Là, il écouterait la litanie des souhaits de son ami : qu'ils s'arrêtent pour manger un bon gros beignet à la confiture, au lieu d'aller travailler directement, que Hattie ne soit pas fermé pour qu'ils aient un endroit où déjeuner, que Sully et lui n'héritent pas toujours des sales boulots, que Sully n'ait pas rebaptisé son chien Rub. Quand il serait à court de souhaits, Sully lui demanderait, une fois de plus, de souhaiter dans une main et de chier dans l'autre, pour voir laquelle des deux se remplissait le plus vite. Les choses étaient comme elles étaient, comme elles avaient toujours été et seraient toujours et, en vérité, c'était ça le plus important, cette vie n'était pas si pourrie que ça, hein ? Quand ils arrêteraient de bosser en fin de journée, ils seraient bien accueillis au Horse, même s'ils puaient comme la chatte de Mère Teresa. Et une fois là-bas, que Sully ait faim ou pas, il offrirait à Rub le bon gros cheeseburger dont il avait rêvé tout l'après-midi, peut-être qu'il le persuaderait d'appeler Bootsie pour qu'elle les rejoigne, car une fois qu'il serait parti, Rub aurait besoin que quelqu'un l'écoute. Il n'était pas certain que Bootsie soit la personne qui convienne le mieux, mais apparemment, il n'y avait qu'elle. Et maintenant qu'il y réfléchissait, il se disait que le moment était peut-être venu de laisser le chien redevenir Reggie. Il pouvait bien faire ça.

« Si ça ne t'ennuie pas, je vais me coucher tôt ce soir », dit-il à Carl en repoussant son deuxième verre de bière, sans le terminer. Quoi qu'il soit venu chercher au Horse, il semblait l'avoir trouvé. S'il s'offrait une bonne nuit de sommeil, il pourrait être à l'hôpital avant l'aube et peut-être voler quelques moments d'intimité avec Ruth. S'il ne rentrait pas immédiatement, Jocko allait débarquer et lui payer un verre, et ensuite, quelqu'un proposerait une partie de poker, et sur le chemin du retour, deux ou trois heures avant l'aube, il serait obligé de reconnaître qu'il était le genre d'homme capable de s'amuser pendant qu'une femme dont l'amour l'avait sauvé en maintes occasions était plongée dans le coma.

« Vas-y, lui dit Carl. Mais avant, j'aimerais avoir ton avis sur un truc.

— Quoi donc ?

— Rub et Bootsie.

— Eh bien ?

— Tu crois qu'ils vont baiser en rentrant ?

— Nom de Dieu, dit Sully en secouant la tête. Tu es vraiment un malade. »

Mais il s'était posé la même question.

« Je ne sais pas lequel des deux me fait le plus de peine », dit Carl.

Elle était là.

À côté de la benne à ordures, l'épave jaune et violette qui ne s'y trouvait pas trois heures plus tôt.

Sully n'était plus qu'à une rue de chez lui quand il avait eu l'idée de retourner inspecter une dernière fois le parking derrière le Sans Souci. Et maintenant, en sentant ce poing qui lui comprimait la poitrine, il n'était pas loin de le regretter. Saisissant le démonte-pneu posé sur le tableau de bord, il descendit de son pick-up, mais laissa le moteur tourner. Les phares éclairaient l'arrière de l'hôtel. Il klaxonna pendant cinq bonnes secondes.

« Roy Purdy ! » cria-t-il lorsque le son mourut, incitant le poing à se refermer de nouveau, plus fortement, et son vieux cœur pourri lui envoya un message urgent et sans ambiguïté. *Arrête. Laisse tomber.* « Allez, montre-toi ! »

N'obtenant aucune réponse, il sortit de sa poche le chronomètre de Will et appuya sur le petit bouton. « Je te donne une minute ! »

Très bien, pensa-t-il, quand l'aiguille eut achevé un tour complet. Il allait retourner en ville, signaler où se trouvait le véhicule, puis laisser Raymer et son équipe régler le problème. Remarquant qu'un des pneus arrière de l'épave n'avait plus de capuchon de valve, il se servit de l'extrémité du démonte-pneu pour faire sortir l'air.

« Les flics vont bientôt débarquer ! cria-t-il quand le pneu fut totalement à plat. Pour sûr. »

Mais le temps qu'il regagne Upper Main Street, le poing qui comprimait sa poitrine était devenu une enclume posée dessus, et il comprit qu'il n'atteindrait jamais le poste de police. Il devrait les appeler de chez Peter. S'il parvenait jusque-là.

Après s'être garé devant chez Miss Beryl, il coupa le moteur, mais incapable de reprendre son souffle, il resta assis dans le pick-up. *Deux ans, mais plus vraisemblablement un an ?* Deux *heures,* mais plus vraisemblablement une heure, oui. La vérité qu'il avait refusé de regarder en face toute la journée était l'évidence même : il était foutu. Au Horse, il avait réussi à se convaincre qu'il avait le choix entre tenir la promesse faite à Janey et aider Carl à se sortir de ce merdier, mais il découvrait maintenant que c'était une illusion, une fiction. La seule réalité était cette enclume posée sur sa poitrine.

Descends de ce pick-up, mon vieux bonhomme, se dit-il quand il parvint à faire entrer un peu d'oxygène dans ses poumons. *Tu peux y arriver.* Ensuite, le court trajet dans l'allée, puis les trois petites marches du porche de derrière. Un coup de fil à la police, puis un autre pour appeler une ambulance. Cela ne le sauverait pas, mais au moins, aucune personne de son entourage ne le découvrirait mort. Il pensa à Rub, qu'il faudrait bientôt laisser sortir de la caravane. Après l'appel à la police, s'il lui restait des forces, il appellerait le Horse et demanderait à Carl de s'en charger.

Allez, remue-toi, se dit-il car il était toujours dans le pick-up, et il pensait à ce qu'il fallait faire, au lieu de le faire. Pour la première fois de sa vie peut-être, penser était plus facile, moins dangereux, qu'agir. Raison de plus de songer que la fin était proche.

Il avait atteint le milieu de l'allée quand la question de Miss Beryl, surgie d'un lointain passé, s'imposa dans son esprit, sans y être invitée comme toujours. Ça ne vous gêne pas de ne pas avoir tiré meilleur profit de la vie que Dieu vous a donnée ? Aujourd'hui encore, il ne pouvait pas répondre avec certitude. Était-il censé le regretter ? Avait-il eu tort de prendre autant de plaisir à toujours choisir la difficulté ? De chasser le doute et les regrets avant qu'ils s'installent ? Avait-il fait preuve d'égoïsme en veillant toujours à ce que son ultime destination de la journée soit un tabouret de bar, au milieu d'autres hommes qui, comme lui, avaient choisi de rester fidèles à ce qu'ils croyaient être leur véritable nature, alors qu'ils auraient pu être fidèles à leur famille, aux convenances ou même à leurs promesses anciennes ?

Pas souvent, avait-il répondu à Miss Beryl. *De temps en temps.*

Quand il était rentré de la guerre, elle avait immédiatement perçu le changement survenu en lui, devinant sans doute que cette capacité qu'il s'était découverte de pouvoir séparer Sully de Sully deviendrait son grand talent dans la vie. Il avait toujours été têtu, évidemment, mais la guerre lui avait appris à aller de l'avant, et dans son esprit, cela voulait dire mettre un pied devant l'autre, et continuer d'avancer quand d'autres hommes s'arrêtaient, s'accrocher.

Sauf qu'à cet instant, alors qu'il avait presque atteint la porte de derrière de la maison de son fils, tout bascula et il se retrouva à genoux sur le sol dur ; une seconde plus tard, il avait le menton dans le gravier.

Voilà, pensa-t-il. C'était ainsi que ça se terminait, que ça devait se terminer. Le jour était finalement arrivé où mettre un pied devant l'autre était devenu tout bonnement impossible, où cette avancée sur laquelle il avait bâti toute sa vie le trahissait, et réciproquement. *Debout, soldat,* s'ordonna-t-il, mais son corps ne voulait plus obéir. Le monde entier semblait réduit au silence et à la douleur, cette dernière intense, le premier insupportable. Faisant appel à ses ultimes forces, il sortit le chronomètre de son petit-fils. Le tic-tac, quand il pressa le bouton, résonnait de manière régulière et rassurante, mais c'était également, pensa-t-il, le bruit du temps qui filait.

Des pas approchèrent, mais Sully ne les entendit pas.

NORMAL

Le temps qu'il finisse de remplir les dernières paperasses de l'hôpital et de signer tous les documents obligatoires, tout cela de la main gauche, d'une écriture d'enfant malhabile, il était presque minuit. Grâce à une méga-dose d'antibiotiques, Raymer avait retrouvé son bon sens, ou ce qu'il en restait, accompagné de son état dépressif normal. Difficile à croire, mais six petites heures plus tôt, chez Gert, il n'avait aucun souci, il se foutait de tout. Peut-être faudrait-il l'amputer de la main droite ? Et alors ? Même Jerome, avec ses yeux exorbités et devenu complètement fou, pointant son pistolet sur lui, n'avait pas réussi à le ramener sur terre. L'idée que ce type puisse presser la détente et les envoyer *ad patres* tous les deux, Raymer et cet infâme manipulateur sournois de Dougie, semblait plus libératrice que terrifiante. Libéré de la raison, il était libéré également de toutes ses préoccupations, alors que maintenant, ayant retrouvé la raison, il n'avait plus qu'une seule priorité : voir disparaître dans son rétroviseur la ville de Bath et sa myriade d'humiliations.

Mais avant cela, il devait louer une camionnette et un attelage pour sa voiture, acheter des cartons et du matériel d'emballage, vider son bureau au poste et emballer les rares choses qu'il possédait au Morrison Arms. Pouvait-il faire tout cela en une seule journée ? Pouvait-il seulement faire des cartons et les scotcher d'une seule main ? Sa main meurtrie, désinfectée et enveloppée d'un pansement tout propre maintenant, l'élançait impitoyablement malgré les antalgiques, et elle ressemblait à une massue. Pourrait-il trouver en si peu de temps quelqu'un pour l'aider ? Hormis son refus catégorique de passer une nuit de plus au Morrison Arms, rien ne l'obligeait à partir dans la précipitation. Ce n'était pas comme s'il devait se rendre quelque part. Où étaient censés aller les imbéciles ? Existait-il un endroit qui les accueillait, où il pourrait se fondre au milieu de ses semblables ? Un lieu habité par des hommes d'un certain âge qui ne parvenaient pas à oublier l'infidélité de leur femme morte. Et qui retombent amoureux comme des adolescents, trop timides et trop nuls pour savoir si cette affection était réciproque. Existait-il un tel endroit sur terre ?

Quand enfin il fut libéré, une femme l'attendait dans le hall. Âgée d'une cinquantaine d'années, cheveux châtains coupés court, elle portait un pantalon et une veste en tweed.

« J'espérais vous attraper avant que vous partiez, dit-elle. Nous pouvons aller parler dans mon bureau. »

Son badge indiquait : Dr PAMELA QADRY.

« On se connaît ? demanda Raymer en prenant le siège qu'elle lui indiquait.

— Non, mais Jerome Bond est mon patient.

— Oh. »

Une psy, donc.

Pauvre Jerome. Raymer savait bien évidemment, par Charice, qu'il était sujet aux crises de panique, mais il n'aurait jamais cru qu'un être humain normal puisse perdre les pédales comme l'avait fait Jerome au cours de ces dernières vingt-quatre heures. Depuis le saccage de la 'Stang, il était méconnaissable. Dans l'ambulance, il s'était recroquevillé en position fœtale, refusant de regarder Raymer et préférant s'adresser aux ambulanciers. « Vous savez ce que c'est, d'être amoureux de quelqu'un ? demandait-il en pleurnichant à celui qui tentait d'examiner ses signes vitaux. Je veux dire aimer *véritablement* quelqu'un ? Savez-vous seulement ce qu'est l'amour ? »

Raymer lui-même était à peine cohérent, la fièvre faisait rage et la douleur dans sa main était si intense qu'elle confinait à l'expérience religieuse. On lui avait assigné une jeune femme sévère qui ne cessait de claquer des doigts devant lui en répétant : « Regardez-moi, monsieur. Ce qui se passe à côté ne vous concerne pas. »

Une réflexion qui avait fait rire Raymer, bêtement. « En fait, si, avait-il répondu tout bas. C'est de ma femme qu'il parle. »

« Il va s'en sortir ? demanda-t-il au Dr Qadry.

— Nous aborderons le cas de Jerome plus tard. Parlez-moi de votre main d'abord. »

Comme toutes les autres femmes qu'il connaissait, celle-ci avait deviné, rien qu'en le regardant, quel était le sujet qu'il ne voulait pas aborder.

« J'avais une petite… éraflure. Elle s'est infectée. Et ça a provoqué une septicémie. »

Il croisa les bras afin de dissimuler sa main bandée. Si cette femme ne la voyait plus, peut-être qu'elle s'en désintéresserait.

« Pourquoi ne pas vous être fait soigner plus tôt ?

— Je n'ai pas eu le temps. »

Elle laissa cette réponse flotter entre eux, en le fixant du regard, jusqu'à ce qu'il baisse les yeux.

« Il paraît que vous avez causé de sacrés dégâts en creusant la plaie. Savez-vous pourquoi vous avez fait ça ? Pourquoi vous vous êtes mutilé à ce point ?

— Au début, ça démangeait. Mais je crois que je ne m'apercevais même pas que je me grattais.

— Et maintenant, qu'est-ce que vous ressentez ?

— Ça fait un mal de chien.

— Vous croyez que vous allez recommencer à vous gratter ?

— Non. » En fait, cette simple idée lui donnait des vertiges. « Et Jerome, alors ? »

La psy ne répondit pas immédiatement ; elle continua à l'observer comme une énigme humaine. « M. Bond souffre de sérieux troubles de l'anxiété. Son état s'est aggravé dernièrement. On l'a mis sous sédatifs et il ne court plus aucun danger dans l'immédiat. Mais c'est un homme malade. Quelque chose ne va pas ? »

Raymer s'aperçut qu'il fronçait les sourcils.

« Non, c'est juste que… je ne sais pas. Est-ce que vous avez le droit de me raconter tout ça ?

— Pourquoi pas ?

— Ce n'est pas… confidentiel ?

— J'avais l'impression que vous saviez déjà.

— Sa sœur, Charice… » Il baissa les yeux de nouveau, en rougissant. « … travaille pour moi. Et elle s'inquiète pour lui.

— Et vous, chef Raymer ? Vous vous inquiétez pour lui ?

— Évidemment.

— Je vous demande ça car il pense que vous le haïssez.

— Oui, soupira Raymer. D'une certaine façon. Il avait une liaison avec ma femme.

— Quand l'avez-vous découvert ?

— Cet après-midi.

— Il affirme que vous le harcelez depuis des semaines. Pour essayer de lui faire avouer cette liaison.

— De quelle manière est-ce que je le harcèle ?

— En l'appelant au beau milieu de la nuit.

— Je ne me souviens pas de la dernière fois où j'ai appelé Jerome. » C'est seulement en voyant le regard étrange de la psy qu'il prit conscience que cette affirmation pouvait donner lieu à plusieurs interprétations. « Sans compter aujourd'hui, évidemment.

— Il affirme que vous savez exactement à quel moment il s'endort. Et vous l'appelez à ce moment-là.

— Comment pourrais-je savoir quand il s'endort ?

— Il dit que vous avez installé des caméras secrètes dans son appartement.

— Vraiment ?

— Dès qu'il sort, vous vous faufilez chez lui et vous fouillez dans ses affaires. Vous les déplacez exprès.

— Et vous y croyez ?

— *Lui* y croit.

— Comment je fais pour entrer chez lui ?

— Par le garage. »

Raymer allait répondre que c'était de la folie lorsqu'il se souvint que c'était exactement ce qu'il avait fait cet après-midi. En voyant la porte du garage se lever au moment où il se garait, il avait supposé que Jerome avait commandé son ouverture, mais maintenant, compte tenu de tout ce qui s'était passé ensuite, il comprenait. En utilisant l'extrémité de la télécommande pour triturer sa blessure, il avait lui-même, involontairement (ce petit salopard de Dougie ayant pris le contrôle des fonctions cruciales), provoqué l'ouverture et la fermeture de la porte démoniaque. Soupçonnait-il déjà Jerome d'être l'amant de Becka, avant aujourd'hui ? *Bien joué*, avait dit Dougie quand Jerome avait fini par avouer. Se pouvait-il qu'il l'ait réellement harcelé pendant des semaines, sans le savoir, comme le suggérait cette femme ? Ou bien Jerome avait-il disjoncté tout seul, victime du chagrin et de sa conscience ?

« Non, je ne pense pas avoir fait une chose pareille, dit-il.

— Vous ne *pensez* pas ?

— En temps normal, je ne suis pas quelqu'un de cruel. » Mais pouvait-on en dire autant de Dougie ? Cet enfoiré percevait instinctivement ce qu'il y avait de pire en chaque individu. « Mais je dois avouer que…

— Oui ?

— Ça n'allait pas fort ces derniers temps.

— Vous souhaitez m'en parler ? »

Il réfléchit à cette proposition, mais pas longtemps.

« Non. Je ne crois pas. »

Le Dr Qadry hocha la tête, nullement surprise.

« Vous avez évoqué la sœur de M. Bond. Charice. Voulez-vous me parler d'elle ? »

Charice avait suivi l'ambulance avec sa voiture et s'était garée sur le parking des urgences juste au moment où les ambulanciers les poussaient, Jerome et lui, à l'intérieur. Raymer se souvenait de s'être demandé avec lequel des deux elle allait rester, songeant que cette décision lui apprendrait tout ce qu'il avait besoin de savoir. Et effectivement. Alors que le brancard de Jerome partait dans une direction et le sien dans une autre, leurs regards s'étaient croisés, brièvement, et Charice avait suivi son frère.

Se pouvait-il qu'elle sache tout depuis le début ? Son comportement au cours de ces dernières semaines, si déconcertant tout d'abord, commençait à prendre tout son sens. Elle avait tenté de le convaincre que la télécommande de la porte de garage ne signifiait rien, soulignant que cela n'apporterait aucune preuve même s'il parvenait à ouvrir une porte avec. À chaque instant, découvrait-il maintenant, elle l'avait incité à abandonner son enquête pour identifier l'amant de Becka. En faisant croire qu'elle se préoccupait avant tout de sa santé mentale. Il devait passer à autre chose, disait-elle, pour son bien. En vérité, c'était son frère qu'elle essayait de protéger. C'était l'équilibre mental si fragile de Jerome, son bien-être émotionnel qui l'inquiétaient. Même si Raymer rechignait à l'admettre, Dougie, ce connard, avait vu clair dans le jeu de Charice, dès le début, et il aurait été bien avisé de tenir compte de ses mises en garde.

La question qui le tourmentait désormais était la suivante : Outre Charice, combien d'autres personnes savaient que Becka et Jerome avaient une liaison ? Deux ? Deux cents ? Est-ce que toute la ville se moquait de lui dans son dos ? Pendant très longtemps, il s'était demandé : *Qui ? Qui ? Qui ?* Comme si l'identité de cet homme suffirait à combler sa curiosité. En vérité, le fait de savoir *qui* ne lui avait apporté aucun soulagement, mais plus de questions encore. Au-delà du *Qui*, il y avait *Pendant combien de temps ?* sans parler du *Comment ?* ni du *Quand ?* S'étaient-ils rencontrés à l'Adfinitum, un soir où Becka y était allée avec ses amis théâtreux ? Jerome l'avait-il abordée en rappelant qu'il avait été le témoin de Raymer ? Ou bien l'avait-elle reconnu – un grand Noir élégant, assis seul au bar – et l'avait-elle invité à se joindre à eux ? Combien de fois s'étaient-ils retrouvés ainsi, avant qu'il devienne évident aux yeux des autres qu'ils étaient en couple ? Partaient-ils ensemble à bord de la 'Stang ou séparément, pour sauver les apparences ? Becka utilisait-elle souvent la télécommande pour se faufiler discrètement dans l'appartement de Jerome ?

Tout cela posait une autre question, presque aussi déconcertante : Que fallait-il penser du fait qu'il n'ait jamais, pas une seule fois, soupçonné Jerome ? « La vache, Dougie, tu as visé haut », avaient été ses premières paroles quand Raymer lui avait présenté Becka. Était-ce en raison de leur amitié qu'il n'avait jamais soupçonné Jerome, ou parce qu'il était noir ? Comment savoir ? La plupart des gens semblaient s'accorder pour dire qu'il était quasiment impossible de savoir ce qu'il y avait dans le cœur de quelqu'un d'autre, mais cela ne s'appliquait certainement pas à son propre cœur. Ou bien était-ce encore plus vrai quand il s'agissait de son propre cœur ?

« Je croyais que Charice et moi étions amis, confia-t-il au Dr Qadry. J'ai même cru…

— Quoi donc ?

— Peu importe.

— Et maintenant, vous pensez que vous n'êtes plus amis ? »

Il haussa les épaules.

« Peut-être que vous vous trompez.

— Oui, mais ça m'étonnerait. »

Elle avait suivi le brancard de Jerome, pas le sien.

« Bon. Je vois que tout cela vous met mal à l'aise, dit la psy, et il y vit l'autorisation de prendre congé. Je vous remercie de m'avoir accordé quelques minutes. J'espère que vous ne tenterez pas d'entrer en contact avec M. Bond. »

Elle se leva à son tour, en lui tendant la main droite, puis ça lui revint et, gênée, elle tendit la gauche. « Manque d'imagination, s'excusa-t-elle. C'est incroyable de voir que très souvent ça se résume à ça. »

Arrivé à la porte, Raymer songea qu'il avait envie de poser une question, une seule. « Avez-vous déjà soigné une personne frappée par la foudre ? »

Le Dr Qadry fronça les sourcils, puis secoua la tête. Il se réjouit de la voir aussi déstabilisée. « Pourquoi ?

— Je me demandais ce que ça pouvait provoquer. Comme effets.

— Les êtres humains sont composés essentiellement d'eau et d'impulsions électriques. Alors, dans le cas d'une surtension de ce type, même si vous n'êtes pas… grillé…

— Oui ?

— Le courant peut se propager dans tout le corps.

— Vous croyez que ça pourrait introduire en vous une chose qui n'y était pas avant ?

— À savoir ?

— Des pensées qui ne sont pas les vôtres.

— J'en doute.

— Et ensuite ? Est-ce que tout redevient normal, au bout d'un moment ? »

Il fut étonné par le sérieux avec laquelle cette femme le regardait.

« Ce sera à vous de me le dire. »

En quittant l'hôpital, Raymer entendit des coups répétés et réguliers en provenance du parking, mais il n'y prêta pas attention. Un taxi attendait devant la porte, il y monta et donna au chauffeur l'adresse de Jerome. Une fois qu'il aurait récupéré sa voiture, il retournerait à Bath et il louerait une chambre dans un de ces motels installés au bord de l'autoroute, histoire de dormir quelques heures. Demain matin, à moitié reposé, il prendrait une décision. Plus il réfléchissait, plus il était enclin à tout abandonner pour fuir librement. Si cela était possible.

« Attendez ! » dit-il au moment où le chauffeur allait démarrer.

Au milieu du parking, juste sous un lampadaire, se tenait un homme, qu'il reconnut, même de dos : Gus Moynihan. Il était penché en avant, les coudes sur le toit de sa voiture, le front appuyé contre le haut de la portière. C'est seulement en s'approchant que Raymer découvrit avec quoi il donnait des coups : le téléphone d'Alice.

« Gus ? dit-il, et le maire se redressa aussitôt, honteux.

— Doug, dit-il en s'empressant de cacher le combiné dans son dos. Qu'est-ce que vous faites ici ? » Dans la lumière, Raymer remarqua que ses yeux étaient rougis et enflés. Il leva sa main bandée. « Oh, fit Gus. Oui, bien sûr. »

Si le maire avait eu les idées claires, il aurait demandé pourquoi Raymer ne s'était pas fait soigner à Bath, mais manifestement, il avait la tête ailleurs. Il avait dû se passer quelque chose, de suffisamment grave pour lui faire oublier que Raymer lui avait posé un lapin pour l'interview aux infos du soir.

« Gus ? Comment va Alice ?

— Bien, répondit le maire, avec un sourire forcé qui se lézarda aussitôt. Non, c'est un mensonge. Elle ne va pas bien. Alice… n'a jamais été bien.

— Que s'est-il passé ?

— Elle a avalé des médicaments.

— Oh. Est-ce qu'elle…

— Elle va s'en tirer. Ils lui ont fait un lavage d'estomac à Bath. Malheureusement, il n'y a pas d'unité psychiatrique là-bas. » Il lâcha un ricanement amer. « Encore un service que propose Schuyler Springs et pas nous. Bref, elle se repose. C'est ce qu'on dit, hein ? Elle se repose confortablement. Des paroles pour remplacer la vérité. Comme si un esprit tel que le sien pouvait connaître le repos. » Son regard se perdit dans le vague. « Demain, elle va entrer à l'hôpital psychiatrique d'Utica. La dernière fois qu'elle était là-bas, je lui ai promis qu'elle n'y retournerait jamais.

— Peut-être qu'ils pourront…

— Oui, mais vous savez quoi, Doug ? Je croyais que *je* pourrais l'aider. C'était le but, non ? J'étais là pour l'aider. L'homme avec qui elle vivait avant moi… » Il n'acheva pas sa phrase. « Je croyais que je pourrais faire mieux que ça, mais en définitive, j'ai aggravé les choses.

— En quoi est-ce votre faute si Alice est malade ? »

Au lieu de répondre, le maire sortit le téléphone de derrière son dos et le regarda. Puis, sans prévenir, il s'en donna un grand coup sur le front. Violemment. Et il recommença, deux fois, avant que Raymer, pris par surprise, lui arrache l'appareil des mains. Un des coups lui avait entaillé l'arcade et il saignait abondamment.

« Vous ne comprenez donc pas ? dit-il. Je lui ai confisqué son téléphone. Je lui ai dit que toutes ces conversations imaginaires la rendaient malade. Et que si elle ne voulait pas retourner à Utica, elle devait me le donner.

— Vous pensez que c'est pour ça qu'elle a avalé ces médicaments ? »

Gus ne répondit pas ; il regardait ses mains ensanglantées.

« Je saigne. Tant mieux.

— Ne bougez pas, dit Raymer. Penchez la tête en arrière. La blessure est profonde. Il faut vous faire recoudre.

— Encore mieux. Vous savez quel est mon problème ? En un mot ? Je crois toujours que je peux tout arranger.

Comme la ville de Bath. En fait, c'est moi qui ai besoin d'être réparé. » Il montra le téléphone d'un mouvement de tête. « Je peux le récupérer ?

— Pas si c'est pour vous frapper avec.

— Non, promis. Je vais retourner dans sa chambre et le poser sur la table de chevet. Ils disent qu'elle va dormir jusqu'à demain matin, mais si jamais elle se réveille en pleine nuit, il sera là, près d'elle. »

Raymer lui rendit l'appareil, à contrecœur.

« Voilà ce que j'aimerais savoir. Pourquoi j'ai fait une chose pareille ? Pourquoi je lui ai pris son téléphone ? En fait, je crois savoir. Ça me rendait furieux de voir que lorsqu'elle avait peur, lorsque le monde n'avait plus aucun sens, ce n'était jamais vers moi qu'elle se tournait.

— Je ne suis pas sûr de comprendre.

— C'était comme si elle savait que je n'avais aucun pouvoir. Pour elle, parler à une personne qui n'existe pas, avec un téléphone qui n'est même pas branché, lui procurait plus de réconfort que j'ai jamais su le faire. C'est ce que je ne pouvais plus supporter, je crois.

— Vous voulez savoir ce que je pense ? demanda Raymer, surpris d'avoir un avis, et encore plus d'avoir envie de le partager.

— Allez-y, répondit Gus, qui pleurait ouvertement maintenant. Surtout si vous avez une meilleure opinion de moi que moi-même. J'aimerais beaucoup l'entendre. Vous croyez que vous sauriez me convaincre ? »

Voici ce que Raymer avait l'intention de dire, et qu'il commençait à comprendre depuis quarante-huit heures : c'était déplorable, vraiment déplorable, de ne pas se montrer à la hauteur des tâches les plus importantes qui vous incombent, mais ce n'était pas un crime. Cela valait pour presque n'importe qui, y compris lui-même. Toute sa vie, lui semblait-il, il avait échoué, mais ses carences, espérait-il, n'avaient rien de criminel. Et qui sait ? Peut-être que le fait d'expliquer ça à Gus se révélerait utile ? D'un autre côté,

Gus attendait tout autre chose manifestement, et Raymer s'aperçut qu'il pouvait le lui apporter également.

« Je pense que les choses vont finir par s'arranger. Je pense qu'Alice vous aime plus que vous le croyez, et je pense que vous l'aimez. Je pense que, cette fois, les médecins d'Utica sauront quoi faire. Il y aura un nouveau médicament ou bien un nouveau membre de l'équipe comprendra son problème. Je pense qu'elle va revenir très vite auprès de vous. Et je pense aussi que chacun de nous peut être demain une meilleure personne qu'aujourd'hui. »

Il ne savait absolument pas, évidemment, si ces choses étaient vraies, totalement ou en partie. Mais pourquoi ne pas y croire ?

Il roulait sur l'autoroute et se trouvait à mi-chemin de Bath quand il aperçut une lueur orangée à l'horizon puis, entre les arbres, ce qui ressemblait au sommet d'une petite flamme. Il pensa aussitôt, à cause des étranges perturbations atmosphériques de la nuit précédente, que le même phénomène se reproduisait, même si le ciel était constellé d'étoiles. En allumant la radio de la police, il apprit qu'un incendie s'était déclaré dans Upper Main Street.

Contrairement aux maisons, les caravanes brûlent vite, et le temps que Raymer arrive sur place, il ne restait plus grand-chose de celle de Sully. Les pompiers avaient réussi à empêcher les flammes d'atteindre la maison de Miss Beryl, mais les bardeaux étaient noircis jusqu'au toit. La seule chose, ou presque, identifiable parmi les débris fumants de la caravane était la cuvette des toilettes sur laquelle il s'était endormi au petit matin, en attendant le retour de Sully.

Mark Diamond, le chef des pompiers, l'aperçut et vint vers lui.

« On a un corps », annonça-t-il.

Raymer hocha la tête : forcément.

« Le légiste a été prévenu ?

— Il va arriver d'une minute à l'autre.

— Pas d'autres victimes ?

— Non, dit Diamond. Le fils vit au rez-de-chaussée, mais d'après les voisins il est absent. Carl Roebuck loue l'appartement du dessus, mais lui non plus n'est pas là. » Il fronça les sourcils et ajouta : « Quelqu'un m'a dit que vous aviez démissionné.

— Exact.

— À cause de ce projet dont je n'arrête pas d'entendre parler ? La fusion de nos services avec ceux de Schuyler ?

— Non. Rien à voir. »

Raymer ne pouvait détacher son attention des restes fumants de la caravane de Sully. Il éprouvait une vive émotion, aussi intense qu'inattendue, en songeant à cet homme qui, avant aujourd'hui, avait toujours été une véritable plaie.

« J'étais avec lui hier soir, confia-t-il à Diamond. On n'a jamais été amis, mais je lui ai demandé un service. Un très grand service même. Et il m'a filé un coup de main !

— Sully était comme ça, confirma le chef des pompiers. Mais ces derniers temps, ça se voyait sur son visage.

— Quoi donc ?

— Il avait cette expression des gens qui n'en ont plus pour longtemps à vivre. »

En effet. La nuit du cimetière, Raymer avait d'autres préoccupations, mais il avait remarqué combien Sully était pâle aux commandes de la pelleteuse, et le mal qu'il avait eu à y grimper et à en descendre.

« Faut que je vous laisse », dit Diamond. Un de ses hommes l'appelait. « Une dernière chose. Même si vous avez démissionné. Un des voisins affirme avoir entendu des voix dans l'allée, peu de temps avant que l'incendie se déclare, et quand on est arrivés, un de mes gars a cru sentir une odeur de produit inflammable. J'ai fait venir une brigade canine. »

Cela réveilla la mémoire de Raymer. « Des traces de son chien ?

— Dans les décombres ? Non. Aucun reste d'animal. Uniquement un squelette humain.

— Vous êtes sûr ?

— Difficile de passer à côté. »

En suivant l'allée, Raymer donna un coup de pied dans un objet solide qui ressemblait à une pierre, mais produisit un bruit métallique. Il mit un moment à le retrouver dans l'obscurité. Un chronomètre. Celui de Sully ? Il y en avait un sur la table de la cuisine ce matin-là, Raymer s'en souvenait. Sully l'avait fourré dans sa poche au moment de partir. L'avait-il perdu en rentrant ? Non, le chronomètre était trop lourd : dans le silence de la nuit, il l'aurait entendu tomber sur le gravier. Peut-être qu'il ne l'avait pas retrouvé dans le noir et avait décidé d'attendre le lendemain matin. Possible, mais là encore, Raymer en doutait. On annonçait de la pluie cette nuit. Sully ne l'aurait pas laissé traîner dehors, alors qu'il avait une lampe-torche dans son pick-up.

La foule avait commencé à se disperser quand le légiste arriva. Diamond et lui se tenaient au centre des vestiges de la caravane, après avoir enveloppé leurs chaussures de sacs plastique, et ils examinaient les débris calcinés.

« Raymer, dit le légiste, je croyais que vous aviez démissionné. »

Raymer ignora cette remarque. « Pouvez-vous estimer la taille de la victime ? demanda-t-il. En vous basant sur… ça ?

— Je pourrai vous la donner au centimètre près dès demain, répondit le légiste. Pour l'instant, ce serait juste une estimation.

— Allez-y, estimez. »

Cet échange semblait rendre Diamond perplexe.

Le légiste pencha la tête sur le côté.

« Entre 1,70 mètre et 1,72 ?

— Faites un effort, dit Diamond. Sully mesurait plus de 1,80 mètre. »

La radio de Raymer cracha des parasites.

« Chef ? demanda le standardiste de nuit. Vous m'entendez ?

— Oui.

— On a enfin retrouvé le véhicule jaune et violet qu'on cherchait. Garé derrière le Sans Souci. On pense que Roy Purdy se planque peut-être à l'intérieur.

— Impossible, répondit Raymer.

— Pourquoi ça ? »

De là où il se trouvait, devant la carcasse de la caravane, il apercevait le pied humain noirci.

« Parce que ça voudrait dire qu'il est dans deux endroits à la fois. »

Il entendit le chien aboyer du bas de l'allée escarpée. Le gros camion du mari était garé au sommet. Bon sang, comment s'appelait-il, déjà ? Soudain, ça lui revint : Zack. Raymer éteignit ses phares et s'arrêta derrière le camion. Des lumières étaient allumées à l'intérieur de la maison, ce qui indiquait que, malgré l'heure tardive, quelqu'un ne dormait pas. Zack, certainement, dont la femme était à l'hôpital dans un état critique, l'homme qu'il venait arrêter. Peut-être n'était-il pas seul, cependant. Ils avaient une petite-fille, qui passait parfois la nuit chez eux, mais Raymer devinait qu'elle était à l'hôpital elle aussi, avec sa mère. Il l'espérait, en tout cas. Il ne voulait pas être obligé de menotter cet homme devant sa famille. En descendant de voiture, il envisagea de vérifier que son .38 était bien chargé, puis il décida d'ignorer son arme. Avec sa main droite bandée, il ne pourrait pas la tenir de toute façon, et dans sa main gauche elle ne lui servirait à rien.

Il s'arrêta pour se livrer à un examen rapide du plateau du camion et repéra un gros bidon d'essence rouge. Même au clair de lune, il remarqua qu'un peu d'essence avait coulé du goulot récemment. Il ne restait plus qu'un peu d'essence au fond. Les aboiements semblaient provenir, non pas de la maison, mais de la gigantesque remise installée derrière, dont le toit brûlé et à moitié détruit donnait l'impression d'avoir reçu la foudre. En découvrant ces dégâts impressionnants, Raymer avala sa salive, avec peine. Pourquoi n'avait-il pas été réduit en cendres ? Un cadenas, ouvert, pendait au loquet, et dès qu'il ouvrit la porte de la remise, le petit chien de Sully jaillit en poussant des jappements de bonheur. Reconnaissait-il Raymer après l'avoir vu au cimetière ou aimait-il les gens, tout simplement ? Que cet animal puisse être aussi joyeux compte tenu de son état – un œil gonflé et fermé, la truffe roussie et les poils collés par le sang –, c'était tout bonnement incroyable. Si on ajoutait à cela sa quéquette à moitié mâchouillée, il offrait un bien triste spectacle.

« Tu as eu une nuit difficile, on dirait », commenta Raymer, et le chien se mit à aboyer avec enthousiasme, comme si un peu d'empathie suffisait à son bonheur.

Une lumière s'alluma au-dessus de la porte de derrière, ainsi qu'un projecteur fixé sur le toit de la remise, illuminant l'ensemble du jardin. Quelques secondes plus tard, un homme vêtu d'un T-shirt sans manches sortit sur le porche, en grattant son ventre énorme avec sa main gauche, d'un air songeur. Raymer l'avait croisé à plusieurs reprises en ville et chaque fois, il avait été stupéfait par cette épaisse touffe de cheveux rebelles qui constituait son signe distinctif, plutôt inhabituel, sauf chez un enfant. Son poignet et son avant-bras droits étaient maladroitement enveloppés de bandes de gaze, maintenues par du ruban adhésif décoratif.

« Je vous attendais, dit l'homme dont la voix grave portait dans la nuit.

— Vous savez pourquoi je suis ici, alors ? »

Raymer s'approcha de la maison, tandis que le petit

bâtard sautait gaiement autour de lui. Il s'attendait presque à entendre Dougie lui expliquer ce qu'il devait faire, mais rien, pas un mot. Peut-être était-il parti pour de bon ? En tout cas, c'était ce qu'il éprouvait à cet instant, loin du voisin le plus proche, face à un type très costaud qui avait déjà tué un homme cette nuit : il se sentait seul.

« Ça doit faire mal, dit-il, les yeux fixés sur l'avant-bras bandé, en se demandant si la brûlure était grave.

— Oui, admit Zack. Ça me servira de leçon.

— Comment saviez-vous qu'il était dans la caravane de Sully ? Votre gendre.

— Je le savais pas. J'étais allé dire à Sully qu'elle allait s'en tirer. Ma femme. Elle était dans le coma et les médecins n'arrêtaient pas de nous dire qu'elle en sortirait peut-être pas, mais elle s'est réveillée. »

Comme tout le monde à Bath, Raymer avait entendu parler de la longue liaison entre Sully et Ruth, et il savait que son mari était au courant. Apparemment, le fait qu'ils aient partagé la même femme n'avait pas empêché qu'une amitié s'installe entre eux, peut-être même en était-il à l'origine, bizarrement. Jerome et lui seraient-ils parvenus à un arrangement identique si Becka avait survécu ? Si elle avait trouvé la mort dans un accident de voiture, bien des années plus tard, alors qu'ils savaient depuis longtemps à quoi s'en tenir l'un et l'autre, son premier réflexe aurait-il été d'informer Jerome, puisqu'il l'avait aimée lui aussi ?

« Mais quand vous êtes arrivé à la caravane, dit-il, Sully n'y était pas.

— Il n'y avait pas de lumière, expliqua Zack, mais j'ai entendu ce petit gars qui gémissait à l'intérieur, et quand j'ai frappé, j'ai entendu remuer là-dedans. J'ai deviné que c'était pas Sully. Il serait venu ouvrir. Mais le chien avait l'air de souffrir, alors je suis entré.

— La caravane n'était pas fermée à clé ? »

Cette question fit ricaner le dénommé Zack.

« Sully n'a jamais fermé une porte à clé de sa vie. La

plupart du temps, il ne pensait même pas à les fermer tout court.

— Et vous l'avez découvert là, à l'intérieur. Votre gendre.

— Oui. Quand j'ai allumé la lumière, il était devant moi, et il se frottait les yeux comme s'il venait de se réveiller. "Ça se passe pas comme je l'avais prévu", il m'a dit. Je lui ai demandé ce qu'il avait prévu et il m'a dit : "C'est Sully que j'attends." On est restés là, à se regarder, pendant une minute. Puis j'ai dit : "Tu me demandes pas comment elle va ?" Et il m'a sorti : "Qui ça ?" C'est là que j'ai vu qu'il tenait un marteau. »

Il montra son coude gauche, avec lequel il avait sans doute paré le coup : il avait la taille d'un genou.

« Vous n'êtes pas obligé de me parler, précisa Raymer. D'ailleurs, peut-être même que vous devriez éviter, sans un avocat. Vous connaissez vos droits, hein ?

— Je regarde la télé. »

Il écouta patiemment Raymer lui réciter ses droits, et dès que celui-ci eut terminé, il reprit son histoire.

« Il a réussi à me filer un coup, mais c'est tout. Roy n'a jamais su se battre. Il aimait frapper les femmes. Balancer des coups de pied à des pauvres bêtes sans défense. Mais face à un grand gars comme moi ? Je l'ai soulevé de terre et je l'ai envoyé valdinguer. L'arrière de son crâne a heurté le bord du comptoir, et voilà. Il est resté allongé par terre, sans bouger.

— C'était un accident, alors ?

— J'ai jamais eu l'intention de le tuer, si c'est ce que vous voulez savoir. »

Néanmoins, il semblait avoir conscience qu'un jury aurait du mal à gober son histoire, compte tenu du puissant désir de vengeance qui pouvait l'animer.

« Mais je sais pas si je peux dire ça non plus, avoua-t-il en se grattant le ventre de nouveau. Car peut-être que j'en avais l'intention. Quand je l'ai agrippé, je pensais à sa question : “ Qui ça ? ”, comme s’il avait déjà oublié ce qu’il avait fait à Ruth. Et à toutes les fois où il a frappé notre Janey. Alors, peut-être que je l’ai poussé plus fort que nécessaire. Avant ce soir, j’avais jamais eu envie de faire du mal à quiconque. J’aime bien m’entendre avec les gens, d’habitude.

— Pourquoi avoir mis le feu à la caravane ? »

Zack posa la main sur son épi pour le maintenir en place un instant, mais ses cheveux rebelles se redressèrent dès qu’il ôta sa main.

« Il avait dû trouver le bidon d’essence dans le garage de Sully car il était posé sur la table de la cuisine, avec une boîte d’allumettes. Je pense qu’il avait prévu de frapper Sully avec le marteau quand il entrerait, et de mettre le feu ensuite. Pour faire croire à un accident.

— Alors, vous avez eu l’idée d’en faire autant ? »

Zack sembla réfléchir à cette possibilité, comme s’il n’avait plus accès à ses intentions antérieures, et tout ce qu’il pouvait offrir, c’était une déduction logique.

« Vous avez déjà tué quelqu’un ? demanda-t-il en montrant l’arme de Raymer, dont la crosse dépassait de sa veste.

— Non. Jamais.

— Après, vous pensez plus de manière normale. Tout est différent. La plupart du temps, je sais ce que je dois faire. C’est peut-être pas ce que vous feriez vous, mais je sais que c’est bien pour moi. »

Raymer acquiesça.

« Mais si vous tuez quelqu’un… vous ne savez plus ce que vous devez faire ensuite, parce que vous n’êtes plus vous-même. Vous n’arrivez plus à vous souvenir de qui vous étiez avant. Il reste seulement ce que vous avez fait. Je peux pas expliquer mieux que ça. J’ai fait ce qu’il avait l’intention de faire.

— Comment avez-vous réussi à vous brûler ?

— C’est à cause de ce petit gars, dit-il en montrant le chien qui, fatigué de décrire des cercles et des huit, s’était couché à plat ventre entre eux, au milieu, comme s’il n’arrivait pas à décider de quel côté allaient venir les ordres. Roy l'avait enfermé dans la salle de bains et j'ai failli l'oublier. Je venais de gratter l'allumette quand je l'ai entendu gémir et j'ai dû rester planté là comme un idiot car soudain, j'ai vu ma manche brûler. Sans doute que j'avais renversé de l'essence dessus. Bref, j'ai arraché ma chemise, mais quand je l'ai lâchée, tout a pris feu. » Il s'accroupit devant le chien, qui se leva pour lui lécher la main gauche. « Je t'ai pris sous le bras et on a fichu le camp avant de cramer tous les deux, pas vrai ? »

Raymer ne voyait pas quelle autre question il pouvait poser, à part celle qui s'imposait :

« Vous n'allez pas faire d'histoires, hein ?

— Moi ? Non. »

Raymer en était convaincu.

« Je vais vous conduire à l'hôpital pour faire examiner votre bras. Mais demain, il faudra venir au poste. »

Zack acquiesça. « Vous pensez qu'ils me croiront, au sujet de ce qui s'est passé ? Comme quoi c'était un accident ?

— Moi, je vous crois.

— Qu'est-ce qu'ils vont me faire ?

— Ça, je n'en sais rien, avoua Raymer. Mais vous avez tué la bonne personne.

— C'est ça que je dois me fourrer dans le crâne. À partir de maintenant, je serai quelqu'un qui a tué quelqu'un d'autre. »

Raymer ne pouvait s'empêcher d'avoir de la peine pour cet homme. Manifestement, il lui faudrait longtemps avant de s'habituer à cette idée.

GUÉRI

« Debout », ordonna l'infirmière d'un certain âge en tirant sur le drap et la couverture de Sully.

On l'avait prévenu, quelques minutes plus tôt, pensait-il, mais la pendule indiquait trois heures trente, cela voulait dire qu'ils l'avaient laissé dormir une heure. Quelle générosité.

« Pitié, madame, dit-il. Il y a quatre heures, j'étais mort. » Ce n'était pas tout à fait exact, mais presque. « Un problème cardiaque majeur », voilà comment les médecins qualifiaient ce qui s'était produit dans l'allée, problème auquel il n'aurait pas survécu si Mrs St. Peter, une des vieilles veuves d'Upper Main Street qu'il conduisait chez le médecin et chez le coiffeur, n'avait pas appelé la police pour signaler la présence d'un voyeur, comme elle le faisait une fois par semaine en moyenne. Un agent nommé Miller avait été envoyé sur place, juste en face de la maison de Miss Beryl, et il avait aperçu Sully qui remontait l'allée en titubant comme un ivrogne, avant de s'écrouler. La procédure aurait voulu qu'il appelle une ambulance, mais voyant sans doute là une occasion de faire preuve d'héroïsme, Miller l'avait traîné jusque dans la rue et chargé à l'arrière de sa voiture de patrouille pour foncer à l'hôpital, toutes sirènes hurlantes, ce qui lui avait certainement sauvé la vie.

« OK, dit l'infirmière quand Sully eut réussi à balancer ses pieds sur le sol. Pour l'instant, tout va bien. Reprenez votre souffle une minute. »

Sa respiration, à vrai dire, était excellente. Meilleure que depuis des mois. Chez les anciens combattants, ils lui avaient annoncé que s'il ne mourait pas sur la table d'opération, il se sentirait immédiatement beaucoup mieux, mais il avait oublié ce que voulait dire beaucoup mieux, quand l'oxygène pénétrait pour de bon dans vos poumons.

« Mon médecin sait que vous me traitez de cette façon ?

— Vous avez des vertiges ?

— Non.

— Vous sentez que vous allez vous évanouir ?

— Non.

— OK. Alors, debout, monsieur. »

Il obéit. Chancelant pendant une seconde, avant de retrouver son équilibre. L'infirmière âgée lui tenait le coude gauche, la plus jeune le coude droit.

« Je sens un courant d'air, leur dit-il.

— C'est parce que vous êtes cul nu, répondit la maîtresse femme.

— Je m'en doutais. »

Quand il voulut toucher sa poitrine, elle lui donna une tape sur la main.

« Non !

— Qu'est-ce qu'ils m'ont mis là-dedans ? Un palet de hockey ?

— C'est moins gros qu'il y paraît. Vous finirez par l'oublier.

— Quand ?

— Allons marcher.

— Où ?

— Jusqu'au bout du couloir. Aller-retour. Vous pensez en être capable ?

— Je pense plutôt qu'on devrait aller danser, vous et moi.

— Où ça ?

— Où vous voulez. Mais d'abord, il faut me rendre mon froc.

— Comment vous vous sentez ? »

Bien. Voilà comment il se sentait. Ce qui, en soi, était étrange.

« On est dans quel service ?

— Les soins intensifs. Demain, ils vous transféreront dans une chambre normale.

— J'ai une amie qui se trouve peut-être dans ce service. Elle s'appelle Ruth.

— La femme qui était dans le coma ? »

L'emploi de l'imparfait le fit s'arrêter.

« Elle s'est réveillée, précisa l'infirmière. Elle va s'en tirer.

— Sa chambre est loin d'ici ? »

Elle montra le bout du couloir.

« Vous pouvez marcher jusque-là ?

— Allons-y. »

Quand il se réveilla, assis dans le fauteuil à côté du lit de Ruth, il vit son regard posé sur lui, alors que la pluie martelait la fenêtre dans son dos. La pendule murale indiquait quatre heures trente, il avait donc somnolé pendant une demi-heure. Ruth dormait quand il était entré, mais il avait convaincu les infirmières de le laisser attendre un petit moment. Il avait dû s'endormir aussitôt après leur départ.

En vérité, Ruth paraissait encore plus mal en point que la veille. La tuméfaction du bas de son visage était remontée jusqu'à la naissance des cheveux et les contusions étaient plus marquées. Mais l'œil qui semblait collé s'était entrouvert. Surtout, contrairement à Vera, plus tôt dans la soirée, Ruth était réellement là, dans cette chambre, avec lui. Il avait promis aux infirmières de ne pas tenter de se lever seul, mais il y parvint sans trop de peine. Et s'il ressentait une certaine gêne dans la poitrine, là où on lui avait posé le défibrillateur interne, ce n'était rien comparé à la douleur de ces derniers jours. Appuyé d'une main sur la barre du lit, il prit celle de Ruth dans son autre main.

« C'est bon, tu as gagné, dit-il. On ira à Aruba. »

Elle voulut sourire, mais il perçut la douleur dans ses yeux. Plus de plaisanteries, donc.

« Et si on avait passé l'arme à gauche en même temps, toi et moi, tu te rends compte ? »

Elle cligna des yeux, une seule fois, lentement, avec application. *Oui, tu te rends compte ?*

« Janey et Tina sont restées ici toute la journée. Zack aussi. »

Encore un clignement d'yeux, appuyé.

« Pardon d'avoir… » Il s'interrompit. « Je suis désolé que tu te sois inquiétée pour moi. Ils voulaient m'opérer depuis des semaines déjà », avoua-t-il en posant la main sur sa poitrine.

Oui.

« Tu es tirée d'affaire, toi aussi. Tu le sais, hein ? »

Oui, elle le savait.

« Peut-être qu'ils vont tout réparer pendant qu'on est ici. On va retrouver une nouvelle jeunesse. »

La tête de Ruth pivota très légèrement.

« Tu ne veux pas rajeunir ? Moi non plus. Je me contenterai d'être vivant, je pense. »

Oui.

Voilà ce qu'il voulait, constata-t-il. Vivre. Encore un peu, du moins. Depuis environ un mois, il se demandait s'il n'avait pas perdu goût à la vie, mais apparemment, non. Rub serait obligé de nettoyer tout seul la merde dans le sous-sol de l'ancienne usine, mais il s'en sortirait. Et Carl devrait se débrouiller lui aussi, jusqu'à ce qu'il soit remis sur pied.

« Tiens, tiens, dit une voix dans son dos. Regardez qui désobéit aux ordres. »

L'infirmière-chef se tenait sur le seuil de la chambre.

« Oh, dit Sully en s'adressant à Ruth. La récré est terminée. Je vais avoir droit à un savon. »

La main de Ruth exerça une légère pression autour de la sienne. Légère, mais pas imaginaire. Puis ils se séparèrent.

Un homme d'un certain âge était adossé à la porte de la chambre de Sully quand les deux infirmières le ramenèrent, et Sully ne reconnut pas immédiatement son fils.

« Tu es revenu, dit-il. Je ne t'attendais pas avant mardi.

— Continuez à avancer, avant de tomber, dit la vieille infirmière. » Elle se tourna vers Peter. « Il est toujours comme ça ?

— Têtu, vous voulez dire ? Grincheux ? Exaspérant ? Impossible ? »

Quand les infirmières eurent recouché Sully et qu'ils se retrouvèrent en tête à tête, Peter dit : « Je ne peux pas te laisser seul une minute, hein ? »

Sully ne releva pas. « J'ai un boulot pour toi. Je m'en occuperais bien moi-même, mais je doute qu'ils me laissent reprendre le travail avant un jour ou deux. »

Peter souriait.

« Qu'est-ce qu'il y a ? demanda Sully.

— Rien.

— Tu sais où habite Rub ?

— Il a déménagé ?

— Passe le chercher à sept heures. Tu sais manier une pelleteuse ?

— Mieux que toi.

— Ah bon ?

— Dans mes rêves.

— Qu'est-ce qu'il y a ? répéta Sully car Peter continuait à le regarder avec un grand sourire.

— Toi aussi, tu m'as manqué.

— Tant mieux, dit Sully, heureux de l'entendre. Je n'en étais pas certain. » Il ferma les yeux et inspira à fond. L'oxygène, béni soit-il, envahit tout son corps. « Comment tu as su que j'étais ici ? » s'étonna-t-il. Comme Peter ne répondait pas, il ouvrit les yeux.

La chambre était plongée dans le noir. Manifestement, il avait dormi. Avait-il imaginé cette conversation avec son fils ? Non, décida-t-il, elle était bien réelle. Une touche de gris perçait dans le ciel à l'est. Une nouvelle journée, pensa-t-il. Un dimanche. Et il était encore là pour voir ça. Ce n'était pas rien.

Il s'était mis à pleuvoir. Pas violemment, comme la nuit précédente, mais de manière incessante. Et si Raymer ne se trompait pas, demain matin, une nouvelle partie de Hill aurait glissé vers Dale, les morts de Bath empiétant sur le territoire des vivants, en violation de leur accord tacite.

Il se gara à l'arrière du poste de police et entra par la porte de derrière. Il y resterait juste le temps d'enfermer son arme, son insigne et les clés du SUV dans le tiroir du bas de son bureau, pour ne pas être obligé de passer demain. Au moment où il ouvrait le verrou, il entendit un bruit et là, devant lui, dans l'encadrement de la porte, Charice apparut, les yeux gonflés d'avoir trop pleuré. Des larmes pour Jerome, évidemment, pensa-t-il avec amertume.

« J'ai certaines choses à vous dire avant que vous filiez en douce », annonça-t-elle en lançant sur le canapé le sac de sport qu'il avait laissé dans sa voiture la veille.

Filer en douce. Il percevait une critique dans cette expression. Pourtant, c'était bien ce qu'il faisait, non ? Il filait en douce, alors c'était peut-être mérité. Il lui montra une chaise.

« Vous n'avez pas besoin de vous excuser…

— Tant mieux, répondit-elle en s'asseyant, car je n'en ai pas l'intention. »

Raymer s'assit en face d'elle. Son bureau et un tas d'autres choses les séparaient. Charice, qui n'avait jamais sa langue dans sa poche, resta muette si longtemps qu'il se demanda si elle n'avait pas changé d'avis et décrété qu'elle n'avait rien à lui dire, finalement.

« La première chose que vous devez comprendre, dit-elle enfin, c'est que depuis que nous sommes enfants, je protège les secrets de Jerome. Après la mort de nos parents, c'était lui et moi contre le monde entier. Il était mon protecteur. J'étais déjà adulte quand j'ai fini par m'apercevoir qu'en réalité, c'était *moi* qui le protégeais, plus que l'inverse.

— Quand l'avez-vous su ? Pour lui et Becka ? »

Autrement dit : Pendant combien de jours, de semaines et de mois avait-elle pris le parti de son frère, au lieu de se ranger de son côté ?

« Je l'ai su dès le départ, avoua Charice avec une méfiance évidente. Il mourait d'envie de me l'annoncer. Je vous le répète, c'était lui et moi contre le monde entier. Et c'est la seconde chose que vous devez comprendre : pour Jerome, il ne s'agissait pas d'une passade. C'était de l'amour. »

Raymer n'en doutait pas car les paroles de Jerome résonnaient encore dans ses oreilles. *Nous étions tellement amoureux l'un de l'autre. Tu n'as pas idée. Vous savez ce que c'est, d'être amoureux de quelqu'un ? Je veux dire aimer* véritablement *quelqu'un… Savez-vous seulement ce qu'est l'amour ?* Et, évidemment, il y avait ces mots sur la carte du fleuriste : *Pour toujours*. Ils étaient gravés dans son cerveau, comme l'agrafe l'avait été dans sa paume.

« Il avait eu un tas de petites amies, reprit Charice, mais l'amour était pour lui une expérience totalement nouvelle… compliquée par cette idée folle qu'il s'était mise dans la tête.

— À savoir ?

— Il était convaincu qu'elle l'avait guéri.

— De quoi ?

— De tout. Du fait d'être Jerome. Toutes ses obsessions, ses angoisses… Envolées. Il n'avait plus besoin d'exécuter tous ses rituels. Compter, toucher, réciter, nettoyer. Ça ne se voyait peut-être pas, mais… au fond de lui… Jerome est certainement l'homme le plus angoissé et anxieux que vous ayez jamais rencontré. »

Non, pensa Raymer. *C'est moi.* De loin.

« Vous pensez certainement, reprit Charice, qu'il a voulu que je vienne vivre ici pour pouvoir veiller sur moi, hein ? Faux. Chaque fois qu'il fait une crise d'angoisse, je suis la seule capable de l'aider. Avant de partir de chez nous, j'avais une vie. J'allais me marier.

— Et vous y avez renoncé ?

— Avais-je le choix ? »

Oui, évidemment, pensa Raymer, mais il ne pouvait s'empêcher d'être ému de voir qu'elle était convaincue du contraire.

Elle émit un petit rire sans joie, en secouant la tête. « Son numéro à la James Bond ? "Je m'appelle Bond, Jerome Bond"… » Elle imitait la voix de son frère et la ressemblance faisait froid dans le dos. « C'était autant pour lui que pour les autres. Le pauvre. Mais bon, tout ce qu'il fait, ou presque, c'est pour les autres.

— Et Becka l'a guéri ?

— C'est ce qu'il croyait.

— Et vous, vous le croyez ? »

Elle haussa les épaules. « Un homme qui doit laver sa salle de bains deux fois par jour, depuis qu'il est adulte, et qui brusquement n'a plus besoin de le faire ? Le changement était radical. Il n'arrêtait pas de me répéter : "Pour la première fois de ma vie, je me sens… *bien*, dans le sens *je ne suis plus malade.* Quand je suis avec elle, je me sens en sécurité. " Je lui disais que c'était complètement dément. Il fait près de deux mètres, il est fort comme un taureau, c'est un pro des arts martiaux. Et Becka mesurait combien ? 1,70 mètre ? Pour soixante kilos ? Et c'était *elle* qui l'aidait à se sentir en sécurité ? Mais pas moyen de lui faire entendre raison. C'était son sentiment. Avec elle, il n'était pas prisonnier de ses obsessions.

— C'est exactement ce que je ressentais moi aussi, avoua Raymer.

— On s'est disputés, Jerome et moi. Pour la première fois de notre existence. Vous ne pouvez pas imaginer comme on s'est disputés.

— Pourquoi ?

— Pour un tas de raisons », répondit-elle et Raymer se demanda s'il en faisait partie. Il aurait aimé pouvoir se dire qu'il comptait à ce point-là pour elle. « Je n'aimais pas beaucoup Becka.

— Ah bon ? Pourquoi ? »

Tout le monde semblait l'adorer, pourtant.

« Parce que Becka ne s'intéressait qu'à Becka », dit Charice, et son visage se durcit. Raymer voulut protester, mais elle ne lui en laissa pas le temps. « Vous n'avez jamais remarqué la façon dont elle charmait les gens un par un ? »

Voulait-elle parler de cette habitude qu'elle avait, dans une soirée ou au restaurant, d'extraire une personne du groupe et de lui faire tourner le dos à quelqu'un d'autre, en l'incitant à la suivre dans la cuisine ou dans le patio, où elles ne seraient que toutes les deux ? Oui, évidemment qu'il l'avait remarqué. Qui, mieux que lui, connaissait cette façon de faire ? Cette manie n'avait-elle pas attisé la jalousie toujours présente dans un coin de son esprit ? Pourtant, raisonnait-il, pouvait-on reprocher à Becka de donner à chacune de ces personnes l'impression d'avoir quelque chose de spécial ?

« Vous vous souvenez, poursuivait Charice, de ce besoin

qu'elle avait de toucher les gens ? Dès que vous n'étiez plus à portée de main, quelque chose changeait dans son regard. Comme si elle n'était plus certaine que vous étiez encore vous-même. »

Le soir de cet épouvantable dîner, chaque fois que Raymer jetait un coup d'œil au bout de la table, il voyait sa femme poser sa jolie main sur celle, tavelée, du vieux juge Barton. Là encore, il avait rejeté la faute sur lui-même, persuadé de l'avoir déçue d'une manière quelconque, ou de mille manières, et d'avoir attisé son besoin de côtoyer d'autres personnes, plus intéressantes.

« C'était son plus grand talent, dit Charice. Se faire aimer de tout le monde. Elle ne pouvait pas s'en empêcher. C'était un besoin compulsif, comme Jerome avait besoin de nettoyer sa salle de bains. Homme ou femme, jeune ou vieux ? Ça n'avait pas vraiment d'importance. C'était de la séduction, oui, mais je pense que ça n'avait pas grand-chose à voir avec le sexe. Elle était en quête d'adoration. Plus les gens étaient obsédés par elle, plus elle se sentait vivante. Jerome, étant ce qu'il est, représentait une mine d'or. »

Oui, mais il n'était pas le seul, pensa Raymer. Car avant Jerome il y avait eu Douglas Raymer. Sans parler de la pauvre Alice Moynihan, qui faisait le pied de grue devant chez eux, attendant qu'il parte chaque matin afin d'avoir Becka pour elle seule. Et aujourd'hui encore, c'était à Becka qu'elle parlait au téléphone, c'était à Becka que son mari l'avait arrachée en lui confisquant son combiné.

« J'ai mis en garde Jerome. Un jour, elle le remplacerait comme elle vous avait remplacé.

— Mais il ne vous a pas crue. »

Elle avait les larmes aux yeux. « Il m'a accusée d'être jalouse de son bonheur. Car s'ils vivaient ensemble, je me retrouverais seule. Il m'a dit de rentrer chez nous. Il n'avait plus besoin de moi. Lui et moi contre le monde entier, c'était terminé.

— Vous n'avez jamais songé à m'en parler ? »

Formulation moins pathétique que la question qu'il voulait réellement poser : *Vous êtes en train de dire que je n'entrais absolument pas en ligne de compte ?*

« Vous ne m'avez pas écoutée. J'ai toujours protégé les secrets de Jerome, répéta-t-elle, et ses traits se durcirent de nouveau. Et puis, il allait vous le dire lui-même.

— Quand ?

— Le jour où elle est morte, en fait. Il devait passer chercher Becka chez vous, puis se rendre au poste. Elle aurait attendu dans la voiture, pendant que Jerome venait vous annoncer qu'ils partaient ensemble.

— Mais je suis rentré plus tôt.

— Vous avez dû le devancer de quinze ou vingt minutes, car quand il a tourné dans votre rue, l'ambulance stationnait devant chez vous, avec deux ou trois voitures de patrouille.

— Qu'a-t-il fait alors ?

— À votre avis ? Il m'a appelée.

— Et que lui avez-vous dit ?

— Que pouvais-je lui dire ? Je lui ai conseillé de rentrer chez lui. Et de me laisser faire. Quand je suis arrivée, il était dans le même état qu'aujourd'hui. »

Raymer essayait de faire coïncider ces révélations avec ses souvenirs de cette effroyable journée, et des suivantes, mais tout flottait dans un brouillard onirique. Jusqu'à présent, il n'avait jamais attaché d'importance à l'absence de Jerome durant cette période. Il avait bien d'autres raisons de se faire un sang d'encre.

« Du jour au lendemain, dit-il, il avait de nouveau besoin de vous.

— Il a demandé un congé. On a expliqué à tout le monde qu'il était parti en Caroline du Nord pour terminer son master, mais en vérité, il se trouvait dans un établissement spécialisé, à Albany, pour essayer de remonter la pente. J'allais le voir le week-end et pendant mes jours de repos.

— Et il s'en est remis ?

— Il est redevenu le Jerome d'avant. On ne peut donc pas dire qu'il allait *beaucoup mieux*. Becka n'étant plus là, toutes ses vieilles obsessions ont réapparu, plus fortes encore. Mais oui, à nous deux, on a réussi à réparer les dégâts. Il a retrouvé une vie normale ou presque. Même si personne d'autre ne la qualifierait de "normale". N'empêche, j'étais fière de lui. Intérieurement, il était toujours dans un sale état, mais au moins, il pouvait reprendre ses activités. Vous aussi, vous donniez l'impression de sortir de votre déprime, et je me disais que, peut-être, on avait tous évité le pire. Hélas, il a fallu que vous mettiez la main sur cette télécommande de garage. Je n'aurais jamais dû en parler à Jerome. Du jour au lendemain, il est redevenu cinglé. Il imaginait que vous saviez. » À cet instant, elle croisa son regard « Il imaginait que je vous l'avais dit.

— Pourquoi croyait-il une chose pareille ? Vous avez toujours gardé ses secrets.

— En fait, il savait que je…

— Quoi donc ? demanda Raymer, le cœur dans la gorge.

— Peu importe », répondit Charice en se levant.

Quand il se leva à son tour, abattu, elle sembla découvrir sa main enveloppée d'un énorme bandage. « Ça va guérir ? » demanda-t-elle. Chez Jerome, elle avait entraperçu le cratère hideux qu'il avait creusé dans sa paume.

« Les nerfs sont atteints, à l'évidence. Ils disent que je suis quasiment passé à travers. En parlant de devenir cinglé… »

Il s'attendait à ce que Charice le réprimande, mais non. « Un jour, j'ai lu un truc au sujet d'un type qui avait des démangeaisons sur la tête et qui, à force de se gratter, s'était fait un trou dans le crâne, jusqu'au cerveau.

— C'est censé me remonter le moral ? Le fait de savoir qu'il existe quelqu'un de plus stupide que moi ? »

Elle ignora cette question. Ils se faisaient face, toujours séparés par le bureau. « Il y a aussi, reprit-elle, cet autre gars qui avait le hoquet depuis un an. Il avait tout essayé, mais impossible de s'en débarrasser. Finalement, comme il n'en pouvait plus, il a sauté du Golden Gate. N'importe qui serait mort, mais lui, il a survécu. Et devinez quoi ?

— Il avait toujours le hoquet ? »

Elle lui adressa un sourire triste. « Vous voyez, c'est là-dessus qu'on doit travailler. Non, le hoquet avait disparu. Il s'avère que sauter du Golden Gate est un moyen efficace à cent pour cent de se débarrasser du hoquet. »

Raymer sentit un sourire apparaître sur son visage et il essaya d'imaginer à quoi ressemblerait sa vie avec cette femme, une vie faite de conversations comme celle-ci. À la réflexion, toutes leurs conversations, y compris celles qui étaient des démonstrations de pure exaspération, lui donnaient l'impression de se sentir moins seul. Que se passerait-il s'il contournait le bureau ?

« C'est ça qu'*on* doit changer ? répéta-t-il. On ? Dans le sens de…

— Nous.

— Il y a un *nous* ?

— Si vous le voulez.

— Je le veux, répondit Raymer, et il s'aperçut aussitôt, sans vraiment s'en inquiéter, que ces mêmes paroles, la dernière fois qu'il les avait prononcées, avaient été la cause d'un chagrin infini.

— Mais avant cela, dit Charice, il faut qu'on se mette d'accord sur certaines choses.

— Lesquelles ?

— Vous devrez trouver un moyen de pardonner à Jerome. C'est mon frère, après tout.

— Je crois pouvoir y arriver. »

En fait, il était certain de lui avoir déjà pardonné.

« Je pourrais vous demander de me pardonner à moi aussi, si j'avais fait quelque chose de mal, mais ce n'est pas le cas… sauf si vous estimez que j'ai eu tort de garder le secret de Jerome. Est-ce une chose qui pourrait compter pour vous ?

— Non, si ça ne compte pas pour vous.

— Il faudra également m'autoriser à sortir de derrière mon bureau. Et me permettre d'exercer le métier que j'ai appris.

— Désolé, c'est impossible. » Voyant que Charice plissait les yeux dangereusement, il ajouta : « Vous oubliez une chose : je ne suis plus votre supérieur. J'ai démissionné. »

Elle sortit alors de sa poche arrière ce qui restait de la lettre de démission qu'il avait remise à Gus la veille. Elle était déchirée en quatre et elle lança les bouts de papier sur le sous-main.

« Bon, dit-il.

— Et en parlant de sortir de derrière le bureau… »

Elle le rejoignit à mi-chemin. Seule la corbeille à papiers les séparait désormais. Elle se pencha vers lui et lui vers elle. Soudain, à l'instant même où leurs lèvres allaient se toucher, un arc d'électricité statique jaillit entre les lèvres de Raymer et celles de Charice, et tous les deux reculèrent d'un pas. « Ouah ! » s'exclamèrent-ils en chœur, en se frottant vigoureusement la bouche avec le dos de la main. Ils se regardèrent, hébétés. Certes, le sol du bureau était couvert de moquette, mais quand même.

« La vache, c'était quoi, ça ? » demanda Charice.

C'était Dougie qui faisait ses adieux, pensa Raymer, en partant comme il était arrivé, dans un courant électrique. Une idée complètement folle, assurément, mais peut-être que…

La seconde tentative fut plus réussie. « Ouah ! » firent-ils de nouveau, mais pour une raison différente.

« Je formule une exigence, moi aussi, dit Raymer.

— Laquelle ?

— Vous allez m'accompagner au collège ce matin. »

Car s'il restait en fonction – et cela ne faisait plus aucun doute – il allait se retrouver dans quelques heures sur une estrade dans l'auditorium de son ancienne école, pour parler devant deux cents personnes de sa prof d'anglais en quatrième. Si cette perspective demeurait effrayante, elle ne lui inspirait pas, contrairement à d'habitude, une terreur indicible. Après tout, au cours de ces dernières vingt-quatre heures, il avait été frappé par la foudre et il avait maîtrisé un serpent corail mortel, deux choses qui éclairaient d'un jour nouveau la prise de parole en public. Il ne serait pas brillant, il le savait, mais il ne serait pas pire que le révérend Tunique, et au moins, il porterait un pantalon. En outre, contrairement à l'homme d'Église, il s'en tiendrait à la vérité. Il parlerait à tous ces gens des livres que lui avait offerts Miss Beryl quand il était gamin. Des livres qu'il cachait au-dessus de son armoire pour que sa mère ne pense pas qu'il les avait volés. Il confierait à cet auditoire que Miss Beryl avait de lui une bien meilleure opinion que lui-même, et que cette bonne opinion l'effrayait, car à ses yeux elle ne reposait sur aucun élément rationnel. Enfin, il expliquerait que la vieille femme inscrivait sans cesse *Qui est ce Douglas Raymer ?* dans les marges de ses dissertations. Et qu'elle était demeurée dans les marges de sa vie au fil des ans, comme il se doit quand on a été un bon professeur. Il leur dirait toutes ces choses car cela faisait des années qu'il voulait remercier cette chère vieille femme et il n'avait jamais trouvé le temps de le faire.

Ils étaient d'accord : inutile de louer une chambre d'hôtel pour quelques heures seulement, comme il en avait eu l'intention, c'était ridicule. En revanche, Charice déclara qu'il était hors de question qu'elle l'accompagne au Moribund Arms. Elle était bien décidée à ne jamais mettre les pieds dans cet endroit, sauf pour arrêter un criminel. Non, ils iraient chez elle et ils prendraient sa voiture, qui était garée devant. Dans une semaine, Raymer troquerait sa Jetta pourrie contre un véhicule plus adapté au chef de la police. Mais pas une Mustang.

Dehors, la pluie avait cessé. Quand ils atteignirent la voiture de Charice, celle-ci repensa à une chose.

« Attends-moi ici », dit-elle, et Raymer s'aperçut, pendant ce temps, qu'attendre une femme qui avait oublié quelque chose faisait partie des plaisirs sous-estimés de la vie. Combien de fois, alors que Becka et lui devaient se rendre quelque part, elle avait dû retourner chercher quelque chose sur la table de la cuisine ? Une habitude agaçante, certes, mais quelle merveille de la voir réapparaître, quel bonheur de savoir qu'elle n'était pas partie pour de bon. Jusqu'au jour où elle était partie pour de bon. Aujourd'hui, c'était tout aussi formidable de voir réapparaître Charice, même si elle tenait à la main un cobra en céramique.

« Qu'est-ce que tu fais avec ça ? demanda-t-il.

— Je le rapporte chez moi, évidemment. »

Il la regarda en haussant un sourcil.

« Chez toi ?

— Je l'avais apporté pour Jerome, en pensant que ça l'aiderait à avoir moins peur des vrais serpents, mais ça n'a servi qu'à le faire flipper. Je me demande pourquoi. Il te fait peur à toi ?

— Non, mais à toi, oui. »

Pas vraiment, bien sûr. Charice était peut-être une femme pleine de surprises, mais foncièrement il avait eu raison de lui faire confiance, se dit-il en lançant son sac de sport sur la banquette arrière, avant de s'asseoir sur le siège du passager. En vérité, il avait toujours été attiré par les femmes qui avaient une longueur ou deux d'avance sur lui, c'est-à-dire la plupart. Toutefois, ce serpent couché sur son sac l'incitait à se demander sur quels autres sujets elle lui avait menti. Par exemple : Avait-elle réellement un tatouage représentant un papillon ?

Mène bien ta barque pour une fois, lui avait conseillé Dougie, *et tu le sauras.*

« Hein ? fit Charice. Tu as dit quelque chose ?

— Je disais que je pensais que j'étais peut-être amoureux de toi, répondit-il, ce qui, à l'image du monde lui-même, était à la fois un mensonge et la vérité.

— Encore une chose qu'on va devoir changer, dit-elle. Ce *peut-être.* »

REMERCIEMENTS

Quand un écrivain atteint l'âge que j'ai aujourd'hui, la liste des gens à qui il est redevable devient presque aussi longue que le livre lui-même. Merci beaucoup aux habitués, cités dans tous mes précédents livres, ou presque. Barbara, Emily et Kate continuent de rendre les choses possibles. Nat, Judith, Adia et Joel (mes agents) n'auraient pu se montrer d'une confiance plus inébranlable au fil de ces longues décennies. Gary, Sonny, Gabby ? Ainsi que tout le monde chez Knopf and Vintage, vous continuez de me faire paraître plus brillant, intelligent et talentueux que je ne le suis, et je sais que vous me rendriez plus jeune, plus grand et plus beau si vous le pouviez.

Pour ce livre en particulier, les personnes suivantes m'ont aidé à combler certaines de mes lacunes les plus flagrantes : Judy Andersen, Tim Hall, Peter Tranchell, Bob Wilkins, Greg Gottung, Jim Gottung, Bill Lundgren et Carol Wolff.

TABLE

QUAI VOLTAIRE

JOSEFINA R. ALDECOA
Julia et Clara

WILLIAM BLAKE
Chants d'Innocence et d'Expérience

MANUEL CHAVES NOGALES
À feu et à sang
L'agonie de la France
Chroniques la guerre civile. Août 1936-septembre 1939
La défense de Madrid
Le double jeu de Juan Martinez
Histoires prodigieuses & biographies exemplaires de quelques personnages modestes et anonymes
Le tour d'Europe en avion

TRACY CHEVALIER
À l'orée du verger
La Dame à la Licorne
La dernière fugitive
L'innocence
La jeune fille à la perle
Prodigieuses créatures
Le récital des anges
La Vierge en bleu

MOHAMED CHOUKRI
Paul Bowles, le reclus de Tanger

PIETRO CITATI
Brève vie de Katherine Mansfield

CARIN CLEVIDENCE
La maison de Salt Hay Road

EMMA CLINE
The Girls

COLLECTIF
Une journée avec Tabucchi

JUDY FEIFFER
Une mère amoureuse

PENELOPE FITZGERALD
L'affaire Lolita
Début de printemps

MICHÈLE FORBES
Phalène fantôme

LORENZA FOSCHINI
Le manteau de Proust

KAREN JOY FOWLER
Le club Jane Austen

NELL FREUDENBERGER
Le dissident chinois
Les jeunes mariés
Lucky girls

RAMÓN GAYA
Vélasquez, oiseau solitaire

MARY GORDON
Le mari de la traductrice
La petite mort

EDUARDO HALFON
Le boxeur polonais
Monastère
La pirouette
Signor Hoffman

HILLEL HALKIN
Melisande ! que sont les rêves ?

JOANNE HARRIS

Chocolat
Les cinq quartiers de l'orange
L'été des saltimbanques
Vin de bohème
Voleurs de plage

WILLIAM HAZLITT

Le combat
La solitude est sainte

JOHN HOPKINS

Adieu, Alice
Carnets d'Amérique du Sud (1972-1973)
Carnets du Nil Blanc

ANGELA HUTH

Amour et désolation
De toutes les couleurs
Les filles de Hallows Farm
Folle passion
L'invitation à la vie conjugale
Mentir n'est pas trahir
Quand rentrent les marins
Souviens-toi de Hallows Farm
Tendres silences
Un fils exemplaire
La vie rêvée de Virginia Fly

MOLLY KEANE

L'amour sans larmes
Chasse au trésor
Fragiles serments

SHEILA KOHLER

L'enfant de l'amour
Quand j'étais Jane Eyre

ERIKA KROUSE

Passe me voir un de ces jours

CAROL ANN LEE

La rafale des tambours

ANDREA LEVY

Hortense et Queenie
Une si longue histoire

ANNABEL LYON

Aristote, mon père
Le juste milieu

CURZIO MALAPARTE

Le compagnon de voyage
Italie barbare
Muss suivi de *Le Grand Imbécile*

FRANCES MAYES

Bella Italia
Saveurs vagabondes
Sous le soleil de Toscane
Swan, Georgie

ALICE McDERMOTT

L'arbre à sucettes
Ce qui demeure
Charming Billy
La visite à Brooklyn
Someone

PAULA McGRATH

Génération

MARIE MORRISSY

Les révolutions de Bella Casey

KATHERINE MOSBY

Sanctuaires ardents
Sous le charme de Lillian Dawes

KATE MOSES

Froidure

GINA B. NAHAI

Roxane ou le saut de l'ange

NGUYEN KIEN

Le brodeur de Hué

CHISTOPHER NICHOLSON
Hiver

DAWN POWELL
Le Café Julien
L'éperon doré
L'Île joyeuse
Une époque exquise
Les sauterelles n'ont pas de roi
Tourne, roue magique

LUCA RASTELLO
Sur la pointe des pieds

RICHARD RUSSO
Ailleurs
Le déclin de l'empire Whiting
Mohawk
Le phare de Monhegan
Le pont des soupirs
Quatre saisons à Mohawk
Les sortilèges du cap Cod
Un homme presque parfait
Un rôle qui me convient

CLARA SANCHEZ
Un million de lumières

JOSÉ SARNEY
Saraminda

HARRIET SCOTT CHESSMAN
Lydia Cassatt lisant le journal du matin

ELIZABETH SPENCER
Lumière sur la piazza et autres nouvelles
La petite fille brune

ALICE STEINBACH
Un matin, je suis partie

JULIA STRACHEY
Drôle de temps pour un mariage

ANDRÉS TRAPIELLO
Les amis du crime parfait
Heureux comme jamais
Plus jamais ça

NAOMIE WOOD
Mrs Hemingway

OSWALD WYND
Une odeur de gingembre

JOAN WYNDHAM
Leçons d'amour

CET OUVRAGE A ÉTÉ ACHEVÉ D'IMPRIMER SUR ROTO-PAGE PAR L'IMPRIMERIE FLOCH À MAYENNE, EN JUIN 2017, POUR LE COMPTE DE LA TABLE RONDE, 26, RUE DE CONDÉ, PARIS 6e.

ISBN : 978-2-7103-7811-2.
Dépôt légal : août 2017.
N° d'édition : 293785.
N° d'impression : 91228.

Imprimé en France